Queening

꽃게잡이 선원에서 돼지농장 똥꾼까지,
잊힐게 뻔한 사소한 삶들의 기록

퀴닝

ⓒ한승태, 2013

초판 1쇄 2013년 1월 3일 발행 (인간의 조건)
초판 10쇄 2020년 7월 13일 발행
개정판 1쇄 2024년 6월 17일 발행

지은이 한승태
펴낸이 김성실
책임편집 박성훈
표지 디자인 김현우
제작 한영문화사

펴낸곳 시대의창   **등록** 제10-1756호(1999. 5. 11)
주소 03985 서울시 마포구 연희로 19-1
전화 02)335-6121   **팩스** 02)325-5607
전자우편 sidaebooks@daum.net
페이스북 www.facebook.com/sidaebooks
트위터 @sidaebooks

ISBN 978-89-5940-844-3 (03810)

퀴닝

Queening

한승태　　1
노동에세이

시대의창

안용주에게

|

"서라! 멈춰라!
겉으로는 바쁜 척 서두르면서
어찌도 그리 더딘가?"

—헨리 데이비드 소로

관악산 입구 주차장에서

개정판의 서문을 쓰기로 하고 오랫동안 끝내지 못했다. 무슨 말을 하건 사족인 것 같고 이미 한 말의 재탕 삼탕인 것만 같았다. 몇 번째 어긴 건지 이제는 세는 것도 잊어버린 마감 날짜를 또 한 번 놓치고 나서 문득 이런 생각이 들었다. 내 첫 번째 책의 맨 처음에 들어갈 글이니 나만의 '처음'에 대해서 이야기해 보면 어떨까 하고 말이다. 끝내 그것보다 더 나은 계획이 떠오르지 않았기 때문에 여기서는 내 어린 시절 이야기를 해볼까 한다.

우리 가족이 서울로 이사를 온 건 내 나이 일곱 살, 국민학교 입학을 코앞에 두고 있을 때였다. 당시의 행정 구역명으로는 '봉천4동'이라고 부르던 동네였다. 우리 집은 관악구청과 쑥 고개 중간쯤에 자리 잡은 2층짜리 연립주택이었다. 두 동의 건물에 모두 여덟 가구가 살았다. 건물 앞, 지금이라면 작게나마 주차장이라도 만들었을 자리에는 부서진

벽돌로 구획을 나눈 텃밭이 있었다. 그래도 문제가 없었던 게 여덟 집 중에 차를 가진 가족이 하나도 없었다.

그전까지 살던 곳은 경기도 김포에서도 서해 쪽으로 아주 깊숙이 들어간 시골 마을이었다. 봉천동으로 이사를 온 이유는 단 하나, 큰이모가 같은 건물에 살았기 때문이다. 오래전에 서울에 자리를 잡은 이모네는 대학생인 사촌 형, 누나와 함께 2층에 살았는데 1층에 빈집이 생기자마자 우리가 들어갔다.

우리 부모님이 처음으로 가정을 꾸렸던 곳은 남해 바다에서 그리 멀리 떨어지지 않은 작은 도시였다. 말은 제주도로 보내고 사람은 서울로 보내라는 속담을 엄마는 한국인이라면 반드시 따라야 할 행동 강령으로 받아들였다. 안타깝게도 엄마에겐 제주도로 보낼 말이 없었기에 대신 자식을 서울로 보내기로 굳게 마음먹었다. 하지만 부모님은 공무원이었다. 실업자가 되는 걸 각오하지 않는 이상 일정한 지역 너머로는 이사를 갈 수 없었다.

공무원 사회에는 '교류'라는 게 있다. A 지역 공무원이 B 지역으로 근무지를 옮기고 싶다고 하면, 같은 수의 B 지역 공무원이 A 지역으로 이동할 수 있다. 일시적으로 근무지만 바뀌는 게 아니라 소속청 자체가 달라진다. 조금이라도 수도권 가까운 지역에 전출 희망자가 나오면 엄마는 득달같이 달려들었다. 하지만 엄마가 희망하는 지역은 다른 사람들도 원하는 곳이었고 항상 경쟁이 치열했다. 고심 끝에 엄마가 선택한 방법은 도서벽지 근무였다. 사람들이 가기 꺼리는 깊은 산골 지역에 자원을 하면 가산점을 받았다. 엄마는 그렇게 모은 가산점으로 전출 경쟁에서 우위에 섰다.

벽지 근무의 또 다른 장점은 주거비를 아낄 수 있다는 점이었다. 대개 이런 곳에서 일을 하면 집이 제공됐다. 방 하나에 화장실은 외부에 있는 그런 집이었지만 같은 동네 사는 사람들도 다들 그런 집이었기 때문에 특별히 불편하다는 느낌은 없었다. 엄마 입장에선 가산점도 받고 월세도 아끼고 아쉬울 게 없었다. 우리 가족은 벽을 타고 기어오르는 담쟁이 덩굴처럼 조금씩 조금씩 북쪽으로 올라갔다. 결과부터 얘기하자면 엄마는 끝내 서울시 소속으로 일하지는 못했다. 그때나 지금이나 서울은 빠져나가는 사람은 적고 들어가려는 사람은 바글바글한 도시였고, 엄마가 산골 마을에서 아무리 '원기옥'을 모아도 두터운 서울의 진입 장벽을 뚫을 수는 없었다.

수도 입성 직전에 다다랐던 곳이 김포였다. 단 두 문단만에 국토를 종단했지만 실제로는 내가 태어나기 전부터 10년이 넘게 야금야금 북진한 결과였다. 김포에서 우리가 살던 곳은 주민 대다수가 과수원을 하거나 돼지를 기르는 전형적인 농촌 마을이었다. 지금처럼 농촌이 고령화되기 전이어서 집집마다 내 또래 아이들이 있었다. 나는 하루 종일 아이들과 산으로 냇가로 돌아다니며 놀기 바빴다. 한번은 산속에서 버려진 참호를 발견했다. 그곳이 너무 마음에 들었던 우리는 아끼는 장난감을 옮겨놓고 비밀 요새처럼 꾸몄다. 그 시절에도 내 인테리어 감각이 수준급이었던 것 같다. 버리는 수건이나 도구로 내부를 너무 아늑하게 꾸며놓은 바람에 거기서 깜빡 잠이 들었고 온 동네가 발칵 뒤집힌 적도 있었다.

김포 생활은 즐거웠지만 치명적인 단점이 있었다. 그곳은 서울이 아니었다! 드라마 〈나의 해방일지〉에 나오는 계란 비유를 빌리자면, 이대로 계란 흰자에 머무를 것인가? 아니면 과감히 노른자로 건너뛸 것인가?

내가 입학할 시기가 다가오자 엄마는 결심했다. 서울로 가자! 엄마만 결단을 내리면 끝이었다. 나는 어려서 뭘 몰랐고 아빠는… 아빠는 지금도 '자기만 천하태평인' 걸음걸이로 엄마를 미치게 만드는데, 당시에도 엄마가 근무지 옮겨가는 속도를 따라가지 못하고 옛 백제와 가야의 땅 어딘가에서 꾸물대고 있었다.

　문제는 통근 거리였다. 대중교통으로 봉천동에서 김포의 직장까지 가는 데만 두 시간 반이 걸렸다. 버스도 지하철도 한 번에 가는 게 없어서 몇 번이고 갈아타야 했다. 지금 생각해 보면 어떻게 그렇게 살았나 싶다. 새벽에 일어나서 도시락 싸고 아침 차려놓고 두 시간 반 동안 차 타고 갔다가 일 끝나고 다시 두 시간 반 이동해서 집에 오면 저녁하고 설거지하고 빨래하고 아들 숙제 봐주고…. 아빠는 주말에만 집에 왔기 때문에 아빠에게는 아무것도 기대할 수 없었다. 지금이라면 애원을 해서라도 말렸겠지만 당시의 나는 그런 사정 같은 건 몰랐고 알려고 하지도 않았다. 이제 막 시작한 대도시의 삶이 신났을 뿐이었다.

　아빠는 주말에만 오고 엄마는 하루 종일 집을 비웠다고 해서 내가 방치된 채 자란 건 아니다. 배가 고프거나 뭐든 필요한 게 있으면 이모네 집에 갔다. 준비물 사는 걸 깜박한 날이면 현관문을 열어놓고 우는 소리를 좀 내면 끝이었다. 그러면 이모나 이모부가 내려와서 문방구에서 필요한 걸 사 주고 학교까지 바래다줬다.

　그때만 해도 동네마다 작은 영화관이 남아 있었다. 객석이 100개나 될까 말까 한 그런 극장에서 종종 심형래 감독 각본 주연의 영화를 상영했다. 내가 그걸 보고 싶다고 하면 사촌 형들 중 한 명이 극장에 데려다줬다. 내 나름의 노블리스 오블리주를 실천하고자 함께 심형래 아저씨가 지구를 구하는 활약을 지켜보자고 아무리 권해봐도, 사촌 형들은 머리를 세차게 흔들며 자리를 떠났다가 영화 끝날 때쯤 데리러 오곤 했다. 자고로 취향은 피보다 선명한 법이다.

나는 서울이 마음에 들었다. 이곳에서 나는 만화에 눈을 떴다. 우리 집에서 골목만 돌아가면 내가 수년을 다닌 피아노 학원이 있었다. 그렇게 학원을 다니고도 바이엘도 못 끝냈다. 내가 열심히 학원에 나간 이유는 피아노 방 맞은편 휴게실에 만화책이 잔뜩 있었기 때문이다. 피아노가 몇 대 없어서 기다리는 아이들이 조용히 앉아 있게 하려고 원장님이 만화책을 구독했는데,《소년챔프》,《아이큐점프》같은 주간 만화잡지가 책장에 가득했다. 집에서는 만화책을 볼 수 없었다. 교육을 위해 10년을 넘게 이사를 다닌 사람답게 엄마는 만화라면 기겁을 했다.

나는 피아노에도 음악에도 관심이 없었다. 돈을 내는 대신 피아노 앞에 앉아 있는 대가로 만화책을 보게 해주는 만화방에 간다는 생각으로 학원에 다녔다. 내가 학원에 그것도 꽤 오랫동안 다닌 이유는 병을, 내가 아닌 엄마의 병을 치료하기 위해서였다. 무슨 병인고 하니, 이 세상의 모든 부모들이 한 번은 꼭 걸리는 병, 바로 자기 아이가 영재일지 모른다고 믿는 병이다. 우리 부모님 같은 경우는 내가 받아쓰기 시험지를 보여주기 시작한 후부터 적극적으로 호전되기는 했지만* 망상이라는 건, 특히

---

* 　나는 지금도 맞춤법을 많이 틀린다. 하지만 이건 어느 정도는 세종대왕이 너무 정교한 언어를 만든 탓이기도 하다. 고배율 카메라가 조금만 흔들려도 초점이 흐트러지는 것과 비슷하다. 작가를 맞춤법/띄어쓰기 전문가라고 생각하는 사람을 만나면, 작가가 맞춤법을 잘 알 거라는 생각은 파일럿이 공중부양을 잘할 거라는 생각과 비슷하다고 최대한 공손한 어조로 설명한다. 출판업계에서 한승태 원고 교정 업무는 위험수당이 붙는(홧병에 걸릴 위험이 상당하다) 기피 업무로 분류된다.

자녀와 관련된 망상은 실질적으로 치료가 거의 불가능하다. 엄마의 경우, 공부가 내 길이 아니라는 게 분명해지자 이번엔 예술 쪽에 재능이 있지 않을까 하는 합병증이 시작됐다.

우리 집엔 피아노도 없어서 내가 학원에서 제대로 배우는지 확인해 볼 방법도 없었다. 나와 피아노 학원의 공생 관계는 갑작스럽게 막을 내렸다. 음악 수업 숙제로 '학교 종이 땡땡땡' 같은 간단한 노래를 리코더로 불어야 했는데 내가 그 단순한 악보마저도 읽지 못하는 걸 엄마가 알게 됐다. 그걸로 체르니 연습곡이 BGM으로 흐르는 만화방 이용권은 더 이상 갱신되지 않았다.

미술 학원도 잠시 다녔는데 이쪽은 그리 오래가지 않았다. 엄마가 미망에서 서서히 깨어나고 있었다. 내 쪽에서도 그다지 아쉽지 않았던 게 시각 예술을 교육하는 곳답지 않게 그곳엔 만화책이 없었다. 어느 날 학원에서 아드님이 크레파스를 너무 많이 먹는다는 우려 가득한 전화를 걸어왔고 그걸로 미술 영재에 대한 희망도 끝났다. 배가 고팠던 건 아니고, 당시 아이들이랑 입안을 빨갛게 파랗게 물들이고 보여주는 장난에 빠져 있었을 뿐이다.

만화만큼이나 좋았던 건 과자였다. 엄마는 과자랑 탄산음료라면 질색을 했다. 엄마에게 이 둘은 간식의 형태를 한 아동유괴범이나 다름없었다(치아납치범쯤 되겠다). 김포에선 과자를 먹을 기회가 별로 없었다. 먹거리는 대부분 버스 정류장 근처의 작은 '점방'에서 샀다. 작은 마을이었고 모두가 서로를 잘 알았기 때문에 엄마는 주인아주머니에게 내가 혼자서 과자를 사러 오면 절대로 팔지 말라고 신신당부를 했다. 하지만 봉천동처럼 사람들이 바글대는 곳에서는 모친의 첩보망이 온전하게 가동할 수 없었다.

나는 치토스를 가장 좋아했다. 아마도 그 선글라스를 낀 치타 때문인 것 같다. 그때는 닌자 거북이 같은 동물 캐릭터라면 뭐든지 좋아했다. 지금이야 치토스를 먹으면 치즈 가루를 뿌린 스티로폼 조각 같다고 생각하지만, 당시엔 그 진한 가공식품의 맛이 미각 신세계였다. 치토스를 얼마나 좋아했냐면 엄마에게 그 노란색 가루만 따로 모아줄 수 없냐고 부탁했을 정도였다. 그걸로 소시지나 부침개를 찍어 먹고 싶다고 말이다.

과자는 토요일에 먹었다. 토요일 오후에는 나만의 작은 탐험을 떠났다. 아직 토요일 오전 근무가 남아 있는 시기라 엄마가 퇴근하고 돌아오면 3시였다. 토요일 아침에는 엄마가 항상 2000원 정도를 주고 출근했다. 점심이야 이모네 가서 먹으면 되지만 그래도 안쓰러운 마음이 들었나 보다. 당연히 나는 그걸로 과자를 사 먹었는데 그렇다고 집에만 있지는 않았다. 학교가 끝나면 집에 가방만 던져놓고 바로 뛰쳐나갔다.

나는 도시를 발견하는 신기함에 푹 빠져 있었다. 고층 빌딩, 대형 교회, 8차선 도로를 가득 채운 차들, 슈퍼마켓, 우리 집만 한 간판이 걸린 극장, 건담 프라모델이 잔뜩 쌓여 있는 장난감 가게 등등. 내가 호들갑을 떤다고 생각하시는 분은 우리 가족이 백두대간의 격오지만 골라서 이사를 다녔다는 사실을 기억할 필요가 있다. 모글리가 어느 날 뉴욕으로 전학을 갔다고 생각해 보시라.

처음으로 내 돈으로 책을 산 서점도 이 탐험의 여정에서 찾아냈다. 《세상에서 제일 재미있는 이야기》라는 우스운 내용의 콩트 모음집이었다. 분홍색 표지에 금색으로 제목이 적혀 있고 안에는 동글동글하고 왠지 어설퍼 보이는 삽화가 가득했다. 이 책을 고르는 데도 약간의 우여곡절이 있었다. 그 책은 시리즈 중 하나로 제일 슬기로운 이야기, 아름다운 이야기 뭐 그런 책들이 있었다. 교육열이 남달랐던 엄마는 재미있는 이야기보다 슬기로운 이야기가 어떻겠냐며 한참을 구슬렀지만 나는 끝끝내 재미있는 이야기를 고수했다. 역시나 취향은 피보다 선명한 법이다.

그때는 혼자 지내는 시간이 늘어나다 보니 뭘 하든 나 혼자 한다는 데 자부심을 느끼던 시기였다. '오늘은 나 혼자서 여기까지 왔어, 다음 주에는 저 앞까지 가봐야지' 하며 목표를 세우고 달성하는 게 내게는 가장 중요한 일이었다. 목표로 한 곳에 도착하면 스스로에게 주는 포상의 의미로 치토스와 콜라를 사서 그늘진 벤치를 찾아갔다. 작은 만찬을 즐기고 엄마가 기다리는 집으로 돌아가면 그렇게 뿌듯할 수가 없었다.

탐험 영역을 넓혀가던 어느 날이었다. 당시의 내게는 세상의 끝이었던 신림사거리에서 좌회전해서 서울대 방향으로 향했다. 관악구청, 신림사거리, 서울대 이 세 꼭짓점을 잇는 삼각 지대가 내 활동 영역의 최대치였다. 고시촌을 지나 관악산 입구를 지나고 있었다. 관악산 입구 앞 주차장에 늘어선 노점상에서 싸움이 벌어졌다. 가까이 가보니 둘이 싸우는 게 아니라 한쪽이 일방적으로 맞고 있었다. 머리가 짧고 건장한 체격의 남자가 상대의 어깨를 잡고 상체에 마구잡이로 주먹을 내질렀다. 맞고 있는 사람은 40대 초반으로 보였는데 반팔에 반바지, 양말에 '쓰레빠'를 신고 허리에는 녹색 전대를 찼다. 주먹이 들어갈 때마다 "돈 내놓으라고, 돈!" 하며 외치는 소리가 들렸다. 깡패가 자릿세를 뜯는 듯했다.*

---

* 나중에 성인이 되어 만난 신림동 토박이 친구들은 그럴 리가 없다고 했다. 관악산 입구는 대로변에 있고 항상 등산객이나 행인이 오가는 데다 가까운 곳에 경찰서도 있어서 조폭들이 대낮부터 행패를 부릴 만한 위치가 아니라고 말이다. 친구들 말이 맞는 것 같다.

나는 길거리에서 누군가 맞고 있다는 사실보다 그 아저씨의 표정 때문에 움직일 수가 없었다. 그것은 내가 알고 있는 세상의 표정이 아니었다. 맞아서 아프다거나 화가 난다는 표정이 아니었다. 사람들이 보는 데서 얻어맞는 게 너무나 비참하면서 동시에 지금 나를 때리는 사람의 기분을 거스르지 않으려고 애쓰는, 얻어맞으면서도 자신이 화가 났다거나 불쾌해한다는 걸 들키지 않으려고 애쓰는, 자신을 두들겨 패는 사람에게 어떻게든 잘 보이려고 애쓰는 그런 얼굴이었다. 그 아저씨의 모습이 너무 비참하고 너무 비굴해 보여서 나나 엄마와 같은 인간이 아닌 것 같았다. 사람을 두들겨 패는 것보다 저런 표정을 짓게 만드는 것이야말로 진실로 잔인하고 인간을 망가뜨리는 짓이었다.

　그때가 처음으로 '세상'을 의식하기 시작한 순간이었다. 단순히 외부에 존재하는 물리적 현실의 집합체가 아니라 의지와 영향력을 주고받을 수 있는 세상, 인간을 인간답게 만들기도 하고 더 흔하게 짐승으로 만들기도 하는 세상 말이다. 그날 어떻게 집으로 돌아왔는지는 머릿속에 없다. 그 후로 나는 나이가 들었고 그 아저씨가 지었던 표정을 짓기도 했고 다른 존재가 그 표정을 짓게 만들기도 했다.

　이상한 일은 시간이 지날수록 두 남자의 모습은 기억 속에서 점점 희미해져 갔다는 거다. 대신 점점 더 선명하게 떠오르는 모습이 있었다. 그날 주차장의 모습이다. 남자가 얻어맞는 동안에도 주차장은 평온하기만 했다. 어떤 사람은 옆자리의 상인과 두런두런 이야기를 나누고 또 어떤 사람은 가판대에 몰려드는 날벌레를 쫓아내려고 파리채를 휘두르고 어떤 사람은 싸우는 광경을 힐끔 쳐다보고는 산으로 발길을 돌렸다. 두 사람만 빼놓고 보면 주차장은 지극히 평화롭고 고요했다. 거리에서 얻어

　　　　　　　　　　　　　　　　　　　　　　　　퀴닝

맞는 남자를 배경으로 세상은 아무 일도 없다는 듯 흘러만 갔다.

　살다 보면 반드시 글을 써야 한다고 결심하게 만드는 순간들과 마주칠 때가 있다. 쓰는 습관도 중요하고 자료 조사도 중요하고 인터뷰도 중요하지만 그런 순간 없이 한 권의 책을 완성하는 건 쉽지 않은 일이다. 내게도 종종 그런 순간들이 있었다. 그리고 내가 그 순간과 맞닥뜨렸을 때는 여지 없이, 다시 한번 그날의 고요함 속에 갇혀 있다고 느낄 때였다. 그 고요함 속에서 빠져나올 수 있는 방법은 글을 쓰는 것 말고는 없었다.

2024년 서울

한승태

우리도 퀴닝할 수 있을까

프로도가 아라곤을 만난 날, 호빗들은 저녁 식사로 뜨거운 수프, 차가운 고기, 블랙베리 파이, 새로 구운 빵, 큼직한 버터 조각, 반쯤 익힌 치즈를 먹었다. 내가 《반지의 제왕》에서 특이하다고 생각했던 점 중에 하나는, 작가가 집요할 정도로 식사에 집착한다는 사실이었다. 프로도가 샤이어를 떠나 리벤델에 도착할 때까지만 해도 일행이 식사를 했다는 언급은 모두 스물네 번 나온다.

'톨킨인지 토이킹인지 하는 이 아저씨 거 되게 끈질기네. 길목마다 사우론의 첩자들이 득실대고 흑기사들이 다그닥거리며 쫓아온다고 호들갑 떨 땐 언제고, 틈만 나면 사람들 앉혀놓고 밥부터 먹인단 말이지. 잡히면 끝장인데 한두 끼 정도는 건너뛰어도 상관없잖아?'

이제는 전설이 된 대가의 생각을 내가 무슨 수로 쫓아가겠는가? 다만 나는 그의 의도가 이런 것은 아니었을까 가끔 생각해 볼 뿐이다. 엘프니

마법사니 하는, 우리와는 아무 상관없어 보이는 사람들도 당신과 나처럼 위장의 힘으로 움직이고 있음을 강조하고 싶었던 건 아닐까 하고. 그는 선과 악의 대결뿐 아니라 사람들이 먹고사는 모습을 보여주고 싶은 욕구 또한 강렬했던 것이 아니었을까 하고 말이다.

이 책을 써보겠다고 마음먹게 한 욕구도 말하자면 그런 것이다. 오해를 피하기 위해 미리 밝혀두지만 이 책은 판타지 소설이 아니다(여기에 나오는 마법이라곤 '100만 원 남짓한 월급만으로 빚 안 지고 사는' 마술뿐이다). 나는 누구라도 대수롭게 여기지 않을 법한 사람들이 어떻게 먹고살고 있는지를 보여주고 싶었다. 꽃게잡이 배 선원이나 양돈장 똥꾼처럼, 아무도 궁금해하지 않는다는 의미에서 우리와는 상관없는 사람들의 모습을. 그들의 숙소는 어느 정도 크기인지, 여름엔 얼마나 덥고, 겨울엔 얼마나 추운지. 사람들은 어떤 배경을 가지고 있으며 꿈은 무엇인지. 식사로는 어떤 음식이 나오고 급여는 어느 정도인지. 작업은 어떤 과정을 거치며 도구는 어떤 것을 사용하는지. 여가 시간은 어떻게 보내는지 등등… 조금만 시간이 지나도 잊힐 게 분명한 사소한 사항들로 책을 가득 메우고 싶었다. (스티븐 킹은 자신이 호러에 집착하는 이유를 "깊은 밤, 이상한 소리가 들려오는 침대 밑을 들여다보고 싶어 하는 충동" 때문이라고 설명한 적이 있는데, 그의 표현을 빌리자면 내 경우는 '관계자 외 출입금지 구역 너머를 들여다보고 싶어 하는 충동'쯤으로 부를 수 있을 것 같다.) 물론 내가 지식인의 서재라든가 패션쇼의 뒷무대를 보고 싶어 했다면 지금처럼 비가 새는 방에서 글을 쓰는 신세는 피할 수 있었을지 모르겠지만, 그 점에 대해선 아무런 불만도 없다. 부모의 경우와 마찬가지로 충동을 고를 수 있는 사람은 없을 테니까.

이 책의 내용은 내가 2007년에서 2011년 사이에 경험한 일들을 바탕으로 하고 있지만 100퍼센트 사실만 담은 것은 아니다. **몇몇 대목에선 허구가 섞여 있으며** 특히 에필로그는 픽션이다. 나는 에필로그의 배경이 되는 이야기를 잠깐 동안 함께 일했던 친구에게서 들었다. 우리가 같은 항구에서 배를 탄 적이 있다는 우연의 일치 때문인지 아니면 자동차 불빛을 피해 도망치는 젊은이의 이미지 때문인지 몰라도, 그의 이야기는 내게 깊은 인상을 남겼고 나는 좀 더 공식적인 자리를 통해 그 이야기를 들려주고 싶었다. 아마도 엄숙한 사람들에겐 이런 방식이 변명의 여지가 없는 일일 수 있겠지만 나로서는 지금과는 다른 결말을 생각해 낼수가 없었다. 또한 이 책에 등장하는 인물이나 시설 등의 이름은 모두 가명이며 사업체의 이니셜 역시 A, B, C 순으로 배정한 것일 뿐 실제 명칭과는 무관함을 밝혀둔다.

모든 서문에는 사연이 담기기 마련인데, 이 글도 예외는 아니다. 나는 에필로그의 제목인 '퀴닝Queening'을 이 책의 이름으로 정했었다. 퀴닝은 체스에서 사용하는 용어다. 내가 그 단어를 알게 된 것은 수년 전, 신림동의 어느 고시원에서 살던 무렵이었다. 그 방은 평범한 1인용 침대보다 조금 더 큰 정도였는데 당시 내게는 텔레비전도, 컴퓨터도 없었다. 그래서 내 유일한 오락거리는 핸드폰에 내장된 체스 게임뿐이었다. (당시는 스마트폰이 굉장히 드물던 시절이었다.) 대부분의 기계와 마찬가지로 내 핸드폰 역시 나보다 머리가 좋았다. 대개는 말을 스무 번 움직이기도 전에 게임이 끝나버렸다.

그날은 우연찮게 초반에 내가 상대 여왕을 잡았다. 나는 그간의 수모를 갚아주려고 내 여왕을 움직여 상대 진영을 휘저었다. 그때 상대 진영에서 조금씩 앞으로 나오는 졸(즉, 체스의 폰Pawn. 여기서는 '핸드폰'과 헷갈리니 그냥 '졸'이라고 해두자)이 하나 있었다. 졸의 움직임이야 뻔하고, 그건 왕에게서도 멀찍이 떨어져 있었기에 나는 신경 쓰지 않았다. 그런데 그 졸이 내 진영 끝에 도달하자 갑자기 환하게 빛나며 여왕으로 변했다.

내가 프로그램 오류일 거라고 생각했던 바로 그것이 퀴닝이었다. 체스에서 졸은 한 번에 한 칸씩 전진하는 것밖에 못하는 가장 약한 말이다. 그런데 졸이 한 칸씩 한 칸씩 전진해서 상대편 진영의 끝에 도달하면, (아마도 그 노고를 가상히 여겨) 잡힌 말 중 어떤 말로도 변신할 수 있다. 이 규칙의 정식 명칭은 '승진Promotion'이지만 주로 가장 강력한 여왕으로 바꾸기 때문에 '여왕Queen'이 된다는 의미의 '퀴닝Queening'이라고 부른다.

물론 그 게임 역시 나의 완패로 끝났다. 하지만 내가 여전히 그 순간을 기억하는 건 다 이겼던 게임을 놓친 안타까움 때문이 아니다. 핸드폰 화면 속 작디작은 기호에게 사용하기엔 적절치 않은 표현일지 모르겠지만, 나는 그 졸이 너무나도 부러웠다. 나는 지금도 생각한다. 내가 아무리 노력한다 한들 그 졸만큼 성공할 수 있을까? 나는 과연 퀴닝할 수 있을까?

그날 이후 나는 나와 함께 일하고 생활했던 사람 모두가 퀴닝적(?)이라고 부를 만한 열망을 가슴속에 품고 있다는 걸 깨달았다. 겨울이면 입김이 보이는 고시원을 떠나 좀 더 따뜻한 방에서 지내고 싶다, 하루 종일 돼지 똥만 치우는 일보다 좀 더 깨끗하고 덜 힘든 일자리를 구하고 싶다, 밤샘 작업을 하지 않고도 한 달에 150 정도는 벌고 싶다 등등.

내 동료들은 우리에게 임금을 지급하던 사람들 못지않게 성실했지만, 수십 년째 사회생활을 시작했던 그 자리에서 크게 벗어나지 못하고 있었다. 만약 그들도 초라하기 그지없던 졸이 당당하게 여왕으로 변신하는 모습을 지켜본 적이 있다면, 이런 생각들로 머릿속을 가득 메우지 않았을까? 지금은 퀴닝할 수 있는 시대인가? 이곳은 퀴닝이 가능한 사회인가? 빌어먹을! 우리는 도대체 언제쯤 퀴닝할 수 있단 말인가?

나는 퀴닝을 계층 상승의(어르신들이 좋아하는 표현으로는 '개천에서 용 난다') 은유로 사용했는데 이것이 책 제목으로 쓸 만하다고 생각한 건 세상에서 나 혼자뿐이었던 모양이다. 내 계획대로였다면 분명 (믿거나 말거나) 《타임》지가 뽑은 최고의 책 제목 100'에 뽑혔을 퀴닝은, 이런저런 이유로 지금은 표지에서 400페이지 정도 물러나 에필로그 제목으로 주저앉아 버렸다.

나는 출판사에 막대한 부채를 안겨줄 생각도, 창고에서 먼지만 쌓여가는 책의 저자가 되고 싶은 마음도 없다. 하지만 거의 모든 예술 영역 중 유일하게 연애하는 데 아무런 도움도 되지 않는, 그런 장르에 뜻을 둔 사람에게서(물론 내 경우엔 그것만이 문제는 아니지만) 제목 짓는 즐거움마저 빼앗아야 하는 출판계의 현실이란 너무 가혹한 것이 아닌가 하는 생각이 든다.

그렇지만 내게 이 책은 언제까지나 《퀴닝》으로 남을 것이다. 이 책을 조금이라도 마음에 들어하는 독자들이 있다면 그들도 그렇게 기억해 줬으면 한다.

2012년 서울
한승태

차례

1
이틀발이

진도,
꽃게잡이

"그래, 뱃일이 힘들지. 그치만 무슨 일이든 다 마찬가진 기라. 막내야 바라, 니가 평생 여 있을 거 아이다 아이가? 이 세상에 있제, 이 세상에 안 힘든 일은 없다. 무슨 일이든 다 힘든 기라. 니 당장은 뱃일이 제일 힘든 거 같제? 여만 나가면 무슨 일이든 할 수 있을 거 같제? 근데 그게 안 그렇다. 니 앞으로 무슨 일을 하건 그거 다 힘들 끼라. 내가 앞날이 창창한 아한테 악담을 하는 게 아이고 일이란 게 그런 기라, 일은 우찌 됐든 힘든 기라."

#1

컨테이너는 가로세로 2.5미터, 6미터 크기였다. 입구는 알루미늄 새시로 된 미닫이문이었는데 방풍 효과는 거의 없었다. 신발을 벗어두는 곳과 방의 경계에 두꺼운 커튼 두 개가 매달려 있었다. 이 커튼이 바람을 조금이나마 막아줬다. 방 안은 깜깜했다. 잠시 후, 백열등이 부르르 떨다 켜졌다. 남자 넷이 얼굴을 찌푸리며 나를 올려다보았다.

숙소 안에는 냉기가 가득했다. 바닥에는 담요가 두 겹씩 깔렸는데 남자들은 이불을 역시 두 겹씩 덮고 있었다. 구석에 낡은 가죽 소파가 있었지만 쿠션은 하나도 없고, 구겨진 옷들만 잔뜩 쌓여 있었다. 소파 맞은편에는 냉장고가 잠을 설치게 만들 정도로 웅 소리를 내며 서 있었다. 텔레비전은 하얀색 서랍장 위에 놓여 있었다. 옷걸이에는 비교적 말끔해 보이는 청바지와 양복 들이 걸려 있었다. 젖은 수건들과 벽지가 맞닿은 부분에 푸르스름한 곰팡이가 핀 게 보였다.

남자들이 몸을 일으켰다. 모두 얼굴이 짙은 캐러멜빛이었다. 건강하게 잘 태운 수준을 넘어서 오랫동안 햇빛에 시달려온 얼굴들이었다.

남자들이 입을 열었다.

"이름이 뭐야?"

"고향이 어디야?"

"몇 살이냐?"

"너 깨끗하냐?"

이 질문은 나를 조금 당황하게 만들었다.

"예?"

"전과 있냐고!"

깨끗하다는 형용사를 전과 유무와 관련지어 질문받은 건 그때가 처음이었다. 원래 내가 속해 있던 세상에서 '전과가 있다'는 말은 F학점을 받은 수업이 있다는 의미였다. 남자들이 내가 얼마나 성실하게 공부했는지를 묻는 것 같지는 않았다. 자신은 없었지만 일단 "아니요"라고 대답했다. 심문을 주도한 것은 넷 중 가장 덩치가 큰 남자였다. 키는 그다지 커 보이지 않았지만 얼굴부터 팔, 다리, 가슴까지 살이 빵빵하게 올라 있었다. 입술 옆에는 베인 상처가 깊게 남아 있었다. 그는 미쉐린 타이어의 마스코트가 지명수배자로 분장한 모습 같았다. 나에 대한 관심이 금세 시들해지려는 찰나, 그가 전혀 예상 못한 질문을 던졌다.

"근데 너 배는 왜 타려는 거냐?"

어떤 말도 떠오르지 않았다. 가장 그럴듯한 대답은 '돈 때문'이겠지만 분명 다른 무언가를 기대하는 것 같았다. 나중에 알게 됐지만 새로 도착한 선원은 누구나 이런 질문을 받는다. 이건 사회에서 사용되는 것과는 성격이 조금 다르다. 누군가 면접 시험장에서 비슷한 질문을 던진다면 그건 특정 행위에 대해 묻는 것일 확률이 높다. 이때 상대가 궁금해하는 건 작업의 어떤 점이 당신을 사로잡았냐. 제빵사라면 오븐에서 향긋한 빵을 꺼내는 순간에 대해 말할 것이고 경찰이라면 용의자의 손목에 수갑을 채우고 미란다 원칙을 읽어줄 때를 이야기할 것이다. 하지만 '왜 배를 타냐'는 질문에는 같은 방식으로 대답하기 곤란하다. 꽃게잡이 배의 작업이라는 건 지독할 정도로 지루하고 단순한 일이라 마음을 사로잡을 만큼 매력적인 순간을 찾기 대단히 어렵다. '왜 배를 타냐'는 물음

퀴닝

은 작업의 특정 순간에 대한 질문이라기보다는 장소에 대한 질문이다. 바꿔 말하자면 '왜 배를 타는가?'라는 질문은 '왜 바다까지 왔는가?'라고 묻는 것이다.

선원들이 서로에게 이런 질문을 던지는 것은 상대의 기호나 성향이 궁금해서가 아니라 그동안 어떻게 살아왔는지를 들려달라는 뜻에 가까웠다. 물론 내가 첫날부터 이런 사실을 이해한 건 아니다. 내가 그 질문의 이런저런 맥락을 알게 된 건 한참 후의 일이고, 그 이후라고 해서 좀 더 그럴듯한 대답을 한 것 역시 아니었다. 그때나 지금이나 나란 존재는 그저 당혹스러울 뿐이다. 나란 인간은 오리무중에다 온통 어두운 숲속이었다.

다시 첫날로 돌아와서, 모르는데 뭐 어쩌겠는가, 나는 되는 대로 내뱉었다.

"집에서 놀기 뭐해서요."

"아니, 그건 나도 보니까 알겠는데 왜 배냐고? 꼭 배 타야만 돈 버는 거 아니잖아?"

"… 아… 그냥 바다가 좋아서요."

어색한 침묵이 방 안에 가득 찼다. 내 얼굴이 온통 낙서투성인데 다들 뻔히 보고 있으면서도 모른 척하는 분위기였다. 남자의 흉터가 실룩거렸다.

"그래, 바다 좋지."

그가 말을 이으려는데 가장 연장자로 보이는 남자가 입을 열었다.

"그래, 알았다. 이제부턴 우리가 너를 막내라고 부를 거다. 알겠냐?"

"예."

"힘들겠지만 어쨌거나 함 열심히 해봐."

"예."

"그리고 힘들면 못하겠다고 말하고 가. 도망가지 말고. 너 스스로 배 탄 거지 누가 억지로 보내서 온 거 아니잖아. 못하겠으면 얘기해. 야밤에 도망가지 말고."

"에이 쌍, 딱 잠들려고 그랬는데 잠 다 깼네."

"야, TV나 틀어봐. 뭐하나 좀 보자."

"아, 참. 얘 옷 챙겨줘야지."

미쉐린맨이 소파에 쌓인 옷 무더기에서 추리닝 두 벌을 끄집어냈다. 하나는 검은색, 다른 하나는 짙은 남색이었다. 둘 다 하얀 얼룩이 묻어 있었다.

"하나는 여기 숙소 있을 때 입고 다른 거는 일할 때 입어. 니가 입고 온 옷은 잘 벗어뒀다가 나중에 집에 갈 때 입어."

"그리고 쓰레빠는… 너 발 크지? 저기 보면 파란색 아디다스 쓰레빠 있어, 그거 신어. 그게 제일 크니까. 근데 얘, 장화는 있을까요?"

"뭐, 선주가 챙겨주겠지."

"그래, 그렇게 해. 나머지 필요한 건 다 배에 있으니까."

세면실은 입구 반대편에 있었다. 컨테이너에 덧대어 지은 콘크리트 건물이었다. 가로 2미터, 세로 3미터 정도의 비좁은 공간에 세탁기와 수도가 설치되어 있었다. 가스보일러가 있었지만 온수를 기대할 수 있을 만큼 성능이 뛰어나진 않았다. 바닷바람을 맞지 않으며 씻는 게 유일한 위안이었다.

사람들이 조금씩 옆으로 자리를 옮기자 커튼 바로 옆에 내가 누울 만

한 공간이 생겼다. 커튼 밑으로 11월이라는 시기에 어울리는 것보다 더 차가운 기운이 스멀스멀 밀려들어 왔다. 내가 어쩌다가 여기까지 왔을까? 나는 심층 면접을 끝마친 것 같은 기분이 들었다. 선주와의 면담도 그만큼 자세하고 깊이 있진 않았다. 선주와의 면담은… 사실대로 말하자면 면담이라는 표현 자체가 과장에 불과하다.

소개소는 낙성대에 있었다. 건물 외관부터 광고에서 약속한 금액을 의심하게 만들었다. 벽에 칠이 벗겨져 회색 콘크리트가 드러나고 금이 가 있었다. 소개소장은 50대 중반으로 보이는 여자였다.

"올해 나이가 어떻게 되세요?"

"스물여섯인데요."

"아이고, 딱 좋을 때네. 그 나이 때에 많이들 해요."

"일하려면 뭐 필요한 거라도 있나요?"

"신분증 가지고 오셨죠? 갈아입을 옷은? 그럼 다 됐어요. 내려가면 작업복, 장화, 장갑, 필요한 거 다 준비해 줘요. 가면 숙소도 있고 밥해주는 사람도 있고 담배도 주고 필요한 거 다 있으니까 아무 걱정 안 하셔도 돼요. 내려가실 때 경비도 저희가 드려요."

"그럼 돈…은 어떻게 되나요?"

"배 처음 타시는 거죠?"

"예."

"돈은, 기본 급료가 한 달에 100만 원이고 물고기를 많이 잡으면 잡은 만큼 가져가는 거예요. 예를 들어서 3개월 잡은 물고깃값이 3억이다 치면 경비 빼고 남은 돈 중에서 반은 선주가 갖고 나머지 절반은 선원들이 나눠 가져요. 대신 갑판장은 일반 선원보다 조금 더 받아요. 그리고 만약에 물고기가 안 잡혀도 기본 급료는 선주가 메꿔줘요.

일 많이 있어요. 꽃게, 전어, 새우, 멸치…. 배도 그날 갔다 들어오는 것부터 한 번 나가서 오륙 일 아니면 보름까지 있다 오는 것들까지. 위험할 것 전혀 없고요. 한 번 나가면 오랫동안 있는 배들에서는 선원들끼리 군기도 좀 잡고 힘드니까, 처음 일하시는 거면 그날 들어오는 배가 일도 쉽고 분위기도 편하고 좋아요.

그럼 일하는 걸로 하시겠어요? 안 그래도 지금 좋은 자리 하나 들어와 있어요. 진도에 꽃게잡이 통발 밴데 선주도 좋은 사람이고 거기 숙소도 좋아요. 필요한 거 다 갖춰져 있고 밥해주는 사람도 있고 좋아요. 거기로 하시겠어요?"

"아… 예."

"아유, 잘 생각하셨어요. 가시면 잘해드릴 거예요. 잠깐만요, 선주 분이랑 이야기 좀 해보세요."

소개소장이 급하게 전화를 걸었다.

"예, 여기 소개손데요, 한 사람 구했어요. 예, 성실하고 일도 오래 하시겠대요. 잠깐만요, 바꿔드릴게요."

"여보세요?"

"너 몇 살이냐?"

굵고 두꺼운, 통나무가 말을 한다면 이런 소리를 내지 않을까 싶은 목소리였다.

"스물여섯인데요."

"배 첨 타냐?"

"예."

"너 일할래?"

"예."

"알았다. 전화 바꿔라."

"예, 예 그럼요. 지금이 3시니까 4시나 5시 차로 보낼게요. 도착하면 입금 부탁드려요."

나는 여자에게 차비를 받아 고속버스 터미널로 향했다. 웃기는 얘기지만 내 머릿속은 희망으로 가득 차 있었다. 전후 관계는 모조리 생략하고 3억이라는 숫자밖에 떠오르지 않았다. 나는 내 무지와 무신경함을 나무랐다. 그 순간만큼은 불경기나 빈곤층이니 하는 말들이 그저 음모이론처럼 느껴질 뿐이었다. 아침까지만 해도 칼바람으로 나를 난도질하던 세상이 갑자기 공짜로 점심을 주겠다고 덤비는 꼴이었다. 공짜 점심 같은 건 없다는 걸, 소개소장이 말한 3억이라는 금액이 단지 하나의 예, 지극히 이론 수준의 가정일 뿐이라는 사실을 눈치챌 만한 금전 감각이 당시 내게는 없었다. 내가 느낀 희망이란 한 사람의 운이 극단에서 반대편 극단으로 옮아간 것이 아니라 단지 내가 현실과 환상을 구분하지 못한다는 증거일 뿐이었다. 내 변명을 해보자면, 나로서는 그렇게 믿지 않을 수가 없었다. "급여: 1800~2500. 숙식 제공, 짧은 기간 목돈 마련 가능"이라고 신문에 적혀 있었다(무가지이긴 했지만). 신문에 그렇게 적혀 있는데 안 믿을 도리가 있나? 종이에 쓰인 걸 그대로 믿는 게 우리가 받은 교육의 핵심이지 않았던가?

내가 미처 깨닫기도 전에 내 첫 번째 고용주와의 면담이 끝나 있었다. 생활정보지에서 일자리를 찾았다는 건 한 인간의 모든 역량이 A 위치에 있던 물체를 B 위치로 옮기는 것으로 축소된다는 뜻이었다. 그는 내 팔다리가 제대로 달려 있는지도 확인하지 않았다. 그저 내게 일할 의사가 있는지만 물었을 뿐이다. 이런 모습은 내가 꿈꾸던 이상 사회의 면접 장면과 닮았다. 물론 면접의 간략함은 내가 하게 될 일의 단순함을 증명하는 것이었지만, 그래도 나는 조금 마음이 놓였다.

'면접' 하면 퀴즈쇼가 연상된다. 면접이란 근본적으로 충성도 시험과 난센스 퀴즈를 이어붙인 뫼비우스 띠 같은 것이라고 생각한다. 내 마지막 '진짜' 면접은 말 그대로 재앙이었다. 'Meta'라는 이름의 외식업체였는데 주 5일 근무에 연봉은 3200만 원이었다. 이 회사에서는 가지치기 수준의 정리해고 탓에 10년 이상 근무한 직원이 거의 없다는 얘기가 파다했지만, 다른 지원자들도 그랬을 것이고 나 역시 그런 건 아무래도 상관없었다. 새로 직장을 구해야 된다 해도 입사 원서에 집어넣을 제대로 된 이력 하나는 생기는 거니까. 상사임이 분명해 보이는 40대 여자와 30대 중반의 남자 둘이 면접관이었다. 나는 다른 지원자 둘과 함께 면접장에 들어갔다. 처음엔 모든 것이 순조로웠다. 내가 영어며 엑셀이니 하는 것들과 얼마나 친숙한지, 내가 외식업계에 얼마나 헌신적으로 젊음을 바칠 준비가 되었는지 떠들어댔을 때 다들 내 말을 믿는 눈치였다. 물론 새빨간 거짓말이었지만. 일이 꼬이기 시작한 건 면접이 끝날 무렵, 여자가 던진 질문 때문이었다.

"강남대교는 길이가 300미터에 차선은 6갭니다. 차들이 모두 시속 80킬로미터로 달린다고 할 때 하루 동안 몇 대의 차가 지나갔는지 알아보는 가장 좋은 방법은 무엇일까요?"

아무 생각도 들지 않았다. 앞 사람이 횡설수설하는 동안에도 그래서 그게 도대체 어쨌다는 거냐는 생각밖에 들지 않았다. 두 번째 친구가 도로관리국에 물어보면 됩니다, 비스무리한 대답을 했다가 매몰차게 무시당하는 걸 보고서는 일말의 희망마저도 사라져 버렸다. 내 차례가 됐지만 아무 말도 하지 못했다. 면접관들이 내 이름을 불러대며 대답을 채근했지만 나는 고개를 푹 숙인 채 입을 다물어버렸다. 그들이 혀를 차는 소리가 들렸다. 나는 또 한 번 그럴듯한 기회를 날려버린 것 같아 분통이 터졌다. 진짜 사고는 마지막 질문에서 터졌다.

"예, 다들 수고 많으셨습니다. 자, 마지막 질문인데요, 20년 후 자신의 모습이 어떨지 말씀해 보시겠어요?"

이 빌어먹을 면접관이란 작자들은 대체 얼마나 삐뚤어진 인간이기에 10년도 채 되기 전에 정리해고로 내보낼 사람들한테 20년 뒤에 뭐할 거냐고 묻는 걸까?

"글쎄요, 땅값 싼 서울 변두리에서 치킨집이나 하고 있지 않을까요? 물론 그것도 평생 회사 일밖에 모르는 제가 법적으로만 사기가 아닌 체인점 광고에 퇴직금을 날려버리지 않았을 경우지만요."

면접장 밖에는 순서를 기다리는 젊은이들이 복도를 따라 쭉 늘어서 있었다. 어떤 사장님들은 식당 밖으로 길게 늘어선 줄을 훌륭한 음식과 서비스의 증거라고 생각하며 흐뭇해한다지만 또 다른 매우 그럴 법한 가능성, 단순히 내부가 너무 좁아 자리가 몇 개 없을 뿐이라는 생각은 좀처럼 하지 않는 것 같다. 행여나 면접관들이 자기들을 전자에 해당한다고 생각하는 일이 없기를 바랐다.

집으로 돌아오는 길에 내가 깨달은 건 합격하지 못하리란 것만이 아니라 내가 이 시스템 자체에 결코 적응하지 못하리란 사실이었다. 내가 만약 합격했다면 그것은 내게도 회사에게도 불행한 일이었을 거다. 나는 그들의 업무에 적절한 사람이 결코 아니었고 인재는 더더욱 아니었다. 모집 요강에 적힌 인재라는 단어가 '인적 재난'의 약자가 아닌 이상엔. 그러니 선주와의 허술한 면접이 끝나고 느낀 안도감을 당신도 조금은 이해할 수 있을 것이다. 그것은 순전히 동물적인 수준의 안도감, 그뿐이었다.

남자들은 이불 속에서 얼굴만 내민 채 TV를 봤다. 중년의 남자들이 너무 궁상맞게 보였는데 직접 있어보니 그것이 가장 에너지 효율적인 자세라는 걸 알게 됐다. 밤 12시가 넘어가고 있었다. 연예인들이 유명 관광지를 체험하는 프로그램이 방영 중이었다. 흑산도 편이었다. 하얀색 고속정이 파도를 갈랐다. 화면 아래 분홍색 자막이 떴다.

"아, 그림 같은 바다!"

갑자기 모두가 피식 웃었다. 명백히 조롱이 섞인 웃음이었다. 내가 바다가 좋아서요, 운운했을 때와 같은 공기가 흘렀다. 미쉐린맨이 입을 열었다.

"그림 같은 바다? 좆 까고 있네."

그것이 바다가 좋아서 배를 탄다는 내 고백에 대한 대답이었다. 생각해 보면 이치에 맞는 얘기다. 선원에게 바다란 쉴 새 없이 바닥이 흔들리는 작업장일 뿐이니까. 언제든 자신을 익사시킬 수 있는 일터에 낭만이 끼어들 여지는 많지 않다. 나는 화장실을 가야 한다며 일어섰다.

화장실은 숙소에서 30미터 정도 떨어진 곳에 있었다. 하얀색 공중화장실 두 칸이 나란히 붙어 있었다. 화장실 안은 좌변기와 세면대만으로도 비좁았다. 문을 닫자 클래식 음악이 흘러나왔다. 이곳 화장실은 무척 아이러니한 장소였다. 항구에서 조용히 앉아 음악을 들으며 혼자만의 시간을 보낼 수 있는 곳은 바지를 내리고 괄약근을 이완시키는 화장실 뿐이었다. 소개소장의 말이 떠올랐다.

"필요한 거 다 있어요."

소개소장 기준으로 필요한 것이란 'G선상의 아리아'가 흐르는 공중화 장실이었던 모양이다. 소개소의 화장실을 쓰지 않고 나온 것이 왠지 안 타까웠다. 나는 그녀가, 자신이 서울 밖으로 쫓아내듯 내려보낸 사람들 이 어떻게 먹고사는지 아무것도 모른다는 사실을 그때서야 깨달았다.

#2

계급이 달라지면 거리 감각도 달라진다. 어학연수를 핑계 삼아 (단순히 라디오헤드를 볼 수 있을지도 모른다는 기대 때문에) 런던에서 지냈을 때, 가끔 양복을 차려입고 'Astrada'라는 이탈리아 식당에서 저녁을 먹곤 했다. 거기선 옥스퍼드를 졸업한 귀족 자제 같은 젊은이들이 식사 시중을 들 었다. 진도에 도착한 다음 날 아침, 나는 소금 얼룩이 묻은 추리닝을 입 고서 A호의 차가운 나무 갑판 위에다 형님들의 식사를 차렸다. 메뉴는 깡깡 언 밥과 미역국이었다. 서울에서 런던까지는 비행기로 열여섯 시 간, 서울에서 진도까지는 버스로 다섯 시간이 걸린다. 한쪽은 산 넘고 물 건너 다른 대륙의 도시이고 다른 쪽은 중산층의 삶에서 가장 멀리 떨어 진 곳이다. 내가 여전히 부모님 집에서 무위도식하며 산다고 가정했을 때 둘 중 어디가 더 멀리 있는 곳일까?

서망은 아주 작은 항구였다. 부두는 남쪽을 향해 뚫린 ㄷ 자 형태였다. 방파제의 양 끝엔 빨간색, 하얀색 등대가 하나씩 세워져 있었다. 동쪽 변에는 수협, 냉동창고, 경매장 그리고 용도를 알 수 없는 창고들이 있었다. 서쪽에는 항구관리소, 파출소, 선박정비소가 있었다. 북쪽 변의 중앙에는 선원회관이 있었고 나머지는 대부분 공터였다.

배는 대부분 북쪽 변을 따라 정박했다. 너댓 척이 옆구리를 마주 붙이고 늘어서 있었다. 주차장이 부족한 아파트 단지에서 2열 주차를 한 모습과 비슷했다. 다만 여기선 기본이 4열이었다. 동쪽 변에는 배를 대지 않았다. 정유기와 경매장 때문이었다. 기름을 넣는 배나 경매장에 물건을 넘기는 배를 위해 그 자리는 비워두는 것이 예의였다. 서쪽 변에도 배를 대지 않았다. 거기엔 도크 시설이 있었다.

민가나 선원 숙소는 대부분 북쪽 변 주위에 흩어져 있었다. 우리 숙소는 유일하게 서쪽 변, 선박정비소 옆에 있었다. 편의 시설이나 식당은 거의 없었다. 항구에서 식당이라고 부를 만한 것은 붕어빵, 오뎅, 순대를 파는 포장마차 정도였다. 선원회관이 편의 시설이라면 편의 시설이었지만 이용하는 사람이 많지 않았다. 선원회관은 샤워실과 식당을 갖추었는데, 이곳 음식은 맛없기로 유명해서 선원들은 샤워실만 이용했다. 샤워실 이용료는 1000원이었다.

항구에는 통발배가 50척 정도 있었는데 그중에서 숙소가 따로 있는 배는 20퍼센트도 되지 않았다. 나머지는 배 안의 선실에서 생활했다. 세탁기를 보유한 숙소는 우리 배가 유일했다. 쉬는 날이면 다른 배 막내들이 빨래가 든 바구니를 들고 우리 숙소를 찾았다. 그 정도의 친분도 없는 사람들은 바람을 피해 공중화장실에서 빨래를 했다. 쉬는 날이면 화장실 앞에 빨래를 든 남자들이 줄을 섰다.

둘째 날 아침에는 6시쯤 잠에서 깼다. 다른 사람들은 9시가 넘어서 일어났다.

"오늘은 일 안 하나요?"

"몰라, 영감이 연락이 없네."

"5시 넘어도 일 안 나가면 그날은 쉬는 거야."

"아이고, 일은 안 해도 밥은 먹어야지. 나는 밥하러 가요."

미쉐린맨이 숙소를 빠져나갔다.

"막내야, 한주 밥하러 가는 데 따라가 봐라."

잠시 후 그를 따라 배에 올랐다. 첫 번째 직장에는 누구나 실망하기 마련이다. 꽃게잡이 배를 타면서 부귀영화를 기대한 건 아니었지만 나 역시 실망한 건 마찬가지였다. 배가 너무 초라해 보였다. 그도 그럴 것이 이전까지 내가 자세하게 관찰할 기회가 있는 배는 타이타닉뿐이었다. 나는 어처구니없게도 선원 개개인의 선실이 있고 조종실에선 파이프 담배를 문 선장이 멋지게 타륜을 돌리는 모습을 기대했다. A호는 7.93톤급 통발배였는데 폭이 4.5미터, 길이가 12미터 정도였다. 숙소보다 절반 정도 넓고 길어 보였다.

상상이 롤스로이스라면 실제는 티코다. A호에는 화장실이 없었다. 업계 기준으로 보자면 당연한 일이었다. 하지만 바다 한가운데서 장을 비워야 할 사람에게는 어떤 것도 당연하지 않다. 소변은 갑판 아무 데서나 해결했다. 곳곳에 배수구가 있었다. 하지만 대변은 그렇게 간단히 해결할 수 있는 문제가 아니었다. 배에는 화장실 대신 똥 떨어뜨리는 장소가 있었다. 대변을 해결해야 하는 사람은 먼저 바지를 내린다. 그리고 배 뒤편 왼쪽 난간에 올라 한 손으로 기둥을 잡고 다른 손으론 휴지를 든 채 쪼그려 앉는다. 난간의 폭은 30센티미터다. 이때 배설과 익사 사이를 가로막는 것은 아무것도 없다. 배는 바지를 내리든 말든 흔들린다. 볼일을 본다고 배의 속도를 줄이지는 않기 때문이다. 다른 사람들은 주위에서 통발을 정리하거나 물을 끓인다. 하반신을 적나라하게 드러낸 채로 소심하게 고개를 돌려 바다를 바라보면 똥을 싸는 게 아니라 굉장히 변태적인 공중곡예를 부린다는 착각이 든다. 잠시 후, 희미하게 '퐁당' 하고 남해 바다가 초대형 변기로 변하는 소리가 들린다. 대변과 함께 배출되는 소변은 (정신력으로 오줌 줄기를 휘게 할 수 있는 사람이 아닌 이상) 그대로 갑판에 떨어지는데, 미리 말하자면 그 위치는 선원들이 식사를 하는 자리다. 배에서 장을 비우고 나면 21세기를 사는 문명인의 자존심은 부도수표 같은 것이 되어버린다.

배에 올랐을 때 가장 먼저 눈에 들어온 건 (농담처럼 들리겠지만) 냉장고였다. 뱃머리에 하얀색 가정용 대형 냉장고가 눕혀져 있었다. 마치 냉장고를 운반하던 화물 비행기에서 그 모습 그대로 떨어진 것처럼. 이것은 실제로도 냉장고로 사용했다. 내부에 얼음을 가득 채워두고 물이나 반찬을 보관했다. 얼음만 충분하면 아이스박스보다 효과가 좋았다. 배는 하얀색에, 갑판은 파란색으로 칠해져 있었다. 갑판엔 직사각형 뚜껑이 세 개 있었는데, 이 중 두 개는 물칸 뚜껑이었다. 이곳엔 바닷물을 담아두고 물고기나 게를 보관했다. 나머지 하나는 창고로 사용했다.

배의 맨 앞머리에는 높이가 1미터쯤 되는 쇠말뚝이 박혀 있었다. 이걸 '모야'라고 불렀다. 모야는 부두에도 설치되어 있었다. 배를 정박시킬 때 부두나 다른 배의 모야에 줄을 걸어 배를 고정시켰다. 갑판이 끝나는 지점에는 엔진실이 있고 그 뒤가 조종실이었다. 조종실은 '브리지'라고 불렀다. 브리지 뒤에는 높이 1미터 정도의 철로 만들어진 상자가 있었다. 그 안엔 가스 스토브 두 개가 설치되어 있었다. 바다에서 요리를 할 때는 바람 때문에 이런 상자가 꼭 필요했다.

식사는 상자 뒤 갑판에서 했다. 브리지에 덧대어 커다란 철판을 이어 붙여놓았는데 이것이 뒷갑판의 지붕 역할을 했다. 뱃머리 왼쪽부터 뒷갑판까지 길이 4미터 정도의 철봉을 세워서 용접해 붙이고 이 철봉 사이를 그물로 막아놓았다. 야구장 펜스같은 모습이었다. 조업을 할 때는 바다에서 꺼낸 통발을 배 왼편에 쌓는데 이때 통발이 바다에 빠지는 걸 막기 위해서다. 지붕 위에는 여분의 통발을 싣고 다녔다. 채소나 각종 음식 재료를 담은 그물망은 쥐의 공격을 피하기 위해서 지붕 아래에 주렁주렁 매달려 있었다. 바닥에서 천장까지의 높이가 160센티가 채 되지 않았기 때문에 뒷갑판에 있을 때는 항상 어정쩡하게 허리를 숙여야 했다.

식사 준비를 시작하면 막내는 반드시 배에 있어야 했다. 내가 할 일은 그릇을 꺼내고 냉장고에서 물과 반찬을 꺼내는 것 정도였지만 하는 일이 없어도 배에서 대기하는 게 막내의 도리였다. 뒤에서 보게 되겠지만 막내가 지켜야 할 도리는 무척 다양하다. 준비가 끝나자 미쉐린맨이 전화를 걸었다.

"큰성, 드시러 오셔."

밥을 먹고 나서는 출항 준비를 했다. 수협에서 리어카를 빌려와 빈 물통을 실은 다음 '잇감'을 가지러 냉동창고로 갔다. 미끼를 잇감이라고 불렀다. 직원에게 배 이름을 대자 안으로 들여보내 줬다. 안에는 종이상자가 가득했다. 고등어 아니면 멸치였다. 대부분의 상자에 일본어 히라가 나가 적혀 있었다. 돌아오는 길에 수협 화장실에 들렀다. 화장실 수도를 이용해 물통을 채웠다. 이 물을 끓여서 식수로 썼는데 끓이지 않은 물은 설거지나 청소 하는 데 썼다.

배에서 하는 일은 무슨 일이든 위험해지는 순간이 있었다. 물통과 잇감 상자를 옮기는 게 전부였지만 이 단순한 작업마저도 내게는 위험해 보였다. 정박한 배라고 해서 흔들리지 않는 건 아니었다. 양손에 짐을 들고 배 위를 걸어 다니는 건 초보자에게는 쉬운 일이 아니었다. 다른 사람들은 시간을 줄인다며 난간도 없는 배 앞머리로 해서 껑충껑충 뛰어다녔다. 나는 겁이 나서 도저히 그렇게 할 수가 없었다.

짐을 옮기고 나자 남은 건 충분히 자두는 것뿐이었다. 저녁 9시쯤 불을 껐다. 출항은 대개 새벽 1시에서 3시 사이였는데 그게 내게는 무척 골칫거리였다. 긴장한 탓에 깊게 잠들 수 없었다. 나는 언제나 일어날 시간이 되기 전에 잠이 깼다. 전날 출발 시간이 4시였는데 다음 날 출항이 3시면 상관없었지만, 전날 출발이 1시였는데 다음 날 출항이 4시면 나는 1시쯤 잠에서 깨어 4시까지 비몽사몽한 상태로 버텨야 했다.

#3

처음 바다로 나가던 날, 새벽 3시쯤 선주가 문을 두드렸다.

"야! 일 나가자!"

불이 켜지고 다들 일어나 작업복으로 갈아입었다. 항구는 이미 환하게 밝혀져 있었다. 부두에 가로등은 없었지만 배에서 나오는 빛만으로도 주위가 환했다. 배들은 엔진 소리를 요란하게 울려댔다. 할리데이비슨 수백 대가 지나가는 소리 같았다. 우리와 똑같이 꾀죄죄한 차림의 남자들이 팔짱을 끼고 슬리퍼를 질질 끌며 어둠 속에서 걸어 나왔다. 한쪽에선 잡어배가 그물을 내렸다. 선원들이 커다란 그물을 부두에 내리자 할머니 수십 명이 그물에 달려들었다. 그러고는 그물에서 고기를 조심스럽게 떼어 얼음을 채운 플라스틱 상자에 담았다. 그물 옆에는 냉동 트럭이 대기하고 있었다. 건장한 남자들이 아이스박스가 채워지는 즉시 트럭에 실었다.

배에 올라 '갑빠'를 입었다. 추리닝 위에 입는 두꺼운 비닐 우의를 갑빠라고 불렀다. 전부 짙은 녹색이나 남색이었는데 하얀 소금기가 잔뜩 묻어 있었다. 거기다 보라색 고무장화를 신었다. 볼이 너무 꽉 끼어 괴로웠다. 내 발 크기는 290이지만 장화는 285였다. 다음으로 면장갑을 두 개씩 끼고 그 위에 고무장갑을 꼈다. 손이 조였지만 그러지 않으면 손이 시려서 작업하기 어렵다고 했다.

갑판에는 불이 환하게 켜져 있었다. 등은 전방을 향한 채 3미터 정도 높이에 매달려 있었는데 꼭 야간 야구 경기장에 들어선 느낌이 들었다. 모두가 갑빠를 입었을 때쯤 배는 '탕탕탕' 거리는 엔진 소리를 내며 항구를 벗어났다. 배가 방파제를 넘어서자 더 이상 누구도 입을 열지 않았다. 다들 일사분란하게 움직였다. 미쉐린맨은 브리지 뒤에서 물을 끓였다. 그리고 선주부터 시작해서 차례대로 커피를 돌렸다. 나머지 사람들은 잇감을 준비했다. 미쉐린맨은 우리들 입에 불을 붙인 담배를 물려주고 아침밥을 준비했다.

우리는 잇감통 안에 멸치를 집어넣었다. 잇감통은 비눗갑 크기의 곤

충채집통을 상상하면 실제 모습과 가장 가깝다. 이 잇감통을 통발 안에 끼워두면 게들이 비린내를 맡고 통발 속으로 들어온다. 잇감용 멸치는 가정에서 쓰는 것보다 다섯 배 정도 컸다. 성인 남자의 손만 했다. 이를 반으로 접어서 통에 넣었다. 잇감을 채운 통은 '가구'라고 부르는 상자에 담았다. 가구는 이삿짐센터에서 사용하는 노란색 플라스틱 상자와 똑같은데 어째서 가구라고 부르는지는 아무도 몰랐다. 가구는 항구에서 중요한 단위로 쓰였다. 잡은 고기를 경매에 내놓을 때, 어획량을 계산할 때, 이 가구가 기준이 됐다. 예를 들면 꽃게 네 가구, 문어 여섯 가구 하는 식으로 조업 결과를 정리했다.

잇감을 담은 가구가 여섯 개 정도 쌓이자 아침이 준비됐다. 나는 허겁지겁 물과 반찬을 꺼내고 그릇, 젓가락, 숟가락을 늘어놓았다. 선주는 우리와 같이 먹지 않고 브리지에서 따로 식사를 했다. 선주의 식사는 특별히 식판에 담았다. 이가 안 좋은 선주를 위해 깍두기나 김치는 잘게 썰어서 준비했다.

바다에서 밥을 먹을 때 가장 중요한 건 속도다. 무조건 빨리 먹어치우고 순식간에 정리해야 한다. 우리는 빨리 먹기 시합이라도 하듯, 정말 게 눈 감추듯 밥을 먹어치웠다.

통발을 설치해 둔 지점을 어장이라고 부르는데 어장은 대개 항구에서 두 시간 정도 거리에 있었다. 어장과 어장 사이는 아주 가깝게 유지했다. 어장에 도착할 때까지는 잠깐이지만 갑판에 웅크리고 눈을 붙일 수 있었다.

배에서 앉는 위치는 각자의 영향력을 반영했다. 브리지에는 당연히 선주가 앉는다. 브리지 내부는 협소했고 전기난로도 있어서 숙소보다 따뜻했다. 선주는 목포 출신이었고 집도 목포에 있었다. 목포에는 결혼을 앞둔 아들들과 아내가 있었지만 그는 진도에서 자취를 했다. 선원들은 선주들이 집 나와서 생활하는 이유가 처제뻘 되는 술집 여자들과 딴살림을 차릴 수 있기 때문임을 알고 있었다. 선주는 말수가 무척 적었는데 말을 거의 하지 않는다는 게 이 남자가 가진 유일한 미덕이었다. 선주는 뱃사람이라기보다는 시골 신사처럼 보였다. 나이는 50대 후반, 키는 크지 않았지만 다부진 체격이었다. 머리는 8 대 2 가르마를 타서 아주 반듯하게 빗어 넘겼다.

요리 상자에 앉는 건 한주 형님과 큰형님이었다. 작업을 하지 않을 때면 수시로 물을 끓여 상자를 따뜻하게 만들었다. 그 위에 앉아도 바람은 피할 수 없었지만 엉덩이와 허벅지는 따뜻했다. 한주 형님이 바로 미쉘린맨이었다. 그는 의정부 출신이었다. 나이는 서른아홉이었지만 40대 후반이라고 해도 믿을 만한 얼굴을 했다. 이목구비가 뚜렷한 편이었지만 살 때문에 잘 드러나진 않았다. 입가와 목에 흉터가 많았다. 그는 뱃사람에 대한 선입견에 가장 잘 부합하는 인물이었다. 힘세고 무식하고 욕 잘하는 전과자. 재밌는 건 선원 전체로 보자면 한주 형님과 같은 사람은 예외적인 경우에 속한다는 거다. 그는 한창 때 강북의 대형 나이트클럽에서 중간 관리직으로 일했는데, 그 시절 자신이 강북의 유흥 산업에 남긴 업적에 대해서 떠들길 좋아했다.

"야, 너 지나다니다 작은 트럭에 '무슨무슨 나이트 뻐꾸기를 찾아주세요' 뭐 이렇게 써놓고 뻐꾸기 우는 소리 엄청 크게 틀어놓고 다니는 거 본 적 있지? 야! 그 시스템을 강북에서 처음 도입했던 게 바로 나야."

그는 업소에서 밀려난 뒤로 지방에서 직접 술장사를 했다. 그걸 말아

먹고 나서는 노가다를 전전하다 큰형님과 친해지게 됐다. 두 사람이 서망에서 일한 지는 1년 반이 넘어가고 있었다.

한주 형님 옆에 앉는 사람이 큰형님이었다. 그는 누구에게도 자기 이름을 가르쳐주는 법이 없었다. 그저 허허 웃으며 "마이 네임 이즈 송" 하고 얼버무릴 뿐이었다. 그래서 다들 큰형님 아니면 큰성이라고 불렀다. 그는 전남 화순 출신으로 트럭 행상을 하다 빚을 지고 노가다를 뛰기 시작했다. 그는 나이가 마흔다섯이었는데 우리 배뿐만 아니라 항구 전체의 일반 선원들 중에서도 최고 연장자였다. 큰형님은 털이 무성했는데 특히 눈썹이 진하고 두꺼웠다. 오른쪽 콧구멍에 언제나 굵은 털 두 가닥이 삐져나와 있었다. 관리하는 것도 아닌데 털은 언제나 일정한 길이를 유지했다. 그는 자신의 체력이 허락하는 한에서 누구에게나 자상하고 친절했다. 두 사람은 좋은 콤비였는데 사람 다루는 데에 무척 효과적이었다. 한주 형님이 윽박지르면 큰형님은 타이르고 다독였다. 거친 경찰과 부드러운 경찰이 범인을 취조하듯 사람을 몰아붙였는데 우리는 언제나 그들이 의도한 대로 움직였다.

두 사람의 무릎을 마주보며 바닥에 앉은 사람은 나와 윤철이 형이었다. 나무 바닥은 차갑고 딱딱했고, 등을 기댈 수도 없었지만 딱히 다른 장소가 없었다. 그곳이 내 자리였다. 만약에 요리 상자와 바닥 사이에 중간 위치가 있었다면 분명 윤철 형님이 차지했을 것이다. 그는 나이가 서른셋이었는데 얼굴빛이 유난히 까매서 다들 '필리핀'이라고 불렀다(물론 나는 그렇게 부르지 못했다). 대구 출신인 그는 20대 때부터 노가다 일을 했고, 돈을 모아 집 근처에 PC방이나 하나 차리는 게 꿈이라고 했다. 그는 경상도 사투리가 심했는데 주로 쌍시옷 발음이 안 되는 지역에서만 살

퀴닝

아왔다. 그는 넉 달째 서망에서 일하고 있었다.

선주를 제외하고 브리지에서 바람을 피하는 건 갑판장님뿐이었다. 그는 우리와 달리 기술자로 인정받았고 덕분에 선주의 성역에서 쪼그리고 앉아 쉴 수 있었다. 이름이 강선일이었는데 부산 출신에 나이는 마흔이었다. 그는 20대 초반부터 배를 탔는데 화물선부터 원양어선까지 안 타본 배가 없었다.

선주가 보스라면 행동대장은 한주 형님이었다. 나이로 보나 경력으로 보나 갑판장님이 한주 형님 위였지만 실제로는 그렇지 않았다. 갑판장님은 서망에 도착한 지 한 달이 채 되지 않았다. 더 중요한 건 성격이었다. 한주 형님은 여기저기 나서기 좋아하고, 동생들이 형님들을 얼마나 깎듯하게 대하는가를 자신의 명예가 걸린 문제라고 생각했지만, 갑판장님은 자기 일이 아니면 관심이 없었다.

새벽 바다는 새까맸다. 배의 불빛이 닿는 부분에서 거친 물결과 거품이 보였다. 빛이 닿지 않는 대부분의 바다는 아무것도 존재하지 않는 듯 그저 까맣기만 했다. 저 멀리 수평선에 작은 노란 불빛들이 반짝였다. 그것들을 바라보고 있으니 조금 마음이 놓였다. 첫날은 파도가 심했다. 배는 연신 '철썩철썩' 대며 흔들렸다. 날이 서서히 밝아왔지만 하늘은 흐렸고 파도는 여전히 거칠었다. 배는 작은 섬으로 다가갔다. 방파제 근처에는 우리처럼 파도를 피하는 배들이 옆구리를 맞대고 있었다. 우리 배도 대열에 합류했다. 선주는 장기판과 소주병을 들고 다른 배로 건너가 버렸다. 그는 10시가 지나서야 돌아왔다.

"안 되겠다, 그냥 가자! 에이, 기름값만 날렸다. 쌍!"

바다는 더 거칠어졌다. 배는 마치 커다란 구덩이에 들어갔다 나오기를 반복하는 것 같았다. 배가 출렁일 때마다 '쏴아' 하며 물보라를 뒤집어썼다. 다들 이 정도 파도엔 이골이 난 듯 무덤덤했지만 나는 그런 여유 있는 표정을 지을 수가 없었다. 갑빠 안에는 금방 땀이 찼다. 옷깃을 여미고 후드를 뒤집어써도 바닷물이 안으로 스며들었다. 땀과 물이 바닷바람에 없어졌다 다시 생기기를 반복하면서 몸을 덥힐 여유를 주지 않았다. 속이 울렁거리고 현기증이 났다. 나는 난간에 기대 헛구역질을 해댔다. 누군가 장난치듯 말하는 소리가 들렸다.

"배 타려는 놈이 내장을 갖고 있으면 안 되지."

나는 어디선가* 그 말을 들은 느낌이 들었다.

윤철 형님이 다가와 내 등을 두드려줬다.

"니 무섭나?"

"예?"

"배 막 흔들리고 하니까 무섭제?"

"…."

"걱정 마라. 배 그렇게 쉽게 안 뒤집힌다."

"…."

"니 배가 어떨 때 뒤집히는 줄 아나?"

"…지금 같은 때요?"

"파도 높다고 다 배가 뒤집히는 거 아이다."

"그럼요?"

"배가 뒤집히는 건 있다 아이가, 파도를 피할 때 뒤집히는 기라."

---

* 《암흑의 핵심》, 조셉 콘레드, 이상옥 옮김, 민음사, 1998.

퀴닝

"피하다가요?"

"그래 파도가 아무리 높아도 배도 무게가 있고 길이가 있어서 쉽게 안 뒤집힌다. 근데 초짜 선장들이 겁먹고 도망갈라꼬 배 돌리다 배 옆구리에 파도 맞으면 고대로 넘어가는 기라."

"…"

"니 뭔 말인지 알긋제? 아무리 파도가 세도 뱃머리로 부딪치면 배 안 뒤집힌다."

파도는 여전히 거칠었지만 마음은 이상하리만치 평온해졌다. 그가 직감적으로 내게서 대책 없는 인생의 냄새를 맡은 것인지 아니면 단지 선원 생활에 대한 조언을 해준 것인지는 알 수 없었지만 그의 그 마지막 말은 지금도 내 가슴속에 깊이 남아 있다.

"막내야, 많이 춥지?"

큰형님이 나를 불렀다.

"아니요, 괜찮아요."

"괜찮긴, 일루 와서 여기 앉아."

그가 요리 상자 위에서 일어났다.

"아, 큰성 왜 그러서? 애들 버릇 나빠지게."

한주 형님이 말했다.

"괜찮아, 일루 와서 앉아봐."

겸손이나 사양하는 태도는 바닷바람에 날아가 버린 모양이었다. 나는 얼씨구나 하며 그가 내준 자리에 앉았다. 커피 물을 끓일 때 생긴 온기가 고스란히 남아 있었다. 나는 손을 엉덩이 밑으로 집어넣고 몸을 웅크렸다. 엉덩이랑 손만큼은 온돌방에 놓인 것 같았다.

"오늘 파도가 쎄니까 단단히 붙잡고 있어라."

지금 그 시절을 되돌아볼 때 나를 가장 놀라게 하는 건 내가 뱃일을 버 텨냈다는 게 아니라 틈만 나면 배 위에서 잠이 들었다는 사실이다. 매서 운 바닷바람, 불편한 작업복, 작은 장화 그리고 무섭게 출렁대는 바다. 그 모두가 내 몸과 마음을 짓누르던 상황에서도, 아주 조그만 여유가 생 겨도 나는 곧바로 잠이 들었다. 그날도 마찬가지였다. 나는 어떻게 그럴 수 있을까 싶을 정도로 곯아떨어졌고(정작 숙소에선 그러지 못했다) 정신을 차렸을 땐 배가 항구에 가까워지고 있었다.

터벅터벅 숙소로 향하는데 큰형님이 나와 보조를 맞춰 걸었다. 직접 보진 못했지만 내 몰골은 형편없었을 거다. 나는 부자연스러워 보일 정 도로 떨었는데 거기엔 추위로 인한 떨림, 파도로 인한 떨림 그리고 대책 이 서지 않는 앞날로 인한 떨림 모두가 섞여 있었다.

"막내야, 어떻게 일할 수 있겠냐?"

"예…. 아, 예."

"나는 말이다, 내가 뱃일할 거라고는 생각도 못 했다. 나는 말이다, 저 화순이라는, 시골이지, 한참 시골인 동네서 장사 쬐그마난 거 몇 개 하다 가 다 말아먹고 노가다를 했는데 그러다 한주를 만나가지고 한주 따라 서 여까지 왔다."

그의 목소리는 정중했다.

"내가 뱃일을 할 수 있을까 싶었는데 막상 하다 보니까 할 만하더라. 뭐 나한테 별로 나쁘지 않더라. 돈 버는 거야 거의 없지만 그래도 여 있 으면 마음도 편안해지고, 평생 돈 번다고 빨빨거리고 돌아다녔는데 여 기가 그냥 내 자린가 싶기도 하고…."

"……"

"막내야, 내가 보기엔 말이다, 사람은 누구나 자기 자리가 있는 거 같다. 나는 아직 니가 어떻게 살아왔나 이런 거는 잘 모른다만 내가 보기에 아무래도 여기가 니 자리는 아닌 듯싶다."

"……"

"너도 얼렁 니 자리 찾아 나서는 게 좋지 않겠냐?"

"……"

"어쨌거나 오늘 고생했다. 어서 가서 쉬자."

자리에 누우니 파도 소리만 들렸다. 밀려 들어왔다 빠져나가길 반복하는 파도 소리가 마치 거인의 숨소리 같았다. 나는 윤철 형님의 말을 다시 한번 떠올렸다. 한 사람의 인생에서 질풍노도의 시기라는 표현이 정신적으로나 물질적으로나 이토록 절묘하게 맞아떨어진 적이 있을까 싶었다.

#4

실제로 작업을 한 건 다음 날이었다. 나는 통발이였다. 작업을 수행하기 전까지 필요한 교육 기간을 기준으로 직종의 전문성을 따진다면 통발이는 전문성 마이너스가 아닐까 싶다. 내 역할에 대한 설명을 들은 것은 첫 번째 어장에 도착한 뒤였다.

"막내야."

큰형님이 말했다.

"예."

"너 일 제대로 하는 거 오늘이 처음이지?"

"예."

"그럼 니가 뭘 해야 하는지 설명해 줄 테니까 잘 들어라. 저기 갑판장이 맨 앞에 서 있는 거 보이지? 갑판장이 이제 줄을 끌어 올리면 닻이 올라올 거야. 그럼 니가 닻을 배 뒤에, 한주 있는 데 갖다 놔. 알겠냐? 닻이 엄청 크고 무겁다, 옮길 때 몸을 최대한 숙이고 천천히 걸어. 안 그럼 큰일 난다. 그리고 나선 딱 여기, 내 왼쪽에 서 있어. 그러고 있으면 탈탈탈거리면서 통발들이 올라온다고. 그럼 그걸 갑판장이 필리핀한테 넘길 거야. 쟤는 안에 든 거 빼내서 나한테 넘기고, 내가 잇감통을 새 걸로 바꿔서 요 옆에다 올려놓으면 니가 그걸 들고 가서 저기 배 뒤쪽 통로 끝에서부터 쌓아. 너무 높게 쌓지 말고 여덟 개씩 쌓아. 통로에선 그렇게 하고, 갑판으로 나오면 네 줄로 바깥쪽에서부터 여덟 개, 일곱 개, 여섯 개, 다섯 개 이런 식으로 점점 낮아지게 쌓아. 그래야 안 쓰러져. 야, 닻 올라왔다. 가봐."

통발 작업은 은행 강도단만큼이나 철저하게 분업화되어 있다. 어떤 의미에서 보자면 통발 작업도 꽃게를 얻기 위해 바다를 터는 일 아니겠는가. 작업은 앞잡이, 통털이, 잇감 넣기, 통발이, 줄잡이의 순서대로 이루어진다. 우선 통발부터 살펴보자. 통발은 그물을 씌운 원통 형태의 철제 틀이다. 지름은 50센티미터, 높이는 25센티미터 정도다. 안에는 잇감통을 끼울 수 있도록 두꺼운 고무줄이 매여 있다. 통발의 옆면에는 안으로 들어갈수록 구멍이 점점 좁아지게 만든 입구가 세 개 있다. 게들이 잇감 냄새를 맡고 통발 안으로 들어가면 절대 밖으로 빠져나가지 못한다.

퀴닝

통발을 매다는 밧줄의 길이는 150미터 정도다. 길이를 재본 적은 없지만 통발을 1미터 간격으로 120개가량 달고 양쪽으로 10여 미터 정도 여분이 남았던 걸로 봐서 그 정도 길이는 될 것 같다. 밧줄의 양 끝에 닻을 달아 가라앉힌다. 주로 바다 밑바닥에 서식하는 것들이 걸려든다. 게뿐 아니라 우럭, 문어, 붕장어도 자주 잡힌다.

밧줄 끝에 다시 긴 줄을 잇고 거기에 '망통'을 달아 수면 위로 띄운다. 망통은 부표 역할을 하는 원통형 스티로폼이다. 망통 중앙엔 검은 깃발이 꽂혀 있다. 깃발엔 하얀색 글씨로 배 이름, 선주 이름, 선주의 핸드폰 번호가 적혀 있다. 배마다 깃발의 개수, 색깔의 조합이 다르다. 어장에 도착하면 망통부터 찾는다. 망통은 '삿갓대'로 건져낸다. 삿갓대는 2미터 정도 길이의 대나무 장대에 ㄱ자로 휘어진 칼날을 꽂은 것이다. 이것은 바다에 뜬 이런저런 물건을 건져낼 때 사용한다.

앞잡이는 배의 오른쪽 앞부분에 자리 잡는다. 그가 선 난간에는 레버로 속도를 조절할 수 있는 작은 모터가 설치되어 있다. 앞잡이는 망통에서 떼어낸 줄을 모터에 걸고 천천히 끌어 올린다. 배 위로 끌어 올린 줄은 줄잡이가 배 뒤로 옮긴다. 탈탈거리면서 돌아가는 모터가 가장 먼저 끌어 올리는 것은 닻이다. 닻은 막내가 배 뒤로 옮긴다. 조금 지나면서부터 통발이 올라오기 시작한다. 앞잡이는 통발을 줄에서 끌러 통털이에게 넘긴다.

앞잡이는 대개 일이 가장 능숙한 사람이 맡는다. 줄을 직접 다루는 일은 위험하기 때문이다. 낡은 줄이 끊어지면서 줄을 잡고 있다가 바다에 빠지거나 줄에 맞고 다치는 일이 종종 있었다. 앞잡이는 손힘이 세야 한다. 통발은 커다란 클립 형태의 고리에 걸려 있다. 고리 중간을 눌러서 열면 통발을 빼낼 수 있다. 그런데 이 고리가 웬만한 힘으로는 열리지 않는다. 나는 두 손으로 힘껏 눌러봤지만 한 번도 열지 못했다. 앞잡이는 한 손으로 레버를 조종하고 한 손으론 고리를, 그것도 재빨리 풀어야 했다. 우리 배에선 갑판장님이 앞잡이였다. 갑판장님은 거구도 근육질도 아니고 굳이 따지자면 왜소한 편이었지만 하루에 천 개 이상 고리를 열었다.

이런 점은 나와 한주 형님을 제외하면 모두가 마찬가지였다. 나는 아무리 무거운 물건이라도 단번에 들어 올릴 수 있을 것처럼 생겼지만 실제로는 빈 물통 말고는 자신 있게 들어 올릴 수 있는 게 없었다. 반면 한주 형님은 어떤 물건이라도 들어 올릴 수 있을 것처럼 보이고 실제로 뭐든지 들어 올렸다. 나머지 사람들은 보통 키에 마른 편이었지만 한주 형님만큼 힘이 셌다. 다들 어디서 그런 힘이 나오는지 신기할 따름이었다.

통털이 옆에는 가구가 세 개 놓여 있다. 통털이는 통발을 열고 내용물을 가구 속에 붓는다. 첫 번째 가구에는 꽃게만 담는다. 두 번째 가구에는 꽃게 이외의 게를 담는다. 세 번째에는 빈 잇감통을 담는다. 문어나 우럭이 들어 있을 때는 통발째 던져뒀다가 시간이 날 때 꺼내서 물칸에 집어넣는다. 얼핏 보기엔 통털이가 가장 수월해 보이지만 이것도 만만한 일은 아니다. 오른쪽 다리를 난간에 붙이고 있는 것 말고는 통털이가 균형을 유지할 방법이 없다. 이 난간은 꼭대기가 엉덩이보다 훨씬 아래에 닿는 정도 높이다. 흔들리는 배에서 아무것도 잡지 않은 채 서 있는 건 말 그대로 용기가 필요한 일이다. 통털이는 윤철이 형이 맡았다.

잇감 넣기는 갑판 중앙에 탁자를 놓아두고 그 앞에 선다. 탁자에는 새 잇감통이 수북이 쌓여 있다. 그는 통발에 새 잇감통을 끼워 넣는다. 잇감

넣기 역시 쉬워 보이지만 저마다 자기가 하는 일이 가장 어렵다고 한다. 이럴 때는 '황희 정승'식으로 결론을 내리는 게 정답이다.

통발이는 새 잇감통을 끼운 통발을 배 왼편 통로에서부터 쌓는다. 배 왼편은 그물망으로 막혀 있어 통발이 바다에 빠질 염려는 없다. 통발을 쌓을 땐 일자로 반듯이 쌓아선 안 된다. 좌우의 통발이 조금씩 맞물리게 쌓아야 배가 흔들려도 쓰러지지 않는다. 다 쌓으면 통로는 물론이고 갑판의 절반 이상이 통발로 가득 찬다. 통발을 물 밖으로 꺼내 잇감통을 교체하는 과정을 양망이라고 부른다.

후반전은 투망, 통발을 다시 바다에 빠뜨리는 과정이다. 갑판에서 작업이 진행되는 동안 줄잡이는 줄을 배 뒤편으로 옮겨서 커다란 똬리 두 개로 정리한다. 양망이 끝나면 줄에 다시 닻을 연결한다. 배 뒤편에는 투망대라고 부르는 선반이 있다. 여기다 통발을 세워놓고 줄과 연결시킨다. 투망이 시작되면 먼저 닻을 빠뜨리고 배는 천천히 앞으로 나아간다. 줄은 '쉭쉭' 소리를 내며 무서운 속도로 빨려 들어간다. 줄잡이는 계속 통발과 줄을 연결하고 나머지 사람들은 쌓아둔 통발을 꺼내 투망대에 올려놓는다. 두 번째 닻까지 빠뜨리면 투망 작업도 끝이다. 한 번의 작업을 마친 걸 '어장 하나 봤다' 또는 '한 틀 땡겼다'라고 말한다.

나는 닻을 들고 허리를 잔뜩 숙인 채로 어기적어기적 걸었다. 닻을 들어 올리면 '컥' 하는 소리가 저절로 튀어나오는데 무게가 30킬로그램은 나가지 싶었다. 닻에는 녹이 잔뜩 슬었다. 갈색, 노란색 표면이 나무껍질처럼 벗겨졌다. 군데군데 진흙이 엉겨 붙었다. 그걸 들고 비틀대고 걷고 있으면 언제라도 균형을 잃고 넘어질 것만 같았다. 오른쪽으로 넘어진다면 멍이 드는 정도로 끝나겠지만 왼쪽으로 넘어지면 그대로 바다에 빠지는 수밖에 없었다. 7미터도 안 되는 거리를 40걸음으로 나눠 걸었다. 닻을 내려놓고 허리를 펴는데 한주 형님이 '저거 저래 가지고 어따 써먹겠냐?' 하는 표정으로 나를 바라보았다. 하지만 야단맞을 시간도 없었다. 탈탈대는 모터 소리와 함께 통발이 올라왔다.

"야! 막내, 뭐해!"

큰형님 옆에는 통발이 다섯 개째 쌓였다.

"얼렁 갖다 쌓아!"

그가 작업대에서 고개도 돌리지 않고 말했다. 휘청거리며 통발을 옮겼다.

"통발이 세 개 이상 쌓이지 않게 속도를 맞춰!"

통로의 절반 정도를 채웠을 때 결국 걱정하던 일이 벌어졌다. 배가 크게 한 번 흔들리자 통발이 우르르 쏟아졌다. 허둥지둥 다시 쌓고 돌아와 보니 큰형님 앞에 통발 한 무더기가 쌓여 있었다.

"야! 막내 너 뭐하냐?"

"엎었네. 엎었어."

"야, 너 빨리빨리 안 해!"

선주도 스피커를 통해 거들었다.

"야! 왜 너 일 안 하고 가만 섰냐? 그러고 섰으면 누가 돈 준다디?"

다들 '고문관 들어왔구먼' 하는 표정이었다. 하지만 겁먹을 시간도 없었다. 통발이 잔뜩 쌓였다. 이런 일이 무수히 반복됐다. 공든 탑이 무너지지 않는다는 건 바다에선 해당 사항이 없는 말이었다.

양망이 끝나고 잠깐 숨 좀 돌리려는데 큰형님이 나를 불렀다.

"야 막내, 와서 다대해."

"예? 다대가 뭔데요?"

"다른 사람들 따라서 게랑 생선이랑 손질해. 다대는 항상 꽃게부터. 우리는 꽃게가 제일 중요해. 그것보다 먼저 새끼부터 골라내. 게 중에서 한 손바닥도 안 되는 거, 이런 건 상품 가치가 없으니까 그냥 바다에 던져버려. 그리고 남은 것들은 뺀찌 갖다가 요 집게발 있잖아, 요 아래 집게만 잘라내. 안 그럼 지들끼리 싸워서 물건 상하니까. 그다음 요 잡게들, 꽃게 아닌 것들은 그냥 종류별로 다른 가구에 담기만 해. 우럭이나 장어 같은 건 요기 물칸에다 넣고."

"문어도 그냥 물칸에 넣으면 돼요?"

"아냐, 아냐. 문어는 따로 해야 돼. 문어가 아주 애멕인다. 돈도 별로 안 되는 게 손은 많이 가. 문어는 그냥 넣으면 절대 안 돼. 이놈이 다리로 다른 물고기 다 깜겨 죽인다고. 문어는 저기 양파 망 같은 거 보이지? 저거 갖다가 한 마리씩 넣어. 여러 마리 같이 넣으면 지보다 약한 것들 다 깜겨 죽여, 이놈이. 그리고 스티로폼 조각도 하나씩 같이 넣어. 그래야 물 위로 뜨니까. 어떻게 하는지 알겠지? 그럼 해봐."

어디서 나타났는지 갈매기 떼가 배와 속도를 맞춰 바로 우리 눈높이에서 날고 있었다. 우리가 새끼 게를 바다에 던질 때마다 쏜살같이 내려와 게를 집어 먹었다. 나는 시작부터 헤맸다. 꽃게가 하도 사납게 집게를 휘둘러서 무턱대고 한쪽 집게를 잡았는데 기다렸다는 듯이 내 손가락을 집었다. 문틈에 손가락이 끼인 것처럼 아팠다.

"아! 아! 아! 아아아아!"

"크크크, 푸하하하!"

"쟤, 저기서 뭐하나?"

"쇼를 해라, 아주 쇼를 해."

내가 분만실에서 들을 법한 비명을 질러대니 큰형님이 다가와 집게를 '똑' 하고 끊어버렸다.

"하하하, 아프지? 꽃게가 요만해도 집게 무는 힘이 음청 쎄다. 조심해라. 자, 봐봐. 꽃게를 잡을 때 너처럼 잡으면 안 돼. 요기 꽃게 몸통 뒷부분, 사람으로 치면 요 엉덩이쯤 되는 데를 잡아. 그래야 집게가 안 닿는다고. 꽃게가 이렇게 집게 흔들면서 막 지랄하잖아? 그래도 쫄면 안 돼. 그냥 한 번에 잘라. 자세 잡으려고 버벅대지 말고 한 번에 딱 잘라."

어획량은 초라했다. 꽃게는 열 마리 정도였다.

"꽃게 말고 다른 게도 전부 파는 거예요?"

"그럼, 그것들도 다 팔지. 원래 꽃게 잘 잡힐 때는 꽃게 빼곤 다 버리는데 요즘엔 꽃게 구경도 하기 힘드니까 요런 거라도 다 팔아."

불황이란 전염병은 바닷속에서도 번식력이 왕성한 모양이다.

"이건 이름이 뭐예요?"

나는 짙은 회색 바탕에 푸른빛이 도는, 점이 많이 찍힌 게를 가리켰다.

"그건 돌게. 털게라고도 하고."

"이거는요?"

이번엔 꽃게의 절반 정도 크기에 짙은 주황색 게였다.

"반게, 그냥 똥게라고 불러."

"왜요?"

"왜긴 인마, 값이 똥값이니까 똥게지. 똥게는 돈 안 돼. 털게가 그나마 좀 낫지."

"야 선일아, 근데 똥게는 사가는 사람이 있긴 있냐?"

"당연히 있지, 왜 없어요. 저것도 없어서 못 사가는 데 있어요."

"저걸로 뭘 해 먹는데?"

"쟤들은 주로 싸구려 식당에서 밑반찬으로 게무침 같은 거 만들 때 쓰죠. 반게도 먹을 만해요."

장어는 길이가 40센티에서 140센티가 넘는 것까지, 굵기도 비엔나소시지만 한 것에서 두 손으로 감싸지도 못할 만큼 두꺼운 것까지 다양했다. 장어는 갑판 위에 올려놓자마자 몸부림을 치며 배 구석구석을 헤집고 다녔다. 장어는 다루는 데 특별한 요령이 없었다. 잡고 놓치기를 반복하면서 물칸 가까이 다가가는 게 최선이었다. 도시에서만 살아온 사람들은 축축하고 팔딱팔딱 뛰는 생물에 두려움을 느끼기 마련이다. 나는 거기에 손을 대는 것 자체가 무서웠다. 내가 그 일을 해낼 수 있었던 건 형님들에 대한 두려움이 장어에 대한 두려움을 압도한 덕분이었다.

가장 진을 빼놓는 건 문어였다. 문어는 통발에서 꺼내자마자 다리를 활짝 펼치고 파테르를 당하는 레슬링 선수처럼 갑판에 찰싹 달라붙었다. 빨판의 힘이 무척 강했다. 문어의 다리를 떼어내는 게 아니라 무수한 빨판 하나하나를 떼어내는 기분이었다. 간신히 문어를 갑판에서 떼어냈지만 그걸로 끝이 아니었다. 이번엔 문어가 갑빠에 달라붙었다. 갑빠는 문어의 빨판이 들러붙기 좋은 재질이었다. 문어는 마술 밧줄마냥 내 몸을 칭칭 감았는데 다리 하나를 떼어내면 그 자리에 즉시 다른 다리가 달라붙었다. 나는 투명인간과 싸우기라도 하는 것처럼 허공에 대고 팔다리를 휘둘렀고 헉헉대며 숨을 몰아쉬었다. 다른 사람들이 보기엔 슬랩스틱 코미디 같았던 모양이었다. 나를 볼 수 있었다면 나라도 웃음을 터뜨렸을지 모른다.

"아이고, 아이고, 지랄한다. 지랄해."

"야, 크크크… 저 시키 아주 골고루 한다, 골고루 해."

"야, 이노무 자식아, 남자 새끼가 문어 하나 못 떼어내서 쩔쩔매고 있냐? 에라이!"

이번에도 큰형님이 나를 살렸다.

"막내야, 문어 떼어낼 땐 너처럼 다리 하나하나 떼어내려면 하루 종일 해도 못해. 봐라, 너는 팔이 두 개고 문어는 여덟 갠데 싸움이 되냐? 문어를 떼어내려면 요 대가리 있잖아? 요 대가리 밑에다 손을 딱 집어넣은 다음 힘껏 당겨. 그럼 한 번에 딱 떨어진단 말이야. 그럼 그대로 망 속에다 패대기쳐. 그럼 간단하단 말이야. 함 해봐."

정말 그대로였다. 대가리를 잡아당기니 다리들이 '투두두둑' 소리를 내며 한 번에 떨어졌다. 힘 안 들이고 목적을 달성할 수 있는 요령이 있다는 게 얼마나 다행스러운 일인지 깨달았다.

아주 드물게 해마가 잡히기도 했다. 해마는 크기가 무척 작아서 기껏해야 엄지손가락만 했다. 해마는 잘 씻어 말린 다음 투명한 매니큐어를 발라 다시 말렸다. 그다음 머리에 바늘로 구멍을 뚫어 실에 매달았다. 이것은 집안의 아이들에게 선물로 보냈다. 해마는 어두운색에 주름이 무척 많은데, 희귀한 동물이라는 점만 빼놓고 보면 무척 징그러웠다.

한 틀을 땡기는 데 한 시간 정도가 걸렸다. 다음 어장으로 이동하는 동안엔 갑판을 청소했다. 다섯 틀 정도를 쉬는 시간도 없이 땡기고 나니 혈기 왕성한 젊은이를 야반도주하게 만드는 상황이 어떤 것인지 알 것 같았다.

배가 항구로 들어설 때 윤철 형님이 장난기 가득한 표정으로 말을 걸었다.

"니 저게 뭔지 아나?"

"뭐요?"

"절마들 안 보이나? 바로 요 앞에 보인다 아이가?"

그의 손가락이 가리킨 곳에 배 세 척이 정박해 있었다. 그 배들이 이상하다는 건 나중에야 알아차렸다. 다른 배들은 전부 부두에 댔는데 그 배들은 항구 정중앙에 떠 있었다.

"저 배들이 왜요?"

"니 쟈들이 왜 부두에 안 대고 저라는 줄 아나?"

"아니요."

"큰형, 큰형은 저거 먼 줄 알아요?"

"저거 배꼽호 아니냐?"

큰형님이 피식 웃으면서 대답했다.

"그게 뭔데요?"

"저 바라, 이 항구 한가운데, 항구 배꼽에다가 딱 배를 대고서는 부두 근처에도 안 오지 않나? 쟈들이 배꼽호지."

"왜 그러는 건데요?"

"왜냐고? 저 배가 뭐냐면, 화상 환자 중에 얼굴 심하게 망가진 사람들 있잖아? 그런 사람들이 지들끼리 모여 사는 배야. 그래서 딴 사람들이 자기들 볼까 봐 부두에는 얼씬도 안 하는 거야."

"아네요."

이번엔 한주 형님이 킬킬대며 나섰다.

"저게 도박꾼들 있잖아, 그런 애들이 경찰 피해서 한판 벌이는 데야."

"그래? 크크, 누구 말이 맞나 확인해 보게 막내 한번 데려다줄까?"

"그럴까요? 흐흐."

"야, 넌 저기 가도 설거지하고 청소하고 다 해야 돼, 알지? 크크."

세 척의 배가 서로에게 줄을 걸고 항구 한가운데 서 있었다. 부두에서 멀리 떨어진 것 말고는 이상한 점을 찾을 수 없었다. 갑판에서 담배를 피우는 사람도 요리를 하는 사람도 보이지 않았다. 어떤 음험한 기운도 폭력적인 분위기도 풍기지 않았다. 그들 나름대로 자연스럽게 항구의 풍경을 이루고 있었다. 배꼽호의 정체는 나중에야 알게 됐다.

#5

"오늘 오전발이만 하고 땃배 잡으러 간다."

선주가 말했다.

한 문장 안에 처음 듣는 단어가 두 개 이상일 땐 언제나 큰형님에게 뜻을 물었다.

"오전에만 일하면 그날은 오전발이 한 거야. …아니, 오후발이란 말은 없어. 오후까지 일하면 그건 그냥 하루 일 다 한 거지. 항구로 안 돌아오고 이틀 연속으로 작업하는 게 이틀발이고."

"땃배? 딴 동네 배. 여기 배가 아니라 다른 동네서 온 배들 있잖아. 봐라 막내야, 배들은 다 자기네가 조업할 수 있도록 허가 난 구역이 있어. 그런데 요즘엔 여기저기 할 것 없이 다 아무것도 안 잡히니까 딴 동네 배들이 여기까지 찾아온 거지. 원래 어디든 땃배가 한두 척은 돌아다녀. 그

퀴닝

런데 요즘은 너무 많아진 거지."

"지난번엔 요 앞에서 인천 배가 땡기고 있었다니까요."

한주 형님이 말했다.

"가뜩이나 게도 안 잡히는데 땃배들이 저렇게 헤집고 다니니까 선주들이 열받은 거지. 땃배 잡는다고 떠든 지 오래됐어."

우리끼리 뱃일에 대해 논쟁이 붙으면 항상 갑판장님이 결론을 내려줬다.

"선주들이 와 그러냐 하면, 여기 배는 다 통발밴데 땃배들은 다 어망배라 그러는 기라. 니 봐라, 통발은 있다 아이가, 바다 맨 밑바닥에 까는 기라. 그래야 게니 문어니 하는 것들이 기어다니다 걸려든다꼬. 근데 이 땃배들은 거의가 어망배라, 그물 쓰는 배인 기라. 그런데 땃배들이 많아지니까 일마들이 통발 깔린 위에다 지들 그물을 던져놓는 기라. 그라니 통발배들이 통발을 건지를 못한다 아이가? 몇날 매칠을 썩카두다가 건지면 안에 있는 것들 다 굶어 죽어 있고, 이라믄 열 안 받겠나?"

첫날은 땃배를 발견하면 선주가 건너가서 이야기만 하는 걸로 끝났다. 선주 각자가 담당 구역을 정하고 경계를 섰다. 수시로 무전이 들어왔다. 어느 지역에 몇 척 있는데 순찰 도는 배보다 많으니 도와주러 가보란 내용이었다. 우리는 만경호란 배하고만 마주쳤다. 선주가 스피커로 말을 걸었다.

"어이, 거기! 잠깐 말 좀 합시다."

바다 한가운데서 선주의 목소리가 쩌렁쩌렁 울렸다. 선주가 서류 뭉치를 들고 땃배로 건너갔다. 그는 20분 후에 밝은 얼굴로 돌아왔다.

"사람 시원시원하고 괜찮데. 바로 어장 비워준다네."

둘째 날은 해경에 일러바치는 날이었다. 또 만경호와 마주쳤다. 선주가 전날과 같이 땟배로 건너갔다. 회담이 잘 안 풀린 모양이었다. 그가 잔뜩 화가 나서 돌아와 소리쳤다.

"야! 씨발, 저 배 남바 적어 와! 이 개 쌍노무 새끼!"

브리지 오른편에 번호판이 붙어 있었다.

"야, 지나가다 해경 보이면 바로 말해라."

그때부터 해경을 찾아 돌아다녔다. 바다에 표지판이 있는 것도 아니었지만 선주는 이곳저곳으로 무전을 치며 지치지도 않고 해경을 추적했다. 두 시간 정도 지나서야 해경을 발견했다. 하지만 배가 너무 빨라서 쫓아갈 수가 없었다.

"해경! 해경! 아, 해겨어어어어엉!"

선주가 5분 가까이 스피커에 대고 고함을 지른 후에야 배의 속도가 줄어들었다. 선주가 서류 뭉치를 들고 건너갔지만 아무런 성과도 없었다. 이 배는 그런 업무 담당이 아니라는 말만 들었을 뿐이었다. 담당 부서 돌리기는 어디서나 마찬가지였다. 바다에서도 공무원들의 근성이 살아 있는 것 같아 보기 좋았다. 영감은 "개 좆같은 새끼들!" 하고 중얼거리며 다시 해경을 찾아 나섰다. 해질 무렵에야 간신히 '담당자'를 찾았다. 신고는 했지만 별로 달라진 건 없었다.

셋째 날부터는 무력시위에 돌입했다. 이번에도 만경호였다. 우리와 마주쳤을 때 만경호는 한창 그물을 끌어 올리는 중이었다.

"어이! 만경호! 아, 만경호, 사람이 어찌 그라요? 배 빼주기로 한 지가 언제요, 도대체? 어장을 비워줘야 우리도 일을 할 거 아니요?"

만경호는 아무런 반응도 보이지 않았다.

"어이, 만경호! 아, 만경호!"

"야, 이 사람아! 대답을 해!"

"그리 나온다 이거지? 오늘은 우리도 가만 안 있을 거야!"

우리 배는 만경호를 지나친 다음 천천히 후진을 하며 만경호의 뱃머리를 향해 다가갔다. 만경호는 배 앞쪽에서 그물을 끌어 올리고 있었다. 선주는 배의 스크루를 만경호의 그물을 향해 들이밀었다. 즉시 만경호의 스피커가 울렸다.

"아, 이 사람아, 배 빼! 그물 상하잖아! 배 빼!"

이번엔 선주가 대답이 없었다. 여전히 배는 만경호의 그물을 향해 뒷걸음질 쳤다. 만경호의 그물이 멈췄다.

"야이 썅! 그러다 다 죽어! 얼렁 배 빼! 배 안 빼?!"

우리 배는 물러서지 않았다. 이제 안달이 난 건 만경호 선주였다.

"배 빼! 아, 배 빼!"

만경호가 열 번 정도 외치면 우리 영감이 한마디 정도 대꾸했다.

"당신이나 빼!"

잔뜩 흥분한 선주와 달리 선원들은 다들 시큰둥한 눈치였다. 나는 이런 식으로 대치하게 되면 뭔가 뾰족한 걸 들고 건너가 육탄전을 벌여야 하는 게 아닌가 하고 걱정했지만 그런 일은 없었다. 우리 배는 만경호 선원들과 이야기를 할 수 있을 만큼 가까웠다. 우리는 무덤덤하게 서로를 바라봤다. 대부분 40대 중반 정도였는데 우리처럼 얼굴빛이 검고 삐쩍 말랐다.

만경호 선원 하나가 하품을 하며 말을 걸었다.

"거긴 오늘 뭐 좀 잡았어요?"

"오늘은 오전발이만 하고 이거 하러 돌아다녀서 아무것도 없어요. 어째 만경호만 매일 봐요."

한주 형님이 대답했다.

"그러게요. 허허. 저기… 미안한데 담배 있으면 몇 개 빌립시다. 우린 다 떨어져서…."

모두가 한 개비씩 꺼내 한주 형님에게 건넸다. 그는 모은 담배를 자기 갑에 담아 만경호로 던졌다. 만경호 사람들이 우리를 향해 고개를 끄덕이곤 담배를 꺼내 들었다. 선주들은 여전히 어린아이처럼 서로의 말을 따라하고 있었다.

"아, 당신이 빼!"

"아, 당신이 빼!"

"당신이 빼!"

"당신이 빼!"

"당신이 빼!"

"당신이 빼!"

"하여튼 낼까지 배 빼소!"

우리가 먼저 배를 뺐다. 우리는 곧장 항구로 돌아왔다.

넷째 날은 5시쯤 느지막이 항구를 빠져나와 조업도 하지 않고 땃배를 찾아다녔다. 그간의 시위 덕분인지 한 척도 보이지 않았다. 이제는 오랜 친구 같은 만경호도 만나지 못했다. 대신 만경호의 것이라 생각되는 대형 튜브를 찾았다. 튜브는 전부 세 개가 삼각형을 이루고 있었다. 어망배의 튜브는 통발배의 망통 역할을 한다. 튜브는 눈에 잘 띄는 알록달록한 색깔인데 크기는 여객기의 타이어만 하다. 장구만 한 망통과 비교해 이렇게 차이가 나는 이유는 통발과 그물의 무게 차이 때문이다.

선주가 튜브 옆에 배를 세우더니 대뜸 소리쳤다.

"야! 저거 다 찔러 부러!"

한주 형님과 갑판장님이 삿갓대와 식칼을 들고 튜브를 쑤셔댔다. '푸쉬쉬쉿' 거인이 방구 뀌는 소리를 내며 튜브가 무서운 속도로 줄어들었다. 순식간에 배구공만 해지더니 바닷속으로 가라앉아 버렸다. 그 자리에 튜브가 있었다는 어떤 흔적도 남지 않았다. 선주가 긴장한 듯 소리쳤다.

"야, 다 됐냐? 얼렁 가자!"

우리는 곧바로 항구로 돌아왔다. 이것이 통발배가 어망배에 해코지하는 방법이었다. 반대로 어망배가 통발배에 해코지를 할 때는 통발을 배에 걸고 일이십 킬로미터 정도 끌고 가서 버렸다. 망통까지 떼어내면 되찾을 방법이라곤 없었다.

다섯째 날도 땟배만 찾으러 다녔다. 해질 무렵 항구로 돌아오는 길에 만경호와 마주쳤다. 즉시 만경호의 스피커가 울렸다.

"야! 야! 우리 그물! 우리 그물 어쨌어?!"

"…."

"야, 내 그물! 내 그물 어쨌냐고?"

"…."

"이거 니네가 그런 거지? 니네가 그랬지?"

"…."

"에라이! 더러운 놈들! 내가 다 신고할 거야! 경찰에 니네가 그런 거라고 신고할 거라고!"

선주는 부정하려 들지도 않았다.

"아, 그러게 배 빼라고 했잖아."

만경호는 계속 우리를 따라오며 소리를 지르다 방파제 앞에서야 배를 돌렸다. 그날 이후로는 만경호를 보지 못했다. 다른 땟배들도 사라졌다.

여섯째 날에는 일찍 항구로 돌아와 오랜만에 경매장에 물건을 넘겼다. 항구에 도착하기 30분 전부터 물건들을 정리했다. 준비라고 해봤자 물칸에 넣어둔 물건들을 갑판 위에 꺼내놓는 게 전부였지만. 이번에도 문제는 문어였다. 망에 담긴 문어들을 한곳에 담아야 했다. 문어가 가구 밖으로 계속 기어 나왔다. 형님들에게도 문어들을 가구 안에 가둬놓는 건 힘든 일이었다.

"야! 야! 가구에 담지 말고 자루 큰 거 찾아서 거따가 담아!"

선주가 소리쳤다. 쌀가마니 크기의 두꺼운 검은색 자루였다. 문어들이 기어 나오는 건 마찬가지였지만 자루는 입구를 조일 수 있어서 그나마 나았다.

배가 항구에 도착했을 때는 썰물이었다. 수면이 부두보다 2미터 정도 아래에 있었다. 계단이 설치된 자리는 이미 다른 배들이 차지하고 있었다. 한주 형님과 갑판장님이 먼저 부두로 올랐다. 나와 윤철이 형이 난간에 올라서서 물건을 들어 올렸다. 사고는 내가 검은 자루를 들어 올릴 때 생겼다. 이 사람들에게 나도 한 사람 몫의 일을 처리할 수 있다는 걸 보여주고 싶었다. 내 앞에서 윤철이 형이 혼자 가구를 들어 올리는 걸 보고 나도 뭔가 혼자서 들어보기로 했다. 내가 들기로 한 건 문어를 담은 검은 자루였다. 무슨 망조가 들어 그걸 들겠다는 마음을 먹었는지 모르겠다. 말 그대로 과욕이 부른 참사였다. 간신히 자루를 난간 위까진 올려놨다.

퀴닝

두 형님은 바닥에 배를 대고 팔을 쭉 뻗었다. 자루는 꿈쩍도 하지 않았다. 내가 쩔쩔매자 한주 형님이 소리쳤다.

"야, 막내! 못 들겠으면 자루를 들지 말고 끈을 잡아 올려."

내가 그의 충고를 따르자마자 끈이 두 손에서 쑥 빠져나가 버렸다. 0.5초 후 부두와 배 틈에서 '풍덩' 소리가 들렸다. 역시 0.5초 후에 사방에서 고함이 쏟아졌다.

"야! 이 멍청한 새끼야! 끈을 손에 감은 다음 들어야 할 거 아냐?"

"에라이, 힘이 그렇게 없냐!"

"뭐하는 거야, 이 새끼야!"

그중에서도 제일 화가 난 건 당연히 선주였다.

"야! 이 개새끼야! 아이고! 뭘 멍하니 보고만 있어? 가서 끄집어내!"

큰형님이 삿갓대로 물속을 휘저었다. 아무것도 걸리지 않았다. 나는 잔뜩 얼어붙어 몇 발짝 뒤에 서 있었다. 이마에다 빨간 펜으로 '쓸모없음'이라고 써 붙인 기분이었다.

"이거 뭐 완전 가라앉았나 본데요. 아무것도 안 걸려요."

선주가 삿갓대를 낚아채선 직접 자루를 찾았다. 선주라고 해서 물속에 빠진 물건을 찾는 재주가 있는 건 아니었다. 마침내 그도 돌아서더니 삿갓대를 내동댕이쳤다.

"에이 빌어먹을! 이 개새끼야! 너 때문에 일한 거 다 날라 갔다!"

"죄송합니다, 죄송합니다."

"야! 다 내려와. 가자, 에이 쌍!"

배를 대고 선주는 말도 없이 사라져 버렸다. 아무도 말이 없었다. 식사가 끝나고 남은 잇감을 냉동창고에 갖다 놓으러 가는 길에 용기를 내서 윤철이 형에게 문어에 대해 물어봤다.

"형, 근데 제가 날린 문어 팔았으면 얼마나 돼요?"

"그거? 얼마 안 된다. 원래 꽃게 잘 잡힐 때는 그런 거 쳐다도 안 본다. 다 도로 바다에 던져버렸지. 그거 다 팔아봤자 한 이삼십만 원 나왔을 끼라. 그래 봤자 기름값도 안 돼. 신경 안 써도 된다."

"근데 잇감은 왜 다시 냉동창고에 넣는 거예요?"

"내일 일 안 나가."

"왜요?"

"왜긴 왜야, 날씨가 안 좋으니까 안 나가지. 그렇게 나가고 싶으면 나 가던가!"

"날씨, 보면 아세요?"

"알긴 뭘 알아, 그냥 기상청에 전화해서 아는 거지. 아, 시끄럽고 빨리 리어카나 갖다 놔."

그때까지도 나는 선원들이 하늘을 보고 다음 날 날씨를 예측할 거라는 낭만적이라고 해야 할지 멍청하다고 해야 할지 알 수 없는 생각을 했다. 당연한 얘기지만 누구도 하늘을 보고 날씨를 예측하진 않는다. 기상청에 전화만 걸면 됐다. 선주뿐 아니라 선원들도 수시로 날씨를 확인했다. 선주들은 하루라도 더 일을 나가기 위해서, 선원들은 하루라도 더 쉬고 싶어서.

#6

딴배 소동은 내게 행운이었다. 딴배를 잡으러 다니는 동안엔 오전발이만 했기 때문이다. 오전발이만 했다는 건 하루에 6틀 이상 땡기지 않았다는 뜻인데 내게는 그 정도가 뿌듯하게 몸이 뻐근해지는 정도, 한껏 땀을 쏟아내고도 오히려 몸이 건강해진 느낌이었다. 하지만 그 이상은 무언가 걸레를 짜듯 내 몸을 비틀어 마지막 남은 땀 한 방울까지 쥐어짜 내는 것 같았다. 여섯 틀의 상쾌함을 깨닫고 나니 하루 여덟 시간 노동 규정에 다시 한번 감탄했다. 여섯 틀을 마무리했을 때가 일을 시작한 지 여덟 시간 정도 지났을 무렵이었다. 내게는 '8'이라는 숫자가 단순히 24를 3등분한 결과 이상으로, 인간의 정신적 육체적 한계를 경험적으로 검토하고 나서 얻어낸 최적의 균형점 같았다.

하지만 서망의 '정상'적인 작업량은 그것의 두 배였다. 열 번 찍어 안 넘어가는 나무 없다지만 통발배의 하루는 열두 번은 찍어야 넘어갔다. 열두 틀이면 열두 시간에 거기다 항구와 어장을 오가는 시간까지 합하면 하루 열네 시간 일하는 것이었다. 선원들에게 오전발이만 했다는 건 일하다 중간에 그만둔 것, 바닷바람이나 쐬며 놀다온 것에 지나지 않았다. 딴배가 물러난 후는 '평범한' 항구 생활이 계속됐다. 그 이전까지의 작업은 영화 시작 전의 예고편, 경기 시작 전의 스트레칭, 만찬 전의 식전주였을 뿐이었다.

선주가 작업에 의욕을 보인 날에는 열네 틀까지 땡겼다. 한번은 연속해서 스무 틀을 땡겼다는 선원을 만났다. 그는 키가 180센티미터 정도에 어깨가 넓고 듬직한 체격이었다.

"씨발, 우리 이번에 스무 틀 땡겼다. 씨발, 이게 말이 되냐?"

그의 볼은 움푹 들어가 있었고 눈은 퀭해 보였다.

"이제 다 끝났구나 싶으면 한 틀만 더 땡겨보자, 이러는 거야. 계속, 계에에속. 한 틀만 더 땡겨보자, 한 틀만 더 땡겨보자."

"한 틀만 더 땡겨보자" 하며 선주의 말을 따라하는 그 남자는 왠지 얼이 빠진 사람 같았다. 스무 틀이면 오가는 시간까지 합쳐 스물두 시간을 연속으로 일했다는 뜻이다. 나라면 그렇게 일하다가 죽었을지도 모른다. 인간에게 그런 식으로 일을 시키는 건 지지난 세기, 올리버 트위스트가 굴뚝 청소부로 팔려 갈 뻔했던 시절에나 가능한 일이라고 나는 알고 있었다.

하루 열두 틀 작업을 경험하고 나자, 이전까지 '쉴 틈 없이 일했다'라는 표현을 내가 너무 느슨하게 사용했다는 걸 깨달았다. 영어 강사도 쉴 틈 없이 일하고 주식중개인도 쉴 틈 없이 일한다. 하지만 선원과 비교한다면 이들의 쉴 틈 없는 노동은 하나의 비유이자 관용어구일 뿐이다. 통발 작업을 생각해 보면 알 수 있다.

자, 탈탈거리면서 통발이 올라오기 시작한다. 닻을 배 뒤로 옮겨놓고 돌아오면 곧바로 통발을 쌓기 시작한다. 100여 개를 다 쌓으면 다대를 한다. 꽃게에 물리고 불운처럼 달라붙는 문어를 떼어내고 있으면 투망이 시작된다. 그때부턴 통발을 무너뜨려 투망대 위에 올려놓는다. 투망마저 끝나면 배는 곧바로 다음 어장을 향해 이동한다. 그럼 그사이에 잠깐이라도 쉴 수 있나? 그렇지 않다. 곧바로 갑판 청소를 시작한다. 갑판 위는 모래와 해초, 깊은 바다에서 끌어 올린 쓰레기로 가득 찬다. 이것들을 치우고 나면 다음 어장에 도착해 있다. 다시 탈탈거리며 모터가 돌아가고…. 꼭 통발을 쌓아 올리는 시시포스가 된 것 같다.

　작업을 멈추는 것은 (식사 시간이 아니라) 밥 먹는 순간뿐이었다. 배에서 점심은 무조건 라면이었다. 라면에다가 아침에 먹다 남은 밥을 말아 먹었다. 그릇이 비워지면 바로 작업 재개였다. 작업을 멈추는 건 숟가락을 들고 자리에 앉았다 숟가락을 내려놓을 때까지 뿐이었다.

　이틀받이를 할 때면 가까운 무인도 옆에 배를 정박시켰다. 이틀받이 생활이 유난히 힘든 이유는 선실 때문이었다. 선실은 브리지 아래에 있었다. 브리지 하단의 작은 미닫이문을 열면 세로 170센치, 가로 240센치, 높이 150센치 정도의 공간이 나왔다. 거기서 성인 남자 대여섯이 생활했다. 나는 가끔씩 니콜 키드먼과 단 둘이서 엘리베이터에 갇힌 채 밤을 지새우는 상상을 하곤 했는데, 어떤 면에서 보자면 선실 생활은 그것과 비슷했다. 다른 점은 엘리베이터가 운명의 오작동을 일으키기 전에 들어온 사람이 팔등신의 금발 미녀가 아니라 땀내, 비린내 풀풀 풍기는 뱃사람들이라는 것뿐이었다.

　선실 안에서 느껴지는 갑갑함, 불안감은 압도적이었다. 빛이 들지 않았다. 주황색 알전구가 있었지만 밝기가 시원찮아 암실 같은 분위기를 자아냈다. 선실은 숙소로 쓰는 컨테이너의 조악한 미니어처 같았다. 선실이라는 단어는 그 좁아터진 공간을 지나치게 미화한 느낌이다. 모두가 누우려면 서로의 어깨를 겹쳐야 했다. 다리는 구부린 채로 있어야 했다. 그 상태로 귓가에 울리는 형님들의 숨소리를 듣고 있으면 점점 산소가 줄어드는 기분이 들었다. 폐소공포증이 있는 사람이라면 순장당하는 기분이 들지도 모르겠다. 선실 양쪽에선 물 출렁이는 소리가 무척 입체적으로 들리는데 그 소리에 집중하고 있으면 바다를 표류하는 관 속에 간힌 것 같다. 이런 곳에서 잠이 들게 도와주는 건 끔찍한 피로뿐이었다.

선실과 엔진실 사이는 얇은 플라스틱판으로 막혀 있었다. 덕분에 선주는 새벽에 사람들을 깨우기 위해 밖으로 나오는 수고를 덜 수 있었다. 배에 시동을 거는 것만으로 충분했다. 선실에서 누릴 수 있는 사치는 이런 것이었다. 지구 상에서 가장 크고 시끄럽고 기름 많이 먹는 알람시계 소리에 잠이 깨는 것 말이다.

선실 생활을 더욱 힘들게 만드는 건 코 고는 소리였다. 형님들이 코 고는 소리는 시끄럽다기보다는 위험했다. 숨을 들이쉴 때는 자갈이 구르는 소리가 났다. 내쉴 때는 '컥, 컥, 컥' 대며 잠시 동안 호흡이 멈췄다. 아직 젊다면 젊은 이 남자들의 코 고는 소리를 듣고 있자니, 이 일을 계속하는 한 이들이 결코 한국인의 평균 수명을 채우지 못할 거라는 확신이 생겼다.

요절은 요절이고, 잠은 어떻게든 자야 했다. 사람들이 코를 골지 않는 밤이 없었고 코 고는 걸 막을 방법도 없었다. 잠을 이루기 위해선 (개인적으론 헛소리라 믿어 의심치 않는) "피할 수 없다면 즐겨라"라는 해병대 모토를 받아들여야 했다. 눈을 감고 코 고는 소리에 집중하다 보면 그것이 마치 느리고 거친 비트박스처럼 들렸다. 코골이가 심할 때면 상대를 살짝 흔들었다. 그러면 몸을 뒤척이다 다시 코를 고는데 이때 리듬과 비트는 조금 달라졌다. 나는 내 취향에 맞는 비트가 나올 때까지 계속 상대를 흔들었다.

배의 흔들림도 작업자를 항상 피곤하게 만들었다. 선원들에게 흔들림이란 당뇨 같은 만성질환이다. 조절은 가능하지만 치유는 불가능한. 배 위에서는 고정된 바닥의 소중함을 깨닫게 된다. 정말 드물긴 하지만 바람도 불지 않고 파도도 치지 않아 배가 마치 거대한 젤리 위에 떠 있다는 느낌이 들 때가 있었다. 작업하기에 더할 나위 없이 이상적인 환경이지만 내가 바다에 있던 동안 그런 순간은 모두 합쳐 20분도 채 되지 않았다. 바다가 언제나 움직인다는 것, 그 상태의 기이함을 나는 이 글을 쓰는 지금에야 깨닫는다. 그토록 거대한 존재를 계속해서 움직이게 만드는 힘이 있다는 것이 경이롭다는 생각이 든다. 물론 이런 생각은 통발을 쌓아 올리던 순간에는 떠오르지 않았다. 내가 다시 바다를 낭만과 신비의 공간으로 바라보게 된 것은 더 이상 하루에 열두 시간씩 통발을 쌓지 않아도 된 후였다.

흔들림처럼 충분히 예상 가능한 어려움이 있는 반면 의외의 복병들도 있다. 대표적인 것이 선원들의 독특한 언어 습관이다. 구체적으로 그 언어 습관이란, 말을 거의 하지 않는 것을 가리킨다. 한주 형님이 날 부르더니 배 앞쪽을 가리킨다고 하자. 이때 그가 의도한 것이 손가락 방향에 있는 칼을 가져오라는 것이라면 문제될 게 없다. 하지만 내게 세상일이 그렇게 쉽게 풀릴 리가 없다. 실제로 그가 의도한 것은 예컨대 '칼 가져오고 냉장고에서 물도 가지고 오고 갑판 청소도 다시 한번 하고 아이스박스에서 잇감도 꺼내놓아라'인 경우가 대부분이었다. 물론 나는 형님들이 의도한 대로 알아들은 적이 한 번도 없었고 그때마다 혼이 났다. 왜 직접 말을 해주지 않느냐고 항의해도 소용없었다.

"야! 니가 어린애도 아니고 그걸 다 일일이 설명해 줘야 되냐?"

여기까지는 한주 형님.

"막내야, 다른 사람들 일하는 걸 잘 봐. 왜 제대로 말 안 해주냐고 따지지 말고. 지금 뭐하고 있고 이 담에 뭐하는지 생각해 보면 내가 해야 되는 게 뭔지 딱딱 나오잖아. 그게 안 보여?"

이건 큰형님. 나는 다른 사람의 생각을 읽는 능력이 없었기 때문에 이 문제는 시간이 지나도 나아지지 않았다. 사람들이 이런 식의 의사소통을 강요하는 이유는 하나같이 다들 '싸나이'인 탓도 있지만 더 큰 이유는 배의 소음 때문이었다. 엔진은 실력과 요란함이 반비례한다는 것을 증명하듯 굉음을 냈다. 배의 어디에 있건 엔진실로부터 5미터 안이었다. 여기에 파도 소리가 더해졌다. 그리고 모두들 추위 때문에 후드를 깊숙이 눌러쓰고 있었다. 이런 상황에선 바로 옆 사람이 떠드는 것도 잘 들리지 않았다. 몸이 지치면 한두 번의 손동작이 자연스럽게 말을 대체한다. 상대가 알아듣건 말건.

내가 바다에서 일하는 동안 사지가 멀쩡할 수 있었던 건 타고난 소심함 덕분이었다. 가장 위험한 순간은 앞서 밝혔듯 똥 쌀 때였다. 그다음은 브리지의 유리창을 닦을 때다. 유리에 튄 바닷물이 마르면서 생기는 얼룩이 시야를 가렸다. 이때는 민물로 유리를 닦는데, 정면을 닦을 땐 엔진실 위에 올라가 운전 중인 선주를 마주보며 닦았다. 달리는 자동차의 보닛에 올라 유리창을 닦는 꼴이었다. 이런 일이 가능한 이유는 육지의 도로에 비해 바다의 도로가 무한에 가까울 만큼 넓고 텅 비어 있기 때문이다. 문제는 옆면 유리를 닦을 때다. 난간에 올라 브리지 쪽으로 몸을 기울여 유리를 닦는데, 양손에 물통과 걸레를 들고 있기 때문에 휘청대기라도 하면 바다에 빠질 수 있었다. 난간의 폭은 30센티 정도이고 늘 젖어 있었다. 이런 상황에서는 장화에 문어처럼 빨판이라도 달렸으면 하는 마음이 간절해지지만 그건 어디까지나 바람일 뿐이다.

한번은 일하다 바다에 빠지면 죽는가 사는가를 두고 우리끼리 말다툼

을 벌였다. 나와 큰형님은 살 수 있다고 했고 한주 형님과 윤철 형님은
택도 없는 소리, 어림도 없는 소리라며 퉁을 놓았다. 내 주장은 다분히
내 희망을 담은 견해였다. 내가 한 가지 깜빡한 것은 내가 수영을 할 줄
모른다는 사실이었다. 우리끼리 바다에 빠진 사람을 죽이네 살리네 하
고 있는데 갑판장님이 끼어들었다. 우리 중에선 바다에 관한 한 가장 권
위자인 그가 이 불쌍한 가상의 선원을 한마디로 익사시켜 버렸다.

"바다에 빠지면 수영 잘하고 말고 아무 상관없다. 그냥 죽는 기라. 못
빠져나온다. 생각을 해봐라. 줄에 깜기가 빨라 들가면 니가 그걸 풀고 나
올 수 있을 것 같나? 그라고 갑빠 이게 젖으면 뻣뻣해져가 제대로 움직
이지도 몬한다. 일하다 빠지믄 기냥 디지는 기라. 수영 잘하고 몬하고 아
무 상관없다."

배에서 사용하는 안전 장비는 전적으로 정신적인 것이다. 바다에 있
을 때는 정신 차리는 것 말고는 안전을 보장하는 어떤 것도 없었다. 암벽
등반을 할 때처럼 줄을 몸에 묶을 수도 없다. 구명조끼를 입는 것이 가능
할지 모르겠다. 선주들이 그런 '호화' 장비를 구비해 줄 리도 만무할뿐더
러 있다 해도 선원들이 입을 것 같지 않다. 덥다거나 움직이는 데 거추장
스럽다는 이유를 들어서. 선원들 사이엔 안전을 대수롭지 않게 여기는
분위기가 있었다. 운명론적 믿음이 이들을 지배하고 있어서 '죽을 놈은
뭘 해도 죽고 살 놈은 뭘 해도 산다'가 바로 안전 철학이었다.

#7

배 위에서는 언제나 고함이 오갔지만 숙소로까지 이어지진 않았다. 단 한 번, 아니 두 번 큰형님이 진심으로 화를 낸 적이 있었다. 어느 날 큰 형님이 숙소에서 무협지를 읽고 있었다. 갑판장님이 큰형님에게 장난처럼 말했다.

"아이고 형, 사회에서도 무협지 보듯이 그렇게 공부를 했어봐, 여기서 이 고생 안 하지."

순간 큰형님이 부들부들 떨며 소리를 질렀다.

"야, 이 씨발 새끼야! 니가 나에 대해서 뭘 안다고 그렇게 지껄여! 이 쌍놈의 새끼야! 니가 나를 안 지 한 달밖에 더 돼? 내가 그동안 어떻게 살았는지 알아? 그런 것도 모르면서 그렇게 쉽게 말할 수 있어? 이 씨발 좆 같은 새끼 진짜!"

큰형님이 정색을 하고 화를 내는 바람에 다른 사람들도 긴장했다. 그 건 결코 큰형님 입에서 나오던 말이 아니었다. 두 번째도 비슷한 상황이 었다. 바다에서 점심을 먹다 큰형님이 혼잣말처럼 중얼거렸다.

"아이고, 내가 뭘 잘못했길래 여기서 이 고생을 하나."

갑판장님이 즉시 말을 받았다. 아마도 그런 식의 말버릇이 입에 붙어서 생각해 보기도 전에 내뱉은 것 같았다.

"사회에서 이렇게 열심히 살았으면 여기서 이 고생 안 하지."

처음보다 두 배 정도 길어진 욕설의 폭풍이 배를 휩쓸었다. 바다였기 때문에 조금 더 위험해 보였다.

갑판장님은 가끔씩 아무렇지 않게 남의 속을 뒤집곤 했지만 대체적으

로 자상한 사람이었다. 쉬는 날에는 근처 산에 오르길 좋아했는데 한번
은 나도 함께 갔다.

"니 산 잘 타나?"

"예…? 아마 잘 탈 거예요."

"확실하나?"

"아마도요. 배도 안 타봤지만 잘 타는 거 보면 산도 잘 타겠죠."

이름 없는 야산이었지만 바위투성이에다 무척 가팔랐다. 정상 가까이
에선 경사가 40도는 될 것 같았다. 나는 맨발에 슬리퍼만 신고 있었다.
바다에서 느꼈던 생명의 위협이 산에서도 이어졌다. 내 몸은 바다에도
산에도 적당하지 않다는 걸 깨달았다.

산 정상에서 한 노인이 민요를 부르고 있었다. 항구의 ㄷ 자 전경과 근
처의 섬들이 한눈에 들어왔다. 저 멀리서 구름이 바다에 그림자를 드리
운 모습도 보였다. 수평선을 바라보고 있으니 지구가 둥글게 휘어진 게
느껴졌다. 아름다웠다.

내려올 때는 반대편 길을 이용했다. 서망으로 들어가는 국도를 따라
걸었다. 가로수 사이에 '필'이라는 안마방 현수막이 걸려 있었다. 양 끝
에 속옷 차림의 여자 사진이 붙어 있었다. 서망에는 노인들밖에 살지 않
기 때문에 선원들을 염두에 둔 것 같았지만, '필'의 사장님은 선원들 사
정을 모르는 게 분명했다. 우리는 PC방 이상의 '방'이 제공하는 유희를
즐길 금전적인 여유가 없었다.

"막내야, 니 산 타는 거랑 배 타는 거랑 어느 게 더 힘드노?"

"전 배가 더 힘든데요."

"와?"

"배는 일이 끝이 없잖아요."

"그래, 뱃일이 힘들지. 그치만 무슨 일이든 다 마찬가진 기라. 막내야 바라, 니가 평생 여 있을 거 아이다 아이가? 이 세상에 있제, 이 세상에 안 힘든 일은 없다. 무슨 일이든 다 힘든 기라. 니 당장은 뱃일이 제일 힘든 거 같제? 여만 나가면 무슨 일이든 할 수 있을 거 같제? 근데 그게 안 그렇다. 니 앞으로 무슨 일을 하건 그거 다 힘들 끼라. 내가 앞날이 창창한 아한테 악담을 하는 게 아이고 일이란 게 그런 기라, 일은 우찌 됐든 힘든 기라.

그러니까 뭐든지 있다 아이가, 하고 싶어서 해야 한다. 니가 하고 싶은 걸 해야 해내는 기라. 내는 있다 아이가, 여 아들은 이런 얘기함 비웃는다만 그냥 바다가 좋았다. 내는 언제나 바다가 좋았어. 내가 힘들고 답답할 때 아무 말 없이 품어주고 받아주는 게 바다뿐이었거든. 그니까 내 이 적까지 이라고 있는 거 아이겠나? 내는 평생 뱃일만 해온 놈이고, 큰성이나 한주 이런 아들은 왜 배 타는 줄 아나? 사지 멀쩡한 놈들이 와 여서 이라고 있겠노? 다들 육지에서 버티지를 못하니까 여 오는 기라. 다들 사연 있는 사람들이다. 그니까 형님들한테 잘해라. 니 맨날 큰성하고만 다니제. 너무 그라지 말고 한주나 윤철이한테도 말도 걸고 그래라."

내게는 그가 충고를 건넬 자격이 있는 사람처럼 보였다.

한주 형님과는 식사를 준비하면서 가까워졌다. 나는 형님이 만든 요리를 수시로 칭찬했다. 그는 내 의도를 알아차리고 쏘아붙였다.

"걱정 마, 너 보고 밥하라고 안 하니까. 이래 봬도 내가 군대 있을 땐 4000명 식사를 준비했어.

자대 가니까 나는 당연히 땅개로 갈 거라고 생각했는데 나를 취사병으로 뽑는 거야. 가자마자 첫날 뭐 했는 줄 아냐? 돼지 잡았다, 씨발. 망치로 대가리를 내리 까는데 힘이 진짜 좋아, 안 죽어. 근데 내가 있던 부대는 조리사 자격증 있는 애들만 취사병이었거든. 내 고참들도 내가 왜 뽑혔는지 모르겠다는 거야. 나중에 상병 달고 행보관한테 물었지, 나 왜 뽑았냐고. 그러니까 그 인간이 그러는 거야. '너 들어온 날 돼지 잡았잖아? 그날 그거 할 만한 사람이 없었거든. 근데 너 딱 보니까 그런 거 잘하게 생겼길래' 이래, 씨발. 흐흐."

그는 이번이 배를 탄 게 두 번째였다. 90년대 초 기본급이 70만 원이던 시절에 바로 A호에서 일했다.

"그런데 왜 또 이 배로 오셨어요? 다른 데 더 좋은 조건으로 가시지?"

"그건 니가 몰라서 그러는 거야. 같은 통발배라도 일하는 방식이 다르니까. 한 번이라도 했던 데서 하면 조금 낫지. 배에선 나이고 뭐고 상관없어. 일 제대로 못하면 그 자리에서 욕먹는 거야. 어렸을 때야 상관없지만 나이 들면 그런 거 참기 힘들다. 그러니까 개 씨발 서망 좆 같지만 그래도 한 번이라도 해봤던 데서 다시 하는 거지."

그의 경력상 황금기는 나이트클럽에서 일하던 시절이었다. 그는 그때 이야기를 (확인된 바는 없지만 충분히 그럴 것이라 예상되는) 자신의 왕성한 정력과 연관 지어 들려줬다.

"야, 내가 그 시절엔 현찰을 주머니에 가득 채우고 다녔어. 내가 돈을 어떻게 벌었는 줄 알아? 내가 학교 다닐 때 공부는 안 했어도 발상의 전환, 뭐 이런 건 내가 잘했다고. 너 나이트 가봤지? 나이트 가면 테이블 있잖아? 테이블 중에 내 구역이 있어. 그럼 내가 가게에다 얼마씩 다달이 내고 내 구역에서 술 파는 건 내가 먹는 거야. 야, 내 동기들이 맨날 지하철역이나 사거리, 그냥 사람들 많이 지나다니는 데서 행인들 붙잡고 영업할 때 나는 588을 쭉 돌았지. 가게 하나하나 들어가서 사장한테 명함 돌리면서 싸게 해줄 테니까 아가씨들 데리고 놀러 오라고. 내가 또 이빨을 잘 까거든. 포주를 내 단골로 만드니까 매상이 씨발 두 배 세 배로 막 뛰는 거야. 야, 그리고 내가 가게 하나하나 돌았다는 건 명함만 주고 나왔다는 게 아니라 다 들어가서 한 번씩 하고 나왔다는 얘기다."

"예, 그럼요. 그럼 그때 돈 많이 버셨겠어요?"

"그런데 그것도 참 오래 안 가더라."

"왜요?"

"아, 얘네들이 놀러 왔다 하면 화장실 간다고 하면서 도망가 버리는 거야. 그러니까 포주들이 오질 않지. 와도 꼭 삼촌들이랑 같이 오니까 다른 손님들이 싫어하고."

"삼촌이요?"

"조폭. 가게에 삼촌 돌아다니면 장사 안 돼."

하루는 그에게 꿈이 뭐냐고 물었다.

"내 꿈? 별거 없어. 그냥 돈 좀 모으면 의정부 돌아가서 목 좋은 데 술집 하나 내는 거지. 내가 요리하고 큰성이 테이블 보고, 손님들 없을 땐 큰성이랑 한잔하면서 시간 때우고 그러고 사는 거지.

집으로 돌아가는 게 참 어렵다. 여기 온 지도 2년이 다 돼가는데, 성공하면 돌아가야지, 성공하면 돌아가야지 하지만 그 성공이란 게 돼야 말이지."

#8

선원들의 삶의 질을 결정하는 것은 크게 세 가지다. 밑반찬, 날씨, 텔레비전. 항구에서 식사의 수준을 끌어 올리는 건 밑반찬이었다. 요리는 어느 배나 똑같았다. 장어구이와 우럭매운탕. 어획량이 너무 저조해서 꽃게는 반찬으로 쓸 엄두도 못 냈다. 선주가 장어와 우럭까지 몽땅 경매에 넘긴 날은 잇감으로 쓰는 고등어를 먹었다. 항구에선 햄이나 달걀이 장어, 우럭보다 귀했다. 밑반찬 면에서도 우리 배는 운이 좋은 편이었다. 우리 배는 김치나 젓갈 같은 밑반찬을 선주가 가져다줬다. 오로지 쌀만 대주는 선주들이 더 많았다. 그런 배에선 선원들이 집에 김치를 부탁했다. 그것마저도 여의치 않을 땐 다른 배에서 얻어먹었다.

저녁 식사 때면 바다에서 쌓인 긴장이 풀리기 시작했다. 나란히 늘어선 다섯 척의 배 뒤에서 생선 굽는 냄새가 피어올랐다. 이때는 빠지지 않고 2리터짜리 소주가 등장했다. 밥이 되기도 전에 형님들은 취해버렸다. 사람들은 좌우로 정박한 배들을 향해 인사를 건넸다.

"어이, 유성호! 오늘 뭐 맛있는 거 좀 먹냐?"

"에휴, 저희야 뭐 맨날 똑같죠. 우럭에 짱어예요."

"저기, 큰형님!"

"아이구, 시내산 막내 아냐? 그래 왜?"

"저희 오뎅 좀 볶았는데 좀 잡숴보세요."

똑돔이나 쥐치도 반찬으로 썼다. 이것들은 뼈와 내장을 제거한 뒤 바닷바람에 말렸다가 구워 먹었다. 장어는 한주 형님이 만든 간장 양념을 발라서 구웠다. 갑판장님은 기분이 좋을 때면 우럭으로 회를 떴다. (가끔씩 갑판장님은 내게 회 뜨는 법을 가르쳐주기도 했다. 하지만 어느 누구도 내가 멀쩡한 생선을 망치는 걸 원하지 않았기 때문에 실습은 붕어빵으로 해야 했다. "그래, 먼저 앙꼬를 싹 다 걷어내. 회는 피가 묻어 있으면 맛이 없어.") 남은 걸로는 고추장을 듬뿍 넣어 매운탕을 끓였다. 우럭매운탕에 장어구이, 드물게 올라오는 햄과 김 정도가 배에서 먹는 최고의 식단이었다.

요리가 완성되면 냄비 주위에 빙 둘러 앉았다. 주황색 알전구가 땀으로 번들거리는 얼굴들을 비췄다. 바닷바람을 맞으며 먹는 식사였지만 그 순간만큼은 마음이 놓였다. 배 위에선 언제나 시간이 부족했다. 잠자는 시간도 TV 보는 시간도 아침, 점심 식사도 무엇이든 급하게 시작해서 쫓기듯 마무리했다. 하지만 저녁 식사 만큼은 예외였다. 이때만큼은 원하는 만큼 여유를 부려도 상관없었다. 어차피 뒷정리는 막내 몫이었기 때문에 형님들이 나를 기다려줄 이유도 없었다.

나는 언제나 누구보다 많이, 오랫동안 먹었다. 인간은 한계에 처했다고 느끼면 먹는 것에 집착하는 것 같다. 그 당시의 내가 그랬다. 내 머릿속엔 무조건 많이 먹어야겠다는 생각밖에 없었다. 먹을 수 있을 만큼 최대한 먹겠다가 아니라 차린 음식을 모두 먹어치우겠다는 것이 내 하루하루 목표였다. 내가 먹는 모습은 그다지 보기 좋은 광경은 아니었을 거다. 먹성 좋은 형님들도 내가 먹는 모습을 보다가 숟가락을 내려놓곤 했다. 한주 형님은 수시로 내게 이렇게 말했다.

"너는 이 배에 돈을 내놓고 가야 돼."

내 식탐을 변명하자면, 작업을 버티게 해주는 게 밥뿐이었다. 하루는 너무 피곤해서 점심을 안 먹고 쉬었다. 효과는 다음 어장 도착하자마자 나타났다. 한 걸음 한 걸음 내딛는 것이 육체의 한계에 대한 도전이었다.

그날처럼 욕을 많이 먹은 날은 없었다. 모두가 예상했던 결과였기 때문이다.

"야! 이 새끼야! 빨랑빨랑 안 움직여!"

내게 언제나 관대하던 큰형님도 질타를 날렸다.

"야! 인마, 너 똑바로 안 해! 너 혼자 힘드냐? 우리도 다 힘들어!"

내 경우에 일을 버티게 해주는 힘이 밥이었다면 다른 사람들에겐 담배였다. 선원들은 회색당처럼 담배를 피워댔다. 잠에서 깨자마자 한 대 피고 배까지 걸어가면서 한 대 피고 작업복 입고 한 대 피고 잇감 넣으면서 한 대 피고, 어장 도착하기 전에 여섯 대 피고, 항구로 돌아가는 동안 여섯 대 피고, 잠들기 전까지 계속 폈다.

선주가 인색하게 굴지 않는 건 담배뿐이었다. 우리가 피는 건 '니드need'라는 이름의 담배였는데 옆면에 '메이드 인 라오스made in laos'라고 적혀 있었다. 니코틴 함량이 1.1밀리그램이었다. 오래전부터 우리나라에선 이렇게 독한 담배는 팔지 않았다. 선주는 보따리장수들로부터 갑당 이삼백 원씩 수십 상자를 사두었다.

선원들이 가장 경멸하는 선주는 돈에 인색한 사람이 아니라 담배에 인색한 사람이었다. 한번은 어떤 배에서 담배를 하루에 한 갑씩 배급제로 주기로 했다. 선원들은 정리해고 소식이라도 들은 것처럼 노발대발했다.

"에이, 씨발! 이게 말이 돼?"

"담배 배급하는 배에선 절대 일 못 해!"

이들 대다수가 몇 달치씩 임금을 못 받은 상태였음을 감안하면 기이한 반응이었다. 누구나 절대 포기 못하는 것이 있고, 선원들에겐 담배가 그런 것이었다.

TV 말고는 여가를 보낼 방법이 거의 없었다. 하지만 TV는커녕 숙소도 없는 선원들이 태반이었다. 쉬는 날이면 TV를 보러 온 남자들로 숙소가 빼곡히 찼다. 우리는 TV가 제공하는 소소한 즐거움에도 격렬하게 반응했다. 때는 영화제 시상식 기간이었다. 그해에는 무슨 이유에선지 김혜수 씨가 대단히 보수적인 드레스를 입고 나왔다. 싸늘한 정적이 방 안을 가득 메웠다. 잔뜩 실망한 사람들이 자리에서 일어났다.

"에이, 뭐야! 야, 불 꺼! 잠이나 자자."

이튿날, 만나는 사람마다 그 얘기뿐이었다. 선원 대표를 뽑아 서울에 항의 방문이라도 갈 기세였다.

"야, 너 어제 봤냐? 나 혜수 씨한테 정말 실망했다."

"그러게요. 아, 정말 진짜 왜 그러는 거래요?"

배들 사이에는 주인도 출처도 알 수 없는 무협지가 떠돌았다. 책은 한 권이고 다음 이야기가 궁금한 사람은 여럿이다 보니 선원들끼리 마주치면 이런 대화가 자주 오갔다.

"야, 금봉호! 황제의 검 6권 니네 배에 있냐?"

"야, 빨리빨리 읽고 넘겨. 다들 기다리잖아."

이런 책들은 표지부터 뒷면의 광고 문구까지 무협지인 점을 노골적으로 드러냈지만 정작 내용은 고수들의 대결보다는 주인공이 여자들과 자는 장면에 더 치우쳐 있었다.

돈에 여유가 있을 때는 PC방에 갔다. 버스는 저녁 6시면 끊겼기 때문에 콜택시를 타고 가장 가까운 면까지 갔다. 돈은 각자 가진 만큼 보탰다. PC방에서 밤새 고스톱을 치거나 몬스터를 때려잡는 것이 이곳 문화

생활의 최고 정점이었다. 물론 변기에 앉아서 듣는 클래식 음악도 빼놓을 수 없겠다.

일을 하느냐, 쉬느냐는 전적으로 날씨에 달려 있었다. 드물긴 했지만 돌풍주의보가 이삼 일씩 길어질 때는 항구에도 잔치 분위기가 감돌았다. 평상시 공터는 먼지바람만 날렸지만, 이때는 재래시장 같은 활기(재래시장이 모두 망해가니 이마트 같은 활기라고 해야 할지도 모르겠다)가 흘렀다. 선원회관 앞에선 배별로 족구 시합이 벌어졌다. 평소에는 고개만 끄덕이곤 지나쳐 가던 사람들이 삼삼오오 모여 앉았다. 누군가가 능글맞은 웃음을 머금고서 족구 경기 상품인 2리터짜리 소주를 훔쳐왔고 경기가 끝나기도 전에 뜯어지고 비워졌다. 사람들은 공을 따라 고개를 흔들며 이야기를 나눴다. 대화 주제는 선주가 얼마나 '좆 같은' 놈인가와 일이 얼마나 '좆같이' 힘든가로 엄격하게 한정되었다.

부두에 붙어 정박한 배들은 요리 상자를 열어 부침개를 구웠다. 밀가루며 김치, 채소 모두 여러 배에서 조금씩 모아온 것이었다. 냉장고 깊숙이 숨겨뒀던 소주병들이 나왔고 한편에선 장기판이 벌어졌다. 여기선 언제나 훈수 두는 사람들이 더 즐거워했다. 혀를 끌끌 차기도 하고 작전권자의 미숙한 전술을 지적하며 고함도 쳤다.

막내들은 형님들의 간섭이 소홀해진 틈을 타 케이블TV가 설치된 숙소로 모여들었다. 제대로 인사를 한 적은 없지만 누가 어느 배 막내라는 건 눈치로 알았다. 막내를 알아보는 방법은 간단했다. 가장 주눅 들어 보이는 사람을 찾으면 됐다. 나이는 스물셋부터 서른셋까지 차이가 있었지만 우리는 막내의 고충으로 대화 주제가 엄격히 제한된 과자 파티를 벌이며 어울렸다. 하지만 형님들은 막내들끼리만 모여 있는 걸 싫어했다. 이런 날일수록 모두 함께 어울려야 한다고 했다. 막내들은 30분마다 한 명씩 족구장으로 끌려 나갔다가 30분 후면 다시 숙소로 숨어들었다.

이때가 내 항구 사교계 데뷔 날이었다. 큰형님이 나를 데리고 다니며 인사시켰다.

"어이, 친구. 흐흐, 잘 있었어? 얘가 우리 새로 온 막내야."

"여, 밥은 먹었어? 우리 새로 온 막내야. 앞으로 잘 좀 가르쳐줘."

나를 대하는 남자들의 표정에 장난기가 가득했다.

"그래, 우리 막내는 일한 지 얼마나 됐나?"

"예? 한 3주 된 것 같은데요."

"3주? 어이고, 오래됐네. 흐흐흐 우리가 말이지, 니네 배 새 사람 왔다고 해서 딱 보고 내기를 했거든. 얘는 무조건 이틀발이라고."

"예? 이틀발이요?"

"그래. 딱 이틀 일해보고 도망갈 놈이라고. 크크크. 근데 용케 아직도 남아 있네. 하하하."

"이틀이요? 우리는 야 보고 딱 하루 있다 집에 간다고 할 줄 알았어요."

큰형님에게는 모두들 깍듯이 대했다. 거기에는 연장자를 대할 때 보이는 조심성 이외의 무언가가 있었다. 그것은 믿고 의지할 수 있는 사람에게 보이는 애정이었다. 그의 행동을 봤을 때 이상할 것도 없었다. 선주들이 선원들로부터 깍듯한 대우를 받는 건 그가 평소에 얼마나 다양한 욕설을 구사하느냐에 달렸지만, 일반 선원이 융숭한 대접을 받는 건 그가 정말로 선량한 사람이라는 증거였다.

선원들에 대한 내 막연한 두려움은 점점 사라졌다. 나는 한주 형님 같은 사람이 선원의 전형일 거라고 생각했는데 대다수는 그와 정반대였다. 어딘가 주눅 들어 보이는 소심한 남자들. 그러다가 술만 들이켜면 이상할 정도로 쾌활해져서 상대가 불편해할 정도로 엉겨 붙는. 선원들 중에 진도나 서망 출신은 아무도 없었다. 경상도 출신 몇몇을 빼곤 대부분 서울 사람이었다. 서울 사람들은 대다수가 집이 2호선 사당역과 신도림역 사이에 있었다. 이 근방의 선원 공급에 있어 관악구, 구로구가 중대한 역할을 하는 셈이었다. 선주들이 구청장들에게 감사패라도 보내야 하지 않을까 싶었다.

재밌는 건 서로가 사는 곳을 물어보는 모습이었다. "나는 낙성대 근처 살아요", "나는 난곡 살아요" 정도에서 멈추지 않았다. 봉천역 몇 번 출구로 나와서 어느 골목으로 빠져 어느 방향으로 가다 보면 나오는 무슨 연립주택인지까지 꼼꼼히 확인했다. 마치 상대가 사는 곳과 내가 사는 곳이 얼마나 가까운가를 기준으로 상대와의 관계를 결정하려는 것 같았다.

나는 나이, 출신, 학력과 상관없이 모두를 묶어주는 한 가지 사실을 발견했다. 우리 모두 학창 시절에 수학 시험을 전부 찍었던 적이 있었다. 운 좋게도 나는 수학만 찍었지만 다른 사람들은 국어나 영어도 찍었던 모양이다.

우리 배는 금봉호와 가깝게 지냈다. 우리가 금봉호 식구들과 친해진 계기는 조금 황당했다. 금봉호에 이상이 생겨 목포로 배를 옮겨야 했다. 수리는 4일 정도 걸릴 예정이었다. 그런데 선주는 아무런 대책도 마련해주지 않고 선원들을 배 밖으로 내몬 뒤 홀연히 바다로 떠나버렸다. 금봉호는 숙소가 없었다. 때는 12월 초였는데 기온은 점점 내려가고 바람은 점점 매서워지는 중이었다. 갑판장님은 황당해하는 선원들을 이끌고(본인도 황당했을 거다) 광야를 헤매는 모세처럼 항구를 떠돌았다. 금봉호 식구들은 40분 정도 추위에 떨다 우리 숙소로 찾아왔다. 우리는 퍼즐 조각처럼 숙소 전체에 빈틈없이 채워 앉아야 했다.

금봉호 갑판장님은 키는 작지만 탄탄한 몸을 하고 있었다. 나이는 우리 큰형님과 동갑이어서 서로를 친구라고 불렀다. 그는 평생 뱃일만 해온 사람이었다. 특이하게도 그는 아들과 함께 일했다. 금봉호의 막내가 아들이었는데 나이는 스물셋이었다. 금봉호 갑판장님은 재미있는 사람이었다. 대화가 어디로 튈지 종잡을 수 없었다. 우리가 함께 지내던 시기에 금봉호 선원 중 하나가 성경을 읽고 있었다.

"어? 너 교회 다니냐? 아, 교회 좋지. 나도 육지 있을 땐 교회 정말 열심히 다녔다."

갑판장님이 말했다.

"정말요?"

"그럼. 주말만 되면 술 마실 돈이 떨어졌거든. 그럼 내 친구 둘이랑 같이 교회에 가는 거야. 그리고 친구들 사이에 내가 앉지. 목사가 '모두 고개 숙이세요' 하고 나서 헌금 바구니가 돌잖아? 그럼 내가 얼마씩 슬쩍했지. 그런데 어느 날 고개를 살짝 드니까 목사가 나를 빤히 쳐다보고 있는 거야. 내가 씽긋 웃었더니 그 새끼가 뭐, 성스러운 하나님 집에서 뭐 하는 짓이냐면서 지랄지랄 하는 거야. 씨발, 방금 전까지 가진 거 다 털어서 이웃을 위해 쓰지 않으면 안 된다고 떠들던 새끼가 말이야."

우리 숙소로 TV를 보러 오는 사람들은 대개 연속극이 시작하는 8시 무렵에 찾아왔지만 금봉호 갑판장님은 항상 뉴스가 끝날 무렵인 9시 반쯤에 찾아왔다. 일기예보 때문이었는데 다음 날 출항 여부를 알아보기

퀴닝

위해서가 아니었다.

"쟤, 쟤 이름이 뭐야? 쟤 괜찮네. 여기 몇 번이야? 11번? 저런 애들을 어디서 구했을까? 저 입술 봐라, 입술 봐. 너무 야비지도 않고 너무 두껍지도 않고 쟤처럼 적당히 도톰한 게 이쁘지. 입술이 저 정도는 돼야 ○○○할 때 ×××하거든…."

시간이 지나면서 나 역시 동료로 인정받았다. 여전히 일은 제일 못했고 밥은 제일 늦게까지 먹었지만. 나를 부르는 명칭도 막내에서 이름으로 진화했다. 사람들이 식사를 욕하고 선주를 욕하고 숙소를 욕하고 날씨를 욕하고 작업을 욕하면서도 이곳에 남아 있는 이유를 나는 조금씩 이해할 수 있었다. 항구에서는 공동체에 속해 있다는 느낌이 분명하게 들었다. 식사 중에 우연히 지나가기라도 하면 그냥 보내는 법이 없었다. 어떻게든 옆에 앉혀서 술이라도 한잔 따라 주고 부침개라도 한 조각 집어 줬다. 정작 나는 그 사람들 이름도 몰랐지만 그런 건 아무래도 상관없었다. 그들은 내가 자기들처럼 힘들게 일한다는 걸 알았고 그걸로 이유는 충분했다.

어느 날 다들 PC방에 가기로 했을 때 나는 숙소에서 쉬겠다고 한 적이 있었다. 저녁은 빵이나 사먹겠다고 하자 큰형님은 단호하게 "그러면 안 되지. 밥은 따순 밥 먹어야지" 하고 말했다. 큰형님이 금봉호로 전화를 걸었고, 나는 1000원짜리 쿨피스를 하나 사 들고 금봉호로 찾아갔다. 내가 음료수를 건네자 갑판장님이 뭐하러 이런 걸 사 왔냐며 펄쩍 뛰었다. 단순한 인사치레가 아니었다. 내가 많지도 않은 돈을 쓴 걸 정말 안타까워했다. 이곳에선 가볍게 입고 벗는 외투 같은 인간관계 이상의 무언가가 있었다.

항구에서는 모든 사람의 삶이 하향 평준화된 사회가 주는 만족감이 있었다. 모두가 헌 추리닝을 입고 형편없는 식사를 하고 매일같이 위험하고 힘들게 일했다. 볼품없는 외모를 주눅 들게 만드는 예쁜 여자도 없었다. 누구도 드러내 놓고 표현하진 않았지만 거기엔 실패를 받아들인 데서 오는 편안함도 있었던 것 같다. 항구에선 더 이상 내 인생이 아무 문제 없는 척할 필요가 없었다. 내년 이맘때쯤이면 부모님이 원하는 삶을 살고 있을 거라고 약속할 필요도 없었고 왜 나는 친구들 같지 못한가 자책할 필요도 없었다. 자기계발서가 권하는 어설픈 거짓말로 자신을 속일 필요도 없었다. 밑바닥까지 떨어진다는 건 말처럼 쉬운 일이었고 나는 그 밑바닥에 있었다. 내가 신경 쓸 일은 그저 하루하루를 살아가는 것뿐이었다. 놀랍게도 항구에선 그것만으로도 위안이 됐다.

#9

나는 조금씩 항구의 카스트를 깨달았다. 뱃사람들의 신분제 꼭대기에는 당연히, 선주가 있다. 한 배의 선주는 다른 모든 선원에게도 선주였다. 선주 앞에서는 다들 '선주님'이라고 불렀지만 우리끼리 있을 때 '영감', '꼰대'라고 불렀다. 다음은 월급 선장이다. 대부분의 배는 선주가 직접 배를 몰았기 때문에 선장은 곧 선주를 뜻했다. 그렇지 않고 선주에게 고용된 선장의 경우에는 우리랑 별반 다를 바 없는 처지라는 점을 강조하기 위해 월급 선장이라고 불렀다(물론 그것도 선원들끼리 있을 때 뿐이긴 했지만). 엉뚱하게도 선박정비소 사장이 선장과 같은 위치에 있었다. 그는 청소를 하거나 짐을 옮길 때면 당연하다는 듯 우리에게 명령했다.

상위 계급은 하위 계급을 마음껏 욕할 수 있는 권리를 가졌다. 나는 이 권리를 행사하는 데 소홀한 선주를 본 적이 없다. 항구에선 욕설이 일상적이었다. 선원들이 명확하게 의사 표현을 하는 때가 있다면 그건 욕할 때였다. 배에선 좆과 씨발을 빼면 대화가 매끄럽게 이어지지 않았다. 일주일만 일해보면 '좆'이라는 말이 180가지 정도의 용도로 사용된다는 걸 알게 된다. 어떤 선주는 이렇게 말했다.

"배 위에선 어쩔 수 엄는 기라. 까딱 잘못함 죽을 수도 있으니까. 주먹도 쓰고 욕도 해야 아들이 긴장하고 정신 똑바로 차리제. 그래도 내는 뭍에 나오면 미안하다 카고 다 풀어준다."

어떤 이유에선지 그가 선원들에게 싸대기를 날리는 모습은 자주 눈에 띄었지만 위로해 주는 건 한 번도 발견된 적이 없었다. 아마도 왼손이 하는 일을 오른손이 모르게 하라는 말씀을 가슴속 깊이 새긴 기독교인이었던 것 같다. 어떤 선주는, 바다에선 선주가 선원들의 생사여탈권을 갖고 있다고 떠들어 댔다. 그의 배에서 일하는 선원들에게는 불행한 일이지만 그는 자신의 헛소리가 사실이라고 믿는 눈치였다.

권리 얘기가 나왔으니 책임에 대해서도 잠깐 말해보자. 이곳에선 임금체불이 일상적이라 한 달에 이삼십만 원 가불받는 것 말고는 제때 돈을 받은 사람이 드물 정도였다. 대신 선주는 일주일에 한두 번 경매에서 받은 돈 중 20만 원 정도를 갑판장에게 쥐어 줬다. 그 돈으로 읍내 가서 사우나 갔다가 자장면이나 한 그릇씩 먹고 오라는 뜻이었다. 선주는 그걸로 자신의 책임을 다했다고 믿었다.

월급 선장의 위치는 근본적으로 갑판장과 다를 게 없었다. 철저하게 선주의 지시를 따랐고 먹고 자는 것 역시 일반 선원들과 함께했다. 기본급만 우리보다 많을 뿐이었다. 하지만 그들은 선원들과 선주 사이에 문제가 생기면 여지없이 선주 편을 들었고, 그 때문에 선원들은 선장에 대해서 조금씩 반감이 있었다.

선장 다음이 갑판장, 그리고 나머지가 일반 선원들이다. 일반 선원들 중에서도 막내는 가장 낮은 위치에 있다. 항구에서 막내보다 아래 있는 건 문어나 장어, 꽃게뿐이었지만 막상 밥상에 오를 때 대우를 보면 막내가 그것들보다 더 아래 있다는 느낌을 받았다. 막내가 해야 할 일은 조금 과장해서 말하자면 '정해지지 않은 모든 것'이다. 다른 이들은 자신이 반드시 해야 할 일만 하면 된다. 선주는 배만 몰면 되고 큰형님은 잇감만 넣으면 된다. 막내는 각자가 맡은 역할 사이의 빈틈을 메워야 한다. 막내는 갑판을 청소하고, 유리를 닦고, 요리를 하고, 설거지를 하고, 빨래를 하고, 자질구레한 심부름을 도맡았다.

나는 여러 면에서 운이 좋았다. 요리는 가장 마지막으로 막내에게 떠넘겨지는 의무였다. 우리 배에선 막내들이 잘 지내다가도 요리까지 시키면 어김없이 도망을 갔다. 덕분에 요리는 한주 형님이 했고 나는 잔심부름과 설거지만 하면 됐다. 요리가 이들의 한계선이었던 셈인데, 나는 이 자리를 빌려 밥하기 싫어 도망친 선배 막내들에게 고맙다는 말을 전하고 싶다. 그들의 선구적인 노력이 없었다면 나는 분명 더 힘든 길을 걸어야 했을 거다. 우리 숙소에는 항구에서 유일하게 세탁기가 있었기 때문에 다른 막내들처럼 손빨래를 할 필요도 없었다. 작업복은 빨지 않고 수건이나 속옷만 빨았지만 막내가 배 전체의 빨래를 다 했기 때문에 양이 많았다. 찬바람이 쌩쌩 부는 겨울날, 막내는 갑판에 쪼그려 앉아 언

손을 불어가며 빨래를 하는데 옆에선 무협지나 읽고 있는 건 솔직히 구역질 나는 광경이었다. 지금도 내가 이해하기 힘든 사실 중 하나는 그렇게 정 많고 친절한 아저씨들이 정작 자기 배 막내의 고충 앞에서는 냉담했다는 점이다. 어째서 사람들은 가장 나약한 부류에게 가장 힘든 일을 떠넘기는 걸 당연하다고 생각할까?

놀랄 일도 아니지만 야반도주를 하는 선원 중 열에 아홉은 막내였다. 도망간 선원 이야기는 서망의 단골 대화 소재였다.

"야, 얘기 들었냐? 목포호 막내, 자고 일어나니까 사라져 버렸대."

"태성호 막내 얘기 들었어? 걔 원래 좀 어벙해 보였잖아? 이틀발이 끝나고 돌아와서 배에서 내리더니 안 돌아오더래. 그래서 찾아보니까 저기 버스 정류장에서 갑빠 입은 채로 차 기다리고 있더래."

"어이, 금천호? 느그 새로 온 애들 둘이는 어째 안 보이냐?"

"걔네들 그만뒀어요. 하나가 그만두니까 같이 온 애도 며칠 있다 그만두더라고요."

사람들은 누가 어떻게 도망갔다는 얘기를 재밌다는 듯 떠들어 댔지만 나는 마음이 가벼울 수 없었다. 내 불안에 불을 지핀 건 윤철이 형이었다. 그는 내가 뭘 두려워하는지 눈치챘고 내가 조마조마해하는 모습을 보며 즐거워했다. 그는 틈만 나면 도망갔다 잡혀 온 사람들 이야기를 해 댔다.

"근데 왜 도망을 가요? 그냥 일 못하겠다고 하고 가면 되잖아요?"

"그건 니 생각이고."

"그러면요?"

"그건 니가 몰라서 그라는 기라. 웬만한 이유 대서는 절대 안 보내준다. 니가 힘들어서 몬하겠다 하제, 그라믄 선주가 다른 사람 구할 때까지만 해달라면서 질질 끄는 기라. 그거는 선주가 일부러 그라는 기라. 선주들이 소개비로 사무소에다 40만 원씩 준다꼬. 그게 아까우니까 안 보내주는 기라. 또 새로 아 델꼬 오면 또 40만 원 아이가? 또 글마가 얼마나 있을지도 모르제. 그러니 선주가 순순히 보내줄라 카겠나? 니 딴데선 우짜는 줄 아나? 읍내 볼일 있어가 어디 좀 갔다 와야 칸다 캐도 절대 안 보내준다. 보내줘도 선주가 같이 따라가지 혼자 안 보낸다. 그게 다 소개비 40만 원 땜에 그라는 기라."

"만약에 니가 선주한테 말 안하고 그냥 몰래 도망간다고 해도 반드시 잡힌다. 니 없어진 거 알면 딴 사람들이 바로 선주한테 전화한다. 애 하나 도망갔다고. 선주가 진도읍에 있거든. 여기서 목포 갈라믄 거기 안 지나갈 수가 없어. 근데 여기서 거기 가는 길이 하나뿐이라. 선주가 거서 딱 기다리고 있다. 또 선주가 자기 혼자 찾는 줄 아나? 선주 친구들, 여기 다른 선주들도 선원 도망갔다 카믄 다 지 일처럼 달려든다. 니가 헤엄쳐 가는 거 아닌 바엔 반드시 잡힌다."

"니가 만약에 계약 기간 다 채우고 나서 돈 필요 없다 카믄 선주가 보내주겠지만 안 그라믄 무슨 일이 있어도 그냥 안 보내준다. 그니까 제일 좋은 게 뭔 줄 아나? 일하고 한 달 지나믄 가불이 되거든. 한 오륙십만 원 가불받는 것도 사실 어렵지만 그거라도 받아가, 몰래, 정말 몰래 튀는 기라. 여서부터 진도 벗어나는 데 한 세 시간 걸리거든. 그 세 시간 안에 안 들키고 빠져나가야 된다. 혼자는 힘들다. 니 갈라믄 차라리 사람들이랑 친해진 다음 니 사정 말하고 도와달라 캐서 모른 체해 달라 캐야 된다. 그라믄 니 가고 세 시간 정도 있다가 선주한테 전화하는 기라. 그사이에

니는 무조건 진도를 벗어나야 되는 기라. 목포까지만 가믄 선주도 못 찾는다."

나는 혼란스러웠다. 항구는 평온해 보였고 사람들은 대체적으로 선량해 보였다. 물론 가끔씩 주먹이 오가기도 했지만 가장 폭력적인 상황도 학대나 감금과는 무관했다. 우리 배 형님들도 도망간 사람을 붙잡아 올 사람 같지는 않았다. 하지만 한편으로는 짚이는 데가 있었다. 어느 날 PC방에 가기로 했는데 택시비가 모자랐다. 한주 형님이 내게 돈이 있는지 물었고 나는 없다고 거짓말을 했다. 그가 대뜸 소리쳤다.

"거짓말하지 마, 인마! 니 지갑에 4만 원 있잖아!"

그때는 쪽팔리다는 생각뿐이었지만 생각해 보니 그가 내 지갑에 돈이 얼마가 있는지 아는 것이 이상했다. 지갑은 가방 깊숙이 넣어뒀고 다른 사람 앞에서 펼쳐 보인 적도 없었다. 화장실에 오래 앉아 있을 때면 언제나 누군가 문을 두드려 내가 안에 있는지 확인하곤 했다. 대개 한주 형님 아니면 윤철이 형이었다.

경로는 알 수 없었지만 가끔씩 지적장애인이 일반 선원으로 흘러들어왔다. 나이는 40대에서 50대 사이였지만 스무 살짜리들에게 이 새끼 저 새끼 욕을 먹으며 일했다. 그런 모습을 보고 있으면 윤철이 형의 말을 그냥 농담으로만 넘길 수가 없었다. 내 의심은 사실일 수도 있었고 아닐 수도 있었다. 문제는 그걸 사실이라고 믿게끔 만들 만한 정황이 있었다는 점이다. 게다가 내 주위엔 믿을 만한 친구도 한 명 없었다. 나는 형님들을 그 믿을 만한 친구라고 생각했지만, 내 의심이란 것 자체가 그들을 믿을 수 있느냐 하는 것이었기 때문에 우리가 이전에 얼마나 가까웠는지는 아무런 도움이 되지 않았다. 거기까지 생각이 미치자 의심이 들었다는 것만으로 그걸 사실이라고 믿을 이유로는 충분해 보였다.

#10

진성이 형은 호스트바에서 일했다고 말했다. 그러니까 '호스트'로서 말이다. 책을 표지만 보고 판단해선 안 되는 법이지만 그 말은 조금 믿기 어려웠다. 그는 나나 한주 형님과 크게 다를 바 없는 얼굴이었다. 부스스한 곱슬머리에 눈이 작고 가늘었다. 앞니 하나는 절반쯤 깨져 검게 변색되어 있었다. 진성이 형이 "예전에 나 때문에 이혼한 유부녀가 하나 있었는데…" 하며 이야기할 땐 뭐랄까, 현실과 환상의 경계가 희미해지는 느낌이 들었다.

진성이 형은 자신의 신변잡기 늘어놓길 좋아했는데 아무도 그가 하는 말에 관심이 없었기 때문에 그의 수다는 내가 받아줘야 했다. 나는 무시하는 기색을 보여도 괜찮은 이야기 상대가 생긴 게 즐거웠다. 그는 대전 출신이었는데 나이는 서른여섯이었다. 그는 '호스트'를 그만둔 후에는 전자제품 매장 직원, 택배기사 등으로 일했다고 했다.

그는 수년 전 취객과 시비가 붙어 한 달 정도 교도소에 수감된 적이 있었다. 나중에 그는 지방의 어느 라면 공장에서 괜찮은 자리를 구했는데 그 일이 알려지면서 자리를 잃었다고 했다. 그는 혹시라도 또 그런 일이 생기는 건 아닐까 하는 걱정이 많았다. 나는 이후로도 비슷한 고민을 가진 사람들을 여럿 만났는데, 내가 알기로는 지난 19대 총선의 후보자 중 20퍼센트가 전과자였다. 나라의 근간인 국회가 이렇게 앞장서서 전과자들의 사회 진출을 돕고 있는 마당에 경제계는 조그만 성의조차 보이려고 하지 않는 것 같아 무척 안타까웠다.

진성이 형은 내가 서망에 도착하고 한 달 정도 지났을 무렵 도착했다. 어획량이 바닥을 치는데 사람을 늘리는 게 이상했다. 사실 선주 입장에선 손해 볼 것 없는 결정이었다. 사람이 늘어나도 선주의 몫은 영향을 받지 않았다. 총수입에서 경비를 뺀 나머지를 절반으로 나눠 반은 선주가 갖고 반은 선원들이 나눠 가졌다. 기본 급료를 꼬박꼬박 챙겨준다면 선주에게 부담이 가겠지만 사람을 쓰기 전에 돈 문제를 고민하는 선주는 없는 것 같았다.

진성이 형이 도착하고 나서부터는 어장을 옮겼다. 어장을 옮길 때는 두 곳의 어장에서 양망만 했다. 2층부터 갑판 전체에 통발이 가득 쌓였다. 게가 잘 잡힌다는 지역으로 이동한 다음 투망을 했다. 같은 방식으로 나머지 어장도 옮겼다. 진성이 형이 통털이를 하고 나와 윤철이 형이 통발을 쌓았다. 2층에서 통발 쌓는 건 곤욕이었다. 엔진실의 굴뚝에서 뿜어져 나오는 연기가 바로 내 얼굴로 향했다. 진성이 형은 경력자에다 손재주도 좋았지만 처음 며칠 동안은 쌍욕 세례를 피하지 못했다.

"야 이 쌍노무 새끼야, 줄 똑바로 안 풀어!"

"이 새끼야, 빨리빨리 안 해!"

"이 새끼가 귓구멍에 좆대가리를 처박았나!"

우리 배뿐 아니라 서망 전체 분위기가 좋지 않았다. 어획량이 너무 저조했기 때문이다. 이틀받이하고 잡은 꽃게가 전부 열 마리도 안 되던 날도 있었다. 잡히는 건 똥게와 문어뿐이었다. 똥게가 아무리 많이 잡혀도 즐거워하는 사람은 없었다. 가격 차이 때문이었다.

당시 킬로그램당 시세는 이랬다.

꽃게: 2만~2만 7000원
문어: 7000원
털게: 5000원
반게: (잘 받으면) 2000원

형님들은 어장을 옮긴다는 소식을 반기지 않았다.

"게가 안 잡혀서 어장 옮긴다고 하지만 그럴수록 더 안 잡혀."

"한자리에 통발을 오래 묵혀둬야 게가 그 주위로 모인다고. 근데 우리 꼰대는 귀가 얇아서 어디서 게 좀 잡았다 그럼 금방 따라가고 또 어디 좀 잡았다고 하면 걸로 또 따라가고. 그러니 게가 모일 틈이 있냐?"

"아, 그렇게 옮기는 거였어요? 게 이동 경로 이런 거 확인해서 하는 거 아니었어요?"

"이동 경로 같은 소리 하고 있네. 선주들끼리 술 마시다 어디가 좀 괜찮다 하면 그냥 따라가는 거야."

"거 봐라, 8월 말에 조금 잡히고는 안 잡힌다고 계속 옮겨 다니다가 이게 몇 달째 허장이냐?"

어획량이 저조한 어장을 허장이라고 불렀는데 내가 땡겼던 모든 곳이 허장이었다. 어획량이 저조한 이유가 팔랑귀 때문만은 아니었다. 사람들은 첫 번째 이유로 바다의 오염을 들었다. 실제로 양망을 끝내고 나면 절반 이상은 쓰레기였다. 한글이 적힌 라면 봉지, 일본어 가타카나가 적힌 커피 캔, 한자가 적힌 과자 봉지, 헌 갑빠, 헌 그물, 부탄가스통, 깨진 소주병 등등. 우리가 버리는 쓰레기도 만만치 않았다. 항구에서 바다에 쓰레기를 버리다 해경에 적발되면 벌금을 물어야 했다. 그래서 모든 배에선 쓰레기를 차곡차곡 쌓아뒀다가 먼 바다로 나와서 버렸다. 가끔은 우리가 버린 쓰레기가 우리 통발에 걸려드는 게 아닐까 싶기도 했다. 오염 때문에 어획량을 걱정하는 사람들이 매일같이 바다에 쓰레기를 버리는 모습은 왠지 기이해 보였다.

두 번째 이유는 지리적 불리함 때문이었다. 형님들 설명에 따르면 게는 북쪽에서 남쪽으로 이동하는데 중국 어선이나 인천 배 들이 게를 싹 쓸이해서 진도까지 내려오는 양이 적었다.

저조한 어획량은 상습적인 임금 체불의 핑계가 됐다. 한번은 모두가 숙소를 비운 사이 금봉호 갑판장님이 놀러 왔다.

"그래, 자네는 여기 오기 전에 뭐했나?"

"그냥 집에서 놀았죠."

"근데 배는 왜 탔어? 배는… 배는 정말 안 좋아. 돈도 얼마 안 되고…. 왜 여기서 고생하고 있어? 나이도 젊은데 이런 데 있지 말고 도시로 가. 가서 알바해. 식당이나 편의점 같은 데서. 그런 게 훨 나아."

"근데요, 여기가 다른 항구에 비해서 어떤 편이에요? 돈이라든가 대우라든가, 그런 거 있잖아요."

"여기가 특이하지. 특이한 게 아니라 지독한 거지. 다른 데 같으면 15일치 선금 받고 들어오는데 여기는 선금은커녕 기본급도 계약 기간 다 끝나야 주잖아. 그리고 너희 형님들 보면 알겠지만 일한 지 일이 년 지나도 돈 못 받은 사람 허다해, 여기."

"정말요? 누가요?"

"너 몰랐냐? 니네들한테 얘기 안 했나 보네. 니네 큰형이랑 한주 둘 다 한 번도 제대로 정산받은 적 없어. 가끔씩 가불이야 받았겠지만. 선주가 이러는 거야, 잡은 거 니네가 직접 보지 않았냐? 그게 무슨 돈이 되냐고. 조금만 더 하면 자기가 나중에 다 한꺼번에 정산해 준다고. 그렇게 끈 게 1년이 넘었어. 그러니까 걔네들도 이제는 못 가는 거야, 돈 받기 전까지."

"……"

"여기서 돈 번다는 건 그런 거야. 여기선 돈을 쓸 데가 없으니까 돈을 안 쓰게 되지. 그게 여기서 돈 버는 거야. 나야 다 늙었고 평생 해온 게 이거니까 이러고 있지만, 너 젊잖아. 여기는 젊은 애들이 일할 데가 못 돼. 이 근방이 그런 게 심하지만 특히 여기는 최악이야. 그러니까 다음에 라도 배 탈 생각하지 말고 다른 일 찾아. 서울로 가, 가면 알바 자리 하나 없겠어? 뭘 해도 이것보다 나아.

무슨 일이든 마찬가지야. 해보고 아니다 싶으면 당장 다른 거 찾아봐 야지, 그동안 한 게 아깝다고 어영부영 남아 있다 보면 어느새 나이 먹고 내 꼴 나는 거야. 우리 막내한테도 내가 항상 얘기해. 이게 너한테 맞으 면 어쩔 수 없지만 아니면 또 할 생각 말라고."

사람들은 '철'이 끝나기 전엔 기본급도 받지 못했다. 꽃게잡이에는 '철'이란 게 있다. 산란기를 제외하고 1년을 3개월 단위로 나누는데 이것이 하나의 철이다. 한 철 작업을 끝내는 것을 '철망'이라고 부른다. 이게 중 요한 이유는 수익의 정산과 배분이 철망 후에야 이루어지기 때문이다. 선주들이 돈 문제로 횡포를 부릴 때 근거로 드는 것이 철이었다. 일이 너 무 고되거나 또는 개인 사정으로 그만두려고 해도 아직 철망을 하지 않 았다는 이유로 기본급도 못 받고 항구를 떠나는 사람들이 수두룩했다.

퀴닝

선주들의 반응은 한결 같았다. 철망을 해봐야 얼마나 잡았고 경비는 얼마나 들었는지 알지 않겠냐? 그때까지 남아서 일을 해라, 그렇게 못하겠다면 나도 돈을 줄 수 없다. 소개소에선 이런 사정이 있다는 건 절대 이야기해 주지 않는다. 철망하기 전에 떠나는 선원은 한 달을 일했건 두 달을 일했건 기껏해야 차비 정도만 받고 항구를 떠났다. 이런 경우는 너무 흔해서 이야깃거리도 되지 않았다.

선주의 말은 그 나름대로 그럴듯해 보이지만 조금만 생각해 봐도 헛소리란 걸 알 수 있다. 기본급은 어획량과는 무관하기 때문이다. 기본급 100만 원은 어떤 경우라도 선주가 보전해 주기로 약속한 금액이었다. 누군가 한 달 이상 일했고 기본급만 받는 데 동의한다면, 철망 전이라 해도 100만 원을 지급받는 게 당연하다. 그런데 불행하게도 철망해야만 돈을 받을 수 있다는 생각은 선주뿐 아니라 선원들 사이에도 상식으로 통했다. 선주들의 작태에 분통을 터뜨려도 형님들의 반응은 동일했다.

"그거는 니가 몰라서 그라는 기라. 철망하고 나서 돈 주는 건 어느 배나 어느 항구나 다 또옥같다. 그거는 관례라 으짤 수 없는 기라. 그런 거는 법도 안 도와준다. 이거는 니가 감수하고 일해야 하는 기라."

항구에선 관례가 법보다 당당했다. 해롭지만 이득이 되는 일을 사람들은 관례라 부르며 성실하게 지킨다고 하니, 지금도 전국의 항구에서 수많은 사람들이 차비만 손에 쥐고 집으로 돌아가고 있다고 믿어도 좋을 것 같다.

어장을 옮겨도 어획량은 나아지지 않았다. 어떤 배는 철망을 한다, 어떤 배는 문어잡이로 업종을 전환한다는 소식이 들려왔지만, 우리 배는… 작업량을 늘려나갔다. 열두 틀이 지나서도 선주는 "한 틀만 더 땡겨보자"는 말을 반복했다. 스무 틀을 땡겼다는 선원의 모습이 떠올랐다. 열 틀이 넘어서면 통발 끌어 올리는 모터 소리만 들어도 구역질이 나올 것 같았다. 가끔은 통발을 바라보다 울고 싶어질 때도 있었다. 저항할 수 없는 힘에 의해 소진당하는 느낌인데, 도끼질당하는 나무의 기분이 어떤 건지 알 것 같았다. 바다에는 묘하게 사람을 억누르는 기운이 있어 더 이상은 못해, 더 이상은 못해, 하는 말이 혀끝에 걸렸어도 결코 입 밖에 내진 못했다.

열두 틀이 지나면 위험한 생각이 머릿속에 자리 잡았다. 일부러 넘어져서 팔이나 다리를 부러뜨리는 것이다. 파도가 높은 날에 여러 차례 기회가 있었다. 생각은 끝이 없었지만 끝내 실천에 옮기진 못했다. 대신 동일한 계획을 떠올리며 다른 사람들을 살펴보았다. 파도 때문에 몸을 못 가누는 척하며 누군가를 밀어버릴 심산이었다. 사람이 바다에 빠지면 그를 구하는, 아니면 구하려는 척하는 동안 만이라도 쉴 수 있을 터였다. 계획을 실행에 옮기지 못한 것은 오직 소심함 때문이었다.

열네 번째 어장 앞에 배가 멈추면 정신착란 상태에 빠져들었다. 이 단계에서는 상황 설정이 급격히 비현실적으로 변했다. 이때는 《반지의 제왕》에나 나올 법한 괴물들이 배를 공격하는 환각을 봤다. 내가 가장 좋아했던 것은 빨간 용이었다. 이 용은 바닷속에서 갑자기 튀어나와 브리지 부분만 물어뜯었다. 그 모습이 꼭 쇼트케이크 위에 오른 딸기만 집어 먹는 것 같았다. 용은 선주와 브리지를 꼼꼼히 썹은 뒤에 내뱉었다. 내가 삿갓대로 선주의 롤렉스 시계를 건지려고 바둥대는 동안, 용이 꼬리로 배를 쳐서 순식간에 항구로 돌아오는 해피엔딩으로 환각이 마무리됐다.

나는 매일 밤 기우제라도 지내고 싶은 심정이었다. 새벽에 눈을 뜨면 가장 먼저 자애로운 바다에 미친 듯이 파도를 일으켜 출항을 막아달라고 기도했다. 내 기도는 응답받지 못했다. 내가 보기엔 기도에 문제가 있었다기보다는 신이란 존재의 성실함에 문제가 있었던 것 같다(어느 원전 노동자의 탄식처럼 신은 영화배우와 스포츠 스타의 기도만 들어주는 것 같다). 4주가 넘어섰을 때 나는 그만둘 타이밍만 찾고 있었다.

#11

타이밍은 예상치 못한 곳에서 찾아왔다. 어느 날 새벽 바깥이 소란스러워지더니 누군가 문을 두드리며 소리쳤다.

"야! 야! 니네도 나와봐!"

시간은 2시를 넘어가고 있었다. 언제 출항해도 이상할 건 없었지만 우리를 깨운 건 선주가 아니었다. 우리를 깨운 사람은 보이지 않았다. 배마다 시동을 걸고 모야 줄을 풀었다. 이상하게도 배들이 항구를 벗어나지 않았다. 배들은 항구 안을 빙글빙글 돌며 삿갓대로 물속을 휘저어 댔다. 주변을 돌아다니던 선원에게서 상황을 들었다.

"야, 야, 지금 왜 그러는 거냐?"

"사람 빠졌대요. 둘이 빠졌는데 한 명만 살아 올라와서 해경에 신고했나 봐요."

물에 빠진 지 두 시간이 훨씬 지났기 때문에 누구도 그 선원이 살아 있을 거라고 생각하진 않았다. 죽은 사람에게 미안한 얘기지만 나는 그저 오늘 하루 쉴 수 있겠구나, 하는 생각밖에 들지 않았다. 수색은 날이 환하게 밝은 다음에야 끝났다. 물에 빠진 사람은 끝내 찾지 못했다. 자초지 종은 숙소로 돌아가는 길에 들었다.

"근데 왜 빠졌대요? 배에서 술 마시다 빠진 거예요?"

"술 취해서 빠진 거 아이다. 그 배가 젓갈배라. 니 젓갈배가 어떤지 모르제? 젓갈배는 있다 아이가, 알고 보면 아주 지독한 배라. 니 젓갈 어떻게 만드는 줄 아나? 그게 맬치를 잡았다고 끝나는 게 아이라, 그걸 잡아서 배 안에 커다란 솥이 있다고, 것다가 집어넣어서 끓여서 그걸 또 말리고 이 짓거리를 계속해야 돼. 그래서 젓갈배가 일이 엄청 힘들다고. 윤철이도 젓갈배 타본 적 있어서 알 기라, 맞제?"

"니 젓갈배 타믄 하루에 몇 시간 자고 일하는 줄 아나? 하루에 서너 시간 자고 나머지는 계속 일하는 기라."

"대신 젓갈배가 돈은 확실히 준다꼬. 여처럼 돈 떼묵고 그런 건 없다. 근데 있다 아이가, 이 일이 힘들어 노이까 젓갈배 사람들이 계속 도망가는 기라. 니 같아도 안 그러겠나? 하루에 스무 시간씩 일하고 그라믄? 그라니까 선주들이 배를 부두에 안 대는 기라. 니 접때 봤제? 배 몇 척 항구 가운데 세워져 있었다 아이가? 글마들이 젓갈배라. 사람들 도망 못 가게 할라꼬 부두 근처에도 안 와. 그러다 먹을 거 사야 되고 이랄 때 갑판장만 부두에 내라주고 바로 또 뒤로 물러서는 기라. 그러니까 어떻게 되겠노? 이 아들이 해도 해도 안 되니까 헤엄이라도 쳐서 나올라고 한 거 아이겠나?"

문제의 배에는 우리보다 기본급이 30만 원 적은 중국인 선원이 두 명 타고 있었다. 두 사람은 모두가 잠든 새벽에 바다에 뛰어들었고 그중 하나만 살아서 부두에 올랐다.

퀴닝

시체는 일주일 후에 떠올랐다. 마침 우리 숙소 근처였다. 해경과 구급차가 도착하기 전에 나도 시체를 잠깐 살펴볼 수 있었다. 시체는 페트병과 라면 봉지 들 사이에서 뒤통수를 드러낸 채 떠 있었다. 짧은 머리에 내 것과 다를 것 없는 남색 추리닝 차림이었다. 시체가 물결을 따라 흔들리면서 머리를 부두에 "쿵, 쿵" 찧어대고 있었다. 그걸로 끝이었다. 그것이 내 신호였다. 그다음 이틀발이에서 돌아오는 길에 브리지로 올라가 선주에게 그만두겠다고 말했다.

"왜, 힘들어서?"

선주가 물었다. 다른 때 같으면, 사실 힘든 게 아니라 급한 사정이 있어서 어쩌고저쩌고하며 사연을 만들었겠지만 그때쯤엔 그럴 기운도 없었다.

"예… 힘들고 무서워요."

선주는 한참 동안 말없이 나를 바라보더니 나가보라며 손짓을 했다.

"저… 돈은….'

왜 돈 달라는 말을 할 때는 사랑을 고백할 때처럼 떨리는지 모르겠다.

"알았으니까 나가봐."

긍정인지 부정인지 알 수 없는 대답을 듣고 밖으로 나왔다. 다들 선주가 그렇게 순순히 나를 보내준 사실에 놀라워했다.

"증말이가? 꼰대가 그라드나? 가라고?"

"희한하네, 영감이 그렇게 쉽게 보내줄 리가 없는데."

"돈은… 별로 기대하지 마라."

며칠 후, 선주가 경매장에 물건을 넘기고 나를 부르더니 만 원짜리 뭉치를 쥐어 주고 걸어가 버렸다. 40만 원이었다. 왜 이거밖에 안 되냐며 따져야겠다는 생각은 아예 들지도 않았다. 다른 사람들은 돈을 받은 것 자체가 신기하다는 반응이었다.

"다행이네, 나는 영감이 달랑 기찻값만 주는 거 아닌가 싶었는데."

"그냥 좋은 경험했다 생각해."

"그래, 남의 돈 버는 게 이렇게 힘든 거야."

40만 원이 내가 6주 동안 일하고 나서 받은 돈이었다. 그것이 바다 위에서 죽을 둥 살 둥 통발을 쌓고 나서 받은 대가였다. 남의 돈을 번다는 건 그런 것이었다.

2
빈민의 호텔

서울,
편의점과 주유소

매주 한 번씩 들르는 슈퍼바이저는 접객 관련 불만 신고
가 줄지 않는다며 늘 투덜거렸다. 그는 어떤 손님이 알
바와 다툰 일을 회사 홈페이지에 올렸는데 회장님이 그
걸 읽으시곤 해당 편의점이랑 계약을 해지하라며 노발대
발했다는 이야기를 빼먹지 않고 들려줬다. 모든 서비스
업 종사자에게 '눈에는 눈, 이에는 이'라고 적힌 어깨띠
와 녹슨 못을 박은 각목을 하나씩 지급한다면 손님과 종
업원 사이의 싸움이 획기적으로 감소하리라 생각하지만,
서비스업계가 이런 혁신적인 제안을 받아들일 만한 안목
을 갖추고 있는 것 같지는 않다.

#1

고시원은 달팽이 껍질 속의 아늑함이 어떤 건지 느껴볼 수 있게 해줬다. 가로세로 1.5미터, 2.3미터 정도 크기였는데 나는 어느 전자제품 매장에서 이 방 크기만 한 벽걸이 텔레비전을 본 적이 있다. 방 안엔 작은 책상과 책장이 있었다. 가구 때문에 방은 더 좁았고 잘 때는 의자를 책상 위로 올려야 했다. 벽은 형편없이 얇았고 복도는 한 번에 한 사람만 지나갈 수 있을 정도로 좁았다. 이런 복도를 사이에 두고 다닥다닥 붙은 방이 한 층에 열 개 정도 있었다. 이 건물은 화재 발생 시 투숙객들을 최대한 신속하게 질식사시킬 수 있도록 설계된 것 같았다.

내가 완강기나 비상계단은 없냐고 묻자 고시원장은 내가 샹들리에는 어디 달려 있냐고 묻기라도 한 것처럼 황당해했다. 그는 물끄러미 나를 바라보더니 창밖의 나무를 가리켰다. 그걸 타고 내려가라는 뜻인 것 같았다. 그가 진지하다는 건 한참 후에야 알아차렸다. 나중에 이 이야기를 친구들에게 들려줬더니 다들 재미있어했다. 안전이 사치라고 여겨지던 육칠십 년대에는 분명 재미있는 일들이 무궁무진했을 거다.

방은 방음이 전혀 되지 않았다. 방음 측면에서 보자면 이곳의 벽은 이론상의 벽, 가상의 벽이나 다름없었다. 나는 옆방 사람뿐 아니라 그 건너 건너 방 사람의 통화 소리, 재채기 소리, 코 고는 소리까지 들어야 했다. 내게 고시원이란 공간은 우리 시대 가족에 대한 냉소적인 은유처럼 느껴졌다. 바로 옆방에서 잠든 사람의 신진대사 활동 소리까지 다 들을 수 있을 만큼 가깝게 생활하지만 정작 그가 어떤 사람인지는 아무것도 모르는.

청구고시원은 신림동 고시촌 정상, 관악산 바로 아래 자리 잡고 있었다. 고시원까지 가려면 경사가 45도는 될 것 같은 길을 70미터 정도 올라가야 했다. 길이 얼어붙으면 노인 한둘 정도는 거뜬히 응급실로 보내고도 남을 경사였다. 고시원은 높이가 15미터 정도 되는 벼랑 위에 세워져 있었다. 이곳을 선택한 이유는 방값 때문이다. 여기에선 한 달 방세가 10만 원에서 12만 원이었다. 이 정도 방세를 받는 고시원은 벼룩시장에도 광고를 올리지 않았다. 나는 음식쓰레기 냄새가 진동하고 똥개들이 영역 표시를 해놓은 전봇대에서 이곳의 광고 전단을 발견했다.

이곳은 고시촌 안에서도 시설이 굉장히 열악한 축에 속했다. 고시촌 안에만 이런 건물이 여럿 있었다. 서울시 전체로 보자면 고시촌 수의 수백 배는 있을 거다. 이곳 시설은 조금 자세하게 설명할 필요가 있을 것 같다. 고시원은 3층짜리 건물이었다. 1층에는 방 세 개와 세면실 겸 세탁실 겸 화장실이 하나 있었고 주방이 있었다. 주방에는 정수기와 냉장고가 하나씩 있었다. 냉장고 안에는 병과 비닐봉지가 가득했는데 모두 '000호 꺼. 건드리지 말 것'이라는 메모가 붙었다. 2, 3층의 구조는 동일했다. 1.3미터 정도의 폭을 두고 10여 개의 방이 마주 보았다.

건물 외부에는 구식 화장실과 샤워실이 하나씩 있었다. 외부 화장실에는 물이 나오지 않았다. 볼일을 보고 나서는 바가지로 물을 퍼서 처리해야 했다. 외부 샤워실은 온수가 나오지 않았다. 이런 이유로 외부 시설은 다들 사용하지 않았다. 아침저녁으로 1층 화장실 앞에는 언제나 네다섯 명 정도가 차례를 기다렸다. 특히 무더운 날에는 화장실 앞에서 자연스럽게 고성과 욕설이 오갔다.

10만 원짜리 방은 현관 바로 앞에 있는 방이었다. 11만 원짜리는 바로 앞 고시원과 마주한 방이었다. 창문을 열면 벽밖에 보이지 않았다. 12만 원짜리 방은 벼랑 쪽으로 창이 난 방이었다. 주택과 아파트 들이 창 속에 빼곡하게 자리 잡고 있었다. 신림 6동, 9동, 봉천고개까지 한눈에 다 들어왔다. 해가 지면 더 그럴듯해 보였다. 나는 12만 원짜리 방으로 계약했다. 2만 원짜리 전망이 내가 누릴 수 있는 유일한 사치였다.

월세 12만 원의 진가가 발휘되는 시기는 여름이었다. 날이 더워지면 방 안 공기가 금방 뜨거워졌다. 그 때문에 선풍기를 틀어도 에어컨 실외기처럼 후끈거리는 바람밖에 나오지 않았다. 창문과 방문을 함께 열어두면 열기가 조금 누그러들었지만 복도에는 각종 날벌레들이 활동 중이어서 오랫동안 열어둘 수가 없었다. 열대야가 심한 날이면 말 그대로 숨이 턱턱 막혔다. 열기가 야금야금 생명을 갉아먹는 게 느껴졌다. 아주 자연스럽게 누군가 심장마비로 죽고 며칠이 지나 냄새 때문에 발견되는 모습을 떠올렸다. 더위가 절정으로 치닫는 무렵이면 내가 됐든 옆방 아저씨가 됐든 이곳에 사는 누군가가 반드시 그런 꼴을 당하리라는 확신이 생긴다. 이곳의 더위는 사람을 슬프게 만드는데, 이쯤 되면 에어컨이 생명 유지 장치처럼 보인다.

이런 고시원은 최하류 여인숙의 다른 이름일 뿐이다. 이곳은 가난의 심장부는 아닐지 몰라도 입구는 훌쩍 지난 곳이었다. 건물 곳곳에 배인 라면 스프 냄새가 그 증거였다. 나를 포함한 대다수 투숙객이 일용직 노동자였다. 노가다를 뛰는 사람도 있었고 오토바이 택배기사도 꽤 있었다. 진짜 학생들, 고시생들이 모이는 고시원은 비싼 만큼 지낼 만했다. 월세는 25만 원에서 35만 원 사이였다. 방 크기는 내 방의 두 배 정도였고 방마다 에어컨이 있는 곳도 있었다. 여름이면 방으로 돌아가기 전에 한참 동안 에어컨 실외기를 올려다보던 게 생각난다.

노동자들이 사는 고시원과 학생들이 사는 고시원은 분위기도 달랐다. 학생들 쪽이 더 화기애애했다. 고시생들은 생활 패턴이 비슷했기 때문에 다들 가깝게 지냈다. 가끔씩 옥상에 모여 고기를 구워 먹는 모습도 보였다. 반면 노동자들이 사는 고시원은 분위기가 냉랭했다. 다들 (분명 나도 마찬가지였으리라 생각되지만) '나한테 말 걸지 마' 하는 기운을 내뿜었다. 우연히 고시원 밖에서 마주쳤을 때 황급히 고개를 돌리는 모습, 방문을 닫기 무섭게 들리는 "찰칵" 문 잠그는 소리. 나는 그런 모습들을 '여기 사는 누구와도 친해지고 싶지 않다'는 뜻으로 해석했다.

복도는 청소를 거의 하지 않아 언제나 양탄자만큼이나 두껍게 회색 먼지가 쌓여 있었다. 그래서 사람들은 실내화를 신었다. 첫날 나는 실내화가 공용인 줄 알고 신었다. 밤늦게 누군가 문을 두드렸다. 30대 중반의 남자였다.

"저, 이 실내화 본인 거세요?"

그는 내가 방문턱에 벗어둔 실내화를 가리켰다.

"아니요."

"이거 현관에 있던 거죠?"

"예."

"거기 있는 거, 공용 아니거든요."

"아, 죄송합니다."

이런 식의 만남과 이 정도 깊이의 대화가 고시원에서 일어나는 전형적인 인간관계였다.

퀴닝

#2

편의점 알바는 서울에서 아주 쉽게 구할 수 있는 일 중 하나이고, 나 역시 쉽게 자리를 얻었다. 그렇다고 면접이 시종일관 순탄하지만은 않았다. B 편의점은 관악산 입구에 있었다. 가로세로 8미터, 10미터 정도로 꽤 큰 편이었다. 출입문 옆에 붙은 카운터가 전면을 차지했고 맞은편 벽에는 냉장고가 쭉 늘어서 있었다. 그 사이에는 라면부터 치실까지 온갖 잡다한 물건이 진열대에 빼곡히 채워졌다. 점장은 50대 중반의 남자였다. 그는 나를 매장 뒤 사무실로 불러들였다. 그곳은 사무실 겸 창고로 쓰는 비좁은 공간이었다. 냉장고로 들어가는 문이 있었고, 라면, 과자 등이 가득 쌓여 있었다.

"이름이 어떻게 되세요?"

"한승태요."

"지금 사시는 곳은?"

"요 근처 고시원에 있어요."

면접이 끝날 때쯤 그가 물었다.

"시급은 얼마나 예상하고 계세요?"

나는 '불경스럽게도' 당시 최저임금을 기대한다고 대답했다.

"헤에에에에에? 3700원이요오오오오?"

점장은 내 대답에 진심으로 충격을 받은 눈치였다. 일단 이 사람부터 진정시켜야 할 것 같았다.

"아니, 그게 아니라, 그만큼 받아야 된다는 게 아니라, 제가 이런 걸 잘 모르거든요…."

"어우… 아니에요. 승태 씨, 편의점은 일이 쉬워서 그렇게 못 드려요."

아무리 일이 쉽고 단순해도 최소한 이 정도는 지불해야 한다고 정한 것이 최저임금이 아닌가 싶었지만 나는 당장 돈이 필요했기에 '용서'를 빌었다.

"아, 죄송합니다. 이런 걸 처음 해봐서. 그냥 주시는 대로 받을게요."

"여기서는 시간당 3000원 정도 드려요. 승태 씨는 특별히 3100원 드릴게요. 대신 오래 좀 해주세요."

"예."

"너무 섭섭하게 생각하지 마세요. 우리 가게만 그런 게 아녜요. 알바 시급은 본사 슈퍼바이저가 정해줘요. 이 근방 편의점은 다 같아요. 어느 한 군데만 알바가 몰리면 안 되니까."

실제로 인근의 같은 계열 편의점은 시급이 동일했다. 나는 평일 오후 7시부터 새벽 1시까지 일했다. 점장 말대로 일은 편하고 쉬워 보였다. 적어도 처음에는 그랬다. 주 업무는 물건을 계산하고 거스름돈을 건네는 것이지만 여러 가지로 신경 써야 할 것이 많았다. 내게 일을 가르쳐준 선임은 20대 후반의 남자였다. 그는 7급 공무원 시험을 준비한다고 했다.

"일은 간단해요. 뭐 힘쓸 일도 없어요. 힘은 안 드는 대신 잡다한 일이 많아요. 맨 먼저 출근하시면 인수인계부터 하셔야 돼요. 매출액이랑 실제 계산이 안에 든 돈이랑 맞는지 확인하는 거예요. 그래서 만약에 차이가 나는 경우엔… 남는 건 상관없어요. 그런 일이 자주 있진 않지만 남는 건 동전통 밑에 넣어두면 돼요. 모자라는 건 본인이 직접 채워 넣어야 돼요. 몇백 원 차이 나는 건 상관없지만 가끔씩은 만 원, 2만 원씩 모자

퀴닝

랄 때가 있거든요. 그런 것도 다 본인이 메꿔야 돼요. 그러니까 거스름 돈 줄 때나 환불할 때 확실히 확인하셔야 돼요.

즉석 식품은 유통기한이 저녁 8시까지거든요. 7시 40분쯤에는 삼각김밥이나 샌드위치 같은 것들 유통기한 확인하시고 그날 거는 빼셔야 돼요. 그런 건 뭐 드셔도 되고 가져가셔도 돼요. 유제품이랑 빵도 유통기한 확인하시고 빼야 되는데 그건 10시 40분쯤 하세요. 새 물건이 11시쯤에 들어오거든요. 기사님이 다 상자 내리시니까 뭐 그때 손님들 없으면 도와주시고 바쁘면 안 도와주셔도 돼요. 새 물건은 진열하시기 전에 검수를 하셔야 돼요. 기사님이 서류를 주실 거예요. 거기에 그날 들어온 품목이랑 개수가 적혀 있거든요. 수량대로 다 들어왔나 확인해 보시고 빠지거나 더 온 거 체크하시고 진열하세요. 이때가 제일 정신없어요. 진열하는 틈틈이 계산도 해야 되는데 그 시간대에 손님들이 몰리거든요. 진열하실 땐 조심할 게 있는데, 과자나 라면처럼 유통기한 긴 건 상관없지만 우유나 요구르트처럼 유통기한 짧은 것들 있잖아요? 그런 건 다 끄집어내서 빠른 게 앞에 오도록 진열해야 돼요.

일하실 땐 제일 조심하셔야 되는 게 이 POS, 계산기를 '포스'라고 부르거든요. 이거 다루는 게 제일 중요해요. 이건 그냥 계산기가 아니라 컴퓨터거든요. 이걸로 뭐 별거 다 해요. 이걸로 택배도 보내고, 세금도 내고, 게임 머니도 팔고, 교통카드도 충전하고.

처음 일하실 때는 계산할 때가 제일 중요해요. 먼저 물건 바코드를 죽 찍으세요. 그러면 화면에 총금액이 떠요. 어떤 거는 바코드가 잘 안 읽히는 게 있거든요. 그럴 때는 바코드 밑에 번호를 누르신 다음에 엔터키 누르면 돼요. 카드 계산하실 때는 바코드 찍고 카드 긁으면 돼요. 그리고 계산하기 전에 꼭 할인 카드 있는지 물어보세요. 결제 다 됐는데 할인해 달라고 하면 처음부터 다시 해야 돼요. 전부 환불 처리하고 다시 결제해야 돼요. 그런데 환불하는 게 까다로워요. 현금 계산일 때는 그냥 환불 키만 누르면 되는데 카드는 안 그래요. 이 영수증에 거래번호가 있어요. 환불하려면 그 거래번호 입력하고 거래일자 입력하고 지점코드 입력해서 그게 거래한 품목이랑 다 일치해야 처리가 돼요. 그리고 이건 저도 왜 그런지 모르는데요, 다 순서대로 해도 환불 승인이 잘 안 돼요. 계속 에러만 뜨고 처리가 안 되는 거예요. 그럴 때가 진짜 난감하거든요. 손님은 왜 환불 안 해주냐고 그리고 계산 기다리는 사람은 늘어나고, 그런데 기계는 자꾸 에러만 뜨고. 그러니까 계산할 때는 반드시 천천히 하셔야 돼요. 물어볼 거 다 물어보고 손님이 또 중간에 들고 오거나 빼는 거 있으면 다 기다렸다가 계산하세요. 천천히 하는 게 빨리 하는 거예요. 서두르다가 실수해서 환불하게 되면 시간 배로 걸려요."

이것들 외에도 잡다한 업무가 많았지만 POS만 다룰 줄 알면 크게 어려울 건 없었다. 기본적으로 이 일은 '자기 손가락 개수만 (급할 때는 발가락까지) 셀 수 있으면 누구나 할 수 있는 일'*이었다.

점장은 편의점을 운영한 지 오래되진 않았다. 그의 경력상 황금기는 LG전자에서 부장으로 승진했을 무렵이었다. 불행히도 점장의 경력은 (그의 세대 대다수가 그랬듯) 이후로는 쭉 내리막길이었다. 승진 후 얼마 지나지 않아 명예퇴직을 당한 것 같았다. 퇴직금으로 시작한 게 이 편의점

---

* 《월든》, 헨리 데이빗 소로우, 강승영 옮김, 은행나무, 1993. "정직한 사람은 셈을 할 때 열 손가락 이상을 쓸 필요가 거의 없으며 극단의 경우에는 발가락 열 개를 더 쓰면 될 것이고 그 이상을 하나로 묶어 버리면 될 것이다."

퀴닝

이었다. 그는 충북에서 상경해 고학으로 대학을 마치고 대기업 부장까지 오른 사람이었다. 자수성가한 사람들이 다들 그렇듯 그 역시 자기 확신과 자기 자랑이 심했다. 그는 어렸을 적 무슨 비극을 겪었는지는 모르겠지만 좀처럼 사람을 믿지 못했다. 내 경험으로 보자면 인색한 사람보다 의심 많은 사람 밑에서 일하는 것이 훨씬 더 고달프다. 그에게 근방의 중고등학생들은 잠재적 절도 용의자였다.

"교복 입은 남자애들이 요기 껌이나 초콜릿 앞에 서 있잖아요, 그러면 카운터 잠깐 비워도 좋으니까 그 뒤에 딱 서 있어요. 우리가 자기들 보고 있다는 걸 알게 해주라고."

내가 언젠가 천원샵에 거울을 사러 갔을 때였다. 내가 무릎을 꿇으면 뒤에 있던 점원도 따라 앉고 내가 일어서면 그도 따라 일어서는 게 보였다. 그걸 알아차렸을 때 얼마나 불쾌했는지 모른다. 내 행색을 보자면 그렇게 의심하는 것도 무리는 아니었지만. 어쨌거나 점장은 특별한 이유 없이 학생들을 도둑으로 몰았지만 정작 자기야말로 매시간 알바들의 시급에서 600원씩 훔친다는 사실은 잊었다.

그는 점원들 역시 믿지 못했다. 인수인계를 할 때는 현금처럼 쓸 수 있는 상품의 개수를 기록하고 영수증을 보관해야 했다. 문화상품권이나 국제전화카드, 교통카드가 그런 것들이다. 점장은 그 외에도 수십 가지 물품을 같은 방식으로 처리하게 했다. 대부분 카운터 주위에 진열된 물건들이었다. 그는 틈날 때마다, 리어카를 가지고 와 담배와 양주를 훔쳐 간 알바가 있었다느니, 매시간마다 몰래 캔맥주를 훔쳐 간 알바가 있었다느니 하는 얘기들을 떠들어댔지만 어느 것도 사실 같지는 않았다.

카운터 옆에는 고물 컴퓨터가 한 대 있었다. 인터넷도 연결되지 않은 컴퓨터를 왜 놔뒀을까 궁금했는데 점장의 것이었다. 그는 "LG에 다니던 시절 작성하던 논문을 계속 손보는 중"이라며 한글 파일을 열어 보여주곤 했다. 그의 의도가 진정한 연구라기보다는 일종의 전시 효과임이 뻔해 보였기 때문에 컴퓨터를 켤 때마다 안타까운 마음이 들었다. 나는 이런 편의점 사장이나 하고 있을 사람이 아니라는 걸 보여주고 싶었던 걸까?

하루 여섯 시간씩 일하면 한 달에 37만 원 정도 벌 수 있었다. 고시촌에서는 이 정도로 한 달을 생활하는 것이 불가능하진 않다. 고시생들을 상대로 하는 고시 식당이 여러 곳 있는데 제일 싼 곳은 식권 50장을 15만 원 정도에 팔았다. 이런 식당의 음식은 간신히 구색만 갖춘 정도였다. 보통은 50장에 25만 원에서 30만 원 사이였고, 이런 곳들은 식사가 훌륭했다. 식당 내부도 깔끔했고 메뉴도 다양했다. 아침에는 시리얼, 오트밀, 각종 죽에 토스트, 물론 밥과 요리도 나왔다. 끼니마다 음료수와 계절 과일, 요구르트도 제공했다. 식사는 뷔페식으로 얼마든지 양껏 먹을 수 있었다. 물론 내가 이용한 식당은 이런 곳이 아니었다. 15만 원짜리 식당은 대부분의 메뉴가 기본 밑반찬, 즉 배추김치, 김, 깍두기, 콩조림 같은 것들이었다. 고기가 나오는 날은 드물었다. 자주 식판에 오르던 요리가 생각난다. 오징어탕수육이라고 불렀는데 오징어채에 밀가루 옷을 입혀 튀긴 다음 탕수육 소스를 부은 것이다. 오징어채가 개껌만큼이나 질겼다. 이건 음식이라기보다는 턱 관절을 손상시키는 데 효과적인 자해 도구나 다름없었다. 하지만 싸구려 고시원 생활이 까다로운 입맛을 남겨둘 리 없었다. 나는 무엇이 나오든 식판 가득 담아, 되새김질 하는 소처럼 우적우적 씹어 먹었다.

한 달 30만 원 남짓한 돈으로 생활한다는 건 이런 것이다. 이 생활은 미래에 대한 전망을 조금도 남겨두지 않는다. 말 그대로 하루 벌어 하루 사는 것인데 그것도 예기치 않은 지출이 없을 경우에나 가능하다. 그 무렵 나는 이를 제때 닦지 않은 대가를 치러야 했다. 진료비 청구서를 받고서 나는 일자리가 하나 더 필요하다는 사실을 깨달았다.

#3

과거 삼풍 백화점이 있던 자리에는 이제 초고층 주상 복합 빌딩이 들어섰다. 주변에는 로펌, 변호사·법무사 사무실, 편입학원 등이 즐비했다. C 주유소는 과거 삼풍백화점 자리를 마주했다. 그 옆에는 고시생들이 동경하는 관공서가 우뚝 솟아 있었다. C 주유소는 3층 건물의 대형 주유소였다. 별도의 지붕이 주유하는 공간 전부를 덮었다. 지붕 덕분에 주유소로 들어서자 왠지 모를 웅장함이 느껴졌다. 바닥은 녹색으로 칠해졌는데 미끄러웠다. 메케한 기름 냄새가 풍겼다. 마치 석유에 바친 신전으로 들어선 것 같았다.

이 주임은 키가 큰 30대 중반의 남자였다. 이목구비가 뚜렷하고 피부가 가무잡잡했다. 여자들이 몇 번이고 힐끔거리게 만들 만큼 잘생긴 얼굴이었다. 면접은 간단했다. 내가 사지 멀쩡한 사람임을 확인하자 바로 채용됐다.

"언제부터 일할 수 있어요?"

"내일부터도 괜찮은데요."

"잘됐네. 일은 간단해요. 그거는 뭐, 내일 오셔서 며칠 배우시면 되는 거고. 여기는 3교대거든요. 그래서 첫 조는 아침 6시부터 오후 3시까지. 오후 조는 3시부터 자정까지. 새벽 조는 저녁 10시부터 아침 7시까지예요. 그러면 어느 시간대에 일하시겠어요? … 아, 오전조요? 그럼 숙식은 어떻게? … 출퇴근하시고, 그런데 어디서 오시죠? … 신림이요? 신림에서 6시까지 올 수 있겠어요? 와보시고 안 되면 7시까지 오세요. 출퇴근하는 사람들은 다들 그렇게 해요. 시급은 4330원이고요, 월급으로 드려요. 보험료 빼면 110만 원 정도 될 거예요. 저희가 돈은 다른 주유소 비해서 굉장히 많이 드리는 거예요. 다른 데는 최저임금 정도밖에 안 줘요."

첫 출근 하던 날이 생각난다. 새벽 5시쯤 잠에서 깼다. 핸드폰 불빛으로 복도를 밝히며 건물을 나섰다. 늦여름이라 새벽 날씨는 서늘했다. 몇몇 고깃집에서는 여전히 사람들이 술을 마셨다. 이른 새벽 출근할 때는 왠지 모르게 자기 연민에 빠져든다. 평범한 삶을 살지 못하고 있다는 기분, 사회에서 내처졌다는 느낌이 든다. 짙은 어둠과 피부에 닿는 서늘한 공기가 사람을 감상적으로 만드는 것 같다. 아침 방송을 진행하는 아나운서들이 토크쇼에 나오면 자기들이 대단한 일이라도 하는 것처럼 떠들어대는 것도 ("저는 2년 동안 한 번도 새벽 3시 넘어서까지 자본 적이 없어요." "우와아아, 짝짝짝.") 아마 그런 이유 때문일 거다.

버스 정류장에는 제법 사람이 많았다. 첫차는 5시 반에 있었다. 나는 평일 새벽이니만큼 버스가 텅텅 비었을 거라고 생각했다. 첫차 풍경은 많은 작가가 감상적으로 묘사해 온 소재인데, 직접 경험하고 나면 적어도 잠시 동안은 가슴이 뭉클해지는 것을 어쩔 수 없다. 버스 안은 사람들로 가득했다. 도대체 뭐하는 사람들이기에 이 시간에 버스를 채운 걸까 궁금해하며 주위를 둘러봤다. 아는 얼굴은 없었지만 어떤 사람들인지 즉시 알 수 있었다. 누가 봤다고 해도 마찬가지였을 거다. 그들은 주방 아주머니, 경비원, 환경미화원 또는 그와 비슷하게 허름한 일자리를 가진 사람들이었다. 그동안 거리에서 식당에서 경비실에서 아무렇지 않게 지나쳐왔던 사람들과 똑같이 피로한 얼굴, 볼품없는 행색이었다. 대부분 40대 중반에서 50대 후반 정도였다. 여자들은 촌스러웠고 남자들은 초라했다. 여자들은 브로콜리를 떠올리게 하는 머리 모양을 했다. 전체적으로 수수한 차림이었지만 드물게 화려한 원색의 장신구를 걸친 사람들이 섞여 있었다. 남자들의 차림은 비슷했다. 옷은 갈색 아니면 짙은 남색이었고 낡은 모자를 푹 눌러썼다. 모자는 신병 전투모처럼 챙이 일자로 반듯했다. 챙 앞부분에는 때가 까맣게 꼈다. 여자들은 학생이 주로 신는 검은 단화를 신었다. 남자들은 운동화나 등산화를 신었는데 먼지로 뒤덮였다. 자리를 차지한 운 좋은 사람들은 고개를 푹 숙이고 잠을 자거나 호일에 싼 김밥을 먹었다.

주유소에는 6시 15분쯤 도착했다. 관리자 중 한 명이 유니폼을 챙겨줬다. 이름이 정동석이었는데 170센티미터 정도의 키에 통통한 체격이었다. 그는 C 주유소에서 가장 어린 직원인 동시에 가장 어린 관리자이기도 했다. 나이는 어렸지만 중년 남자처럼 아랫배가 불룩했다. 머리는 살짝 파마를 해서 귀밑까지 길렀는데 뒷모습만 보면 40대 주부 같았다. 그 나이 때 젊은이들처럼 외모에 신경을 많이 썼지만 안타깝게도 이렇다 할 성과는 없어 보였다.

그는 회색 정장바지와 흰 와이셔츠를 입고 넥타이를 맸다. 관리자와 알바는 옷차림으로 구분됐다. 알바는 유니폼만 입었다. 유니폼은 남색 면바지, 하얀 셔츠, 검은색 나비넥타이, 빨간 모자였다. 내가 나비넥타이를 맨 건 그때가 처음이었다. 내게는 옷이 하나같이 작았다. 바지 밑단은 복숭아뼈만 간신히 덮는 수준이었다. 옷을 챙겨 입자 찰리 채플린으로 분한 신인 코미디언 같았다.

그는 나를 건물 2층으로 데리고 갔다. 그곳은 직원 기숙사이자 창고였다. 현관엔 신발 수십 켤레가 뒤죽박죽으로 섞여 있었다. 숙소는 방 네 개와 화장실로 이루어졌다. 방마다 2층 침대가 두 개씩 놓였다. 거실 벽을 따라 철제 사물함 10여 개가 죽 늘어섰다. 문을 열자 바퀴벌레가 화들짝 놀라며 도망갔다. 거실에는 커다란 박스들이 쌓여 있었다. 조그만 책장도 있었는데 책은 전부 만화책이었다.

주유소에는 네 명 정도가 근무 중이었는데 7시가 가까워질수록 유니폼을 입은 사람들이 늘어났다. 동석 씨가 알바 중 한 명에게 나를 맡겼다. 40대 중반의 남자였는데 명찰에는 오진생이라고 적혀 있었다. 키가 작았고 배가 불룩 튀어나온 모습이 대니 드비토를 떠올리게 했다. 나이를 고려하지 않는다면 대단히 귀엽다고 할 만한 체형이었다. 그가 나를 힐끔 올려다보며 말했다.

"아, 나 애들 가르치는 거 별로 안 좋아하는데… 일하는 속도도 떨어지고."

"교육은 원래 영철이 형님이 주로 하시는데 아직 출근 안 하셨잖아요. 형님이 제일 베테랑이시고 하니까, 진생이 형님, 부탁 좀 드릴게요."

동석 씨가 싱글싱글 웃으며 대답했다.

"어이구, 키 크네. 너 이름이 뭐냐?"

퀴닝

"예? 한승태요."

"주유소 일해본 적 있어?"

"아니요, 이번이 처음인데요."

"처음 할 때 제일 중요한 건 천천히 하는 거야. 뭐든지 긴장해서 서두르다가 사고가 난다고. 그러니까 모르겠다, 확신이 없다 하면 무조건 기다려. 먼저 막 해버리지 말고."

나는 그가 기름 넣을 때 거치적거리지 않도록 이리저리 위치를 바꿔가며 이야기를 들었다.

"너 주유소에서 일할 때 제일 조심해야 되는 게 뭔지 아냐?"

"아니요, 뭔데요?"

"제일 조심해야 되는 게 혼유하는 거야."

"그게 뭐예요?"

"기름 바꿔 넣는 걸 혼유라고 해. 휘발유 차에 경유 넣거나 경유 차에 휘발유 넣는 거. 경유 차에 휘발유 넣는 경우가 제일 많지. 기름 넣을 때는 항상 이 차가 휘발유 찬지, 경유 찬지, 지금 넣는 기름이 휘발윤지, 경윤지 꼼꼼히 확인해야 돼. 이거는 절대 잊어버려도 안 되고, 틀려도 안돼. 혼유하면 그 차 그냥 못 쓰는 거야. 그럼 방아쇠 당긴 사람이 물어내는 거야."

"여기서도 혼유한 적 있나요?"

"한 번 있었지."

"누가요? 어떻게 됐어요?"

"어떻게 되긴, 찻값 물어내다가 거지 됐지. 결국엔 다 못 내서 주유소에서 내고. 혼유하면 그때는 그냥 여기를 평생직장이라고 생각해."

"그러면 경유 찬지, 휘발유 찬진 어떻게 구분해요? 차에 써 있어요?"

"얘가 이상한 소리 하네. 써 있긴 뭐가 써 있냐? 그냥 차 보고 구분하는 거지. 너 운전 못 하냐?"

"저 면허 없는데요."

"그럼 차에 대해서 잘 모르겠네."

"그렇죠."

"하이고오오오, 갈 길이 멀구나. 그러니까 대부분의 승용차, 세단은 휘발유고 SUV, 지프차처럼 생긴 차들 있잖아? 그런 차들이랑 트럭, 버스는 전부 경유야."

"그럼 세단이랑 지프차, 이렇게 구분하면 되는 거예요?"

"대충은 맞는데, 그렇다고 그것만 믿으면 안 돼. 너 스타크래프트 알지? 연예인들 많이 타는 밴. 그거는 경유 차처럼 생겼지만 휘발유 넣는다고. 외국 차 중에 그런 게 몇 개 있어. 그러니까 항상 조심해야 돼."

"그럼 어떻게 구분해요?"

"주유구를 보면 휘발유 차는 구멍이 작고 경유 차는 넓어. 하지만 이거는 나도 헷갈릴 때가 있거든. 제일 빠르고 확실한 건 손님한테 직접 물어보는 거야. 그게 최고지. 좀 쪽팔려서 그렇지."

7시 반이 지나가면서 승용차가 계속 밀려들었다. 8시가 지나자 주유소는 차로 가득 메워졌다. 우리는 필드를 뛰어다니며 주유기를 꽂고 영수증을 날랐다. 주유하는 공간을 '필드'라고 불렀다. C 주유소의 필드는 가로세로 40미터, 35미터 정도였다. 주유기는 모두 스물두 개였다. 그중 네 개는 경유, 두 개는 고급 휘발유였다. 주유기는 '스탠드'와 '논스페이스' 두 종류가 있었다. 스탠드는 주유소에서 흔히 볼 수 있는 커다란 직사각형 상자 형태의 기계를 가리킨다. 논스페이스nonspace는 이름 그대로 공간을 차지하지 않았다. 스탠드처럼 몸체가 있는 게 아니라 호스가 천장을 통해 연결됐다. 주유기 총(노즐) 끝에 달린 줄을 잡아당기면 호스가 천천히 내려왔다. 논스페이스는 줄여서 '논'이라고 불렀다.

주유소 입구는 남쪽에 있었다. 스탠드는 모두 필드 바깥쪽에 놓였다. 동쪽은 벽으로 막혔는데, 여기에는 번호가 매겨진 전광판 열 개가 부착됐다. 전광판에는 각각의 주유기를 통해 들어가는 기름의 양과 금액이 표시됐다. 전광판 아래에는 사은품 목록이 상품 사진과 함께 걸렸다. 사은품이 워낙 많았기 때문에 이 목록이 벽 전체를 뒤덮었다. 북쪽으로 출입구가 하나 더 있었지만 이곳은 주택가와 마주해서 이곳을 이용하는 차가 드물었다. 북쪽 출입구 옆에는 직원 휴게실과 컨테이너 창고가 있었다. 창고 앞에는 자동차 내부를 청소하는 기구들이 있었다.

직원들은 일사분란하게 움직였다. 필드에 차가 들어서면 관리자가 주유소 안쪽으로 유도했다. 주유원은 적당한 지점에서 운전자에게 차를 멈추라는 신호를 보냈다. 이것도 처음에는 신중하게 해야 했다. 호스가 무한정 늘어나지는 않기 때문이다. 진생 형님은 모든 일을 능숙하게 처리했다. 그는 차가 적당한 지점에 들어서면 "스톱" 하고 외치며 주먹을 꽉 쥐어 보였다. 차가 멈추면 90도로 허리를 굽혀 인사를 하고 운전석 옆에 무릎을 굽히고 앉았다. 이때는 목소리가 한 옥타브 정도 올라갔다.

"어서 오십시오, 손님. 기름은 얼마나 넣어드릴까요?"

"7만 원어치요."

그는 손가락을 일곱 개 펴서 손님에게 보이며 말했다.

"휘발유 일곱 개 들어갑니다. 주유구 열어주시고요, 3번 주유깁니다.

앞쪽의 전광판 3번 확인해 주세요."

그는 주유기를 7만 원에 세팅하고 방아쇠를 당겼다.

"3번 주유기, 휘발유 일곱 개 들어갑니다!"

"봤지? 간단하지? 이렇게만 하면 돼. 그리고 오바 피하려면 금액 확인할 때 반드시 손가락으로 확인시켜 줘."

"오바요?"

"손님이 말한 액수보다 많이 집어넣는 게 오바야. 손님이 7만 원어치 넣어달라고 했는데 10만 원을 넣은 거야. 그러면 3만 원 오바 아냐? 오바한 건 무조건 방아쇠 당긴 사람이 물어내는 거야. 제일 안 좋은 건 만 원치 넣어달라고 했는데 만땅으로 채워 넣는 거지. 혼유야 드물지만 오바는 자주 생겨. 오바는 특히 날 추울 때 많지. 사람들이 추우니까 주문할 때 창문을 안 열잖아? 발음 제대로 못 듣고 엉뚱한 금액 쏘는 경우 많아. 적게 넣는 건 상관없어. 그거야 다시 총 꽂고 쏘기만 하면 되니까.

총 꽂고 나서는 다른 사람들 듣게 몇 번 주유기 얼마 들어간다고 크게 외쳐. 니가 한 차만 붙들고 있는 게 아니잖아? 이 차 총 꽂고 다른 차 들어오면 또 걸루 가서 기름 넣어야 되니까. 그러면 혹시라도 니가 기계 잘못 세팅해서 오바가 되거나 할 때 주변 사람들이 주유기 멈추는 거야. 반대로 니가 그런 걸 보면 멈추기도 하는 거고.

손님이 얼마큼 넣어달라고 하면 주유기 세팅해서 방아쇠 당겨. 그럼 정해진 만큼만 들어가고 저절로 멈춰. 그냥 만땅으로 채워달라고 하면 그냥 방아쇠 당겨. 그럼 알아서 다 채우고 멈춰. 이 총구 끝에 센서가 있어서 거기에 기름이 닿으면 멈추는 거야.

손님이 양을 정해줬는데 니가 깜빡하고 그냥 방아쇠 당길 수가 있잖아? 그럴 땐 어쩔 수 없어. 방아쇠 당긴 다음에는 세팅이 안 돼. 그때는 계속 붙잡고 쏘다가 전광판 보면서 손님이 말한 금액에서 멈춰야 돼. 방아쇠를 살짝 잡아당겼다 놓으면 풀린다고. 알겠냐? 그런데 이게 말처럼 쉽게 되는 게 아냐. 손님이 3만 원어치 넣어달라고 했는데 그냥 당겼다 쳐. 손으로 맞추다 보면 정확히 3만 원에서 끊기가 어렵다고. 그렇다고 적게 넣고 돈 달라고 할 순 없으니까 하다 보면 조금씩 더 들어가게 돼. 나처럼 숙련이 되면 10원 단위에서 끊지만 처음 할 땐 그것보다 더 들어가. 이게 조금만 당겨도 쑥쑥 들어가. 500원까지는 카운터에서 암말 안 하지만 그 이상은 뭐라고 하니까 조심해.

나도 오바한 적 몇 번 있지만 그래도 내가 물어낸 적은 한 번도 없다. 어떻게든 다 받아냈지. 그럴 때는 딴 거 없어. 일단 불쌍해 보이는 게 최고야. 그게 사실이기도 하고. 비굴 모드로 들어가든 어떻게 하든 최대한 저자세로 싹싹 비는 거지. 어차피 자기 차에 기름 들어간 거잖아. 그걸로 차 쓸 거 아냐? 안 그래? 그리고 야, 생각을 해봐라. 억울하지 않냐? 기껏 일해가지고 남의 차 기름이나 넣어주면. 오바하면 대개 삼사 만 원인데 그 정도면 우리 하루 일당이야. 너도 이제 혼자 일하다 보면 분명 오바하게 된다고. 그러면 어떻게든 사정을 해. 니가 못 하겠으면 나나 다른 선배들한테 아니면 관리자한테라도 부탁을 해. 손님이 못 내겠다고 하면 어쩔 수 없지만 그래도 사정은 해봐야지."

오전 내내 주유소는 입구로 들어오는 도로까지 차가 늘어설 정도로 붐볐다. 내가 보아왔던, 또 기대했던 주유소의 모습과는 딴판이었다. 주유원들은 총을 꽂기 무섭게 다른 차로 달려가 총을 뽑았고 다시 부리나케 뛰어 차를 안내했다. 카운터 앞은 주식 시장처럼 혼란스러웠다.

"6번 휘발유, 7만 원 현금이요!"

"17번 경유, 카드요!"

"3번 휘발유, 12만 원 카드요!"

이런 혼잡함은 10시가 넘어서면서 조금 줄어들었다. 동석 씨가 다가와 말했다.

"두 분 가서서 10분 쉬고 오세요."

직원 휴게실은 창고 옆에 놓인 노란색 컨테이너였다. 자신이 어느 계층에 속했는지를 확인해 보는 지표로서 컨테이너에 대한 이미지를 알아보는 방법도 좋을 것 같다. 학생일 때만 해도 컨테이너란 내게 단순한 저장 공간 이상의 의미는 없었지만 이제 그것은 대단히 친숙한 주거 공간으로 변했다. 휴게실은 가로세로 2.3미터, 4미터 크기였다. 중앙에 석유난로가 놓였고 벽을 따라 접이식 의자가 늘어서 있었다. 작은 상자들이 틈틈이 쌓여 있어 더욱 비좁았다. 벽에는 화이트보드가 걸렸는데 이름들이 적혔고 그 옆에 날짜라고 생각되는 숫자가 두 개씩 적혔다.

"너 담배 피냐? 피지? 안 피긴 뭘 안 펴, 얼굴 보니까 꼴촌데. 주유소 안에서 담배는 이 안에서만 필 수 있다. 바깥에서 담배 피는 건 물론이고 라이터만 켜도 쫓겨날 정도로 욕먹는다. 손님이라도 담배 피는 사람 보면 기름 다루는 곳이라 위험하니까 끄라고 애기해."

휴게실에서도 필드의 소음은 그대로였다. 차들은 연신 경적을 울려댔고 주유원들은 "9번 휘발유 열 개요! 1번 휘발유 5만 원 카드요!" 하고 외쳐댔다.

"너 한 달에 두 번 쉬는 거 이 주임한테 설명 들었지?"

"예."

"이번 달에 몇 번 쉬는지 얘기했어?"

"아니요."

"물어봐, 지금이 15일 이후라 두 번 다 쉴 수 있는지 아니면 하루만 쉬는지 나도 잘 모르겠다. 쉬는 날은 각자 정하는 거야. 정해서 여기에 이름 쓰고 날짜 적고. 같은 조끼리는 가능하면 겹치지 않게 하고."

주유소는 12시가 지나서야 한산해졌다. 점심시간은 30분이었다. 두세 명씩 조를 이뤄 12시부터 1시 반까지 밥을 먹었다. 식당은 건물 지하였다. 좁고 가파른 계단을 내려가 식당으로 들어섰다. 가로세로 4미터, 6미터 크기였다. 주방기기와 6인용 테이블 두 개가 빼곡히 들어차 있었다. 30대 후반, 40대 중반인 여자 둘이 요리를 했다. 다들 편하게 첫째 이모, 둘째 이모라고 불렀다.

식사는 훌륭했다. 제육볶음, 미역국, 밑반찬까지 어느 것 하나 대충 만든 음식은 없었다. 김치도 두 사람이 지난겨울 직접 담갔다. 두 사람은 내 옆에 앉아 내 신상을 묻기 시작했다. 제육볶음 위에서 젓가락이 부딪히고 김칫국물이 유니폼에 튀는 동안 우리 셋 모두 신림동에 산다는 사실이 밝혀졌다. 둘째 이모가 고기와 밥을 더 가져다줬다. 일터에서 이웃사촌을 만난 일이 반갑기는 했지만 그렇다고 점심시간을 연장해 주는 것은 아니었기에 서둘러 식사를 마쳤다. 다들 조금이라도 쉬기 위해 빨아들이듯 밥을 먹었다. 배 위에서 먹는 라면만큼이나 여유가 없었다. 밥을 먹고 나자 점심시간이 10분 정도 남았다. 그동안에 휴게실에서 의자를 이어 붙이고 잠시 누워 잠을 잤다.

1시가 지나자 필드는 오전의 혼잡함을 되찾기 시작했다. 러시아워 내내 서울 시내 자가용 대부분에 기름을 넣은 것 같았는데 어디서 또 연료통이 텅 빈 차들이 이렇게 몰려드는지 알 수가 없었다. 오전 8시부터 10시까지가 제일 바빴고, 12시가 가까워질 때까지 차가 줄어들다가 1시가 넘어가면서부터 다시 늘었다. 하지만 오전만큼은 아니었다.

3시가 됐다. 동석 씨가 외쳤다.

"오전반 퇴근하세요!"

출근 카드를 찍고 숙소로 올라가려는데 진생 형님이 불러 세웠다.

"야, 지금 올라가면 안 돼. 조회하고 가."

사람들이 휴게실에 앉아 담배를 피워댔다. 금세 휴게실이 담배 연기로 자욱해졌다. 나는 사람들과 인사를 나눴다. 우진 씨는 유일한 내 동갑이었다. 우리 둘보다 어린 사람은 동석 씨뿐이었다. 우진 씨는 키가 크고 어깨가 넓었다. 그는 성남에 살았는데 7시까지 출근하려면 5시에 집을 나서야 한다고 했다.

재봉이 형은 서른셋의 강원도 남자였다. 그는 이마가 좁고 머리숱이 많았다. 작은 키에 살집이 있어서 무척 다부져 보였다. 그는 양재동의 고시원에 살았다. 이들 외에도 30대 중반 남자가 몇 명 더 있었다. 알바 일곱 명에 관리자 두 명, 모두 아홉 명이 오전조였다. 잠시 후 동석 씨와 이주임이 들어왔다. 동석 씨가 출근 시간 지켜달라, 출근 카드 찍는 거 잊지 말라, 손님들에게 좀 더 친절하게 대해달라, 등등의 이야기를 하고 나서 조회는 끝났다.

C 주유소는 내가 바랐던 주유소와는 너무나도 달랐다. 내가 원했던 주유소는, 주유기라고는 잔뜩 녹이 슨 스탠드 두 개가 전부에다 차는 한 시간에 두세 대 들어올까 말까 한, 국도 한편에 은둔자처럼 숨은 곳이었다. 그곳에서 스탠드 사이에 의자를 놓고 앉아 책이나 읽으며 시간을 때

퀴닝

우다 사장이 시켜준 짜장면이나 한 그릇 먹고 퇴근할 계획이었다. 첫날 퇴근길에는 대중교통을 이용하는 모든 서울 사람들이 (심지어 사당역에서 만원 열차 속으로 꾸역꾸역 밀려드는 사람들마저도) 사랑스러워 보였다.

#4

신참이 들어오면 이 주임이 언제나 자랑스럽게 들려주는 이야기가 있다.

"승태 씨, 우리 주유소가요, 지난 8년간 전국에서 휘발유 판매 1위였어요. 경유까지 합치면 3, 4위로 내려가지만 그거는 대형 트럭만 전문으로 하는 그런 주유소들한테 밀리는 거거든요. 우리는 경유 거의 안 하니까. 승용차 상대로 하는 주유소 중에선 우리 주유소가 한국에서 제일 장사 잘되는 곳이에요.

일 많이 힘들죠? 승태 씨 주유소 일 여기가 처음이라 그랬죠? 그게 좋아요. 다른 데는 안 그렇지만 우리 주유소는 사람 뽑을 때 경력 없는 사람을 더 좋아해요. 왜 그런 줄 알아요? 보통 주유소, 한 시간에 차 많아봐야 열 대나 들어오는 그런 주유소에서 일했던 사람은 여기서 못 버텨요. 그냥 하는 얘기가 아니라 진짜 그래요. 승태 씨 전에 면접 봤던 사람도 다른 데서 일해봤던 사람인데 오전반에서 딱 두 시간 일하고는 못하겠다고 가버렸어요.

여기 차가 하루에 얼마나 들어오는 줄 알아요? 하루 1200대에서 1500대 정도 들어와요. 이것도 많이 준 거예요. 예전엔 매일 1500대 정도 들어왔는데 요즘은 간혹 가다 금요일에나 그 정도 들어와요. 근데 그 차들이 대부분 오전반 시간대에 몰리니까 힘들어요. 여기서만 버티면 어디 가도 잘할 수 있다, 그렇게 생각하시고 기운 내서 함 해보세요."

이 주임의 자랑은 결코 허풍이 아니었다. 직접 세어본 적은 없지만 1200이라는 숫자도 충분히 가능성이 있어 보였다. 하지만 C 주유소의 기름값은 결코 저렴하지 않았다. 저렴하긴커녕 남한에서 가격이 가장 비싼 몇 주유소 중 하나였다. 문전성시의 비결은 무료 사은품이었다. 엄밀히 말하자면 공짜는 아니다. 원하는 손님에게는 포인트 카드를 발급해 줬다. 포인트는 만 원당 1점씩 쌓이는데 이걸 사용해서 사은품을 가져갈 수 있었다.

C 주유소의 사무실은 대재앙이 닥쳤을 때 숨어 지내고 싶을 만한 장소였다. 사무실 내부에 사은품을 구비해 뒀는데 품목별로 대표적인 상품 다섯 가지 정도를 갖추었다. 미니어처 이마트라고 생각될 정도였다. 자동차 용품(와이퍼, 주차번호판, 워셔액, 엔진오일, 하이패스 단말기, 기타 등등), 레저 용품(자전거, 실내 퍼팅 연습 도구, 골프 장갑, 인라인 스케이트, 롤러블레이드, 기타 등등), 음료수(생수, 탄산음료, 과일 주스, 우유, 요구르트, 커피, 기타 등등), 특산품(천일염, 조기, 멸치, 쌀, 젓갈, 고추장, 된장, 청국장, 기타 등등), 김치(포기, 총각, 백, 열무, 맛김치 등등), 각종 과자, 껌, 초콜릿, 유아용 장난감, 기저귀, 두루마리 휴지, 기타 등등의 기타 등등까지. 각각의 품목도 세분화해 준비해 놓았다. 자전거라면 마운틴 바이크, 장바구니가 달린 분홍색 자전거, 세발자전거 식으로.

차량 수와는 별도로 사은품 탓에 일이 더 힘들어졌다. 각각의 사은품은 그 가격에 따라 차감되는 포인트가 달랐다. 계산할 때는 카운터에 사

퀴닝

은품의 포인트까지 함께 말해줘야 했다. 예를 들어, 손님이 주방세제에 팬티식 기저귀 그리고 포기김치 1킬로그램짜리를 달라고 했다 치자. 그럼 손님에게서 포인트 카드를 건네받은 다음 목록을 확인하며 물품들의 점수를 계산해야 했다. (아이큐 90인 나로서는 이것만으로도 벅찼다.) 계산이 끝나면 포인트 카드를 건네며 카운터에 소리쳤다.

"8번 주유기, 휘발유 7만 원, 카드 결제고요. 포인트는 24점 차감, 나가는 물품은 주방세제, 팬티식 기저귀 스몰 사이즈, 포기김치 1킬로그램이요."

주유소는 포인트의 증액과 차감에 무척 민감했다. 그도 그럴 것이 사은품이 얼마나 나갔느냐에 따라 매출 순이익이 달라졌다. 카운터에선 주유원이 부른 점수와 물건의 점수를 재확인했는데 점수가 잘못됐을 경우 카드를 다시 받아와서 수정해야 했다.

신참에겐 사은품과 관련된 모든 것이 악몽이었다. 일단 벽에 붙은 목록에서 원하는 물건을 찾는 데만도 시간이 꽤나 걸렸다. 손님들의 질문에 대꾸해 가며 이리저리 뛰다 보면 기껏 계산해 준 점수 합계를 잊어버리곤 했다. 그다음엔 사은품을 찾아야 했다. 사은품은 워낙 양이 많다 보니 주유소 전체에 퍼져 있었다. 자주 찾는 물건은 사무실이나 사무실 벽을 따라 늘어선 냉장고에 있었지만 어떤 것들은 컨테이너 창고에 어떤 것들은 숙소에 있었다. 간신히 물건을 찾아 차로 돌아가면 손님은 머리 끝까지 화가 나 있었다. 카드를 받아 간 지 15분이나 지나서다. 손님들도 이쯤 되면 짜증을 숨기려는 기미조차 보이지 않았다. 거기다 내 실수까지 더해지면 꽝! 폭발했다.

"아니, 아저씨! 이게 뭐예요? 내가 포기김치 갖다 달랬지, 언제 맛김치

달랬어요? 우리가 지금 언제부터 기다렸는지 알아요? 우리보다 늦게 온 차도 아까 전에 주유소 떠났다고요! 도대체 언제까지 기다리게 할 거예요?"

포기김치가 맛김치로 바뀌고 1킬로그램이 50그램로 바뀌는 식으로 사은품과 관련된 재난은 꼬리를 물고 이어졌다. 그래도 반말 안 하고 욕 안 하는 손님은 대단히 점잖은 축이다. 나로서는 "죄송합니다" 말고는 할 말이 없었다. 나라도 그만큼 기다렸다면 화가 났을 것이다.

이런 체증에 한몫 더하는 건 카운터 앞의 혼잡이었다. 카운터 직원은 두 명이었는데 주유원들은 저마다 자기 것부터 계산해 달라고 소리쳤다. 이때 과감히 끼어들지 못하면 5분이 흘러가도록 뒤에서 발만 동동 굴러야 했다. 가끔은 기다리다 화가 잔뜩 난 손님이 카운터까지 와서 고함을 지를 때도 있었다.

주말에는 차가 눈에 띄게 줄었다. 차들이 몰리는 시간도 나들이 갔던 차가 돌아오는 오후로 늦춰졌다. 특히 일요일 아침에는 '여기가 내가 이틀 전에 일했던 그 주유소인가?' 싶을 정도로 한산했다. 차가 줄었다고 일이 주는 건 아니었다. 주말은 관리자들의 표현을 빌리자면 '서비스의 질을 높이는' 시간이었다. 이때는 모든 차가 고급 휘발유 차량 대접을 받았다.

고급 휘발유는 리터당 가격이 일반에 비해 200원 정도 비싸서 서비스도 달랐다. 고급 휘발유를 넣는 차는 벤츠, 렉서스, 아우디, 포르쉐, 벤틀리, (드물게) 마이바흐 같은 고급 외제 승용차가 대부분이었다. 가끔 법인 카드로 구형 소나타에 고급 휘발유를 넣는 사람도 있었다. 일반 휘발유를 넣을 때는 총을 꽂고 바로 다른 차에 가서 일하기 때문에 붐빌 때는 주유가 끝나고 한참 지나서야 총을 뽑는 일이 종종 있었다. 고급 휘발유를 넣을 때는 총을 꽂은 주유원이 기름이 들어가는 내내 대기하다가 계산까지 마무리했다. 차를 다루는 방식도 달랐다. 기름을 넣을 때는 주유기 위치에 따라 호스가 차체에 닿는 경우가 생겼다. 호스가 무척 딱딱한 재질이기 때문에 차에 홈이 생길 수도 있었다. 고급 휘발유 차량은 호스가 차에 닿으면 하얀 천을 사이에 끼웠다. 또 주유하는 동안 차 유리를 닦거나 차 안의 쓰레기를 비워줬다.

몇몇 사람들은 주유소를 정비했다. 휴게실을 청소하고 총을 닦고 호스에 덧대는 천을 깨끗한 것으로 교체했다. 나는 사은품 목록을 닦았다. 이는 곧 벽 전체를 닦았다는 뜻이다. 사다리까지 갖다 놓고 자동차용 왁스로 문질러 닦았는데 마무리하는 데 두 시간 정도 걸렸다.

또 우리가 '출구'라고 부르는 일도 해야 했다. 출구는 주유를 끝낸 차가 빨리 주유소를 벗어나도록 도와주는 일이다. 주유소와 인접한 도로에는 차량 통행이 잦았다. 출구는 한 시간씩 돌아가며 맡았는데 다들 이일을 싫어했다. 교통경찰도 아니면서 차들이 달리는 도로로 내려선다는게 불안할뿐더러 신호를 확인하고 불법 유턴하는 차들까지 신경 써가며차를 내보내는 게 말처럼 쉽지 않았기 때문이다. 게다가 운전자들도 가만있지 않았다. "니들이 뭔데 길을 막아!" 가장 짧은 시간 동안 가장 쉽게 열받을 수 있는 일이 출구였다.

출구는 척후병 역할을 맡기도 했다. (드물긴 했지만) 차가 없을 때는 주유원들끼리 잡담을 하거나 카운터에 모여 음료수를 마셨다. 이때 출구는 1차선 옆에 서 있다가 주유소 방향으로 깜빡이를 켜고 다가오는 차가 있으면 동료들을 향해 "안녕하세요!" 하고 외쳤다. 이건 '의관과 자세를 단정히 하고 기름 넣을 준비를 하시오'라는 뜻이었다.

혼자 일하기 시작하면서 가장 걱정했던 건 물론 혼유였다. 나는 휘발유 차라는 것이 너무나도 명백한 경우에도 매번 무슨 기름을 넣을 건지 물어 운전자를 화나게 만들었다. 어쩔 수 없었다. 주유기를 잡을 때마다 선배들이 농담처럼 던지는 "혼유는 빚보증"이란 말이 떠올랐기 때문이다.

두 번째로 걱정한 건 차에 흠집을 내는 것이었다. 혼유 조심하라는 말만큼 자주 듣는 말이 총 조심히 다루라는 말이었다. C 주유소는 유난히 고급차가 많았다. 총구로 살짝 긁기만 해도 수리비가 10만 원이 넘는다는 게 선배들의 설명이었다. 여덟 시간 일해서 3만 원 남짓 버는 사람에게 8센티의 흠 때문에 10만 원을 물어내는 것만큼 끔찍한 일도 없을 것이다.

세 번째는 계산을 틀리는 것이었다. 이건 카운터 탓이었다. 히스테릭한 2인조가 카운터 담당이었다. 이들의 독설은 가차 없기로 유명했다. 이 벼락 맞을 콤비는 1분 남짓한 핀잔과 조롱으로 상대의 하루를 일생일대의 치욕적인 날로 만들어버리는 재주가 있었다. 12년간의 공교육을 받고도 끝끝내 덧셈 뺄셈을 숙달하지 못한 나는 그들의 손쉬운 먹잇감이었다. 혼자서 일하기 시작한 첫 주엔 매번 포인트 계산을 틀려 두 사람을 속 터지게 만들었다. 카운터를 무서워하는 건 나만이 아니었다. 자신이 얼마나 거칠게 살았는지 떠들기 좋아하는 형님들도 카운터 앞에서는 주눅이 들었다.

그 외에도 주의해야 할 것이 몇 가지 더 있었다. 총을 뺄 때는 '침을 흘리면' 안 된다. 예쁜 여자 쳐다보다가 차에 침 흘리면 안 된다는 게 아니다. 주유가 끝나도 총 내부에는 기름이 아주 조금 남아 있다. 따라서 총을 뺄 때는 총 뒷부분부터 들어올려 남은 기름을 모두 넣어야 했다. 그러지 않고 총을 빼면 침을 흘리듯 기름이 필드에 뚝뚝 떨어졌다. 관리자들은 기름을 바닥에 흘리는 일에 무척 민감했다. 주유원들이 바쁘게 뛰어 다니기 때문에 위험하기도 했고 또 기름값이 비싼 마당에 그런 꼴을 보이면 당연한 일이지만 손님들도 불쾌해했기 때문이다. 바닥에 기름을 흘리면 반드시 두꺼운 기름 종이로 닦아내야 했다.

'오바이트'도 조심해야 한다. 이 역시 재수 없는 손님의 차에 토하면 안 된다는 뜻이 아니다. 오바이트는 기름을 가득 채울 때 생겼다. 가끔씩 기계가 오작동을 일으켜 탱크에 기름이 가득 찼는데도 멈추지 않는다. 때로는 수작업으로 기름을 넣다가도 오바이트를 할 때가 있었다. 주유기 총구 끝에 센서가 있어 여기에 기름이 닿으면 자동으로 주유가 멈춘다. 하지만 이때도 연료통이 꽉 찬 것은 아니고 아주 약간의 빈 공간이 남는다. 어떤 손님들은 "빈 데 없이 꽉꽉 담아줘!" 하고 부탁한다. 이때는 주유원이 수작업으로 주유구 끝까지 기름이 차도록 넣는데, 문제는 기름이 얼마나 찼는지 확인할 방법이 없다는 거다. 이때는 조금 조금씩 넣는 수밖에는 없는데 잠깐 방심해서 방아쇠를 길게 당겼다가 갑자기 주유구 밖으로 기름이 뿜어져 나올 때가 있었다. 오바이트한 양이 적으면 상관없었지만 그 양이 꽤 될 때는 기름값을 적당히 깎아줘야 했다. 얼만큼 깎을지는 주유원의 사교성에 달렸다.

조심해야 한다고 다짐하지만 실수는, 결국엔 저지르기 마련이다. 처음(이자 그 이후로도 계속된)으로 오바 주유를 한 날이었다. 차는 하얀색 스포티지였고, 운전자는 30대 중반의 세련된 옷차림을 한 여자였다. 주문은 경유 3만 원어치였다. 나는 주유기를 들고서는, 주유소를 막 들어서는 파란색 미니 쿠퍼를 바라보다가 그만 세팅을 하지 않고 방아쇠를 당겨버렸다. 나는 그런 줄도 몰랐다. 경적이 울려 바라보니 기름이 6만 원 이상 들어가고 있었다. 급하게 총을 뽑았다. 이럴 때는 불쌍한 표정을 짓고 굽실거리면서 사정해야 한다고 들었기에 나는 어떻게 하면 노예처럼 보일 수 있을까 고민하며 운전석으로 다가갔다. 여자가 창문을 내리고 나를 바라봤다. 나는 고개를 떨어뜨린 채 두 손을 비비며 말했다.

"아이고… 저, 손님… 아이고… 죄송합니다. 이게, 제가 금액을 미리 세팅하고 기름을 넣어야 되는데… 그걸 깜빡해서…. 지금 기름이 6만 원어치가 들어갔는데…."

여자는 아무 말도 없었다. 무표정한 얼굴로 나를 쳐다볼 뿐이었다. 양 미간을 살짝 좁혀 짜증을 암시할 뿐 어떤 긍정이나 부정의 기색도 없었다.

"기름이… 6만 원치가 들어갔는데… 원래는 3만 원만 넣어달라고 하셨잖아요? 그런데 3만 원이 더 손님 차에 들어갔는데…."

"…."

나는 상대가 듣거나 말거나 혼자 중얼거렸다.

"그래서… 혹시… 3만 원을 더… 내…주…실 수… 그래도 기름이 들어간 거는 들어간…."

"…."

여자의 침묵은 완강했다. 상대는 협상의 달인 같았다.

"…그렇지만 제가 잘못한 거니까 저희가 내겠습니다. 죄송합니다."

여자는 아무 말 없이 카드를 건넸다. 이번엔 콤비가 뭐라고 빈정댈까?

나는 잔뜩 기대에 부풀어 카운터로 향했다. 다행히 카운터의 2인조는 점심을 먹으러 가고 없었다. 이 주임이 카운터를 지키고 있었다.

"17번, 경유, 6만 원 들어갔는데 3만 원만 결제요. 3만 원 오바요."

"오바? 누가 총 꽂았는데? 승태 씨가 했어요?"

"예, 죄송합니다."

"손님한테 얘기해 봤어요?"

"예."

"안 내준대요?"

"그런 거 같아요."

"어차피 기름 들어간 거 좀 내주지…."

"죄송합니다."

"나한테 미안할 거 없어요. 그치만 오바된 건 미수금으로 처리돼서 이번 달 월급에서 빠져나가요."

그렇게 하루 일당이 날아갔다. 진생 형님 말대로 기껏 일해서 남의 차에 기름 넣어준 꼴이었다.

#5

나는 진생이 형과 가장 가깝게 지냈다. 그는 주유소에서 일한 지 1년이 넘었지만 신참을 교육한 건 내가 처음이었다. 그는 나를 자신의 처음이자 마지막 제자라고 생각했다. 그는 내가 솔로로 전향한 후에도 내 행적에 주의를 기울였다. 내가 오바를 했을 때, 나 때문에 손님이 사무실로 찾아와 항의를 했을 때 가장 흥분했던 사람이 진생이 형이었다. 그가 흥분한 이유는 자신의 제자가 카운터에서 욕먹고 남의 차에 기름이나 넣어주는 게 안타까웠기 때문이다.

"아이고, 야! 그럴 때는 혼자서 끙끙대지 말고 아무나 붙잡고 물어봐, 물어보는 게 뭐 어때서 그러냐?"

"야, 니가 얘기 못 하겠으면 관리자나 나한테 부탁하라고 했잖아? 내가 어떻게든 받아준다고. 그래서 이번엔 또 얼마 날렸는데?"

이런 반응에는 약간의 과시욕도 섞여 있었다. 그는 내 평판이 자신에 대한 평가의 일부라고 생각했다.

"널 가르친 게 난데 니가 맨날 이러면 내가 뭐가 되냐?"

대개 신참 교육은 황영철이라는 30대 남자가 맡았다. 그가 가르친 알바가 버벅댈 때마다 진생이 형은 누구보다 즐거워했다.

"걔 또 사고 쳤다며? 정말 걔 왜 그런대냐? 봐, 승태는 요즘 일 잘하잖아?"

그가 나를 걱정한 게 진심인 것처럼 영철이 형 제자를 비웃는 것 역시 진심이었다. 진생이 형은 알바 중에서 가장 고학력자였다. 그는 경희대학교 경영학과 출신이었다. 그의 경력상 황금기는 포스코에서 근무하던 때였다. 그곳에서 10년 가까이 일했지만 주식에 빠져들면서 팔자가 틀어졌다. 주식은 말 그대로 그의 삶을 집어삼켰다. 퇴직금까지 몽땅 쓸어부었지만 결국엔 빚만 남았다. 그는 매달 80만 원 가까이를 빚 갚는 데 썼다.

재미있는 건(이걸 재미있다고 부를 수 있을진 모르겠지만) 그가 여전히 주식에 손을 댄다는 점이다. 근무가 끝나고 숙소에 올라오면 내가 해야 할 일이 하나 있었다. 진생이 형이 씻는 동안 경제 채널에서 그가 투자한 주식의 시세를 확인하는 일이었다. 그는 주식을 할 뿐만 아니라, 여전히 기대를 걸었다. 그는 자신의 투자를 '적금식 주식'이라고 불렀다. 내가 알아들을 수 있는 설명은 이 정도뿐이었다.

"내가 무슨 도박하듯이 주식 하는 게 아냐. 회사 하나만 딱 정해서 그회사 주식만 계속 사는 거야, 적금 넣듯이. 이게 적금식 투자야. 개미들사이에선 이게 대세야. 주가가 들쭉날쭉해도 꾹 참고 기다리면 반드시이익 나게 돼 있어."

그의 주식은 파란색으로 표기되는 날이 더 많았지만, 그는 언젠가 주식이 자신의 팔자를 원상 복구 해줄 거라는 믿음을 버리지 않았다.

휴게실에서 주식 이야기를 하는 사람은 진생이 형뿐이었지만 나중에는 30대 주유원 대다수가 주식에 손을 댔다.

"야, 니꺼 소리바다 얼마 올랐냐?"

"야 이 자식아, 한 주에 100원도 안 되는 건 사지 말랬잖아."

당연한 얘기지만 몇몇은 경미하게 이익을 봤고 거의가 돈을 잃었다. 그나마 애당초 투자액이 미미한 터라 손해도 그 정도 수준이어서 다행이었다. 30대들이 진생이 형의 지도 편달 아래 주식의 세계에 들어선 반면 20대들은 가상의 세계에 푹 빠졌다. 20대들의 대화는 대개 이런 식이었다.

"야, 니 캐릭, 레벨 몇 올랐냐?"

"형, 그 갑옷 얼마 주고 샀어요?"

온라인 게임에 가장 열의를 보인 사람은 동석 씨였다. 그는 전남 함평이 고향이다. 하루는 신문에 함평이 가을 여행지로 소개돼서 그에게 고향에 대해 물었다.

"우리 고향이요? 살기야… 좋죠, 좋긴 한데 고향에서는 할 게 없어요. 정말 아무것도 없어요. 노래방 한번 가려 해도 버스 타고 30분은 가야 돼요. 일자리도 아무것도 없어요. 고향에서 할 수 있는 일이 뭔 줄 알아요? 부모님 일 물려받는 거, 그거뿐이에요."

"부모님 무슨 일 하시는데?"

"냉동창고 일 하세요. 우리 아부지가 커다란 냉동창고 하나 갖고 있거든요. 거기다 채소, 과일 같은 거 보관해 주고 돈 받는 거예요."

"냉동창고 일은 장사가 잘돼?"

"장사요? 그런 걸 장사라고 부를 수 있을지 모르겠지만… 잘되는 편이에요. 주로 보관하는 게 배추거든요. 수확해서 김치 공장 들어가기 전까지 보관하는 거죠. 배추가요, 이런 시중에서 파는 김치 만들 때 쓰는 게 질이 정말 안 좋은 거예요. 그중에서도 포기김치 말고 맛김치 있잖아요? 썰어진 김치, 그건 배추 중에서도 최하품들 모아서 만든 거예요.

나 어렸을 땐 아부지랑 엄청 싸웠어요. 내가 공부하기 싫어서 학교도 안 가고 하니까 아부지가 저 붙잡고 끌고 와서 엄청 두들겨 팼죠. 지금도 아부지랑은 서먹서먹해요. 아부지는 제가 집 나와서 일하는 거 별로 안 좋아해요. 고등학교 졸업하고 서울 올라와서 살 때는 집에서 부쳐 준 돈으로 살았거든요. 그때는 철이 없어서 애들이랑 놀 생각밖에 없었는데, 요즘엔 제가 집에다 돈 부쳐 드려요. 우리 집이야 내 돈 없어도 잘살지만 그래도 아부지 앞에서 당당해지려면 이 방법이 제일 좋아요. 나 군대 가기 전에도 여기서 일했어요. 제대하고 서울 올라왔는데 뭐 딱히 기술도 없고 방값도 비싸고 해서 다시 여기로 왔죠."

퀴닝

주유원 대다수가 지방 출신이었다. 주유소는 이렇다 할 거처 없이 상경한 지방 젊은이들이 가장 먼저 찾는 곳이었다. 일주일에도 한 다섯 명씩 커다란 배낭을 메고 주유소를 찾아왔다 이삼 일 후에 슬그머니 사라지곤 했다.

나는 서울만 고집하지 않는다면 소득이 많지 않아도 어느 정도 편안하게 살 수 있으리라고 생각했다. 예전에 청주에서 열 평 정도 크기의 원룸에서 지낸 적이 있었다. 부엌과 베란다까지 있었는데 월세가 20만 원이었다. 그 돈으로 서울에선 관짝만 한 방 하나 구할 돈밖에 되지 않는다. 집세뿐만이 아니었다. 서울 사람의 선입견일지 모르지만 지방에선 서울에서 좀처럼 느끼기 힘든 여유가 있었다.

서울 사람들이 걷는 모습은 어딘지 모르게 광적인 면이 있다. 서로를 밀치고, 좁은 틈으로 비집고 들어가고, 어깨를 부딪치며 움직인다. 이런 사람들 속에서 혼자 느긋이 걸으면 굉장히 에티켓에 어긋나는 행동을 하는 것 같은 착각이 들 정도다. 청주에선 그럴 일이 없었다. 인도는 널찍했고 어쩌다 어깨가 부딪히면 서로 고개를 숙이며 미안하다는 말까지 주고받았다. 그런데도 왜 사람들은 계속 서울로 몰려들까? 무엇 때문에 이 거대하고 시끄럽고 불쾌한 도시로 몰릴까? 사람들의 대답은 대부분 비슷했다.

"그건 니가 몰라서 그러는 거야. 지방엔 일자리가 없어. 장사 아니면 알바야. 어떻게 일자리를 구했다 쳐도 일 끝나고 할 게 없어. 진짜 너무너무 심심해. 하다못해 영화를 보려고 해도 근처 큰 도시로 가야 되는데 진짜 답답해서 못 있어."

가정이 있는 사람이라면 오직 직장 때문에 서울에 오겠지만, 젊은이들은 메가박스에 가려고도, 동대문에서 쇼핑하려고도 서울에 온다. 결국 사람들이 서울로 몰려드는 이유는 내가 지방에 살 생각이 없는 것과 같은데, 그건 모든 것이 서울에 있기 때문이다. '서울에만 있는 것'들의 가장 대표적인 예는 문화와 의료인데 나 역시 그 둘 중 어느 쪽도 제대로 향유할 만한 형편은 못 되지만 가능성은 열어두고 싶은 마음을 버릴 수가 없다. 누군가 파리와 런던을 이렇게 비교한 적이 있다. "파리는 프랑스가 아니지만 런던은 영국이다."* 런던의 예는 서울에도 적용할 수 있다. 한국의 모든 것이 서울에 있을 뿐만 아니라 많은 것들은 서울에'만' 있다. 지방 젊은이들은 계속 서울로 몰려들고, 그들이 떠난 곳에서 공장은 이전하고 상점은 문을 닫는다. 이 때문에 지방 소도시들은 마치 피리 부는 사나이가 SG 워너비의 신곡을 연주하며 지나간 것 같은 꼴이 되어버린다. 어떤 면에서 보자면 한국의 가장 강력한 경쟁자는 바로 서울이다.

주유소에서 일하기까지의 사연이 가장 긴 사람은 재봉이 형이었다. 그는 일식 요리사가 꿈이었는데, 다음 달엔 주유소 그만둘 거라는 말을 입에 달고 살았다. 그는 주유소에서 일하기 전, 강남의 어느 일식집 주방에서 일했는데 마지막 달 월급 210만 원, 퇴직금 500만 원을 못 받은 상태였다. 2005년 일용직 근로자에게도 4대 보험과 퇴직금 지급을 의무화하는 법이 시행되기 전, 식당 사장이 직원들에게 어떤 계약서를 쓰게 했다. 그의 설명에 따르면 그 서류는 퇴직 시, 퇴직금과 월급 모두 합쳐 100만 원만 받겠다고 약속하는 내용이었다. 사장은 문제를 제기하는

---

* 《밑바닥 사람들》, 잭 런던, 정주연 옮김, 궁리, 2011.

직원에게 '싫음 나가라' 하고 친절하게 설명해 줬다. 그곳은 재봉이 형이 서울에 도착해서 처음으로 얻은 주방 자리였고 막 일을 배우기 시작한 상황이라 그만둘 수가 없었다. 그는 서명했고 2년 후 그만둘 때 정말 100만 원만 받았다.

그는 그때부터 반년 가까운 기간을 체불임금 받는 데 쏟아부었다. 노동부에서 체불임금을 지급하라고 결정했지만 사장이 배 째라고 나오자 민사 재판으로 넘어갔다. 그는 국선 변호사를 선임받았다. 서류를 준비하고 증인이 돼줄 동료들을 찾는 게 그의 몫이었다. 민사 재판으로 넘어가고 6개월 정도 후에 재판 날짜가 잡혔다. 그는 자기 책임도 어느 정도 있는 걸 감안해서 400만 원 정도는 받게 될 거라고 기대했다. 그는 계속 주방에서 일하길 원했지만 자신이 일했던 일식집은 진절머리가 나는 모양이었다.

"주방은 진짜, 군대랑 똑같애. 일식은 더하지. 일도 엄청 빡쎄고 시간도 길어. 보통이 아침 8시에 출근해서 저녁 11시에 끝나. 점심시간 지나서 2시부터 4시까지는 자유 시간인데 이때 잠을 자던가, 각자 볼일 보든가 하지. 그 외에는 완전 중노동이야.

전에 일하던 데서 제일 짜증 나는 게 뭔지 아냐? 주인이 돈 아끼려고 별의별 짓거리를 다하는데 그 꼴 옆에서 지켜보는 거야. 직원들한테 들어가는 돈 줄이는 건 당연한 거고. 거기가 엄청 비싼 데거든, 근데 채소 이런 거 시장에서 제일 싼 거, 중국산으로만 골라다 써. 제일 짜증 날 때가 언젠 줄 아냐? 회식 때 쓰는 돈이 아까워서 자기가 직접 재료 사다가 식당에서 만들어 먹으라는 거야. 씨발, 그게 말이 되냐? 하루 종일 요리만 했던 사람들한테 회식 때 먹을 요리를 또 하라고? 야, 회식이 뭐냐?

요리하고 먹고 치우는 거 걱정 없이 편안히 쉬자는 거 아니냐? 회식한다
고 하면 졸라 짜증 나. 그러면 밤 11시에 영업 끝나고 다시 일해야 돼. 회
식 날은 그냥 새벽까지 일하는 날이야. 그리고 나 말고도 돈 못 받은 사
람 수두룩해. 그 사람들도 다 노동부에 신고했는데 사장이 돈 안 내고 끝
까지 버티니까 힘들고 더러워서 포기한 거지. 자기들도 일을 해야 되는
데 이것만 하고 있을 순 없잖아? 나도 진작에 새 식당 알아봤어야 하는
건데 재판 준비한다고 여기 있는 거야."

"형은 서울 오기 전에 뭐 했어요?"

"중국집 배달도 하고 노가다도 하고 뭐 되는 대로 아무거나 했지. 나
학교 다닐 때 레슬링 선수였어. 야, 너 국가대표 중에 김상범이라고 아
냐?"

"아니요."

"걔가 나랑 같은 학교 다녔는데…."

"그런데 왜 그만뒀어요?"

"어… 그게… 내가 먹는 걸 조절 못 했거든. 체중 조절이 안 돼서 결국
엔 쫓겨났지. 내가 왜 식당에서 일하려는 줄 아냐? 그래도 거기 있으면
먹을 건 맘껏 먹겠지 싶어서 그런 거야. 내가 처음 서울 올라왔을 때 친
구 자취방에 살았거든. 걔도 그렇고 나도 그렇고 계속 일을 못 구했어.
둘 다 돈도 떨어지고 며칠을 굶었지. 너 밥 굶어본 적 있냐? 귀찮아서 안
먹은 거 말고, 정말 돈이 없어서 못 먹은 거? 그런 적 없지? 진짜 미친다.
나는 정말 배고픈 거 못 참거든. 내 친구도 그렇고. 그래서 걔랑 나랑…
도둑질이라도 하자고 그랬어. 거기가 미아리였는데 그 동네가 으슥한
골목이 많거든. 그래서 과도 하나 들고 골목길에 숨어 있었지. 사람들이

하나둘 지나가는데 진짜 무서워서 못 하겠는 거야. 엄청 떨리더라. 그런데 저쪽에서 술이 졸라 떡이 된 아저씨가 비틀거리면서 걸어오는 거야. 내 친구 놈은 자기는 안 나가고 나만 계속 부추겨, 해보라고. 그래서 씨발, 그냥 딱 나가서 길을 막았어. 모자 푹 눌러쓰고 가진 거 다 내놓으라고. 그러니까 그 남자가 나를 쓱 쳐다보더니 '뭐야, 도둑이야? 씨발 가져가라! 더러운 세상! 씨발 다 가져가!' 이러면서 지갑을 내 앞에 내팽개치는 거야. 그래서 씨발, 에라 모르겠다 지갑 들고 졸라 튀었지. 돈도 별로 없었어. 3만 원인가? 그걸로 뭐 먹었는 줄 아냐? 그때가 한여름이었는데 참외가 졸라 먹고 싶은 거야. 그래서 트럭에서 참외 한 봉지 사가지고 방에서 계속 먹었지. 무서워서 밖에 나가지도 못하고 참외만 먹었어. 그러다 계속 설사하고, 하여튼 졸라 끔찍했다. 진짜 이 세상은 돈 없으면 바로 지옥이야."

서 과장은 여러모로 주유소에 어울리지 않는 사람이었다. 그는 40대 초반이었는데 키가 180센티미터 정도로 큰 편이었다. 언제나 말끔히 다린 양복 차림이었다. 그는 부드러운 머릿결과 그 이상으로 부드러운 목소리를 가졌다. 그는 거의 모든 면에서 최 과장과 대조적이었다. 비슷한 나이인 최 과장은 스포츠머리에 눈이 작고 볼이 빵빵했다. 우람한 체격에 호통치는 목소리까지 합쳐놓고 보면 아주 마음씨 좋은 조폭 같은 인상이었다.

승진 경로도 두 사람은 정반대였다. 최 과장은 맨 밑바닥인 알바부터 시작해서 실질적인 경영 일선인 과장까지 오른 입지전적 인물이었다. 최 과장에게는 서 과장 같은 세련된 몸가짐이나 말솜씨는 없었지만 무슨 문제든 처리해 내는 억척스러움이 있었다.

서 과장은 낙하산이었다. 원래는 유학까지 다녀와 대기업에서 일했는데 문제가 생겨 퇴직하고 친척의 도움으로 과장 자리를 얻었다. 하루는 웬 외국인이 주유소에 차를 몰고 들어왔다. 30대 초반으로 보이는 백인 남자였다. 차는 하얀색 컨버터블 Z4였다. 그는 기름을 넣으러 온 게 아니었다. 모두가 난감해하는데 서 과장이 나섰다. 잠시 후 남자는 주유소를 빠져나갔다. 그는 엔진오일을 교체해 달라고 온 것이었다.

서 과장도 우리들과 똑같이 일했다. 그럴 때면 그가 이런 일에 적합하지 않다는 사실이 드러났다. 손님들에겐 물론 친절하게 대해야 하지만 그것만으로는 부족하다. 난폭하거나 무리한 요구를 하는 손님들은 강약을 조절하며 상대해야 하는데 서 과장은 일관되게 '약'만 유지했다. 서 과장은 함께 일하기에, 상사로 모시기에 이상적인 사람이었다. 그는 어느 누구도 함부로 대하지 않았다. 우리 알바들에게도 언제나 존댓말을 썼다. 우리는 그가 너무 좋은 사람이라 결코 크게 성공하지 못할 거라고 얘기하곤 했다.

#6

그 일은 늦여름, 화장실 앞의 줄이 좀처럼 줄어들지 않는 계절에 벌어졌다. 앞에서 설명한 것처럼 고시원 내부에는 화장실이 하나뿐이었다. 이 화장실 안에는 공교롭게도 샤워기, 변기, 세탁기가 모두 있었다. 누군가 샤워를 하고 면도를 하고 이를 닦고 빨래까지 돌리고 나면 이삼십 분은 쉽게 지나갔다. 안에서 손빨래하는 소리까지 들리면 기다리는 사람

퀴닝

들은 분통이 터졌다.

화장실 차례를 기다리는 일은 말 그대로 희망고문이다. 안에서 물 흐르는 소리가 들리지 않는다. 아, 이제 나오려나 보다 생각하면 '축, 축, 축' 바닥에 빨래 비비는 소리가 들린다. 다시 물 트는 소리가 들리고 '첨벙, 첨벙' 하며 빨래 헹구는 소리가 들린다. 한참 후에 안에서 아무 소리도 들리지 않는다. 아, 이제야 나오려나 보다 하고 생각할 때쯤 '치카, 치카, 치카' 이빨 닦는 소리가 들린다. 그러면 저 배 속 깊은 곳에서부터 녹슨 철문을 열 때 나는 것과 비슷한 비명이 기어올라 온다. 입을 헹구는 소리가 들리고 다시 한번 화장실 안이 고요해진다. 아, 제발. 믿지도 않는 신에게 기도를 드리는데 '푸부부부, 뿌지지직' 똥 싸는 소리가 우렁차게 터져 나온다. 그쯤 되면 대상을 찾지 못한 적의가 내 앞에 선 남자에게 향한다. 저 멍청한 자식, 문 두드리고 빨리 나오라고 고함도 쳐야지 멍하니 서서 뭐하는 거야?! 그 남자에게 화가 난 이유는 순전히 내가 그럴 만한 배짱이 없기 때문이다.

그날도 바로 그런 상황이었다. 정확하게 말하자면 상대가 기다린 쪽이고 나는 기다리게 만든 쪽이었다. 위와 같은 우여곡절을 겪고 화장실에 들어가면 기다린 만큼 느긋하게 써보자 마음먹게 된다. 가난할 때는 예의를 지키기 어려운 것 아니겠는가? 한참을 씻는데 누군가 문을 걷어찼다. 내가 얼마나 오래 있었는지 되짚어 보기 전에 기분이 상했다. 나는 발길질에 시간 끌기로 응수했다. 남자는 더 세게 문을 찼고 나는 여유를 가장한 긴장 속에서 이를 닦고 발가락을 씻었다.

나는 이대로 물러설 수 없다 마음먹고 방으로 돌아가는 길에 상대를 노려봤다. 그것이 그 긴긴 밤의 시작이었다. 상대는 30대 중반의 남자였다. 짧은 머리, 갈색 피부, 작은 눈, 키는 170센티미터 정도에 어깨의 각이 살아 있는 다부진 몸매였다. 좀처럼 보기 힘든 연두색 팬티 차림이었다. 그는 북한군 특수부대원을 떠올리게 했다. 나는 어디까지나 항의의 표시로 노려봤지만 상대는 그걸 도전의 뜻으로 받아들였다. (그렇다고 그를 탓할 수도 없는 노릇이지만.) 그는 마침 내 방 바로 맞은편에 살았다.

"이봐요!"

그가 소리쳤다.

"이봐요! 나 왜 째려봐요?!"

묘하게 끝을 올리는 말투 때문에 그가 정말 북한 간첩이 아닐까 생각했다. 나중에 그의 억양에 남은 경상도 말씨를 알아차렸다.

얼굴을 마주하기 전의 용기와 후의 용기는 다르다. 나는 "이봐요" 한마디에 놀라서 말을 더듬기 시작했다. 그나마 그 자리에서 이러저러해서 화가 나서 그랬다고 설명하고 사과했으면 끝났을 일이었는데, 당황함과 초조함이 내게서 이성적으로 사고하는 능력을 빼앗아 갔다. 내 입에서 튀어나온 말은 이랬다.

"뭐… 뭐라고… 이, 이 새끼가, … 썅."

상대도 곧바로 욕설로 대꾸했다.

"뭐? 니 짐 머라 캤어? 이런 개 같은 새끼를 봤나? 니가 지금 나오면서 나 노려봤잖아?"

"당신이 먼저 문 찼잖아?"

"니가 씨발 거기서 똥 싸고 샤워하고 하면서 좆나게 안 나오니까 그랬지, 이 새끼야!"

"너나 잘해, 이 새끼야!"

아무 맥락도 없는 대꾸로 봐서 내가 이미 이 시점부터 잔뜩 겁에 질렸음을 알 수 있다. 어리석게도 나는 목소리를 높이는 것이 이 위기를 벗어날 수 있는 유일한 방법이라고 생각했다. 싸울 의지가 없는 동물일수록 더 크고 위협적으로 짖는다고 한다. 내가 그렇게 행동했던 건 어리석은 본능을 집어넣은 자연의 책임이라고 말하고 싶다.

나는 계단 위에서 내려다보며, 그는 나를 올려보며 욕을 해댔다. 고시원 전체가 우리의 소동을 들었겠지만 나와 보는 사람은 없었다. 분위기는 제쳐두고 우리 둘 사이에 오고 간 말만 주의 깊게 들은 사람이라면 분명 웃음을 터뜨렸을 것이다. 나는 서너 번 대꾸하고 나자 더 이상 생각나는 욕이 없었지만 상대는 줄기차게 욕을 쏟아냈다. 내가 내뱉은 말은 다섯 음절을 넘지 않았다.

"그래서?"

"어쩌라고?"

"지랄하네."

"닥쳐, 병신아."

반면 연두팬티의 욕설은 현란했다.

"이 개똥 같은 새끼! 이게 어디서 개수작이야! 니미 니 같은 거 낳고도 니 에미는 미역국 끓여 먹었냐? 이 말도 못하는 저능아야! 이 좆 같은 개호로새끼야! 니 같은 건 패 죽여서 뒷산에 파 묻으면 아무도 몰라. 니 같은 게 무슨 고시생이라고, 어디서 똥이나 풀 것같이 생겨가지고."

"나 원래 노가다 한다! 이 새끼야!"

이 말만큼은 꽤나 당당하게 말한 것 같다. 역시 진실일수록 말하기도 쉬운 법이다. 내 솔직한 대답에 놀랐는지 상대도 잠시 주춤했다. 나는 그

틈을 타 방으로 돌아갔다. 나는 자리를 떠야만 했다. 다리가 너무 심하게 떨려서 그대로 서 있다간 상대가 눈치챌 정도였다.

그렇게 끝난 줄 알았지만 남자가 다시 방으로 돌아오고 모든 게 처음으로 돌아갔다. 나는 방문을 조금 연 채로 두었다. 나중에 친구들은 문을 꼭 잠갔어야지 왜 방문을 열어뒀냐고 물었다. 나 역시 그런 상황에선 문을 걸어 잠그고 농성에 들어가는 편이 맞다고 생각했지만 상대가 어떻게 행동하는지 봐야만 마음이 놓일 것 같았다. 상대가 미쳐 날뛰는 또라이라고 해도 말이다.

카이사르가 갈리아를 공격했을 때, 로마군은 언제나 적군이 보이는 위치에 진지를 구축했다고 한다. 게르만족은 전투가 없을 때도 괴성을 지르고 이상한 노래를 불렀는데 이 소리가 무척 무섭게 들렸던 모양이다. 보이지 않는 적들의 괴성은 로마 병사들의 사기를 급격하게 떨어뜨렸고, 로마의 지휘관들은 언제나 병사들의 눈앞에 적군을 보여줘야 한다는 걸 깨달았다. 그렇다고 내가 로마군이고 연두팬티가 게르만군이라는 뜻은 아니다. 내 바보짓에는 이런 전술적인 맥락이 있음을 지적하고 싶을 뿐이다. 연두팬티는 돌아오자마자 우리가 아직 화해하지 않았다는 사실을 상기시켰다.

"냄새 나, 이 새끼야! 방문 닫아, 이 씨발놈아!"

"내가 왜? 내가 왜 닫아? 너나 닫아, 이 새끼야!"

여전히 겁을 집어먹은 상태였기에 나는 계속 고함을 질러댔다. 다시 한번, 모든 잘못은 몹쓸 본능을 집어넣은 자연에게 있음을 밝힌다. 연두팬티는 점점 더 미쳐 날뛰었다. 이제는 분을 못 이기겠다는 듯 주먹을 휘두르고 방문을 두드렸다. 그가 갑자기 (역시나 연두색인) 칫솔을 집어 들더니 내 눈앞에다 흔들며 외쳤다.

"너 이 새끼, 죽여버리겠어! 조심해, 이 새끼야! 너 정말 내가 죽여버릴 거야!"

무서움이 극에 달했지만 묘하게 신경 쓰이는 모습이 있었다. 연두팬티는 말은 과격했지만 내 개인 공간을 침범하려는 기색은 없었다. 소리를 지르고 방문을 두들겨도 어디까지나 자신의 방에서만이었다. 내 방으로 뛰어든다거나 억지로 내 방문을 닫으려고도 하지 않았다. 방문턱에 11 자로 벗어둔 내 실내화도 건드리지 않았다. 나는 그가 내 실내화를 차버릴 거라 확신해, 그것들을 어떻게 주워야 덜 쪽팔릴까 고민하던 참이었다.

조금씩 진정이 됐다. 그도 진짜 싸움은 피하려는 것 같았다. 끝도 없는 전과 기록이 있다든가, 결코 신분이 노출돼선 안 된다든가(간첩이라서?) 아니면 나처럼 겁에 질려 있다든가 해서 말이다. 거기까지 생각이 미치자 나도 조금 세게 나가볼까 하는 마음도 들었지만, 그 순간 이성의 목소리가 내게 외쳤다. 노, 미스터 한! 그래, 인생을 운에 맡기면 안 되지. 비슷한 상황에서 비명횡사했던 모든 이의 머릿속에 마지막으로 떠올랐던 생각은 '저 자식은 감히 날 어쩌지 못할 거야'였을 거라고 나는 확신한다. 연두팬티는 여전히 방문을 닫으라며 소리를 질러댔다. 내가 아무런 반응을 보이지 않자 핸드폰을 꺼내 다이얼을 눌러대기 시작했다. 젠장, 내가 잘못 봤다, 드디어 올 것이 왔구나, 나는 생각했다. 보나마나 장롱만 한 자기 친구들을 부르는 거겠지. 울까? 울면 봐줄까? 젠장, 도망갈까? 속으로 오만가지 생각을 하며 떨고 있는데 난데없이 노랫소리가 울렸다.

"뱀이다, 뱀이다, 몸에 좋고 맛도 좋은 뱀이다~ 똥개다, 똥개다, 몸에 좋고 맛도 좋은 똥개다~"

나는 그 노랫소리가 전화기 반대편에 있을 떡대들의 컬러링이려니 했다. 그가 내 방문 앞에 핸드폰을 내려놓고 자기 방으로 돌아가 문을 닫았다. 3분 정도 노랫소리가 복도에 울려 퍼지다 멈췄다. 잠시 후 앞 방 문이 열리고 발소리가 들렸다. 핸드폰 버튼을 누르는 소리가 들리고 다시 "뱀이다" 하는 노래가 흘러나왔다. 남자는 노래가 멈추면 밖으로 나와 다시 틀고 들어가기를 대여섯 번 정도 반복했다. 무슨 상황인지 알 것 같았다. 그는 애당초 전화를 건 게 아니었다. 시끄러운 노래를 틀어 내 스스로 방문을 닫게 하려 했다. 나는 못 이긴 척 문을 닫았다. 남자는 그래도 분이 풀리지 않았던 모양이다. 그 뒤로도 그는 두어 번 더 나왔다. 아마도 반복 재생 기능을 사용할 줄 몰랐던 것 같다.

그 순간, 나를 죽여 뒷산에 묻겠다고 소리치던 사내가 틀던 그 방정맞은 트로트를 듣는 그 순간만큼은 성선설의 열렬한 신봉자가 되지 않을 수 없었다. 호들갑스럽게 한국의 대표 혐오 식품에 대해 떠들던 그 여가수는 사실 연두팬티의 사내가 나만큼이나 겁 많고 소심한, 법과 생명을 존중하는 선량한 시민이라고 노래했던 셈이다. 그걸로 끝이었다. 가끔씩 복도나 화장실에서 마주쳤지만 어색하게 서로의 시선을 피한 것 말고는 어떤 행동도 말도 오가지 않았다. 지금은 그저, 그가 오래 기다리지 않고 화장실을 이용할 수 있는 숙박 시설을 찾았길 바랄뿐이다.

#7

    모든 주유소에는 전설이 있다. 바로 주유소를 찾은 유명인들 이야기다. 오랫동안 주유소에서 일한 사람들은 한 번쯤 연예인 차에 기름을 넣어본 적이 있었다. 우리의 역할이란 게 기름을 넣고 영수증을 건네주는 것뿐이었기 때문에 그 전설이란 것도 대개 간략했다. 옛날 옛적 어느 주유소에 렉서스 한 대가 들어섰다. 유명한 영화배우가 타고 있었다. 하지만 그는 실물로 보니 키도 작고 별로였다. 계산이 끝나고 사인을 부탁했다. 전설 끝.

    동석 씨는 지진희 씨의 미니쿠퍼에, 우진 씨는 김진표 씨의 폭스바겐 골프에 기름을 넣은 적이 있다고 했다. 다른 사람들도 연예인의 차에 주유를 해본 경험이 있었다. 모두 이곳 아니면 강남, 압구정 근처의 주유소였다. 생각해 보면 특별하다고 할 만한 일은 아니다. 서울 어딘가에 연예인 전용 주유소가 있는 것도 아니니까.

    C 주유소의 규모는 엄청났다. C 주유소는 중소기업이나 다름없었다. 대부분의 영리집단과 마찬가지로 이곳도 군대처럼 일사분란하게 움직였다. C 주유소의 파라오는 검은 에쿠스를 타고 와 기름만 넣고 사라지는 '회장님'이었다. 회장님 차가 필드에 들어서면 우리는 평소보다 더 바쁘고 더 친절한 것처럼 보이기 위해 애썼다. 그 아래는 소장님이었다. 그는 내게 성공한 직장인의 표상 같은 존재였다. 그는 일터를 먼 친척 동생의 결혼식처럼 대했다. 느지막이 나타나선 밥만 먹고 사라졌다. 그 밑으로 서 과장과 최 과장이 있었는데 주유소의 실질적인 경영은 이들 과장 선에서 이뤄졌다. 과장 아래엔 사은품을 담당하는 장 대리와 50대 여성

두 명이 있었다. 여기까지가 주유소의 영관급 인사들이다. 이들은 거의 가 로열 패밀리, 즉 회장님의 친인척이었다.

다음으로 부사관급. 이 주임은 행보관 정도의 위치였다. 그는 로열 패밀리가 아닌 직원 중 가장 윗선이었다. 이 주임 밑으로는 반장이 셋 있었다. 이들이 각각 오전반, 오후반, 새벽반을 맡았다. 반장 밑에는 사원이 한 명씩 배정됐다. 땅개는 나를 비롯한 알바들이었다. 오전반과 오후반에는 알바가 일곱 명씩 있었는데 오전반의 경우엔 아홉 명까지 늘어나기도 했다. 새벽반은 알바가 두 명이었다. 그 외에도 식당 이모가 둘, 청소하는 이모가 하나, 창고 관리하는 아저씨가 둘, 카운터 직원이 넷이었다. 모두 합치면 일을 하든 안 하든 이곳에서 돈을 받아가는 사람은 40명이 넘었다.

사원은 나이가 어린 알바 중에서 성실한 사람으로 골라서 뽑았다. 여기서 성실하다는 건 지각과 무단결근이 없다는 뜻이다. 알바의 경우 월급이 110만 원 정도였고 휴일은 한 달에 이틀이었다. 사원은 월급이 150만 원 정도에 한 달에 세 번 쉴 수 있었다. 대신 사원은 잔업 수당이 없었고 잔업이나 특근을 거부할 수도 없었다. 알바들은 대개 사원이 되고 싶은 욕심이 없었다. 우리는 회사가(주유소를 우리는 그렇게 불렀다) 사원들을 너무 부려먹는다고 생각했다.

그런데 실상 주유소는 직원들에게 결코 박하지 않았다. 전체적으로 보면 C 주유소는 직원 대우가 동종 업계 기준으로 최고 수준이었다. 우선 임금이 그랬다. 내 사회생활을 통틀어서 최저임금 이상을 지급했던 곳은 C 주유소가 유일했다. B 편의점이 최저임금을 600원 깎아 시간당 3100원 주던 시절에 C 주유소는 4300원을 지급했다. 평범한 주유소는 대개 하루 열두 시간 2교대로 일하고 우리와 비슷한 월급을 받았다. 또 회사는 직원들이 무척 저렴하게 사은품을 살 수 있게 해줬다. 음료수도 근무 중에는 얼마든지 무료로 마실 수 있었다.

무엇보다도 알바를 함부로 대하는 사람이 없었다. 이것이야말로 관리자들 역시 알바들과 똑같이 일하기 때문에 얻는 이점이었다. 다른 업무가 없을 때는 간부들도 우리와 똑같이 기름을 넣고 사은품을 뒤적였다. 그들은 차는 고급인 사람들이 인격적으론 얼마나 개차반일 수 있는지 알았다(사실 이런 점은 굳이 일을 하지 않아도 조금만 생각해 보면 알 수 있기는 하다). 필드 밖에서는 문제를 일으키지 않은 이상, 상대하는 사람의 지위가 얼마나 높은 감정 상하는 일이 없을 거라고 안심할 수 있었다.

부사관들은 알바들과 친하게 지냈다. 그도 그럴 것이 부사관은 모두 알바 출신이었다. 회사에서는 당연히 오랫동안 일할 수 있는 사람을 원하기 때문에 주로 20대 중반의 알바 중에서 사원을 뽑았다. 그 때문에 대다수 사원이 알바의 평균 나이보다 어렸다. 이런 나이 차 때문에 필드에선 지켜야 할 규칙이 생겼다. 나이에 상관없이 서로를 누구누구 씨라고 호칭하라는 것이다. 간부들은 사원이 알바에게 누구 형이라고 부르고, 알바가 사원에게 반말을 하는 것 때문에 업무 지시나 인력 관리가 제대로 되지 않는다고 생각했다. 누군가를 형이라고 부르면 그가 정말 형이 되니 말이다. 부사관 대다수가 각 조에서 가장 어린 축에 속했다. 오전반에서 동석 씨와 가장 나이 차가 적은 나 역시 그보다 다섯 살 위였다. 진생 형님에게 동석 씨는 조카뻘이었다.

새 규정에 불만을 느낀 사람이 여럿 있었다. 그렇다고 싸움이 벌어진 적은 없었다. 이는 전적으로 어린 사원들의 노력 덕분이었다. 특히 동석 씨가 그랬다. 이렇게도 말할 수 있겠다. 알바 모두가 회사 방침에 불만을 느꼈지만 동석 씨 때문에 참았다고. 그는 누구보다 철저하게 새 규칙을 따랐지만 휴게실에서나 숙소에서 사람들에게 이해를 구했다. "형님, 제가 형님 이름으로 불러서 기분 나쁘시죠? 죄송해요, 회사 방침상 그런 거니까 기분 나쁘시더라도 이해 좀 해주세요." 이런 식으로.

동석이라는 친구는 여러 면에서 경탄을 자아냈다. 20대 초반의 남자가 철없고 생각 짧다는 편견을 (물론 대부분의 경우엔 사실이긴 하지만) 깨부수기에 그만큼 적절한 예는 없을 것 같다. 그가 온갖 소란을 처리하는 걸 보고 나자 이 친구가 예의만 바른 게 아니라 영리하기까지 하다는 걸 깨달았다. 나라면 상급자가 보는 데서만 규칙을 지키는 척했겠지만 그는 그러지 않았다. 새 방침만이 아니었다. 업무 중에도 기숙사 생활 중에도 요구할 건 당당히 요구하고 지시할 건 확실하게 지시했다. 그러면서도 상대방이 기분 나쁘게 받아들이지 않게 다독이고 양해를 구했다. 그는 어떤 상황에서 어떻게 행동하는 것이 이득이 될지 명확하게 이해하고 행동하는 듯 보였다. 다들 그를 좋아했고 입버릇처럼 "저런 스물세 살짜리는 본 적이 없다"라고 말하곤 했다.

#8

필요한 건 모두 편의점 안에 있다. 이 말은 편의점 일이 결코 만만하지 않다는 사실을 일정 부분 설명한다. 식당은 배고픈 사람들이 찾고 서점은 책 볼 사람들이 찾는다. 은행에서 생리대를 찾는다면 미쳤냐는 대답

이상을 기대하기 힘들겠지만 편의점은 그런 사람들도 빈손으로 돌려보내지 않는다. 단지 비를 피해 들어온 사람일지라도 뭐 하나 사가지고 갈 만한 게 있기 마련인 곳이 편의점이었다. 편의점은 작은 식당, 작은 술집, 작은 은행, 작은 서점, 작은 빵집이다. 약사협회의 협조만 이뤄진다면 조만간 작은 약국도 겸하게 될지 모른다. 편의점은 점포 형태의 맥가이버 칼이자 일상적 욕구를 위한 응급실이었다.

손님은 주기적으로 몰려들었다. 근처 정류장에 버스가 도착하면 편의점은 15분간 시끌벅적해졌다. 출입문에 걸린 종이 연신 '딸랑딸랑' 울려댔다. 사람들은 기차놀이라도 하듯 매장을 빙글빙글 돌며 과자를 집었다 라면을 들었다 냉장고 문을 열고 닫기를 반복했다. 그들이 빠져나가고 나면 15분간은 '앵' 하는 모기 소리밖에 들리지 않았다. 이런 식의 소란과 정적은 근무 교대 시간까지 계속됐다. 특히 자정에 가까워질수록 더 혼잡했다. 인근의 고시 학원에서 그때쯤 수업이 끝났기 때문이다.

가장 많이 팔리는 건 술, 라면, 과자, 샌드위치, 삼각김밥처럼 야식이나 안주로 분류할 수 있는 음식이었다. 그중에서도 삼각김밥이 제일 인기가 좋았다. 하지만 우리 편의점의 진짜 효도 상품은 콘돔이었다. 이틀에 이삼십 개 속도로 팔려나갔다. 매장에 콘돔을 가져다주는 기사님 말로는 서울에서 성매매 업소를 제외하고 콘돔이 제일 잘 나가는 곳이 고시촌이라고 했다. 덕분에 섹스의 문턱에서 희비가 엇갈리는 모습도 가끔씩 볼 수 있었다. 하루는 20대 초반의 남자가 전화를 받으며 매장으로 들어왔다.

"어? 정말? 아니야, 아니야. 진짜 괜찮아. 그러면 지금 올래? 내가 준비 다 해놓을게. 알았어. 빨리 와."

밤 11시 반이 넘어가고 있었다. 그는 콧노래를 흥얼거리며 술과 과자를 집어 계산대에 올려놓은 다음 콘돔을 집어 들었다.

"저, 이것도요."

내가 계산을 시작했을 때 남자의 전화벨이 울렸다.

"어? 나야. 준비 다 돼가? 뭐? 진짜? 아… 나 준비 다 됐는데. 정말? 아니 못 온다고? 하하… 그래, 알았어."

전화를 끊고 남자는 콘돔을 다시 진열대에 꽂았다.

"이건 뺄게요."

남자의 목소리에 배인 씁쓸함과 실망감이 내게도 전해지는 것 같았다.

POS에는 거래 수가 기록되기 때문에 손님이 몇 명 다녀갔는지 확인해 볼 수 있다. 자정까지 총 700명 이상이 편의점을 찾았는데 그중 내가 상대하는 수는 평소엔 200여 명, 많은 날은 300여 명 정도였다. 편의점 알바가 괴로워지는 건 손님이 늘 때가 아니라 자신이 서비스업 종사자라는 걸 자각하는 순간부터다. 항공기 승무원이라면 자신이 종사하는 업계의 특성을 이해하고 있을 가능성이 크지만 편의점 알바 역시 그럴 거라고 기대하긴 어렵다. 내가 접객 측면과 관련해서 받은 교육이란 점장에게 들은 이 한마디뿐이었다.

"손님이랑 싸우지 마세요. 무슨 일이 있어도 싸우면 안 돼요."

의외일지 모르지만 편의점에선 손님들과 싸울 일이 많을뿐더러, 그런 상황에서 화를 억누르는 건 생각만큼 쉽지 않다. 시작은 비닐봉지였다. 내가 근무를 시작한 지 얼마 지나지 않았을 때 비닐봉지를 그냥 주면 안 된다는 지시를 받았다. 정부 시책에 따라 봉지당 20원씩 받고 팔아야 한다고 했다. 나는 계산을 끝낸 뒤 손님들에게 물었다.

"봉지 20원인데 필요하세요?"

사람들은 이 질문을 자신의 어머니에 대한 모욕처럼 받아들였다. 나이가 많은 남자일수록 격하게 항의했다. 물건을 이만큼 샀는데 이걸 맨손으로 들고 가란 말이냐? 매일 오는데 이 정도는 서비스로 줘야 되는 거 아니냐? 다른 가게는 안 받는데 왜 여기만 이러냐? 등등. 비닐이 썩건 말건 내 알 바 아니었지만 나는 단지 그런 사람들이 열받아 하는 모습이 재미있어서 20원을 꼬박꼬박 받아냈다.

내가 보기에 정부 시책의 묘미는 20원이라는 금액에 있었다. 봉짓값에 민감하게 반응하는 건 주로 남자들이었는데 그건 20원이 아까워서가 아니라 거스름돈 때문이었다. 차라리 가격이 100원이었다면 항의가 덜했을 것이다. 여자들은 동전지갑을 가지고 다니지만 남자들이 그런 걸 갖고 있을 리가 없었다. 편의점 알바의 입장에서 보자면 이 정책은 분명 남성에게 효과가 있었다. 많은 남자들이 만 원짜리를 깰까 봉지를 살까 고민하다가 주머니에 맥주를 쑤셔 넣는 쪽을 택했다.

할인 제품과 관련해서도 자주 문제가 생겼다. 편의점에선 1년 내내 판촉 행사를 벌인다. 대개 특정 상품을 사고 다른 상품을 함께 구매할 경우 가격을 할인해 주는 식이다. 그 할인을 받을 수 있는 조합이 까다로운 게 문제였다. 예를 들어 샌드위치를 사면 바나나맛 우유가 500원 할인된다고 홍보 포스터에 나와 있다 치자. 이때 할인을 받을 수 있는 건 포스터에 명시된 종류의 우유뿐이다. 파란색 뚜껑의 '바나나맛 우유 라이트'만 할인이 되지만 손님들은 당연히 같은 회사의 바나나맛 우유 모두가 할인 대상이라고 생각한다. 이런 점은 보험사의 약관처럼 자세하게 읽어

보지 않으면 알아차리기 어렵다. 때로는 사이즈가 문제 되기도 한다. 할인 대상은 특정 요구르트의 '중' 크기 제품뿐이지만 손님들은 그것에 상관없이 할인이 된다고 생각한다. 그런 손님들이 영수증을 확인하고 가게로 돌아와 항의한다.

서비스업 종사자의 가장 큰 딜레마는 손님들과 문제를 일으키지 말라는 명령만 받을 뿐 문제를 해결할 수 있는 힘은 없다는 데 있다. 환불이나 거스름돈 때문에 생기는 말썽이 좋은 예다. 가끔은 영수증 없이 환불하러 오는 손님들이 있다. 어느 누가 편의점에서 받은 영수증을 고이 간직하겠냐마는 그게 없으면 알바도 도와줄 방법이 없다. 내가 일하는 동안에 물건을 산 사람이 아닐 때는 더더욱 그렇다.

만약, 고의든 실수든 그것이 우리 매장에서 산 물건이 아니라면 환불된 금액만큼 인수인계할 때 비게 되고 그 돈은 직원이 물어내야 한다. 거스름돈 문제도 비슷하다. 예를 들어 어느 금요일 저녁, 취객과 시비가 붙는다 치자. 남자는(취해서 소동을 일으키는 건 여지없이 중년 남자다) 담배 한 갑을 샀고 나는 2500원을 거슬러준다. 그런데 남자가 돌아서더니 돈이 모자란다고 한다. 자기는 만 원을 냈고 7500원을 거슬러줘야 한다는 것이다. 한참 동안 실랑이가 벌어지고 카운터 뒤로 길게 줄이 늘어선다. 모두가 "빨리, 빨리!"를 외친다. 점장에게 전화를 해봐도 알아서 하라는 말뿐이다. 결국 남자가 바라는 대로 거스름돈을 건네준다. 근무가 끝나고 인수인계를 해보면 정확히 5000원이 모자란다. 그렇게 두 시간 시급에 가까운 돈이 날아가 버린다. 다음에 비슷한 일이 생기면 쉽게 넘어가지 않게 된다.

내 말은 이런 문제를 제기하는 손님들이 모두 술 취한 사기꾼이라는 뜻이 아니다. 내 주위 사람들도 (손님으로서) 같은 일을 겪은 적이 있고 그들은 자신이 돈을 잃었다고 믿는다. 나는 그들이 거짓말을 한다고 생각지 않는다. 이런 일들은 생각보다 자주 일어나고 때로는 손님이, 때로는 종업원이 실수를 한다. 내가 하고 싶은 말은 어느 주장이 맞는지 단번에 증명할 수 없는 상황에선 종업원이 손님의 요구대로 해줄 수 없는 배경이 있다는 거다. 손님은 어쩌다 한 번 재수 없는 일을 겪는 것이지만 종업원은 주기적으로 이런 일을 겪는다.

터무니없는 것을 문제 삼는 사람들도 있다. 편의점은 왜 이렇게 비싸냐? 우유는 왜 또 가격이 올랐냐? 농담처럼 들리지만 항의는 진지하게 한다. 마주치는 사람이 편의점 알바뿐이니 그렇다 쳐도 이쯤 되면 듣기만 하는 쪽도 화가 날 수밖에 없다.

처음에는 별거 아니라며 넘어가던 일도 시간이 지날수록 참을 수 없게 된다. 이 점은 알레르기와 유사한 면이 있다. 사람은 특정 물질에 반복적으로 노출되면 (그것이 이전엔 과민 증상을 일으킨 적이 없다 하더라도) 알레르기 증상을 보일 수 있다고 한다. 때에 따라서는 이런 경우도 생명에 위협을 줄 만큼 심각해진다.

누구라도 대수롭게 여기지 않을 만한 행동들이, 종업원에게는 이를테면 감정적 알레르기 증상을 일으킨다. 반말이 가장 대표적인 경우다. 나이가 좀 많아 보인다 싶은 남자들 거의가 반말을 했다.

"야! 손톱깎이 어딨어?"

"이거 얼마야? 이건 가격표를 어디다 붙여둔 거야?"

반말을 듣고도 울컥하지 않고 넘어갈 수 있는 건 길어봐야 2주 정도다. 다른 행동들도 시간이 지나면 반말만큼이나 불쾌하게 느껴진다. 종업원이 손을 내밀고 있는데도 돈을 카운터에 던지는 것. 바로 옆에 쓰레기통이 있는데도 카운터에 담배 포장지나 아이스크림 껍질을 버리고 가는 것. 계산 중에 생각이 바뀌었다며 그대로 나가버리는 것. 진열대에 있던 물건을 떨어뜨리고 내버려 두는 것 등등.

사람들이 이런 행동을 얼마나 가볍게 여기냐와는 상관없이 이런 행동 모두가 종업원에겐 스트레스다. 그리고 내가 강조하고 싶은 부분인데, 그 스트레스는 시간이 지나도, 같은 행동을 아무리 많이 겪어도 줄어들지 않는다. 매번 똑같이 괴롭다. 편의점 일이란 게 매일 이런 식이다. 앞에서 예를 든 행동 때문에 결투를 신청할 사람은 없겠지만 그것도 매일같이 겪다 보면 야구방망이라도 집어 들고 싶게 만든다.

매주 한 번씩 들르는 슈퍼바이저는 접객 관련 불만 신고가 줄지 않는다며 늘 투덜거렸다. 그는 어떤 손님이 알바와 다툰 일을 회사 홈페이지에 올렸는데 회장님이 그걸 읽으시곤 해당 편의점이랑 계약을 해지하라며 노발대발했다는 이야기를 빼먹지 않고 들려줬다. 모든 서비스업 종사자에게 '눈에는 눈, 이에는 이'라고 적힌 어깨띠와 녹슨 못을 박은 각목을 하나씩 지급한다면 손님과 종업원 사이의 싸움이 획기적으로 감소하리라 생각하지만, 서비스업계가 이런 혁신적인 제안을 받아들일 만한 안목을 갖춘 것 같지는 않다.

감정 노동의 또 다른 불쾌한 특징은 사회가 감정 노동자들의 고통을 너무 가볍게 본다는 데 있다. 내 불만을 들은 친구들의 반응은 대개 비슷했다.

"아저씨들이 다 그렇지, 뭐."

"그냥 쓰레기통에 집어넣으면 되잖아."

퀴닝

"그냥 다시 올려놓으면 되잖아."

평생을 손님으로만 살아온 사람들은 손님을 상대하면서 느끼는 좌절 감이 어떤지 잘 모르는 것 같다. 분명 "화가 나는데 웃어야 했어"라는 말은 "열두 시간이 넘도록 통발을 쌓아야 했어"라는 말보다 덜 심각하게 들린다. 하지만 어느 시점을 넘어서면 입꼬리를 끌어 올리는 것이 통발을 들어 올리는 것만큼 버거워진다. 회사는 이런 점을 이해하려는 노력조차 하지 않기 때문에 '편의점 알바는 쉬운 일'이라는 이유를 들어 최저임금에도 못 미치는 임금을 지불한다.

#9

상황은 주유소도 마찬가지였다. 작업환경이 달랐던 만큼 양상은 같지 않았지만 그 저변에 흐르는 원칙(손님이 어떻게 행동하든 종업원은 공손해야 한다)은 동일했다. 그렇다고 내가 원칙대로 행동했다는 건 아니지만.

모두가 우리를 '야'라고 불렀다. 마치 한국어에 '저기요'라는 말이 존재하지 않는 것처럼. 나는 근무 시작 전, 왼쪽 가슴에 명찰 다는 걸 잊지 않았다. 내게도 부모님이 지어준 이름이라는 게 있다는 사실을 이 사람들이 알면 '야'라고 부르는 게 줄지 않을까 하는 (결과적으론 헛된) 기대 때문이었다.

"야, 장사 안 해?"

"야, 여기 계산 안 해줄 거야?"

"야, 요구르트가 다르잖아. 윌로 갖다주란 말이야! 윌로! 에이 씨발!"

이들이 단지 나이 때문에 반말을 하는 건 아니었다. 이런 사람들도 화장실 앞에서 (훨씬 어려 보이는) 다른 손님과 부딪치면 점잖은 목소리로 "죄송합니다" 하며 고개를 끄덕였다. 그러나 운전석에 앉기만 하면 주유원에게 육두문자를 날리는 쌍놈의 새끼로 변했다. 이런 행태에 익숙해지면 직업엔 분명 귀천이 존재하며 신분의 차이 역시 실재한다는 걸 깨닫는다.

어떤 손님들은 영수증에 사인을 한 뒤 볼펜을 창밖으로 '휙' 던져버렸다. 머리로는 충분히 이해할 수 있다. 이런 행동에 큰 의미가 없다는 것을. 이 야심만만한 남자들이 무척 바쁘다는 것을. 하지만 허리를 숙여 손님들이 던지고 간 이런저런 물건을 집어 들 때면 내 안의 무언가가 깎여나가는 느낌이 드는 것을 막을 수가 없었다. 주유원에게 10초 남짓한 시간을 들일 만한 가치도 없다는 걸까?

처음에는 불쾌한 감정을 심각하게 받아들이지 않으려고 노력한다. 내가 이런 일들에 기분이 상하는 이유는 단지 내가 좋은 환경, 좋은 부모님 밑에서 자랐다는, 말하자면 감정의 무균실에서 자랐다는 뜻일 뿐이라고 생각하려 한다. 하지만 이런 식의 자위는 아무런 도움이 되지 않는다. 누군가가 '고급 차의 식사 시중'을 든다고 해서, 그가 불충분한 생활을 이어가기 위해 생면부지의 사람들에게 무시당해도 좋다고 동의한 건 아니지 않은가?

우리의 분노를 산 손님들은 몇 가지 유형이 있었다. 첫째는 쓰레기를 던지고 가는 사람들이다. 주유소 곳곳에 쓰레기통이 있었고 손님들이 쓰레기 버리는 걸 막는 사람도 없었지만, 몇몇 손님들은 창밖으로 쓰레기를 던져버리곤 했다. 가장 기억에 남는 건 검은색 그랜저를 타고 온 백발의 노인이었다. 마침 점심시간이어서 그 차 말고는 주유소가 텅 비었다. 계산이 끝났고 우리는 카운터에 모여 음료수를 마셨다. 그때 '빵' 하고 경적이 울렸다. 차창 밖으로 남자가 검은 봉지를 흔들었다. 진생이 형이 차를 향해 달려갔다. 경적이 울리고 3초 정도 지났을 때 노인이 봉지를 던지고는 떠나버렸다. 담뱃재가 흩날리고 커피 캔과 생수병이 요란한 소리를 내며 바닥을 굴렀다. 모두가 말을 잃었다. 차가 서 있던 자리에서 쓰레기통은 2미터도 떨어지지 않았다. 몇몇은 담뱃재를 쓸고 몇몇은 쓰레기를 주워 담았다. 진생이 형이 휴게실에서 담배 연기를 훅 뿜어내며 말했다.

"정말… 어쩔 때는 짐승을 다루는 일이 더 낫지 않을까, 정말 진지하게 그런 생각이 들어."

두 번째와 세 번째 유형은 비슷하다. 앞의 경우처럼 모욕적이진 않지만 자주 발생하기 때문에 짜증 나는 건 마찬가지였다. 두 번째는 주차 위반 스티커만 떼어내고 나가버리는 경우다. 많은 사람들이 이 스티커 떼어내는 걸 어려워한다. 떼어내도 지저분하게 찌꺼기가 남는데 깔끔하게 스티커를 제거하는 방법은 간단하다. 먼저 커터 칼로 스티커를 벗겨낸다. 그리고 기름을 적신 걸레로 닦아내면 찌꺼기도 말끔히 떨어진다. 이렇게 설명했으니 앞으로는 스스로 해결하길 바란다.

세 번째는 차에 꽂힌 전단지를 치워달라고 한 다음 그대로 나가버리는 경우다. 이 경우는 대개 오랫동안 차를 쓰지 않은 듯 창을 빙 둘러 B4용지나 명함 크기의 전단지들이 꽂혀 있었다. 대개 속옷 차림의 여성 사진이 들어간 윤락업소 홍보물이었다. 이런 경우 운전자는 대개 중년 여성이었는데 이런 사진이 찍힌 전단지를 집어 들기도 짜증 나고 또 그것들을 버리기도 번거로워서 주유소를 찾은 것 같았다. 이 유형 중엔 고맙다는 말을 하는 사람도 있었고 그렇지 않은 사람도 있었다.

네 번째는 주유원들에게 금전적인 피해를 준다는 점에서 가장 악랄하다고 할 수 있다. 계산이 다 끝난 것처럼 주유원을 속이고 사라져 버리는 사람들이었다. 차에 총을 꽂은 사람과 계산을 하는 사람은 다르기 마련이다. 금액을 정하고 주유하는 손님들 중 바쁜 사람들은 주유가 끝나기 전에 미리 계산을 하곤 했다. 이들은 이런 점을 이용했다. 주유원이 여느 때처럼 총을 뽑고 계산을 요구한다. 그러면 운전자가 이렇게 대답한다.

"저, 미리 계산 다 했는데요."

차가 떠나고 5분 정도 뒤, 카운터에서 방송이 나온다.

"5번 차 계산 안 됐는데 누가 보냈어요? 총 뽑은 사람 누구야!"

상황이 머릿속에 들어오면 이 말밖에 안 나온다.

"씨발, 좆 됐다."

오바와 마찬가지로 이 경우도 주유원이 배상했다.

이 경우에는 주유원에게도 잘못이 있다. 그럴 때는 차를 보내기 전에 카운터에 확인을 해야 했다. 하지만 차가 몰릴 때는 한 대라도 빨리 내보내야 한다는 생각 때문에 그 과정을 무시하곤 했다. 대형 주유소가 어떻게 돌아가는지 아는 녀석들이 그런 비싼 장난을 쳤다. 주유소도 CCTV를 확인해 블랙리스트를 만들어 대비하긴 하지만 사기 쳤던 차가 다시 돌아오는 경우는 없었다.

사회적 위상의 피라미드에서 서비스업 종사자의 위치는 가장 밑바닥인 게 분명하다. 먹이사슬로 따져보면 플랑크톤 정도일 거다. 손님을 얼마나 만족시키느냐의 기준은 속도다. 속도라는 단어는 손님들이 실제로 원하는 바를 담기엔 너무 밋밋한 것 같다. 그들은 다른 손님들보다 (그들보다 먼저 도착했건 나중에 도착했건 상관없이) 먼저 기름을 넣고 먼저 사은품을 받고 먼저 주유소를 떠나기를 원했다.

누군가는 '빨리빨리' 문화가 한국 경제 발전의 원동력이었다고 하지만 그 부작용은 오롯이 감정 노동자들이 떠안고 있다. 사람들은 어디서나 열정을 담아 '빨리빨리'를 외쳐댄다. 외치는 품이 꼭 F1 드라이버 같다. 가끔씩은 우리나라 국가에 '빨리빨리'라는 구절이 없다는 게 신기하게 느껴질 정도다(동해물과 백두산이 '빨리빨리' 마르고 닳도록). 손님들에겐 주유소를 빨리 떠나는 게 만족감의 원천일지 모르지만(그래 봤자 얼마 차이도 나지 않는다) 주유원에게는 속도에 대한 강박이 사고를 일으키는 원인 중 하나였다. '빨리빨리'를 외치는 손님이나 관리자만 아니라면 주유원들의 실수도 절반으로 줄 것이다.

#10

길고양이와 집고양이의 평균 수명이 길게는 10년 이상 차이가 난다고 하는데 고시원 투숙객과 일반 주택에 사는 사람들 사이에도 비슷한 비교가 가능하지 않을까 싶다. 장수長壽에 대한 기대를 꺾어놓는다는 점에서 고시원의 겨울은 여름만큼이나 끔찍했다. 난방은 방바닥의 일부가 약간 뜨듯해지는 정도였다. 난방 시간은 저녁 7시부터 새벽 1시까지였다. 이에 대해 고시원장은 "잠들면 추위도 안 느껴져"라고 대답했다. 겨울철 에너지 부족 현상은 고시원장 같은 사람을 전력 관리 담당자에 앉히는 걸로 해결할 수 있을 것이다. (뭐? 철원 영하 26도? 괜찮아, 괜찮아, 잠들면 추위도 안 느껴져!) 잠이 든 채로 동사한다면 분명 추위를 못 느끼겠지만 불행히도 난 끝끝내 살아 있었기 때문에 항상 오들오들 떨며 잠들었다.

추위가 심해지면 수도관이 얼어붙었다. 상황이 거기에 이르면 21세기 서울에서 인간의 존엄성을 지키며 겨울을 보낸다는 것 자체가 하나의 도전이 된다. 처음에는 다른 화장실을 찾아보지만 도움은 되지 않는다. 가장 가까운 공동화장실은 1킬로미터 정도 떨어진 동사무소에 있었다. 급할 때는 고시원 뒷산에 오르지만 등산객들 때문에 그것도 여의치 않다. 결국엔 소변 위에 다시 대변을 보고 거기다 또 볼일을 보는 재앙이 이어진다. 이곳에서 겨울을 보내고 나면 얼지 않는 상하수도가 인권 확립에 얼마나 큰 기여를 했는지 깨닫게 된다.

가난해진다는 것은 신병 훈련소에 들어가는 것과 비슷하다. 이건 정말 아니다 싶어도 도무지 불만을 터뜨릴 용기가 생기지 않는다. 고시 식당에서 일요일 아침에만 나오는 계란프라이는 전날 미리 만들어뒀는지 차갑게 식어 마우스 패드로 써도 될 만큼 뻣뻣했다. 국에는 드물지 않게 쇠 수세미 조각들이 빠져 있었다. 고시원장은 전기 요금과 화재 위험을 이유로 들어 전열 기구를 사용하는 것도 막았지만 따지는 사람은 없었다.

군대에서와 마찬가지로 우리는 불평해도 되는 것과 불평해선 안 되는 것을 눈치로 파악했다. 전자가 사람에 대한 것이라면 후자는 시설에 대한 것이다. 다시 말해 어느 방 사람이 너무 시끄럽다, 아니면 몇 호에 사는 누가 항상 문을 '쾅' 닫는다 하며 다른 투숙객을 욕하는 건 상관없지만 방이 너무 춥다, 화장실이 너무 더럽다 하며 시설에 대해 불만을 터뜨리는 것은 '배은망덕'한 짓이다. 한 달 10여 만 원으로 지붕 아래서 잔다는 것은 그런 것이었다.

주유소의 겨울은 견딜 만했다. 유니폼은 11월이 넘어서자 전부 동복으로 바뀌었다. 두꺼운 남색 면바지, 주유소 로고가 찍힌 빨간색 스키 점퍼, 검은색 내복까지 지급받았다. 동복으로 바뀌면서 가장 마음에 들었던 건 바보 같은 나비넥타이를 매지 않아도 된다는 점이었다. 도대체 무슨 생각에서 주유원에게 나비넥타이를 매게 하는지 알 수 없었다. 짙은 남색에 손바닥 절반만 한 크기였는데 제임스 본드가 맬 만한 종류는 당연히 아니었다. 그보다는 본드의 자동차 문을 열어주고 팁이나 챙겼을 사람이 맬 법했다. 이렇게 써놓고 보니 때와 장소에 적절한 넥타이라는 생각이 들기도 한다.

기온이 영하로 떨어지면 '뚝배기'를 둘렀다. 이것은 짧은 원통 형태의 목도리다. 두께가 무척 두꺼워 그 모양 때문에 뚝배기라고 불렀다. 회사에서는 귀마개도 나눠줬지만 대부분 사용하지 않았다. 겨울엔 손님들이 창을 내리지 않고 주문하는 경우가 많아 귀마개까지 끼면 목소리를 제대로 들을 수가 없었다.

주유소에서 겨울이 오는 걸 가장 두려워한 사람은 식당 이모들이었다. 김장 때문이었다. 40명이 1년 동안 먹을 김치였기 때문에 양도 엄청났다. 배추 280포기였다. 이모들은 배추 트럭을 보고 비명을 질렀다.

"원래 이렇게 김장을 많이 하나요?"

"아니야, 작년엔 이거 절반밖에 안 했어."

"그런데 올해는 왜 이렇게 많아요? 작년보다 사람이 늘었나요?"

"그게 아니라, 이 배추가 어디서 오냐 하면 경기도 어느 농장에서 가져오는 거거든. 매년 그 밭에서 나는 배추를 우리가 전부 사들이기로 한 거야. 평소에는 170포기 정도였는데 올해는 배추가 너무 잘돼서 수확량이 절반 가까이 늘었대."

장교들도 배추 풍년에 당황하기는 마찬가지였다. 그들은 나뿐만 아니라 청소 이모, 창고 관리하는 장 아저씨까지 김장에 투입시켰다. 그것도 충분한 조치는 아니었다. 김장과 함께 평소대로 식사 준비도 해야 했기 때문이다.

여자들은 김장이라면 제사만큼이나 진저리를 쳤다. 그들은 퇴근하고 나서 자기 집 김장은 물론이고, 친정 김장, 시댁 김장까지 거들어야 했다. 두 사람은 서 과장이 특근수당과 추가 휴일을 약속하고 나서야 조금 누그러졌다. 하지만 둘 다 특근수당이 붙은 김장과 평상시 근무 중 하나를 고르라고 하면 주저 없이 후자를 선택했을 거다.

김장은 힘들었지만 우리는 그 안에서도 즐거움을 찾으려 노력했다. 한창 김장을 할 때는 사무실의 암묵적인 동의 아래 사은품으로만 나가는 고급 주스와 과자를 꺼내 먹었다. 사람들은 자신이 막 완성한 작품을 쭉 찢어 서로의 입에 넣어주며 웃어댔다. 시뻘건 양념장이 묻은 손으로 과자를 집고 주스를 들이켰다. 아주머니들은 자전거 사달라고 조르는 아들 이야기를, 장 아저씨는 지갑에서 사진까지 꺼내 손녀 자랑을 했다. 식당 안은 오감을 자극하는 공기로 가득 찼다. 매콤한 고춧가루 냄새, 많은 기억을 떠올리게 하는 젓갈 냄새, 주스 냄새, 곳곳에 떨어진 붉은 얼룩, 웃고 떠드는 소리. 편안하고 기분 좋은 소란함이 식당 안에 가득했다. KBS 연속극에 빠지지 않고 등장하는 대가족의 일원이 된 것 같았다.

퀴닝

김장은 피난처 같았다. 나는 손님이라면 진절머리가 났기 때문에 필드 근무 외 작업이 있으면 누구보다 먼저 자원했다. 동료들은 나와 달랐다. 그들은 기름 넣는 일을 자신의 전문 분야, 일종의 기술직처럼 받아들였다. 내가 한 일은 주로 청소, 분리 배출, 사은품 운반 등이었다. 그들은 이런 일에 차출되는 걸 마치 좌천당한 것처럼 받아들였다. 이런 태도에는 뭔가 중요한 의미가 있는 것 같았다.

잡일이 영원할 순 없었기에 결국엔 필드로 돌아가야 했다. 나는 손님 수를 줄이기 위해 노력했다. 어느 정도 배짱이 생기고 나서부터는 손님 못지않게 무례하게 행동했다. 꾸준히 노력한 덕분에 어떤 사람들은 "여기 다신 안 온다!" 하고 외치며 주유소를 떠났다. 안타깝게도 작업량에 큰 차이는 없었다. 한 달 가까이 노력했지만 나 혼자 힘으로는 역부족이었다. 고백하자면 나는 지금까지도 그 당시 내가 손님들에게 했던 식으로 나를 대하는 종업원을 단 한 번도 만난 적이 없다. (나는 영수증을 구겨 차 안으로 집어 던졌고 손님들이 묻는 말에 대꾸도 하지 않았으며, 막 세차장에 갔다 온 것처럼 깨끗해 보이는 차가 들어오면 유리를 닦아주겠다고 하며 다가가 차에 구정물만 뿌려두고 화장실로 숨어버렸다.) 하지만 얼굴을 붉히며 떠났던 사람들을 다시 보게 되는 것은 즐거운 일이었다. 왜냐하면 그들 덕분에 소비자들이 합리적으로 구매 결정을 내린다는 항간의 인식이 환상임을 증명할 수 있었기 때문이다. C 주유소는 전국에서 가장 비싼 주유소 중 하나였다. 서비스로 보자면, 적어도 내 서비스만큼은 볼 장 다 봤다고 할 수 있다. 그런데도 사람들은 이곳으로 몰려들었다. 마치 장난감이 든 과자를 집어 드는 꼬마처럼.

나는 비슷한 실험을 편의점에서도 진행했다. 사람들이 '별생각 없이'

한다는 그 행동들을 정말 아무렇지 않게 생각하는지 알아보기로 했다. 나는 몇몇 손님이 하는 행동을 그대로 반복했다. 거스름돈을 카운터에 던져버린다든가, 쓰레기를 다시 손님 쪽으로 밀고서 쓰레기통을 가리킨다든가, 똑같이 반말로 대꾸한다든가 하는 식으로. 그 결과 대다수가 이런 '사소한' 행동을 굉장히 심각하게 받아들인다는 사실이 드러났다. 밤길에 린치당할 확률이 높아지긴 했지만 기분만큼은 흐뭇했다. 근처가 고시촌이었기에 망정이지 검사나 판사가 모여 사는 동네였다면 지금쯤 교도소 샤워실에서 비누를 줍고 있었을지도 모른다.

서비스업계에서 파문당할 무렵, 나는 손님에 대한 적개심으로 똘똘 뭉쳐 있었다. 그 때문에 가끔씩 바보짓을 하기도 했다. 하루는 어느 중년 부부의 차에 기름을 넣었다. 백미러에 묵주가 걸려 있었는데 두 사람 다 점잖아 보였다. 계산이 끝나자 여자가 쓰레기 한 움큼과 백설기를 건넸다. 떡은 비닐로 포장되어 있었다. 나는 말없이 그것들을 받아 들고서 모두 쓰레기통에 집어넣었다. 여자가 소리쳤다.

"아니, 그걸 왜 버려요?"

"버리라고 준 거 아니에요?"

"쓰레기는 그렇지만 떡은 먹을 수 있는 건데."

나는 떡을 꺼내 돌려줬다.

"아니, 드시라고요. 이거 낱개 포장돼 있는 거라 괜찮아요. 떡 맛있어요."

물론 나도 그녀가 의도한 바를 알고 있었다. 어디로 보나 뻔한 상황이었으니까. 말하자면 나는 복수를 하고 싶었던 건데 문제는 어처구니없게도 내게 모멸감을 준 사람이 아니라 호의를 베푼 사람에게 상처를 줬

퀴닝

다는 점이다. 나는 그녀의 친절을 인정하고 싶지 않았다. 나는 심사가 잔뜩 뒤틀려 있었고 손님에게 고마움을 표해야 하는 상황 자체를 피하고 싶었다. 유치하고 어리석은 짓이었지만 당시에는 다른 방식으로 행동하기가 어려웠다. 내 변명을 하자면 떡 한 조각보다 마음의 평화를 택한 셈이다. 하지만 사람 좋게 생긴 그 아줌마 앞에서 떡을 버린 일은 지금도 미안하게 생각한다.

언제나 그랬듯이, 누구보다도 나를 당혹스럽게 한 것은 바로 나 자신이었다. 청구고시원 근처엔 인기가 좋은 식당이 있었다. 작은 2인용 테이블이 일곱 개 놓인 아담한 식당이었다. 주 메뉴는 찌개와 국수였는데 가격이 저렴해서 고시생들이 자주 찾았다. 평소에는 주인 아저씨가 테이블을 봤는데 그날은 주인 부부의 딸이 서빙을 했다. 손님들 대부분이 그녀가 움직일 때마다 힐끔거리는 게 느껴졌다.

문제는 그녀가 내 잔치국수를 내려놓을 때 생겼다. 맞은편에서 만화책을 든 남자가 걸어오다 그녀와 부딪쳤다. 국수 국물이 내 옷에 조금 튀었다. 바지에 500원 동전만 한 얼룩이 남았다. 그녀는 연신 고개를 조아리며 미안해했다.

"어머, 어떡해? 괜찮으세요? 아유 죄송합니다, 죄송합니다."

의외였던 건 내 반응이었다.

"앗, 뜨거. 에이 썅!"

이런 말이 내 입에서 나왔다는 게 놀라웠다. 나는 스스로가 이런 순간을 위해 준비된 사람이라고 생각했었다. 주유소와 편의점에서 굽실거릴 때마다 나는 종업원의 실수를 아무렇지 않게 웃어넘길 수 있는 손님이 한반도에도 존재함을 증명하리라 다짐했다. 누가 내 머리에 부글부글

끓는 청국장을 쏟아붓더라도 가볍게 옷을 털고는 산들바람처럼 웃어 보일 자신이 있다고 믿었다. 그리고 그 기회가 바로 내 눈앞에 있었다. 정수리가 보일 만큼 고개를 숙여가면서. 하지만 내가 내뱉은 말은 식당 안에 있던 모두의 얼굴을 찌푸리게 만들었다.

"진짜, 쯧… 에이 씨발. 아 뭐예요, 이게?!"

아무리 해도 머릿속으로 연습했던 말이 나오지 않았다. '괜찮아요. 별거 아닌데요. 뭘.'(실제로 별거 아니었다.) 아주머니는 걱정스럽게 딸을 바라봤고 남자들은 나를 잡아먹을 듯이 노려보았다. 하지만 내 앞에서는 종업원이 사과를 하고 있었고, 나는 이 순간을 낭비해선 안 될 것 같았다. 무료 시식권이 아까워서 좋아하지도 않는 식당에 간다는 투로 말이다. 무엇보다도 나를 자극한 것은 그녀가 무방비 상태라는, 내가 뭐라고 지껄이건 그녀가 잠자코 있을 거라는 확신이었다. 나는 쌍시옷을 사용해서 여자의 가슴을 후벼 팠고 그녀는 얼굴이 새빨개져서 눈물이라도 흘릴 것 같았다. 한참을 투덜대고 나서야 기분이 조금 나아졌다. 묘한 기분이었다.

나 역시 내가 착각에 빠진 분노를 터뜨린다는 사실을 알았다. 물론 종업원이 옷에 음식을 흘리는 것이 유쾌한 경험이라고는 할 수 없다. 하지만 그녀가 한 행동에 대한 반응이라면 잠깐 노려보는 정도로 충분했다. 내가 보인 반응은 적당한 수준을 분명히 넘어섰다. 5분 남짓한 그 시간 동안 그녀는 내 체내에 축적된 화를 배출시키는 통로나 다름없었다. 이 일은 우울한 경험이었다. 이전까지만 해도 내 세계는 단순했다. 나는 이름 없는 순교자였고 손님은 합법적인 악마들이었다. 하지만 실제로 나란 존재는 순교자인 동시에 박해자이기도 했다. 나는 어떤 불가항력적인 존재와 마주하고 있다는 느낌이 들었다.

#11

　자존심이 세고 게으르면 좋은 웨이터가 될 수 없다고 한다. 그런 면에서 보자면 나는 모든 면에서 부적격자였던 셈이다. 하지만 이 업계의 실상을 보고 있으면 자신을 존중할 줄 아는 모두가 부적격자가 아닌가 하는 생각이 든다.
　편의점에서 일했던 마지막 날이었다. 아디다스 추리닝 차림의 남자가 캔 맥주와 감자칩을 카운터에 내려놨다.
　"비닐봉지 20원인데 필요하세요?"
　"필요 없어."
　남자는 멀뚱히 서 있기만 했다.
　"저… 계산?"
　"봉지를 줘야 가져갈 거 아냐?"
　"아니, 필요 없다고 하시길래…. 5820원이요."
　"봉짓값은 됐고 그냥 담아 달라고."
　"아니, 돈은 저희가 받아야 되는 건데 됐다고 하시면…"
　"물건을 이렇게 샀는데 뭘 봉짓값을 받아? 그냥 하나 줘."
　"아니, 그게 정부 시책이라 비닐봉지를 그냥 드리면 안 되게 법이 바뀌었거든요."
　"에휴, 씨…브 참나, 여기가 무슨 동사무소야? 정부 시책 같은 소리하고 있네. 주기 싫음 주기 싫다 그럴 것이지. 다른 데는 다 그냥 주는데 왜 여기만 이래?"

남자는 동전을 집어 던지곤 가게를 빠져나갔다.

"야! 소주 이거보다 쎈 거 없어?"

"야! 막걸리 없어? 이거 말고 서울 막걸리."

"야 전자레인지 어딨어?"

상대는 얼굴이 발그스름해진 중년 남자였다.

"저기요, 그런데 왜 반말하시는 거예요?"

"뭐?"

"왜 반말하시냐고요."

"허, 웃기는 놈일세, 니가 나보다 어리니까 어른이 당연히 반말하는 거지."

나는 계산을 기다리던 내 또래의 남자를 가리켰다.

"그래요? 그럼 저기 저 손님도 훨씬 어려 보이네요, 저 사람한테도 야, 라고 해보세요."

"뭐 인마? 야, 너는 여기서 일하는 사람이고 나는 손님이고 그게 같아? 야, 안 사! 안 산다고! 카드 긁지 말고 그냥 내놔!"

남자의 말이 맞았다. 그것은 같지 않았다. 브라만과 수드라가 다르듯이 돈을 지불하는 사람과 거스름돈을 건네는 사람은 다르다.

취객은 언제나 문제를 일으켰다. 이번엔 '우당탕탕탕' 갑자기 물건들이 떨어지는 소리가 들리더니 술에 취한 남자가 소리를 질러대기 시작했다. 컵라면들이 바닥에 떨어져 있었다. 20대 후반으로 보이는 남자가 친구에게 양팔을 붙잡힌 채 바둥댔다.

퀴닝

"야, 이 씨발아, 니가 어떻게 나한테 이럴 수 있어. 야, 말을 해봐, 씨발! 너 내가 성희 얼마나 좋아하는 줄 몰라!"

"알았으니까 일단 나가자. 야, 진정하고! 많이 취했다."

"뇌, 이 씨발아, 나 안 취했어. 나보고 이래라저래라 하지 마!"

"알았어. 미안해. 미안하다고."

"뇌, 뇌, 나 안 가! 나 안 간다고!"

취객은 풀썩 주저앉더니 바닥에 드러누웠다.

"야, 아 안 가. 씨…바. 여기 어디야? 야, 여기서 방 잡아!"

나는 친구를 거들어 이 얼간이를 밖으로 끌어냈다. 취객은 매장에다 주황색 토사물을 쏟아놓고 가는 것을 잊지 않았다. 남자가 연신 고개를 숙이면서 사과했다. 입구를 치우고 나서 얼마 지나지 않아 현금인출기 쪽이 소란스러워졌다. 빛을 받아 반짝이는 회색 정장의 중년 남자가 현금인출기를 두들겨댔다.

"야! 야! 야! 일루 좀 와봐! 이거 왜 이래?"

나는 남자 옆에 섰다. 술 냄새가 풍겼다.

"왜 그러세요?"

"이거 고장 났어. 내 카드가 안 나와."

"예? 카드가 안 나오다니 그게 무슨?"

"아니 내가 돈을 찾으려고 기계에 카드를 집어넣었는데 화면에 아무 것도 안 뜨고 카드가 도로 나와야 되는데 나오지도 않고."

"카드를 집어넣어요? 이 기계는 그런 기계 아닌데. 보세요! 여기 수직 으로 긁기만 하게 돼 있잖아요. 카드를 어디 집어넣으셨다는 거예요?"

남자가 가리킨 곳은 명세표 출력구였다. 카드 끄트머리가 보였다.

"명세표 나오는 덴데 여기다 카드를 집어넣으면 어떡해요? 들어가지도 않을 것 같은데 어떻게 넣으신 거예요?"

"알았으니까 카드나 빨랑 꺼내봐."

"이걸 저희가 어떻게 꺼내요? 이건 은행에서 와야 빼내요. 여기 옆면에 전화번호 적힌 거 보이시죠? 여기로 전화하셔서 위치 가르쳐주시고 어떻게 된 건지 얘기하세요. 그럼 와서 빼내줄 거예요."

나는 카운터로 돌아왔다. 그런데 남자는 전화기도 꺼내지 않고 불만스러운 표정으로 나를 보고만 있었다.

"야, 니네가 전화해야지."

"예?"

"전화하라고."

남자의 말을 이해하는 데 조금 시간이 걸렸다.

"아니, 참나. 아저씨가 잘못하신 거잖아요?"

"그래도 이거는 니네가 책임져야지."

"아니 아저씨가 제대로 확인도 안 하고 엉뚱한 데 카드 쑤셔놓고선 뭘 책임지라는 거예요?"

"야, 니네 가게에서 이렇게 된 거 아냐? 니네 가게 안에 있는 기계에서 이렇게 된 거 아니냐고? 그럼 니네가 끝까지 책임을 져야지!"

"아니, 그러면 아저씨가 병원 ATM에서 이렇게 됐으면 지나가는 간호사 붙잡고 전화 걸라고 할 거예요?"

"아, 이상한 소리 하지 말고 빨랑 전화 걸어!"

"못해요."

"뭐?"

"손님이 잘못한 거잖아요. 직접 하세요."

"뭐?"

"…."

"야, 니네 사장 전화번호가 뭐야? 여기 서비스가 뭐 이따위야? 야, 은행 됐고, 여기 주인 전화번호 내놔!"

나는 입을 다물었다. 남자는 한참을 씩씩거리다 제풀에 지쳐 나가버렸다.

잠시 후 30대 후반으로 보이는 여자가 들어왔다. 키 160 정도에 마른 체격이었다. 연갈색의 가죽 재킷에 발목까지 내려오는 플레어스커트를 입고 있었다. 눈 밑의 다크 서클이 무척 짙었다. 세상을 등진 고독한 예술가 같은 분위기를 풍겼는데 어디를 봐도 평범한 인상은 아니었다. 여자는 긴장과 불만이 절반씩 섞인 표정을 하고 카운터로 걸어왔다. 그녀는 카운터 위에 냉동 만두를 올려놨다.

"이거 환불해 주세요."

"예? 이거 뜯어져 있는데요."

"지금 전자레인지가 고장 나서 먹을 수가 없어요."

"예? 뭐 상하거나 그런 게 아니라요?"

여자 얼굴에 그 이유가 훨씬 나을 뻔했다는 표정이 스치는 것 같았다.

"이거 전자레인지에 넣고서 먹으려고 했는데 지금 전자레인지가 고장 나서 먹을 수가 없어요."

"전자레인지 저희 가게에도 있는데, 저쪽 거울 앞에."

"그 더러운 걸 어떻게 써요."

그건 사실이었다.

"아니, 뭐 만두는 튀겨 드셔도 되고 삶아 드셔도 되고."

"내 방엔 부엌 없단 말이에요."

"아니, 손님 전자레인지가 고장 난 게 저희 잘못은 아니잖아요?"

"이거 익은 거 아니에요. 냉장고에 있다가 봉지만 뜯은 거예요. 그럼 어떡해요, 먹을 수가 없는걸?"

"예, 예, 그럼 영수증 좀."

"없어요."

"예?"

"아, 영수증 받지도 못했어요."

"언제 사셨는데요?"

"아, 어제 저녁에 샀어요, 어제 저녁에. 아니 내가 무슨 만두 한 봉지 갖고 사기라도 친다는 거예요?"

"…3700원이요."

어쩌면 내가 세상을 너무 어렵게만 생각하는지도 모른다는 생각이 든다. 여자의 행동이 당연한지도 모른다. 어쨌거나 명심할 건 손님과 싸워서는 안 된다는 것뿐이었다. 여자는 모든 것이 의심스럽다는 듯 가게를 둘러봤다.

"아저씨, 아니 왜 우유 유통기한엔 연도가 안 찍혀 있는 거예요? 이러면 이게 작년 건지, 올해 건지 어떻게 알아요?"

"아니, 작년 우유라뇨? 우유 유통기한이 며칠인데."

나는 지금 당장 이 여자를 가게 밖으로 내보내 달라고 기도했다. 내 기도는 응답받지 못했다.

"저기 아저씨, 생수 두 개만 카운터에 갖다 놔줘요. 조금 이따 계산할 테니까."

"…"

"이봐요, 내 말 안 들려요?"

"직접 하시죠."

"뭐라고요? 아니, 이 아저씨가 지금 뭐라는 거야?"

"와인병 들고 있는 그 손으로 직접 하라고요."

"아니, 손님이 부탁하면 그 정도는 해줘야 되는 거 아니에요? 아까 그 만두 때문에 그러는 거예요? 어차피 여기 배달도 안 해주잖아요? 그게 뭐 힘든 거라고."

"이 여자가 정말… 배달을 해주는 편의점이 어디 있냐…. 씨발."

"지금, 너 지금 뭐라 그랬어?"

"…"

"야, 너 지금 씨발이라 그랬어? 이제 보니까 이거 순 양아치 아냐? 나 참 별꼴이야. 나이 처먹고 편의점 알바나 하는 주제에 꼴에 자존심은 있어가지고, 뭐 이런 데가 다 있어!"

여자가 쿵쾅대며 나갔다. 그때 얼마 전에 본 뉴스가 떠올랐다. 어느 공중화장실을 소개하는데 그곳은 특이하게도 화장실 안에서 차례를 기다리지 않고 화장실 밖에서 기다렸다. 파란선 뒤에 줄 서 있다가 화장실 밖으로 사람이 나오면 그제야 안으로 들어갔다. 그 순간엔 편의점도 그래야 할 것 같았다. 누구나 이곳에다 감정의 똥덩어리를 잔뜩 싸질러 놓고 가는데 편의점이라고 달라야 할 이유가 뭔가? 나는 빈 종이에 '한 번에 한 사람씩 들어오세요'라고 적은 뒤 입구에 붙였다. 나는 출입문 옆에 서 있다가 손님이 들어오면 한 명만 들여보내고 바로 문을 잠갔다. 사람들이 문을 두드리며 소리쳤다.

"저기요! 여기 문 잠겼어요."

"저기요, 여기 장사 안 해요?"

"이봐요, 내 말 안 들려요?"

운 좋게 편의점으로 들어온 손님도 무슨 영문인지 궁금해하긴 마찬가지였지만 나는 대답하지 않았다. 돌아가는 사람들도 있었지만 많은 사람들은 여전히 문을 두드려댔다. 그즈음 난 일대에서 싸가지 없기로 악명이 높아진 뒤였기에 사람들도 오기가 난 것 같았다. 누군가 '알바 구함' 광고를 보며 전화를 걸었다.

"여기, 문 열어! 아 빨리 문 열어! 나 점장이야! 빨리 열어!"

그제야 정신이 조금씩 되돌아왔다. 문을 열었다. 사람들이 쏟아져 들어왔다.

"뭐야? 정말 진짜 별꼴이야!"

"아, 참 어처구니가 없어서…."

"여기, 종업원 교육을 어떻게 시키는 거예요?"

"별… 진짜… 허이구."

"승태 씨 미쳤어요? 아니 지금 뭐하는 거예요?"

"…."

"아니 얘기를 해봐요. 나는 사람들이 누가 안에서 문을 잠갔다길래 강도라도 든 줄 알았는데, 아니 이거 왜 이런 거예요, 도대체?"

"…."

"아, 말을 해봐요, 말을!"

"…그냥 사람들이 너무 많아서…."

사람들은 점장과 나를 둘러쌌다. 나는 고개를 숙였다. 더 이상 할 말이 없었다.

"참나… 미쳤나 봐."

"아? 나야. 아, 아직도 편의점이야. 아직 사지도 못했어. 아, 나도 몰라. 짜증 나, 진짜. 알았어, 끊어."

"이 사람, 쭉 그랬어요. 손님을 얼마나 막 대한다고요."

"승태 씨 나한테 왜 이래요? 우리 가게 망하게 하려고 작정했어요? 사람 많다고 이딴 걸 붙였어요?"

점장은 내가 붙여둔 종이를 흔들어 보였다.

"아니, 남의 돈 버는 게 그렇게 쉬운 줄 알아요? 나이도 있고 사회생활도 해봤을 사람이 왜 이렇게 철이 없어요?"

"죄송합니다."

"아, 됐어요. 꼴도 보기 싫으니까 당장 나가요. 아, 빨리 나가요!"

나는 편의점을 나섰다. 좋아, 자고로 예언자란 자기 고향에서 환영받지 못하는 법이니까. 등 뒤로 내 은퇴를 축하하는 박수 소리가 들렸다.

주유소에서의 마지막 날은 조금 더 극적이었다. 눈 내리던 어느 날 흰색 밴 한 대가 카운터 앞에 멈춰 섰다. 운전자는 30대 중반의 여자였다. 차 안에는 쓰레기가 가득했다. 생활 쓰레기라기보다는 건축 폐기물에 가까웠다. 카운터 앞에 작은 플라스틱 쓰레기통이 놓여 있었는데 여자는 그 안에 쓰레기를 집어넣기 시작했다. 금세 쓰레기통 두 개가 꽉 찼다. 차 안의 쓰레기 더미는 그대로였다. 여자는 아랑곳 않고 쓰레기를 쏟아놓았다. 산더미 같은 쓰레기를 주유소 바닥에 던져놓는 게 정상적인 처리 절차라도 되는 듯 말이다. 여자는 이사를 가는 모양이었다. 쓰레기들은 이사 준비를 마치고 남은 찌꺼기처럼 보였다. 생크림이 엉겨붙은 케이크 상자, 조각난 벽지, 프라이팬, 바퀴 빠진 의자 등등. 카운터 앞을 쓰레기 더미가 가로막았다. 결국 몇 사람이 차들을 제쳐두고 쓰레기를 봉지에 담았다. 빈 공간이 생기기 무섭게 다시 쓰레기가 쌓였다.

여자는 결심을 단단히 하고서 찾아온 것 같았다. 눈도 마주치지 않고서 굳은 표정으로 쓰레기만 버렸다. 우리가 뭐 하시는 거냐, 왜 여기다 쓰레기를 버리시냐, 물어도 대답도 않고서 초지일관 쓰레기만 실어 날랐다. 하지만 여자는 그런 딱딱한 표정으로 일관하기엔 너무 많은 쓰레기를 가져왔다. 당분간은 이대로 쓰레기만 옮겨야 된다는 걸 깨달았는지 배시시 웃으며 고개를 끄덕였다. 한참이 지나 쓰레기를 모두 쏟아놓고 여자는 운전석으로 향했다. 봉지에 여자가 풀어놓은 잡동사니를 담고 있는데 케이크 상자 속에서 바퀴벌레가 튀어 나왔다. 나는 벌레를 움켜잡고, 운전석 옆으로 다가가 말했다.

"손님, 이거 빠뜨리셨는데요."

여자가 영문을 모르겠다는 듯 나를 바라봤다. 나는 차 안을 향해 바퀴벌레를 던졌다. 마침 그녀는 깊게 파인 검은색 브이넥 스웨터를 입고 있었다. 바퀴벌레는 날개를 퍼덕이며 여자의 옷 속으로 들어갔다.

여자가 비명을 지르며 두 팔을 휘둘렀다. 미안하다는 말이 아주 잘 어울릴 것 같은 목소리였다. 그녀는 안전벨트도 풀지 못했다. 당장 기절이라도 할 것 같았다. 사람들이 웅성대며 모여들고 누군가는 나를 손가락질하고 또 누군가는 내 멱살을 잡고 흔들었지만, 나는 웃음이 터져 나오는 것을 참을 수가 없었다.

퀴닝

3
과자의 집의 기록

아산,
돼지 농장

분뇨장에 똥을 버릴 때는 종교적인 사람으로 변하게 된다. 돈사마다 외부에 분뇨장이 있었다. ㄷ 자 형태로 벽을 두르고 슬레이트 지붕을 얹었다. 하루 사이에 부쩍 늘어난 똥 바다 위에 똥을 쏟아부었다. 똥물을 헤치고 분뇨장 안쪽까지 리어카를 끌고 갈 자신이 없어서 분뇨장 입구에만 똥이 잔뜩 쌓였다. 나는 종교도 없고 신이란 존재를 늘 의심했지만, '철철철' 소리를 내며 검붉은 똥이 사방으로 튀어 오르는 걸 보고 있으면 저절로 입으로는 신을 부르짖게 된다. 이틀 동안 분뇨장에서 신을 찾은 횟수가 그 이전까지 기도한 횟수를 압도할 것 같았다. 신심이 시든 종교인에게 분뇨장에서 일해볼 것을 권한다.

*과자의 집: 동화 《헨젤과 그레텔》에 나오는 과자로 만들어진 집. 이 집의 주인인 늙은 마녀는 헨젤을 잡아먹기 위해 살을 찌운다.

#1

돈사豚舍는 정면에서 보면 눈곱만큼의 상상력도 사용하지 않고 그린 집, 즉 네모 위에 세모가 얹힌 모습이었다. 크기는 가로 10미터, 세로 80미터 정도였다. 외부는 녹색으로 칠해졌는데 언뜻 보면 구식 군대 막사 같기도 했다. 입구 오른편에는 (허무한 농담처럼) 하얀 글씨로 '청결 구역'이라고 적혔다.

첫날, 나는 20동 돈사에 배정됐다. 이곳에서는 모든 시설에 돼지 '돈豚' 자를 붙여서 불렀다. 축사는 돈사, 돼지우리는 돈방. 돼지를 부를 때도 마찬가지였다. 어미 돼지는 모돈, 새끼 돼지는 자돈이라고 불렀다. 돈방은 가로세로 크기가 1.5미터, 1.9미터 정도였다. 높이 1미터 정도 되는 철제 난간이 돈방을 빙 둘러 섰다. 돈방 하나에 모돈 한 마리와 자돈 열 마리 정도가 들어갔다. 돈방 구석에는 보온등이 설치되어 있었다. 이건 보통 알전구보다 서너 배 큰 크기의 전구인데 조명을 위해서가 아니라 난로로 사용했다. 자돈들이 감기에 걸리지 않도록 이 등은 24시간 켜두었다.

돈사 내부에는 돈방이 80개 있었다. 중앙의 통로를 두고 돈방이 2열로 늘어섰다. 통로는 너비가 1.2미터 남짓했다. 모돈들 엉덩이는 이 통로를 향했다. 통로 양쪽 끝에는 깊이 30센티미터, 너비 30센티미터 정도의 배수로가 있어 배설물을 이곳에 떨어뜨려 치우게끔 되어 있었다.

돈사의 문을 열자 악취가 코를 찔렀다. 지금까지 들어가 본 가장 더럽고 오래된 뒷간의 냄새도 돈사에 비하면 향긋한 봄 내음에 지나지 않았다. 전자가 오렌지주스라면 후자는 빙초산이었다. 돼지 비린내와 엄청난 똥오줌 냄새가 진동을 했다. 홍어를 삭힌 데 쓴 짚에다 소변과 식초를 뿌린 다음 그 속에다 청국장과 날생선과 날고기를 열 달 정도 묵혀둔 냄새 같았다. 문을 열고 들어선 순간 그 냄새를 고체화해 만든 망치로 코를 강타당한 느낌이었다. 이곳 악취의 고약한 점은 그 강렬함만이 아니다. 어디에 있어도 악취에서 벗어날 수가 없다. 한번 그 영역 안에 발을 디디면 냄새는 악령처럼 어디든 쫓아다닌다. 내 옆에 앉은 기차 승객들이 코를 틀어막으며 자리를 옮기는 모습이 그려졌다.

20동 담당은 동철 아저씨였다. 나이는 56세였고 경기도 안성이 고향이었다. 왼쪽 다리를 조금 절었지만 일하는 데는 아무 문제가 없어 보였다. 모돈 80마리와 자돈 800여 마리의 똥오줌을 치우는 일이 나처럼 아무 기술 없는 사람(이곳 말로는 똥꾼)이 해야 할 일이었다.

처음으로 돈사 안에 들어서면 돼지의 크기에 다시 한번 놀라게 된다. 조지 오웰은 동물 농장을 지배하는 돼지에게 나폴레옹이라는 이름을 붙였는데, 여기서는 가장 평범한 모돈에게도 한니발이나 시저 같은 이름이 어색하지 않을 정도였다. 모두가 황소만 해 보였다. 울음소리도 동화에 단골로 등장하는 가축답게 꿀꿀거리는 법이 없었다. 밀림에 사는 맹수처럼 '크르렁, 컹, 컹' 하며 짖어대는데 돈방에서 뛰쳐나와 달려들기라도 하는 건 아닐까 겁이 났다. 이런 막강한 생명체들이 다리를 저는 한 노인의 통제 아래 있다는 게 신기했다.

동철 아저씨의 시범을 따라 돈방을 청소했다. 이때는 끄트머리에 직사각형 철판을 용접해 놓은 긴 쇠막대를 사용했다. 이걸 '괭이'라고 불렀다. 괭이로 바닥을 박박 긁어서 배수로로 떨어뜨렸다. 돈방 깊숙이 쌓인

퀴닝

똥을 긁어내기 위해 무릎을 꿇고 앉으니 모돈 엉덩이가 내 얼굴 바로 앞에 놓였다. 마치 포탄이 장착된 대포의 내부를 청소하는 기분이었다.

돼지들은 위성안테나 접시의 두 배만 한 엉덩이를 들고 야구공의 두 배는 될 것 같은 똥덩어리를 계속해서 싸질렀다. 오줌 싸는 모습도 인상적이었다. 사람의 오줌이 메마른 논밭에 내리는 봄비라면 돼지의 오줌은 열대우림에 쏟아지는 폭우라 하겠다. 두 개의 위성접시 사이에서 커다란 석유통에 담긴 물을 쏟아붓듯 굵은 물줄기가 '콸콸콸' 쏟아졌다. 그 정도 양이면 10초 만에 몸속의 수분이 몽땅 빠지지 않을까 싶은데 실제로는 1분 가까이 쏟아부었다. 누군가 일이 적을 땐 오후 4시쯤에도 퇴근할 수 있다고 귀띔해 줬지만 그런 경우는 드물 거라는 확신이 들었다. 일이 적다는 건 곧 똥오줌이 적다는 뜻인데 24시간 내내 돼지가 먹고 싸는 것밖에 할 수 없는 곳에서 어떻게 배설물이 적겠는가?

괭이질을 마치자 돈방 앞 배수로마다 똥이 무더기로 쌓였다. 내 눈앞에 농장 전체를 뒤덮은 악취의 실체가 놓여 있었다. 농장 밖의 (비교적) 위생적이고 냄새 없는 생활을 떠올리다 보면 돈사 안의 풍경은 어딘가 초현실적이라는 느낌이 든다. 모돈은 출산을 끝내면 태반을 배출한다. 그 태반들이 달리의 시계 그림처럼 돈방과 배수로에 걸쳐 축 늘어졌다. 배수로에는 검붉은 빛의 오수가 흐르고, 사산된 새끼들이 머리와 엉덩이만 드러낸 채 구정물 속에 잠겼다. 《신곡》에 등장하는 지옥 중 한 곳에 들어선 기분이 들었다.

사자 같은 위용과 울음소리 때문에 헤라클레스라고 이름 붙인 돼지의 똥부터 담았다. 도시에서 밴 위생 본능에 따라 리어카에서 조금 물러서서 똥을 던져 넣었다. 리어카는 어른 두 명은 태울 수 있을 만큼 컸지만 똥 열 무더기 정도를 담자 리어카의 절반 정도가 오물로 찼다. 이런 상태에서 똥을 '던져' 넣으면 어떤 끔찍한 재앙이 벌어질지는 신만이 아시리라. 누군가 나처럼 행동한다면 불경스럽게도 똥을 똥처럼 대한 대가를 치를 것이다. 삽을 떠난 똥이 리어카 안의 오물 속에 떨어짐과 동시에 검붉은 빛깔의 동그란 파편들이 내 얼굴에 튀어 올랐다. 순간 나는 돌아갈 수 없는 강을 건넜다는 사실을 깨달았다. 인류의 세탁 기술이 아무리 발전한다 한들 기억마저 세탁할 수는 없는 노릇이다. 신은 이런 식으로도 인간의 겸허함을 시험하는 모양이다.

순간의 오만이 지울 수 없는 상처를 남겼지만 똥 치우기를 멈출 수는 없었다. 똥을 분뇨장에 버리고 난 다음에는 배수로를 청소했다. 앞서 말했듯이 배수로에는 똥오줌만 있는 게 아니었다. 그 안에 죽은 새끼, 태반, 탯줄, 정체불명의 핏덩이가 가득했다. 돼지의 체내 조직이나 사산된 새끼는 배설물과 함께 버릴 수 없었다. 그것들은 두꺼운 비닐에 담아 돈사 밖에 놓아두면 방역반이 수거해 갔다. 그 물컹거리는 질감은 냄새 이상으로 끔찍했다. 배수로에서 탯줄이나 죽은 돼지를 건져낼 때는 감각 기관을 마음대로 끄고 켤 수 있으면 좋겠다고 생각했다. 만약 가능하다면 인간 존엄성의 스위치부터 내릴 생각이다.

육체적으로 가장 힘든 일은 배수로 쓸기였다. 부실한 설계가 일을 두 배로 힘들게 했다. 하수구가 배수로보다 높아서 오수가 내려가질 않았다. 플라스틱 빗자루로 오수를 쓸어 내리면 물이 다시 거슬러 올라오고 돈방이나 통로로 넘쳐흘렀다. 아침 7시 반부터 시작한 일은 11시쯤에야 마무리됐다. 잠시 쉬고 있는데 분만사 팀장님이 나타났다. 작업 환경만 놓고 보자면 팀이라는 단어가 지나치게 현대적이라는 느낌이 들긴 하지

퀴닝

만 여기선 다들 그렇게 불렀다.

팀장님은 호리호리한 체격의 40대 남자였다. 키는 170센티 정도였다. 눈이 컸고 금테 안경을 꼈다. 강렬한 전라도 사투리를 구사했는데 목소리가 쩌렁쩌렁했다. 마음에 안 드는 일이 있으면 즉시 목소리가 커졌는데 그때마다 사용하는 어구가 있었다.

"아주 똥을 싸서 뭉개고 앉아 있구만!"

그가 시키는 대로 돈사 앞에 서 있던 트럭에 올랐다. 차에는 자돈용 사료가 잔뜩 실려 있었다. 사료에서 시큼한 비타민제 냄새가 풍겼다. 사오십 대 남자 대여섯이 앉아 있었다. 모두가 분만사 식구였다. 돈사를 돌며 사료를 날랐다. 분만사는 7, 8, 14, 15, 20, 21동 모두 여섯 곳이었다.

작업이 끝난 다음에는 모두 15동에 모였다. 거기에 분만사 사무실이 있었다. 사무실이래 봤자 돈사 입구에 붙은 작은 방일 뿐이었는데, 냄새부터 어두침침함까지 돼지들의 공간과 크게 다를 게 없었다. 다섯 평 남짓한 공간에 책상, 냉장고, 의자 몇 개가 놓여 있었다. 우리는 점심시간까지 앉아 쉬었다. 사람들이 내게 관심을 보였지만 다행히도 오래가진 않았다.

"어? 대학 나왔어? 허허, 정말 경기가 안 좋긴 안 좋은가 보네."

"한두 달이 고비야. 그때만 지나면 할 만해. 형, 형은 언제가 고비였어?"

"언제가 고비긴, 매일매일이 고비지."

냄새만으로도 매일매일이 고비가 되리라는 건 충분히 예상할 수 있었다. 식당으로 가는 길에 목련이 몇 그루 있었다. 꽃이 피긴 했지만 잎에 힘이 없고 색깔도 누리끼리했다. 그 꼴이 팀장님 눈에 거슬렸던 모양이다.

"저 목련이 아주 깨작깨작 필듯 말듯 저거 왜 저러는 거야? 저게 아주 똥을 싸서 뭉개고 앉아 있구만. 저 봐 저거, 똥바람을 하도 맞았더니 색깔도 누루죽죽해 가지고, 얼씨구 개나리도 저 모양이네. 이것들은 또 왜 지랄이야?"

이 사람 눈 밖에 나면 정신적으로 무척 괴로워질 게 분명했다.

점심시간은 12시부터 1시까지였다. 1시부터 10분 정도 사무실 건물 1층에서 중회가 있었다. 오후에는 7동 자돈에게 백신 주사를 놓았다. 20동 자돈은 갓 태어난 새끼인 반면 7동 자돈은 생후 2주 정도 지난 상태였다. 몸집이 세 배 정도는 컸다. 주사는 팀장님과 방역반 직원이 놓았다. 두 사람은 하얀 주사 용액이 든 링거 병을 멨는데 여기에 총 모양의 주사기가 연결됐다. 농장일 대부분이 그렇듯 이 작업도 단순한 대신 힘들었다. 두세 사람이 돈방에 들어가 자돈들을 구석으로 몰아넣은 다음 널빤지로 가뒀다. 그다음 한 마리씩 꺼내 팀장님에게 건넸다. 자돈은 사람 손에 잡히기만 하면 비명을 지르고 발버둥을 쳤다. 살이 통통히 오른 돼지들을 들어 올리다 보면 콩알만 한 땀방울이 뚝뚝 떨어져 내렸다. 게다가 자돈은 무척 날쌨다. 이것들을 한곳에 몰아넣는 것도 만만치 않았다. 사람들 다리 사이로 쏙쏙 빠져나갔는데 돼지들이 뛸 때마다 짙은 먼지가 일었다. 먼지가 어디서 생긴 것인지 뻔히 보고 있는 나로서는 숨 쉬는 게 두려웠다. 작업이 끝나자 팔이 후들거리고 온몸이 땀으로 흠뻑 젖었다. 돈사 안의 환경도 일을 힘들게 했다. 환기가 잘되지 않는 데다, 돼지가 추위에 약하기 때문에 내부 온도를 언제나 22도 이상으로 유지했다.

퀴닝

나머지 시간에는 20동으로 돌아가 오전과 동일하게 똥을 치웠다. 아침보다는 양이 적어 조금 수월했다. 하지만 청소를 끝내도 깨끗해졌다는 느낌이 들지 않아 맥이 빠졌다. 바닥에 굴곡과 파인 곳이 많아 괭이질을 하다 보면 오히려 똥을 바닥에 얇게 펴 바르는 꼴이 될 때가 더 많았다. 똥 치우기를 끝낸 다음에는 돈방마다 톱밥을 뿌렸다.

"톱밥을 바닥에 깔아놔야 아침에 똥 치우기가 편해."

동철 아저씨가 말했다.

"톱밥에 똥오줌이 달라붙어서 긁어낼 때 더 잘 닦이거든."

이쯤 되면 내가 돼지 농장에서 배워야 할 건 다 배운 셈이었다. 중요한 건 농장이 제공하는 작업 환경을 견디는 것이었다.

"그래도 치우고 나니까 냄새는 조금 덜해진 것 같은데요."

내가 말했다.

"뭐? 지금 똥오줌 걷어낸 것 때문에? 그 정도로 냄새 안 빠져. 수세라도 하면 모를까. 그건 냄새가 아니라 니 코가 무뎌진 거야."

#2

D 농장은 어느 식품 대기업의 계열사에서 운영하는 양돈장이었다. 법인이었기에 개인 농장에 비해 사육 두수가 많았다. 개인 농장에선 큰 곳에서 3000~4000두 정도를 키우지만 여기서는 1만 5000두를 사육했다. D 농장은 아산시에서 차로 30분 정도 거리에 있었다. 양돈장은 40가구 정도 되는 작은 마을을 내려다보는 산 중턱에 자리 잡았다. 산 중턱까지

계단식 논이 펼쳐졌다. 주차장은 농장 입구 바깥에 있었다.

이 주차장이 악취의 경계선이었다. 주차장을 지나 농장을 향해 하얀 석횟가루가 뿌려진 길을 걷다 보면 악취가 급속도로 선명해졌다. 말 그대로 냄새가 농장을 지배했다. 불쾌해지는 건 나중이다. 평범한 시골 향기에서 양돈장 악취로 너무 급격하게 전환되기 때문에 위험하다고 느껴질 정도다. 심각한 걱정거리라도 생긴 듯 가슴 한편이 무거워지는데, 조증 환자를 진정시키는 데 효력이 있을 것 같다.

입구는 커다란 철문이다. 높고 날카로운 모습이 대단히 엄중한 인상을 풍기지만 문은 언제나 활짝 열려 있다. 사료차, 특장차, 직원들 차까지 해서 들락날락거리는 차가 워낙 많기 때문이다. 입구 오른편에는 경비실이 있다. 정문이 워낙 거창해서 건장한 남성이 가스총이라도 차고 있을 것 같지만 경비실을 지키는 사람은 예순이 넘은 할아버지다. 아무리 젊게 보려고 해도 그렇다. 몸이 말라서 파란색 제복이 언제나 헐렁거렸다. 걸음도 무척 느려서 식당에 가장 늦게 도착하는 사람은 언제나 경비 아저씨였다. 경비실은 오고 가는 사람들이 쉬어가는 노인정에 가까웠는데 실제로 그가 경비실을 지키는 모습은 노인정 회장님 꼴이었다. 청와대 경비가 이런 수준이었다면 우리나라 정권은 아마 일주일 단위로 바뀌었을 거다.

경비실을 지나면 차량 소독기가 나온다. 이건 연두색 플라스틱으로 만든 터널 같은 형태. 길이는 10미터 정도인데 차량이 터널 입구의 턱을 지나가면 자동으로 하얀 소독액이 분사됐다. 차량 소독기 오른편에는 작은 가건물이 있다. 누구든 농장 안으로 들어가려면 이곳을 통과해야 했다. 내부에 자외선 살균기가 설치되었는데 문을 열면 투명한 보랏

빛이 쏟아져 나왔다. 규정대로는 그 안에서 20초 이상 기다린 다음 나와야 했지만 사람들이 규정을 지키는 건 옆에 간부들이 있을 때뿐이었다.

돈사는 경비실을 지나 50미터 정도 걸어가야 나왔다. 가장 먼저 눈에 들어오는 건 커다란 나무다. 높이가 30미터는 될 것 같은데 농장을 굽어보는 탑처럼 서 있다. 농장 전체 면적은 축구장 하나 크기 정도였다. 농장은 산 중턱부터 정상 부근까지 이어졌다. 맨 아래에는 하수 처리장이 있었다. 처리장 옆에는 콘크리트로 된 대형 수조가 여러 개 있었다. 수조에는 항상 타르처럼 검은 오수가 가득 담겨 있었다. 지독한 악취를 풍기는 건 말할 것도 없다. 그곳은 지옥의 수영장이 어떤 모습일지 가늠하게 했다.

돈사는 모두 스물다섯 동이었다. 건물들은 6행 4열 형태로 늘어섰다. 행과 행 사이에는 3미터 정도의 언덕이 있어 가장 높이 있는 21동까지 올라가다 보면 자연스럽게 숨을 헐떡였다. 식당과 기숙사는 4행과 5행 사이에 있었다. 식당은 30명 정도가 함께 식사할 수 있는 크기였다. 부엌 구석의 작은 방에서 식당 아주머니 가족이 살았다. 그녀의 남편은 하수 처리장에서 일했다. 둘 사이에는 초등학교 다니는 딸이 있었다.

기숙사 옆에는 작은 건물이 붙어 있었는데 직원들은 여기서 작업복과 장화를 모두 벗고 숙소로 들어갔다. 기숙사도 냄새의 예외 지역은 아니었지만, 작업복을 벗어두는 건물은 특히나 똥 냄새가 심했다. 기숙사는 2층 건물이었다. 1층엔 큰 방이 두 개 있었는데 나 같은 일용직들이 한 방에서 생활했다. 다른 방에선 몽골인들이 지냈다. 이 두 방을 제외하면 모두가 독방이었는데 구조부터 크기까지 고시원과 크게 다를 게 없었다. 사람 하나 누울 수 있는 공간에 책상 하나 놓인 게 전부였다. 여름이면 이런 방이 얼마나 더워지는지 알기에 1인실 사용자가 전혀 부럽지 않았다.

1층에는 화장실과 샤워실이 있었다. 2층엔 화장실만 하나 있었다. 변기는 층별로 하나밖에 없어서 아침이면 늘 화장실 앞에 긴 줄이 늘어섰다. 급한 사람들은 휴지를 들고 산을 올랐다. 이 때문에 아침이면 이런 대화도 쉽게 들을 수 있었다.

"아침에 뒷산에서 똥 누는데 저 앞에 보니까 양 기사가 거서 똥 누고 있는 거야. 엉덩이가 아주 뽀얗더만, 크크크."

"산에서 똥 눠봤어? 산에서 똥 누면 좋아, 불알 사이로 바람이 솔솔 들어오는 게, 흐흐."

남자 30여 명이 세 개의 샤워기에 몰렸고, 당연한 이유로 어느 누구도 샤워를 대충 할 수 없었기 때문에 서두르지 않으면 퇴근하고 한 시간이 훌쩍 지나서야 씻을 수 있었다. 1층 거실에는 텔레비전과 책장, 전화기, 소파가 놓여 있었다. 책은 대부분 80년대 한국 소설이나 분류가 애매한 상식 서적이었다.

내가 쓰는 방은 가로세로 3미터, 5미터 정도 크기였다. 처음엔 나와 비육사에서 일하는 50대 남자뿐이었다. 방에는 커다란 유리창이 두 개 있었는데 방충망이 없는 데다 창문만 열면 냄새가 쏟아져 들어왔기 때문에 늘 닫아둬야 했다. 구석에는 찌그러진 회색 사물함 네 개가 있었다. 사물함에는 여자의 나체를 고대 동굴벽화 수준으로 단순화한 그림이 잔뜩 그려져 있었다. 얼핏 보면 W와 Y만 잔뜩 써놓은 것 같았다. 한쪽 구석에는 누군가 하얀색 수정액으로 장난스러운 시를 써놓았다.

퀴닝

우리 회장님은

마음씨도 좋지

거스름돈을 쓸어

임금을 준다네*

거스름돈이라는 표현은 논란의 여지가 있는 듯하니 직원 대우에 관해서는 회사 간부의 말을 직접 들어보는 게 좋을 것 같다.

"허이고? 대학 나왔어요? 그런 사람이 여긴 왜? 경기가 안 좋긴 안 좋은가 보네."

이 부장이 내 이력서를 훑어보더니 말했다. 이런 대화는 내 소개를 할 때마다 반복됐다. 이곳에서 나는 걸어 다니는 불경기의 상징이었다.

"뭐, 일단 승태 씨도 대충 들으셨다시피… 소개소에서 얘기 들으셨죠?"

"아니요."

"그래요? 원래 다 얘기해 주는데. 어쨌거나 농장 안에 부서가 여러 개 있습니다. 다른 부서 일까지 아실 필요는 없으니까 대충만 말씀드릴게요. 일단 종부사가 있어요. 종부사는 수돼지 정액 받는 곳이에요. 여기는 전부 인공수정이거든요. 그리고 임신사, 암돼지 임신시키는 곳. 분만사, 새끼 낳는 곳. 그리고 자돈사랑 비육사. 여기는 젖 뗀 새끼들을 팔 수 있을 만큼 키우는 곳이에요. 승태 씨는 분만사에서 일하실 거예요.

그리고 우리는 법인입니다, 법인. 그래서 4대 보험 이런 거 다 돼요.

---

*   놀랍게도 숙소에 있는 책 《난장이가 쏘아 올린 작은 공》에 이 시가 수록돼 있었다.

우리가 지금 돼지가 1만 5000두 정도 있습니다. 요즘 사룟값도 별로 안 비싸고 돼짓값도 나쁘지 않고 해서 손해는 안 보면서 있습니다. 그런데 워낙 경기가 안 좋아서 간당간당해요. 그래서 월급이 그렇게 세지는 않아요. 105만 원인데 기숙사비 만 원, 식비 2만 원 떼고 102만 원 나갑니다. 근무시간은 아침 7시 반부터 오후 5시 반이고 휴일은 한 달에 두 번. 그리고 승태 씨 같은 경우는 지금은 일단 일용직인데 3개월 이상 일하시면 사원으로 높여줘요. 사원 달면 봉급도 올려드리고 휴일도 한 달에 6.5일 쉴 수 있습니다. 쩜오는 한 달 6일 쉬고 다음 달 7일 쉬는 식으로 이월시켜서 사용하시면 되고. 지금은 큰 방에서 여러 명이랑 같이 지낼 텐데 사원 되면 독방도 드립니다. 금방 그만두는 사람이 많아서 어떻게 든 오래 붙잡아 두려고 여러 인센티브를 주고 있습니다. 예, 힘들겠지만 여기까지 오셨으니 참고해 보세요. 오래 좀 일해주십쇼."

한 달 100만 원 하고도 2만 원이라⋯. 회장님 마음씨가 정말 좋은 것 같았다.

#3

아침이면 '쨱, 쨱' 대는 새소리에 잠이 깼다. 새들이 지저귀는 소리만 들으면 이곳에 대해 터무니없이 낭만적인 기대를 품게 되지만 그런 기대는 코로 숨을 들이쉬는 순간 박살 나버린다. 단순히 똥 냄새만도 아니고 돼지 비린내도 아닌 그냥 양돈장 냄새라고 부를 수밖에 없는 악취다.

둘째 날, 7시 5분쯤 일어나 작업복으로 갈아입고 식당으로 내려갔다.

퀴닝

작업복은 두꺼운 남색 셔츠와 바지였다. 보라색 고무장화는 꽃게 배에서 신던 것과 같은 종류였다. 아침밥을 받아보니 한 달 2만 원 식비라는 것이 1인당 식사 준비에 들어가는 실제 금액임을 눈치챌 수 있었다. 아침 식사는 밥, 국, 김치가 전부였다. 전시에 버금갈 만큼 기초에 충실한 식단이었다. 막상 먹으려고 보니 내가 국이라고 생각했던 것은 손톱만 한 누룽지가 대여섯 개 떠 다니는 숭늉이었다. 그래, 뭐 부귀영화를 누릴 생각으로 여기 온 건 아니니까.

식당 아주머니는 40대 중반으로 굉장히 매서워 보이는 인상이었다. 그녀의 분위기에 압도당해 누구도 형편없는 식사에 대해 불만으로 드러내지 못하는 것 같았다. 그녀는 음식에 신경 쓰기보다 이 테이블 저 테이블 돌아다니며 인사성이 밝지 못한 직원들에게 "아니, 김 씨, 왜 사장님 보고 인사 안 해요?" 하며 무안을 주는 일에 더욱 열정을 보였다.

오전에는 돼지를 몰았다. 7동의 모돈을 임신사로 돌려보냈다. 이 돼지들은 출산을 모두 끝마쳤기 때문에 더 이상 분만사에 있을 필요가 없었다. 팀장님이 돈방 문을 열고 소리를 지르며 돼지들을 밖으로 내몰았다. 나머지 사람들은 임신사 쪽 방향만 열어두고 길목을 막고 섰다.

다 자란 돼지의 모습을 이때에야 제대로 관찰할 수 있었다. 그전까지 내가 가장 가까이서 돼지를 본 것은 센과 치히로의 부모님이 돼지로 변했을 때뿐이었다. 같은 돼지라도 돈방 안에서 옴짝달싹 못 할 때의 모습과 자유롭게 뛰어다닐 때의 모습은 전혀 달랐다. 일단 크다. 그 크다는 느낌이 입체적으로 와 닿는다. 큰 놈은 몸길이가 2미터는 될 것 같다. 발굽부터 대가리까지의 높이는 1.4미터 정도였다. 빛깔은 진한 아이보리색인데 어디까지나 몸이 깨끗한 경우에 한해서만이다. 대개는 똥이 말라붙어 있었다.

대가리는 길쭉했다. 코와 입이 전방을 향해 쑥 튀어나왔다. 콧등에는 구불구불한 주름이 있었다. 코는 정면에서 보면 원 모양으로 동그랗다. 입은 크다기보다는 뾰족한 느낌이다. 타원형의 눈은 시뻘겋게 충혈되었다. 귀는 커다란 삼각형인데 절반으로 접혔다. 접힌 귀가 눈을 덮었는데 마치 돼지들이 커다란 벙거지 모자를 눌러쓴 것 같았다. 귀가 큰 놈일수록 새끼 티가 많이 남아 있었다.

돼지의 체형은 불균형의 모범 사례라고 부를 만했다. 몸통은 둥글고 길었다. 몸통에 대해선 대가리만큼 자세하게 표현할 게 없다. 몸통에 비해 다리는 처량할 정도로 얇고 짧았는데 털을 밀어버린 초대형 닥스훈트가 있다면 이런 모습이 아닐까 싶었다.

돼지가 뛰어다니는 모습은 하마나 코뿔소와 다를 바 없었다. 돼지들은 팀장님이 막대기를 휘두를 때마다 말 그대로 멱따는 소리를 냈다. '꾸우우우, 끼이이이, 꽤에에에엑!' 이런 돼지들을 통제하기 위해 내게 주어진 장비는 텅 빈 사료 포대 하나뿐이었다. 우범 지역 경비원에게 급한 일 생기면 경찰에 신고하라고 동전 몇 개 쥐여 주는 꼴 같았다. 곧 알게 됐지만 그런 것도 사실은 필요 없었다.

돈사 밖으로 돼지들이 뛰쳐나오기 시작했다. 돼지들이 나를 향해 달려들 때 내가 사정없이 쫄아버렸다는 사실을 인정하는 것이 조금도 부끄럽지 않다. 지금 생각해봐도 그건 지극히 자연스러운 반응이었다(물론, 그 순간에는 지금 내 생각만큼 당당하지 못했다). 나는 돼지들이 씩씩대며 몰려오자 본능적으로 비껴 서버렸다. 돼지들이 엉뚱한 길목으로 빠져나간 덕분에 다른 아저씨들이 두 배로 뛰어다녀야 했다.

퀴닝

"야! 너 저쪽으로 빠져 있어!"

팀장님이 고함을 질렀다. 아마도 정신이 없어서 '똥 싸서 뭉개고 앉아 있네' 하고 쏘아붙이는 걸 깜박한 것 같았다.

"그걸 그렇게 둘둘 말아서 잡지 말고 쫙 펴. 그리고 돼지가 오면 이렇게 포대로 눈을 가려. 그러면 돼지들이 진정을 한다고. 그다음 툭툭 쳐서 돌려보내. 겁 먹을 거 없어."

누군가 다가와서 내게 말했다. 그의 말이 맞았다. 돼지들은 몸집이나 울음소리와 무관하게 정말 온순했다. 포대를 살짝 휘두르기만 해도 깜짝 놀라 되돌아갔다.

돼지들이 달리는 모습은 애처로웠다. 운동량 제로였기 때문에 몇 발짝 걷지도 않았는데 입에 허연 거품을 물며 헐떡거렸다. 어떤 놈들은 똥을 싸고 어떤 놈들은 잡초를 씹으며 오줌을 쏟아부었다. 한 아저씨는 이때 묘한 가학성을 드러냈다. 유난히 걸음이 느린 돼지 한 마리만 쫓아다니며 엉덩이를 때려댔다. 돼지는 비명을 지르며 뛰다, 걷다, 주저앉았다, 다시 얻어맞기를 되풀이했다.

임신사의 돈방은 커다란 공동 우리였다. 돼지들은 임신사로 돌아오자마자 그대로 바닥에 누워버렸다. 하얗게 드러난 배가 햇빛에 반짝였다. 해변에서 일광욕을 즐기는 바다표범 무리 같았다. 돼지들에게 밟히는 일 없이 무사히 돼지 옮기기가 끝났다. 돼지들이 지나간 도로 위에는 갈색 똥 무더기가 종기처럼 불룩불룩 솟아 있었다.

20동으로 돌아왔을 때 내게 내려진 지시는 "어제랑 똑같이 해"였다. 미리 말해두자면 매일매일이 그랬다. 특별히 이때부터는 죽은 자돈을 버릴 수 있는 영광이 주어졌다. 가장 끔찍했던 건 죽은 돼지를 집어들 때

가 아니라, 죽어가는 돼지를 버려야 했을 때다. 매일 아침 팀장님은 분만
사 전체를 돌며 가망 없어 보이는 자돈을 골라냈다. 그런 돼지들은 울지
도 못하고 축 늘어져 있었다. 눈을 살짝 뜬 채 입만 붕어처럼 뻐끔대는데
살아는 있었다. 나는 돼지들을 들어 돈사 바깥의 양철통에 내려놨다. 그
것들은 오후에 방역반에서 수거해 갔다.

　똥으로 가득한 리어카를 끄는 일은 인력거꾼의 고통을 조금이나마 상
상해 볼 수 있게 도와줬다. 이런 리어카를 끌 때 가장 곤란한 경우는 바
퀴가 배수로에 빠졌을 때다. 배수로의 깊이는 얕지만 아무리 리어카를
끌어당겨도 빠져나오질 못한다. 그럴 때는 똥을 다시 덜어내는 것 말고
는 방법이 없다. 똥덩어리가 잠시 내렸다가 다시 탔으면 좋겠지만 그 정
도로 예의 바른 똥을 싸는 돼지는 없었다.

　좀도둑질이나 일삼는 정치인에게 사회봉사랍시고 꽁초나 줍게 할 게
아니라 이런 똥 리어카를 끌게 할 일이다. 멀리 양돈장까지 올 필요도 없
다. 신림동의 높고 가파른 언덕을 따라 폐지 줍는 노인들의 리어카를 끌
어도 좋다. 그래야 자기가 어떤 사람들의 돈으로 장난을 쳤는지 깨달을
테니 말이다.

　분뇨장에 똥을 버릴 때는 종교적인 사람으로 변하게 된다. 돈사마다
외부에 분뇨장이 있었다. ㄷ 자 형태로 벽을 두르고 슬레이트 지붕을 얹
었다. 하루 사이에 부쩍 늘어난 똥 바다 위에 똥을 쏟아부었다. 똥물을
헤치고 분뇨장 안쪽까지 리어카를 끌고 갈 자신이 없어서 분뇨장 입구
에만 똥이 잔뜩 쌓였다. 나는 종교도 없고 신이란 존재를 늘 의심했지만,
'철철철' 소리를 내며 검붉은 똥이 사방으로 튀어 오르는 걸 보고 있으면
저절로 입으로는 신을 부르짖게 된다. 이틀 동안 분뇨장에서 신을 찾은

횟수가 그 이전까지 기도한 횟수를 압도할 것 같았다. 신심이 시든 종교인에게 분뇨장에서 일해볼 것을 권한다.

오후에는 조경 작업에 차출됐다. 농장은 양돈과 조경 사업을 병행했다. 대부분 관에서 시행하는 사업을 낙찰받아 국도 변에 화단을 가꾸거나 가로수를 심는 작업이었다. 각 부서에서 한 명씩 나와 있었다. 직원 대다수가 조경 작업을 싫어했기 때문에, 모인 사람들은 팀 내에서 가장 영향력이 미미한 이들이었다. 나와 조경과장 외에는 모두가 몽골 사람이었다.

우리가 할 일은 소나무 묘목 500그루를 심는 것이었다. 다 자라면 실제 가로수로 쓰일 나무들이었다. 농장의 자투리땅에다 국도 변에 심을 식물들을 길렀다. 이 일은 더할 나위 없이 지루했다. 200그루까지는 하나하나 정성 들여 심었지만 그 이후부터는 마냥 귀찮기만 했다. 나는 부모의 마음으로, 알아서 잘 크겠지 하는 기대를 간직한 채 대충 흙만 덮어두고 말았다. 케이블TV도 달아주고 피자도 하나 시켜줬으면 좋았을걸.

조경과장은 30대 중반의 남자였다. 키는 167센티미터 정도에 안경을 꼈고 인상이 부드러웠다. 그는 상대방에 대해 제대로 알기도 전에 넘겨짚는 버릇이 심했다. 내 오랜 바람 중 하나는 조경과장 같은 사람을 가능한 한 적게 마주치는 것이다.

"학교 다닐 때 공부 안 했죠? 내가 딱 보면 알지. 술 담배 엄청 좋아하고. 얼굴에 딱 보이네. 1학년 때까지 기숙사 있다가 성적 안 좋아서 쫓겨났죠? 내가 안다니까. 이렇게 일하듯이 공부를 했으면 싶죠?"

나는 서망 큰형님의 선례를 따라,

"야, 이 씨발 새끼야, 니가 나에 대해 뭘 안다고 지랄이야!"라고 말해주고 싶었지만 그러지 않기로 했다. 난 예의범절이 몸에 밴 인간이니까.

그는 부끄러움이라는 걸 모르는지 계속 주절댔다.

"사람들이 나 보면 신기해한다니까. 처음 봤으면서 어떻게 그렇게 잘 아냐고. 내가 딱 보면 안 다니까. 승태 씨 봐요, 물론 지금이야 힘들고 뭣 같겠지만 조금만 참고 하면 돼요. 뭐든지 처음부터 너무 좋은 거 하려고 하지 말고 작은 거부터. 승태 씨, 지금 좋아요. 어디 있는지가 중요한 게 아니에요. 어디서든 열심히만 하면 돼요. 다 자기 마음먹기 달린 거지. 돼지들도 이쁘다, 이쁘다 하면 똥 냄새도 덜 난다니까."

과학적인 근거가 있는지는 알 수 없었지만 마음먹기에 따라서 똥 냄새가 덜 난다는 건 내게는 분명 해당되지 않는 말이었다. 조경과장이 유난히 기억에 남는 건 그가 한 마지막 말 때문이었다.

"나는 똥 냄새를 어떻게 버텼냐고? 나야 뭐 버틸 게 없지. 난 이 일만 하면 돼요. 나 돈사 한 번도 들어가 본 적 없어요. 들어갈 생각도 없고. 어휴, 난 그런 거 절대 못해요. 나 여기 이사님한테 처음부터 확실하게 얘기했어요. 만약에 나보고 돈사 들어가서 일하라고 하면 나는 그 즉시 사표 쓸 거라고."

안타까운 일이지만, 세상엔 이런 족속들이 있다. 자신은 손도 대고 싶어 하지 않는 일을 다른 이들이 얼마나 쉽고 즐겁게 해낼 수 있는지 자신 있게 떠드는 사람들 말이다. 이 남자는 실업계의 거물이 될 자질을 타고난 듯 보였다. 그 순간, 머지않은 미래에 이 남자의 이름이 적힌 투표용지를 받아보게 될지도 모른다는 무서운 예감이 머리를 스쳤다. 이런 사람들이 아무리 대단한 평가를 받는다 해도 나는 그들의 삶에서 교훈을 이끌어내진 않을 생각이다.

어디서나 충고가 곧 상대방을 돕는 행동이라고 믿는 사람들이 있다. 건전한 상식의 소유자로서 이런 견해에는 동의하기 힘들다. 우리는 충고라는 사치를 만끽하려 하기 전에 먼저 자신의 삶부터 돌아봐야 한다. 내가 인정할 수 있는 좋은 충고란 자신과 이웃에게 긍정적이고 의미 있는 삶을 사는 것뿐이다. 누군가에게 충고를 건네고 싶다면 상대방이 자신의 삶을 얼마나 의미 있게 생각하는지부터 알아볼 일이다. (상대의 동의를 얻지 않고 충고하는 사람들을 법적으로 처벌하자! 모든 자기계발서 저자는 사기죄로 구속되어야 마땅하다.) 만약 당신이 그런 삶을 살고 있지 못하다면 충고할 자격이 없는 것이고 그런 삶을 살고 있는데도 상대가 당신의 삶을 좋은 충고로 인식하지 못한다면 두 사람은 충고를 주고받을 만큼 가까운 사이가 아니다. 어느 쪽에 해당하건 당신은 침묵해야 한다. 앞으로는 충고의 대가들이 제멋대로 남의 인생을 재단하기 전에 먼저 거울을 주의 깊게 들여다봤으면 좋겠다.

이곳에서도 신참이 들어오면 그가 며칠이나 버틸지를 두고 내기를 했다. 나중에 알게 됐지만 나에 대해 가장 비관적인 전망을 내놨던 사람 역시 조경과장이었다. 그의 예상은 48시간이었다. 생각할수록 아주 마음에 쏙 드는 친구였다.

#4

그들이 외국인이라는 건 밥 먹을 때 알게 됐다. 내 옆 테이블에 건장한 남자 다섯이 앉아 있었다. 특이하게도 테이블 한가운데 커다란 마요네즈 통이 놓여 있었다. 더욱더 특이한 것은 남자들이 마요네즈를 숟가락 듬뿍 퍼서는 밥에다 비벼 먹는 모습이었다. 밥알들이 진주처럼 반짝거렸다. 나도 모르게 옆 테이블을 계속 힐끔거렸다.

"쟤들, 몽골 애들이야."

동철 아저씨가 속삭였다.

"진짜요? 우리나라 사람 아니에요? 겉으로 봐선 전혀 모르겠는데."

"어휴, 저걸 느끼해서 어떻게 먹나 몰라."

무섭게 반짝이는 밥알들을 보고 있으니 기름으로 뒤덮인 해변 풍경이 떠올랐다. 추운 지방 출신이라 기름진 음식이 입에 맞는 건지, 부실한 식단에 대한 항의의 표시로 고행을 자처하는 건지 알 수 없었다.

나와 다르다는 걸 알고 나서야 차이점이 보이기 시작했다. 몽골인들이 한국인에 비해 피붓빛이 더 짙었고 이목구비도 또렷했다. 피부의 짙고 거친 갈색 질감이 포마이카 책상을 떠올리게 했다. 체격도 한국인보다 건장했다. 모두 다섯 명이었는데 한 명을 제외하곤 키가 180센티미터가 넘었다. 평균 연령은 서른 중반이었는데 다들 중년 남자처럼 아랫배가 불룩했다.

그중 '모름'이라는 남자가 마흔 중반으로 가장 연장자였다. 그가 몽골인들의 대장격이었다. 분만사 소속이었는데 한국 생활이 1년이 넘어 말도 유창했다. 그는 한국인과 몽골인 사이에서 통역 역할을 맡았다. 다른 몽골인들이 관우 같은 외모였던 반면 모름은 나와 닮았다. KTX라도 지나갈 만큼 넓은 모공부터 얼굴 곳곳에 솟은 잡털까지. 아저씨들은 모름과 내가 소도둑 관상이라며 재미있어했다.

모름은 한국 사람들 사이에서도 인기가 좋았다. 넉살도 좋고 붙임성도 뛰어났다. 샤워실에 모름이 들어서면 누구나 한마디씩 했다.

"야 모름, 배 집어넣어, 배."

"아유, 저 저주받은 몸매. 흐흐."

그는 사람들이 자신의 체형에 대해 논평을 할 때마다 보란 듯이 배를 두드리며 씨익 웃어 보였다. 나머지 몽골인들은 이름이 안, 자기, 따기, 을지였다. 이는 실제 이름이 아니라 한국 사람들이 부르기 편하게 줄인 이름이었다. 진짜 이름은 발음도 어렵고 무척 길었다. 한번은 '안'에게 몽골말로 이름을 가르쳐달라고 한 적이 있다. 그가 이름을 말해줬는데 다 듣고 나니 어째선지 '울란바토르'란 단어밖에 머릿속에 남아 있지 않았다. 다들 산업 연수생 자격으로 한국에 왔다. 그들 모두가 돼지라는 동물을 이곳에서 난생 처음 봤다고 했다. 양돈장 일은 비육사가 가장 힘든데 '자기'를 제외한 셋은 비육사 소속이었다.

몽골인들은 우리말을 대부분 알아듣기는 했지만 말하는 건 익숙지 않았다. 중요 단어만 연결하는 정도였다. 당연히 존댓말 같은 건 쓰지 않았다. 그래서 이들은 내 비밀스러운 부러움을 샀다. 식당 자리는 지정석이었고, 몽골인들의 테이블은 간부들 자리 바로 옆이었다. 사장이 "안, 밥 많이 먹어라" "을지, 식사 맛있게 해" 하고 말을 건네면 그들은 아주 경쾌하게 "응" 하고 대답했다. 사장은 나이가 50대 후반이었다. 그러면 부장이나 과장이 "어허, 이놈들이! 사장님이 말씀하시면 예, 알겠습니다, 식사 맛있게 하십쇼, 이래야지" 하고 말했다. 그럼 그들은 가젤같이 초롱초롱한 눈망울을 반짝이며 상대를 바라보다 다시 "응" 하고 대답했다.

몽골 사람들의 평균 연령이 30대 중반인 반면 한국인들의 평균 연령은 50대 중반이었다. 동철 아저씨는 양돈장이 자기처럼 이렇다 할 기술도 경력도 없는 사람들이 나이 때문에 퇴짜 맞다가 마지막으로 찾는 곳이라고 했다. 쉰이 넘어가거나 가까워지면서 일용직도 구하기 힘들어지고 그나마 받아주는 데가 항시 사람이 부족한 돼지 농장뿐이라는 거다. 실제로 다들 경력이 비슷했다. 그렇지 않은 경우는 간부들과 사무실 직원들뿐이었다. 간부들은 모두 4년제 대학 축산학과 출신이었다. 현장직, 즉 직접 똥을 치우는 사람은 30여 명 정도였는데 비육사 인원이 가장 많았고 분만사는 여덟 명이었다.

팀장님은 오웰이 '천역자의 자부심'이라고 부른 기운으로 충만한 사람이었다.

"아무 일이나 가져와 봐, 씨발. 내가 못하는 게 있나!"(씨발이 포인트다.)

팀장님 앞에서 일이 힘들다고 불평하는 사람은 일단 면박부터 당했고 다음으로 팀장님 자신이 그 일을 얼마나 자주 쉽게 해치우곤 했는지에 대해 들어야 했다. 그는 말은 거칠었지만 사람을 대할 때 절도가 있었다. 그 점은 그가 언제나 상대방의 '이름'을 부르는 데서 드러났다. 다들 나를 "야" "너" "거기"라고 부를 때(그럴 거면 이름은 왜 물어봤나 싶다) 팀장님만은 나를 이름으로 불렀다. 사소한 일이지만 그럴 때면 조금이나마 대접받는다는 기분이 들었다. 팀장님이 그러자 다른 사람들도 나를 이름으로 부르기 시작했다. 이름으로 상대를 부를 때 사람을 함부로 대하는 경향도 줄어들었던 것 같다.

나는 아저씨들과 조금씩 가까워졌다. 동철 아저씨는 언제나 말문이 막히면 "자지"를 외치고 껄껄 웃어버렸다. 그러면 다들 이전까지 하던 이야기가 무엇이든 아저씨를 따라 웃어버리다 논쟁은 흐지부지됐다.

"이번 달 총무 동철 형이죠? 회비가 5만 원이 더 남았어야 되는데 이거 어떻게 된 거예요?"

"동철이 형, 그걸로 또 막걸리 사 마신 거 아니에요?"

"동철이 형, 말해봐요."

"…음, 흠, 에라이! 성민이 자지닷!"

"크크크."

"흐흐흐."

"푸하하하하!"

대화가 수세에 몰렸을 때 논점을 흩뜨리며 판을 깨는 효과적인 방법이었다. 이런 테크닉은 외교관들이 배워두면 좋을 것 같다.

"에라이, 사르코지 자지닷! 와하하하하!"

"에라이, 김정은 자지닷! 푸하하하하하!"

승찬 아저씨는 농장의 유일한 야간 근무자였다. 돼지들이 근무시간에만 새끼를 낳지는 않기 때문인데, 그는 저녁 6시부터 아침 7시까지 일했다. 그는 50대 초반에 통통한 체격이었다. 그는 언제나 잘 웃는 유쾌한 사람이었다. 그는 자신만의 표현을 써서 말하곤 했기 때문에 처음 들었을 땐 무슨 말을 하나 싶었다.

"갸는 어제 휘파람 불었으니까 괜찮아."

"동철 형님이 요샌 안 그러지만 예전엔 기숙사에서 인생 많이 즐기셨지. 가끔은 원정 나가서도 인생 즐겼잖아."

여기서 휘파람 불었다는 건 쉬는 날이었다는 뜻이고 인생 즐겼다는 표현은 고스톱을 쳤다는 말이다.

성민 형님은 마흔으로, 나를 제외하면 분만사에서 가장 젊었다. 그는 서울에서 4년제 대학을 졸업했다. 그의 경력상 황금기는 현대홈쇼핑에서 일하던 때였는데 자세한 이야기는 피했지만 우여곡절을 많이 겪은 눈치였다. 그는 7동 담당이었는데 약을 보관하는 아이스박스에 막걸리를 숨겨두고 한 잔씩 하며 일하곤 했다. 하루에 두 잔 이상 마시는 일은 없었지만 만약 그렇다 해도 걱정할 건 없었다. 근무 중 발생하는 최악의 상황은 몸에 똥오줌이 튀는 것인데 그런 일은 취하지 않아도 빈번히 발생했기 때문이다. 그는 내 생활에 관심을 가져준 유일한 사람이었다.

"너 여기서 일한 지 얼마나 됐지? 어때? 할 만해? 해보니까 별거 아니지? 형이 하는 얘기 너무 심각하게 생각하지 말고 들어. 여기서는 마음가짐이랄까, 태도가 중요한 거 같애. 여기는 기업에서 하는 농장이라 적당히 눈치 보면서 얼마든지 쉬어가면서 일할 수 있거든. 여기 있는 사람들 다 봉급 받는 사람들이야. 여기 사장도 바지사장이야. 무슨 말인지 알지? 무늬만 사장이지 그 사람도 우리처럼 월급 받는 그냥 직장인이라고. 너도 이 부장이랑 얘기하면서 들었겠지만 간부들이 항상 열심히 하는 사람이 좋다, 열심히 하겠습니다 이런 말 하는 사람이 믿음직스럽다 그러잖아? 나는 몰라, 사장이나 이사 이런 사람들이 어떤 마음가짐으로 일하는지는. 하지만 너도 겪어봤으니 이제 알겠지, 이 농장이 사람을 어떻게 대하는지. 뭐 나는 너한테 최선을 다해야 된다, 무조건 열심히 해야 한다 이런 말은 못 하겠어. 일단 아프지 말고, 다치지 말고, 건강하게 지내는 거 그것만 생각해."

상우 아저씨는 50대 중반으로 집은 사당동이었다. 그는 사당 부근에서 오랫동안 마을버스 기사로 일했다. 나중에는 돈도 어느 정도 모아 회사에서 다른 노선을 열었을 때 직접 투자를 했다. 새 노선이 생기고 얼마 지나지 않아 같은 방향으로 지하철이 들어왔고 투자금을 몽땅 날렸다.

양돈장에 오기 전에는 두부 공장에서 일했는데 거기선 한 달에 이틀 쉬고 90만 원을 받았다고 했다.

그는 항상 '유도리'를 강조하며 적당히 넘어가려는 습관이 있었다. 그 때문에 팀장님과 자주 티격태격하며 싸웠다. 둘 중 이기는 쪽은 물론 팀장님이었다. 성격도 성격이지만 돼지와 관련된 경험, 지식 모두 팀장님이 월등히 앞섰기 때문이다.

상우: 이거 우리 동에 돈방 수도꼭지가 하나 나갔는데 그거 어떻게 고쳐야 돼?

팀장: 아니, 상우 형 버스 기사였담서 그런 것도 못 다뤄?

상우: 기사는 운전 딱 끝남 바로 정비사한테 넘겨줘. 기사가 정비도 하는 줄 알어?

팀장: 아, 그렇다고 연장 이름도 몰라?

상우: 그걸 내가 어떻게 알아?

팀장: 허따 상우 형, 또 허름한 소리 퐁퐁 해쌌네. 안 되겠어, 아무나 가서 니빠 가져와 봐. 상우 형 자지 떼버리게.

어느 순간부터는 작업과 무관한 일도 그냥 넘어가는 법이 없었다.

상우: 아, 내 모자 이거, 이거 좋은 건데 내가 이거 팔려고 물어보고 다녔는데 사겠다는 사람이 없어. 아, 사람들이 메이커를 몰라. 이거 나이키야, 나이키. 여기 보이지? 작대기 휘어진 거? 이게 얘네들 마크잖아.

팀장: 모자가 문제가 아니지. 사람이 시원찮으니까 안 사는 거지.

상우: 무슨 소리야? 이게 얼마나 메이컨데! 팀장 나이키 몰라?

팀장: 아, 대가리만 나이키면 뭐 혀, 사람이 나이키여야지. 나도 메이커

　　　있어. 상우 형은 나이키밖에 모르지? 쌍 마! 리바이스라고

　　　들어봤어?

　직원들 중에는 카드 빚에 쫓겨 이곳까지 몰린 사람도 많았다. 21동 담당인 두식 아저씨도 그중 하나였다. 그는 50대 후반으로 키는 작았고 눈매가 날카로웠다. 윤두서 자화상을 떠올리게 하는 수염 때문에 도인 같은 분위기를 풍겼다.

　"북한이 미사일 쐈대? 안 쐈대?"

　누군가 식당에서 두식 아저씨에게 물었다.

　"나도 몰라. 그놈 새끼들, 쏠 거면 누가 맞든 그냥 쏴버릴 것이지 뭐하는 거야!"

　"크크, 넌 북한이 러시앤캐시에 쐈음 좋겠지?"

　"아, 몰라, 밥이나 퍼 빨랑!"

　분만사 소속은 아니지만 수시로 우리 입에 오르내리는 사람이 있었다. 대장간의 유 기사였다. 진짜 대장간은 아니고 고장 난 장비를 고치는 곳인데 주 업무는 용접이었다. 유 기사는 머리가 희끗희끗한 50대 후반의 남자였다. 용접 마스크가 전혀 어울리지 않는 선비 같은 얼굴을 했다. 그는 사람들 사이에서 일하기 싫어하는 걸로 유명했다.

　"아니, 사료차 바퀴가 안 돌아가서 대장간 갖다줬더니 유 기사가 쓱 보더니만 구리스(그리스) 칠하라는 말만 하고 아무것도 안 해주는 거예요."

성민 형님이 대장간에 갔다 허탕치고 돌아와 말했다. 다들 알 만하다는 듯 고개를 끄덕였다.

"구리스칠하니까 되디? 안 되지?"

팀장님이 물었다.

"그니까 제 말 들어보세요. 구리스칠해 봤는데, 아무 소용도 없어요. 사료 줄 때 이게 안 돌아가서 얼마나 힘들었는데요."

"그 영감탱이 허구헌날 구리스칠하라는 말만 하고. 다마가 나갔는데 구리스칠해 뭐해? 그러고서 지는 뭐하는 줄 알아? 저기 뒷밭 가서 지가 심은 상추 가꾸고, 콩 가꾸고 그래.

그럴 땐 저기 뒤에 큰 쇠망치 있거덩, 그걸로 후려쳐서 완전 망가뜨린 다음에 고쳐달라 그래. 농담 아냐. 아님 수레 판때기를 뜯어버려. 그리 안 함 안 고쳐줘."

종부사의 홍민이 형은 내가 오기 전까지 현장직 중 유일한 20대였다. 나이가 스물아홉이었는데 이전에는 서울에서 택배기사로 일했다. 아무리 생각해 봐도 돼지 똥 치우는 것보다는 운전이 (비록 서울이긴 하지만) 나아 보였다. 나는 왜 택배기사를 그만뒀는지 물었다.

"너 택배 하면 몇 시에 일 시작하는 줄 아냐? 평소에 한 새벽 6시쯤 일어나서 집하장으로 가. 물건 받고 배달 시작하면 한 아침 8시나 9시쯤 된다고. 그렇게 배달하다 일찍 끝나면 저녁 10시, 늦으면 밤 12시나 돼야 집에 들어와. 명절이면 새벽 두세 시까지 일해. 그렇게 일해도 기름값 빼고 나면 한 달에 한 150밖에 안 남아."

"그래도 여기 보단 많이 주잖아요?"

"그리고… 내가 여섯 살 난 딸이 하나 있는데 택배 하는 2년 동안 우리 딸 깨어 있는 걸 딱 두 번 봤다."

이런 사람에겐 양돈장 일이 시골 농장 체험 정도로 느껴질 법하다.

아저씨들의 공통점 하나는 실직에 대한 두려움이었다. 다들 일이 없을 때를 가장 괴로운 시기로 꼽았다. 그 시절 이야기가 나오면 표정부터 목소리까지 사람의 분위기가 어두워지고 가라앉았다. 눈길은 장화와 땅바닥 사이 어딘가를 향하고 목소리에는 화가 난 듯한 음색이 배었다. 누군가 일이 고되다며 불평이라도 하면(대개는 나였다) 누구나 이렇게 대꾸했다.

"이런 일이라도 있어서 다행인 줄 알어. 세상에 일 없을 때가 제일 괴로워."

낚시를 좋아하는 사람이 많았는데 이것 역시 어느 정도는 실직과 관련이 있었다. 아저씨들은 실직 기간이 길어질 때면 라면을 잔뜩 사 들고 돈안 드는 저수지를 찾아다녔다고 했다. 비육사에 일하는 한 아저씨는 양돈장에 오기 전까지 저수지에서 4개월 가까이 지냈다고 했다. 아이들 보는 데서 빈둥빈둥 노는 것만큼 괴로운 일이 없다면서.

아저씨들의 또 다른 공통점은 좀처럼 컵을 사용하지 않는다는 점이었다. 밥을 먹고 나면 언제나 깨끗이 비운 국그릇에다 물을 받았다. 코를 풀 때도 휴지를 쓰는 법이 없었다. 코를 잡고 '콩' 하고 힘을 주면 연두색의 물질이 유성처럼 번뜩하고 나타났다 사라졌다. 그러고는 손을 바지에 쓱쓱 닦아버렸다. 옷 입는 방식도 다들 비슷했다. 항상 바지 밑단을 양말 속에 집어넣었다.

퀴닝

#5

똥 치우기에 능숙해질수록 새로운 업무가 늘어났다. 첫 번째는 벽 쪽 배수로 쓸기였다. 모돈들이 머리를 향하는 사료통이 설치된 양쪽 벽 주변은 중앙 통로만 지나다니며 똥을 나르던 내게 미지의 공간이었다. 사료통 아래를 따라서도 배수로가 설치되어 있었다. 벽 쪽 배수로도 역시나 물이 제대로 흐르지 않았다. 이곳에 똥은 없었지만 돼지가 먹다 흘린 사료와 물이 섞여 썩어갔다. 배수로의 불결함은 중앙 통로 못지않았다. 물 위에 두툼한 솜덩이 같은 회색 곰팡이가 덮여 있었다. 사료통 주변에는 사료 찌꺼기와 자돈의 배설물이 즐비했다. 내가 얼굴을 찌푸리며 신음을 내자 동철 아저씨가 알겠다는 듯이 고개를 끄덕였다.

"앞쪽 도랑은 이틀에 한 번씩 치우는데 지금처럼 돼지들이 새끼 낳기 시작하면 바빠서 그쪽은 자주 못 치워. 지금이야 둘이 하는 거지."

빗질을 시작하자 곰팡이 막이 차곡차곡 접히면서 꼭 커튼을 걷듯 움직였다. 돈사는 똥꾼에게 극도의 무력감을 심어줄 목적으로 설계된 것 같았다. 배수로 쓰는 일은 말 그대로 물길을 거스르는 작업이었다. 배수구가 배수로보다 높은 곳에 위치했기 때문이다. 아저씨는 뒤돌아서서 노를 젓듯 빗질을 하라고 가르쳐줬다. 이 일은 갤리선 노를 젓는 노예의 근무 강도를 짐작할 수 있게 해줬다.

분만사의 배수로를 모두 쓸어봤지만 그중에서도 최악은 7동이었다. 배수로 깊이가 낮아서 오수가 통로로 넘치는 정도가 아니라 아예 범람을 했다. 어느 순간 정신을 차려보면 배수로를 쓰는 게 아니라 통로 전체를 물청소하고 있었다. 청소할 때 무력감을 느끼는 경우는 대개 도구의 결함에서 왔다. 그런데 여기선 청소해야 할 건물의 결함에서 무력감이 오는 터라 더욱 힘들었다. 쓸어도, 쓸어도 오수가 되돌아왔다. 청소를 하는 게 아니라 대자연의 힘에 맞서는 기분이 들었다.

돈방의 난간 사이사이에 새끼손가락 크기만 한 똥과 사료 찌꺼기들이 껴 있었다. 치우는 나도 불쾌했지만 돼지는 어떨까 하는 생각이 들었다. 그 오물들은 모돈의 눈앞에 널렸다. 영리한 동물이니 그것을 맛보진 않겠지만 하루 종일 똥만 쳐다보고 지낸다 생각하니 끔찍했다.

다음은 전출이었다. 전출은 자돈들을 자돈사로 옮기는 일인데 사람이 가장 많이 필요한 작업이었다. 먼저 리어카에 돼지를 실어 1.5톤 트럭에 던져 넣었다. 전출은 모돈을 임신사로 옮길 때처럼 다 자란 돼지의 경우가 수월했다. 큰 돼지들은 동작이 둔해서 조금 빠른 거북이를 모는 것이나 다름없기 때문이다. 자돈은 생후 1개월 정도일 때 전출하는데 돼지는 이 시기에 가장 날래다. 이때는 개, 고양이 못지않게 날쌘 데다 몸집도 작아 사람들 다리 사이로 쉽게 빠져나갔다. 일일이 리어카에 실어서 트럭으로 옮기는 이유가 여기에 있다.

자돈을 리어카에 싣기 전에 먼저 위축돈부터 골라냈다. 위축돈은 발육 상태가 좋지 않은 돼지들, 비쩍 마른 돼지들을 가리킨다. 위축돈은 인큐베이터라고 부르는 특수 돈방에서 좀 더 살을 찌운 뒤에 자돈사로 옮겼다.

자돈을 옮기는 모습은 동물 애호가들에게 보일 만한 광경은 아니다. 돼지의 귀나 다리를 잡아 들어올린 뒤 리어카 안으로 집어 던졌다. 자돈이 이리저리 도망치면 발로 밟아서 잡았다. 돼지가 '꽤액, 꽤액' 소리를 질러댔고 누군가가 무덤덤한 목소리로 주의를 줬다.

"돼지 상한다, 살살, 살살해."

돼지를 트럭에 실을 때도 귀를 잡아 던졌다. 던지는 사람에게는 그게 제일 편했다. 돼지를 들어올려 보면 귀와 목 주위에 빨간 핏줄이 서 있고 보라색 멍 자국이 가득했다. 이는 사람들이 특별히 돼지를 괴롭히기 좋아해서가 아니었다(물론 그런 성향을 드러내는 사람이 없는 건 아니었지만). 인원에 비해 감당해야 할 작업량이 너무 많았다. 700마리가 넘는 돼지를 서너 명이 하나하나 들어 올려서 옮겨야 했다. 하지만 단 한 번도 충분한 인원이 일한 적이 없었기 때문에 많은 돼지들이 전출 중에 다쳤다. 돼지들의 비명 소리에 움찔움찔하지 않은 것은 아니지만 어차피 몇 개월 더 똥칸에서 뒹굴다가 도살장으로 끌려간다고 생각하면 얼마 안 되는 죄책감마저도 금방 사라져 버렸다.

트럭이 자돈사에 도착하면 다시 돼지들을 리어카에 실어 같은 방식으로 돈방에 집어넣었다. 한번은 그렇게 하는 중에 실수를 저질렀다. 정확히 말하자면 내가 들고 있던 돼지가 실수를 했다. 자돈사 돈방에 넣을 때는 돼지의 암수를 구별해야 했다. 내가 할 일은 트럭에서 돼지를 배가 드러나게 들고 서 있는 것이었다. 그러면 아래 서 있던 윤 기사님이 돼지를 검사하고 어느 쪽 리어카에 실을지를 손짓했다. 내가 윤 기사님 얼굴을 향해 돼지를 들어올렸을 때 돼지가 그의 얼굴을 향해 오줌을 싸고 말았다. 모두가 낄낄대며 웃었다. 웃지 않았던 건 오줌을 닦아내던 윤 기사님과 버르장머리 없는 돼지를 내팽개치고 사과를 해야 했던 나뿐이었다.

자돈사에는 분만사보다 업그레이드된 악취와 더러움이 기다리고 있었다. 양돈장 도착한 첫날부터 악취를 묘사하는 온갖 형용사를 남발해 버려서 적당한 단어가 떠오르지 않는다. 분만사가 단순한 똥오줌 냄새라면 자돈사는 배설물이 생명체에 적의를 품고서 썩어가는 냄새랄까? 똥이 썩은 다음 다시 발효에 발효를 거듭한 듯한 냄새였다. 분만사는 배수로만 빼놓고 보면 대체적으로 깨끗한 편이었지만 자돈사는 눈에 들어오는 모든 곳이 오물투성이였다. 분만사가 갈색이라면 자돈사는 검은색이었다. 그것도 질척거리고 물기가 뚝뚝 떨어지는 검은색. 악취도 그에 못지않아서 들어서는 즉시 '흡' 하고 숨을 멈추게 만들었다.

자돈사 건물 전체는 분만사보다 두 배 정도 컸다. 돈방의 경우에는 자돈사 쪽이 분만사의 일곱 배 정도 크기였는데 한 방에 자돈 스무 마리가 들어갔다. 돈방은 바닥에다 1미터 정도 높이의 콘크리트 단을 설치하고 그 위에 철창을 둘렀다. 돈방 바닥에는 작은 구멍이 무수히 뚫린 녹색 플라스틱판이 설치되어, 배설물이 자연스럽게 밑으로 떨어졌다. 배설물은 정기적으로 기계를 이용해 처리했다. 자돈사는 우리 농장 유일의 자동식 돈사였는데 악취의 이유도 거기 있었다. 재래식 시설에서는 그날그날 배설물을 걷어내는 반면 자돈사에선 배설물이 어느 정도 쌓인 후에 처리했다.

자돈사에서 비육사로 옮겨지길 기다리는 돼지들은 잔뜩 살이 올라 있었다. 돈방에는 돼지들이 만원 열차처럼 빈틈이라곤 없이 꽉 들어찼다. 통로에는 구정물이 홍건히 고여 있었다. 창가엔 거미줄이 가득했고 쥐들이 통로를 다니며 사료 부스러기를 주워 먹었다. 돼지들이 움직일 때마다 뿌연 먼지가 일었다. 정체 모를 날벌레들이 날아다녔다. 그 안에 있자니 내 유전자가 서서히 변형되어 가는 느낌이 들었다. 이곳에선 마스크가 아니라 방독면을 써야 할 것 같았다.

어떤 인디언들은 바위나 눈을 묘사하는 어휘가 수십 개라는데 양돈장

퀴닝

을 제대로 묘사하려면 똥과 악취를 묘사하는 새로운 어휘군이 필요할 것 같다. 돈사의 불결함은 돼지의 성장과 비례했다. 비육사는 자돈사보다 상태가 심각했다. 이런 환경에서 일하는 사람들에게 월급 100만 원은 모욕이나 다름없었다. 왜 더럽고 힘든 일은 그 중요성에도 불구하고 언제나 과소평가될까? 지금의 대통령이 게으름을 피운다면 시위대가 할 일을 잃을 뿐이겠지만 누군가 똥오줌을 치우지 않는다면 모두가 미치거나 병들어 죽을 텐데도 말이다.

농장에서는 날이 풀려도 좋아하는 사람이 없었다. 더워지는 건 둘째 치고 일단 벌레가 늘어난다. 일조량이 많아지면서 똥도 더 자세하게 보인다. 신기한 건 하루 종일 똥만 쳐다보고 일했는데도 저녁에 나오는 된장국(별명도 '똥국'인)을 남기지 않고 먹는다는 점이다. 역경을 극복하는 힘, 불가능을 극복하게 하는 힘은 식욕에 숨어 있는 것 같다.

언제나 뭐든 가리지 않고 먹었지만 단 하나 예외가 있었다. 파리가 음식에 앉은 경우였다. 다른 곳이었다면 개의치 않았겠지만 양돈장에선 파리가 어디서 뭘 하고 돌아다니는지 똑똑히 지켜봤기 때문에 차마 먹을 수가 없었다. 파리는 수가 늘어날수록 점점 대담하게 행동했다. 식사 때면 파리 떼가 내 맞은편에 모여 나를 남의 집 잔치에 숟가락 올려놓은 불청객인 양 바라봤다. (그것도 이해 못 할 바는 아니지만.) 돈사 안의 파리도 엄청 늘어나는데, 잠든 자돈 위에 파리들이 내려앉으면 새끼 달마시안처럼 보일 정도였다.

분만사라는 부서 특성에 가장 맞는 작업은 새끼 받는 일이었다. 여기에는 섬세함과 신중함(내게 절대적으로 부족한 두 가지이기도 한)이 필요했다. 출산이 시작된 돈사에는 분만 키트라고 부르는 장비를 준비해 뒀다.

이건 말만 거창할 뿐, 새끼 받는 데 필요한 도구를 실은 외바퀴 수레일 뿐이다. 수레 안에는 톱밥을 충분히 깔아뒀다. 그리고 알코올에 담근 가위, 붉은 소독약, 20센티 길이로 자른 실 묶음, 깨끗한 수건 여러 장이 담긴 상자를 실었다.

나는 두식 아저씨의 집도 아래 새끼 받는 일을 실습했다.

"자, 봐. 새끼가 이렇게 엉덩이 사이로 빠져나와도 탯줄은 어미 몸속에 연결돼 있단 말이야. 일단 새끼를 살포시 잡아. 잡은 다음에 탯줄을 천천히 잡아당겨. 세게 당기면 안 돼, 천천히. 당기다 보면 쑥 빠져나와. 그러면 새끼를 톱밥에 대고 살살 굴려. 굴려서 톱밥을 묻힌 다음에 핏덩이를 싸악 벗겨내. 그다음에 잘 봐. 탯줄을 몸에서 손가락 한 마디 정도 떨어진 위치에다 묶어. 너무 꽉 묶으면 안 돼. 그다음, 실 묶은 그 부분에서 손가락 한 마디만큼 떨어진 데를 잘라. 자른 다음에 요 빨간 소독약을 탯줄 끝에 발라. 그리고 보온등 아래 내려놔. 그럼 되는 거야."

숙련된 조교의 시범이 끝난 다음엔 내가 직접 새끼를 받았다. 어미 몸에서 갓 빠져나온 새끼는 미끌거리는 얇은 막으로 뒤덮여 있었다. 이때 새끼는 어른 손의 1.5배 정도 크기였다. 몸이 무척 따뜻했다. 배에 손을 대보면 통통통 심장 뛰는 진동이 고스란히 전해졌다. 하지만 귀여운 건 여기까지였다. 돼지는 사람 손이 닿자마자 무섭게 울어대고 심하게 몸부림을 쳤다. 핏덩이를 닦아내는 건 어렵지 않았지만 돼지가 바둥거리는 바람에 탯줄을 묶을 수가 없었다. 움직이니까 세게 잡게 되고 세게 잡을수록 돼지는 더 심하게 몸부림을 쳤다.

"살짝 잡아, 살짝. 왜 이렇게 일을 힘들게 해."

살짝 잡으려 해도 새끼 돼지가 우는 소리에 신경이 곤두서서 금방 손

퀴닝

에 힘이 들어갔다. 묶어놔도 문제였다. 너무 헐렁하게 묶어서 풀리기 일쑤였다. 풀리지 않는 것들 역시 너무 짧게 했거나 너무 길게 묶어서 전부 다시 해야 했다. 두식 아저씨는 내 작업 결과가 영 마음에 안 드는 표정이었다.

"봐봐, 탯줄이 배에서 달랑달랑하게 요 정도 길이로 묶어줘야 된다고. 이렇게 길게 해놓으면 다른 새끼들이 밟기도 하고 창살에 껴서 찢어지기도 하고 그렇단 말이야."

나는 계속해서 같은 실수를 저질렀다.

"아, 됐어. 가서 똥이나 치워."

나는 분만사의 산부인과적 업무에는 재능이 없는 관계로 똥 치우는 데 집중해야 했다. 하지만 여기서 한 가지 오해하지 말아야 할 점이 있다. "똥이나 치워"라는 말이 상대에 대한 모욕이나 비아냥이 아니라 가장 일반적인 업무 명령이라는 사실이다. 물론 내 경우엔 두 가지가 복합적으로 작용한 것이겠지만.

다음은 프로이트 박사가 좋아할 만한 작업이다. 바로 거세다. 이 작업 역시 동물 애호가에게 보일 만한 광경은 아니었다. 똥꾼들이 수컷 새끼를 골라 거세조에 넘겼다. 거세조는 팀장님과 윤 기사님이었다. 먼저 자돈의 뒷다리를 옆구리에 붙도록 잡아당기듯 붙잡았다. 그러면 항문 아래가 불룩 튀어나왔다. 그것이 고환이었다. 팀장님은 그 부위를 칼로 째고 꾹 눌렀다. 절개된 틈 사이로 엄지손가락 한 마디 크기만 한 고환 두 개가 빠져나왔다. 고환은 칼로 잘라버렸다. 상처에 소독약을 바르면 끝이었다. 사마천 역시 이것과 크게 다를 바 없는 과정을 당했다는 기록을 읽은 적이 있다. 앞으론 존경심 없이 《사기》를 펼치진 못할 것 같다. 자돈은 몸에 칼이 닿는 즉시 가청 주파수를 넘어서는 고음으로 비명을 질러대는데, 신기하게도 돈방에 내려놓기만 하면 음소거 버튼을 누른 것처럼 조용해졌다. 마치 거세 자체는 신경 쓰지 않는 것처럼.

거세를 하는 이유는 첫째가, 동철 아저씨의 표현을 빌리자면 "지들끼리 새끼 까는 일"이 없도록 하기 위해서다.

"이게 지들 속 편하게 하는 겨. 조금만 더 있어봐. 이제 이것들이 암컷 보면 올라타려고 한다고. 이러는 게 지네들한테 편한 거야. 괜히 안 되는 거 고민하는 일 없게. 그래야 밥도 잘 먹고 쑥쑥 크지."

듣자 하니 일부 특목고에서 학업 성취도 향상을 위해 남학생들의 거세를 진지하게 고려한다는데 대단히 적절한 조치가 아닐 수 없겠다.

돼지들을 거세하는 두 번째 이유는 가격 때문이다. 거세를 안 한 돼지는 거세돈에 비해 가격이 낮았다. 거세돈의 4분의 1 가격으로 팔렸다. 가격에 차이가 나는 이유는 고기에서 비린내가 나기 때문이라고 했다.

다음으로 자돈의 이빨과 꼬리 자르는 법을 배웠다. 돼지들은 스트레스를 받으면 다른 돼지의 꼬리를 씹는 습성이 있다. 이럴 경우 상처를 통해 세균이 들어가기 때문에 어릴 때 꼬리를 짧게 잘랐다. 자돈에게는 뾰족한 이빨이 여덟 개 있는데 이걸 니퍼로 잘라 뭉툭하게 만들었다. 모돈의 유두가 상하지 않게 하기 위해서였다.

"너 꼬리는 자를 줄 알지?"

상우 아저씨가 물었다.

"자, 꼬리가 있으면 엉덩이 끝에서 손가락 한 마디쯤 해서 니빠로 꾹한 번 눌러줘. 자르면 안 돼. 눌러 주기만 해. 자르는 건 누른 자리보다한 3센티 아래. 잘라낼 부분에 피가 안 통하게 미리 지혈을 해주는 거야.

요렇게 잘라내고 거기다 약을 톡톡 발라주면 땡이야. 다음, 자 봐라. 일단 자돈 입을 벌린 다음에 어금니 난 여기다 엄지손가락을 딱 끼워놔. 돼지가 입 못 다물게. 그다음에 이렇게 함 보이지? 뾰족한 이빨이 아래위로 여덟 개 있잖아. 요걸 니빠로 톡톡 잘라내. 그라면 다 됐어."

이건 탯줄 묶는 것보다 훨씬 수월했다. 이 외에도 분만사 업무는 여러 가지였다. 다양한 종류의 주사를 놓을 줄도 알아야 하고 봉침을 놓을 줄도 알아야 했다. 봉침은 이곳의 유일한 친환경 사육법이었다(벌은 그렇게 생각 안 하겠지만). 분만이 끝난 모돈의 엉덩이에 벌침을 놓는데 이는 항생제 대신이었다. 꼬리를 들고 항문 바로 아래 침을 놓았다. 대단히 사나운 벌이지만 돼지는 파리를 쫓아낼 때처럼 뭉툭한 꼬리를 휘휘 젓는 것 말고는 이렇다 할 반응을 보이지 않았다.

마지막은 모든 분만사 직원이 꺼려 하고 또 힘들어하는 작업이다. 모돈은 출산이 끝나면 태반을 배출하는데, 출산이 끝났는지는 이 태반의 배출 유무를 통해 확인했다. 출산이 이틀 이상 계속될 때는 분만 촉진제를 주사한다. 이마저도 소용이 없다면 그건 자궁에서 새끼가 거꾸로 잡혀 있거나 사산된 경우였다. 이때는 사람이 직접 항문으로 손을 넣어 끄집어냈다.

우선 손과 팔을 비누로 깨끗이 씻었다. 손을 집어넣을 때는 돼지가 움직이지 못하도록 하는 것이 중요했다. 그 상태에서 돼지가 주저앉으면 팔이 부러질 수도 있었다. 이 작업은 단순히 자궁 속에 있는 새끼를 끄집어내는 게 전부가 아니었다. 그 안에서 새끼나 태반을 찾아내야 하고 새끼와 어미가 다치지 않게 잘 꺼내야 했다. 하지만 이렇게 해도 결국 내용물을 꺼내지 못할 때가 있었다. 그런 모돈은 곧장 출하대로 보냈다. 이 작업은 경력이 오래된 사람도 힘들어하기 때문에 여의치 않을 땐 언제나 팀장님의 도움을 받았다. 그럴 때면 나는 산파를 찾는 심부름꾼처럼 농장을 뛰어다녔다. 팀장님은 자초지종을 들은 후 장화를 질질 끌며 나를 따랐다.

"아니, 여기서 일한 지가 얼만데 아직도 그걸 혼자 못햐? 아주 똥을 싸서 뭉개고 앉아 있구만."

돼지와 관련된 업무와는 별도로 내가 도맡았던 일이 하나 있었다. 기숙사에서 쉬고 있으면 밖에서 "분만사 막내 시켜" 하는 소리가 들렸다.

"야, 잠깐 나와봐, 이것 좀 니가 해줘야겠다."

한 아저씨가 방문으로 얼굴을 들이밀며 말했다.

전등을 갈아 끼우는 중이었다.

"아이구, 팔도 안 뻗고 갈았네."

"이야, 우리는 의자 놓고 그 위에 박스 올려놔도 안 닿던데."

나는 비정상적으로 키가 커서 군대에서도 이 내무반 저 내무반 불려다니며 전구를 갈아 끼웠다. 아르바이트할 때도 이 사무실 저 사무실 끌려다니며 전구를 갈았다. 실제로 내 주민등록증에는 내가 전구 갈아 끼우는 용도로 태어났다고 기록되어 있다.

15동 사무실에 걸린 주간 계획표를 보면 분만사의 한 주가 어떻게 흘러가는지 한눈에 볼 수 있었다.

4월의 어느 주간 계획표는 아래와 같았다.

6. 소독, 이유(8)

226   퀴닝

7. 21-A 거세

8. 소독, 7-A 입주, 봉침(8), 전출(7), 수세(8)

9. 이유(8), 21-B 거세, 수세(7-B)

10. 소독

11. 입주(7-B), 구충(14)

12. 소독, 봉침(14)

맨 앞의 숫자는 날짜고 괄호 안의 숫자는 각 돈사의 번호다. 돈사 번호가 없는 작업은 분만사 공통 작업이다. 위의 주간 계획표를 풀어쓰면 아래와 같다.

6일: 분만사 전체 소독, 8동의 출산 끝난 모돈을 임신사로 옮긴다.

7일: 21동 A 구역의 자돈을 거세한다.

8일: 임신한 모돈들을 임신사에서 분만사 7동으로 옮긴다. 8동의 모돈들에게 벌침을 맞힌다. 7동 자돈을 자돈사로 옮긴다. 전출이 끝난 8동을 물청소한다.

9일: 8동 모돈을 임신사로 돌려보낸다. 21동 B구역 자돈을 거세한다.

10일: 분만사 전체를 소독한다.

11일: 임신한 모돈을 7-B 구역으로 옮긴다. 14동 자돈에게 구충약을 먹인다.

12일: 분만사 소독을 하고, 14동 모돈에게 벌침을 맞힌다.

주간 계획표 옆에는 폐사를 표기했다. 예를 들어 '20-18(2)'는 '20동

18번 돈방에서 자돈 두 마리가 죽었다'는 뜻이다.

#6

　어느 동물이나 마찬가지겠지만 갓 태어난 새끼 돼지는 정말 귀엽다. 커다란 눈에 긴 속눈썹, 자그마한 입, 모두가 인형 같다. 돈방 안에서 뒹구는데도 언제나 핑크빛 살결엔 윤기가 흐른다. 미용업계는 피부 미용의 비결을 새끼 돼지에게서 찾아봐야 할 것 같다. 행동도 앙증맞다. 갓 태어난 새끼는 삐쩍 마른 다리로 어떻게든 일어서 보려고 바둥거리는데, 처음엔 온몸을 부들부들 떨면서 한 번에 다리 하나씩 힘을 주며 일어선다. 하지만 네 발로 서도 얼마 지나지 않아 마치 빙판 위에 올라선 것처럼 사방으로 다리를 펼치며 주저앉고 만다.
　자돈은 걸을 수 있게 되면 어미의 젖부터 찾기 시작한다. 눈도 제대로 뜨지 못한 상태에서 어둠 속에서 스위치를 찾는 손처럼 코로 어미의 몸 여기저기를 더듬거리며 움직인다. 목적한 곳에 이르면 어미 배 속으로 뚫고 들어갈 듯이 젖을 꾹꾹 눌러가며 빨다가 입을 '헤' 벌린 채로 잠이 드는데, 이 모습이 그렇게 귀여울 수가 없다.
　모든 돈방마다 대장 자돈이 있다. 새끼들은 몸을 자유롭게 움직일 수 있게 되면 서로 물고 밀고 당기며 노는데 생후 일주일이면 대장이 가려진다. 대장은 알아보기 쉽다. 대장은 젖을 두세 개씩 차지한다. 젖 중에서도 모유 생산이 잘되는 게 있고 그렇지 않은 게 있다. 새끼들이 한두 번 빨다가 입을 떼는 젖이 있는가 하면, 새끼들이 유독 몰리는 젖도 있

　　　　　　　　　　　　　　　　　　　　　　　　퀴닝

다. 생산량이 좋은 젖은 당연히 대장 차지다. 대장은 자기 몫의 젖을 번갈아 가며 빨다가 다른 자돈이 입을 들이대면 곧바로 공격해서 다른 자돈을 몰아낸다. 힘센 놈들이 여러 젖을 차지하기 때문에 나머지 자돈들의 젖 경쟁은 치열하다. 자돈의 식사 시간은 모유의 춘추전국시대, 어미 젖을 향한 레드오션이라 부를 만하다. 새끼들은 빨래집게처럼 젖을 꼭 물고 어디서 태클이 들어와도 꿈쩍도 하지 않는다. 하지만 약한 놈들은 다른 돼지가 슬쩍 머리만 들이밀어도 삑삑 울면서 물러선다. 체력도 성격도 유약한 돼지들은 며칠 지나지 않아 뼈가 드러날 정도로 마른다. 이런 놈들은 자돈 수가 적은 방으로 옮긴다.

언뜻 듣기에는 시끄럽기만 할 뿐인 자돈의 울음소리에도 차이가 있다. 젖을 뺏겼을 때 내는 소리, 모돈에게 깔렸을 때 내는 소리, 사람 손에 잡혔을 때 내는 소리, 자돈끼리 놀면서 내는 소리. 중요한 건 이 중에서 자돈이 어미 몸에 깔렸을 때 내는 소리를 구분하는 거다. 한참 똥을 치우다 보면 아저씨가 뜬금없이 이런 말을 던진다.

"야, 깔렸다. 가봐."

돈사를 한 바퀴 돌아보면 아저씨 말대로 모돈이 새끼 돼지를 깔고 앉아 있다. 돈방 내부의 틀은 모돈이 간신히 앉았다 일어설 수만 있게끔 되어 있다. 이때는 사람이 모돈을 쳐서 일으켜야 한다. 한 동에서 태어난 새끼 중 열 마리 정도는 야간에 모돈에게 깔려 질식사해 죽는다. 그렇다고 모돈을 오해하면 안 된다. 양돈장에서는 돈방의 구조가 허락하는 만큼만의 모성애가 가능할 뿐이다. 때 되면 젖을 물리고, 그러다 사람들이 새끼들을 데리고 가는 모습을 멍하니 바라보는 정도의 모정. 돼지 만드는 공장이나 다름없는 이곳에서 모성애란 게 생길 수 있는지도 나는 잘 모르겠다.

돼지는 눈이 가장 매력적이다. 매력을 결정짓는 것은 속눈썹이다. 돼지는 속눈썹이 무척 긴데 빛깔은 하얀색과 은색의 중간 정도다. 돼지의 눈매에는 뭔가 신비로운 구석이 있다. 이지적이면서도 그윽하다. 돼지가 사람을 바라보는 눈빛은 해탈한 고승 같다. 꼭 '참새가 어찌 봉황의 뜻을 알리요' 하고 말하려는 것처럼.

다 자란 돼지의 몸에서 가장 이질적인 부분은 꼬리다. 가마솥만 한 엉덩이 가운데 꼬리가 솥뚜껑 손잡이만 하게 붙어 있다. 꼬리는 말리는 지점에서 잘렸다. 짧고 뭉툭한 꼬리가 앙증맞게 흔들거리는 모습은 꼭 돼지 엉덩이에 나비가 앉아 팔랑대는 것 같다. 꼬리의 가볍고 경쾌한 움직임은 이렇게 말하고 싶어 하는 것 같다. '내가 지금은 일이 잘 안 풀려서 돼지 엉덩이에 달려 있지만 난 원래 이런 자리에 어울리는 존재가 아니야!' 나중에 알게 됐지만 직원 대다수가 가슴 한편에 돼지 꼬리와 동일한 태도를 간직하고 있었다. 나는 돼지 꼬리를 '몰리'라고 부르기로 했다.

돼지들은 모든 호기심을 코와 입으로 해결하려 든다. 그 때문에 모돈이 수분이 적은 똥을 쌀수록 자돈들이 건강하다. 물기가 쫙 빠진 똥은 바닥에 떨어지면 톱밥 위를 구르면서 마치 설탕가루를 입힌 초대형 초코머핀 같은 모습으로 변한다. 이런 경우는 치우기도 쉬울뿐더러 바닥에 거의 묻지도 않는다. 반면 수분을 듬뿍 머금은 똥은 냄새도 고약할뿐더러 쉽게 으깨져서 곳곳에 묻었다. 모돈이 똥을 싸면 자돈들이 주위로 몰려들어 냄새를 맡고 건드려 보는데 스포츠를 좋아하는 놈들은 이리저리 굴리며 공놀이를 하기도 한다. 똥을 치우다가도 어린아이의 장난감을 뺏는 것 같은 기분이 가끔씩 드는 건 이런 경우다.

자돈의 호기심은 식욕 이상으로 왕성하다. 형태를 가진 모든 것을 냄새 맡고 씹어보려 한다. 문제는 돈방 안에서 호기심을 채워줄 만한 소재가 매우 제한된다는 점이다. 똥, 또는 똥이 묻은 무언가밖에 없다. 그래서 더러운 돈방의 자돈은 설사가 잦고 폐사도 많다. 어떻게 보자면 고양이뿐 아니라 돼지도 호기심 때문에 죽는다고 할 수 있겠다.

농장에서는 돼지를 키우는 것뿐 아니라 죽이는 것 역시 업무의 하나였다. 이곳에선 그걸 고상하게 '도태'시킨다고 불렀다. 도태의 대상이 되는 건 수익성이 없어 보이는, 즉 왜소하고 병든 돼지들이다. 새끼 돼지는 출산 직후에도 도태당한다. 이 시기에 도태가 느는 건 농장의 관행 탓도 있다. 자돈의 폐사가 늘면 해당 돈사의 담당자가 문책을 받았다. 일부 사람들은 비실비실하고 왜소한 새끼를 미리 도태시키고 사산으로 표기했다. 사산은 모돈의 결함일 뿐 작업자의 잘못이라 생각하지 않기 때문이다.

갓 태어난 새끼는 말이 고상해서 도태지 그냥 잡아 들어 바닥에 내동댕이치는 게 전부다. 하지만 자돈사의 돼지만 해도 들어 올려서 던지는 게 불가능하다. 이때는 돼지를 밖으로 끌고 나간 다음 쇠파이프나 망치로 머리를 강타한다. 끔찍한 건 어떤 경우도, 아무리 어린 새끼라도 한 방에 죽지는 않는다는 점이다. 돼지는 코와 입으로 피를 흘리며 비명을 지른다. 처음엔 '꽤애애애액' 하다가 점점 앞부분이 사라지고 가늘게 '애애애애' 하는 소리만 남는다. 이 소리만 듣고 있어도 지옥에 잠시 담가졌다 꺼내진 기분이 들었다. 돼지는 앞다리와 뒷다리를 뒤틀며 몸부림을 치다가 서서히 동작을 멈춘다. 이럴 때는 몇 번이고 돼지를 더 가격해 빨리 목숨을 끊어주는 것과 그대로 내버려두는 것 중 어느 쪽이 더 '인간적'이고 '자비로운' 행동인지 확신이 서지 않는다. 대개는 후자를 택한다.

내가 처음으로 돼지를 죽인 날은 아이러니하게도 처음으로 새끼를 받은 날이었다. 21동의 11번 방이었다. 아저씨들보다 세 배 이상 시간이 걸렸지만 나 혼자 닦고 묶고 자르고 약까지 발랐다. 그렇게 11번 방에서 태어난 새끼 열한 마리 모두 내 힘으로만 받아냈다. 어차피 모두 햄 공장 신세이긴 했지만 애착이 생기는 건 어쩔 수 없었다. 한 마리를 집어 들자 새끼 돼지가 소리를 질러댔다. 나는 새끼 돼지의 눈을 바라보며 말했다.

"걱정 마라, 잡아먹히려면 아직 멀었으니까."

똥 치우고 남은 시간에는 11번 방 자돈들을 귀찮게 하며 지냈다. 한창 새근새근 자는 새끼의 콧구멍을 손가락으로 막았다. 자돈은 한 8초 정도 뒤에 '켁' 하고 기침을 하며 잠에서 깼다. 돼지한테는 미안한 말이지만 기침하는 모습이 너무 귀여웠다. 똥이나 오줌을 싸는 돼지는 엉덩이를 잡아서 주저 앉혔다. 그러면 놓아줄 때까지 빼액빼액 하고 소리를 질렀다.

근무가 끝나기 전 두식 아저씨가 돼지들을 확인하러 왔다. 아저씨는 "선찮어, 선찮어" 하고 중얼대다 제일 마른 놈을 붙잡았다. 돼지는 기껏해야 어른 손만 한 크기였다. 그는 돼지를 머리 위로 들어 올렸다 바닥에 내리쳤다. 그러고는 축 늘어진 돼지를 배수로에 던져 넣고 나가버렸다. 나는 돼지를 바라봤다. 돼지는 아직 살아 있었다. 구정물이 가득한 배수로 속에서 고개를 흔들며 부들부들 떨고 있었다. 나는 그래야만 한다고 생각했다. 나는 아저씨가 그랬듯 돼지의 뒷다리를 잡아들고 크게 휘둘렀다. 마치 한순간에 그를 죽음 너머로 던져버릴 것처럼. 내가 얼마나 덜 떨어진 놈인지 얘기했던가? 막상 죽인다고 생각하니 순식간에 팔에서 힘이 빠져버렸다. 돼지는 죽기에만 부족한 정도로 부딪쳤다. 돼지는 여전히 살아 있었다. 빌어먹을! 빌어먹을! 빌어먹을! 나는 "빌어먹을!"을 외치며 돼지를 내리쳤고 다시 내리쳤고 그러고 나서 한 번 더 내리쳤다. 돼지는 여전히 살아 있었다. 기괴한 상황이었다. 손바닥만 한 돼지 한 마리 죽일 힘도 없는 인간이 약해 보인다는 이유 때문에 그 돼지를 죽이려 했다. 돼지는 코와 입에 피가 흥건했지만 여전히 다리를 움직였다. 나는 겁에 질려 아저씨가 그랬듯 돼지를 배수로에 던져 넣고 밖으로 뛰쳐나 갈 수밖에 없었다.

#7

팀장님이 일하는 모습은 감탄스러웠다. 내가 니기적니기적 똥을 긁어 내는 걸 보면 팀장님이 빽 소리를 지르며 괭이를 뺏어 들었다.

"승태야! 똥 치우는 걸 몇 시간을 하냐? 이리 줘봐 봐!"

그러고는 연신 "이렇게! 이렇게" 하고 외치며 직접 괭이질을 해 보였다. 순식간에 돈사 절반을 끝마쳤다. 그는 가장 적은 움직임과 짧은 동선으로 똥을 퍼 담았다. 그다지 움직인 것 같지도 않은데 한 시간 정도 만에 똥까지 다 실어냈다. 그가 똥 치우는 모습은 스티븐 시걸이 건성건성 팔만 휘두르고서도 악당 수십 명을 27초 만에 제압하는 장면을 떠올리게 했다. 팀장님은 말이면 말, 행동이면 행동 어느 것 하나 거침이 없었다. 때로는 그런 거침없음이 지나쳐 터무니없어 보이기도 했다.

"뭐여? 추워? 감기여? 그런 거 뭐, 소주 댓 병 마시고 싸우나 가서 자버리면 되지. 아니 아예, 냉탕에 들어가서 이 씨바 것, 감기가 이기나 내가 이기나 함 해보자 그래!"

팀장님이 의사가 아닌 게 안타까웠다.

팀장님은 누구보다 열심히 일했지만 모두가 그럴 수 있는 건 아니었다. 많은 사람들이 며칠 일해보다 질색을 하며 농장을 떠났다. 처음 한 달 동안 네 명이 다녀갔다. 모두가 비육사에 배정받은 사람들이었다. 이 중에서 2주 이상 일한 사람이 없었다. 50대 초반의 한 남자는 열흘 정도 일하고 그만뒀다. 이곳엔 한 달이 되기 전에 그만두면 소개비는 본인이 부담한다는 규정이 있었다. 그는 소개비와 담배 산다며 가불받은 돈을 제하고 2만 원을 받아 돌아갔다. 또 한 사람은 30대 후반의 독실한 기독교인이었다. 그는 무슨 대단한 결심을 했는지 중형 냉장고만 한 여행 가방을 들고 왔다. 그는 쭉 양돈장에서 일했는데 모두 개인 농가에서였고 대규모 농장은 이곳이 처음이었다. 그는 일주일 정도 일하고 그만뒀다.

"개인 농장은 일이 대중이 없긴 해도 이렇게 힘들진 않아. 여기는, 여기는 아, 정말 한 동에서 똥이 너무 많이 나와."

그는 "하느님이 더 좋은 일자리 구해주실 거야" 하고 말하며 농장을 떠났다. 야훼가 에덴동산 한구석에 실업자 구제소를 세웠다는 구절을 창세기에서 읽은 적이 있긴 하지만 그건 어디까지나 낙원의 경우고, 평생 돼지 똥만 치우며 살아온 이 왜소한 남자가 정말 괜찮은 일자리를 얻을 수 있을지는 조금 의심스러워 보였다.

새 직원이 며칠 일하다 그만두면 다들 말이 많아졌다.

"나이를 그렇게 처먹고 그것도 못 버티나?"

"이런 일 얼마든지 할 수 있다고 하지? 나중에 봐봐, 몇 놈이나 한 달 버티나."

나는 그들을 판단하고 싶지 않다. 조롱을 감수하면서 맞지 않는 일을 중간에 그만두는 사람을 나는 진심으로 존경한다. 내가 보기엔 하기 싫은 일을 하며 사는 것이야말로 인간을 삐뚤어지게 만든다. 내가 경멸하는 사람은 황소 심줄 같은 끈기를 지닌 사람들이다. 참고 참아서 끝내는 어디선가 한자리 꿰차는 사람들. 그러니 너희들도 인생의 절반을 무의미한 일을 하며 살라고 권하는 사람들. 이런 사람들에 비하면 중도 포기자들은 언제 어디서고 "이제 그만!"이라고 외칠 수 있는 용기가 있는 사람들이다. 참을성 좋은 사람들은 체면이니, 부모니, 정체를 알 수 없는 명분에 충성을 다하는데, 세상을 어둡게 만드는 건 여지없이 이런 부류다.

신참들이 한 달도 못 채우고 그만두는 이유는 아저씨들이 수군대는 것보다 좀 더 복잡했다. 우리는 한 달에 이틀 쉬었고 최저임금 4000원을 받았으며 작업 환경은 앞에서 이야기한 그대로였다. 나로서는 그 정도면 말 다했다고 생각하지만 필요하다면 이유는 얼마든지 더 찾아볼 수 있다.

회사는 임금 이외의 지출을 줄이는 데 심혈을 기울였다. 일륜차 하나, 일륜차 바퀴 하나, (태반 담는) 두꺼운 비닐 두 롤, 낫 세 개, 플라스틱 빗자루 다섯 개. 5월에 분만사에 지급된 소모품 목록이다. 소모품이 일주일 정도 늦게 도착했는데 누군가 왜 이렇게 늦었냐고 묻자 이 부장이 대답했다.

"그거 없다고 일 못 해요? 소모품만 한 달에 150만 원이에요, 150! 그걸 아껴봐요."

간부들은 노랭이 짓거리를 예술의 경지까지 끌어올렸다. 우리는 개인

별로 마스크 두 개, 장갑 두 켤레를 지급받았다. 그걸 가지고 한 달을 써야 한다는 말을 듣자 어이가 없었다. 어쩔 수 없이 이것들을 매일 빨아야 했다. 마스크는 늘어났고 장갑의 코팅은 떨어져 나갔다. 헌 장갑도 함부로 버릴 수 없었다. 구멍을 가리기 위해 여러 개를 겹쳐 썼기 때문이다. 당장 건강과 직결되는 것들이 이 정도면 나머지는 어떨지 뻔한 일이다.

커피믹스와 일회용 컵은 각자가 모은 돈으로 구입했다. 일회용 컵은 한 번 쓰고 버리는 법이 없었다. 환경을 걱정해서 그런 것이 아님은 두말할 필요도 없는 일이다. 물론 일회용 컵이 비싼 물건은 아니다. 하지만 직원들의 실제 급여는 이것저것 다 떼고 나면 90만 원대였다. (나 같은 일용직은 4대 보험을 적용해 주지 않았기 때문에 온전히 100만 원을 받았다.) 게다가 이 사람들한테는 가족도, 빚도 있었다. 분만사 사무실에 단 한 대 있는 선풍기는 승찬 아저씨가 산 것이었다. 냉장고는 팀장님 집 근처에 버려진 걸 주워서 썼다. 거기에는 물뿐 아니라 돼지용 약품도 보관했다. 돈사마다 비치된 구급약통은 스티로폼으로 된 자그마한 아이스박스였고 그 안에 든 의약품이란 대일밴드 한 통과 누렇게 변색된 붕대 한 묶음이 전부였다.

성민 형님이 회사 측에 문제를 제기했지만 아무런 답변도 얻지 못했다고 했다.

"승태야, 여기서 일할 때는 니 건강을 최우선으로 생각해. 회사에서 그런 거 신경 써줄 거 같애? 절대 안 그래. 지금 우리 소모품이라고 주는 것들 봐봐. 그거 가지고 되냐? 너도 돈사 안에 먼지 얼마나 많은지 봤지? 그게 그냥 흙먼지가 아냐. 돼지 똥 말라붙은 부스러기야. 그래서 내가 회사에 말했다고. 지금 쓰는 이런 면 마스크 말고 분진 마스크, 장갑도 손

퀴닝

바닥만 코팅된 거 말고 전부 코팅된 그런 걸로 바꿔달라고. 솔직히 장갑 같은 거 매일같이 똥오줌 묻는데 그걸 한 달에 두 개만 주는 게 말이 되냐? 하루에 하나씩 갈아 껴야지. 내가 알아봤다고, 분진 마스크 이런 거 얼마 안 해. 기껏해야 몇백 원 차이야. 내가 그 얘기 한 지 몇 개월이 지났지만 아무 대답도 없어. 신경 안 쓴다는 거야. 그러니까 니 건강 니가 챙기는 것 말곤 아무것도 없어."

식사는 대체로 형편없었다. 나오는 음식들은 김치부터 요리라고 부를 수 있는 것들까지 모두 포장을 뜯어 그대로 접시에 담기만 하거나 조금 데우기만 하면 되는 것들이었다. 식당 앞 쓰레기통에는 한 번도 본 적 없는 냉동 식품의 포장 비닐이나 통조림 캔이 늘 잔뜩 쌓여 있었다. 나는 이 식당에서 직접 만들어내는 건 음식 쓰레기뿐일 거라고, 그리고 그것마저도 (단무지에 묻어 있는 고춧가루로 판단하건대) 결코 낭비하지 않을 거라고 확신했다.

점심 메뉴가 그대로 저녁에 나오는 날이 많았는데 누군가 그 이유를 명쾌하게 설명해 줬다.

"그거야, 사장은 여기서 저녁 안 먹으니까."

우리는 식단에 대한 불만을 장화 바닥에 낀 똥을 씻지 않고 식당에 들어가는 것으로 표현했다. 하지만 이 방식에는 치명적인 결함이 하나 있었다. 식당 아주머니는 식사가 한창일 때도 먼지가 풀풀 날리도록 바닥을 쓰는 데 아무런 거리낌이 없었다.

"아유, 이것 좀 봐! 똥은 밖에서 다 털고 들어오란 말이야!"

이곳은 양돈장이지 도살장이 아니라는 이유로 고기가 식판에 오르는 경우는 일주일에 한두 끼가 전부였다. 제육볶음이나 돈가스가 나온 날은 식당 전체가 술렁였다. 식당에서는 술이나 음료수도 팔았는데 아저씨들은 식판을 들기도 전에 냉장고에서 막걸리부터 꺼냈다. 먹성 좋은 아저씨들은 머슴밥을 푼 다음 밥알 하나당 고기 한 점의 비율로 고기를 담았다. 그러면 줄 뒤에 선 사람들이 자기까지 차례 오겠냐며 투덜거렸다. 곳곳에서 술잔이 돌고 아저씨들은 불콰해진 얼굴로 웃고 떠들었다.

고기 반찬이 나왔다고 잔치 분위기로 변하다니, 그게 무슨 쌍팔년도 이야기냐고 할지 모르겠지만 내 생각은 이렇다. 지금이 21세기라고 해서 모두가 화상 통화를 하고 제트팩을 메고 출근하는 건 아니다. 어떤 사람은 여전히 IMF 시절을 살고 있고 또 어떤 사람은 서울 올림픽 시대의 삶을 산다. 삶의 스펙트럼 전체를 살펴본다면 얼마나 소수의 사람들만 이 '동시대적인' 생활 수준을 누리는지 확인하고 놀라게 될 것이다.

한 달에 한 번 있는 사장님 말씀 시간은 회사가 직원들을 어떻게 대하는지 깨닫게 해줬다. 오후 작업 시작하기 전에 사람들이 회의실에 모였다. 이 부장이 들어와 사람들을 일으켜 세웠다.

"자, 오늘 사장님 나오시니까 다들 여기 가운데 서요. 오와 열 맞춰서. 아니, 왜 아무도 앞에 안 설라 그래? 그럼 오늘 진급자들이 앞에 서요. 아, 빨랑빨랑. 자, 오와 열 맞춰서."

10분쯤 늦게 사장이 나타났다. 남들보다 자지가 열 배는 더 크고 무겁다는 듯한 자세와 걸음걸이를 하고서. 사장이 느릿느릿 대열 가운데 서자 이 부장이 구령을 붙였다.

"차렷, 자, 자, 사장님 나오셨는데 조용들 하고. 차렷, 열쭈우우우웅서엇! 차렷, 열쭈우우우우우웅셧! 차렷, 열쭈우우우웅…."

속으로 '이 씨발놈이 미쳤…'까지 중얼거렸을 때 그가 경례를 외쳤다.

퀴닝

"에… 그리고 진급하신 분들 축하드립니다. 그리고 이번에 진급 못 하신 분들도 다음 기회에… 열심히 일하신 데 대해 회사가 또 그만큼 또 보상을 해드릴 테니 너무 서운해 마시고 지금처럼 열심히 해주시기 바랍니다. 조만간에 임금 인상이 있을 예정인데 요즘은 다 사람을 줄인다, 임금을 줄인다, 그러는데 우리는… 에… 또 열심히 해주는 여러분들 생각해서 임금을 인상하게 됐다는 점을 말씀드리고 싶습니다.

에… 또… 얼마 전에 유럽이랑 FTA 협상이 있었는데 뭐 항간에서 FTA가 된다, 안 된다 말들이 많은데 FTA 됩니다. 한 2년이나 1년 반 안에 유럽이랑 FTA 체결됩니다. 유럽 돼지고기 들어오면 국내 양돈에도 영향을 아주 크게 줄 겁니다. 지금 우리나라에서 키우는 돼지가 900만 두 정도 된다고 하는데 FTA가 체결되면 여기서 30퍼센트 정도는 도태됩니다. 우리 농장은 다들 어렵다고 할 때 흑자를, 작년에 10억 흑자가 있었죠, 다른 데는 다들 적자였어요. 하지만 우리 농장도 모르는 겁니다. 경쟁력을 가지려면 생산원가를 줄이는 것밖에 없습니다. 생산원가를 줄이려면 인건비밖에 없습니다. 그래서 앞으로, 이렇게 얘기하면 너무 야박하게 들릴지 모르지만 자동화할 건 자동화해서 인건비를 조금씩 줄여나가는 방향으로 가야 할 것 같습니다. 그렇게 안 하면 우리 농장도 도태당합니다.

그래서 앞으로 인사고과, 진급 결정도 지금보다 기준을 더 엄격하게 할 계획입니다. 앞으로 무단결근하면 진급이나 임금 인상에서 불이익을 받을 겁니다. 자기 건강은 자기가 챙기는 겁니다. 회사가 일일이 그런 것까지 신경 써줄 수 없는 거 아닙니까? 체력검사에서 탈락하시는 분들도 불이익을 받을 겁니다. 일 끝났다고 맨날 술만 먹지 말고 달리기도 하고 윗몸일으키기도 하고 그러세요. 자기 몸은 자기가 알아서 해야죠. 그리고 채무 불이행 기록이 있으신 분들도 불이익을 받을 겁니다. 매일 돈 관리, 돈 관리 하면서 정작 자기 돈 관리 못 하는 사람들도 문제가 있는 거죠."

사람들은 '똥 묻은 장화로 이마빡을 까버리고 싶다'는 표정으로 사장을 바라봤다. 이런 분위기를 아는지 모르는지 사장은 계속 주절댔다. 어찌됐건 분위기를 파악하느냐 못 하느냐에 따라 죽느냐 사느냐가 결정되는 시대에 살지 않는다는 건 다행스러운 일이다.

"에… 그리고 이번 달 말에 야유회가 예정되어 있는데, 앞으로… 에… 앞으로 야유회는 개인 휴일을 사용해서 가는 걸로 하겠습니다. 아시겠습니까? 야유회 가시면 그달 휴일이 하나 주는 겁니다. FTA에 대비하기 위한 회사 방침이니까 믿고 따라주셨으면 좋겠습니다. 그리고 누구는 가고 누구는 안 가고 이러면 형평성에 안 맞으니까 야유회는 무조건적으로 모두가 참석하는 걸로 하겠습니다."

이 정도면 똥꾼에 대한 선전포고라고 부를 만하다. 사장은 불이익 운운하며 겁을 줬지만 이런 곳에서 일하는 것 자체가 대단한 불이익이라는 생각은 못 하는 모양이었다. 그의 말에서 회사가 휴일에 대해 우리와 얼마나 다른 개념을 가졌는지 엿볼 수 있었다. 직원에게 휴일이란 육체와 정신의 재충전을 위해 마땅히 누려야 하는 날이라면 사장에게 휴일은 회사가 직원에게 허락해 줬기 때문에 존재하는 날이었다.

이상할 것도 없지만 아저씨들 사이에는 '자기 몸만 챙기면 된다'를 작업 신조로 삼은 사람들이 적지 않았다.

"아니, 20년씩이나 어떻게 일하셨어요?"

"어떻게 하긴, 저어어기, 양 기사처럼 하면 되지."

"그게 어떻게 하는 건데요?"

"절대 뛰지 말고, 무거운 거 들지 말고, 잔업하라고 하면 병원 간다고 해."

"그럼 잘리는 거 아니에요?"

"사무실 사람들이야 그렇지. 회사가 내 몸 챙겨주냐? 사장이 얘기하잖아, 자기 몸 자기가 챙기라고. 오래 일하려면 몸 사려야 돼."

어떤 사람들은 보험을 눈속임 정도로 생각했다. 자기가 다치고 병들었을 때 그게 해결책이 될 수 있을 거라고 믿지 않았다. 월급날이면 국민연금이 쌍욕 세례를 받는 것도 같은 맥락이었다. 중요한 건 바로 이 순간이었다. 지금 당장 내가 건강한 것, 지금 당장 내 손에 돈이 쥐어지는 것이 최고였다. 아저씨들에게 건강보험이란 곧 요령 부리기, 뻥끼 쓰기, 몸 사리기였다. 즉 그들이 건강을 위해 들이는 최고의 노력은 건강에 무리가 갈 수 있는 모든 것을 피하는 것이었다.

#8

아무리 열악한 곳이라 해도 지금보다 더 떨어질 순 없다는 안도감 같은 게 있지 않을까 싶었지만 나는 그런 호사도 누려보지 못했다. 농장에서 일한 지 한 달이 지나갈 무렵, 김 이사가 나를 찾았다.

"아, 저기 한승태 씨?"

"예."

"이번 달에 부서 조정이 있는데 한승태 씨는 내일부터 비육사에서 근무하세요."

내 딴에는 양돈장 생활에 충분히 적응했다고 믿던 시기였다. 돼지 농장 일은 통발배만큼이나 힘들었다. 그럼에도 이곳에서 버틸 수 있는 건 근무시간이 짧고 생활이 규칙적이라는 점, 그리고 속도가 작업의 핵심이 아니라는 데 있었다. 꽃게잡이 배나 주유소에서는 나만의 속도라는 게 없었다. 배에서는 통발이 올라오는 속도에 맞춰야 하고 주유소에선 차가 밀려드는 속도에 맞춰야 했다. 반면 양돈장에선 돼지의 신진대사 속도에 맞췄다. 다행히 돼지가 초 단위로 똥을 싸는 건 아니기 때문에 어느 정도 여유를 가지고 일을 처리할 수 있었다. 하지만 이제는 그 얼마 안 되는 여유도 끝이었다. 비육사는 (믿거나 말거나) 하루치 똥을 수직으로 쌓으면 에베레스트 산을 넘고 한 달치 똥을 이어붙이면 지구를 두 바퀴 반 감을 수 있는 곳이었기 때문이다.

몇몇 사람들은 내가 비육사로 옮겨간 게 그보다 며칠 전 있었던 일 때문이라고 했다. 그날은 김 이사가 야간 잔업 할 사람을 구하고 있었다. 회의실을 한 바퀴 빙 돌며 모두에게 잔업 여부를 물었다. 30여 명 전원이 몸이 안 좋다거나 시내에 가봐야 한다며 고개를 돌렸다. 나는 무언가 신선한 핑계거리가 없을까 고민하며 차례를 기다렸다. 긴장했을 때의 내 문제점 하나는 마음에 있는 말을 그대로 내뱉어 버린다는 거다.

"어이, 신참 잔업 좀 해야지?"

"예? 어… 으… 전… 안 합니다."

순간 회의실이 조용해졌다.

"…뭐?"

퀴닝

"아, 안 합니다."

"안 해? 하, 참."

돈사로 돌아가는데 아저씨들이 걱정스럽다는 듯이 말했다.

"에유, 그걸 안 하겠다고 하면 안 되지. 어디 몸이 아프다고 해야지, 똑같은 말이라도 말이야. 김 이사 눈 밖에 나서 좋을 거 하나도 없어."

회사가 직원들을 고분고분하게 만드는 방법이 비육사 좌천이었다. 비육사로 좌천당했을 때의 반응은 두 가지였다. 첫째는 일주일쯤 일해보다 그만두는 것이고 둘째는 간부들의 비위를 맞춰서 (아저씨들 표현으론 '싸바싸바'를 해서) 비육사에서 빠져나오는 것이다. 물론 전자가 압도적으로 많았다. 그달만 해도 나를 포함해 세 사람이 비육사로 자리를 옮겼는데 둘 다 한 달도 지나지 않아 일을 그만뒀다.

내 경우는 일을 못해서 분만사에서 쫓겨났다는 게 맞을 것 같다. 나도 내가 얼마나 게으르고 느려터졌는지 알기 때문에 이 점에선 스스로를 변호할 생각이 없다. 일단 나는 섬세함을 필요로 하는 작업 기술이 조금도 늘지 않았다. 매번 탯줄을 헐겁게 묶거나 해서 다른 사람이 두 번씩 일하게 만들었다. 아저씨들 보기엔 내가 무척 우스꽝스러웠을 거다. 행동도 느리고 일도 제일 서툰 놈이 항상 마스크랑 장갑은 서너 개씩 끼고 그것도 모자라 10분 간격으로 손을 씻어댔으니까. 그러면서 밥은 언제나 가장 늦게까지 먹었다. 조금 덧붙이자면 나는 농장에서 유일하게 벨 앤드 세바스찬Belle & Sebastian의 노래를 흥얼거리는 사람일 뿐 아니라 유일하게 도로에 난 금을 밟지 않으려고 피해서 걷는 사람이기도 했다.

비육사 근무 첫날, 양돈 업계의 모르도르로 향하는 내 발걸음은 무거웠다. 출근 카드를 찍고 나오다 성민 형님과 마주쳤다.

"오늘부터 너 비육사지? 너 바지 하나밖에 없냐? 그럼 나중에 내 바지 하나 줄게. 비육사는 중돈, 육성돈이라 덩치가 있는 놈들이거든. 똥 치우러 들어가면 장난치려고 여기, 무릎 뒤를 코로 툭툭 건드리는데 그러다가 바지에 똥 많이 묻어. 그니까 하나는 일할 때 입고, 일 끝나면 깨끗한 걸로 갈아입고 밥 먹으러 가고 그래. 비육사에선 옷 금방 더러워져서 하루에 한 번씩 꼭 세탁해야 돼. 비육사 사무실 어디 있는지 알지? 거기 앉아서 기다리고 있어. 언제 시간 나면 생맥주라도 한잔하러 가자. 승태야, 마음가짐 알지? 열심히 하라고 안 할게. 다치지 말고, 아프지 말고. 알았지?"

비육사 사무실은 9동 옆에 있었다. 분만사의 두 배 정도 크기였다. 책상, 냉장고, 군데군데 가죽이 뜯겨진 갈색 소파와 의자들이 놓여 있었다. 화이트보드에 날짜와 쉬는 사람들의 이름이 적혀 있었다. 비육사의 인원은 아홉 명이었다. 그중 안, 따기, 을지는 몽골인이었다. 비육사에선 똥 치우는 것 말고는 다른 작업이란 게 없었다. 똥을 치우는 것이 비육사 업무의 A부터 Z였다. 첫날엔 안과 함께 일했다. 안은 서른 중반이었는데 풍채가 당당했다. 진한 구릿빛 피부에 키는 180이 훌쩍 넘었다.

우리는 3동에 배정받았다. 밥때가 됐는지 돼지들이 우렁차게 울어댔다. 소리만 듣고 있으면 안에서 기르는 게 돼진지 티라노사우르스인지 구분이 안 갈 정도였다. 비육사는 돈사도 분만사보다 두 배 정도 컸다. 냄새 얘기를 안 할 수가 없다. 이쯤에선 냄새를 비유로 설명하는 편이 나을 것 같다. 분만사의 냄새가 마트 한가운데 주저앉아 변신 로봇을 사달라며 떼를 쓰는 유치원생이라면, 비육사의 악취는 온몸에 피어싱을 하고 나타나서는 자신은 물론이요 뒷자리에 앉을 머저리까지 식물인간으

　　　　　　　　　　　　　　　　　　　퀴닝

로 만들게 될 오토바이를 사달라며 밥상을 뒤엎는 고등학생이라 하겠다.

여기선 유니폼 위에 두꺼운 노란색 우의를 입었다. 배에서 입던 갑빠와 같은 재질이었다. 비육사에서 사용하는 삽은 눈 풀 때 쓰는 대형 플라스틱 삽이었다. 삽의 크기가 앞으로 치우게 될 똥의 위상을 가늠케 했다. 돈방도 전혀 달랐다. 하나의 크기가 가로 8미터, 세로 10미터 정도였는데 문부터 벽까지 모두 콘크리트로 만들어졌다. 벽의 높이는 1.5미터, 콘크리트의 두께는 6센티미터 정도였다. 비육사에는 아직도 철제 우리로 된 돈방이 몇 군데 남아 있었는데 이곳은 수시로 용접을 새로 해야 했다. 대형 삽이 비육사에서 나오는 똥의 양을 반영했다면 콘크리트 돈방은 돼지들의 혈기를 반영했다.

3동의 돼지들은 도살장으로 넘기기 직전의, 생후 6개월 정도 된 돼지들이었다. 키 1.4미터, 길이는 1.6미터 정도였다. 돈방에 들어선 순간, 나도 모르게 뒷걸음질 쳤다. 처음엔 그저 무섭다는 생각밖에 들지 않았다. 돼지들은 눈을 빼곤 온몸이 새까맸다. 온통 검은 딱지로 뒤덮였는데, 똥이 말라붙은 것이었다. 그럼 눈이라도 긴장을 누그러뜨릴 수 있게 푸근했냐 하면 그것도 아니었다. 눈은 새빨갛게 충혈됐다. 배설물에서 나오는 가스를 많이 들이마셔서 그런 것이 아닌가 싶었다. 돼지들이 쿵쿵대며 다가오는데 꼭 돼지 좀비의 소굴에 들어선 기분이었다.

또 하나 놀라운 것은 돈방의 바닥이었다. 바닥에는 딱딱하게 굳은 똥이 7센티 두께로 쌓여 있었다. 이곳 사람들이 똥따까리라고 부르는 그것은 양돈장에서만 나타나는 독특한 지층 구조인 양 그 자체로 또 다른 바닥을 이루고 있었다. 방마다 차이는 있었지만 대체로 바닥의 절반 정도는 똥따까리로 덮여 있었다. 삽으로 찍고 장화로 밟아봐도 꿈쩍도 하지 않았다. 삽에 닿는 느낌만으론 콘크리트만큼이나 단단했다.

똥따까리는 비육사만의 특징이었다. 다른 부서라고 해서 바닥에 떨어진 음식을 주워 먹을 만큼 깨끗하진 않았지만 그래도 비육사 정도는 아니었다. 돼지는 너무 많고 똥꾼의 수는 부족한 데서 생기는 결과였다. 돼지 두수로만 따지면 비육사나 분만사나 비슷했지만 분만사 돼지의 90퍼센트는 생후 1개월 미만의 새끼들이었다. 자돈이 하루 동안 싸는 똥이라고 해봐야 한 주먹 정도였다. 하지만 비육사의 돼지들은 말 그대로 이팔청춘이었고 설령 생명을 위협할 정도의 변비로 고통받는 돼지라 해도 하루에 전기밥솥 하나는 너끈히 채울 만큼 똥을 쌌다.

다른 부서는 한 동에서 똥을 오전에 한 번, 오후에 한 번 치웠지만 비육사에서는 하루에 한 번만 치웠다. 비육사에서는 나오는 똥이 워낙 많아서 두 번씩 치울 만한 시간이 없었다. 다른 부서처럼 청소를 하려면 인원이 두 배 이상 늘어야 했지만, 돼지가 석유로 된 오줌을 싼다면 모를까 회사에서 그 정도로 인건비를 부담하려 들 리는 없었다. 밤새 치우지 못한 똥이 굳고 그것이 쌓이고 쌓이면서 이런 새 지층을 만들어냈다. 헤라클레스는 50년간 치우지 않은 아우기아스 왕의 외양간을 청소하라는 명령을 받고 강물 줄기를 틀어 임무를 완수했는데, 비육사를 깨끗이 하기 위해서는 거센 강물이 됐든 헤라클레스의 완력이 됐든 분명 어느 한쪽은 꼭 필요할 것 같았다.

안의 시범을 따라 구석구석에 쌓인 똥을 퍼서 통로에 쌓았다. 금세 작은 봉분이 솟아올랐다.

"여기, 이러케, 삽으로 퍼서 통로에 옮겨. 물 많아 똥 비슈구. 물 없어

퀴닝

똥 통로. 그러케 안 함 심드러."

안은 말을 마치고 질척거리는 똥은 삽으로 퍼서 배수구에 흘려 버리고 단단한 똥은 모두 통로에 옮긴 다음 리어카에 담았다. 일곱 방 정도를 끝내자 리어카가 가득 찼다. 안이 우렁찬 목소리로 말했다.

"그러케 함 심드러. 리어카, 똥에서 좀 멀리 놔. 삽 여기 잡지 말고 삽 대가리 쪽 잡음 심 안 드러."

"무거워? 쪼금쪼금 해. 괜차나. 괜차나."

"대충하면 안 돼. 사장 바, 이 부장 바, 그럼 또 해, 또 해."

"비육사 바스 많아. 비육사 사하, 사하."

정황으로 살펴보건대 바스는 똥을, 사하는 나쁘다를 뜻하는 몽골말 같았다. 분뇨장은 분만사의 그것보다 세 배 정도 컸다. 오래된 똥은 표면이 굳어갔다. 막 쏟아부은 똥에서는 용암처럼 기포 방울이 올라와 터졌다. 벌새만 한 똥파리들이 명랑하게 주위를 맴돌았다. 묵시록적인 분위기가 분뇨장을 휘감았다.

배수로까지 쓸어내자 11시가 가까워졌다. 우의는 똥으로 뒤덮였다. 모자, 안경, 마스크까지 예외라곤 없었다. 돼지들이 뛰어다니며 사방으로 똥을 튀겨댄 덕분이었다. 우의 없이 일하는 건 옷을 벗고 일하는 거나 다름없었다. 셔츠와 바지는 땀으로 흠뻑 젖었다.

"더움 심드러, 몸에 물 생겨."

"우비 너무 더워. 두 바지 가져와. 하나 입고 끝날 때 첸지, 어케이?"

비육사 직원들 사이엔 체념 비슷한 절망감이 맴돌았다. 분만사 소속이라고 해서 대단한 열정을 가지고 똥을 치우는 건 아니지만 비육사는 눈에 띄게 침울했다. 첫날 퇴근하는 길에 비육사 팀장님이 슬며시 다가

왔다. 그가 내 어깨를 쿡 찌르며 말했다.

"비육사 할 만해? 여기 일주일만 계셔봐. 쌍시옷이 막 나와. 로또 되는 것 말고는 여기서 벗어날 방법이 없어."

팀장님은 직급이 과장이었는데 현장직 중에서 가장 높은 위치였다. 사람들은 이를 두고 회사가 점점 나아지는 증거라고 말하기도 했다.

"그래도 요즘엔 많이 좋아진 거야. 예전엔 현장직 중에 대리나 과장이 어디 있어? 기사가 최고지."

그는 40대 중반의 자상한 남자였다. 말투도 차분했다. 팀장님의 나긋나긋함 역시 비육사 근무가 직원들의 정신 상태에 미치는 영향을 보여주는 좋은 예였다. 치워야 할 똥은 많은데 사람은 항상 부족하다. 관리가 제대로 안 되니 죽는 돼지들이 하나둘 늘어난다. 그럴 때마다 문책을 받지만 작업 여건은 나아지는 게 없다. 닳고 닳은 문제를 놓고 매주 매달 실랑이를 벌인다. 팀장님의 차분함은 이렇게 해도 안 되고 저렇게 해도 안 될 때 보이는 수동적 공격성에 가까웠다.

비육사에서 일해보니 신데렐라 가족이 양돈장을 경영하지 않은 게 얼마나 다행스러운 일인지 깨닫게 됐다.

계모: 흥, 니까짓 게 어디 건방지게 왕자님 나오시는 무도회에… 좋아, 정 가고 싶으면 비육사 똥 전부 치우고 와!

(계모 퇴장)

신데렐라: 비육사요? 으흐흐흐흐흑….

뿡!

(요정 등장)

퀴닝

요정: 신데렐라야, 왜 울고 있니?

신데렐라: 무도회에 가고 싶은데 새어머니가 비육사를 몽땅 치우고 오래요.

요정: …응? 정말? 집 청소가 아니라…?

이런 상황이었다면 아무리 신통방통한 요정이라도 섣불리 도움의 손길을 내밀지는 못했을 거다. 몸 사릴 줄 아는 요정이라면 신데렐라를 앉혀놓고 화려한 상류사회가 실제로는 얼마나 공허한지 설명해 줬겠지.

요정: 다이애나 비를 생각해 봐, 신데렐라. 거기에 너한테 필요한 모든 교훈이 담겨 있단다.

#9

비육사로 옮기고 나서 그만두지 않을 수 있었던 건 친구가 생겼기 때문이었다. 성필이 형은 내 네 번째 룸메이트였다. 이후로도 여러 사람이 우리 방에 짐을 풀었지만 끝까지 남은 사람은 그와 나 둘뿐이었다. 그는 175센티미터 정도 키에 마른 편이었다. 눈이 컸고 테 없는 안경을 썼는데 이목구비도 뚜렷해서 나를 비롯한 주변의 아저씨들과는 확연히 차이가 나는 얼굴이었다. 나이는 서른넷이었고 자신을 성남 토박이라고 소개했다. 그는 스물여섯 살 때부터 일자리를 찾아 전국을 떠돌아다녔다. 나와 만났을 때는 성남에 가본 지 3년이 지나 있었다.

그는 분만사에 배정받아 내가 하던 일을 이어갔다. 그는 두뇌 회전이 빨랐고 손재주도 있었다. 그가 워낙 일을 잘한 덕분에 내가 분만사로 다시 돌아갈 가능성은 완전히 사라져 버렸다. 성필이 형을 보면《달의 궁전》에 나오는 유대인 주인공이 떠올랐다. 불운의 연속으로 삶의 정상 궤도에서 튕겨져 나오긴 했지만, 체념과 냉소 뒤에 행복에 대한 열정을 숨기고 있는 고집 센 젊은이.

이곳에서도 여가 생활이란 텔레비전 아니면 술이었다. 아저씨들은 기숙사로 돌아오면 텔레비전 앞에 모여 새우깡을 가운데 놓고 소주를 들이켰다. 천장에 굴비를 매달아 두고서 밥 한 숟가락 퍼 먹고 굴비 한 번 쳐다보는 식으로 밥을 먹었다는 구두쇠처럼, 아저씨들은 안주를 쳐다보기만 하며 술을 마셨다. 우리 둘 다 아저씨들과 어울리는 데는 관심이 없었다. 식당 밥은 아무리 먹어도 허전했기 때문에 일이 끝나면 우리는 1킬로미터 정도 떨어진 편의점까지 걸어가 콜라 한 캔과 한 봉지에 500원씩 하는 빵 서너 봉지를 사왔다. 그러곤 밤 11시쯤 잠이 들 때까지 간식을 먹으며 서로의 이야기를 들었다. 그렇게 빵을 먹으며 성필이 형의 이야기를 듣는 것이 내 유일한 낙이었다.

주로 이야기를 하는 쪽은 성필이 형이었다. 그는 이야기를 마치고도 반대급부로 내 이야기를 기대하지 않았기 때문에 나는 그를 더욱 좋아할 수밖에 없었다. 그는 매일 밤 셰에라자드처럼 긴 이야기를 들려줬고 나는 미치광이 왕처럼 그의 말에 귀를 기울였다. 그는 아직 젊은 나이였지만 인생극장 몇 회 분량은 충분히 채울 수 있을 만큼 굴곡진 삶을 살았다. 그의 실패와 방황은 (내 경우와는 달리) 게으름이나 미숙함 때문만은 아니었기에 음미해 볼 만한 가치가 있다.

"우리 아부지 화물 트럭 운전했어. 우리 엄만 나 완전 아기였을 때 도 망갔고. 큰형은 지금 캐나다에서 일식 요리사 하고 둘째 형은 솔직히 나도 어디서 뭐하는지 몰라. 둘 다 본 지 오륙 년은 넘은 거 같애.

국민학교 때까지만 해도 그렇게 나쁘진 않았어. 아부지가 돈 잘 벌어 올 때는 집도 꽤 컸어. 단층 주택이었는데 조그맣게 마당도 있었고. 나 어렸을 때 우리 아부지가 재혼했거든. 새엄마는 그냥 평범했어. 집에서 조용히 집안일하고 우리 밥 차려주고. 근데 몇 년 있다가 새엄마가 아프기 시작했거든. 간경화인가? 하여간 간이 굉장히 안 좋았어. 새엄마 병원비로 돈도 많이 들어갔지. 아부지도 속상하니까 일도 안 나가고 술만 먹고. 그러다 아부지 자기 트럭도 팔아버렸어. 그때부턴 돈도 정신없이 쪼들렸지. 집도 계속 더 작은 집, 더 작은 집 찾아서 옮겨 다니고.

나 국민학교 4학년인가 5학년 때였는데, 니네도 학교에서 우유 급식 했냐? 나는 그때 돈이 없어서 못 했거든. 어느 날 담임이 나를 부르더니 우유 왜 안 먹냐고 묻드라고. 집에 일이 있어서 그렇다고 하니까, 자기가 돈 낸다면서 우유 먹으라는 거야. 그래서 알겠다고 하고 급식을 하는데 담임이 나를 앞으로 불러, 부르더니 이 씨발년이 애들보고 성필이는 집안 사정이 어려워서 우유 못 먹는데 선생님이 내줘서 먹는 거니까 성필이 놀리면 안 된다고 이 지랄을 하는 거야. 아, 진짜 그때 진짜 쪽팔렸다. 내가 우유를 창밖으로 던져버렸거든, 그때 우리 교실이 3층이었는데 우유 터지는 소리가 '퍽' 하고 들리더라. 그리고 한 몇 초 있다가 담임이 내 싸대기를 때리는데 진짜 그 '쫘' 하는 소리가 우유 터지는 소리보다 더 컸어.

나 중학교 때 우리 아부지 집 나가버렸어. 아부지 가출하고 나서는 형들도 알바하고 뭐하고 해서 다 집에서 나갔지. 우리 가족은 집 나가고 싶어 하는 피가 흐르나 봐. 우리 형제 같이 산 건 그때가 마지막이었어. 나도 고등학교 들어가고 나서는 친구 집에서 살았어. 나랑 제일 친한 놈인데 걔가 자기 아부지한테 성필이네 요즘 이렇다고 우리랑 같이 살면 안 되냐고 물었는데 친구 아부지가 그러라고 하더래. 그래서 고등학교 3년은 걔네 집에서 먹고 자고 하면서 지냈지. 진짜 좋은 사람들이었어. 무시하고 그러지도 않고 옷도 사주고 용돈도 주시고. 마지막으로 봤을 때가 그 친구 아들 돌잔치였는데…. 난 아직도 그분들 아버지 어머니라고 불러.

새엄마는 나 제대하고 얼마 안 있다 죽었어. 그때는 형들이나 나나 다 일했으니까 가끔씩 들러서 생활비 좀 드리고 청소나 해주고 돌아오고 했는데 어느 날 가니까 자리에 누워서 안 일어나. 아무리 깨워도 꼼짝도 안 해. 그냥 그렇게 죽었어. 골방에서 혼자 자다가. 우리 새엄마는… 생각해 보면 새엄마도 진짜 불쌍하지. 남자애만 셋인 집에 와서 병 얻고, 남편은 가출해 버리고. 나 새엄마랑 엄청 많이 싸웠어. 나도 먹고 싶은 거, 사고 싶은 거 많았는데 새엄마는 그런 걸 해줄 수가 없으니까. 할 수 없다는 걸 알면서도 말이야….

나 군대 두 번 갔다 왔다. 처음엔 부사관 지원했는데, 우리 둘째 형이 부사관 나왔거든, 부사관 해서 모은 돈으로 조그맣게 장사를 할까 아니면 대학을 갈까 생각했지. 나 대학 합격했었거든. 인천에 있는 졸라 그지 같은 학교긴 했지만. 고등학교 졸업했을 때는 공부하고 싶은 생각도 없고 돈도 없었고, 그냥 돈이나 빨리 벌고 싶다는 생각밖에 없었으니까.

너도 군대 갔다 왔지? 훈련소 있을 때 점수 높으면 선서시키고 그러잖아? 그때 내가 신병 대표를 맡았어. 근데 부사관 학교 가니까 조교들이 애들을 졸라 패는 거야. 워커로 밟고 주먹으로 아구창 날리고. 근데 우리가 훈련소 있을 때 우리 때부터 군대에서 구타 금지한다고 교육을 받았거든. 그래서 훈련소 있을 때도 안 맞았어. 근데 부사관 학교 가니까 군기 잡는다고 졸라 패는 거야.

그러다 어느 날 애들이 나한테 그러는 거야. 군대에서 구타 이제 금지된 거 아니냐고, 위에다가 얘기 좀 해보라고. 그래서 소대 대표들이랑 다 모여서 얘길했지. 걔네들도 얘기해야 된다고 나보고 가서 말하래. 근데 이게 혼자 가서 얘기했다간 나만 좆 될 것 같더라고. 그래서 내가 그랬지, 알았다고 얘기한다고, 그 대신 다 같이 가서 말하자고. 이것들이 처음엔 우물쭈물하다가 내가 계속 그러니까 같이 간다 그랬어.

나랑 다 합쳐서 열댓 명 됐는데 다 같이 최고 짬밥을 찾아갔어. 대령인가 그랬던 거 같애. 말은 내가 했지. 드릴 말씀이 있습니다. 훈련소에서 군대 내 구타 행위가 금지됐다고 교육받았는데 조교들 구타가 너무 심합니다. 그다음에 누구는 뭣 때문에 어떻게 맞고 또 누구는 뭣 땜에 어떻게 맞았고 하는 걸 쭉 얘기했지. 조치를 취해달라고. 대령이 아무 말도 안 하고 계속 듣고만 있어. 한참을 가만히 있다가 갑자기 방을 나가. 그러더니 한 20분 있다 들어와선 이러는 거야. 여기 있는 너희들 모두 같은 생각이냐? 그렇다고 했지. 그러니까 한 번만 더 시간을 주겠대, 잘 생각해 보라고. 그러더니 또 나가.

우리끼리 졸라 얘기했지. 서넛은 그냥 접자 그러고 나머지는 끝까지 버티자 그랬지. 우리끼리 우왕좌왕하고 있는데 대령이 오더니 묻더라고, 생각 바꾼 사람 손 들어보라고. 그러니까 우리끼리 얘기했을 때보다 훨씬 많이 드는 거야. 절반 가까이. 개새끼들. 대령이 그러는 거야. 지금 맘 바꾼 사람은 오늘 일 없던 걸로 해주겠다고. 그러니까 하난가 둘이 더 빠져나가. 마지막엔 나 포함해서 서넛밖에 안 남았어. 맘 바꾼 애들 다 돌아가고 나서 대령이 물어, 정말 생각 안 바꿨냐고. 그렇다고 그러니까 조교를 불러. 조교 따라가래. 아무런 설명도 없이. 조교들도 아무 내색 안 하고. 뭐 어떡해? 그냥 입 다물고 따라갔지. 아, 씨발 좆 됐구나, 감이 오더라고. 우리 부대 목욕탕이 있었는데 거기로 데리고 가더니 옷 갈아 입는 데 있잖아? 거기 있으래.

거기서 이틀을 지냈어. 아무런 설명도 없이. 밥때 되면 조교들이 와서 식당 데려다 주고. 그때 말고는 조교들도 안 나타났어. 이틀 동안 그러고 있는데 정말 미치겠는 거야. 씨발, 열받잖아? 아니, 우리가 뭘 잘못했 냐고. 지네들이 구타 금지라고 그래놓고선. 그때쯤 되니까 화가 나서 절대 못 굽히겠드라고.

이틀 지나서 다시 대령 방으로 불려갔어. 대령이 서류를 쭉 펼쳐놓고 기다리고 있더라고. 진정 좀 했냐고 물어, 생각 바꿨냐고. 아니라고 하니까 대령이 그러는 거야, 이 시간부로 너희는 명령불복종으로 퇴교 처분한다고, 서류에 서명하고 나가보래. 그렇게 쫓겨났어. 그때도 진짜 가관이었어. 대령이 이러는 거야, '너희 같은 놈들한테 대한민국 육군 군복을 입혀서 내보낼 수 없다.' 근데 우리가 옷이 없잖아? 그래서 활동복을 입었어. 파란색에다 명찰 오바로크된 건데 진짜 죄수복 같애. 거기다 군 대에서 나눠주는 하얀 운동화 신고. 운동화에 검은 펜으로 이름 써놓은 것도 그대로 있었어. 머리는 또 졸라 짧지. 진짜 탈옥한 죄수 같았어.

검은 비닐봉지에 훈련소에서 받은 편지랑 짐이랑 담아서 걸어가는데

퀴닝

씨발 진짜, 졸라 비참하드라. 나는 그때 돈도 하나도 없었거든. 부대에서 우리 월급을 돈으로 준 게 아니라 통장을 만들어서 거기다 넣어줬는데 이 새끼들이 통장을 주면서 비밀번호를 안 가르쳐준 거야. 그래서 딴 애들한테 돈 빌려서 기차를 탔지. 그때가 6월이었는데 날은 진짜 화창한데… 다시 그 친구 집으로 돌아가려니까… 훈련소 교육 끝났을 때 가족들이랑 면회할 수 있었는데 그때 내 친구랑 친구 부모님이랑 여자 친구랑 다 왔었거든. 그렇게 면회한 지 한 달도 안 지났을 때였어. 몸 건강하고 이제 겨울이나 돼야 보겠구나, 그렇게 얘기했었는데 그지 꼴로 돌아가려니까 너무 쪽팔리고… 비참하고… 진짜 울고 싶드라.

그런데 12월이 되니까 영장이 또 날아온 거야. 그래서 내가 그랬어. 절대 안 간다고. 그러니까 친구 아부지가 막 타이르시더라고, 그러면 안 된다고. 그때 친구 집도 나왔어. 친구 아부지가 내 걱정을 되게 많이 하셨대. 성필이 병역기피자 되면 신세 조진다고, 평생 쫓겨 다니고 아무 일도 못 한다고. 그분이 내 친구들한테 다 전화해서 날 찾으셨대. 결국엔 내 여자 친구한테 얘기해서 날 찾았지. 아저씨가 그러는 거야, 알겠다고 내 맘 이해한다고. 알겠으니까 집으로 들어오라고, 같이 술이나 한잔하자고. 그래서 갔어. 가니까 아저씨가 원래 술 잘 안 드시는데 그날은 양주부터 해서 막걸리까지 엄청 사다 놨드라고. 술이 떡이 되게 마시고 쓰러졌지. 다음 날 아침에 깨보니까 처음 보는 남자 둘이 날 깨워. 다짜고짜 군대 가서야죠, 이러더니 차 뒷좌석에 태우는 거야. 구청 직원이라 그러드라고. 사정은 자기도 들었다면서, 그래도 군대에 안 가면 되냐고, 나 때문에 자기들이 병무청한테 얼마나 시달렸는지 아냐고. 술 때문에 대꾸도 못 하겠더라고. 토가 나와서 차 좀 세워달라 그래도 도망치려는 줄 알고 계속 달리는 거야.

춘천 가니까 내가 원래 들어갔어야 할 기수는 이미 교육 시작했다고 다음 기수 입대할 때까지 기다려야 된대. 그래서 빈 내무반에서 나 혼자 지냈어. 밥때 되면 조교들이 식당 데려다주고. 씹새끼들이, 왔으면 군복도 주고 머리도 좀 깎아주고 하면 되잖아? 입소 전이라고 그냥 내버려두는 거야. 그때 내가 머리 금발로 염색했었거든. 집에서 나올 때 추리닝에 쓰레빠 신고 나왔는데 그 꼴로 식당 가니까 다 쳐다보고, 쪽팔려 죽는 줄 알았다.

막상 자대 가니까 편했어. 웃긴 게 뭔 줄 아냐? 내 병역기록부에 부사관 학교에서 명령불복종으로 퇴교당했다고 적혀 있던 거야. 고참들이 그걸 보고는 아예 안 건드려. 어쨌거나 군대 생각하면 정말 욕밖에 안 나온다.

제대하고 나서는 나이트클럽에서 웨이터 했지. 그런데 웨이터는 나이 먹어선 못 해. 그런 데 오는 애들이 졸라 어린애들인데 웨이터가 자기보다 나이 많으면 껄끄러워하거든. 스물여섯 넘으니까 나가라고 눈치를 주더라고. 그래도 웨이터를 제일 오래 했지. 고등학생 때부터 했으니까.

그다음엔 공사장에서 일했어. 그냥 노가다가 아니라 대형 철근 절단만 하는 팀이 있거든, 어찌어찌해서 거길 들어갔지. 주로 지방 고속도로 건설 현장에서 일했어. 그 일도 그렇게 나쁘진 않았는데 문제는 건설 쪽 일이, 너 그런 데서 일해봤냐? 안 해봤지? 그니까 건설 쪽 일이 돈 받기가 힘들어. 우리 팀 같은 경우는 작업 다하고 나서 나중에 돈을 받았거든. …아니, 팀장이 돈을 떼먹은 게 아니라 팀장도 아예 지급을 못 받은 거야. 우리 팀장 괜찮은 사람이었는데… 그치만 그게 쌓이고 쌓이니까

퀴닝

나중엔 자기도 잠수 타더라고.

나 돼지 농장은 이번이 두 번째야. 처음은 정읍에 있는 개인 농장이었는데, 일은 개인 농장이 훨씬 편해. 대신 시간은 좀 늦게 끝나지. 여기처럼 근무시간이 정해진 게 아니라 일 있으면 해 지고도 계속하니까. 그래도 여기처럼 일이 밑도 끝도 없이 쏟아지진 않아. 쉬는 시간도 많고. 그 집에 딸이 둘 있었어. 둘 다 대학생이었는데 방학이라 집에 왔더라고. 어느 날 새벽에 전출이 있었는데 딸들도 도와준다고 나왔어. 둘 다 덩치는 좋았지만 그래도 여대생이 그런 거 할 수 있을까 싶었는데, 진짜 장난 아니었어. 돼지들이 말을 안 들으니까 삽으로 눈을 찍으면서 욕을 해대는데, 내가 다 무섭더라.

한번은 서해에 있는 섬에서 일한 적이 있었는데, 이름에 무 자가 들어가는 섬이었는데 지금은 기억이 잘 안 난다. 나 아는 형님이 과일 트럭하는 사람인데 괜찮은 일자리 있다면서 소개해 준 거였거든. 목포에서 배 타고 한두 시간 들어간 섬이었는데 진짜 아무것도 없고 파밭뿐이야. 섬에 사람도 거의 없더라고. 주인 부부 집 말고는 다른 집도 못 봤어. 이층집에 주인 부부랑 일꾼들이 사는데 일꾼이 한 열 명 정도 됐어. 한국 사람은 나랑 어떤 아저씨 둘뿐이고 둘은 몽골 사람, 나머지는 다 러시아 사람이라더라고. 어째 이건 좀 아니다 싶었지.

아침을 먹는데, 거기에 비하면 여기 식당은 진수성찬이야. 뭐가 나오냐면 밥이랑 김치, 그리고 양파 식초에 절인 게 다야. 근데 아무도 불평 안 하고 그냥 먹어. 러시아 사람들도. 하는 일은 하나밖에 없어. 해 질 때까지 파만 뽑는 거야. 근데 나는 이게 아무리 해도 안 되더라고. 세게 잡아당겨도 손만 아프지 안 뽑혀. 러시아 새끼들은 힘이 졸라 쎄. 덩치도 진짜 좋아. 다들 한 번에 쑥쑥 뽑아. 일을 같이 시작해도 걔네들은 항상 50미터 앞에 가 있어. 그런데 러시아 사람들은 돈 안 주면 일을 안 해. 일당 5만 원을 일 시작하기 전에 현금으로 줬거든. 만 원짜리 다섯 장을 손에 딱 쥐여주기 전에는 꼼짝도 안 해. 어쨌거나 이틀 하고 나니까 완전히 속았다는 느낌이 들더라고. 그래서 소개해 준 형한테 전활했지. 이게 뭐냐고, 여기 진짜 좆 같다고. 내가 쭉 얘기를 하니까 미안하대. 사실은 자기도 잘 몰랐다고, 물건 떼오는 집 사장이 돈 잘 버는 데 있다 그러기에 그런 줄만 알았대. 그러고 나서 주인한테 말하고 며칠 있다 나왔어. 하여간 너무 외진 데서 일하는 건 정말 안 좋아. 그 사람들이 뭐 나쁜 사람이라서가 아니라 그런 데 있으면 괜히 불안불안하고 무섭고그래. 너도 무슨 섬에 좋은 일자리 있다 그런 얘기 들어도 절대 따라가지 마.

숯가마는 숯만 만드는 데보다 찜질방도 같이하는 데가 훨씬 좋아. 숯만 만드는 데는 졸라 힘들어. 숯 공장은 전라도에 있는 어느 산골이었는데 거기선 오래 못 했지. 찜질방은 경기도에 있었는데 거긴 진짜 괜찮았어. 나랑 기술자 형이랑 아저씨 한 명이랑 셋이서 일했는데 일도 별로 안 힘들고 밥도 잘 나왔어. 나랑 기술자 형은 오래 일했는데 다른 아저씨는 금방 그만뒀어. 새로 온 사람은 조선족이었는데 일도 잘하고 성격도 무난했어. 근데 이 사람이 반찬 투정이 심했어. 매일 고기를 안 먹으면 안 되는 거야. 식사가 나쁜 건 아니었거든. 사장 부인이 직접 차려서 주인도 우리랑 똑같이 먹었어. 그치만 어떻게 고기를 맨날 먹냐? 안 그러냐? 이 아저씬 밥 먹기 전에 상을 한번 쭉 훑어봐. 그러고는 고기가 없으면 이래. '어이구, 어째 밥상에 순 풀뿐이네.' 처음엔 아줌마도 웃으면서 다음엔 신경 쓰겠다고 그러지. 그러다 나중엔 신경질을 확 내면서 그럼 집에 가서 드시라고 그러는 거야. 그 아저씬 결국 아줌마랑 싸우고 나갔어.

두 번째 온 아저씨도 조선족이었는데 나이가 한 50대 초반 정도 돼 보였어. 먼저 사장이랑 쭉 얘기를 했지. 사장이 하실 수 있겠냐고 물으니까, 그 북한 말투 있잖아? 그 말투로, '아, 그까이 꺼 가뿐하지요' 그러는 거야. 그래서 곧바로 나랑 일을 시작했지. 새로 도착한 나무를 트럭에서 내리는데 통나무가 엄청 무겁거든. 내가 무거운데 옮길 수 있겠냐고 물으니까 또 '아, 그까이 꺼 가뿐하지요' 그러는 거야. 그러곤 잠바를 벗드라고. 그런데 갑자기 왼팔을 딱 잡더니 쑥 하고 뽑아버리는 거야. 그때 진짜 놀랐다. 왼팔이 어깨 바로 아래서 잘렸어. 긴팔 옷을 입고 있으니까 의수인지 알아볼 수가 없었지. 그 팔로 나무를 붙들려고 하는데, 나무가 두꺼워서 두 팔로 감싸지 않으면 안 되거든. 나도 그때에서야 정신이 들어서 막 말렸지. 그래도 막무가내야. 이 정도는 가뿐하다면서. 아이고 안 된다고, 나무 떨어뜨리면 크게 다친다고 말렸지. 결국엔 사장을 불렀어. 사장도 깜짝 놀랐어. 둘이서 뜯어 말렸지. 이런 팔로 일 못 한다고. 그래도 자기는 할 수 있대. 나중엔 막 울면서 매달려서 10만 원인가 쥐여주고 돌려보냈어. 나 진짜 아직까지 그 아저씨 목소리가 머릿속에서 떠나질 않아. 그까이 꺼 가뿐하지요, 어깨밖에 없는 팔로, 그까이 꺼 가뿐하지요, 그까이 꺼 가뿐하지요."

#10

안과 함께 일한 건 첫날로 끝이었다. 다음 날 플라스틱 삽과 빗자루를 들고 돈사 안에 들어서니 그저 막막하기만 했다. 우공이 망태기를 짊어지고 태산 앞에 선 심정이랄까?

부끄러운 얘기지만 내가 가장 먼저 한 행동은 돼지를 때린 것이었다. 돈방으로 들어가서 문을 닫는데 왠지 모르게 점점 불안해졌다. 돈방의 벽은 기껏해야 허리까지밖에 오지 않았지만 문을 닫은 순간부터 갇혔다는 생각이 머리를 떠나지 않았다. 잠시 후 벌건 눈동자의 새까만 돼지 떼가 코를 킁킁대며 나를 둘러쌌다. 몇 놈은 장화를 씹고 무릎 뒤를 쿡쿡 찔러댔다. 돼지가 대단히 온순한 동물이고 호기심 때문에 그런다는 걸 알면서도, 돼지 입이 닿는 순간 온몸에 소름이 돋았다. 나는 꼼짝도 할 수 없었다. 두려움이 머리 꼭대기까지 차올랐다. 갑자기 나는 소리를 질러대며 삽을 휘둘렀다. 돼지들은 사방으로 똥물을 튀기며 흩어졌다. 한참을 미친놈처럼 뛰어다니다 힘이 빠져 주저앉았다. 다른 돈방에서도 마찬가지였다. 이 건장한 돼지들이 나를 피해 도망 다니는 모습을 확인하기 전에는 돼지들에게 등을 돌릴 용기가 나지 않았다.

돼지들을 패고 나서야 똥을 치울 수 있었다. 새까만 똥 무더기가 돈방 곳곳에 널려 있었다. 삽이 휠 만큼 퍼 날랐지만 다시 한번 둘러보면 구석 어딘가에 똥 무더기가 그대로 쌓여 있었다. 안이 알려준 대로 수분이 많은 똥은 배수로에 흘려 버렸다. 그래도 한 동에서 리어카 네 대 분량의 똥이 나왔다. 분만사에선 최대가 한 대 반이었다. 비육사도 배수로가 잘 흐르질 않았다. 처음 며칠 동안은 점심시간이 지나도록 끝내지를 못했다. 배수로의 4분의 1 정도를 끝마쳤을 때쯤 12시가 됐다. 그럴 때면 으레 팀장님과 안이 빗자루를 들고 나타났다. 오전 근무만 끝나도 진이 다 빠져버렸다. 돼지들이 직접 분뇨장에 볼일을 볼 수 있도록 화장실 훈련

퀴닝

을 시키지 않는 이상 비육사의 근무 강도를 줄이지는 못할 것 같았다.

비육사는 비만 캠프로 활용해도 좋을 것 같았다. 근무한 지 한 달도 안 돼서 7킬로그램이 줄었다. 몸무게가 급격히 주는 건 비육사에서 근무하는 사람 누구나 겪는 현상이었다. 몽골인도 마찬가지였다. 안이 말했다.

"나 여기 올 때 85였는데 비육사에서 10 버렸어. 나 지금 일 발리 발리 해."

샤워실에선 아저씨들 육체의 공통적인 특징을 확인할 수 있었다. 축 늘어진 살, 구불구불 드러난 갈비뼈, 울긋불긋 익어가는 부스럼과 종기. 내 가장 큰 착각 중 하나는 내가 다른 사람들과 달라 보일 거라는 생각이었다.

급격한 체중 감소는 의외의 인물에게 동정을 샀다. 어느 날 근무가 끝나고 옷을 갈아입고 있었다. 셔츠를 벗자 앙상한 몸이 드러났다. 을지가 나를 부르더니 자기 옆에 앉아보라며 손짓을 했다. 그가 엄지와 검지를 모아 동그라미를 만들고 나머지 손가락을 곧게 펼쳐 보이며 물었다.

"이걸로 건강 사?"

"…."

"이걸로 건강 못 사, 맞어?"

"…예."

"집에 가, 집에 가서 패탈해, 패탈. 부릉부릉! 면허 있어?"

"아니요."

"집에 돈 많아?"

"아니요."

을지는 고개를 절래절래 흔들었다.

"하휴… 학교서 공부 안 했지?"

"크크크… 예."

을지가 씨익 웃으며 말을 받았다.

"똥 치워, 여기 좋아, 똥 치우는 거 좋아."

모두가 껄껄 웃으며 을지의 말을 따라했다.

"크크크, 그래 여기 좋아, 똥 치우는 게 어때서?"

"그럼, 똥 치우는 거 좋지."

"똥 치우는 게 최고야, 이만한 일이 또 어디 있냐? 하하하!"

하지만 피로는 한바탕 웃음으로 씻어버릴 수 없었다. 아무리 씻어도 사라지지 않는 돼지 냄새처럼 하루이틀 쉬어도 몸 구석구석에 배인 피로가 사라지질 않았다. 매일 아침, 잠에서 깨면 느낌이 왔다. 이 피로가 '안 되겠다, 오늘 하루 쉬어야지' 정도의 피로인지 아닌지. 비육사에 근무하고 나서는 매일이 그런 종류의 피로였다.

피로는 모든 감각을 증폭시키는 힘이 있다. 피로는 똥 푸는 삽을 더 무겁게 만들고 똥 냄새를 더 독하게 만들고 돼지들의 울음소리를 더 우렁차게 만든다. 그중에서도 최악은 피로가 시간을 늘려버린다는 점이다. 피로에 절어 똥을 치우면 한 시간이 꼭 열 시간처럼 흘렀다. 이 세상을 떠도는 악의에 찬 기운이 농장 안의 시곗바늘을 꼭 붙들고 놓아주지 않는 것 같았다.

이런 피로를 잊는 방법은 지독한 숙취를 해장술로 가라앉히는 것과 비슷하다. 숙취로 괴로울 때 술을 더 마시면 위가 알코올에 마비되면서 숙취가 사라지는 느낌을 받는다고 한다. 비육사 근무도 마찬가지다. 피로에 새로운 피로를 더해서 피로에 마취되는 것 말고는 퇴근 전에 작업을 끝마칠 방법이 없다. 내가 이런 이야기를 하니 아저씨들 대답은 이랬다.

"그렇게 피로가 더해지면서 니 체력이 쎄지는 거여."

당연한 얘기지만 음주는 숙취 해결책이 아니다. 난 이 분야의 전문가는 아니지만 숙취에 찌든 간에 알코올을 들이붓는 건 지방간을 지나 간경화로 가는 지름길이라고 확신한다. 피로에 피로를 더하는 것 역시 피로에 대한 해결책은 아닐 것이다. 세상 어딘가에는 그런 식으로 강인해지는 사람들이 있는지 모르지만 나는 결코 그런 축복받은 부류가 아니었다. 내가 피로를 이겨내는 방법은 푹 쉬는 것뿐이었다. 하지만 한 달 2일 휴무는 그런 휴식을 허락하지 않았다.

비육사의 미스터리 하나는 돼지꿈을 꾼 사람이 하나도 없다는 거다. 산더미처럼 쌓인 똥을 치우는 꿈을 꾼 사람은 있었지만 정작 똥을 싼 돼지가 등장한 사람은 없었다. 아저씨들은 돼지꿈만 꾼다면 다음 날 아침, 일이고 뭐고 당장 복권 가게로 달려갈 마음의 준비가 되었다. 로또 말고는 여기서 벗어날 방법이 없다는 말을 입에 달고 살았지만, 꿈속에서 허탕 치기는 다들 마찬가지였다.

비육사에서 한창 살이 빠지고 있을 무렵, 돼지꿈 대신 농장에 찾아온 것은 HACCP 인증 검사단이었다. HACCP는 식품 위해 요소가 있는지 확인하는 검사라고 했는데 우리 중에 그게 정확히 어떤 검사인지 아는 사람은 없었다. 다만 HACCP 인증 마크를 받느냐 못 받느냐가 돼지 가격에 영향을 미친다는 정도만 짐작했을 뿐이었다.

어느 날 중회 시간에 김 이사가 나서서 인증 검사단 방문에 대비해 추가 작업이 있을 거라고 통보했다. 나는 속으로 조금 긴장했다. 대대적으로 비육사 전체를 수세라도 하는 걸까? 수세는 돼지를 다 내보낸 후에야 할 수 있는데, 그럼 지금 있는 돼지들을 어디로 옮기는 걸까? 그 많은 돼지를 어디로 또 언제 옮기나? 이러다 날밤 새겠구나. 나 혼자 온갖 고민을 하고 있을 때 내려진 지시는 나무를 베라는 것이었다. 돈사 주변에 자라고 있는 나무를 자르고 잡초를 뽑는 것. 그게 전부였다. 그렇게 해서 검사를 통과했는지 못 했는지는 듣지 못했다. 모두가 잠든 사이에 간부들이 악취와 똥따까리를 사라지게 만드는 마법의 스프레이라도 뿌리고 다녔는지는 모르겠지만 우리가 한 건 그게 다였다.

준비를 마치자 농장은 조금 더 황량해졌다. 나무들이 밑동만 남은 광경은 국제 행사를 앞둔 서울 도심을 떠올리게 했다. 서울시는 각종 국제 회의가 있을 때마다 '외국 정상들 눈에 보기 안 좋다'는 이유로 거리에서 노점상들을 쫓아낸다. (밥은 그릇 안쪽에 담을 수밖에 없는 것인데 어째서 사람들은 바깥을 닦는 데 언제나 더 열심인 걸까?) 시에서는 포장마차들이 서 있던 자리에 대형 돌 화분을 세워두는데, 왜 차라리 그 자리에 전차용 지뢰를 매설하지 않는지 모르겠다. 분명 그편이 덜 고통스럽게 노점상들을 죽이는 방법일 텐데도 말이다.

실제로 비육사 수세는 내가 걱정했던 것만큼 애를 먹였다. 헤라클레스가 강줄기를 틀어 했던 일을 비육사에선 고압 살수기로 해결했다. 비육사에선 수세의 강도와 규모가 달랐다. 분만사만 해도 수세라고 하면 해당 돈사 담당자 혼자서 삼사 일 정도면 끝마칠 수 있는, 말 그대로 물청소에 지나지 않았다. 비육사 수세는 짧게는 일주일, 길게는 열흘까지 걸렸는데 막바지엔 비육사 인원 전체가 매달려야 했다.

비육사 수세는 3단계로 나뉘었다. 1단계는 똥따까리를 조각내는 과정이다. 초고압 살수기로 따까리를 한 삽에 담을 수 있을 만한 크기로 잘랐다. 살수기의 물줄기는 살짝만 닿아도 고무장화에 구멍이 뚫릴 정도로 강력했지만 따까리는 그런 물줄기로 수십 번씩 그어대야 잘렸다. 비육사에선 상수 아저씨가 이 작업을 전담했다. 수세 기간이면 그는 매일 저녁 10시까지 따까리를 잘랐다. 수세를 한다고 돈을 더 주는 건 아니었지만 잔업은 가장 많이 할 수 있었다. 그는 카드빚 많기로 유명했다. 그는 그것이 자기가 쓴 것이 아니라 아는 사람에게 사기를 당한 것이라고 했는데, 빚이 있는 사람들은 다들 그렇게 말했기 때문에 정말인지는 알 수 없었다.

2단계는 따까리를 실어내는 과정이다. 상수 아저씨가 절반쯤 작업을 끝낸 시점에서 나머지 사람들이 투입됐다. 돈사에는 뿌연 수증기가 가득했고 바닥에 똥물이 철철 흘렀다. 네 사람 정도는 따까리를 리어카에 실었고 두 사람은 넘치는 배수로를 쓸어내렸다. 따까리를 잘라내는 것은 무척 힘든 작업이었다. 이 때문에 상수 아저씨는 적당한 크기보다 언제나 크게 잘랐다. 따까리는 삽으로 퍼내기보다는 손으로 들어 올리는 편이 편했다. 분뇨장에는 덤프트럭과 기중기가 대기했다. 서너 시간마다 분뇨장이 가득차서 수시로 똥을 트럭으로 옮겨 실었다. 따까리를 다 실어냈다고 해서 돈사가 깨끗해지지는 않았다. 부스러기는 곳곳에 널렸고 똥물은 여전히 넘쳐흘렀다. 상수 아저씨는 계속 살수기로 돈방을 씻어냈고 우리는 배수로와 통로를 쓸었다. 마무리 청소까지 끝내고 나면, 상수 아저씨가 워낙 열심히 일한 덕분에, 똥 부스러기 하나 찾기 어려울 만큼 돈사가 말끔해졌다. 이때가 양돈장에서 일하면서 가장 가슴 벅찬 순간이었다. 돈사를 뒤덮었던 물이 뚝뚝 흐르던 검은 오물 덩어리들이 말끔히 씻겨나가자 회색 콘크리트가 뭐랄까, 빛이 나는 것 같았다. 비포 앤 애프터가 워낙 극적이라 보고만 있어도 가슴이 후련해졌다.

마지막 단계는 소독이다. D 농장은 석회를 이용했다. 리어카에 석횟가루를 담은 뒤 물을 붓는데, 석회는 물이 닿으면 급속도로 온도가 올라가면서 끓어오른다. 이 끓어오른 하얀 석횟물을 돈사에 퍼 발랐다. 돈사가 워낙 크기 때문에 이때도 전원이 매달려야 했다. 수세가 완전히 마무리되면 돈사 전체가 하얀 얼룩으로 덮였다. 당연한 얘기지만 악취도 훨씬 줄어들었다. 여기에 다시 돼지들이 똥을 쌓도록 두는 것이 안타까울 정도였다.

비육사에서 근무하던 시절에도 조경 지원에는 빠지지 않고 불려 나갔다. 우리는 국도 변의 빈 땅에 꽃이나 나무를 심었다. 땅은 온통 돌 투성이였다. 삽이 10센티도 채 들어가기 전에 '컹' 하는 금속성 소리를 내며 돌과 부딪쳤다. 때로는 조그만 자갈이었고 때로는 여행 가방만 한 바위였다. 돌이 너무 많아서 나무를 묻으려 해도 구덩이를 채울 흙이 부족할 정도였다. 땅은 안 파지고 손은 저리고 허리는 땅기고 햇살은 뜨겁고…. 이 근방은 어디를 가든 노동 강도가 돼지 농장 수준으로 상향 평준화된 모양이었다. 자연이 내게 고약한 장난이라도 치는 것 같았다. 을지는 사람들이 조경 작업에 느끼는 바를 한마디로 요약해 줬다.

"똥 푸는 게 더 나아."

가끔씩 사장이 일을 돕는다며 나타났다. 정작 하는 거라곤 신발 끝으로 바닥을 '팍, 팍' 파헤치며 "여기 심어라, 저기 심어라" 하고 떠드는 게 전부였지만. 직접 삽을 들고 땅을 파고 짱돌을 골라내기 전까진 도와주는 게 아니라는 걸 이 남자가 결코 이해하지 못하리란 생각이 들었다. 누

퀴닝

구 말마따나 이런 사람들은 "가난한 사람의 어깨에서 내려오는 것 말고는 뭐든지 한다"*.

조경 작업의 유일한 소득은 을지와 친해진 것이었다. 사장이 자리를 옮기면 을지는 허리를 펴고 일어나 입을 삐긋거렸다. 표정만 봐도 그가 쉬라는 말을 한다는 걸 알 수 있었다. 나는 삽을 내팽개치고 허리를 폈다.

"나무 심는 거 너무 심드러. 헷챠, 헷챠. 파리 아파, 다리 아파."

"알아요. 진짜 힘들어요. 진짜 헷챠."

"사장님 돈 아끼려고 우리 시켜."

사장이 돌아가면 우리는 노골적으로 변했다. 조경 작업에 의무감을 느끼는 사람은 없었다. 모두가 틈날 때마다 쉬어야 한다는 데 뜻을 같이했다. 나는 조경과장에게 농장에서 왜 이런 일을 하는지 물었다. 그가 내 질문을 이해하지 못하고 황당해하기에 아주 공손하게 어째서 그런 질문을 했는지 설명했다.

"그러니까… 우리는 돼지 농장이잖아요?"

"아니, 그걸 몰랐단 말이야? 회사에서 양돈도 하고 조경 사업도 같이 하는 거야. 관에서 하는 사업 따내가지고 우리가 나무 사고 인부 사서 하는 거지. 이거 원래 일당 인부 사서 하는 건데 일당은 8만 원씩 줘야 하거든. 사장님이 인건비 아낀다고 회사 사람들 몇 명 뽑아서 시키라고 해서 니들이 온 거야."

8만 원이 아까워서 쓰는 3만 원짜리란 걸 알게 되자 일하기가 더욱 힘

---

* 《밑바닥 사람들》, 잭 런던, 정주연 옮김, 궁리, 2011.

들어졌다.

"8만 원이요? 그 정도나 돼요?"

"일당은 8만 원이지. 반장은 하루에 20만 원이고 인부들은 12만 원씩 줘야 돼."

"20만 원이요?"

"그래."

"일당이랑 그 사람들이랑 뭐가 다른 거예요?"

"일당은 그냥 소개소 타고 온 잡부고 인부나 반장은 조경만 전문으로 하는 사람들이야. 비싸도 전문가들한테 맡겨야 돼. 그냥 일당은 속도도 느리고 일도 제대로 할 줄 몰라. 인부나 반장한테 맡겨놓으면 일당들이 하는 것보다 두 배는 빨리 끝내고 일도 더 정확하거든. 그 사람들이 다 자기 팀이 있어. 반장 한 명에 인부 네다섯 명. 아무나 팀에 못 들어가. 최소 오륙 년 해서 일 좀 할 줄 알아야 들어가지."

"근데 이런 거 하면 얼마나 남는 거예요?"

"이게 지금 아산시에서 따낸 건데, 국도 변에 꽃나무 심고 가로수 심는 건데 여기 말고 또 있어. 이 구간을 우리가 쫙 다해야 돼. 이게 한 6000만 원 정도 될걸."

"그럼 회사에 떨어지는 건 얼마나 돼요?"

"우리가 쓴 돈 빼면 2500 정도. 한 3분의 1이 이익이지."

나는 몽골인들과 대체적으로 가깝게 지냈지만 우리 관계가 처음부터 좋았던 건 아니다. 몽골인에 대한 내 첫인상이 (마요네즈 밥 때문에) 기이함이었다면 그 후의 주된 인상은 무신경함이었다. 인구밀도가 낮은 나라 사람들이 자주 그러듯 몽골 사람들도 오디오와 텔레비전을 너무 크게 틀었다. 이 사람들이 나한테 시비를 거는 건지 아니면 귀가 정말 안 좋은 건지 알 수가 없었다. 여러 번 소리 좀 줄이라고 고함을 지르다 내가 먼저 포기해 버렸다.

어쨌거나 우리를 가까워지게 해준 건 비육사였다. 그들도 나처럼 비육사 일을 힘들어한다는 걸 알게 되자 도무지 화를 낼 수가 없었다. 우리는 비육사 흉보는 걸로 인사를 대신했다.

"비육사 바스 너무너무 많아, 비육사 사하, 사하."

"비육사 안 좋아. 비육사 너무너무 사하."

을지는 나이가 마흔두 살로 고향엔 아내와 10대인 딸이 둘 있었다. 그는 농장 몽골인 중에서 키가 가장 작았지만 배는 가장 불룩했다. 언제나 귀밑까지 기른 머리를 지리산 등산 지도가 그려진 빨간 손수건으로 싸매고 일했다. 우리는 주로 일이 얼마나 힘들고 식당 음식은 얼마나 형편없는가를 주제로 이야기를 나눴다.

"식당 고기 안 나와. 몽골 매일 고기 먹어, 양고기. 양고기 먹어봤어? 양고기 맛있어. 밥 안 먹고 고기만 먹어."

"비육사 똥 많아. 바스 너무너무 많아. 일 심드러. 여기 식당 마니 먹어도 배고파."

가끔은 을지가 고향 이야기를 들려줬다.

"몽골 일자리 없어. 공장, 가게 이런 거 마니 없어. 남자들 다 중국, 한국 일하러 가."

"몽골 여자 많아. 남자 별로 없어. 여자 친구 있어? 나중에 몽골 와. 내가 예쁜 여자 소개해 줄게. 나 딸 둘이야. 우리 딸 예뻐."

그는 지갑에서 가족사진을 꺼내 보여줬다. 을지는 분명 멋진 남자였지만 안타깝게도 두 딸 역시 장발의 달마대사 같은 아버지를 쏙 빼닮았다. 두 사람이 진정한 사랑을 만나길 기도했다.

"결혼했어? 좋은 여자 찾아 결혼해. 우리 애들 아빠 한국 가서 심들게 돈 벌어오는 거 몰라. 좋은 옷 사고 맛있는 거 먹고 그런 것만 알아. 마누라가 최고야. 마누라랑 으샤으샤 하면서 재밌게 살아."

#11

어느 사회든지 젊은이를 열받게 하는 데 각별한 정성을 기울이긴 하지만, 때로 한국은 도가 지나치다 싶을 때가 있다. 어느 날 분뇨장에 똥을 쏟아붓고 있는데 석봉 아저씨가 나를 불렀다.

"승태, 너 김 이사님 지나가는데 인사 안 했다매? 너보고 뭐라 그러더라, 너 왜 인사 안 하냐?"

"예? 똥 치우느라 못 봤죠."

"앞으론 간부들 지나가면 인사 똑바로 해라. …워째 대답이 없냐? 인사 똑바로 해."

간부들은 오전, 오후 한 번씩 전 돈사를 돌아다니며 돼지들을 확인했다. 내가 일손을 멈추고 이 과자의 집을 지키는 마녀들에게 경의를 표하지 않은 것이 거슬렸던 모양이다. 한국 남자들은 자기보다 낮은 위치에 있는 사람과는 자동적으로 인사의 채무 관계가 성립한다고 믿는 것 같다. 부지런히 굽실대지 않으면 빚쟁이처럼 소란이라도 피울 기세다. 재미있는 건 간부들이 다른 건 보지 못한다는 사실이다. 우리는 한 공간에 있었다. 너덜너덜해진 장갑, 하도 빨아서 잔뜩 늘어난 마스크, 똥을 뒤집어쓴 우의. 얼굴 곳곳에 똥이 튀었지만 손도 똥 투성이라 닦아내지도 못하고 고개를 흔드는 사람들. 그걸 보면서 그들의 머릿속에 떠오른 생각은 '허, 저놈 좀 보소, 어른이 지나가는데 인사를 안 하네, 요런 괘씸한 꼴을 봤나?'뿐이었다. 나는 간부들 수준으로 떨어지고 싶은 마음이 없었기에 우아하게 그들을 무시하기로 했다. 그들은 '내게 뭔가 줄 게 있지 않느냐?' 하는 표정으로 나를 바라봤다. 그래도 내가 반응을 보이지 않자 항복을 요구하는 사절단을 보내기 시작했다. 나이, 직급, 경력을 조금씩 높여가며. 나중엔 비육사 팀장님까지 목소리를 높이며 나를 채근했다.

"승태야, 너 왜 계속 인사 안 하냐? 인사하는 데 돈 드는 것도 아니잖아? 뭐 우리 같은 사람한테 인사하라는 것도 아니고. 사장님이랑 이사님 지나갈 때만 해. 오죽했으면 간부회의 때 그 얘기가 나오겠냐?"

농장에서 힘깨나 쓴다는 사람들이 나를 찾아와 사장의 말을 전했다. 나도 적당히 머리를 숙이고 이 유치한 신경전을 끝내고 싶었지만 나로선 잃을 게 없었다. 종부사나 분만사, 하다못해 하수 처리장에서 일했더라도 성실하게 아부를 떨었겠지만 이미 비육사까지 떨어진 뒤였다. 장자는 물론이요 둘째 아들, 막내 딸, 사돈의 팔촌까지 싸그리 학살당한 마당에 모세가 뭐라고 떠들던 무슨 상관이란 말인가? 결국엔 김 이사가 직접 나섰다.

"승태야, 이리 좀 와봐라. 얘기 좀 하자. 너 왜 인사 안 하냐?"

그가 똥 치우고 있던 나를 불러 세웠다. 나는 삽을 내려놓고 이사에게 다가갔다. 불시에 습격을 당해 뭐라고 대꾸해야 할지 알 수가 없었다. 무슨 일이 있어도 이사에게 밀리고 싶지 않았다. 나는 급하게 머리를 굴려 그가 무안해할 만한 질문을 찾아냈다.

"저도 할 얘기가 있는데요, 조경 지원에 좀 문제가 있는 것 같아요. 저는 조경 지원 있을 때마다 나갔는데요, 저희랑 똑같이 일하는 인부들이 일당 8만 원이라고 하더라고요. 그러면 저희는 하루 8만 원어치 일하고 3만 5천 원 받는 거잖아요? 그리고 조경 지원이라고 하면 조경이 할 일을 저희가 대신해 주는 거잖아요? 그런다고 나무 심느라 밀린 일을 조경이 도와주는 것도 아니잖아요. 뼈 빠지게 나무 심고 밀린 일까지 하려면 너무 힘들어요. 그렇다고 이사님이 저희가 나무 심을 동안 대신 똥을 치워주시는 것도 아니잖아요. 하루 종일 구부리고 앉아서 나무 심고 저희가 얻는 게 뭡니까? 기껏해야 막걸리나 한두 병 얻어 마시는 게 전부죠. 이거는 말이 좋아 지원이지 그냥 싼 맛에 부려먹는 거죠. 앞으로는 조경을 전문으로 하는 사람들한테 맡기든가 아니면 조경 지원 나가는 사람들한테 따로 보상을 해주셔야 한다고 생각해요."

이사의 얼굴에서 애초에 자신이 하려던 이야기를 잊은 티가 역력했다. 나는 승리를 만끽하며 이사의 대답을 기다렸다. 그가 우물쭈물하다 대답했다.

"그… 그건, 야… 그 사람들이 일을 하면 한 달에 얼마나 할 것 같냐? 한 달에 20일도 채 못 해. 일당이 8만 원씩 되는 건 그렇게 생기는 부족분을 메워주려고 그러는 거야. 우리는 고정급을 받잖아. 그 사람들이나 우리나 결국엔 마찬가지야. 정말 일당 8만 원씩 받고 싶으면 회사 나가서 저 인력소개소 이런 데를 가야지. 그리고 조경에서 이득이 나면 결국 그게 상여금으로 직원들한테 돌아가는 거야. 조경도 우리 일이야. 우리 집 정원에 나무 심는 것 가지고 돈을 일당 잡부 식으로 주는 게 말이 되냐? 그러니까 니가 말한 대로 조경 지원 나가는 사람들한테 따로 돈을 더 주거나 하는 일은 없을 거야. 조경도 내 일이다, 하고 생각해."

이사는 내가 지독한 냄새라도 풍기는 것처럼 얼굴을 찌푸리며 돌아섰다. 사장이니 이사니 하는 놈팽이들은 이런저런 이유를 들어 사람들을 설득시키려 하지만, 똑같이 일하고 돈은 적게 받아도 된다는 논리를 이해하기 위해서 필요한 것은 경제 지식이 아니라 순수한 이기심일 뿐이다.

간부들의 쪼잔함에는 실로 감명 깊은 구석이 있었다. 놀랍게도 그들은 내 존경을 받아내고야 말겠다는 고집을 굽히지 않았다. 며칠 후엔 사장이 나섰다.

"저기! 나 좀 보자!"

이사 때와 마찬가지로 나는 사장의 주의를 돌릴 질문을 미리 준비해 놓고 있었다. 나는 사장이 씨알도 안 먹힐 헛소리를 내뱉기 전에 선수를 쳤다. 그때 좀 더 진지하게 행동했으면 어땠을까 하는 생각이 든다. 당시 내게는 그 모든 소동이 자존심 싸움 이상의 의미는 없었다.

"사장님, 저도 드릴 말씀이 있는데요, 지금 한 달에 장갑 두 켤레 받잖아요? 그런데 그거 가지곤 너무 부족해요. 더 필요해요."

사장은 이사보다 순발력이 부족했다.

"빨아 써."

"빨면 코팅된 게 다 떨어져 나가요. 마스크도 맨날 빨아 쓴다고요."

"남는 사람들 있어. 그 사람들 거 얻어다 써."

"다 똑같아요. 확인해 보세요."

"…알았어. 검토해 볼게."

"꼭 좀 검토해 주십쇼."

사장 역시 얼굴을 잔뜩 구기며 돈사를 빠져나갔다. 그걸로 끝이었다. 이후로는 누구도 내게 예의범절을 강요하지 않았다.

#12

그런 이야기를 들으면 자신과는 상관없는 일이라 생각하기 쉽다. 하지만 정작 닥치기 전엔 아무도 모르는 거다. 많은 사람들이 자신은 외국인(좀 더 구체적으로는 자기보다 피붓빛이 어두운 외국인)을 무시하거나 함부로 대하는 사람이 아니라고 믿는다. 대부분은 사실인데, 그건 그들이 외국인과 함께 생활해 본 적이 없기 때문이다. 1990년대 후반까지만 해도 내가 살던 서울의 구석 동네에서 외국인에 가장 가까운 존재는 머리를 금발로 염색한 중국집 배달부들뿐이었다. 한국 사회에서는 (아무리 많은 국제 행사를 개최했다 해도) 여전히 외국인을 대단히 이질적인 존재로 보기 때문에 이 문제는 점점 늘 수밖에 없다. 나 역시 스스로가 공평무사한 인간이라 믿으며 살 예정이었지만 상황이 변해 있었다.

비루한 특권 의식이란 건 먹이를 노리는 악어와 같아서, 평소엔 수면 위로 모습을 드러내지 않는다. 하지만 그건 언제나 거기에 있다. 물속 깊숙이 잠겨 있는 것도 아니고 수면 바로 아래서 눈만 깜빡이면서. 그러다 무리와 떨어져 홀로 물을 마시러 온 먹잇감이 나타나면 즉시 냄새나는 입을 벌려 방심한 먹이의 목을 물어 뜯는다.

퀴닝

내 첫 번째 먹이는 모름이었다. 21동 거세가 있던 날이었다. 내가 새 끼들을 구석에 가두면 동철 아저씨와 모름이 암수를 구별했다. 내가 계속 돼지들을 놓쳐서 작업이 늦어졌다. 모름이 도망 다니는 돼지들을 가리키며 소리쳤다.

"다 도망치잖아! 똑바로 해!"

그가 한 말은 그게 전부였다. 순간 화가 치솟았다. 단순히 화가 났다는 말만으론 부족한 것 같다. 온몸에서 열이 올라왔고 얼굴이 시뻘게지는 걸 느낄 수 있었다. 그 순간엔 나도 왜 화가 났는지 몰랐다. 일단 화가 났고 그걸 내뿜어야 했다. 모름을 때려눕히고 싶었다. 나는 문법도 안 맞는 말 덩어리를 쏟아내며 모름에게 달려들었다. 당황한 모름이 물러서고 모름만큼이나 놀란 아저씨들이 나를 막았다. 모름은 굳은 얼굴로 나를 바라보다 담배를 꺼내 물고 나가버렸다.

한참이 지나서야 그 일에 대해 다시 생각해 봤다. 내 스스로를 변명하기 위해 생각해 낸 첫 번째 이유는 모름이 내게 반말을 했기 때문이라는 것이었다. 물론 이건 헛소리였다. 농장의 모든 직원이 내게 반말을 했지만 그걸 불쾌하게 느낀 적은 없었다. 그들은 그냥 지나가는 편의점 손님이 아니었다. 그들은 내 인간관계 안에 있었고 내 선배이자 동료였다. 게다가 농장에서의 내 위치를 생각하면 당연한 일이었다. 갓 태어난 새끼 돼지도 내게 반말을 했으니까. 나이 차로 보자면 모름이 나보다 열네 살이나 많았다.

첫 번째 가설이 허무하게 무너진 후 급조해 낸 두 번째 이유는 '지가 뭔데 나한테 이래라저래라야?'였다. 이 역시 헛소리이기는 마찬가지였다. 그때는 내가 농장에 도착한 지 일주일 정도 지났을 무렵이었다. 모돈이 내게 작업 지시를 내린다고 해도 이상할 게 없었다.

　그러자 어떤 생각이 떠올랐다. 그럴 리 없다고 생각했지만 진실은 뻔한 것이었다. 그건 모름이 외국인, 한국보다 못사는 나라에서 온 볼품없는 외모의(생긴 건 나랑 비슷했지만) 외국인이었기 때문이었다. 닥치기 전까진 모른다는 것이 이런 부분이다. 나도 머리로는 이해했다. 내가 화를 낼 이유가, 이 상황을 불쾌하게 받아들일 이유가 전혀 없다는 것을. 하지만 가난한 나라에서 온 외국인이 내게 명령을 내린다는 걸 깨닫는 순간 몸이 먼저 화를 냈다. 몸이 먼저 반응하기 때문에 선의니, 이성이니, 정치의식이니 하는 것들은 무용지물이 된다. 내가 극복해야 할 대상은 무척이나 완고해 보였다.

　내 두 번째 먹이는 을지였다. 그날은 24동 전출이 있었다. 자돈 600여 마리를 3동으로 옮겨야 했다. 양돈장 구조상 24동과 3동은 끝에서 끝으로, 800미터는 떨어져 있었다. 때는 6월 초라 한창 더웠다. 돼지는 열에 약하기 때문에 이른 아침 전출을 시작해서 오전 중에 마쳐야 했다. 자돈사 전출은 전쟁이었다. 일단 돼지들의 체급이 달랐다. 더 이상 자돈들은 분만사를 떠날 무렵의 플라이급 루키가 아니었다. 자돈사를 떠날 무렵의 돼지는 웰터급의 다크호스였다. 다리를 잡아 들어 올리는 건 옛날 얘기였다. 재수 없게 다리에 차이기라도 하면 대단히 섹시한 보라색 멍이 들었다.

　돼지들을 돈방 밖으로 내보내는 것부터 고역이었다. 돼지는 조심성이 많아서 돈방 밖으로도 돈사 밖으로도 나가려 들질 않았다. 사람이 돈방 안에 들어서면 멸치 떼처럼 이쪽에서 뭉쳤다 다시 반대쪽에서 뭉치기를 반복하며 우리 안을 맴돌기만 했다. 간신히 돼지들을 돈사 밖으로 내몬 다음에는 세 명은 행렬 뒤에, 둘은 양 옆에 섰다.

"아니지, 그렇게 하면 안 돼. 승태야, 봐봐. 사람들이 넓게 퍼지면 돼지들도 넓게 퍼져. 가깝게 붙어. 아니지 아니지, 돼지 앞에 서면 돼지가 겁먹고 안 움직이잖아. 이렇게 뒤에서 몰고 갈 반대 방향 옆구리를 탁탁 쳐주면 수월하잖아."

줄을 잘 서야 몸이 편하다는 말은 군인뿐 아니라 돼지에게도 해당되는 말이었다. 전출할 때 가장 곤욕을 치르는 돼지는 행렬 맨 뒤에 있는 돼지들이었다. 좀 더 정확히 말하면 사람 가까이에 있는 돼지다. 돼지들은 자기 삶이 어떤 방향으로 진행 중인지 눈치챈 것처럼 좀처럼 움직이려 들지 않는데, 이럴 때는 곤장을 내리치듯 삽을 휘둘렀다. 돼지들의 엉덩이는 금세 보라색 멍으로 가득 찼다. 생명을 함부로 다뤄선 안 되지만, 돼지 농장에서 생명이란 두 발로 걷고 TV를 보며 인생을 낭비하는 존재만을 가리켰다.

문제는 나 혼자 앞서가기 시작하면서 생겼다. 내가 앞에 서자 뒤에 오던 돼지들이 걸음을 멈췄다. 을지가 나를 향해 고함을 쳤다.

"같이 가! 같이. 따로 감 안 돼. 일루 와! 뒤로 와!"

나는 뒤를 흘끗 바라봤다가 고개를 돌려버렸다. 을지는 점점 목소리를 높였다. 잠시 후 우리는 서로에게 삿대질을 하며 소리를 질렀다. 우리 주위로 아저씨들이 몰려들었다. 주먹다짐까지 벌어지진 않았다. 그래봤자 어차피 내가 얻어맞았겠지만. 결국엔 서로 얼굴을 붉히고 씩씩거리며 작업을 마쳤다. 대단치 않은 소동이라고 생각할 수도 있겠지만 중요한 건 내가 다른 한국인에게는 절대 하지 않을 행동을 을지에게는 아무렇지 않게 해버렸다는 점이다. 을지 말이 맞았다. 돼지를 몰 때는 혼자 앞서 나가면 안 된다. 그는 같은 상황에서라면 누구라도 했을 말을 했지만 나는 그걸 있는 그대로 받아들이지 못했다.

외국인과 문제가 생겼을 때 머릿속을 지배하는 논리는(그걸 논리라고 부를 수 있을 진 모르겠지만) '너는 외국인이고 나는 한국인이다'뿐이다. 누구 말이 옳고 그른지 어느 쪽이 더 합리적인지는 머리에 들어오지 않는다. 결론 역시 최초의 논리와 다를 바가 없기 때문에 상황은 악화된다. '그렇다, 나는 한국인인데, 넌 아니다!'

을지와 나는 서로를 본체만체하며 지냈다. 어느 날 저녁 을지가 잔뜩 취해 내 방으로 들어왔다. 나는 깜짝 놀라 자리에서 일어났다. 그는 주저앉아 울먹이듯 말을 쏟아냈다.

"슨태, 나 미안해요. 나 생각했어. 돼지 다 같이 몰면 편해. 쪼금쪼금 심드러. 나 그때 슨태한테 나쁜 말 했어. 나 나쁜 사람. 나 잘못했어. 나 미안해."

그가 악수를 하자며 손을 내밀었다.

"아녜요. 아저씨 잘못한 거 없어요. 괜찮아요."

"나 생각했어. 일하면서 나쁜 말 하면 안 되는데 내가 실수했어. 우리 내일부터 비육사, 사하, 비육사 사하 하면서 지내요. 아랐죠?"

"예, 친하게 지내요."

"한국 사람들 좋아. 나 나쁜 놈. 한국 사람들한테 나쁜 말 했어. 나 마니 마니 혼났어. (두 손으로 떠받드는 시늉을 하며) 한국 사람 올려, 올려야 되는데 나 한국 사람한테 야 야 했어. 한국 사람 좋아. 몽골 사람 안 좋아. 나 미안해요."

우리는 화해를 했고 예전과 같은 관계로 돌아왔다. 그 일이 있고 며칠 후였다. 몽골 사람들과 TV를 보고 있는데 성민 형님이 술에 취해 들어왔다. 그가 내게 소리쳤다.

"야! 승태! 너 이 새끼들한테 쫄지 마! 할 얘기 있음 가슴 펴고 당당히 해!"

몽골인들은 애써 그를 무시하려는 듯 고개를 돌리지 않았다.

"이 새끼들이 속으로 다 우리 무시하고 있다고. 돼지 농장 같은 데서 일한다고, 너 얘네들한테 잘해줄 필요 없어. 이 새끼들, 에티켓도 없고 상식도 없고 순 돈만 밝히는 놈들이야. 너 또 그런 일 있으면 바로 형한테 얘기해, 알았어?! 다시는 그따위로 못 하게 만들 테니까. 알았어? 알겠냐고, 인마!"

#13

내가 양돈장을 그만두게 만든 것은 화성 탐사 뉴스였다. 성필이 형은 두 달 정도 일하고서 농장을 떠났다. 그는 모돈 자궁 속에서 새끼 꺼내는 작업을 하고 나서 그만둘 결심을 했다.

"아우, 씨발 진짜. 너 그거 해본 적… 없지? 느낌 졸라 더러워. 손도 안 들어가고, 졸라 빡빡해. 또 그거 하고 있잖아? 엄청 불안하다. 돼지가 조금만 움직여도 팔 부러질 거 같애. 돈을 많이 받는 것도 아니고…. 한 달 100만 원 받으면서 그런 일까지 하는 건 아무리 생각해 봐도 아니다."

그는 같이 서울로 가서 다른 일자리를 찾아보자고 말했다. 지금 생각해 보면 고민할 문제도 아닌데 그 순간에는 결심이 서지 않았다. 서울에서 일자리를 구한다면 서빙 정도일 텐데 비육사도 끔찍했지만 그렇다 해도 손님보단 똥이 더 안전한 선택 같았다. 성필이 형이 떠난 뒤에는 하얀 천장만 바라보다 잠이 들었다. 결국엔 돼지들이 내 이야기 상대가 됐다.

"니네, 파란색 디스플러스 담뱃갑에 뭐라고 써 있는 줄 아냐?"

"꿀꿀꿀 꿀꿀꿀꿀(아, 쟤 또 시작이네)."

"뭐라고 써 있냐면, 'Keep the faith, Whatever it takes' 이렇게 써 있어. 그게 무슨 뜻인 줄 알아? 무슨 일이 있어도 신념을 지켜라, 이 뜻이다. 대단하지 않냐? 담뱃갑에 저런 걸 써놓고. 정말 한국이란 나라는 만만하게 태어날 나라가 아니라니까. 뭐 니네한테야 어디서 태어나건 다 비슷하겠지만."

"꿀꿀꿀 꿀꿀꿀꿀 꿀꿀꿀(아우, 닥치고 가서 똥이나 치워 좀! 저기 따까리 쌓인 거 안 보여?)."

"니네도 맨날 먹고 싸고 그러지만 말고 마음의 양식을 좀 챙기란 말이야. 형이 오늘 니네들 읽어줄려고 시도 가지고 왔다. 한번 들어봐라. 혹시 알아? 시를 듣고 자란 돼지라고 해서 등급 좀 올라갈지? 뭐 니네한테야 다 똑같겠지만. 들어봐, 가난한 아희에게 온, 서양 나라에서 온, 아름다운 크리스마스 카드처럼, 어린 양들의 등성이에 반짝이는, 진눈깨비처럼. 야, 멋지지 않냐? 뭐야? 맘에 안 들어? 너무 담백한가? 좀 기름기가 있는 시를 원해?"

"꿀꿀꿀 꿀꿀꿀꿀(이런 XYQ@!#&**)!!!"

힘든 시기였다.

성필이 형 대신 분만사에 들어온 사람은 30대 후반의 남자였다. 어찌

된 영문인지 이 사람은 샤워를 하지 않았다. 얼굴과 손발만 씻을 뿐이었다. 옷도 벗지 않아 냄새가 정말 고약했다. 남자가 TV 앞에 앉으면 다들 한참을 찡그린 채 서로를 쳐다보다 슬며시 자리에서 일어났다. 결국 아저씨 몇 명이 술자리에 남자를 불러냈다. 그 뒤에 남자는 옷을 벗었는데 온몸이 문신투성이였다. 살이 통통하게 오른 용이 가슴부터 발목까지 빼곡하게 똬리를 틀고 있었다. 남자는 한번 옷을 벗기 시작하자 다음부턴 입을 생각을 안 했다. 언제나 팬티 차림으로 숙소를 돌아다녔는데 이번에도 사람들은 그가 TV 앞에 앉으면 슬그머니 자리를 피했다. 며칠 후 남자는 조용히 농장에서 사라졌다. 아저씨들이 계속 불평을 하자 회사에서 남자를 그만두게 했다는 얘기를 나중에야 들었다.

비육사에도 새 사람이 들어왔다. 40대 초반의 건장한 남자였는데 덩치를 보고 다들 그가 오랫동안 일할 거라고 얘기했다. 그는 일주일 만에 그만뒀는데 정작 근무한 건 이틀뿐이었다. 둘째 날 출근 전에 그는 콧구멍 밖으로 삐져나온 코털을 뽑았다. 다음 날 아침 그의 코는 사자코처럼 퉁퉁 부어올랐다. 그는 가만히 있어도 코가 욱신댄다며 괴로워했다. 그는 그 길로 병원을 간다며 사라졌다. 그는 4일 후에 나타났다. 코의 부기는 많이 가라앉아 있었다. 그는 짐을 챙겨 곧바로 농장을 떠났다. 그는 원래 찜질방에서 매점을 맡아 장사를 했는데 2000년대 중반 이후 찜질방들이 줄줄이 문을 닫으면서 일자리를 잃었다고 했다. 그가 방을 나서기 전 한 말이 기억에 남았다.

"옛날에는 떨어질 때도 차근차근 내려갔는데 요즘엔 그냥 한 방이야. 어, 어 하는 사이에 길바닥에 나앉아 버려."

그가 떠나고 며칠 후 소모품이 지급됐다. 장갑과 마스크가 하나씩 늘어났다.

"뭔 바람이 불었는지 모르지만 사장이 장갑이랑 마스크 이번 달부터 세 개씩 준대."

"에이, 늘려줄 거면 팍팍 좀 늘려줄 것이지, 하여간…."

"그러니까, 남의 돈 버는 게 아주 좆 같은 거야."

이것이 내가 양돈장에서 거둔 유일한, (대단히 보잘 것 없는) 승리였다. 승리라기보다는 우리가 얼마나 보잘것없는지 깨닫게 해준 거울이라 해야겠다. 이곳에선 법이란 것이 얼마나 우스꽝스러운 존재인지 확인할 수 있었다. 누군가는 시위 현장에서 마스크를 썼다는 이유만으로 구속될 수 있었지만, 어떤 사람은 매일같이 돼지 똥을 뒤집어쓰며 일하는 사람들에게 한 달 마스크 세 개를 지급하면서도 수완 좋은 경영인이라는 명성을 얻었다. 나는 지금도 그 결정이 호의였는지 조롱이었는지 확신이 서지 않는다.

처음에는 간부들의 이기심과 뻔뻔함에 어처구니가 없었지만 그 개인들을 욕해봐야 소용없는 일이었다. 과장은 부장의 지시를 따르고 부장은 이사의, 이사는 사장의 지시를 따른다. 사장이라고 모든 결정을 자유롭게 내리는 건 아니다. 사장은 주주의 부하, 다르게 말하자면 이윤의 말단 직원일 뿐이다. 매출이 줄어들면 사장이라 할지라도 대심문관의 질책을 피해갈 수 없다. 이사회에서 그가 이단이라는 판결이 내려진다면 여느 직원과 다름없이 사장도 불붙은 장작 위에 올라서야 한다. 아무리 사장이라 해도 대차대조표의 허락 없이 할 수 있는 건 점심 메뉴 고르기 정도에 불과하다.

나는 팀장님이 건네준 마스크 세 개를 내려다봤다. 그리고 그 남자의

퀴닝

사자코를 떠올렸다. 나는 주위 사람들의 마스크를 바라봤다. 코와 입을 단단히 막아야 할 물건이지만 하도 늘어나서 간신히 코끝에 걸려 있었다. 그리고 그건 마스크 제조사의 잘못이 결코 아니었다.

그날 저녁 TV에서 화성 탐사선 소식이 나왔다. 뉴스를 보다가 문득 이런 생각이 들었다. 인류가 화성에 식민지를 건설하는 것과 회사에서 직원들에게 매일 새 마스크를 지급하는 것 중 어느 쪽이 먼저 실현될까? 농장은 문을 연 지 20년이 넘어가고 있었다. 20년 동안 세 개 늘어난 속도로 30개가 되려면 200년이 걸린다. 나는 나사NASA 쪽이 먼저일 거라고 생각한다.

4
면죄부

춘천,
비닐하우스

해가 지고, 냉기와 빨간색 물이 기다리는 숙소로 돌아왔다. 냄비에 물을 끓여 얼굴을 씻고 빨간 물을 데워서 밥을 먹었다. 밤이 깊어지면 난데없이 '쾅쾅, 투투투투' 하며 기계음이 들렸다. 온풍기 돌아가는 소리였다. 미니하우스 내부 온도가 30도 이하로 내려가면 자동으로 온풍기가 작동했다. 온풍기에 달린 두꺼운 비닐 호스가 미니하우스 내부로 연결되어 있었다. 안타깝게도 이 온풍기 바람을 숙소에서는 느낄 수가 없었다. 오이보다 우선순위가 낮다고 생각하니 조금 우울해졌다. 농장은 기본적으로 지붕과 쌀만을 제공했다. 이런 유의 간소함에는 우리나라의 복지 시스템을 떠올리게 만드는 무언가가 있다.

#1

비닐하우스는 누구나 한 번쯤 본 적 있는 그 모습 그대로였다. 아치 형태의 철근 골격에 투명한 비닐이 씌워져 있었다. 여섯 동의 하우스가 나란히 늘어섰고, 그 양 끝에 가로로 하우스 두 동이 덧대어 설치되어 있었다. 하우스 하나의 크기는 가로세로 7미터와 60미터, 높이는 4미터 정도였다. 작물을 재배하는 하우스는 가운데 여섯 동이었고 앞뒤의 하우스는 이동 통로이자 창고로 쓰였다.

E 농장에서는 오이를 길렀다. 작물을 재배하는 하우스 바닥엔 녹색 비닐이 덮여 있었다. 내부에는 작은 비닐하우스가 설치되었는데, 이것을 미니하우스라고 불렀다. 각 동마다 여섯 개의 고랑이 있는데 미니하우스 하나가 고랑 두 개를 덮었다. 미니하우스의 비닐은 이중인데, 해가 뜨면 걷었다가 지면 덮었다.

주변 풍경은 황량하기만 했다. 끝없이 펼쳐진 논과 밭 사이로 드문드문 비닐하우스가 솟아 있었다. 아주 오래전에 추수가 끝난 논에는 진회색 먼지가 날렸다. 비닐하우스는 주위의 색감과 전혀 어울리지 않게 신기루처럼 반짝였다. 카키색 군용 헬기가 경운기만큼이나 예사롭게 주위를 돌아다녔다.

첫날 일은 저녁 6시쯤 끝났는데 어렵지 않았다. 수확을 시작하기 전까지 하는 일은 비닐하우스 정비였다. 하우스를 빙 돌며 비닐이 들뜬 곳을 땅속에 묻었다. 구멍이 난 곳은 막고 헐거워진 말뚝을 다시 박았다. 지루할 뿐 육체적으로 도전이 될 정도는 아니었다. 진짜 도전은 생활환경이었다.

숙소는 하우스 내부에 있었다. 크기는 가로 2.5미터, 세로 4미터 정도였는데 샌드위치 판넬을 이용해 지었다. 숙소는 난방 측면에서 보자면 양철 상자나 다름없었다. 하우스 내부는 일교차가 사막 수준이었다. 낮 동안에는 태양열을 오롯이 머금지만 밤이 되면 입김이 보일 정도로 온도가 떨어졌다. 숙소도 마찬가지였다. 바닥은 맨발로 디디기 힘들 만큼 차가웠다. 4월 초였지만 밤에는 겹겹이 옷을 껴입고도 이불 밖으로 나간다는 게 무모하게 느껴질 정도였다.

내부에는 가구들이 벽을 따라 놓였다. 서랍장, 소형 냉장고, 가스레인지, 전기밥솥, 고장 난 텔레비전, 그리고 전기장판. 숙소의 매력은 넓다는 점이었다. 이런 것이 서울을 벗어났을 때 부담 없이 누릴 수 있는 몇 안 되는 사치인 것 같다. 좀 더 커다란 방에 덩그러니 혼자 남겨지는 것.

물은 숙소 바깥에서만 쓸 수 있었다. 높이가 1.3미터쯤 되는 커다란 고무통에 물을 받아놓고 썼다. 세수, 샤워, 쌀 씻기, 설거지 모두를 이 주황색 고무통 앞에 쭈그리고 앉아 해결해야 했다. 토마토 모종들도 내가 쓰는 통에서 물을 먹고 있었다. 나처럼 타락한 인간이 순수하기 그지없는 토마토와 같은 대접을 받다니 대단한 영광이 아닐 수 없었다. 따뜻한 물을 쓰려면 냄비에 물을 데워야 했다. 냄비가 크지 않았기 때문에 각 신체 부위에 우선순위를 매겨 상위권만 온수의 혜택을 누렸다.

화장실에 비하면 숙소는 플라자 호텔이었다. 화장실이라고 부르는 그것은 반쯤 주저앉은 비닐 천막이었다. 문은 잔뜩 뒤틀린 채 땅속에 박혀 있었다. 천장은 안에서 허리를 펼 수 없을 정도로 낮았다. 변기가 있어야 할 자리에는 물 담는 데 사용하는 것과 동일한 고무통이 있었다. 그것

퀴닝

을 땅속에 묻고 그 위에 널빤지를 덮어뒀다. 판자 중앙에 직사각형 모양의 구멍이 뚫려 있었다. 널빤지를 디디면 '끼익끼익' 불길한 소리가 멈추지 않았다. 무슨 병적인 심사인지 커다란 거울이 벽에 기대 있었다. 다행히 거울에 먼지가 두껍게 쌓여 있어 엉덩이 주변 상황을 관찰하지 않아도 됐다.

보잘것없는 자리였지만 이 자리를 얻는 데도 우여곡절은 있었다. 춘천버스터미널에는 정오가 조금 지나서 도착했다. 농장주에게 전화를 걸었다.

"예, 안녕하세요. 저 오늘부터 일하기로 한 사람인데요, 지금 버스 정류장 도착했거든요."

"아, 벌써 왔어요? 아, 이걸 어쩐다, 내가 전화한다는 걸 깜빡했네…. 그런데… 우리는 그쪽을 못 쓸 것 같아요. 아무리 생각해 봐도 단가가 너무 비싸서…. 그래서, 아 이거 참, 정말 미안한데 그냥 가보셔야 될 것 같애."

"예? 아니, 저기요. 소개소에선 아무 말 없었는데… 그냥… 가라고요? 지금 도착했다니까요. 짐까지 다 싸왔는데."

"그런데… 130은 우리한텐 너무 높아서…."

"아니, 그러니까요, 사장님 그게요, 130만 원이란 건 제가 부른 게 아니라요, 소개소가 이제, 뭐냐, 저한테 좋게 받아주신다고 그런 거지 제가 그만큼을 받아야겠다고 한 게 아니거든요. 전 주시는 대로 받을게요."

"그래요? 아, 이걸 어쩐다…. 아, 알았어요. 한 30분만 기다려봐요. 일단 내가 거기로 갈 테니까."

임금이 너무 높다고 생각하면(그래 봤자 한 달에 130만 원이지만) 처음부터 그렇게 말할 일이지, 짐까지 모두 챙겨서 춘천까지 온 마당에 그제야 일자리를 못 주겠다는 건 도대체 무슨 심보란 말인가? 강원도 산골짜기에서 만나리라곤 전혀 예상 못 한 고도의 임금 협상 기술이었다. 야심만만한 사장님들이라면 이제 막 인천공항에 도착한 산업 연수생들을 상대로 이 기술을 시험해 봐도 좋을 것 같다.

"반갑습니다. 저 그런데, 회사에 사정이 생겨서 약속한 월급의 절반 정도밖에 못 드리게 됐어요. 그거라도 받고 일하시든가 아니면 그냥 여기서 돌아가서도 돼요. 물론 비행기 표는 직접 부담하셔야 하고요. 아 참, 근데 제가 궁금한 게 하나 있는데 그쪽에선 비행기 표 버는 데만 일이 년 걸린다면서요? 진짜예요? 아이고 내 정신 좀 봐, 뭐 어쨌거나 한국에 오신 걸 환영합니다. 웰컴 투 코리아!"

문제의 농장주는 구릿빛 피부의 40대 남자였다. 회색 복대를 찼는데 꼭 거들처럼 보였다.

"하우스 일 해봤어요? 이번이 처음이죠? 그렇게 힘든 건 없어요. 근데 키가 커서 잘할 수 있을지 모르겠네. 돈은 한 달에 110만 원이고 쉬는 건 두 번 쉬어요. 쉬고 싶을 땐 미리 우리한테 말해줘야 돼요. 그리고 식사는, 식사는 본인이 직접 해 먹어야 돼요. 대신 우리가 쌀이랑 밑반찬 같은 건 다 갖다줘요. 고기도 한 달에 두 번 정도 사다 드릴 거고. 솔직히 우리는 아줌마가 오면 좋거든요, 그래도 여자들은 요리를 하니까."

그의 장난질은 아직 끝난 게 아니었다.

"근데 미안한데, 우리는 오늘 아침 중국 사람 둘을 구했어요. 우리 바로 옆에 사람 구하는데, 거기로 가서 일해요. 근데 몇 살이라 그랬죠? 스물아홉? 허허, 신기하네. 한국 사람이, 그것도 이렇게 젊은 사람이 하우

퀴닝

스 일을 하려고 하고. 여기 다 중국 사람, 카자흐스탄 사람이에요."

오후가 한참 지나서야 내 고용주를 만날 수 있었다. 결국엔 그게 더 잘된 일이었다. 재혁 아저씨는 50대 후반에 키가 작았다. 155센티미터가 될까 말까 했다. 그 역시 짙은 갈색 얼굴이었다. 얼굴과 팔에 화상 흔적이 많았다. 그는 춘천 토박이였는데 농사를 지은 지는 오래되지 않았다. 그는 오랫동안 건설 현장에서 일했다. 그의 경력상 황금기는 노가다 십장으로 일했던 육칠 년간이었다. 그가 'NYPD'라고 적힌 분홍색 모자를 쓰던 게 기억난다. 그걸 보니 미국이 얼마나 넓은지 다시 한번 느낄 수 있었다. 서울에서도 같은 문구가 적힌 모자며 티셔츠를 입은 사람들이 수없이 많았다. 도대체 뉴욕 경찰청의 매력이 무엇이기에 태평양 건너 산골에 사는 농부의 머리까지 덮고 있는 걸까?

그의 첫마디는 나를 당황하게 했다.

"한국 사람이야?"

나는 내 첫인상이 더 이상 한국 사람마저도 아니라는 걸 깨달았다. 소개소 직원은 나를 몽골 사람이라고 생각했다.

"예."

"올해 나이가 어떻게 돼?"

"스물아홉이요."

"희한하네."

"예?"

"한국 사람이, 것도 이렇게 젊은 사람이 비닐하우스 일을 하려고 하고…. 그래 하우스 일은 해본 적 있어?"

"아니요."

"하우스 일이 쪼그려서 하는 거라 할 수 있으려나…. 그런데 요즘엔 일 별로 없어. 한 15일까지는 바쁜 일 없고 4월 말쯤 돼야 좀 바빠지지. 하우스는 시작이랑 끝이 바빠. 작물 땅에 심을 때랑 수확할 때. 우리 오이는 3월 말에 심었는데 아마 4월 말쯤 되면 딸 수 있을 거야. 그때까진 나랑 같이 다니면서 차근차근 배워가면서 쉬엄쉬엄하면 돼."

첫날 저녁, 아저씨가 술이나 마시자며 숙소로 찾아왔다. 그가 검은 비닐봉지에서 소주 네 병과 훈제 계란 네 개를 꺼냈다. 그는 술을 좋아했고 또 잘 마셨다. 술을 스테인리스 국그릇에 가득 따라서는 두세 모금 만에 비워버렸다.

"…사실은 우리가 여자를 쓰려고 기다리고 있었단 말이지. 왜냐면, 여기서 밥을 해 먹어야 되잖아? 남자들이 어디 그런 걸 하나? 우리 집에서 같이 먹으려고 해도 집 안에 병자가 있어서 그렇게 할 수가 없어. 우리 넷째가 위암이야. 걔가 막낸데 아직 스물네 살밖에 안 됐어. 그런데 2년 전에 위암이 생겼어. 그때 위를 한 4분의 3은 잘라냈다고. 그런데 또 얼마 전에 재발해서 아예 위를 다 들어냈어. 지금은 장에서 소화를 시키는데 그것도 요즘엔 많이 안 좋아. 애가 그렇게 드러누워 있으니 집에 낯선 사람 들이기가 어려워….

하우스 일이란 게 힘쓰는 건 별로 없어. 대신 쪼그리고 앉아서 하는 게 대부분이지. 앉았다 일어났다를 많이 해야 돼. 그래서 아줌마가 차라리 낫겠다 싶거든. 근데 자네는 키가 커서 할 수 있으려나 모르겠네. 그래도 내가 나쁘게는 안 해. 시골 사람들이 어수룩해 보여도 얼마나 영악하다고. 다른 집들 봐봐. 일거리 떨어지면 바로바로 내보내. 요 옆집, 아까 자네 소개해 준 데 있잖아, 거기가 그렇지. 거기 일이 얼마나 힘든데. 우리랑은 비교도 안 돼. 거기는 미니하우스 비닐도 세 겹이고 우리처럼 흙에다 심는 게 아니라 양액에다 키운다고. …양액이라고 있어. 작물 잘 자라게 하는 양분 같은 거를 물에 녹인 건데 거기다 기르면 땅에서 키울 때보다 훨씬 잘 커. 근데 그게 손도 많이 가고 할 것도 많지. 그 사람은 농사를 오래 져 먹은 사람이거든. 아는 것도 많고.

옆집은 커. 거기가 토마토를 1만 6000주 정도 키워. 우리는 오이 한 6000주 정도고. 오이는 한 달이면 딸 수 있어. 이번 달 말이면 조금씩 올라올 거야. 토마토는 한 50일 기다려야 되지. 그래서 당장은 일도 별로 없어. 쉬엄쉬엄하면서 내가 하는 거 보고 배워. 우린 그냥 평범한 정도지. 크기도 작고. 아까 봤잖아? 그래도 우리가 박하게는 안 해. 이제 겪어보면 알겠지. 우리 내외는 다른 사람이 있건 없건 똑같이 일해. 사람 하나 부린다고 일 시켜놓고 놀지 않는다고.

내가 젊었을 때, 20대 초반에 회사를 다녔는데 그 회사에 불이 났어. 그때 내가 화상을 당했지. 여기 팔이랑 얼굴에 자국 보이지? 지금이야 이 정도지, 그때는 정말 말도 못 하게 심했다고. 손가락에 감각도 없고 움직이지도 못했으니까. 그래서 한 3년 (술잔 꺾는 시늉을 하며) 이걸로만 보냈지. 하긴 그것 때문에 우리 부모님이 일찍 돌아가셨는지도 몰라. 그러다 서른이 다 돼서 정신을 차렸지. 그래서 친구한테 부탁해서 노가다 자릴 얻었어. 그것도 쉽지 않아, 나 같은 몸을 해선. 첫날에 삽질을 하는데 살이 약해서 손바닥에 피가 줄줄 흘렀지. 그래도 참고 해야지, 어떡해? 애들 먹여 살려야 되는데. 그렇게 10년을 해서 나중엔 내가 오야지(장長)를 했어. 밑에 한 열다섯 명 정도 두고 했지. 그러다 한 7년 전에 허리디스크가 왔어. 그때도 아주 심했지. 앉지도 서지도 못하고…. 수술받고 여기다가 쇠심까지 박았어. 그래서 그 일도 그만뒀지. 뭐 어떡해, 움직이질 못하는데.

아는 사람이 하우스를 해서 그걸 보고 배워가지고 한 4년 전부터 내가 여기에 직접 시작한 거야. 이래 봬도 여기에 돈 꽤 많이 들었어. 기름 보일러, 온풍기, 밭 바닥에 열선 까는 거, 이 하우스 골격도 딴 데는 다 26밀리미턴데 우리 건 32밀리야. 내 친구가 하우스 시공하는 데서 일하거든.

나도 자네를 겪어보고 자네도 나를 겪어보고, 그럼 차근차근 서로를 알게 되겠지. 옆집에는 어떤 줄 알아? 올 때는 저 터미널까지 가서 직접 데려오지? 중간에 가겠다고 그러면 돈을 주네 안 주네, 이 새끼 저 새끼 죽인다, 어쩐다 하면서 엄청 깐다고. 나는 그렇게는 안 해. 자네가 정말 힘들고 일이 안 맞는다면 어쩔 수 없는 거지. 그치만 일단 하게 되면 6월 말까지는 있어줘. 그때가 오이 따고 포장하고 해서 엄청 바쁠 때라 우리 두 사람만으론 감당이 안 돼. 그렇다고 이런 데서 사람 구하는 게 쉬운 것도 아니고.

부모님 다 살아 계셔? 지금이야 나랑 같이 일하지만, 내 말 들어. 보아하니 여기저기 많이 돌아다닌 눈친데 고향으로 가. 사는 게 간단한 거야. 고향 가서 부모님이랑 형제들 있는 데서 같이 살아. 사람이 그게 제일 중요한 거야. 푹 자고, 내일 한 7시쯤 일어나서 씻고 밥 먹고 있어. 우리는 한 8시쯤 올 테니까. 당분간은 일이 없어서 그때쯤 시작해도 돼. 대신 해 길어지고 바빠지면 당겨질 거야. 잘 때 추우면 얘기해. 내가 이걸 급하게 짓느라 난방을 못 넣었어. 대신 전기난로 하나 구해다 줄게."

#2

일어나면 물부터 끓였다. 씻는 데 써야 하기도 했지만, 그렇게 하면 방 안의 냉기가 조금이나마 가셨다. 아침 식사는 요리라는 단어를 사용하기에 미안할 정도로 형편없었다. 돼지 농장 식단도 조악했지만 내가 끓인 고추장찌개에 비하면 그것도 성찬이었다. 취향이나 정성을 떠나서 일단 간은 맞았으니까. 내가 만든 찌개는 빨간 식용 염료를 풀어놓은 온수에 불과했다. 떠돌이 생활의 매력은 이런 데 있는 것 같다. 도무지 끝이 어딘지 알 수가 없다. 매번 최악이라고 생각하지만 다음 일자리를 겪어보면 이전 경험이 꽤 괜찮은 축에 속했다는 걸 인정할 수밖에 없다.

둘째 날, 아침 8시부터 일을 시작했다. 주인 아주머니는 키가 150센티미터 정도였다. 내가 이름을 묻자 "에유, 내가 이름이 뭐 어딨어? 여기선 다들 미선 엄마라고 불러" 하고 대답했다. 21세기에도 이름 없이 사는 여자들이 있다는 건 슬픈 일이다. 아주머니가 내가 방금 적은 대로 말한 건 아니었다. 주인 아주머니(a.k.a 미선 엄마)는 언어 장애가 있었다. 그녀는 자음을 거의 발음하지 못했다. "우리 아들 스물여덟 살"은 "우이 아흐 흐무 여허 사" 식으로 말했다. 신기하게도 무슨 말인지는 다 알아들었다.

가장 먼저 하는 일은 개폐기를 열어 건물 안에 바람이 통하게 하는 거다. 개폐기는 하우스의 양 측면에 있었다. 레버를 돌리면 바닥에서부터 50센티미터 정도 높이까지 비닐을 걷어 올릴 수 있었다. 다음으로는 미니하우스의 비닐을 걷었다. 여섯 동 모두 걷는 데 한 시간 정도 걸렸다. 비닐은 다시 덮는 것이 더 힘들고 시간도 두 배 이상 걸렸다. 비닐이라는 단어가 주는 가벼운 느낌과 무관하게 비닐은 무척 무거웠다. 전체가 한 장의 비닐이기 때문에 끝에서부터 조금씩 끌어당겨야 했다. 단순한 작업이지만 주의할 점이 없는 건 아니다.

"비닐을 덮을 때는 이런 걸 조심해야 돼. 여기 보라고. 비닐이 지금 오이 줄기에 걸쳐 있잖아. 이런 거 없게 오이를 전부 안으로 들여놔야 돼. 이런 오이 보면 잡아서 안쪽으로 끌어당겨 줘. 아직은 작아서 괜찮지만 이런 게 좀 크면 아주 골치 아파. 오이가 좀 자라면 줄기가 한쪽 방향으로만 뻗는다고. 미리미리 안쪽으로 당겨주지 않으면 계속 통로로 빠져나와. 그렇게 되면 비닐 덮을 때마다 앉았다 일어섰다 해야 해서 엄청 힘들어."

하우스에선 금세 땀이 뻘뻘 흘렀다. 방금 전 숙소에서 이불을 뒤집어쓰고 있었던 게 먼 과거의 일처럼 느껴졌다. 미니하우스에는 수증기가 잔뜩 서려 있었다. 비닐을 흔들자 물방울이 후두두 떨어졌다. 오이는 20센티 정도 자란 상태였다. 녹색 잎과 줄기가 바닥에 찰싹 달라붙어 있었다.

북쪽으로 300미터쯤 떨어진 곳에 아저씨 농장이 하나 더 있었다. 크기와 규모는 그곳이 조금 작았다. 오후에는 이곳에서 일했다. 여기에는 토마토를 기를 예정이었다. 토마토는 날이 좀 더 더워진 후에 심기 때문에 아직 텅 비어 있었다. 그날은 모종을 하우스에 옮겨 심기 전의 준비 작업을 했다. 먼저 제초제를 뿌렸다. 하우스 사이사이에는 배수로가 있는데 배수로와 맞닿은 하우스 측면에는 습기 때문에 잡초가 많이 자랐다.

재혁 아저씨는 안전이나 건강에는 아무런 관심이 없어 보였다. 양수

퀴닝

기가 멈추기라도 하면 아무렇지 않게 드라이버로 배전판을 쿡쿡 찍어댔다. 그것도 농약 뿌릴 때에 비하면 얌전한 편이었다. 분무기 입구가 막히면 농약이 분사되는 부분을 입으로 쪽쪽 빨아냈다. 제초제는 딸기우유를 연상시키는 짙은 분홍색 용액이었는데 상자에는 식물 전멸제라는 무시무시한 단어가 적혀 있었다. 주의 사항에는 '살포 시 반드시 마스크를 착용하고 절대 입에 넣지 말라'고 적혀 있었다. 감전과 농약 중독이 서로 먼저 아저씨를 데려가겠다고 경쟁하는 꼴이었다.

다음에는 고랑을 따라 호스를 설치했다. 호스는 검은색에 얇은 플라스틱 재질이었는데 20센티 간격으로 조그만 구멍이 뚫려 있었다. 토마토를 이 구멍에 맞춰서 심었다. 호스를 깔고 나서는 멀칭을 했다. 멀칭은 하우스 바닥을 비닐로 덮는 걸 가리킨다.

"근데 멀칭은 왜 하는 거예요?"

"그래야 땅 온도가 올라가거든. 추우면 작물이 안 자라. 멀칭을 해야 잡초도 덜 생겨."

멀칭을 할 때는 세 사람이 필요했다. 두 사람이 양 끝을 팽팽하게 잡아당기면 나머지 하나가 T 자형 플라스틱 핀으로 비닐을 고정시켰다. 멀칭을 마무리하는 데는 4일 정도 걸렸다.

둘째 날에는 일찍 작업을 마무리하고 오일장에 장화를 사러 갔다. 아저씨의 셋째 아들이 미선 엄마와 나를 데려다 줬다. 아저씨에겐 자녀가 넷 있었는데, 첫째 아들은 서울에서 회사를 다녔고 둘째 딸은 시집을 가서 역시 서울에서 살았다. 셋째 아들은 대학생이었는데 근방에서 본 사람 중 유일하게 피부가 하얀 남자였다. 그보다는 내가 오히려 아저씨의 아들처럼 보였다. 넷째 딸이 병에 걸린 막내였다.

오일장에는 난생 처음 가봤다. 장날이라는 단어가 비유가 아닌 실질적인 의미를 지니는 생활권에 들어왔음을 실감했다. 아무런 연관도 없는 물건들이 다닥다닥 붙어 있었다. 젓갈 단지 옆에는 중년 남성의 비포 앤 애프터 사진과 함께 발모제가 진열되어 있었다. 엿장수가 방정맞은 뽕짝 리듬에 맞춰 연한 진흙빛 엿을 잘라내는 리어카 옆에는 바둑판이 놓여 있었다. 바둑판 장수는 손님들의 무관심에 익숙한 듯 그저 신문만 들여다보았다. 나는 쇼핑을 주제로 브레인스토밍 중인 머릿속을 거니는 기분이 들었다.

장날은 기분 좋게 술렁였다. 꼬마들은 핫도그며 고구마튀김을 파는 리어카로 부모를 끌어당겼다. 한 벌에 5000원 하는 분홍색 블라우스를 살까 말까 망설이는 아줌마는 양손에 콩나물, 두부, 갈치, 과일 따위가 든 비닐봉지를 잔뜩 들고 있었다. 혼자 온 사람은 거의 없고 때로는 연인끼리 때로는 가족끼리 손을 잡고 물건들을 돌아보았다.

해가 지고, 냉기와 빨간색 물이 기다리는 숙소로 돌아왔다. 냄비에 물을 끓여 얼굴을 씻고 빨간 물을 데워서 밥을 먹었다. 밤이 깊어지면 난데없이 '쾅쾅, 투투투투' 하며 기계음이 들렸다. 온풍기 돌아가는 소리였다. 미니하우스 내부 온도가 30도 이하로 내려가면 자동으로 온풍기가 작동했다. 온풍기에 달린 두꺼운 비닐 호스가 미니하우스 내부로 연결되어 있었다. 안타깝게도 이 온풍기 바람을 숙소에서는 느낄 수 없었다. 내가 오이보다 우선순위가 낮다고 생각하니 조금 우울해졌다. 농장은 기본적으로 지붕과 쌀만을 제공했다. 이런 유의 간소함에는 우리나라의 복지 시스템을 떠올리게 만드는 무언가가 있다.

하지만 추위보다, 그리고 (대부분 내 탓인) 형편없는 식사보다 더욱 괴로

퀴닝

운 것은 밤 그 자체였다. 일주일 정도 지나자 왜 농장주들이 유달리 유경험자를 선호하는지 알 것 같았다. 농사가 특별히 힘들거나 더러워서가 아니다. 이들이 원하는 유경험자는 작업의 유경험자라기보다는 생활의 유경험자다. 농촌 생활의 황량함과 고독감을 견뎌본 사람 말이다. 일은 할 수 있지만 작업장에 있을 수 없다면 방법이 없는 것 아니겠는가? 방 안에는 귀를 먹먹하게 하는 정적이 가득했다. 반경 3킬로미터 내의 어둠 속에 나 혼자뿐이었다. 근처 농장에서 누군가 나처럼 외로워하고 있을지도 모르지만 그는 내 존재를 알 길이 없었고 나 역시 그의 존재를 알 수 있는 방법이 없었다. 보이는 건 별과 어둠뿐이었다. 가장 가까운 민가의 불빛도 북극성만큼이나 멀리 떨어져 있었다.

#3

일을 시작하기 전에는 언제나 망설였다. 셔츠 안에 속옷을 입을지 말지 때문에. 내가 빨래는 어떻게 하냐고 묻자 아주머니가 넓적한 돌을 가져다줬다. 바위에 대고 손빨래하는 것도 짜증 나지만 더 심각한 것은 건조였다. 하우스 안은 바람이 통하지 않아 빨래가 마르질 않았다. 바깥에는 빨래를 널 만한 장소도 없을뿐더러 흙먼지가 많이 날렸다. 따라서 최선의 방법은 빨랫감을 만들지 않는 것이었다.

하우스에서 일할 때는 피부를 햇빛에 최대한 적게 드러내면서 시원하게 입어야 한다. 나는 무턱대고 시원하게만 입었는데 일주일 정도 지나자 피부가 새까매졌다. 하우스 내부는 오전 9시만 돼도 밤새 숙소에서

덜덜 떨던 일이 비현실적으로 느껴질 만큼 더워졌다. 정오쯤에는 한여름에 자동차 안에 갇힌 개가 된 기분이었다. 내부에서부터 서서히 익어가는.

오이는 새끼 돼지만큼이나 빨리 자랐다. 얼마 지나지 않아 줄기를 일으켜 자기 힘으로 일어서기 시작했다. 이때부턴 오이 곁순을 땄다.

"아저씨, 뭐하시는 거예요?"

"아, 이게 오이 곁순 따는 건데 이제부터 이것도 해야 돼."

"어떻게 하면 돼요?"

"여기 보면 줄기 사이사이에 조그만 곁순이 올라오잖아. 이런 걸 다 따내는 거야. 오이 잘 크라고. 새로 나는 순은 다 잘라내야 돼."

곁순 따기를 시작했을 때 오이는 30센치 정도 크기였다. 단풍 모양의 녹색 잎이 서너 개 달려 있었다. 각각의 가지 아래서 손가락 한 마디 크기의 순이 올라왔다. 줄기 아래 부분에서 올라오는 새순은 모두 꺾어버렸다. 오이는 까끌까끌한 작은 가시로 덮였는데 줄기에 솟은 가시가 특히 따가웠다. 처음엔 멋모르고 맨손으로 만졌다가 여러 번 찔렸다.

곁순 따기는 하우스 방식의 '도태'였다. 곁순을 따지 않고 놔두면 오이가 많이는 열리지만 상품 가치가 없을 만큼 작고 왜소해졌다. 오이는 돼지처럼 몸부림을 치거나 비명을 지르지 않기 때문에 쉽게 도태시킬 수 있었다. 오이도 저 나름대로 비명을 질렀을지 모를 일이었다. 그렇지만 나는 채소가 하는 말을 알아듣지 못했다.

키 때문에 힘들 거라는 말이 이해됐다. 각 동마다 고랑이 여섯 개 있었는데 고랑 하나에 약 200개의 오이가 심겼다. 하루 종일 쪼그려 앉아 있으니 허리가 땅기고 무릎이 쑤셨다. 앉아서 일할 때는 '방석'이라고 부르

퀴닝

는 원통 모양의 쿠션을 엉덩이에 매달았다. 앉아 있을 때에야 상관없었지만, 방석을 착용하고 걷는 모습은 흡사 빨간 엉덩이가 툭 튀어나온 비비원숭이 꼴이었다.

세 사람이 매달렸지만 오전에 한 동 끝마치기도 힘들었다. 물론 거기엔 내가 그다지 도움이 되지 못했던 탓도 있었다. 두 사람은 나보다 두세 배는 빨랐다. 언제나 나보다 30미터 정도 앞서 있었다. 한참을 일하다가 일렬로 늘어선 수백 개의 오이를 바라보면 숨이 턱 막혔다. 왜 어디에서나 작업 물량은 일렬로 세워두는 걸까? 앞으로 해야 할 일에 압도당하는 느낌이었다. 게다가 한여름의 하우스 안에선 햇빛마저 무게를 지니고 있어, 뜨거운 열기도 일하는 사람들의 어깨를 짓눌렀다.

주인 아주머니와 아저씨 사이에 말다툼이 늘어갔다. 요지는 나를 고용하기로 한 것이 얼마나 수익성 있는 결정이었냐는 거였다. 부정적인 견해를 줄기차게 피력한 쪽은 아주머니였다. 나로서야 기분이 좋을 순 없었지만 이해는 할 수 있었다. 내 작업 결과는 누가 보아도 한심했다. 두 사람 금슬이 아무리 좋더라도 나 같은 직원을 두면 수익성 논란이 일지 않을 수 없을 것 같았다. 비닐을 덮으라고 하면 한쪽을 너무 잡아당겨서 비닐과 바닥 사이가 뜨게 하고, 곁순을 따라고 하면 정작 없애야 할 부분은 남겨놓고 열매를 따내서 멀쩡한 오이를 잡초로 만들기 일쑤였다. 아저씨가 따야 할 것과 따지 말아야 할 것의 차이를 가르쳐줬지만 막상 나 혼자 하다 보면 그냥 풀로만 보일 뿐 금세 차이를 잊어버렸다. 나역시 내가 형편없는 일꾼임을 인정한다. 그때쯤 하루 정도 쉬고 싶었지만, 내가 있으나 없으나 아무런 차이가 없다는 걸 주인 부부가 눈치챌 것 같아서 쉬겠다는 말도 꺼낼 수가 없었다.

아주머니는 편의 시설 제공을 거부하는 식으로 나에게 불만을 드러냈다. 한번은 아저씨가 숙소 안으로 수도를 연결해 보려 했다. 아주머니는 당장 얼굴을 찌푸렸다.

"아니, 그럼 씻는 게 불편해서 어떡해? 여기다 샤워실 같은 거라도 하나 만들어주려고. 싱크대도 놓고 해서 설거지도 할 수 있게 해주고."

"아니, 물은 어떻게 하려고?"

"생각을 해봐야지."

"그냥 담아둔 물 쓰면 되지, 뭘 그런 걸 만든다고. 가만있어, 그냥."

점잖은 중년 여성에게 할 말은 아니지만 아주머니가 그때만큼 밉살스러운 적은 없었다. 일꾼으로서의 내 가치를 알고 있었기에 잠자코 있었다. 하지만 내가 일을 잘했다고 해서 그녀의 반응이 달라졌을지는 알 수 없는 일이다. 진실은, 진실은 그들이 모른다는 것이다. 고용주는 자신이 직원들에게 어떤 삶을 강요하는지 모른다. 그들이 아는 것은 통에 물 담아서 세수하고 쌀 씻고 설거지하고 빨래까지 하는 것이 '가능은 하다'는 거다. 거기까지다. 그렇다, 가능은 하다. 하지만 실제로 그런 식으로 손빨래를 한다는 것이 무슨 뜻인가? 직원들이 몇날 며칠이고 더러운 옷을 그대로 입거나 쉬는 시간을 줄여가며 빨래 노동 전선에 뛰어들어야 한다는 의미이다. 이것을 단지 직원 개개인의 게으름이라고 탓할 수는 없다. 직원들도 설비만 제대로 갖춰진다면 얼마든지 깨끗하게 생활할 것임이 분명하기 때문이다. 똥꾼에게 한 달에 두 켤레의 장갑을(세 켤레라고 해도 크게 다를 건 없다) 지급한다는 것이 무슨 뜻인가? 그들이 맨손이나 다름없는 상태로 일해야 한다는 의미이다. 고용주들은 언제나 '이리저리 하면 상관없지 않느냐?' 하고 쉽게 얘기하지만 모든 작업장에는 고용주의 현실과 피고용인의 현실이 별개로 존재한다. 고용주는 자신이 느끼는 현실보다 피고용인의 현실이 진짜 현실에 더 가깝다는 사실을 이해하지 못한다.

아저씨는 변함없이 내게 친절했다.

"쪼그려 앉아 일하려니 다리 아프지? 빵도 먹고 사이다도 좀 마시면서 다리 좀 쉬어. 곁순은 계속 따줘야 돼. 한 번 했다고 끝나는 게 아니야. 이게 계속 올라오거든. 그래도 조금만 참으면 수월해질 거야. 여기 천장에 줄 매달린 거 보이지? 이제 오이가 조금만 더 크면 저 줄에 매달아 세울 거야. 그러면 서서 작업할 수 있어."

작업 환경, 임금의 문제는 고용주의 선량함과는 무관한 것 같았다. 양돈장의 바지 사장은 천년만년 똥구덩이에서 썩어 마땅한 놈이지만 그가 재혁 아저씨처럼 점잖은 사람이라 해도 달라질 건 없었다. 직원들을 위한 결정이 이윤으로 돌아오는 경우는 극히 드무니까. 단기 이익을 최대화해야 하는 방식 안에선 개인적인 선량함과는 상관없이 행동할 수밖에 없다.

어느 날 저녁, 여느 때와 다름없이 물을 끓여 머리를 감고 있었다. 대야에 뜨거운 물을 붓다가 냄비에 손을 댔다. 손가락은 통증으로 얼얼했고 기껏 끓인 물은 모두 흘려버렸다. 공기는 차가웠다. 다시 물을 끓이고 양수기 옆에 쪼그려 앉으니 9시가 지나가고 있었다. 벌겋게 부어오른 손가락에서 콕콕 찌르는 통증이 느껴졌다. 순간 울컥해지는 것을 참을 수 없었다. 한 달에 110만 원 버는 생활이 꼭 이런 식이어야 하나? 내가 그 질문에 진지하게 대답할 능력이 있었다면 정치에 입문했겠지만 나는 그저 빨리 씻고 쉬고 싶은 생각뿐이었다.

방으로 돌아왔다고 끝난 게 아니었다. 해가 떠 있는 동안에 열기와 불편한 자세를 참아야 했다면 해가 진 후에는 지독한 외로움과 고립감을 견뎌야 했다. 방에 앉아 있으면 농장에서의 미래를 떠올리지 않을 수 없었다. 텅 빈 방에서 정신병자처럼 혼잣말을 중얼거리다 잠들게 될 수많은 밤들을. 로빈슨 크루소에게도 이곳은 만만한 도전이 아닐 것 같았다.

그날 밤 비가 내리기 시작했다. 하우스 안에서는 빗소리가 대여섯 배 크게 들렸다. 빗방울 소리 하나하나를 확성기로 증폭시킨 것 같았다. '퉁, 퉁, 퉁, 퉁, 퉁…' 물방울이 아니라 렌치나 망치 같은 연장이 쏟아지는 소리였다. 빗방울이 내 두개골까지 뚫고 들어오는 것 같았다.

#4

우리 농장은 마을 사랑방 같은 곳이었다. 지나가던 사람들마다 들러서 주인 내외와 이야기를 나누다 갔다. 그중에서도 아저씨랑 친하다는 남자 둘이 자주 찾아왔다. 태섭 아저씨는 40대 중반으로 언제나 군복을 입고 다녔다. 성일 아저씨는 주인 아저씨와 동갑이었는데 깡마른 체격이었다. 둘 다 근방에서 오이를 길렀다. 아주머니는 아저씨가 "산더미처럼 쌓인 일"은 내팽개쳐 두고 친구들이랑 노닥거리기만 한다며 두 사람이 찾아오는 걸 달가워하지 않았다. 틀린 말은 아니었다.

"아이구, 나이가 몇? 스물아홉! 이 친구 젊어서 좋겠네."

"아, 젊으면 뭐해? 자지가 빨딱빨딱 서야 좋은 거지."

"왜? 형 건 안 서? 일단 한 번 세워만 놔. 내가 본드로 쫙 발라줄 테니

퀴닝

까, 흐흐."

야한 농담을 즐기는 친구들만 찾아오는 건 아니었다. 아저씨의 남매들도 근처에서 오이를 길렀다. 그들도 자주 찾아와 농협 대출금이나 농약에 대해 이야기를 나누다 갔다. 드물지만 아저씨가 다른 하우스를 찾아갈 때도 있었다. 그해 처음 농사를 짓기 시작한 농장이었다. 하우스에서 비닐이 파닥대는 소리가 심하게 났다.

"봐봐, 잘 지은 하우스랑 그렇지 않은 건 바람 불 때 보면 차이가 확 난다고. 이 집 거 봐. 바람 부니까 파닥파닥하면서 비닐이 떨잖아. 이런 건 잘못 지은 거야. 바로 옆에 거 봐. 바람 아무리 불어도 그대로잖아. 저기 보이지? 이쪽은 꼭대기가 울잖아."

주인은 40대 후반의 남자였다. 오이 잎이 하얗게 죽어 있었다.

"어이구, 이거 오이가 다 왜 이래? 이거 모종 심을 때 바람 맞힌 거 아냐?"

재혁 아저씨가 물었다.

"예, 좀."

"아이구, 죄다 바람에 탔네, 탔어. 물은? 물도 많이 안 줬지?"

"아니에요. 물은 많이 줬어요. 물은 충분히 줬는데…. 아무래도 바람 때문인가 봐요."

농장주는 무척 상심한 듯 보였다.

"어떻게 할 거야? 전부 누빌 거야?"

"예? 아… 모르겠어요. 어떻게 할지."

"너무 걱정하지 마. 지금 보니까 요 밑에서 새로 또 올라오는 거 많이 있네. 한 열흘 놔두면 다시 또 새로 올라올 거야. 기다려봐, 조금 늦는 거지 아예 못 따는 건 아닐 테니까."

근방에선 우리 농장 오이가 가장 건강했다.

"거기가 올해 처음 농사짓는 데거든. 근데 첫 농사가 잘 안 됐네."

"근데 누빈다는 게 뭐예요?"

"누비는 거? 새로 다시 심는 거."

하우스 일이란 더위뿐 아니라 먼지와의 싸움이기도 했다. 멀칭 유무
와 상관없이 어디서나 흙먼지가 가득했다. 하우스에도 허용 먼지농도
기준 같은 게 있는지 모르겠다. 있다면 대단히 비즈니스 프렌들리한 기
준이 아닌 이상 어떤 하우스도 통과하지 못할 것이다. 하루는 하우스 내
의 잡동사니를 정리했다. 하우스 한편에 문짝만 한 스티로폼 수십 장이
쌓여 있었다. 이것들을 숙소 지붕 위로 옮겼는데, 스티로폼에 먼지가 잔
뜩 쌓인 데다 쥐가 갉아 먹어 한과 가루 같은 부스러기가 가득했다. 금세
눈앞이 자욱해질 정도로 먼지가 일었다. 하우스는 통풍에 대한 고려가
거의 없다. 개폐기는 바닥에서 자라는 식물을 위한 것이지, 한참 위에서
호흡하는 인간을 위한 것이 아니었다. 먼지가 일면 중력이 1초라도 빨리
땅바닥으로 먼지를 끌어당겨 주길 기다리는 수밖에 없었다. 쥐들이 갉
아 먹은 스티로폼에는 상형문자 같은 문양이 남아 있었다. 내가 보기엔
'작업 중에는 마스크를 쓰시오'라고 쓴 것 같았다.

농촌의 공동체적 특성이 일을 더했다. 나를 원래 고용하기로 했던 농
장주의 일꾼들이 2주도 안 돼 그만뒀다. 그가 씩씩거리며 우리 농장으로
찾아왔다.

"예이! 그 정도 해줬으면 됐지. 도대체 뭘 더 어쩌라는 거야? 썅! 이 새

끼들이 뭐라는 줄 알아요? 숙소에다 인터넷을 놔달래요! 말이나 돼요, 이게?"

그는 자신이 얼마나 달콤한 조건으로 사람을 부리는지 몰랐다. 여기선 4대 보험도 잔업 수당도 야근 수당도 없고, 주인은 한 달에 두 번만 쉬게 하면서 머리 위에 지붕 얹어주고 쌀만 가져다주면 끝이었다. 양돈장 사장이 같은 조건으로 사람을 쓸 수 있었다면 직원들을 업어서 출퇴근시켜줬을 것이다. (그런 행동이 중요하다는 건 아니다.)

그날 오후 일이 끝나고 아저씨가 날 불렀다.

"저기, 너 있잖아, 한 며칠 옆집 가서 일 좀 해야겠다."

"예? 왜요?"

"저 옆집 일꾼들 그만뒀다 그랬잖아? 새 사람 올 때까지 너보고 일 좀 해달래."

"예? 아니, 그건 아니죠. 저는 어디까지나 아저씨 농장에 고용된 사람인데 제가 다른 농장 일까지 해야 할 이유는 없죠."

"여기선 다들 그렇게 해."

"아, 전 싫어요. 안 갑니다."

"허 참, 그게 그렇지가 않다니까."

"제가 안 가면 아저씨가 곤란해지나요?"

"좀 그렇지. 우리도 바쁠 땐 그 사람들이 도와주고 그랬으니까."

"그럼 이번만 갈게요."

"그래, 그럼 좀 갔다 와."

"그런데 그 아저씨도 이상한 게, 아니 그런 부탁을 하려면 저한테 먼저 이야기해야 되는 거 아니에요?"

"아니야, 그건 그렇지가 않아."

그날 이후 이 마을에선 "힘든 거 키 큰 애 시켜"라는 말이 최고 유행어가 됐다. 나는 이 문제에 단호하게 대처하겠다고 마음먹고 일손 돕기를 거부했다.

"저 다른 하우스 일 도와주는 거 이제 안 갈 거예요."

"아니, 왜?"

"왜긴요? 전 이 농장, 아저씨 하우스에 고용된 거지 이 마을 하인이 아니잖아요. 제가 똑같은 돈 받고 다른 농장 일까지 할 이유는 없죠."

"지금 우리는 바쁜 일도 없고 쉬잖아. 그럼 놀면서 돈 받을 거야?"

"제가 뭘 놀면서 돈을 받아요? 그럼 일 없을 때마다 다른 농장 가서 일하고 와요? 바쁘지 않다고 다른 농장 일까지 해야 하는 건 아니죠."

"아이구, 이게 원래 다 그런 거야."

원래 다 그렇다는 말을 우린 어디까지 인정해야 할까?

"그렇지가 않죠."

"아유, 사람이 그러는 거 아냐. 우리도 다 도움받고 일한다고. 작년에도 그 사람들이 다 도와줬다고."

"작년에 아저씨가 도움받은 걸 제가 책임질 순 없는 거 아닙니까?"

"아니, 그래도 여기선 다 그렇게 해."

"그게 아니죠."

"에헤, 사람 사는 게 그런 게 아니야. 다 서로서로 돕고 사는 거지."

경박한 젊은이가 미풍양속과 싸워본들 무슨 승산이 있겠는가? 일은 일대로 하고 결국엔 버르장머리 없고 돈만 밝히는 서울 샌님으로 낙인 찍혔다. 사실이기도 하니 그다지 아쉬울 건 없었지만 어렵사리 쌓은 조

퀴닝

신한 청년 이미지가 품앗이라는 의외의 복병을 만나 무너져 내린 게 당혹스럽긴 했다.

하지만 아저씨 말이 맞았다. 분명 우리 농장도 모종을 심을 때처럼 손이 많이 필요할 때는 주위 사람들이 도와줬다. 농촌에선 이런 문제를 일일이 따지기가 곤란했다. 내 생각은 이랬다. 한 사업장 내에서 다른 부서 일을 돕는 거야 당연하지만, 일손이 모자란다고 다른 공장 일까지 거들어야 할 이유는 없다고. 문제는 어디까지를 우리 사업장으로 볼 거냐다. 내게는 주인 아저씨 농장 이외는 모두 다른 사업장이었지만 아저씨에게는 형제, 친구의 농장 역시 '우리' 사업장이었다. 아저씨가 그렇게 생각하는 걸 잘못이라고 할 수도 없었다.

이곳은 저녁에 산책하기엔 최악의 장소였다. 어둠과 개 때문이었다. 주변에 논뿐이라 가로등이 없었다. 서울은 어디든 빛 공해 때문에 온전한 어둠이 없다. 이곳의 어둠은 피노키오의 표현을 빌리자면 "잉크병 속에 빠진 듯한", 주위에 아무것도 없다는 걸 확신하면서도 세 발짝마다 멈춰 서선 한참 동안 등 뒤를 응시하게 만드는 그런 종류의 어둠이었다. 그러다 갑자기 개들이 짖어댔다. 버려진 개들이 역시 버려진 하우스에 자리를 잡고 있었다. 개장수의 습격에 대비해 똥개들끼리 공동전선이라도 결성한 것 같았다. 몇 마리는 내게서 겁쟁이의 냄새를 맡았는지 내 뒤를 쫓아오면서 짖어댔다. 내가 개들에게 위협적인 존재가 아니라는 걸 알려주고 싶어서 〈I wanna be your dog〉을 불러봤지만 어째선지 개들을 더 열받게 만들었다. 이기팝Iggy Pop은 강원도 똥개들의 취향이 아니었던 모양이다. 개에 대한 두려움을 이기는 방법은 같이 짖어대는 것뿐이었다.

"멍멍멍! 컹컹컹! 그르르르르 컹컹!"

이렇게 대자연이 나를 한 마리 개로 바꿔놓는구나 생각하니 우울했지만, 내가 놀랄 만큼 개와 유사하게 짖어대자 개들도 조금씩 진정하기 시작했다. 누구나 잘하는 게 한 가지는 있는 법이니까.

한참 동안 숙소에서만 지내다 제대로 된 식사를 하고 싶어서 밖으로 나갔다. 개들을 광기로 몰아넣는 어둠이 내리기 전에 출발했다. 어디로 가야 할지 몰라 저 멀리 보이는 십자가를 향해 걸었다. 교회가 있다는 건 주변에 자본주의의 부스러기가 있다는 뜻이다. 이리저리 둘러봐도 십자가는 단 하나밖에 보이지 않았다. 서울에는 십자가가 가로등만큼이나 흔한데 난 둘 중 어느 쪽이 더 밝은지 모르겠다. 마을에도 사람은 보이지 않고 역시나 개 짖는 소리뿐이었다. 조그만 순댓국집에서 오랜만에 간이 맞는 음식을 먹었다. 감자칩과 콜라를 잔뜩 사서 숙소로 돌아왔다.

그날 이후로는 매일같이 과자나 탄산음료를 사러 마을에 갔다. 제대로 된 여가를 즐길 수 없을 땐 값싸고 자극적인 먹을거리에 매달리게 된다. 양돈장 시절도 마찬가지였다. 일이 끝나면 한 시간씩 걸어 과자나 빵을 사다 먹었다. 일상의 즐거움을 누릴 수 있는 순간은 입안에서 달고 기름지고 톡 쏘는 맛들이 느껴질 때뿐이었다. 다행히도 그것은 내 경제 상황에서 마음껏 즐길 수 있는 몇 안 되는 사치 중 하나였다. 질릴 만큼 콜라도 5000원 정도면 충분했으니까. 양돈장에서 내 일당이 3만 5000원인 점을 감안하면 그것마저도 낭비라고 할 수 있겠지만 돼지 농장에선 미래라는 것이 너무 아득하게만 느껴졌기 때문에 개의치 않았다.

시간이 지나자 강원도의 어둠에도, 개 짖는 소리에도 익숙해졌다. 나

퀴닝

는 노인들의 의심에 찬 눈빛을 무시하며 마을을 돌아다녔다. 마을 앞을 지나는 도로는 6차선이었는데 필요 이상으로 넓어 보였다. 차량 통행이 너무 뜸해서 건널목도 필요 없을 정도였다. 중앙분리선에 주차해도 출근 시간 전에만 옮기면 문제없을 것 같았다. 전방이기 때문인 것 같았다.

밤이 깊어지면 군인들이 2인 1조로 순찰을 돌았다. 이곳은 더할 나위 없이 평화로웠기 때문에 군인들이 경계하는 것이 간첩인지 소도둑인지 분간이 가지 않았다. 버려진 개들이 짖어대는 소리로는 충분치 않았는지 집집마다 개를 길렀다. 집 앞으로 지나가기만 해도 개들이 무섭게 짖어댔다. 분명 소시지 하나면 당장 배를 뒤집을 놈들이었겠지만 범죄 예방 효과는 있는 것 같았다. 어둠 속에서 개 짖는 소리는 실제 이상으로 위협적이었다. 개가 어디 있는지 보이지 않을 땐 특히 그랬다. 어두워진 마을을 걷고 있으면 봉화를 피워 올리듯 개 짖는 소리가 내 이동 경로를 따라 줄줄이 이어졌다. 이 허름한 시골 마을이 개들 덕분에 촘촘히 방비되는 느낌이었다. 농촌 진출 계획이 있는 사설 경비 업체들은 광견병 바이러스부터 확보해 두는 게 좋을 것 같다.

서울을 벗어남으로써 누릴 수 있는 사치는 방 크기뿐만이 아니었다. 집집마다 서울 성북동이나 연희동의 재벌들이 가졌을 법한 정원이 있었다. 이삼십 평 정도 되는 크기였는데 꽃나무나 과실나무를 기르는 집도 있었고 운동기구나 아이들 놀이터를 만든 곳도 있었다. 정원에서 얼마나 시간을 보내는지는 알 수 없었지만 누구나 한 번쯤 꿈꾸어 봤을 만한 장소였다.

이곳에서 서울과는 다른 세상이 가능하다는 걸 확인하고 싶다면 고개만 들면 됐다. 강원도의 밤하늘엔 연예인만큼이나 많은 별들이 빛났다.

하나하나가 나를 매몰차게 버리고 육사생과 바람 났던 그녀의 눈동자만 큼이나 또렷했다. 이 정도 규모의, 이만큼이나 밝은 별들은 그저 바라보는 것만으로도 즐거웠다. TV 속 연예인들을 지켜보는 것보단 밤하늘의 별을 바라보는 것이 더 유익한 일 같았다. 별은 새 옷을 사야겠다고 마음 먹게 하지도 않고 극심한 빈부 격차를 느끼게 하지도 않고 내 친구들이 (결국엔 나 자신이) 얼마나 초라한지 깨닫게 하지도 않았다. 수많은 별들을 바라보면 그저 아름다울 뿐이었다. 목이 좀 아프긴 했지만.

#5

토마토 모종을 심을 때는 주위 사람들의 도움을 받았다. 아저씨는 양심에 치여 사는 사람이었다. 그것마저도 미안해서 못 부르겠다는 걸 아주머니 성화로 두 동 정도 남았을 때 마지못해 전화를 걸었다. 사람들은 그 즉시 나타나 왜 이제야 불렀냐며 아저씨를 나무랐다. 사람들이 아저씨의 아픈 딸에 대해 이야기를 나눌 때였다. 아저씨의 말을 듣는 사람들의 얼굴에선 나로서는 도저히 흉내 낼 수 없는, 설령 내가 이들과 10년을 같이 산다고 해도 꾸며낼 수 없을 것 같은 진지함이 서렸다.

모종 심기가 끝나고 나서는 시내로 가서 점심을 먹었다. 테이블 네 개를 차지하고 앉았는데 가운데를 기준으로 남자들의 자리와 여자들의 자리가 깔끔하게 갈라졌다. 남자들은 30대 후반부터 50대 초반이었다. 하나같이 짙은 갈색 피부였는데 바람에 많이 상해 있었다. 나는 농장에 도착한 지 한 달 정도밖에 지나지 않았지만 평생을 이 사람들하고 함께 지

퀴닝

낸 얼굴을 했다. 모두 누런 흙먼지가 묻은 검은색, 남색 추리닝 차림이었다. 여자들은 모두 선캡을 썼는데 얼굴빛은 하얀 편이었다. 키는 150센치를 넘는 사람이 드물었다. 다들 치아 상태가 엉망이었다.

메뉴는 불고기와 육회였다. 나는 고기를 입이 아니라 목구멍으로 씹는 듯이 집어삼켰다. 아저씬 고기에는 그다지 관심이 없었고 담배만 피워댔다.

"그나저나 벌을 구해야 되는데…."

"벌이요?"

"수분시키려면 벌로 해야지, 사람이 손으로 하려면 힘들어서 못 해. 벌 한 두어 통 사다 풀어놓으면 다 알아서 하니까. 나중에 봐봐, 아주 벌 천지로 변한다니까. 벌들이 아주 신통해. 수분도 때가 된 것만 딱 씹어. 벌이 꽃을 이렇게 씹거든, 그럼 수분된 거야. 아직 때가 안 된 건 그냥 지나가 버려."

"벌은 얼마나 해요?"

"한 통에 6만 원. 예전엔 12만 원이었는데 그것도 장사가 되니까 양봉업자들이 따로 뭐 종자를 사다가 키우더라고. 처음엔 그런 벌이 다 수입산이었거든. 그게 경쟁이 붙고 하니까 값이 좀 떨어졌지."

"수분 끝나면 벌들은 뭐 지 갈 길 알아서 찾아가는 거예요?"

"수분 끝나면? 아니, 거의 다 죽지. 날이 추워서."

술이 들어가기 시작하자 아저씨들은 농협 이야기로 열을 올렸다. 농촌을 이해하는 가장 좋은 방법은 농협과 농민들의 관계를 살펴보는 것이다. 정확한 내용은 몰랐지만 다들 농협에 대한 반감이 높다는 건 알 수 있었다.

"야, 근데 선두 자금 언제 주는 거야? 그걸 줘야 뭘 해도 하지. 목말라 죽겠구만, 참."

"선두 자금 나왔어. 우린 한 달 전에 받았는데."

"뭐, 받았어? 문자가 뭐가 자꾸 오더니만 그럼 그거였나? 난 대출 갚으라는 건 줄 알고 보지도 않았는데."

"…영농자금이라고 해서 왜 이삼 퍼센트씩 주는 줄 알아? 그것 받아먹었다가 나중에 밑 보이면 대출 갚으라고 지랄한다고. 농민이 대출 갚을 돈이 어딨어? 농협에서 주는 돈, 그게 다 쥐약이야. 그래도 어떡해? 배고프니 쥐약이라도 먹어야지."

"여기 농협은 망해야 돼. 뒤집어져도 아주 제대로 뒤집어져야지. 농민 이사회니 뭐니 있으면 뭐해? 그 새끼들 술자리에선 이것도 잘못됐다, 저것도 고쳐야 된다, 소리소리 질러도 회의 가면 아무 말도 못 하고 자기 빚 좀 어찌 해보려고 눈치만 보잖아?"

"하려면 죄다 같이 해야 되는 거야. 한우, 채소, 쌀 어디 한 군데가 쪼인다 싶으면 셋 다 모여서 욱하고 일어나야지, 하나씩 하나씩 지들 문제 있을 때만 찔끔찔끔 찔러봤자 꿈적도 안 해. 거 코미디언이 왜 여자들보고 '소는 누가 키울 거야? 소는 누가 키울 거야?' 그러는 줄 알아? 여자는 소 키우고 남자들은 농협 찾아가서 데모하라는 거야."

"…대출을 무슨 수로 갚아? 빚더미를 꾹꾹 눌러서 앉아 있는데."

농협 성토가 끝나고 모두들 자기 농장으로 돌아갔다. 아저씨와 둘이 남게 됐을 때 농협에 대해 좀 더 물어봤다.

"농부들은 돈을 벌 수가 없어. 종자 사다가, 지금 우리 오이 종잣값만 230만 원 들었어. 농약은 또 직싸게 처발라야지. 비룟값은 좀 비싸? 그

퀴닝

런 거 다 제하고 나면 남는 거 없어. 나만 그런 게 아냐. 이 동네 누구나 다 그래. 처음부터 자기 땅 갖고 시작한 사람은 잘하면 그나마 현상 유지 정도 하지만 그렇지 않으면 다 빚더미 깔고 농사짓는 거야. 여기 맨날 오는 내 친구 있지? 걔도 토마토 농사 짓고 소가 한 80마리 있거든, 그런 애도 다 빚투성이야. 채소건 한우건, 벼는 뭐 말할 것도 없고. 요 근처에 내 친구 놈이 있는데 걔는 개인파산 신청하고 지금은 남의 농사일 도와주고 조경일 구하러 다녀."

"왜 그렇게 되는 거예요?"

"이 구조가 농부가 빚지고 살 수밖에 없게 돼 있어. 봄 되면 선두 자금이라고 한 500만 원 나와. 이자는 싸게 줘. 3퍼센트. 그게 1년 만기라고. 그럼 다음 해 봄에 갚아야 돼. 내가 아까 농협에 계속 전화하는 거 들었지? 그게 지금 선두 자금 대출받은 거 갚아야 돼서 그런 거야. 그런데 내가 갚을 돈이 어딨어? 그럼 500을 또 대출해 준다고. 그걸 나를 주는 게 아냐. 지난해 대출받은 거 갚으라는 거지. 그걸로 갚고 나면 빚은 그대로야. 이자 3퍼센트 그대로 안고 가는 거야."

"이제 4월 말부터 오이를 따기 시작한다고. 그럼 처음엔 얼마 안 나와. 하루에 한 20짝 정도. 그럼 화물차가 이 근처 돌아다니면서 싹 걷어가. 한 짝에 100개 들어가거든. 걷어 가서 가락동 시장이나 구리 도매시장으로 간다고. 가면 경매가 끝나자마자 문자가 따다닥 와. 한 짝에 얼마 나간다고. 그럼 이제 농부가 하루는 웃었다, 하루는 울었다 그러는 거야. 한 20짝 보낸 날 1만 5000원 나갔다 쳐. 그럼 얼마야? 30만 원이잖아? 그런데 그 다음 날은 70짝 나갔어, 그럼 속으로 계산하기를 한 짝 1만 5000원 해서 얼마야? 105만 원이잖아? 그런데 그날은 한 짝에 1만 원 하는 거야. 그럼 그냥 기운이 쫙 빠지지."

"이렇게 봐서는 돈 어마어마하게 벌 것 같지? 하루에 뭐 칠팔십 만 원 이다 하니까? 그런데 그게 안 그래. 우리가 거기 들인 돈이 얼만데? 아까도 얘기했잖아? 농약값, 비룟값, 종잣값…. 온풍기 돌리는 데 한 해에 기름값만 300이 넘게 들어. 이것저것 다 빼고 대출받은 거, 급한 거 갚고 나면 남는 거 없어. 그러다가 병이라도 걸려 봐. 작년에는 토마토가 병에 걸려서 3분의 2가 죽었다고. 그렇게 죽으면 토마토 관리가 될 것 같애? 안 돼. 한 줄이 싹 다 죽고 띄엄띄엄 한두 개 있으면 다 죽은 것처럼 보여서 눈에 띄지도 않아. 값까지 떨어져 봐. 얼마 전에 오이가 한 짝에, 그러니까 100개에 1000원 나왔다고. 그럼 다 버리는 거야."

"버려요? 정말 그냥 버리는 거예요? 너무 아깝잖아요? 그냥 그거라도 받고 팔지?"

"봐봐, 오이 담는 짝, 종이 상자 있잖아? 그게 하나에 1000원이야. 어디 그것만 드나? 운송료 내야지, 또 도매시장 가면 상장수수료 내야지, 팔면 빚지는 건데 그걸 어떻게 팔아?"

"아깝네요."

"대신 그럴 땐 농협에서 한 짝에 3000원에 사 가지. 그럼 자기들이 처리하는 거야."

"그럼 한 해 매출이 얼마나 돼요?"

"여기서 농협이 수수료를 받는다고. 물건값 받으면 거기서 10퍼센트는 농협에서 갖는 거야. 그렇게 수수료를 주는 대가로 대출을 받는다고. 작년 수수료 뗀 걸 보니까 한 900만 원 정도 돼. 그러니 한 9000만 원 정도 받은 거겠지. 그치만 내가 빚이 지금 그 정도야. 빚이 9000인데 또 그만큼 판 거지."

"근데 왜 이렇게 빚이 많은 거예요?"

"이것저것 많지. 많이 들긴 하우스 짓는 데 많이 들었지. 게다가 채솟 값이 매년 들쑥날쑥한 것도 있고. 내가 방금 얘기했잖아, 제값 못 받고 버리는 것들. 그럼 그해 농사에 들어갔던 돈 다 빚으로 돌아오는 거야. 농협도 대출 신용등급이 있다고. 저번에 내가 우리 애 병원비 때문에 한 1000만 원 정도 대출받고 싶다니까 난 신용등급이 낮아서 안 된다는 거 야. 그래서 보증인을 세우래. 아, 보증을 누가 서? 형제끼리도 안 서는 게 보증인데. 그래서 내 논, 그걸 담보로 붙잡히고 대출을 받았지. 접때 논 둑 허물어진 데 고치러 갔잖아. 그거랑 우리 집, 그게 유일한 내 땅이야. 오이밭, 토마토밭 다 남의 땅이야. 여기 다 임대료 내고 쓰는 거야."

"임대료는 얼마나 해요? 비싸요?"

"난 그래도 인복이 있나 봐. 여기는 다 사람들이 좋아서 한 해에 쌀 여 덟 가마니만 내."

"아, 그 정도예요?"

"그래, 그래서 주인한테 전화를 한다고. '올해는 얼마나 드려요?' 하면 저쪽에서 대개 한 네 가마니만 달라고 그래. 그럼 네 가마니는 쌀로 주고 나머지는 수매가 결정 나면 돈으로 주는 거야.

근데 밭일이, 밭일이 참 더러워. 논일은 기계 갖다가 남자 혼자서도 할 수 있거든. 밭일은 온 가족이 다 매달려야 돼. 이거 다 일일이 손으로 따 고 심고 해야 되는데 이걸 혼자서 어떻게 해? 우리 애들 학원 같은 데도 안 가고 진짜 다 지들이 알아서 했어. 바쁠 때는 지 엄마나 나나 새벽부 터 저녁까지 온종일 밭에 매달려야 되는데 그럼 어떡해? 우리 애 수술받는 날도 내가 밭에서 토마토 땄어. 무슨 말인지 알겠어? 토마토는 아직 설익었을 때 따서 보내야 된다고. 발갛게 익으면 팔기는 늦은 거야. 그럼 애 병원비는 어떻게 내? 내가 그때 진짜 울면서 토마토 땄어. 밥벌이라는 게 이렇게 잔인한 거구나, 하는 생각이 들더라고.

그래도 난 운이 좋아. 근처 사람들이 다 착해. 농사꾼은 봄 되면 다 돈이 모자라. 그래도 올해는 어찌어찌해서 넘어갈 줄 알았는데 이 숙소다 뭐다 짓는 데 헛돈 들어간 게 많아서, 또 빚졌지. 지금 우리 집 차가 중곤데 그게 고장이 자주 나. 애가 아프면 병원에 데려가야 되는데 차 고장나면 어떡해? 그래서 차를 바꾸기로 했어. 저기 저 윗동네에 우리 마누라 친척이 있는데 그 집이랑 우리랑 친하다고. 우리가 매년 봄이면 이삼백씩 빌렸다 가을에 갚고 그래. 어떻게 올해는 그냥 손 안 벌리고 지나가나 했는데 차 사려면 돈이 모자라잖아, 그래서 마누라보고 좀 가보라 그랬지. 그 사람들이 정말 좋은 사람들이야, 그 사람들이 묻더래. '돈은 어디 쓰려고?' 그래서 애 때문에 차를 하나 사야 될 것 같다고 하니까, '그럼 또 중고로 사려고? 중고로 살 거면 돈 안 빌려줘. 새로 하나 사, 갚는 거 걱정하지 말고' 그러드래."

이곳에선 이웃이 곧 소액대출 창구였다. 아저씨가 마을 사람들 일을 자기 일처럼 대하는 걸 이해할 수 있었다.

#6

수확 전까지는 매일같이 곁순만 땄다. 덥고 지루하고 불편했다. 곁순

318   퀴닝

따기는 주인 부부에게 내 무능력을 증명해 보이는, 나를 고용하기로 한 결정이 얼마나 성급했는지를 깨닫게 해주는 과정이었다.

"앞으로는 맨 밑에서부터 다섯 번째 가지 사이에 달린 것만 뜯어. 그 위에 있는 것들은 이제 열매가 올라오기 시작했으니까 손대면 안 돼. 그리고 꽃은 떼어내면 안 돼. 이 꽃 아래 부분이 커서 오이가 되는 거야."

어느 걸 따야 하는지가 매번 헷갈렸다. 내 눈에는 그저 풀로밖에 보이지 않았다. 그뿐만이 아니었다. 작업을 끝내놓고 보면 내가 1부터 5까지도 제대로 셀 줄 모른다는 사실이 드러났다. 내 투박한 손 아래서 수확을 바라보던 수많은 오이가 잡초로 변해갔다. 이 집 아들이 다음 해에 휴학을 하고 학비를 벌어야 한다면 아마도 내게 책임이 있을 것 같았다.

오이꽃은 작고 귀여웠다. 노란색 꽃잎이 다섯 개 맺히는데 꽃 바로 아래 받침이 굵어지면서 오이가 됐다. 크기는 작지만 전체적인 형태에서 울퉁불퉁한 껍질까지 다 자란 오이 그대로였다.

4월 말부터는 활대를 뽑았다. 미니하우스의 골격을 이루는 얇고 잘 휘는 철근을 활대라고 불렀다. 미니하우스는 기온이 높아지면 철거하지만 그때까지도 일교차가 심했기 때문에 아저씨는 마음을 놓지 않았다.

"영하로만 안 떨어지면 되는데…"

"그럼 며칠 더 있다 뽑으세요. 상관없잖아요."

"아니야. 지금 해야 돼. 봐봐, 꽃이 다 피었잖아. 지금 하우스 천장에 줄 매달려 있잖아? 이제 오이들이 많이 커서 저걸 다 줄에 매달아서 세워야 돼. 지금은 오이가 서 있지만 더 자라면 힘이 없어서 바닥에 쓰러진다고. 오이가 반듯하게 크다가도 땅에 닿은 채로 놔두면 굽어. 휘어진 오이는 상품 가치가 확 떨어져. 더 기다렸다간 휘어질 수 있어서 지금 해야 돼."

"지금 상태면 잘 자라고 있는 건가요?"

"지금 정도면 무난하지. 작년엔 오잇값이 워낙 좋았는데 올해는 모르지, 또 어떻게 될란지. 이것도 가격만 꾸준하게 받으면 먹고살 만한데…. 뭐 그래 봤자 농사꾼이지만."

"그럼 아저씨 빚도 다 초기 비용에서 생긴 거예요?"

"그게 많지. 내가 황소를 다섯 마리 팔았는데도 빚을 지더라고."

"뭐하는데 돈이 그렇게 든 거예요? 땅값이에요? 아니면 비닐하우스 짓는 데 든 비용이에요?"

"땅이야, 뭐 다 임대한 건데. 그리고는 강원도는 구석구석 들어가 보면 땅값 싼 데 많아. 거의가 하우스 짓는 데 든 돈이지. 이거 만드는 데도 평당 6만 5000씩 들었다고. 오이밭이 한 800평 되는데 그것만 해도 얼마야? 6, 8에 48 한 5000 넘잖아. 그나마 우리는 이게 단 동이라 그 정도 한 거야. 요 옆집 하우스는 건물 자체가 세 겹으로 돼 있어. 솔직히 두 겹만 돼 있어도 비닐 진작에 걷어치웠지. 보일러 설치하는 데 1200, 한여름엔 하우스 안이 엄청 덥다고 그래서 지붕 개폐기 설치하는 데 또 얼마 해서 거의 7000 넘게 들었지. 빚 갚고 나면 남는 거 없어. 어디 그 빚만 있나? 우리 식구도 많은데. 생활비 내야지, 병원비 내야지. 빚내서 시작한 사람은 남는 거 없어."

정도의 차이만 있을 뿐 어느 농장이나 수입의 대부분을 빚 갚는 데 쓰는 상황은 비슷했다.

활대 뽑기는 지루했다(하우스 작업 중에 안 그런 게 어디 있겠냐마는). 한 동에서 뽑고 정리해야 할 활대가 대략 270개 정도였다. 짧은 것과 긴 것 두

퀴닝

종류가 있었는데 한 번에 열다섯 개 이상 옮기기 힘들었다. 활대는 탄성이 좋아서 뽑아내면 덩실덩실 춤이라도 추는 듯 흔들거렸다. 출렁대며 하우스 골격에 '깡' 하고 부딪쳤다 튕겨져 나오길 반복하는데, 꼭 지하철 선로에서 낚싯대를 휘두르는 모양새였다. 천둥 번개 치는 날 작업을 한다면 조금 덜 지루할지도 모르겠다.

활대 정리가 끝나면 미니하우스의 비닐을 걷어냈다. 이 작업은 성일 아저씨가 도와줬다. 비닐을 맨 끝에서 들고 앞으로 끌고 갔다. 전체가 한 장의 비닐로 되어 있기 때문에 20미터 정도 간격을 두고 다른 사람이 비닐을 들었다. 비닐이 젖어 있는 데다 바닥에 찰싹 달라붙어서 떼어내는 데 애를 먹었다.

하루는 아저씨의 막내 동생 농장에서 활대 뽑는 일을 거들었다. 그는 나이가 서른아홉이었는데 이곳에서 서른아홉이면 젊은 축이 아니라 어린 축에 속했다. 그가 점심으로 시켜준 짬뽕을 먹으며 왜 사람들이 농협을 그렇게 싫어하는지 물었다.

"왜 사람들이 농협을 싫어하냐면, 농민은 망해도 농협은 이익을 보니까 그래요. 농협이란 게 말하자면 중간 상인이잖아요. 농가에서 물건 사서 자기들이 시장에 파는 거죠. 대출은 일반 은행보다 싸게 해주긴 하지만. 우리가 오이 농사 지으려고 봄에 대출받아 가잖아요? 그런데 그해 농사는 잘됐는데 가격이 너무 안 좋은 거예요. 그래서 그해 농사가 쫄딱 망했어요. 특히 벼는 뭐 항상 그런 식이죠. 근데 농사 망해도 대출금 갚는 건 그대로잖아요. 또 이런 것도 있어요. 농협에서 올해는 양파 수요량이 늘 것 같다고 양파 농사를 해보라는 거예요. 그런데 이 사람들이 수요량을 잘못 예측한 거지. 그래서 사람들이 대출받아 양파 농사 지었는데 그게 망하잖아요? 그래도 농민들은 대출금 다 갚아야 되지만 농협은 책임이 없다는 거예요. 자기들은 어디까지나 뭐, 말하자면 투자 자문을 해줬을 뿐이라는 거죠. 농민은 계속 빚만 느는데도 농협은 이익을 보니까 사람들이 화가 날 수밖에 없는 거예요."

그제야 나는 길가에 걸린 플래카드를 조금씩 이해할 것 같았다.

"농협은 농민의 울부짖음이 들리는가? 수매가 제값 받아 사람답게 살아보자."

"쌀값은 농민값. 개 사룻값만도 못한 쌀값. 농민으로 살 수가 없다."

떠돌기 시작하면서 한 가지 자유로울 수 있었던 건 부부싸움이었다. 안타깝게도 하우스에선 그 꼴을 다시 봐야 했다. 아저씨는 성미가 느긋했지만 아주머니는 정반대였다. 뭐든지 빨리빨리 해치우지 않으면 성에 차지 않았다. 부부가 티격태격하는 모습만큼 날 안절부절못하게 하는 것도 없었다. 마치 초등학교 시절로 돌아간 것 같았다. (부부 사이의 이런 대립 구도는 다른 농장도 마찬가지였다.)

미선 엄마: 저 하우스 풀 난 거 뽑아!

아저씨: 제초제 뿌렸는데 그걸 왜 뽑아! 왜 일을 두 번씩 하려고 그래? 가만 놔두면 죽을걸.

미선 엄마: 그래도 뽑아, 그대로 있잖아?

아저씨: 놔둬, 놔둬. 저게 커서 늦게 죽는 거야. 저게 뿌리까지 죽이는 거라 시간이 걸린다고. 허리도 안 좋은 사람이 그냥 가서 앉아 있어, 좀.

미선 엄마: 아, 빨리 가서 일해!

아저씨: 뭘 벌써 해, 차 한잔 마시고 해!

미선 엄마: 뭐 차를 또 마셔! 그냥 해! 차 마시고 뭐하고, 그럼 언제 일해?

아저씨: 알았어. 그럼 혼자 해. 다 하라고!

미선 엄마: 아후, 진짜!

언제나 아주머니 쪽이 자리를 박차고 일어나 버렸다. 아주머니랑 심하게 싸운 날이면 아저씨는 하우스에 남아 소주를 마셨다. 내가 가져다준 무말랭이를 안주 삼아. 그렇게 아주머니가 자리를 떠난 어느 날, 아저씨가 나를 읍내의 식당으로 데려갔다.

"춘천까지 왔는데 막국수 한번 먹어봐야지."

아저씨는 막국수에 보쌈에 감자전까지 주문했다.

"우리 마누라 말 너무 신경 쓰지 마. 그 사람이 마음이 급해서 그래. 애는 아프지, 병원비 내야지, 생활비 벌어야지. 그러니까 사람 마음이 계속 급해지는 거야. 그 사람이 하는 얘기는 한 귀로 듣고 한 귀로 흘려버려. 너는 그냥 내가 하는 거 거들어준다 생각하고 일하면 돼.

얼마 전에 우리 소를 팔았거든. 410만 원 받았어. 620킬로그램짜린데 그걸로 애 병원비 내고 찻값 내고 그랬지. 소 장수가 있거든, 내가 거래하는. 나는 항상 그 사람한테만 파는데, 거래라는 게 서로 믿고 해야 되는 거지만 그 친구도 참 얍삽해. 소를 팔면 등급이 나와. A++가 최상급인데 우리 집 소가 그래도 괜찮게 나온다고. 근데 이 친구가 등급 잘 안 나오면 숫값 좀 빼달라는 거야. 뭐 그렇게 하라고 했지. 그렇다고 등급 잘 나왔을 때 솟값을 더 쳐주는 것도 아니면서 말이야. 이게 잘 나올 때는 한 600만 원까지도 나와."

"아저씨는 몇 마리나 키우세요?"

"우리는 여덟 마리. 많이 기를 때는 40마리까지 길렀는데 돈 필요할 때마다 하나둘 팔다 보니까 이제 여덟 마리밖에 안 남았어.

몰라, 니가 뭐 농사에 관심이 있는지는. 하지만 만약에 농사를 한번 지어보고 싶으면 하나만 하면 안 돼. 관리만 좆 빠지게 하면 생산량은 그래도 어느 정도 나와. 그치만 오잇값을 우리가 뭐 정할 수도 없고 예측할 수도 없잖아. 농사는 매번 죽어라 짓는데 오잇값이니 토마토값이니 하는 것들이 이랬다저랬다 하거든. 그니까 이것저것 해야 돼. 그래야 오이 한 상자에 3000원 이렇게 받아도 다른 데서 메우지. 소도 그래, 소라도 몇 마리 키워놨으니까 돈 급할 때 팔아다 쓰잖아."

시골에서는 소가 곧 적금이었다. 돈 대신 사료를 붓는. 한국 부모들이 소 팔아서 자식 대학 보낸다는 이야기는 에릭 홉스봄의 책에도 언급될 만큼 유명한데, 서울 올림픽 이후에 태어난 세대에게는 그게 무슨 호랑이 담배 피던 시절 얘기냐 싶겠지만 농촌에서는 여전히 유효한 생활 공식이었다.

"나 농사지은 지 오래되진 않았지만 그래도 이 근방에서 오이라면 누구보다 잘 길러. 그렇다고 내가 어디 다른 데 가서 배우거나 그런 것도 아냐. 우리 아버님이 쭉 농사를 지으셨다고. 내가 노가다 다닐 때 일 끝나고 집에 들어가면 우리 아버지가 논에서 일을 하고 계신 거야. 우리야 땅이랄 게 별로 없으니까 아버지도 낮에는 주로 다른 집 일 다니다 오후에 돌아와서 그때부터 우리 논일하는 거지. 그래서 내가 이렇게 들여다

퀴닝

보면 아버지가 그냥 두런두런 계속 이야기를 해. 이 논이 지금 몇 마지 긴데 거름은 어느 정도 뿌리고 또 언제쯤 뿌린다. 그럼 나는 그냥 아버지 따라다니면서 말동무해 드리고 그런 것밖에 없어. 그런데 희한한 게, 아버지 돌아가시고 내가 직접 농사를 지으려고 보니까 알겠는 거야. 그때 들었던 것들이 쭉 생각나면서 누구한테 안 물어봐도 다 알겠어.

이 동네는 특히 그런 게 있어. 주인집이랑 일꾼들이랑 선이 딱 갈라져 있거든. 밥 먹는 것부터 딱 나눠져 있어. 같이 일하고 끝나도 절대 같이 밥 안 먹어. 일도 지시만 하고 자기는 안 하지. 나는 안 그래. 무슨 일이든지 대접받은 만큼 하게 돼 있어. 당연한 거야. 사람 마음이 그런 식으로 움직인다고. 내가 사람 들일 준비를 다하고 너를 받았으면 좋았는데 그러질 못해서 미안해. 방 안에 수도나 온수 같은 것도 되도록 해줬으면 했는데 그게 잘 안 되네. 지내는 동안 편의는 다 챙겨주고 싶은데 미안해. 한 달을 일하든 얼마를 일하든 상관없어. 일찍 그만둬도 우리한테 부담 가질 것도 없고 미안해할 것도 없어. 아직 젊은데 가족이나 친구들이 연락해서 좋은 일 소개해 주면 가야지. 그냥, 가기 한 열흘 정도 전에만 얘기해 줘. 그러면 우리도 다음 일을 계획할 수 있으니까."

아저씨는 음식은 손도 대지 않고 동동주만 들이켰다.

"이것 좀 드세요. 말도 많이 하셨는데."

내가 보쌈을 내밀자 아저씨는 손사래를 쳤다. 내가 아무리 음식을 권해도 아저씨는 젓가락도 대지 않다가 다시 슬쩍 내 쪽으로 접시를 밀어 놓았다.

"아니야, 난 원래 고기 안 좋아해. 그래서 안 먹는 거야. 너나 많이 먹어."

봄비가 그친 후에는 주변 풍경이 달라졌다. 마침내 모습을 드러낸 논 주인들이 벼농사 준비를 시작했다. 트랙터로 논을 갈아엎고 거름이며 인분을 뿌렸다. 논둑에는 쑥이며 민들레가 잔뜩 솟아올랐다. 아저씨가 내게는 죄다 똑같아 보이는 풀들을 가리키며 이름을 가르쳐줬다. 농촌 사람들은 10대 소녀가 영화배우나 아이돌 가수의 이름을 외우고 있듯 나무나 풀 이름을 꿰고 있었다.

"저거는 미나리, 저거는 쑥, 고 아래 둥글넓적한 잎 달린 건 머위…. 이제 봐봐, 저것도 얼마 안 가. 도시에 사는 아줌마들이 허옇게 분칠해 가지고 와서는 싹 다 뜯어 간다고. 나물 뜯어 가는 사람들 전부 이 동네 사람 아니야. 농사짓는 사람들은 요즘이 한창 바쁠 땐데 누가 팔자 좋게 나물 뜯어? 저 아랫동네 사람들은 그 아줌마들이 얄미워서 논둑에다 '여기 농약 뿌린 지 얼마 안 됐습니다' 이렇게 팻말 꽂아놔."

논둑만 변한 게 아니었다. 나를 놀라게 한 건 산과 들판의 색이었다. 원래는 회색과 갈색이 뒤섞인 우중충한 빛깔이었는데 비가 겨울 동안 쌓인 먼지를 씻어내자 녹색이 선명해졌다. 온 동네에 녹색 색소라도 뿌린 것 같았다. 색소 얘기가 나와서 말인데, 나는 작물에도 착색제를 뿌린다는 걸 농장에서 처음 알았다. 우리 하우스에서 사용하진 않았고 농약 회사에서 보내온 카탈로그를 넘겨 보다가 알게 됐다. 색이 선명하지 않은 작물이 소비자들의 외면을 받는다고 하지만 나는 그 말이 100퍼센트 진실이라고는 생각지 않는다. 사람들이 선명한 빛깔의 과일이나 채소에 착색제가 들어 있다는 걸 알게 된다면, 새가 화려한 빛깔의 나방이나 개구리를 피하듯이 그런 작물을 꺼리게 되지 않을까? 식물에 필요한 착색제는 겨울 가뭄 끝에 내리는 봄비면 충분하지 않을까?

농약은 주로 살충제, 살균제를 사용했다. 오이밭에 자주 발생하는 질병은 흰가루병과 노균이었다. 오이에겐 습기가 쥐약인데 각종 질병도 비가 내린 뒤에 어김없이 나타났다. 흰가루병에 걸리면 잎사귀에 분필 가루를 뿌린 것처럼 하얀 자국이 남았다. 흰가루병은 크게 걱정할 병은 아니었다. 작물에 주는 피해도 적을뿐더러 약을 뿌리고 증상이 나타난 잎사귀를 떼어내면 됐다. 문제는 노균이었다. 노균이 생기면 잎이 짙은 갈색으로 변하고 낙엽처럼 푸석푸석해졌다. 노균은 흰가루병처럼 잎사귀를 떼어낸다고 사라지지 않았다. 게다가 노균에 걸리면 오이가 익지를 않았다. 아저씨 표현을 빌리자면 "직싸게 약 뿌리는 것" 말고는 이렇다 할 방법이 없었다.

농약 카탈로그는 읽을수록 재미있는데 기상천외한 이름들 때문이다. 농약 업계의 작명 센스는 기대 이상으로 탁월했다.

비대원: 사과, 배 과심 비대제

꽃피리, 짝꿍: 최고급 개화 수정 향상제

네배커: 새로운 개념의 지베렐린 도포제

왕복숭: 복숭아 전문 과심 비대제

웨더킹: 전천후 기후 예방제제

대근이: 마늘, 양파 등 구근 전문 비대제

페인팅: 최고급 강력 착색 색상 발현제

무레타: 화학비료(물에 타서 사용)

내가 쓰는 모자에는 녹색 글씨로 큼지막하게 '디펜더'라고 적혀 있었다. 부시 행정부에서 홍보용으로 제작해 전 세계에 배포한 물건 같아 보이지만 이것은 살충제 이름이다. 1990년대 에로 영화계를 주름잡았던 작명의 천재들이 농약 업계로 이직했음을 확신했다.

오이 매달기는 지루했다. 하루 종일 도화지에 30센티짜리 선만 긋는 것 같았다. 방법은 간단했다. 오이 줄기를 들어 올려서 빨래집게로 줄과 함께 집었다. 그런 작업을 수천 번 반복하다 보니 나도 모르게 오싹해졌다. 이게 내 인생의 전부면 어쩌나? 언제까지 이렇게 살아야 하나? 언젠간 행복해질 수 있을까? 언제라도 내가 행복해질 수는 있을까?

날은 계속 더워졌다. 하우스에 들어서면 이마 언저리가 후끈했다. 삶은 타월을 머리에 두른 것 같았다. 일이 끝난 뒤의 외로움은 더욱 깊어졌다. 밥을 먹을 때는 거울을 앞에 두고 앉았다. 반찬들이랑 대화를 나누면서.

김치가 잘 안 찢어질 때는

"어이 김 씨, 우리 좀 좋게 갑시다. 예?"

무말랭이가 너무 딱딱할 때는

"이봐, 무 대리, 요즘 너무 빡빡하게 구는 거 아냐?"

가끔씩은 반찬이 떨어져 밥에 고추장만 비벼 먹었다. 이 시기엔 식사가 비타민제를 삼키는 수준의 즐거움으로 떨어져 버렸다.

5월 초부터 오이를 따기 시작했다. 수확할 수 있는 오이의 기준은 지극히 모호했다. 기준이란 게 있는지도 모르겠다. 적당히 길고 적당히 굵고 적당히 큰 거면 된다는데 결국은 이 '적당히'를 어떻게 정의하느냐, 하는 문제로 되돌아왔다. 따도 되는 것과 안 되는 것의 차이가 지극히 미

퀴닝

미해서 내 눈엔 머스터드색과 노란색을 구분하는 것만큼이나 어려웠다. 아주머니가 내 뒤를 쫓아다니며 내가 딴 오이들을 가리키며 훈수를 뒀다.

"이거는 아직 멀었네."

"이거는 너무 늦었네."

크다고 무조건 좋은 건 아니었다.

"너무 오래 묵혀서 애호박처럼 빵빵해진 건 상품 가치가 없어."

이때부터 아주머니와의 관계가 노골적으로 틀어지기 시작했다. 두 사람이 싸우는 걸 보며 불안해하던 역할을 아저씨가 이어받았다. 그녀의 눈빛을 보니 내 신용등급이 '없는 것보단 낫다'에서 '있으나 마나'로 하향 조정됐다는 걸 느낄 수 있었다. 나도 그녀가 마음에 안 들기는 마찬가지였다. 그녀는 내가 밥값도 못 한다고 생각했는지 모르지만 나는 최저임금에도 못 미치는 임금을 받고 있었다. 그녀는 아무런 양해도 구하지 않고 작업 시간을 8시부터 5시에서 7시부터 6시로 늘려버렸다. 당연히 월급은 그대로였다.

개인 농장에서 일하는 것은 법인에서 일하는 것보다 나은 점이 거의 없다. 법인은 전체적으로 저평준화되어 있긴 하지만 체계적인 식단과 편의 시설을 제공한다. 개인 농장은 (도일 확률이 무척 높은) 모 아니면 도다. 가장 큰 차이는 근무시간과 급여다. 급여를 통화료라고 가정했을 때 법인은 통화한 만큼 지불한다. 시간대별로 통화요금도 차이가 난다. 평일 오전 9시부터 오후 5시까지는 일반 요금. 오후 5시부터는 할증 요금이 추가되고 주말의 경우엔 특별 통화료를 부담해야 한다. 개인 농장에선 정액제로 통화료를 지불한다. 한 달에 아주 저렴한 금액만 지불하고 시간대나 요일 상관없이 통화한다.

게다가 농가에선 한 달 이틀 휴일이 일반적이다. 80년 전 파리의 접시닦이들도 일주일 중 하루 쉬는 건 당연한 권리라고 생각했다. 어째서 21세기 한국에는 한 달에 이틀 쉬는 일자리가 이렇게 많은 걸까? (내가 가장 무서워하는 문구 중의 하나는 '연중무휴 24시간 영업'이다.) 이 문제를 설명하려는 다양한 이론이 경합 중이지만 내 생각은 이렇다. 차마 한 달 내내 일을 시킬 순 없기 때문이다(마음이야 굴뚝같겠지만). 그렇다고 하루만 쉬게 하는 건 한 달 내내 일하게 하는 것보다 더 악독해 보인다. 그래서 막대한 경영 손실을 감수하면서 내놓은 타협안이 이틀 휴무이다.

마을 사람들은 요즘 젊은 사람들이 돈만 밝히고 힘든 일은 안 하려고 한다며 혀를 찼다. 하지만 실상을 들여다보면 젊은 사람들이 피하는 일이란 어떤 사람이라도 꺼릴 만한 일이다. 나는 진심으로 그런 생각을 받아들일 수 없다. 특정 부류의 사람들이 힘들고 어려운 일을 하는 것은 당연하다는, 누군가는 최악의 생활환경에서 최저임금에도 못 미치는 돈을 받으며 일하는 게 문제 될 게 없다는 사고방식 말이다. 그런 생각은 엄하게 훈육받은 아이들이 장래에 성공한다는 믿음만큼이나 헛소리다. 도대체 왜 그래야 한단 말인가? 왜 누군가는 항상 고통받으며 일하지 않으면 안 된단 말인가? 어째서 가장 영향력 없는 사람들만이 이 엉망진창인 사회에 대한 책임을 져야 한단 말인가?

아주머니는 자신이 선량하다고 믿었고, 실제로도 어느 정도는 선량했기 때문에 위험한 사람이었다. 가끔씩은 생명이 위독한 그녀의 딸을 소재 삼아 내 세련된 유머 감각을 발휘해 볼까 생각했지만 순전히 그 집 아들이 무서워서 참았다. 게다가 내 비아냥은 그녀에게 무용지물이었다.

그녀는 너무 단순해서 내가 하는 말을 문자 그대로만 받아들였다.

"저기 밑반찬 다 떨어졌는데요."

"정말이야? 정말? 그걸 벌써 다 먹었어? 그 계란이랑 김이랑 참치랑 전부 다? 정말?"

"예! 다아아 먹었어요, 정말! 그나저나 너무 자아아아알 먹여주셔서 고맙습니다."

"아니, 뭘 그 정도 가지고. 일이나 좀 열심히 해."

나는 정말 애간장이 녹았다. 그게 아니라고, 이 여편네야!

어느 날 그녀가 다시 근무시간을 늘리자 쌓였던 불만이 폭발했다.

"이제 오이 따느라 바쁘니까 6시 반에 일 시작하도록 기다리고 있어."

"예? 또요?"

"아니, 뭐가 또야?"

"벌써 일하는 시간 두 시간 늘어났잖아요."

"바쁘니까 어떡해?"

"전 이렇게는 일 못 해요. 돈을 더 주시든가, 아니면 시간을 그대로 해주세요."

"아니, 한 달에 110만 원 받잖아?"

"지금 월급 110 가지고 그러시는 거예요? 요즘 최저임금이 얼마나 하는 줄 아세요?"

"최저임금이 안 된다고?"

"예, 당연하죠. 한번 계산해 보세요. 올해가 4100원이죠?"

"그래."

"아침 7시부터 저녁 6시까지 점심시간 빼면 몇 시간이에요? ⋯ 열 시간이죠? 10 곱하기 4100에다 한 달에 이틀 쉬니까 곱하기 28 하면…!"

"…."

"…."

"…하면?"

"…하면…."

아주머니가 기세등등하게 말했다.

"그래, 거기다 니 식비 10만 원, 10만 원도 더 들지, 10만 원 더하면 얼마야? 120만 원 아냐? 이래도 최저임금이 안 된다고?"

나는 할 말을 잃었다. 아줌마 말이 맞았다. 아무 생각도 들지 않았다.

"남의 돈 벌기가 어디 쉬운 줄 알아?"

그제야 나는 왜 그녀가 찬거리를 사다 줄 때마다 표정이 어두웠는지 알 것 같았다. 나는 밑반찬보다 싼값으로 일하고 있었다. 난 내 작업복만큼이나 싸구려였다. 나는 왜 그녀가 나를 개똥 취급하는지 이해했다. 나는 당황스러웠고 무엇보다도 쪽팔렸다. 누구의 잘못도 아니라고 생각하면서도 말이다. 그렇게 오이처럼 멍하니 서 있는 나 자신을 견딜 수 없었다. 나는 소리쳤다.

"정말이야? 정말? 그걸 벌써 다 먹었어? 그 계란이랑 김이랑 참치랑 전부 다? 정말? 정말? 정말? 정말? 정말? 정말? 니 식비 10만 원, 10만 원도 더 들지, 10만 원 더하면 얼마야? 120만 원 아냐? 이래도 최저임금이 안 된다고? 남의 돈 벌기가 어디 쉬운 줄 알아?"

내가 여기 적은 대로 말한 건 아니었다. 나는 내 얼굴을 그녀의 얼굴 앞에 들이대고 과장되게 입 모양을 만들며 말했다.

"허아이야? 허아? 흐어 허어 아 어어허? 혜하이앙 힝이앙 항히항 헝후

아? 허아? 허아? 허아? 허아? 허아? 허아? 이 힉히 힙 만 엉 힙 만 엉오 어 허 흐지. 힙 만 언 어하멍 어아야? 핵 이힙 만 엉 아야? 이해호 헤허 인음 이 안 헨 하호? 함에혼 헝이아 어히 히훈 웅 알아!"

"함에혼 헝이아 어히 히훈 웅 알아!"

아주머니의 얼굴이 잘 익은 토마토처럼 빨개졌다. 그녀는 한참을 부들부들 떨며 나를 노려보다가 고개를 획 돌리며 자리를 떠나버렸다.

아주머니는 아무 말 없이 곁순을 땄다. 그녀는 평소대로 나보다 이삼십 미터 앞서 나가며 작업했다. 그런데 그녀가 이상하게 굴기 시작했다. 고랑 사이에 웅크리고 앉아 있다가 내가 느릿느릿 곁순을 따며 그녀 근처까지 다가가면 갑자기 작업에 속력을 내서 다시 이삼십 미터 앞까지 나아갔다. 그러다 멈춰 서고 다시 내가 다가가면 속도를 내서 저 앞으로 나아갔다. 처음엔 그녀가 내 느린 작업 속도를 비웃는 것이라고 생각했다. 나중에야, 그녀가 울고 있다는 걸 깨달았다. 그녀는 오이 줄기 속에서 울다가 내가 다가가면 부리나케 곁순을 따며 내게서 멀어졌다.

내 생애에서 죽음 가장 가까이 다가간 순간을 고르라면 바로 그날 저녁을 들어야 할 것 같다. 쥐들을 몰아내고 양수기 옆에 쭈그려 앉아 있다가 문득, 죽어도 상관없겠다는 생각이 들었다. 다른 가능성이란 없다는 듯이 그 생각이 머리 한가운데 자리 잡고 사라지질 않았다.

'더 이상 이렇게 못 살겠어. 죽어버려야지. 당장 여기서 그냥 다 끝내버리는 거야. 그들에게 보여주겠어. 그들에게 똑똑히 보여주겠어.' (나는 그들이 누군지도 몰랐고 뭘 보여주겠다는 건지도 몰랐다. 분명한 건 그들이 주인 부부는 아니었단 거다. 내 마음속에 있던 대상은 더 거대한 어떤 존재였다. 뭔지는 나도 모르지만.)

한강 다리 기준으로 보자면 비닐하우스에 쓰는 철근은 굵은 빨대나 다름없겠지만, 시간당 4100원 하는 쓰레기 하나 매달기는 충분할 것 같았다. 나는 노끈을 매듭지어 철근에 걸었다. 내 얼굴 앞에 동그란 매듭 하나가 걸려 있었다. 그 동그라미가 내 인생에 매겨진 점수 같아 보였다. 내가 매듭 속에 머리를 집어넣으려는데 이상한 소리가 들렸다.

"꼬르르르르르르르르…"

"꼬르르르르르르르르르르륵."

죽는다는 생각에 너무 몰두한 나머지 저녁 먹는 걸 잊어버린 게 화근이었다. 나는 진지한 표정으로 다시 죽으려고 시도했지만 그 빌어먹을 '꼬르륵' 소리가 멎지를 않았다.

"크크크크크…"

굳게 다문 입술 사이로 웃음이 비실비실 새어 나왔다. 도무지 애초에 계획했던 행동에 집중할 수가 없었다. 이래서 오래된 책이 주는 교훈을 경시해선 안 되는가 보다. 예수가 못 박혀 죽은 골고다 언덕에서 꼬르륵 소리가 들렸다면 마태는 역사상 최초의 코미디 작가가 됐을지도 모른다. 밥은 마지막 순간의 위엄을 지키기 위해서라도 먹어둬야 한다.

죽는 게 너무 우스워 보였기 때문에 나는 살기로 했다. 아마도 그 호들갑스러운 사이렌이 눈앞의 장막을 걷어낸 것 같다. 나는 아무 일도 없다는 듯이 예전으로 돌아갔다. 물을 끓여 씻고, 밥을 하고, 빨래를 하고, 기타 등등, 기타 등등.

그날 나는 최저임금이라는 제도가 누구를 위한 규칙인지 이해했다. 최저임금이 노동자를 위한 제도라는 생각이야말로 지독한 환상이다. 최저임금은 궁극적으로 고용주들이 이 말을 내뱉을 수 있도록 하기 위해

퀴닝

존재하는 것이다.

"봐라! 뭐가 문제냔 말이냐? 나는 법대로 지불했단 말이다!"

그의 말 뒤에 생략된 문장은 '그 돈으로 먹고살건 말건 그건 내 알 바 아니다'이다. 최저임금제란 정부가 고용주에게 발급해 주는 연말정산용 면죄부일 뿐이다.

#8

아주머니와 싸우고 나서 며칠 뒤였다. 일이 끝나고 숙소로 들어가는데 아저씨가 나를 불러 세웠다. 그는 나를 자리에 앉히고 마주 앉았다. 그가 무겁게 입을 열었다.

"저기 있잖아, 참… 이 얘기를 어떻게 해야 할지 모르겠는데, 우리가 더 이상 너를 못 쓸 것 같아. 우리 애가 사실 요즘 상태가 많이 안 좋아져서 병원에 입원했거든. 이번에는 의사도 어떻게 될지 모르겠대. 약도 안 듣고 해볼 건 다 해봤는데. 그래서, 우리 애 마지막일지도 몰라서, 지금 5인실인데 1인실로 옮겨주려고. 근데 그게 돈이 꽤 많이 들어. 그래서 말인데… 미안하지만 내일이 너 온 지 두 달쨀데 내일 돈 줄 테니까 내일 점심까지만 일하고 집으로 가. 미안해 정말. 너가 무슨 일이 있어도 6월 말까지 있어준다고 했을 때 내가 진짜 고마웠다. 그런데 집안에 일이 생기니까 내가 너한테 신경 쓰기가 힘들어. 오해는 하지 마, 너가 일을 못해서 그러는 거 아니야. 너 그만둬도 새 사람 안 구할 거야. 너가 있으면 조금이라도 우리가 할 게 줄어들고 또 그만큼 편해지지. 그런데 여기 병실 사용료가 1인 1실이 하루 10만 원이야. 지금 한 열흘 지났는데 벌써 100만 원이야. 내가 진짜 미안하지만 이것 말고는 방법이 없는 것 같아. 그러니까 이해 좀 해줘. 미안해. 그리고 절대 니가 일을 못해서 그러는 거라고 생각하지 마."

"근데 일을 못하긴 못하지."

아주머니가 끼어들었다. 할 말이 없었다.

"아, 이 사람이? 그거야 우리가 일을 가르쳐주질 않았으니까 그런 거지. 우리가 옆에 앉아서 차근차근 이거는 어떻게 하고 저거는 어떻게 한다, 하는 걸 가르쳐준 적이 없으니까. 우리도 경황이 없어서 그랬어. 너가 워낙 갑자기 온 데다 너 오고 나서 얼마 안 있다 애가 입원하는 바람에 이것저것 신경 써주고 싶어도 겨를이 없더라고. 내가 맛있는 것도 사주고 그랬어야 했는데 변변한 찬거리 하나 못 해주고 미안해. 이 사람이 음식 솜씨가 좋아. 그런데 우리도 집에서 거의 라면만 먹어. 애가 아프니까 밥맛도 없고 그냥 일 끝나고 집에 들어가면 소주나 한 병 마시고 자는 거야. 그러다 일은 해야겠고 밥은 안 먹히고, 그러니까 라면이나 하나 끓여 먹고 마는 거지. 농담이 아니라 밥은 니가 우리보다 잘 먹는 거야. 우리 진짜 찬물에 밥 말아 먹거나 라면 끓여 먹는 게 다야.

다음엔 이런 데 오지 말고 좋은 직장 구해서 살아. 그리고 좋은 사람 만나서 결혼하고 오순도순 살아."

"근데 일은 못해, 정말 못해."

"이 여편네가 정말⋯. 일을 못하는 게 아니라 우리가 차근차근 가르쳐줄 시간이 없었다니까. 우리가 경황이 없어서 그래. 더 좋은 데 가. 하우스는 힘들어. 하루 종일 쭈그리고 앉아서 돈도 얼마 안 돼. 차라리 공장 같은 델 가봐. 그런 데는 일한 만큼 돈도 주고 기숙사 시설도 잘돼 있을 거야."

부부가 돌아가고 나는 밤늦게 하우스에 들어가 오이를 땄다. 조금이라도 일손을 거들어주려는 기특한 의도가 아니었음은 두말할 필요가 없다. 오이를 좋아하지도 않고, 오이를 처분할 방법도 없었지만 나는 오이한 봉지를 가방 속에 넣었다. 성인 남자의 자취 생활에는 절도를 부추기는 무언가가 있다고 말하고 싶지만 얼마나 내 말을 믿어줄지는 모르겠다. 다음 날, 아저씨는 내 예상과는 정반대로 오이가 터질듯이 담긴 비닐봉지를 건넸다.

"이거 얼마 안 되지만 가져가서 먹어. 부모님도 좀 드리고. 우리 오이좋아. 뭐 요리 안 해도 돼. 깨끗이 씻어서 그냥 먹어."

오이는 이미 처치 곤란할 만큼 갖고 있었다. 때로는 준비성이 지나치게 철저해서 곤란을 겪기도 한다. 잠시 동안 아저씨와 나는 가슴이 훈훈해지는 광경을 연출하며 실랑이를 벌였다.

"아니에요. 이것도 다 돈인데 가지고 계시다 파세요."

'이미 가방 안에 잔뜩 있어요. 내가 하도 개판으로 굴어서 이런 건 안챙겨줄 줄 알았죠!'

"아이구, 무슨 소리야! 이거 얼마나 된다고, 걱정하지 말고 가져가!"

"아니에요, 아저씨. 돈도 5만 원이나 더 주셨는데 뭘 더 오이까지, 그냥 넣어두세요."

"아니라니까, 가져가. 오이밭에서 일했으면서 오이 한 보따리 안 들고돌아가는 게 말이 돼?"

"아니에요, 전 괜찮아요. 놔뒀다 친구분 드리세요."

'가방이 무거워서 더 이상 가져갈 수가 없다고요!'

나는 간신히 오이를 뿌리치고 하우스를 나섰다.

주인 아저씨는 끝까지 내게 분에 넘치도록 친절했다. 내가 아주머니에게 무슨 짓을 했는지 분명 알고 있었을 텐데도 얼굴 한 번 붉히지 않았다. 주인 아주머니도 대단하다고 생각한다. 그녀가 쌍욕을 퍼부으며 내 엉덩이를 걷어찼어도 나는 할 말이 없었을 것이다.

나는 진심으로 주인 부부가 선량한 사람이라고 생각한다. 아이러니한 점은 그들이 내 고용주 중 가장 좋은 사람들이었는데도 생활환경은 가장 열악했다는 것이다. 따지고 보면 이치에 맞는 말이다. 고용인에게 넉넉한 급여를 주고 쾌적한 숙소와 편의 시설을 제공하려면 매달 생활비, 병원비, 교육비, 농협 대출금, 자동차 할부금을 희생해야 한다. 그것은 곧 잔뜩 쌓인 빚더미에 더 무겁고 고약한 빚을 더하게 된다는, 더 나아가 자신의 가족이 고통받는 것을 감수해야 한다는 뜻이다. (어떤 사람들은 결혼 생활의 정수가 거기에 있다고 하지만 그렇다 해도 인부를 위해 그 길을 택할 사람은 없다.) 그 정도 빚더미가 폭발하면 웬만한 가정 정도는 쉽게 날려버릴 수 있다는 걸, 아저씨 자신이 누구보다 잘 알고 있었을 거다.

5
T.G.I.F.

당진,
자동차 부품 공장

한국 사람이라는 단어에는 최면 효과가 있는 것 같다. 아저씨들은 입버릇처럼 "그래도 힘들 땐 한국 사람밖에 없어" 하며 서로를 위로했지만 바로 그 힘든 시기, 즉 낮은 보수, 긴 작업 시간, 위험한 작업 환경을 제공하는 그 사람들이 한국인이라는 사실은 모두가 편리하게 잊어버렸다. … 식사 시간이면 중국인들을 향해 "니 씨팔러마!" 하며 킬킬대는 남자들이 숙소에 돌아오면 중국인들이 시끄럽게 떠든다느니 도무지 에티켓이란 걸 모른다느니 하며 화를 냈다. 이런 상황에는 심술궂음 이상의 무언가가 있는 게 분명해 보였다.

#1

공장은 가로 40미터, 세로 90미터, 높이 30미터 정도의 철제 건물이었다. 초대형 컨테이너 박스나 다름없었다. 바닥은 녹색, 벽은 회색이었다. 천장에는 커다란 백열등들이 뿌연 빛을 내뿜으며 매달려 있었다. 마치 소형 UFO 편대가 떠 있는 것 같았다. 내부는 사람 키를 훌쩍 넘어서는 네모난 기계들로 가득 차 있었다. 양돈장이 악취의 지배를 받았다면, 이곳은 소음이 군림했다. '기이이이잉' '쿵쿵쿵쿵쿵쿵' '드르르르르르' '삐이이이익' '쿠쉬쉬쉬식' '춤춤춤춤춤'. 내 의성어 표현 능력을 벗어난 소음들이 한데 뭉쳐 육중한 기계적 심장박동을 만들어냈다. 기계들은 네 군데로 나뉘어 설치되었고 그 사이로 십자 통로가 있었다. 통로는 지게차가 쉽게 지나갈 수 있을 만큼 넓었다.

나는 아웃소싱 업체의 팀장과 함께 공장 구석에 있는 사무실로 들어갔다. 팀장은 언제나 피곤해 보이는 얼굴을 한 30대 중반의 남자였다. 면접 전에 그가 몇 가지 주의 사항을 알려줬다.

"승태 씨는 생산직 경험이 없으니까 전에 어디서 일했냐고 물으면 대현산업에서 일했다 그러세요. 거기가 김치냉장고 부품 만드는 데예요. 뭐 자세하게 안 물어보니까 그렇게만 알고 계세요. 이력서 쓰라고 주면 대현산업 쓰고 근속년수에 4년, 급여… 한 160, 직종은 생산직, 그리고 뭐가 됐든 간에 할 수 있냐고 물어보면 할 수 있다고 하세요."

인사 담당자는 눈썹이 짙은 40대 중반의 남자였다. 그는 나보다 팀장에게 할 말이 더 많았다.

"아니, 걔네들 어떻게 된 거예요?"

"아이고, 정말 죄송합니다. 이 친구들이 전화도 안 받고… 저희가 교육도 확실히 시켰는데…."

팀장이 굽실대며 대답했다.

"아니, 못 하겠으면 미리 말이라도 해야지, 그 친구들 갑자기 안 나오는 바람에 기계 못 돌려서 우리 클레임 들어왔어요. 500만 원! 이거 YG에서 책임져야 하는 거 아니에요?"

"죄송합니다, 죄송합니다."

담당자는 한참을 구시렁대고 나서야 나를 쳐다봤다.

"전엔 어디서 일했어요?"

"김치냉장고 부품 회사였는데요."

"여기서 일하면 가공에서 일할 건데 할 수 있겠어요?"

"예."

"그럼 오늘부터 일할 수 있겠어요?"

"예."

"그럼 열심히 좀 해줘요."

단순 생산직 채용 면접은 더할 나위 없이 간단하다. 그건 수박을 이리저리 두드려보고 한 조각 베어 물고 꼭지는 잘 붙어 있나 검사하는 과정이 아니라, 그냥 수박인지 아닌지만 확인할 뿐이다. 놀랍게도 담당자 눈엔 내가 수박으로 보였던 모양이다. 참고로 말하자면 나는 언제 어디서나 이런 믿음을 배반했다.

사무실 직원에게서 유니폼을 건네받았다. 감색 긴팔 티와 노란색 망사 조끼였다. 조끼 등에는 하얀 글씨로 'O. J. T.'라고 적혀 있었다. 그는

퀴닝

그것이 'On the Job Training(직무교육)'의 약자라고 알려줬다. 이 조끼를 입사 후 2주 동안 입고 다녀야 한다고 했다. 말하자면 자동차 뒤에 붙이는 초보운전 스티커나 마찬가지였다.

기숙사는 사무실 건물 2층에 있었다. 내부는 꽤 넓었지만 면적의 대부분을 황량한 거실이 차지했다. 거실에는 텔레비전 한 대와 에어컨 한 대가 놓여 있었다. 화장실, 부엌, 샤워실, 그리고 방이 일곱 개 있었다. 방크기는 조금씩 달랐는데 대개는 한 방에서 세 명 정도 생활했다. 내가 배정받은 3호는 그중에서 유난히 작은 방이었다. 청구고시원보다 절반 정도 커 보였다. 가로세로 2.5미터, 2.8미터 정도였다. 책상(의자는 없었다), 책장, 옷장, 침대가 테트리스 블록처럼 빼곡하게 들어차 있었다. 그 방에서 두 사람이 지냈다.

강 대리는 50대 초반의 남자였는데 가공팀장이었다. 그는 왜소한 체격에 목소리가 높았다. 작업장에선 누구에게나 고함치듯 이야기했다.

"넌 앞으로 B.3 가공에서 일할 거야. 전에 있던 애들마냥 며칠 하다 도망갈 거면 지금 얘기해! 일은 지훈이가 가르쳐줄 거야. 그리고 무슨 일이 있어도 기계만 꼴아박지 마."

지훈이는 스물한 살이었는데 고등학생 정도로밖에 보이지 않았다. 키는 175센티미터 정도였고 몸이 탄탄했다. 머리는 군인처럼 짧았다. 그가 내 룸메이트였는데 쾌활하고 친절한 친구였다.

"아, 형, 말 편하게 하세요. 제가 훨씬 동생인데요. 좀 이따 12시부터 점심시간이거든요. 그때까지는 그냥 제가 하는 거 보기만 하세요."

보기만 하는 거야말로 내 특기였기 때문에 어렵지 않게 해낼 수 있었다. B.3는 언뜻 들으면 폭격기를 떠올리게 하지만, 오일펜을 가공하는 부서였다. (부서라고 하지만 나와 지훈이 둘뿐이었다.) B.3는 기계의 명칭이고 오일펜은 엔진오일과 관련된 부품이다. 희한하게도 이 오일펜의 정체를 알고 있는 사람이 없었다. 어렴풋이 엔진오일과 관련이 있으려니 하는 정도였다. 그런 사정은 다른 부서도 마찬가지였다. 자신이 만드는 부품이 어디에 들어가고 어떤 역할을 하는지 아는 사람은 거의 없었다. 대충 이게 바퀴도 아니고 문짝도 아니고 핸들도 아니구나 하는 정도만 알 뿐이었다. F사는 분명 자동차 부품 회사였지만 우리가 만들던 것들은 (어떤 의미에서 보자면) 자동차 부품이 아니었다. 우리는 숟가락도 젓가락도 아닌 쇳덩어리를 기계에 집어넣었다 빼고 다듬고 씻고 닦아내서 가지런히 쌓아두어야 한다는 것만 알았다.

오일펜은 가로 20센티, 세로 50센티, 높이 20센티 정도의 은색 철제 덮개다. 오일펜 작업 소재는 주물 틀에서 꺼낸 상태 그대로 공장에 배달된다. 구멍은 다 막혀 있고 너저분한 철 찌꺼기가 붙어 있다. 기계 세 대가 차례차례 소재를 절단하고 다듬고 구멍을 뚫는다. 기계는 세 대 모두 2미터 정도 높이의 거대한 철제 상자 같은 모습이다. 정면 중앙에 여닫이문이 있다. 내부에는 대형 드릴이 부착된 로봇 팔과 소재를 올려놓는 거치대가 있다. 장착 버튼을 누르면 가공 중에 소재가 흔들리지 않도록 기계 팔이 소재를 고정시킨다.

작업 중에 가장 조심해야 할 과정이 장착이다. 장착이 제대로 되지 않은 상태에서 기계가 돌아가면 굉장히 불길한 소음을 내며 멈춘다. 이런 경우를 두고 '갖다 박았다' 또는 '꼴아박았다'라고 하는데, 주유소의 혼유에 버금갈 만큼 큰 사고다. 기계를 박으면 첫째, 드릴에 손상이 간다. 둘째, 프로그램되어 있는 드릴의 작업 경로가 틀어진다. 기계는 극도로 정교하게 움직인다. 드릴의 위치나 각도가 미세하게 달라져도 소재는 불량품이 된다. 이는 눈으로 구별할 수가 없다. 기계를 박으면 드릴의 위치를 조정하고 완제품을 측정하고 다시 조정하는 과정을 수없이 반복해야 한다. 그렇게 해도 안 될 때는 장비 업체에 수리를 신청하지만, 비싸다는 이유로 어떻게든 직원들이 직접 한다. 수리는 짧게 이삼 일, 길게는 일주일 이상이 걸린다. 납품 기한을 못 맞추게 되는 건 물론이다.

가공이 끝난 소재는 작업대에 올려놓고 사상을 한다. 사상은 가공 작업의 마무리 단계다. '버'라는 것이 있다. 가공 면의 쇠가 부스스하게 일어난 것을 가리키는데 사상을 할 때는 이 버를 매끈하게 제거하고 나사 구멍의 입구를 드릴로 조금씩 넓힌다. 나사 구멍 입구를 넓히는 것은 조립 과정의 편의를 위해서다. 버를 없애는 것은 미관상의 이유 때문이 아니다. 차가 조립된 후에 버가 떨어져 나가 엔진 속을 돌아다니게 되면 고장을 일으킬 수 있기 때문이다.

기계에서 꺼낸 소재에는 가공 중에 생긴 쇠 부스러기들이 잔뜩 묻어 있다. 이런 쇠 부스러기를 '칩'이라고 부르는데 이 칩 역시 모두 제거해야 한다. 또 소재는 절삭유라는 하얀 액체에 뒤덮여 있다. 드릴이 소재를 가공할 때 높은 열이 발생하는데, 절삭유는 이 열로 인해 소재가 팽창하거나 드릴이 마모되는 것을 막기 위해 사용하는 기름이다. 절삭유는 드릴의 끝부분을 향해 분사되게끔 되어 있다. 소재를 물에 담가 칩과 절삭유를 씻어내고, 에어건air gun으로 곳곳에 남은 칩과 물기를 불어낸 후 팔레트 위에 쌓으면 한 번의 가공 작업이 끝난다.

지훈이가 오일펜 대여섯 개를 쌓고 나서 말했다.

"하루에 많이 하면 80개, 보통은 60개 정도 해요. 팔레트 한 층에 열 개씩 놓고 6층으로 쌓으면 통로에 옮겨놓는 거예요. 5층까지 해도 되고 6층까지 해도 돼요. 그 이상은 안 돼요. 너무 높게 쌓으면 쓰러질 수 있거든요. 얼마 전에도 누가 8층까지 쌓았다가 무너져서 목 꿰매고 그랬어요.”

식당은 공장에서 10분 정도 걸어가야 했다. 우리 회사만 먹는 게 아니라 근처의 다른 공장과 공동으로 사용하는 식당이었다. 식당은 40명 정도가 함께 식사할 수 있는 크기였다. 식판 위에 담긴 음식들은 양돈장에 비하면 훨씬 다채롭고 품격 있었다. 하지만 다들 시큰둥한 표정이었기에 나는 기쁜 마음을 내색하지 않으려고 노력했다. 식당 음식에 대한 대체적인 평가는 “냄새보단 괜찮다”였다. 지훈이가 몇몇 사람들에게 나를 소개해 줬다.

“여기 중국 사람들 많아요. 저기 앞에 가는 두 아저씨도 다 중국 사람이에요. 보면 중국 사람들이랑 싸우는 사람도 있고 사이좋게 지내는 사람도 있는데, 그거야 뭐 형님이 알아서 하실 일이지만 저는 중국 사람들한테도 형님, 형님하면서 친하게 지내려고 해요. 중국 사람들 싫어하는 아저씨들 많아요. 얼마 전에도 진짜 일 잘하는 형 한 명 있었는데 중국 사람들이랑 싸우고 나갔어요. 중국 사람들이 야간 작업 하다 일 안 하고 쉬고 있으니까 왜 일 안 하냐고 막 뭐라 그러다 나중엔 남의 나라 와서 니들이 뭔데 지랄이냐 뭐 이렇게까지 이야기하고 그랬어요. 근데 그냥 친하게 지내는 게 좋은 거 같아요. 그 사람들 쉴 때 간섭 안 하면 눈치껏 제가 쉴 때도 그 사람들 간섭 안 하거든요.”

점심시간은 1시까지였다. 밥을 먹고 돌아오니 20분 정도가 남았다. 사람들은 기숙사 거실에서 낮잠을 자거나 장기를 뒀다.

오후에는 지훈이가 지켜보는 가운데 내가 기계를 조작했다. 사실 '조작'이라는 단어가 조금 거창하긴 하다. 내가 한 일이라고는 소재를 집어넣고 'Clamp'(장착) 버튼을 누른 다음 'Start'(시작) 버튼을 누른 게 전부였으니까. 하지만 작업이 단순하다고 사고 가능성이 낮아지는 게 아니라 오히려 높아진다. 기계는 B.1, B.2, B.3라고 불렸는데 이 중 B.1과 B.3는 장착 버튼을 눌러야 했지만 B.2는 시작 버튼만 누르면 자동으로 강제 고정이 됐다. 각 기계의 차이를 헷갈렸다가는 언제든지 기계를 박을 수 있었다. 실제로 지훈이는 장착이 안 된 채 내가 시작 버튼을 누르려는 걸 보고 명랑하게 비명을 지르며 멈추곤 했다. 업소용 대형 냉장고처럼 생긴 이 기계들이 R2나 3PO처럼 비슷한 이름을 가진 친척들의 반만큼이라도 똑똑했다면 작업이 한결 수월했을 거다.

"형, 이거는 진짜 조심하셔야 돼요. 기계 고장 나서 A/S 들어가면 꼴아박은 사람이 물어내야 된다고 그랬어요."

저녁 식사 시간은 5시부터 5시 반까지였다. 특별한 이유도 없었다. 그냥 30분이었다. 굳이 이유를 찾아보자면 조금이라도 더 일을 시키기 위해서일 텐데 그렇다 해도 식사 시간 30분은 모욕적이었다. 5분이라도 쉬기 위해선 식당까지 뛰어갔다 와야 했다.

근무는 저녁 8시에 끝났다. 7시 45분부터는 청소를 했다. 자신의 작업장 주변에 칩을 쓸고 절삭유를 닦았다. 마지막으로 작업 일보를 작성했다. 작업 일보는 매일의 작업량을 시간대별로 기록하는 서류다. 반드시 매일 써야 했고 퇴근할 때 팀장에게 제출했다. 첫날엔 지훈이가 작업 일보를 정리하다 문제를 발견했다. 지훈이가 혼자 일할 땐 최고 실적이 110개, 평균 80개였는데 근무가 두 시간이나 남은 상황에서 벌써 70개 이상 뽑은 것이었다. 생산량이 높아지면 회사에선 이후에도 그만큼 쭉 뽑아주길 기대하기 때문에 팀장의 기대치를 적절하게 조절할 필요가 있었다. 나로서는 대환영인, 무척 논리적인 결론이었다. 우리는 빈둥대며 남은 시간을 보냈다. 하지만 이런 식의 꼼수는 B.3에서만 가능했다. B.3는 공장의 북동쪽 모서리에 있었는데 기계가 L 자 형태로 배치되어 있어 통로에선 근무자가 보이지 않았다.

8시에는 야간조와 함께 팀장을 기다렸다. 강 대리가 나타나 이런저런 지시 사항을 알려주고 가공팀 구호를 외치는 걸로 조회를 끝냈다.

강 대리: 안전!
일동: 좋아!
강 대리: 불량!
일동: 제로!
강 대리: 가공!
일동: 파이팅!

여직원 전원과 남직원 일부는 통근 버스를 타고 퇴근했다. 간부들과 사무실 직원을 제외한 남자 직원 대다수는 기숙사에서 살았다. 대략 스무 명이 조금 넘었다. 샤워기는 세 대였지만 서두르지 않으면 30분 정도 기다려야 했다. 몇몇은 TV를 보고 다른 사람들은 방에서 인터넷을 했다. F사는 당진에서 차로 30분 정도 떨어진 소규모 산업단지 내에 있었다. F사와 비슷하거나 좀 더 큰 공장이 여럿 입주해 있었다. 근방에서 문명의 흔적은 이 공장들과 잘 경작된 논뿐이었다.

퀴닝

방이 좁아 금방 더워졌다. 때는 9월 중순이라 모기들이 기승을 부렸지만 방문을 열어두어야 했다. 지훈이와 나는 서로 침대를 양보하다 결국 지훈이가 쓰기로 했다. 그가 내게 친절하게 대해준 걸 생각할 때, 그가 나보다 경력자라는 걸 생각할 때 당연한 일이었다. 그는 11시쯤 불을 끌 때까지 한 문장 안에 '사랑해'와 '씨발'을 함께 사용하며 여자 친구와 통화를 했다. 그는 괜찮은 사람 같았다.

#2

작업 숙달에 필요한 시간을 기준으로 일의 전문성을 따진다면 이 일은 엘리베이터 보이만큼 전문적이다. 버튼만 제때 누르고 문틈에 사람이 끼이지 않게만 하면 된다. 근무는 2교대로, 주간조는 아침 8시부터 저녁 8시, 야간조는 저녁 8시부터 아침 8시까지 일했다. 격주로 근무조가 바뀌었는데 신참은 처음 2주 정도 주간조에서 일하다 야간조로 넘어갔다. 열두 시간짜리 단순 생산직을 택한 이유 하나가 머릿속에서 생각이란 걸 지워버리고 싶어서였지만, 일이 너무 지루해서 오히려 생각을 자극했다. 그것도 아주 지루한 생각들을. 언제 끝나나, 언제 밥 먹나, 너무 지루해, 언제까지 이러고 살아야 하나 등등.

공장의 업무는 조립팀과 가공팀으로 나뉘었다. 그중에서도 B.3는 모두가 기피하는 부서였다. B.3는 제품을 완성하기까지 거쳐야 하는 기계 수가 제일 많았다. B.3를 제외하면 각자가 기계 한 대만 조작했다. 소재도 오일펜이 가장 크고 무거웠다. 대부분 주먹보다 조금 큰 정도였다.

B.3는 소재가 크다 보니 사상을 하면서 칩이나 절삭유가 튀는 경우도 잦았다. 그 때문에 오직 B.3 작업자만이 마스크를 쓰고 검은색 비닐 앞치마를 둘렀다. 퇴근 후에 옷을 털어보면 반짝이는 칩이 무수히 붙어 있었다. B.3는 F사의 비육사라 부를 만했다.

사람들은 B.3를 기피하는 것과 같은 이유로 조립팀을 선호했다. 조립 파트에선 절삭유나 칩이 몸에 묻을 일이 없었다. 조립팀은 가공이 끝난 소재를 전동 드라이버로 조이고 풀고 접합하는 일을 했다. 절삭 기계를 다루지 않았기 때문에 사고 위험도 거의 없었다. 피를 보는 건 어디까지나 가공팀의 영역이었다.

작업은 단순하지만 힘들었다. 두 다리가 멀쩡하다는 건 즐거운 일이지만 열두 시간 동안 서서 일하는 건 생각보다 많은 인내력을 필요로 했다. 발바닥이 저리고 무릎 뒤가 땅겼다. 며칠 지나지 않아 원시인처럼 팔자걸음으로 걸었다. 다리의 붉은 핏줄이 불쑥 튀어나오는데, 그다지 건강해지는 징후처럼 보이지는 않는다.

작업장이 너무 더웠다. 공장은 철로 지은 비닐하우스나 다름없었다. 태양열을 오롯이 흡수해서는 내부에 저장해 두는 것 같았다. B.3 부서의 기계 배치는 장점과 단점을 동시에 제공했다. 작업장과 통로 사이에 벽을 세워 가끔씩 농땡이를 부릴 수 있게 해줬지만, 바람이 통하지 않아 열기가 빠져나가질 않았다.

소음도 심했다. 귀에 거슬리는 소음은 대부분 에어건 때문에 생겼다. 에어건은 호스가 연결된 플라스틱 손잡이에 15센티 길이의 얇은 관이 부착된 형태였다. 에어건 자체의 소리는 그다지 시끄럽지 않았지만, 에어건의 바람이 소재에 닿으면 소리가 달라졌다. 바람이 닿는 부위가 넓으면 소리가 굵고 탁해졌고 좁은 구멍 속을 뚫을 때는 '삐이이이익' 하며 소리가 급격하게 높아졌다. 전자가 남성 바리톤 합창단이라면 후자는 돌고래 울음소리 같았는데, 돌고래 쪽이 더 견디기 힘들었다.

미세한 칩 가루가 공기 중에 떠다녔다. 칩은 크기가 0.5센티에서 1센티 정도였지만 더 작은 것도 많았다. 어떤 것들은 너무 작아서 반짝이는 먼지처럼 보였다. 에어건으로 칩을 불어내다 보면 그런 칩이 눈으로, 입으로 튀었다. 그럴 때면 '그래도 여기서 일하면 철분 결핍은 걱정하지 않아도 되겠구나' 하며 참는 수밖에 없다.

지훈이와는 금방 가까워졌다. 지훈이처럼 싹싹하고 명랑한 아이와는 친해지지 않는 쪽이 더 어려울 것 같았다. 그는 해양고등학교를 졸업하고 해병대 부사관학교를 나왔다. 도대체 민간인이 학생인 해병대 부사관학교는 어떤 곳인지, 그게 정말 학교긴 한 건지, 비만 캠프로 애용한다는 해병대 캠프와는 어떻게 다른 건지 도통 알 수 없었지만 지훈이는 그곳을 "대학 삼아" 다녔다고 했다.

"저 지금까지 안 해본 일 거의 없어요. 진짜 거의 다 한 번씩은 해본 거 같아요. 웨이터도 해봤고, 배도 타봤고, 주유소에서도 일해봤고, 금속 가공하는 데서도 일해봤어요. 저 이번에 해병대 부사관 시험 붙으면 장기 복무 신청할 거예요. 원래 군인이 제 꿈이거든요."

"해양고등학교 나와서 해병대야?"

"아니요. 그런 건 상관없어요. 그냥 해병대가 제일 멋있잖아요. 해군은 절대 안 갈 거예요. 걔네는 삐리하니까…. 군대 좋잖아요. 때 되면 밥 먹여주고 운동시켜주고."

"내가 보기엔 여기도 크게 다른 건 없는 거 같은데…. 그치만 군대는 자유가 없잖아?"

"그거야 저도 짬 차면 할 수 있잖아요. 기다리면 되죠. 상관없어요."

지훈이는 군인으로서의 미래에 굉장히 낙관적이었고 다른 분야에는 관심이 없었다.

다른 사람들과도 조금씩 이야기를 나눴다. 상철이 형은 30대 후반의 전직 요리사였다. 처음으로 차렸던 식당이 망하고 빚을 조금 졌다고 했다. 그는 돈을 모아 다시 식당을 차릴 거라고 했다. 그는 TV 요리 프로그램을 보며 지적하길 좋아했다.

"저거 틀렸어. 오징어 다리를 같이 넣어야지."

"저거 잘못됐어. 저기다 콩나물을 집어넣어야 하는 거야."

광훈이 형은 30대 초반이었는데 이전에 핸드폰 게임 회사에서 일했다. 게임 만들던 사람이 왜 이런 데서 일하냐고 물었다.

"여기가 훨 나아. 게임 하나 만들 때 A4용지 한 400장 분량으로 프로그램을 짠단 말이야. 그러면 아침 8시에 출근해서 저녁 10시, 11시까지 일해. 그러고서 한 달에 130만 원 받아. 차비, 점심값 빼면 100도 안 돼."

고학력자는 또 있었다. 필규 형은 마흔이었는데 대학에서 환경응용 뭐시기를 전공했다. 일본에서 박사 학위 과정을 준비하다 학비가 모자라서 돌아왔다. 다시 학교로 돌아갈 수 있을지는 본인도 확신이 없었다.

아민 아줌마는 가공팀의 몇 안 되는 여직원이었다. 그녀는 중국인 중 유일하게 한국어를 공부하는 사람이었다. 40대 후반에 늘 머리를 한 줄로 길게 땋았다. 그녀는 쉬는 시간이면 수첩을 꺼내 한국어 문장을 쓰고 발음해 보곤 했다. 나는 우연히 그녀가 한국말 연습하는 걸 도와주면서 가까워졌다.

"많이 그림 왔어요."

그녀가 말했다.

"예? 무슨 말인지 모르겠는데…"

"많이… 많이 보다? 보고 싶다 왔어요?"

"아, 그립다고요?"

"그립다?"

"멀리 있는 사람을 만나고 싶다. 보고 싶다. 많이 그리웠어요."

"많이 그리 왔어요?"

"아니, 웠어요."

"웠어?"

"예. 왔어가 아니라, 웠어."

"많이 그리웠어요. 그립다, 이거 보다 아니야?"

"그립다는 속으로, 마음으로 보고 싶을 때 쓰는 거구요. 보다는 진짜 눈으로 볼 때. 여기 탁자가 있잖아요. 나는 이 탁자를 보지만 이 탁자를 그리워하진 않아요. 뭐 시인들은 다르게 말하겠지만."

"시인, 뭐?"

"아니에요, 아무것도."

"아, 알겠어. 그립다. 마음으로 본다. 보다. 눈으로 보다. 나 우리 아들 많이 그리웠어요."

가끔씩은 빈 종이 상자 구석에도 그녀가 글쓰기 연습한 흔적이 남아 있었다. 아주 단정한 글씨체였다.

'고의로 그런 게 아닙니다.'

'오늘 저녁 좋은 꿈을 꿔.'

'정말 후회했습니다.'

조립팀에서 가공으로 자리를 옮긴 여직원이 하나 있었는데 그녀는 남자들 사이에서 묘한 궁금증을 불러일으켰다. 조립팀 직원 중 생산량이 늘지 않고 근무 태도가 나쁜 사람들이 간간이 가공으로 넘어왔다. 가공팀 발령은 해고의 완곡어법이었다. 이런 경우 비육사로 좌천당한 사람들과 비슷한 수순을 밟았다. 처음에는 다시 조립으로 보내달라고 요구하다가 받아들여지지 않으면 유니폼을 반납하고 퇴사했다. 그녀 역시 마찬가지였다.

그녀가 관심을 끌었던 건 차 때문이었다. 가격이 5000만 원대인 현대의 고급 SUV였다. 회사 주차장에서 그것보다 비싼 차는 공장장이 타는 검은색 에쿠스뿐이었다. 그런 고급차에서 내린 사람이 집무실로 들어가 만년필에 잉크를 채우는 게 아니라 조립 라인에서 전동드라이버를 쥐는 것이 신기할 따름이었다. 하지만 우리 중 누구도 그녀에게 직접 물어볼 용기가 없었고 질문을 한다고 해도 어떻게 물어야 예의에 벗어나지 않으면서 궁금증을 풀 수 있을지 몰랐다. 우리가 내린 가장 그럴듯한 설명은 이것뿐이었다.

"저 차를 샀기 때문에 여기서 열두 시간씩 일하는 거야."

탁현 아저씨는 공장 생활에 적응하는 데 누구보다도 많은 도움을 줬다. 내가 처음 혼자 일하기 시작한 날 아침, 그가 내 작업장으로 다가왔다.

"승태야, 지금 이거 오늘 처음 뽑은 기제?"

"예."

"그라믄 이걸 한번 검사를 해봐야 된다. 뭐든지 초품은 확인을 해봐야 돼. 이 기계가 오류가 나서 나사 구멍 같은 게 너무 좁거나 아님 너무 넓게 깎일 수가 있거든. 예전에도 중국 아 하나가 초품 검사 안 하고 한 100개 뽑았다가 다 불량 처리했다. 나중에 여 구멍에다 심을 박거든. 그 심을 구해가 초품 나오면 한번 대봐. 일단 기본적으로 눈으로 확인할 수 있는 거 다 해보고 디비가꼬 여 구멍에다가 집어넣어서 심이 이렇게 쑥 안 들어가고 딱 걸리면 되는 기라. 그람 이 담부터 검사 안 해도 된다. 그리 해가꼬 이상이 있으면 측정실에다가 말해라. 여서 빨간 조끼 입고 다니는 아들 있다 아이가? 갸들이 측정실 아들이라, 갸들이 기계 멈추고 다시 조정할 끼라."

그는 부산 출신이었는데 그의 전성기는 현대에서 일할 때였다.

"형님은 여기 얼마나 계셨어요?"

"내? 내도 을마 안 됐다. 한 6개월 됐나? 내 이전에 울산 살았는데 당진 온 지는 얼마 안 됐다. 내 공고 나왔는데 원래는 울산 현대 공장에서 17년 동안 품질 검사하다가 그만두고 나와서 고깃집 하나 말아묵고, 지금은 돈이 없어가 이 일 하는 기라. 솔직히 이런 데는 회사도 아니야. 기껏 해봐야 여기 3차, 4차 정도밖에 안 돼. 돈도 너무 조금 주고. 여기 머 보나스가 있나? 학자금이 있나? 가족 수당이 있나? 우리가 지금 시급 4110원 받는데 그게 지금 최저임금이라. 그렇게 해서 일요일 쉬고 일하면 한 달에 150 정도밖에 안 돼."

"그거밖에 안 돼요?"

"시급이 4110원 아이가? 니 계산 안 해봤나?"

"우리 용역 팀장이 여기 한 달에 180에서 200까지 받는다고 그랬는데…"

"그건 진짜 하루도 안 쉬고 야간, 잔업, 특근, 철야까지 다 뛰었을 때 그런 거지. 내 7월달에 하루 쉬고 8월달에 하루 쉬고 이번 달에 이틀 쉬었는데, 그 정도도 안 쉬면 몸 망가져 일 못해. 그 정도로 해야 한 달 200이될까 말까라. 나 있는 동안 거쳐간 사람만 마흔 명은 넘는다. 일이 이렇게 힘든데 시급 4110원이믄 누가 할라 카겠노? 젊은 아들 하루이틀 해보고 계산 나오니까 바로 그만두는 기라. 여 원래는 중국 사람 안 썼다. 근데 사람이 없으니까 한두 달 전부터 중국 사람 쓰기 시작한 기라.

저 바라, 가공이 조립보다 훨씬 힘들다 아이가? 근데도 가공이나 조립이나 시급 4110원 받는 거 똑같잖아. 저 여자들 앉아서 조립하는 거랑남자들이 가공하는 거랑 돈을 똑같이 받는 게 말이나 되나? 안 그래도그런 말이 몇 번 나왔어. 가공, 그중에서도 너 일하는 B.3는 돈 좀 더 줘야 된다고. 그런데 위에서 매번 묵살했지. 이번엔 우짤지 모르겠다."

남자와 여자를 구분해서 고용하진 않았지만 자연스럽게 여자는 조립에, 남자는 가공에 배정되었다. (반대의 경우는 드물었다.) 남자들이 가공과 조립의 임금을 달리해야 한다고 말하는 걸 여자들은 여자와 남자의 임금을 차별해야 한다는 의미로 받아들였다. 이런 견해 차이는 이렇다 할진척 없이 쭉 평행선만 그었다.

그는 무슨 이유에선지 중국인에 대한 반감이 심했다. 누구나 웃으며대했지만 중국인에게는 진심 같지 않았다. 그가 중국인 한 명을 턱으로가리키며 말했다.

"니 쟈들한테 쫄면 안 된다. 니가 나이 적어도 처음부터 반말해라. 만만해 보이면 이것저것 니한테 다 시키고 지들은 쉴라고만 해. 한국 사람한테는 평소대로 하면 되지만 중국 애들한테는 좀 막 해도 돼. 쟈들 저래 보여도 지들끼리 단합 안 된다. 그니까 니도 쫄지 마. 쟤네 앞에선 강하게 나가야 된다꼬. 알았제?"

이런 태도는 한국 남자들 사이에선 일반적이었다. 산업단지에는 중국인들뿐 아니라 동남아인이나 중앙아시아인으로 보이는 사람들도 많았는데 그들은 대개 철근이나 철강판을 생산하는 공장에서 일했다. 그런 공장들은 다루는 자재가 워낙 무겁고 날카롭기 때문에 부품 가공 작업보다 훨씬 더 위험했다. 이곳에서는 피부색이 짙을수록 힘든 일을 하는 경향이 있는 것 같았다.

#3

직원 중에서 가장 기이한 인물은 서재길이라는 사람이었다. 40대 중반이었는데 키는 크지 않았지만 몸은 무척 다부져 보였다. 빡빡 밀어버린 머리 때문에 살기등등해 보였다. 손과 팔에는 상처가 가득했는데 절삭유 때문에 생긴 것이었다. 기름을 깨끗이 씻어내지 않으면 피부가 부어오르는데 이 남자는 그걸 마구 긁어댔다. 자연히 상처가 터지고 갈라졌는데 거기에 다시 절삭유가 묻고 칩이 들어가면서 상처가 더 심해졌다. 주위 사람들이 아무리 병원에 가보라고 떠들어도 들은 척도 하지 않았다. 병원은 약해빠진 놈들이나 가는 곳이라는 게 이유였다.

그는 고개를 가만두지 못했다. 턱을 조금 비튼 상태로 계속 고개를 흔들었다. 마치 자동차 조수석에 올려놓는, 고개 흔드는 인형 같았다. 무언가가 그의 내부에서 생명을 갉아먹는 게 느껴졌다. 나는 평소에 소도둑

놈 같다든가 나이보다 열다섯은 더 많아 보인다는 평을 자주 들었지만, 나 같은 사람도 이 남자 옆에 서면 올림포스산에서 하프를 튕기는 그리스 신처럼 보일 것 같았다.

그는 수시로 중국인들에게 시비를 걸었다. 많은 한국 남자들이 은근히 중국인을 무시했지만 그만큼 노골적이진 않았다. 재길 아저씨와는 그의 나치 근성이 빛을 발한 순간 처음 만났다. 어느 날 작업 중에 잠시 쭈그려 앉아 쉬고 있었다. 순간 불길한 기운을 내뿜는 하반신이 시야를 가로막았다. 재길 아저씨였다.

"야! 너 아무리 피곤하고 다리 아파도 이렇게 앉아 있지 마!"

여기까지는 누구나 할 수 있는 이야기였다.

"왜 그런 줄 알아? 니가 이렇게 앉아서 쉬면 쭝국 새끼들도 너 하는 거 보고 배워! 걔들도 너랑 똑같이 할라고 그런다고!"

그가 말한 '쭝국 새끼들'이 바로 옆에 있었지만 그는 개의치 않았다.

불행히도 그는 나를 마음에 들어했다. 직원들은 A, B조로 나뉘어 주간과 야간 작업을 번갈아 가며 했는데 그는 나와 같은 조였다. 그는 야간조 작업이 끝나면 나를 가까운 읍내로 데려가 아침밥을 사주곤 했다. 버스 안에서도 그는 자신의 광기를 억누르지 못했다. 한번은 그와 나란히 앉은 적이 있었다. 그가 다리를 너무 크게 벌리는 바람에 나는 몸을 이리저리 틀어야 했다. 내가 불편해하는 기색을 보이자 그가 기다렸다는 듯 입을 열었다.

"나는 자지가 너무 커서 오므릴 수가 없어."

자기 딴에는 농담이라고 생각했는지 모르지만 버스 안에는 교복 입은 여학생들로 가득했다. 나는 그의 거대한 생식기에 경의를 표하는 뜻에

서 통로 쪽으로 바싹 달라붙었다. 아침 식사 메뉴는 언제나 김치찌개였
다.

"너 집이 어디라 그랬지?"

행여나 이 인간이 찾아올까 싶어 B 편의점 사장이 살던 동네를 말했
다.

"과천이요."

"과천이면 저 성남 근처에 경마장 있는 데 아냐?"

"예, 맞아요. 경마장 근처죠."

"과천에서 왔다는 놈이 왜 그렇게 배짱이 없어?"

"예? 왜요?"

"야, 한 20년 전엔 과천에 죄다 깡패 새끼들밖에 없었어. 그때 내 친
구들 중에 경마장에서 어음을 현금으로 바꿔주는 거 하는 애들이 많았
는데, 007가방에 현금을 2000만 원씩 넣고 다녔지. 요즘엔 2000만 원
007가방에 안 들고 다니지만 그때는 큰돈을 다 007가방에 넣고 다녔어.
그래야 가오가 좀 산다고. 그러다 내 친구 한 새끼, 등 뒤에 칼침 맞고 죽
었지."

"예?"

"007가방에 몇천만 원 넣고 다니다 어떤 새끼한테 등에 칼 맞고 죽었
어. 풉, 크크크, 아하하하하!"

그는 정말 시원하게 웃어젖혔다. 즐거워서 견딜 수가 없다는 듯이. 나
는 그 순간 확신했다. 이 놈은 미친놈이다! 내게 미친 사람을 끌어당기
는 매력이라도 있는 모양이었다. 대화를 정상으로 만들어보려고 이것저
것 물어봐도 결국엔 터무니없는 자기 자랑으로 돌아갔다. 그는 교과서

적인 사이코패스였다.

"나 지게차 면허도 있어. 생산직 중에 자기 차랑 자기 집 있는 사람 나밖에 없어. 내가 니 나이 땐 스물아홉 살짜리랑 살림 차리고 내 사업 하고 있었어.

노 과장도 나한테 찍혔어. 신 조장도 그렇고. 나는 걔들 눈치 안 봐. 왜냐? 나는 기술이 있거든. 걔들도 못하는. 나는 기계 다 고쳐. 내가 다른 데 있다가 스카우트 개념으로 여기 왔거든. 거기 기계는 차로 치면 사륜구동, 여기는 이륜구동이야. 거기 기계는 여기처럼 에어클램프도 없다고. 내가 거기서 그런 것까지 다 고쳤는데 여기 기계야 껌이지. 노 과장이나 나나 그런 거 다 알고 있지만 서로 드러내진 않아. 하지만 지도 나도 알고 있어. 지금 노 과장, 내 눈에 걸린 것만 세 번째야. 일 똑바로 못해서 어리버리 군 게. 지 밑에 있는 내 눈에 띈 게 세 번이면 윗사람들한텐 몇 번이겠냐? 노 과장이 실수한 거야. 난 당연히 나를 조장으로 뽑을 줄 알았는데 은철이를 뽑아? 은철이 조장 달고 내가 졸라 갈구잖아. 이젠 노 과장이랑 은철이랑 둘이 같이 망하는 거야.

내가 석 달 전에 여기 왔는데 나 오기 전까진 쭉 적자였다고. 나 오고 나서부터 흑자로 돌아섰지. 왜냐, 나는 기술이 있거든."

그는 이런 말을 하면서 한 치의 망설임도 없었다. 인간 탐구도 좋지만 도무지 이 인간에게서는 믿을 만한 정보를 얻어낼 수 없었다.

"우리 꼰대가 아주 잘 죽었어. 아주 비참하게 죽었지. 그 인간이 나한테서 삥 뜯어간 것만 다 합쳐도 1억 6000이야. 아들이 좆 빠지게 장사해서 번 돈인데. 양복도 베르사체밖에 안 입어. 기집은 일고여덟 끼고 다니고. 내가 어렸을 때부터 겁나게 맞았거든. 나 머리 나빠지라고 머리만 졸라게 때리더만. 내가 열서너 살 땐가, 그때도 나무 빗자루로 머리를 좆나게 때리는데 갑자기 빗자루가 뚝 부러졌어. 머리가 단단해지면서 적응을 한 거야."

그 자리에서 그는 자신의 머리가 어떻게 강철처럼 단련되었는지를 연달아 세 번 정도 들려줬다. 매번 처음 하는 이야기처럼. 머리를 많이 맞았다는 것만큼은 믿어도 좋을 것 같았다.

"내가 6개월 전에 내놓은 방이 지금 나갔어. 그래도 어떤 놈이 들어왔는지 얼굴은 한번 봐야지. 나같이 생긴 놈이면 정직한 놈이고 그렇지 않으면 뒷조사를 해봐야겠어. 봐서 나같이 생겼으면 정직한 놈이고 아니면 이상한 놈이야. 야, 내가 정직하게 생기지 않았냐?"

이 남자가 정직하게 생겼다면 지명수배자 명단은 올해의 봉사상 수상자 명단처럼 보일 것이다.

"그럼요. 아주 정직하게 미친놈이죠. 그나저나 세입자가 안 됐네요. 삼가 고인의 명복을 빕니다."

"어? 뭐라고? 야, 어쨌거나…"

그의 말은 아무 맥락도 없이 끊어지고 다시 이어졌다. 마무리는 언제나 중국인 비하였다.

"내가 호랭이면 짜장면들은 개새끼야. 야, 너도 등치가 있는데 개 잡는 늑대 정도는 돼야지 않겠냐?"

이 사람이 떠드는 걸 듣고 있으면 어느 날 아침 그가 엽총을 들고 나타나 동료들의 머리를 차분하게 날려버리는 모습이 눈앞에 그려졌다.

#4

양돈장에서 몽골 사람들과 생기는 문제는 대부분 언어 때문이었다. 대개 사소한 문제였지만 서로를 설명할 수가 없어 제대로 화해할 수가 없었다. 감정의 골이 깊어지는 건 그다음부터였다. 몽골 사람들이 내 주위에서 떠들고 있으면 마치 내 흉을 보는 것처럼 느껴졌다. 아무런 근거도 없었지만 시간이 지날수록 그런 망상에 확신이 더해졌다. 실제로 몽골 사람들과 싸운 적이 있는 사람들은 대부분 비슷한 경험을 했다.

이곳에서도 중국인과 갈등이 생겼을 때 그 진짜 원인은 인격이나 근무 태도가 아니라 의사소통이 원활히 되지 않기 때문 아닌가 하는 생각이 들었다. 평판이 좋은 중국인은 모두 한국어가 능숙했다. 반대로 게으름뱅이, 이기주의자 같은 평을 듣는 외국인은 한국말을 전혀 못하는 사람이었다. 내 생각에 동의하는 사람은 없었다. 하지만 아저씨들이 중국인을 비난할 때 가장 선호하는 이유인 사회주의 때문이 아닌 건 분명했다. ("중국애들 사회주의 나라에서 와서 대충 일하고 돈만 타 가려고 그래.") 중국이 제대로 된 사회주의 국가인지도 의심스럽지만 백 보 양보해서 그렇다 해도 사회주의와 이 문제는 아무 상관도 없어 보였다.

모두가 인자하다고 인정하는 사람들도 중국인에 대해선 공격적이었다. 이유는 중국인이 게으르다는 것이었다. 나로서는 어디서부터 그런 말이 나왔는지 모르겠다. 내가 겪은 중국인 대다수가 나보다 성실했다. 물론 중국인 중에도 눈치만 보며 뭐든 대충 하려는 사람이 있었지만 한국인 중에는 나처럼 오일펜 하루 최소 생산량 60개도 못 채우는 사람이 있었다. 한국인들은 중국인들에게 개인차라는 사치를 누리게 할 마음이 없는 것 같았다. 내가 보기에 한국인들이 중국인들의 특징이라며 비난하는 결점은 공장 직원 모두에게 해당하는 것이었다. 문제는 한국인이 그런 행동을 했을 때는 그것이 그 개인의 문제로 끝나지만 중국인이 그런 행동을 하면 곧바로 중국인 전체의 결점이 되어버린다는 점이다. 한국 직원에게는 "아, 승태 저 자식 틈만 나면 농땡이나 부리고 영 못 쓰겠어" 하는 반면 중국인에겐 모조리 싸잡아 "하여간 중국 놈들 저거 봐, 안 돼. 쟤들은 안 돼" 하며 손사래를 쳤다.

한국 사람이라는 단어에는 최면 효과가 있는 것 같다. 아저씨들은 입버릇처럼 "그래도 힘들 땐 한국 사람밖에 없어" 하며 서로를 위로했지만 바로 그 힘든 시기, 즉 낮은 보수, 긴 작업 시간, 위험한 작업 환경을 제공하는 그 사람들이 한국인이라는 사실은 모두가 편리하게 잊어버렸다. 내가 도착하기 전 6개월간 B.3를 거쳐 간 40여 명 전부가 한국인이었지만, 그걸 두고 '아, 한국 놈들은 안 돼. 도대체 끈기란 게 없어'라고 비난하는 사람은 없었다. 식사 시간이면 중국인들을 향해 "니 씨팔러마!" 하며 킬킬대는 남자들이 숙소에 돌아오면 중국인들이 시끄럽게 떠든다느니 도무지 에티켓이란 걸 모른다느니 하며 화를 냈다. 이런 상황에는 심술궂음 이상의 무언가가 있는 게 분명해 보였다. (한국에서 일하는 중국인들의 인권 향상을 위해서라도 '너 밥 먹었냐?'의 중국어 발음을 바꿀 필요가 있을 것 같다.)

한국인들이 언제나 "빨리빨리"를 강조하는 반면 중국인들은 다치지 않는 걸 가장 중요시했다. 웃기는 일이지만 재길 아저씨를 비롯한 나치 잔당들은 바로 이런 태도를 게으름과 동일시했다. 하지만 중국인들의 이런 태도는 충분히 이해할 만한 부분이다. 그들은 한국에서 일하다 다

처서 돌아온 친척이나 친구를 많이 보았을 테고("그까이꺼 가뿐하지요") 또 그들이 얼마나 적은 보상을 받았는지 (때로는 임금조차 제대로 받지 못했다는 걸) 들었을 테니까.

중국인들은 한국 남성들의 입대 심정과 비슷한 마음으로 인천행 여객선에 오르지 않았을까? 나는 무수히 많은 예비역들을 만났지만, (나 자신을 포함해서) 그중 누구도 '동료 장병들과 지휘관들의 마음에 쏙 들 만큼 최선을 다해 복무하리라' 다짐하며 군 생활을 한 사람은 없었다. 우리가 원했던 건 그저 몸 건강히 집에 돌아가는 것뿐이었다. 군대가 장병을 다루는 방식을 따져보면 이런 태도는 충분히 이해할 만하다.

강웅 형님은 30대 중반의 차분해 보이는 남자였다. 더벅머리에 듬직한 체격이었다. 그는 중국인 중에서 한국말이 가장 유창해서 통역을 자주 맡았다. 그는 JT에서 일했다. JT는 엔진 부속을 가공하는 부서였는데 작업장이 B.3와 붙어 있어 우리는 꽤 가깝게 지냈다. 그는 중국인 중에서 유일하게 기계도 수리할 줄 알았다. 하금은 아저씨는 40대 중반의 작은 남자였다. 그는 길림 출신이라고 했는데 한국에 오기 전까지 쭉 농사만 지었다고 했다. 웅이 형만큼은 아니었지만 한국말도 서툴진 않았다. 한번은 내가 그의 어깨를 잠깐 주물러준 적이 있었다. 그는 나를 바라보며 이빨을 드러내고 웃었다.

"쎄쎄 하오야, 키 커. 목 아파. 하하하."

답례로 그는 작업장 닦는 걸 도와줬다. 나로서는 중국인들과 문제를 일으킬 이유가 없었다.

한국인들은 중국인들을 파업 파괴자 정도로 생각해, 그들만 아니라면 더 좋은 대우를 받을 거라고 확신했다. 실제로 많은 한국인이 똑같은 불만을 중얼거리다 갑자기 사라지곤 했다. 물론 그렇게 생각할 수도 있지만 내가 확신하는 것 하나는 중국인들이 없으면 회사가 돌아가지 못한다는 점이다. 당장 내일 중국인들이 '이렇게 무시당하면서 돈도 얼마 못 받는데 뭐 하러 있냐?' 하며 떠난다면 누가 기계를 조작할 것인가? 사람들은 중국인 때문에 형편없는 대우를 견뎌야 한다고 생각하지만 중국인들이 없다면 회사 자체가 살아남지 못할 것이다.

직원의 절반 이상이 중국인이었다. 회사의 존폐가 너무 멀리 있는 예라면 주말 특근을 따져봐도 좋다. 규정상 이곳도 주 5일제 근무이긴 했지만 토요일 근무는 당연한 것이었고 일요일 근무도 드물지 않았다. 이런 점은 아웃소싱 업체에서도 여러 차례 주의를 줬다.

"토요일 근무는 다 하는 거고요. 일요일 근무도 너무 힘들지 않으면 한다고 하세요."

한국인들이 이런저런 핑계로 내팽개치는 특근이나 철야 근무를 떠맡는 건 모두 중국인들이었다. 이 부분에 있어서도 한국 사람들은 묘하게 당당했다.

"아, 돈 벌러 남의 나라 왔으면 당연히 해야지."

강 대리가 중국인에게 주말 근무를 떠맡기는 장면은 대단히 교육적이었다.

"지훈이, 이번 주 토요일 정상 근무야. 일요일도 출근해야 돼."

"예? 저 일요일 쉬어야 돼요."

"왜? 안 돼. 일요일 날 나와야 돼."

"안 돼요. 저 일요일 날 할머니 댁 농사 도우러 가야 돼요."

"다음 주 야간조로 바뀌니까 월요일 날 시간 있잖아."

"멀어서 안 돼요."

"너 지난주도 일요일 쉬었잖아."

"일주일 중에 하루 쉰 건데요."

"아… 씨… 그럼 명봉, 너 일요일 날 나와."

"일요일? 나 일 못 해. 나 일 있어."

"아, 무슨 일인데? 이유를 말해봐. 들어보고 어쩔 수 없는 일이면 빼줄게."

"나 일 있어. 친구… 서울… 처음 왔어… 일 있어."

"뭐? 친구 서울 구경시켜 준다고? 다른 친구한테 부탁하라 그래. 별일도 아니구만."

"아니야. 구경 아니야."

"아, 그럼 뭔데. 말해봐."

"그니까… 어…"

"너 일요일 나오는 거다."

이야기 끝.

직원들 사이의 갈등이 국경을 경계로 해서만 벌어지는 건 아니었다. 강도는 약했지만 성별을 경계로 해서도 불화는 존재했다. 주된 문제는 역시 임금이었지만 그 외에도 자질구레한 감정싸움이 있었다. 남녀가 쉬는 시간을 보내는 모습은 무척 대조적이었다. 남자들은 제각각 공장 주변의 음지를 차지하고 담배만 피우는 반면 여자들은 커피 자판기 주위에 모여 고구마나 과자를 먹으며 '하하' '호호' 웃어댔다. 몇몇 남자들은 여직원 중에 공장장 끄나풀이 있다고 믿었다. 누가 이런저런 불만을 품고 있고 누가 간부 욕을 했다더라 하며 간부들에게 미주알고주알 일러바치는 사람이 여자 중에 있다는 것이었다. 그들이 그렇게 생각하는 이유는 여직원들 사이에 언제나 대리, 과장, 부장, 이사 등이 끼여 있었기 때문이다. 이런 오해에는 남자들의 성향이 한몫했다. 남자들은 나이가 많건 적건 경력이 있건 없건 '에이 씨발, 아니면 관두면 그만이지' 하는 태도였다. 반면 여자들은 최대한 오랫동안 일하려고 했다. 이는 근속 기간만 봐도 알 수 있었다. 남자 중에서 6개월 이상 일한 사람은 탁현 아저씨 하나뿐이었지만 여직원들은 거의가 그 이상 일했다.

남자들의 여직원에 대한 불만 뒤에는 여자에 대한 갈망이 숨어 있었다. 남자 중에는 이혼했거나 결혼 못 한 중년이 많았는데, 남자들이 여자들을 바라보는 태도는 사실 불만이라기보다는 갈망이라는 표현이 더 어울릴 것 같았다. 남자들끼리 하는 이야기라는 것 역시 누가 잘 주게 생겼다느니, 노래방 도우미는 돈이 많이 들어서 공장서 애인을 하나 만들어야겠다느니 하는 말들이었다. 하지만 그런 의도를 품고 여직원에게 접근하는 사람은 없었다. 나도 마찬가지였지만, 남자들 스스로가 외모로나 경제적으로나 자신이 여자들 눈에 그다지 매력적인 존재로 비치지 않는다는 사실을 잘 알고 있었다.

여자들도 남자들에게 불만이 있었다. 앞서 잠깐 언급한 임금 문제였다. 어느 날 공장장이 아침 조회를 주관했다. 요지는 가공팀에게 특별 수당을 지급한다는 것이었다. 기존 시급에서 100원 정도 올리는 것으로, 월급으로는 7만 원 상당의 인상이었다.

어느 여직원이 공장장에게 물었다. 1년 이상 근무한 직원은 임금 인상이 있다고 들었는데 어째서 여전히 그대로냐고. 공장장의 대답은 이랬다. 근무 기간이 1년이 되면 1호봉이 되는데, 1호봉은 시급이 무려 (놀라지 말라) 50원이 오른다! 50원 인상이 워낙 '큰 규모'라 당장은 처리가 되지 않는다. 시급 인상은 회계년도를 기준으로 적용된다. 따라서 8월에 입사한 사람이라도 시급이 인상되는 건 다음 해 8월이 아니라 다다음 해 1월부터인 것이다.

하지만 이런 경우에는 직원들이 이해해야 할 것 같다. 무려 50원 이상이 아닌가! 50원이면 10원의 5배고 1원의 무려 50배나 된다. 이런 식으로 임금을 인상하다가는 전후戰後 독일 수준으로 인플레이션이 심해지는 게 아닐까 걱정될 정도다(빵 한 덩이에 10억 마르크!). 나는 왜 쓸 일도 없는 50원짜리 동전을 계속 만드나 궁금했는데, 이런 공장들에서 임금 인상이 있을 때마다 월급봉투에 하나씩 넣어 주려고 비축해 두는 모양이었다.

여자들이 이 결정에 화가 난 건 특별 수당의 혜택을 받는 다수가 남자들이었기 때문이다. 가공팀은 당연하다고 생각했지만 조립팀은 남자와 여자의 임금을 차별하겠다는 뜻으로 받아들였다. 하지만 어느 누구도 간부들에게 직접 불만을 토로하진 못했다.

여직원들은 30대 초반부터 50대 초반까지 있었는데 대다수가 비쩍 마른 몸매였다. 여자들의 억척스러움은 실로 존경스러웠다. 여자들은 쉬는 시간이면 각자 집안일에 대해 이야기했다. 그걸 듣다 보면 어떻게 그렇게 사나 싶었다. 일 끝나고 돌아가서 밀린 빨래 하고 남편 저녁 차려주고 아이들 수련회 준비해 주고 막내 딸 숙제 도와주고 첫째 아들 감기 걸려 병원 갔다 오고 시댁 제사라 큰아주버님 댁 가서 음식 장만하고 두 시간밖에 못 자다 왔다거나 이대로 잠들면 아예 못 일어날 것 같아서 안 자고 바로 출근했다 등등. 마치 남자들이 소싯적에 혼자서 몇 명이나 되는 놈들을 때려눕혔다는 (대단히 의심스러운) 무용담을 늘어놓듯, 여자들은 혼자서 몇 개나 되는 집안일을 때려눕혔는지 경쟁적으로 이야기하곤 했다. 당연히 여자들의 이야기가 더 믿음이 가고 감동적이었다. 여자들의 강함은 믿는 힘에 있는 것 같았다. 그들은 뭐가 됐든 한 가지씩 고집스럽게 또 절실하게 믿었다. 예수든 부처든 아들이든 딸이든 남편이든. 아들 딸을 믿는 쪽이 절대 다수였고 남편을 믿는 사람은 희귀했다.

#5

작업장에서 정규직과 파견직 사이의 갈등은 눈에 띄지 않았다. 생산직 중엔 정규직이 거의 없었기 때문이다. F사의 전체 인원은 60여 명 정도였다. 이 중 직급을 가진 사람, 즉 각종 장님들과 사무직이 15명 정도였는데 이들만이 정규직이었다. 생산직 중에 직급이 없으면서 정규직인 사람은 재길 아저씨뿐이었다. F사의 정규직 채용 기준이 광기가 아닐까 의심스러웠다.

F사와 거래하는 아웃소싱 업체는 세 곳이었다. 상호가 하나같이 정체불명의 영문 이니셜이었다. 편의상, 대중에게 친숙한 이니셜 명칭으로 부르기로 하겠다. SM은 당진에 사무실이 있었는데 주로 인근의 주부를 많이 공급했다. YG는 사무실이 천안에 있었는데 주로 서울이나 경기도 출신의 남자들을 공급했다. 마지막으로 JYP는 중국인들을 공급했다. 정규직은 대개 간부들의 친인척이나 친구였다. 파견직과 정규직의 차이는

중간 상인을 통해 산 수박이냐 아는 사람을 통해 산 수박이냐 정도라고 해야겠다.

우리 중에서 정규직이 되고 싶어 하는 사람은 거의 없었다. 이 말은 오해의 소지가 있는데, 왜냐하면 지금 이 순간에도 수많은 사업장에서는 파견직 신분의 사람들이 정규직 전환을 요구하기 때문이다. 사실 F사에서는 낮은 직급의 정규직을 파견직 이상으로 홀대했다.

"웅이랑 또 다른 중국 아 하나 정직원 시켜준다 카제? 갸들 정직원 되면 뭐 있을 줄 알지만 진짜 아무것도 없다. 회사도 지들이 은근 우리 신경 써주는 척캄서 살살 꼬신다꼬. 정직원 하라고. 나하고 저 B조에 필규 알제? 아, 와 안 있더나, 일본서 공부하다 온 아? 나랑 갸한테 여러 번 얘기했다. 근데 갸도 그렇고 나도 그렇고 절대 안 한다. 내가 미쳤다꼬 정직원을 하나?"

탁현 아저씨가 말했다.

"정직원 되면 좋은 거 아녜요?"

"좀 멀쩡한 데서야 좋지. 여는 정직원 돼도 돈 받는 거 용역이랑 똑같이 최저임금 4110원이다. 오히려 정직원 하믄 당장 다음 달부터 월급이 준다."

"돈이 줄어요?"

"그래. 용역 같은 경우는 보너스를 다달이 조금씩 나눠 받는다꼬. 근데 정규직은 서너 달에 한 번씩 모아서 받는 기라. 내가 여서 언제까지 일할지도 모르는데 그렇게 했다가 그만두면 보너스 날리는 거 아이가? 덧셈 뺄셈만 해도 답 딱 나오는 거 아이가? 바라, 가족 수당이 있나, 뭐 학자금 지원이 있나? 진짜 아아아아무것도 없다. 정직원이면 뭐 승진할

퀴닝

수 있다 카지만 그게 언제 될 줄 알고? 승진해서 조장이라도 하나 달아야지 직급 수당 나오는데 그래 봤자 7만 원이라. 그거 받을라꼬 정직원을 달아? 내가 미친나? 그런 거 하게?"

정직원의 혜택인 승진이나 직급 수당도 실상을 들여다보면 그다지 매력적이지 않았다. 파견직은 퇴근 종 울리면 그걸로 끝이였지만 조장이나 반장은 퇴근 시간이 없었다. 생산량이 모자라면 철야라도 해서 맞추어야 했고 고장 난 기계가 있으면 밤을 새워서라도 고쳐야 했다. 내가 일하기 시작하고 나서 얼마 지나지 않아 조장으로 진급한 신은철이라는 남자는 대개 자정이 넘어서 퇴근했다. 일한 만큼 잔업 수당을 받는지는 알 수 없었지만 나는 그가 돈보다는 푹 쉬길 원한다고 생각했다. 모두가 인정할 수 있는 정직원의 특권은 야간 작업을 면제받는 것이었지만 이도 대리 이상부터만 가능했다.

"그럼 도대체 정직원이 용역보다 나은 게 뭐예요?"

"그런 거 거의 엄따. 그냥 우리는 회사에서 이제 필요 엄따, 카믄 용역 팀장한테 전화해 가 더 이상 나오지 말라 카믄 그만이고, 정직원은 회사랑 운명을 같이하는 거뿌이제."

이런 상황에서 정규직이 되고 싶어 하지 않는 건 당연한 일이었다. 이는 몇몇 부모들이 자녀들에게 결혼을 강요하면서 저지르는 잘못과 같다. 어렸을 적부터 지켜본 결혼 생활이란 게 부부끼리 소리 지르고 욕하고 때리고 물건 집어던지는 것뿐이라면, 어떤 자녀가 결혼을 진지하게 고민하겠는가? 자녀들이 정말 결혼하길 바란다면 먼저 결혼이 의미 있는 삶의 방식이란 걸 증명해 보이는 것부터가 순서 아닐까?

나는 동료들에게 이곳을 평생 직장으로 생각하는지 물었다. 대답은 모두 "아니다"였다. 20대는 이곳이 군대 가기 전 잠깐 하는 아르바이트라고 했다. 30대는 자기 사업을 시작할 돈을 마련하기 위해 일한다고 했다. 몇 년 더 고생하고 나서 PC방이나 음식점을 차릴 것이라 했다. 나머지 40대, 50대의 대답은 조금 무서웠다. 그들은 하던 장사(PC방이나 고깃집)가 망하고서 나이 때문에 받아주는 곳이 이런 공장뿐이었다고 했다. 그들 역시 이곳에서 계속 일하고 싶은 마음은 없었다. 어떻게든 돈을 모아 새 사업을 시작하려고 했다. 여직원은 주부가 절대다수였고 대답은 거의 비슷했다. 아이들 학원비 보텔 생각으로 시작했으며 남편 수입이 좋아지면 언제라도 그만두고 싶다는 것이었다.

공장 분위기가 최저임금이나 무無혜택을 잊게 해줄 만큼 포근하지도 않았다. 여기서는 팔짱을 끼는 행위가 권위의 상징으로 받아들여졌기 때문에 '장님'들만이 팔짱을 낄 수 있었다. 평사원이 조회 시간에 팔짱을 꼈다간 공장장의 비난을 피할 수 없었다.

"야! 팔짱 안 풀러! 대리님이 말하고 있는데 어디 건방지게 팔짱을 끼고 있어. 똑바로 서 있어!"

역시 한국은 방심을 할 수 없는 나라다.

공장장은 직위가 이사였는데 50대 중반의 체격 좋은 남자였다. 얼굴도 컸지만 얼굴에 달린 부속 하나하나가 모두 컸다. 꼭 얼굴만 확대시킨 사람 같았다. 그는 주옥 같은 조회 연설로 직원들의 간담을 서늘하게 하곤 했지만 기분이 내킬 때면 다정하게 굴기도 했다. 이사가 상무이사로 승진한 날이었다. 노 과장이 먼저 말문을 열었다.

"아, 오늘은 회사에 좋은 일이 하나 있어서 이렇게 야간조도 참석하는 전체 조회를 갖게 됐습니다. 이번 이사회에서 우리 이사님이 상무이사님으로 진급하셨습니다. 그래서… (노 과장이 신호를 주자 어느 여직원이 꽃다발을 들고 나왔다.) 예, 예, 이사님 한 말씀 하시죠."

이사가 몇몇 병적인 아부꾼들에게 밀려 앞으로 나왔다. 이사는 어버이 수령님이나 가능할 법한 자애로운 표정을 지으며 아부꾼들의 등을 토닥였다. 그는 부끄러워 어쩔 줄 모르겠다는 듯 고개를 뒤틀며 꽃다발을 받았다. 어리다는 이유 때문에 맨 앞줄 정중앙으로 밀려나 있던 나는 그 꼬락서니를 가장 가까이서 지켜봐야 했다.

"아, 고맙습니다. 저는 아무것도 한 게 없습니다. (이의를 제기하는 사람은 없었다.) 그런데 참 이렇게 꽃다발까지 준비해 주시고 정말 고맙습니다. 다 여러분들이 수고해 주신 덕분입니다. 기업은 무조건 무슨 일이 있어도 이익이 나야 합니다. 그런데 지난 8월까지는 쭉 적자였습니다. 적자가 한 7000만 원 정도 됐는데 8월 이후부터는 좀 나아져서 지금은 적자 폭이 많이 줄었습니다. 이사회에서 그걸 생각해 줘서 이번에 진급이 있었던 것 같습니다. 제가 직위는 상무이사지만 직급은 그대로 여기 당진 공장 공장장입니다. 직위랑 직급은 다른 거지요. 직급은 하는 일이고 직위는 서열 같은 건데 제가 하는 일은 뭐 그대로니까 앞으로도 공장장이라고 불러주십쇼. 이 공장은 여러분 겁니다. 앞으로도 주인의식을 가지고 열심히 해주십쇼."

이사 옆에는 언제나 임 대리가 붙어 다녔다.

"예… 예, 우리 이사님이 겸손하셔서 예전처럼 불러도 된다고 하셨지만 직위가 직위니만큼 그렇게 하는 건 경우가 아니겠죠? 앞으로 공장장님 호칭하실 땐 꼭 상무이사님이라고 부르세요. 아시겠습니까?"

임 대리는 서른 후반이었는데 짧은 머리의 잘생긴 남자였다. 그는 언제나 형형색색의 의상을 입고 출근했는데, 예를 들면 이런 식이었다. 갈색 머리, 금 귀고리, 흰색 셔츠, 연두색 바지, 노란색 운동화. 난 그가 옷입는 방식을 제재받지 않는 것이 곧 그의 위상을 증명하는 것이라 생각했다. 그는 조립팀장이었다. 가공팀은 임 대리를 특히나 싫어했다. 그가 가공 불량품을 되돌려 보내는 방식 때문이었다. 가공팀에서 넘어간 소재 중에 가공이나 사상이 잘못된 것이 있으면 그는 그걸 머리 높이 들어올렸다가 바닥에 힘껏 내팽개쳤다. '깡!' 소리와 함께 모두가 임 대리를 바라봤다. 그는 주머니에 손을 찔러 넣고는 불량품을 뻥뻥 차며 문제의 가공 부서까지 갔다. 그러고는 "앞으론 이런 거 보내지 마세요!" 하고 돌아섰다. 그는 또한 아무짝에도 쓸모없는 아부용 규정을 여럿 만들어 직원들의 원성을 샀다.

"쉬는 시간에 기숙사 올라가시는 분들이 있는데 앞으로는 그렇게 하지 마세요. 잠깐 그늘에 앉아서 담배나 한 대 피고 들어오셔야지, 보니까 기숙사 올라가서 장기 두고 TV 보고 이러던데 앞으로 이런 행동 제 눈에 안 띄도록 하세요. 특히 남자 분들 조심하세요.

근무 중에 화장실 가거나 물 드시는 건 이해합니다. 그런데 요즘 덥다고 근무 중에도 음료수 자판기 앞에 서서 콜라 빼 먹고 주스 빼 먹고 이러는 분들 있는데, 그런 건 쉬는 시간에만 하세요. 근무시간에 음료수 자판기 이용하지 마세요. 뽑아 먹을 거면 직원들 거 다 하나씩 돌릴 사람만 마시세요. 아시겠어요?"

우연인지 필연인지 임 대리는 재길 아저씨와 친했다. 쉬는 시간이면 두 사람이 웃음을 터뜨리며 이야기 나누는 걸 자주 볼 수 있었다. 둘의 다정한 모습을 보고 있으면 히틀러와 무솔리니가 나란히 앉아 함박웃음을 터뜨리는 1938년도 사진이 떠올랐다. 어째서 또라이들은 다 친한 사이인 걸까?

사고의 문턱까지 갔다 오면 정직원이고 나발이고 당장 그만두고 싶어진다. 쉬는 시간이면 탁현 아저씨는 싱글벙글 웃으며 온갖 끔찍한 사고에 대해서 이야기하곤 했다. 그럴 때면 그의 표현 능력이 폭발하는 것 같았다.

"기계 멈추면 사람들이 머리부터 들이밀고 보잖아? 니 절대 그라믄 안 된다. 예전에 있던 데서도 기계가 중간에 멈추니까 일마가 뭐 잘못됐나 싶어서 머리를 기계 속으로 들이민 기라, 그러다 갑자기 기계가 돌아가면서 드릴이 위이이잉 하고 내려와가, 아 대가리에 구멍을 뚫어뿐 기라. 드릴이 퍼버버벅 소리를 내는데, 피 터지고 갸는 비명도 못 지르고 그 자리에서 죽었다.

기계 돌아갈 때 손 넣음 큰일 난다. 예전에 기계에 장갑이 끼이가 손 잘려나간 아가 있었어. 갸는 거기서 끝난 게 아니라 내장까지 다 끌려 나왔다. 시뻘건 순대 같은 게 구불구불 투두두둑 빠져나오는데, 아는 숨 넘어가게 소리 질러대제, 피가 절삭유랑 섞여가 파바바박 튀어쌌제, 끔찍했다, 끔찍했어."

이런 이야기들은 사고의 무서움을 잠시나마 느껴본 다음에야 실감이 났다. 하루는 기계에 장갑이 집혔다. '집혔다'는 단어는 그 순간 내가 느낀 공포를 조금도 표현해 주지 못하는 것 같다. 악어에게 잡아먹힐 뻔한 사람에게 악어 이빨에 살짝 '긁혔다'라고 말하는 느낌이랄까?

그때 나는 세 번째 기계의 가공을 준비하고 있었다. B.1은 다른 기계에 비해 소재가 흔들리는 경우가 잦아서 소재를 한 손으로 누른 상태에서 Start 버튼을 눌러야 했다. 드릴이 작동하기 전에만 손을 떼면 됐다. 그날도 습관대로 소재를 누른 채 기계를 작동시켰는데 '퉁' 하는 소리와 함께 기계 팔이 내 검지 끄트머리를 함께 눌렀다. 작업할 때는 코팅 장갑 위에 두꺼운 비닐장갑을 꼈는데 이 비닐장갑이 집힌 것이었다. 손이 빠지지 않았다. 드릴이 돌아가기 시작했다. 아무 생각도 들지 않았다. 무수한 버튼 중에 뭘 눌러야 할지 결정할 수가 없었다. 다행히 오른손이 하나뿐인 친구를 잃고 싶지 않았는지 즉시 Hold 버튼을 눌렀다. 덕분에 공황 상태에 빠진 것 이상으로 상황이 악화되진 않았다. 나는 〈손 무덤〉의 한 구절을 중얼거리며 왼손을 바라봤다. 기계는 완전히 멈춘 게 아니라 작동 중에 잠시 멈춰 섰을 뿐이었다. 이런 상황에서 이리저리해야겠다고 생각해 왔던 건 하나도 떠오르지 않았다. 무슨 버튼을 누르건 다시 드릴이 돌아갈 것 같았다. 내 딴에는 그냥 손을 잡아 빼면 될 거라고 생각했지만 그거야말로 아무것도 모르는 소리였다. 일단 장갑이 벗겨지지 않았다. 장갑이 땀과 절삭유 때문에 손에 찰싹 달라붙어 있었다. 기계가 돌아가는 힘이 내 힘의 수천 배였다. 이전에는 이렇게 생각했다. 기계와 내가 줄다리기를 한다면 시작, 하고 내가 일이 초 정도는 버틸 수 있을 거라고. 그러나 이런 공업용 기계에 성인 남자의 팔 힘은 산들바람 정도에 지나지 않았다.

　나는 가까스로 정신을 차리고 도움을 청했다. 웅이 형이 다가와 기계를 조작해서 손을 빼줬다. 장갑 위에 네모난 자국이 뚜렷이 남아 있었다. 그건 언제 어느 때고 작업장의 녹색 바닥 위에 피가 뿌려지고 잘린 손이 뒹굴 수 있다는 의미였다. 그날 내가 왼손을 잃지 않은 것은 육체가 정신을 배신하지 않았던 덕분이었다. 단순 반복 작업 중에는 종종 몸이 정신을 배반하는데, 사고도 대개 그럴 때 발생했다.

한번은 이런 일이 있었다. 아직 지훈이와 함께 작업하던 때였다. 드릴로 나사 구멍을 넓히고 있었다. 칩이 팔에 잔뜩 묻었다. 따가워서 나는 드릴을 잠깐 내려놓고 에어건으로 칩을 좀 불어내야겠다고 생각했다. 내가 에어건을 칩이 묻은 부분에 갖다 들이대는데 갑자기 지훈이가 "형!" 하고 소리쳤다. 정신을 차려보니 에어건이 아닌 드릴을 팔에 박아넣으려 하고 있었다. 이곳에서 습관대로만 움직였다간 손목 하나 정도는 김유신 말 머리마냥 잘려나갈 수 있었다.

한번 험한 꼴을 당하고 나면 기계 앞에서 겸손해진다. 그날 이후로는 앞치마도 비닐장갑도 사용하지 않았다. 기계가 나보다 강하다는 걸 진심으로 승복한 결과였다. 나는 기계도 사람 대하듯 해야 한다는 걸 깨달았다. 기계를 함부로 다루면 언젠간 기계도 똑같이 인간을 대한다. 동료를 열받게 하는 건 멍청한 짓이지만 기계를 함부로 다루는 건 위험한 짓이다. 이곳은 의심의 여지없이 개떡 같은 작업 환경이었지만, 그 자리에서 도망가지 않을 수 있었던 건 생산량보다 나라는 사람을 더 소중하게 생각해 주는 누군가가 있었기 때문이었다. 내 손을 풀어준 후 웅이 형이 내 어깨를 붙잡고 말했다.

"쪼금쪼금 해. 많이 안 해도 괜찮아. 하루 열 개만 해도 돼. 다치지 마, 아랐지? 다치지 마, 다치지 마."

#6

　F사의 임금 계산은 조금 복잡했다. F사는 당시 최저임금 4110원을 지급했다. 12시간 근무 중 식사 시간 1시간 30분을 제외하고 10시간 30분에 대해서만 임금이 지급됐다. 오후 5시 이후부터는 잔업 수당이 지급됐는데 잔업은 1.5배로 계산했다. 주말에는 잔업이 없었다. 주말 근무는 특근으로 처리돼 8시간 전체가 1.5배로 계산됐다. 월요일부터 금요일까지 모두 근무한 사람이 일요일도 근무할 경우 여기에 주휴 수당 8시간이 추가됐다. 이는 주간조를 기준으로 계산한 것이다. 야간조는 조금 더 받는다고 했는데 정확히 아는 사람은 없었다. 회사에서 이 부분에 대해 설명을 해주는 것도 아니었고 차이가 난다고 해도 근소한 정도였기에 확인하려는 사람은 없었다.

　당연한 얘기지만 야간 근무가 훨씬 힘들었다. 야간조가 주간조보다 나은 건 덥지 않다는 점뿐이었다. 밤이 깊어지면 선풍기를 틀지 않고도 일할 수 있었는데 이는 주간조에선 상상도 할 수 없는 일이었다. 관리자들이 야간 근무를 하지 않았기 때문에 농땡이 부리기도 수월했다. 하지만 계절이 바뀌면서 몇 안 되는 이점도 사라져 버렸다. 밤 기온이 뚝 떨어져서 자정 무렵부터는 떨면서 일했다.

　거의 모든 면에서 야간 근무의 피로가 주간을 압도했다. 잠 때문이었다. 저녁 11시만 지나면 잠이 쏟아지기 시작하는데, 오싹할 정도로 기온이 낮아져도 졸음은 떨어지질 않았다. 졸음을 참는 것이 더위나 관리자를 참는 것보다 고달팠다. 사고도 대부분 야간 근무 중에 발생했다.

　내가 기계를 꼴아박은 것도 야간 근무 때였다. 비몽사몽 중에 기계를

　　　　　　　　　　　　　　　　　　　　　　퀴닝

돌리는데 갑자기 강철이 뒤틀리는 굉음이 일었다. 나는 그 소리가 B.3에서 나오는 것인지도 몰랐다. 웅이 형이 다가와 기계를 멈췄다. 역시나 장착이 제대로 되어 있지 않았다. 드릴이 엉뚱한 방향으로 들어가 소재를 기괴한 모양으로 찢어놨다. 수리는 노 과장과 신 조장이 일주일 내내 새벽까지 작업한 다음에야 끝났다. 하지만 강 팀장의 비난은 그 이후로도 오랫동안 이어졌다.

야간조가 힘든 또 다른 이유는 식사였다. 야간조는 회사 식당에서 밥을 먹을 수 없었다. 게다가 공장 주변에는 식당은 고사하고 구멍가게 하나 없었다. 어느 날 지훈이가 여자 친구와 여행을 가기 위해 금요일 오후에 조퇴를 했다. 물론 회사에는 집안에 급한 일이 생겼다고 둘러댔다. 이곳에선 조퇴라는 것이 대단히 드물었기에 쉬는 시간에 다들 그 얘기뿐이었다.

"지훈아, 강 팀장이 조퇴된다냐?"

"예."

"지훈이 또 조퇴해? 왜?"

"(새끼손가락을 들어 보이며) 이거 때문이지."

"아니지, (하반신을 앞뒤로 흔들며) 이거 때문이지. 흐흐흐흐."

"그럼 12시에 바로 나가?"

"예."

"저녁에 출발한다며, 점심 먹고 가."

"12시에 조퇴하는 사람은 식당에서 밥 못 먹어요."

"정말? 왜?"

"규정이 그래요. 5시에 퇴근하는 사람도 저녁 못 먹어요."

"정말?"

"식사 시간 이후에도 일하는 사람들만 먹을 수 있어요. 야간조도 식당에서 밥 못 먹어요."

"그럼 야간조는 밥을 어떻게 먹어?"

"각자 뭐 알아서 하는 거죠. 대신 자정에 야식이랑 아침에 먹으라고 컵라면 하나씩 줘요."

'일하지 않으면 먹지도 말라'라는 경구를 지극히 속물적으로 이해한 결과 같았다. 식당 아주머니들의 업무 부담을 줄이려는 기특한 생각에서 그러는 것 같지는 않았다. 결국 이유는 하나뿐이었다. 인건비를 줄이는 것. 나는 우리 사회를 병들게 하는 악의 근원이 이런 모습에 담겨 있다고 생각한다. 바로, 사람에게 들어가는 돈을 줄여 문제를 해결하려는 태도 말이다.

나는 강 대리에게 그것이 사실인지 물어봤다.

"강 대리님, 저 물어볼 게 있는데요."

"물어봐."

"야간조는 식당에서 밥 못 먹어요?"

"그래."

"왜요?"

"뭐가 왜야? 여긴 주간에 일하는 사람들만 먹게 돼 있어."

"그치만 주변에 식당도 없잖아요."

"기숙사에 냉장고랑 다 있잖아? 알아서 챙겨 먹는 거지. 회사가 그런 것까지 신경 써줄 수 없잖아?"

직원들 먹고사는 걸 신경 안 쓰면 뭘 신경 쓰겠다는 건지 모르겠다. 야간 근무가 끝나고 잠이 들면 대개 오후 5시쯤 깨어났다. 가장 가까운 식당에 가려면 한 시간에 두 번 지나가는 버스를 기다려야 했다. 결국 식사는 언제나 라면이었다. 우리는 중독이라도 된 것처럼 라면을 먹어댔다. 나는 만성 허기증 환자였고 라면은 잠시나마 배고픔이 사라졌다는 환상을 심어주는 진통제였다. 먹으면 먹을수록 건강이 나빠진다는 점만 제외하면 정말 약이나 다름없었다.

　중국인들은 달랐다. 그들은 밥 먹는 문제를 우리보다 더 심각하게 받아들였다. 그들은 매 끼니를 거르지 않고 챙겨 먹었는데 각자 돈을 거둬 주말이면 장을 봤다. 요리는 돌아가며 한 명씩 했다. 나는 그들이 밥 먹는 모습을 힐끔거리며 중국인으로 태어나지 않은 것을 가슴 아파했다. 야간 근무 첫 주의 허기는 혹독했다. (사람이 꾸준하게 배를 못 채우면 배에서 미친개가 으르렁대는 소리가 난다.) 길에 버려진 햄 포장지에 오랫동안 눈길이 갔다. 그다음부턴 당진 시내에 가서 통조림이나 즉석 밥을 사 왔다. 그러지 않았으면 땅에 떨어진 음식을 주워 먹는 버릇이 돌아왔을지도 모른다.

　처음엔 기숙사 냉장고를 쓰기가 무척 망설여졌다. 문을 열면 시큼한 냄새가 코를 찔렀다. 이빨 자국이 남은 햄버거가 계란 선반에서 썩어갔다. 정체불명의 소스 병들 안에는 회색곰팡이가 너무 두껍게 쌓여 유리마저 썩게 만들 것 같았다. 기숙사는 당번으로 돌아가며 매일 청소했지만, 냉장고 내부는 청소 범위에 포함되지 않았고 어느 누구도 치울 생각을 하지 않았다. 먹을 수 없게 된 음식들이 총천연색으로 썩어갔다. 냉장고 내부는 핵 재앙 이후 돌연변이로 가득한 도시를 떠올리게 했다. 전생에 저지른 죄 때문에 음식 재료로 환생한 악당들이 갇혀 지낼 형무소가 필요하다면 이 냉장고가 가장 적절할 것 같았다.

야간 근무 때는 여가라는 게 없었다. 주간조 때는 급하게 씻고 출퇴근하는 사람들의 차를 얻어 타고 시내에 가기도 했지만 야간 근무 때는 자는 것 말고는 아무런 욕구도 생기지 않았다. 할 일은 딱히 없었지만 나는 의식적으로 일찍 일어났다. 남들만큼 자면 깨어나는 즉시 작업 시작이었다. 나는 어떻게든 끔찍하게 지루한 반복 작업과 잠 사이의 거리를 벌려보고 싶었다. 한 달도 안 되어 나는 공장 일의 단순함에 질려버렸다. 일을 하면 할수록 정신에 모욕을 가하는 느낌이었다. 이 일을 견디기 위해선 계획도 버리고 생각도 버리고 정신적 무소유의 경지에 다다라야 했다. 이런 작업 뒤에야말로 창조적인 문화생활이 절실했지만, 앞서 밝혔듯이 근방에서 문명의 흔적은 도로와 논뿐이었다. 덕분에 이곳 사람들의 여가 생활 역시 술 아니면 TV였다.

"오늘 5시에 끝나나? 그럼 한잔해야지."

"어제도 한잔하시지 않았어요?"

"매일매일이 한잔이지. 끊어지면 안 돼."

그렇게 일하고 일요일마다 쉬면 월급으로 150만 원보다 조금 더 받았다.

서망에서 만났던 어떤 아저씨는 내게 이런 말을 한 적이 있다.

"150? 허, 야, 내가 한 달에 150씩 벌면 이건희처럼 살겠다."

이건희 씨가 그렇게 소박하게 살 리는 없지만, 여전히 많은 사람들에게 150만 원은 분명 큰돈이다. 불행히 150만 원은 앞으로도 큰돈으로 남을 테지만, 나는 아무리 월급 명세서를 들여다봐도 돈을 많이 받았다는 느낌이 들지 않았다.

퀴닝

#7

가을이 끝나갈 무렵 내 방으로 두 사람이 더 들어왔다. 한 사람 쓰면 딱 맞을 것 같은 방에 네 사람이 지내야 했다. 회사는 근무조를 조정하여 문제를 해결했다. F사의 기숙사 경영의 노하우가 빛을 발하는 순간이었다. 나는 그걸 슈퍼맨·클라크 트릭이라고 불렀다. 모두가 알다시피 슈퍼맨과 클라크는 동시에 한 장소에 있을 수 없다. 회사는 우리 중 둘은 주간조로 둘은 야간조로 배치했다. 주간조가 방에 들어올 때는 야간조가 근무 중이고 야간조가 잘 때는 주간조가 작업 중이었다.

만화적 상상력의 도움을 받아도 사라지지 않는 문제가 있었다. 아무리 노력해도 방을 깨끗이 유지할 수가 없었다. 침대 하나에 한 사람 누울 만한 공간뿐인 방에 네 사람이 살았다. 그것도 깔끔한 수녀 네 명이 아니라 20대 남자 네 명. 네 사람의 배낭이 차곡차곡 쌓였다. 거기다 각자의 작업복, 사복, 세면도구, 책, 간식거리까지 놓다 보면 누울 공간도 모자랐다. 이런 곳에서 사생활을 유지하려면 스파이 훈련이라도 받아야 할 것 같았다.

나는 주변 사람들에게 체계적으로 구시렁댔다. 결국엔 노 과장이 나를 자신의 방에서 지내게 했다. 그는 공장의 실세 중 하나였다. 특별한 경우가 아니면 룸메이트를 두지 않았다. 관리자들이 철야 근무를 할 경우에 대비해 방을 비워둬야 한다는 것이 그 이유였다. 노 과장은 내 경우가 특별한 상황이라고 인정했다.

노 과장은 서른아홉 살의 울산 남자였다. F사의 본사가 울산에 있었기 때문에 관리자 중에는 울산 출신이 많았다. 그는 178센티미터 정도 키에, 몸에는 적당히 살집이 있었다. 작은 얼굴에 눈매가 사글사글한 미남이었다. 그는 다른 관리자들과 달리 평사원에게 성깔을 부리지 않았다. 그가 다른 직원을 판단할 때 가장 중요시하는 건 얼마나 일을 잘하는가였다. 그는 관리자들뿐 아니라 공장 직원들 중에서도 중국인에게 가장 우호적이었다. 노 과장이 웡이 형을 불러 기계 수리하는 법을 가르쳐주는 모습을 자주 볼 수 있었다.

기계 수리는 노 과장이 전담하다시피 했기 때문에 그는 공장에서 과로의 대명사로 통했다. 그 역시 직급에 맞게 야간 근무는 하지 않았지만 기계 고장이 잦다 보니 자정 이전에 퇴근하는 날이 드물었다. 자다가도 야간조 작업 중에 문제가 생기면 내려가 봐야 했다.

방은 넓었지만 잠자는 게 편해지진 않았다. 그렇게 일하는 사람에게 이상할 것도 없었지만 노 과장은 심하게 코를 골았다. '크커커커커커커 거거거 퓨후후후…' 그의 코 고는 소리는 마치 타이어 헛바퀴 도는 소리 같았다. 그의 코골이가 길어질수록 내 새벽도 불면의 수렁에 빠진 채 헛바퀴만 돌았다. 그는 코를 골지 않을 때면 죽음을 의심케 만드는 자세와 깊이로 잠이 들었다.

유일하게 노 과장의 수면을 방해하는 존재가 있었으니, 그것은 바로 할리데이비슨 떼거지들이었다. 자동차 부품 업계에 무슨 억하심정이 있는진 모르겠지만, 일요일 아침이면 한 무리의 배불뚝이 남자들이 할리데이비슨을 몰고 공장 주변의 도로를 돌아다녔다. 탕탕거리는 엔진 소리가 기숙사 사는 남자들의 잠을 때려 부쉈다. 노 과장은 대단히 점잖은 사람이지만 이때만큼은 창밖으로 주먹을 흔들며 쌍시옷 발음을 연습하곤 했다. 나는 고무줄일지라도 무기로 사용하는 것은 질색이지만, 주말 아침부터 탕탕거리고 돌아다니는 할리데이비슨을 쏘는 용도로는 총기 사용을 허가해야 한다고 생각한다.

노 과장을 보면 예전에 읽은 어느 신문 기사가 떠올랐다. 한 자동차 공장 노동자에 대한 것이었다. 그는 1년 내내 하루도 쉬지 않고 일했는데 어느 날 자던 중에 심장마비로 사망했다. 기사엔 언급되지 않았지만 그 남자 역시 코골이가 심했을 것이다. 그는 일이라는 대륙과 휴식이라는 섬을 잇는 최장 길이의 다리를 건설하려고 했던 모양이다. 끝내 완성을 보지 못하고 바다 아래로 가라앉긴 했지만. 내게는 노 과장도 비슷한 다리를 만들려는 것처럼 보였다. 가끔은 이런 생각이 들기도 했다. 만약 메피스토펠레스가 노 과장 앞에 나타나 "앞으로 평생 야근하지 않아도 현 수입을 유지할 수 있게 해주겠다. 대신 너의 영혼을 나에게 다오" 하고 묻는다면 어떻게 될까? 물론 노 과장은 건강한 상식을 가진 사람이니만큼 악마의 제안을 거절하겠지만 "싫다"라는 대답을 하기 전까지 그는 피가 마르도록 고민하지 않을까?

3호실에 들어왔던 두 청년은 한 달이 안 돼 그만뒀다. 어느 주말 집에 간 후 다시는 회사로 돌아오지 않았다. 그들의 자리를 20대 초반의 남자 둘이 대신했다. 그들은 정규직으로 채용됐지만 역시 첫 달 월급을 받고 나서 퇴사했다. 중국인 세 명이 들어왔고 그들은 모두 자리를 지켰다.

많은 사람들이 젊은 친구들이 힘든 일은 안 하려고 하면서 돈만 밝힌다고 투덜댔다. 이런 평가는 공정하지 못하다. 젊은 사람들은 힘들고 돈도 안 되고 그렇다고 작업장에서 인격적인 대우를 받지도 못하는 일을 하려고 하지 않을 뿐이다. 생각해 보면, 어느 누가 그런 일을 하려고 하겠는가? 왜 사람들은 너무나도 쉽게 특정 부류의 사람들이 힘들고 위험하고 보수도 적은 일을 참고 버티는 게 당연하다고 믿는 걸까? 누군가 그런 일을 그만둔다면 그건 그들이 참을성이 부족해서가 아니라 오히려 현명하고 이성적이기 때문이 아닐까?

직원들은 회사가 자신들을 대하는 방식에 염증을 느끼고 그만두기 마련이다. 관리자들이 음침하고 좀스러운 인간들이라서 근무시간에 음료수를 못 마시게 하고 구석에 숨어서 직원들을 감시하는 건 아니었다. (그렇다고 좀스러운 인간이 아니라는 뜻은 아니다.) 이들이 이런 방식을 고집하는 이유는 이익을 내는 데 그런 방식이 도움이 된다고 믿기 때문이다. 그런 믿음은 절반 정도만 사실이다. F사처럼 직원들을 몰아세우고 윽박지르는 건 회사의 이익을 단기로만, 일주일, 한 달 단위 정도로 계산했을 때만 유용한 방식이었다. 장기적으로 보면 숙련공이 많을수록 회사에 도움이 된다는 건 자명한 이치였지만 회사는 숙련공이 될 싹을 자르는 데 더 열심인 것 같았다. 덕분에 가공팀은 언제나 인원이 부족했고 항상 납품 기한에 뒤처졌다. 신입 사원들이 들락날락하는 바람에 기존 직원들의 작업 속도도 느려졌다. 새 직원들을 교육해야 했기 때문이다. 전체적으로 보면 공장은 하루이틀 일하다 사라지는 사람들의 흐름을 타고 움직이는 것 같았다. 회사로선 나쁘지 않은 장사였을지도 모른다. 근무일수가 5일 미만인 경우에는 임금을 지불하지 않았기 때문이다.

#8

나는 재길 아저씨를 관찰하는 즐거움으로 지루함을 이겨냈다. 가끔씩은 그가 여직원을 교육했다. 아저씨는 연장을 제자리에 놔두지 않는다 라던지 사상이 깔끔하지 못하다며 상대를 구박했는데 3일을 넘긴 사람이 없었다. 나중에 그는 연화라는 여자와 한 조가 됐다. 그녀는 서른 중반이었고 공장 사람들 사이에서 인기가 많았다. 이 남자가 연화 씨와 일하고 나서부터 변하기 시작했다. 눈썹 사이에 언제나 굵은 주름을 잡고 다니던 사람이 웃기 시작했다. 더욱 놀라운 건 연화 씨였다. 그녀도 재길 아저씨와 함께 웃고 있었다. 납치범의 협박에 못 이겨 시늉만 내는 인질의 웃음이 아니라 정말 즐거워서 웃는 것 같았다. 그녀는 재길 아저씨가 평소대로 소리를 지르고 성질을 부리면 부드럽게 그를 진정시켰다. 연화 씨가 관음보살 같은 미소를 지으며 "아유, 오빠 왜 그러세요? 별일도 아닌데" 하고 말하면 재길 아저씨도 멋쩍게 웃으며 고개를 돌렸다.

재길 아저씨가 연화 씨를 대하는 모습은 실로 가관이었다. 상자를 들어주는 건 기본이요, 코팅 장갑 속에 끼라며 위생 비닐장갑을 가져다주는가 하면 쉬는 시간마다 오렌지주스를 뽑아주기도 했다. 그의 뒤통수만 봐도 싱글벙글 웃어대느라 입 근육이 활짝 당겨진 게 느껴질 정도였다. 마치 (개구리 왕자가 아닌) 개구리가 물 길으러 나온 처녀를 짝짓기 대상으로 인식하고 개골개골 우는 꼴이었다. 옛 시인 말대로 바보도 미인을 고를 때는 현명해지는 법인가 보다. 물론 그 개구리 울음이 구혼가임을 알아차린 건 나 역시 개구리 중 하나였기 때문이다. 청소 시간이면 내 구역을 한참 벗어나 연화 씨 구역까지 쓸어봤지만 내 행동을 눈여겨본 사람은 아무도 없었다.

재길 아저씨의 변화는 막연한 희망을 품게 만들었다. 그는 누가 조금만 부추겨도 당장 방문을 걸어 잠그고 《나의 투쟁》을 써내려 갈 사람 같았지만, 그런 사람이라 해도 제대로 된 일자리와 연화 씨 같은 배우자를 얻어 안정된 가정을 꾸린다면 공격적인 성향을 잠재울 수 있을지 모른다고. 하지만 이 남자에게 뭔가 멀쩡한 걸 기대할 수 있는 건 그가 입을 열기 전까지만이었다.

"내가 여자들한테 배려심이 남달라. 너 내가 유미나 연화한테 오빠 소리 듣는 거 알지? 너 걔네들 쉬운 애들 아니야. 그런데 걔들이 나한테 왜 오빠라고 그러겠어? 걔네가 아줌마긴 하지만 아무나 오빠라고 하지 않아. (사실 두 사람은 자기보다 나이 많은 남자를 다 오빠라고 불렀다.) 다 내 배려 덕분이고 내 노하우 덕분이야. 노 과장은 내가 걔들한테 오빠 소리 들을 때마다 질투가 나서 배 아파 죽을라고 그래. (노 과장은 연화 씨가 누군지도 몰랐다.) 안 봐도 뻔해. 이거는 내가 아무리 너라도 안 가르쳐줘. (난 정말 알고 싶지 않았다.) 니가 눈치껏 배워. 나 걔네들한테 비싼 거 사준 적 없어. 그런데도 걔네들이 날 오빠라고 부르고 따라. 왜 그런지 잘 생각해 봐. 모르겠어? 통찰력을 가져. 세상에 완벽한 사람은 없어. 나도 완벽해 보이는 것뿐이야. (……) 나도 완벽한 사람은 아니야. 내 제일 큰 단점이 뭔 줄 알아? 키가 작다는 거야.

명봉, 저 새끼 지금 아민이랑 떡 치러 가는 거야. 그 아줌마가 원래는 날 좋아했어, 알아? 그 아줌마가 원래는 나를 항상 따라다니고 내가 시키는 대로 다 했는데, 너무 나이가 많아서 내가 쳐다도 안 보니까 명이 냘름 집어먹드라고. 흐흐흐, 지들끼리 잘해보라 그래. 그 여잔 원래 날 좋아했다고. 너 그거 눈치 못 챘지? 그니까 니가 멀은 거야."

그는 연화 씨와의 우호적인 관계를 여자들이 자신을 매력적인 상대로 생각한다는 뜻으로 받아들였다. 모든 남자는 마음속 깊은 곳에서 자기

퀴닝

가 이성에게 인기 있는 존재라고 믿는다지만, 재길 아저씨가 노골적으로 그런 견해를 피력하는 걸 듣고 있자니 적잖게 자기반성이 됐다. 겉으로는 (아주 멀리서 보면) 멀쩡해 보이는 사람이 어떻게 그렇게 철저하게 현실을 외면할 수 있는지 신기했다. 나는 그가 여성들의 행복을 위해서라도 지조 있게 홀아비의 길을 가주길 바랐다.

그의 망상과 더불어 팔의 상처도 더욱 심각해졌다. 결국 그는 팔 치료를 위해 2주 정도 병가를 냈다. 이는 분명히 그가 정직원이기에 가능한 일이었다. 치료를 마치고 돌아온 그의 팔은 몰라보게 깨끗해져 있었다. 안타깝게도 정신 상태는 그대로였다.

"야, 나는 내가 병가 내고 올 동안 니가 쭝국 애들 휘어잡고 있을 줄 알았다. 근데 너 그동안 뭐한 거냐? 그나저나 종진이 그 새끼 보면 볼수록 귀여워. 나 병가 낸 동안에 차 좀 빌려달래서 줬더니만 범퍼를 왕창 찌그러뜨려 놓고 나 오기 전에 회사 그만뒀어. 크크크, 아주 깡다구가 있는 새끼야. 걔 군대도 해병대 나왔잖아. 크크, 아주 맘에 쏙 드는 놈이야. 요즘에는 이런 애들이 없어."

그는 자기 자랑을 위해 친구를 두는 전형적인 유형이었다.

"내가 성남 출신이야. 성남 도포 깔기 전에 황토뻘이었을 때부터 살던 성남 원주민이야. 너 성남이 어떤 덴지 들어봤지? 거기 있으면 인천, 부천, 과천에서 막 올라와. 애새끼들이 한판 붙자고. 나 때는 싸웠다 하면 패싸움에다 무조건 연장 들고 했어. 그래도 내가 져본 적이 없어. 내가 그런 놈이야.

이 회사에서 집 있고 차 있는 사람은 나뿐이 없어. 막말로 나 일 없어도 돼. 나 그냥 놀기 싫어서 일하는 것뿐이야."

노 과장에 대한 (혼자만의) 라이벌 의식은 여전했다.

"노 과장도 알아, 내가 자기 벼르고 있는 줄. 오늘도 괜히 기숙사 청소 안 한다고 뭐라고 했지만 사실은 나한테 승질내고 싶었던 거야. 넌 모르지? 내 빠워가 어느 정돈지? 너 아까 내가 황 주임이랑 얘기하는 거 봤지? 내가 황 주임 길 가는 거 붙잡고 오랫동안 이야기했잖아? 황 주임한테 그 정도로 대하는 사람은 나밖에 없어."

마지막 말은 사실이었다. 문제의 황 주임은 너무 수다스러워서 한국인, 중국인 할 것 없이 모두 대놓고 무시하는 뚱뚱한 40대 남자였다.

"노 과장이 쭝국 애들 너무 키워줬어. 이제 노 과장도 감당 못 해. 걔네들 이제 천하무적이야. 노 과장 개념 없는 거랑 나 싸가지 없는 거 다 보고 배웠거든. 원래는 내가 아주 예전에 반장을 다는 거였는데 노 과장이 반대해서 이러고 있는 거야."

"그럼 노 과장 말고는 다 형님의 승진을 바라고 있는 건가요?"

"그걸 아직 모르겠어? 그러니까 니가 아직도 멀은 거야. 그래서 내가 너보고 통찰력을 기르라는 거야. 통찰력! 통찰력을 가지고 보면 다 보여. 진짜 나한텐 다 보인다고!"

그놈의 통찰력이란 아마도 말년의 궁예가 가졌다는 그런 통찰력일 거다.

"나 시간만큼은 철저하게 지키는 사람이야. 나 내 돈 뺏어 가는 놈보다 내 시간 깎아먹는 새끼들 더 싫어해. 나한텐 시간이 첫 번째야. 나한테서 5분을 뺏어 가는 놈은 그냥 5분만 축내는 게 아니야. 그 놈은 사실 내 시간 15분을 뺏어 가는 새끼야. 왜 그런 줄 알아? 가공은 뭐든지 타임 세이브야. 근데 내 5분을 방해해 봐. 난 뭐든지 남들 세 배라고. 그럼 내 15분

퀴닝

이 날아가는 거야. 노 과장이 니들보고 시간 지키라고 그럴 때 난 '흥, 좆 까고 있네' 이럴 수 있어. 그래도 노 과장은 암말 못 해. 그 사람은 날 아 니까. 아, 그리고 내가 너한테 얘기했나? 나 대기업에도 있었어."

"대기업 어디요?"

"빠리바게트, 빠리바게트 외국 기업이야. 일단 그 회사는 우리나라 회 사가 아니야. 너 외국 자본이란 말 들어봤어? 빠리바게트가 그래. 그래 서 빠리바게트는 우리나라가 망해도 안 망해. 왜냐? 외국에서 돈이 계속 들어오거든. 내가 그런 데서 반장으로 내 밑에 50명을 두고 일했다고. 노 과장이 그걸 아니까 일부러 날 반장 안 시키는 거라고. 자기보다 내가 더 잘할까 봐 걱정돼서."

재길 아저씨가 유일하게 긍정적으로 평가하는 사람은 조립팀장 임 대 리뿐이었다.

"그나마 조립에선 임 대리가 제일 쓸 만하지, 그런 친구가 가공에도 한 명 있어야 되는데."

그가 임 대리 칭찬을 할수록 임 대리가 형편없는 인간이라는 확신이 강해졌다. 아마도 이런 이유 때문에 부모님들이 친구를 가려 사귀라고 하는 것 같다.

#9

탁헌 아저씨에 대한 내 첫인상은 의뭉스러운 경상도 남자였다. 그는 누구에게든 웃는 얼굴로 대했고 중국인과도 사이가 좋아 보였다. 그는

JT에서 강웅, 하금은, 이적성 이 세 중국인과 함께 일했다. 탁현 아저씨가 하는 일은 나머지 셋과는 달랐다. 중국인들이 하는 작업은 '밀링'이라고 불렀는데 절삭 기계를 다루는 일이었다. 탁현 아저씨가 하는 일은 밀링을 마친 소재를 조립하는 일이었다. 소재에 나사 구멍을 내고 철심을 박는 정도의 작업이었는데 수월할뿐더러 절삭유나 칩이 묻는 일도 아니었다. 중국인들은 경력이 쌓이면 아저씨 자리로 옮겨 가길 기대했다. 하루는 탁현 아저씨가 강 대리와 옥신각신하다가 날 불렀다.

"지금 강 대리가 내보고 여기 지금 물량 모자란다고 하금은이 부챠준다 카는 기라. 내가 그래서 실타꼬 대판 싸왔다. 내가 머할라 중국 아들까지 일 가르쳐줄 끼고. 관리자들은 몰라, 중국 아들 또 여서 해봐라. 다지 편할 대로 해뿐다꼬. 내 그래서 중국 아들 이거 안 가르쳐준다. 한 사람 꼭 부챠준다 카는 걸 됐다 카다가, 그람 하금은이 말고 니로 달라꼬 해따. 니도 이거 배와둠 좋을 끼다. 내가 언제까지 여 다닐지는 모르지만 내 그만둠 여서 이거 해본 사람은 니뿌이라. 니도 여서 기름 안 묻히고 일함 좋다 아이가?"

중국 사람들은 이런 식으로 더 나은 자리에서 배제됐다. 정작 아저씨가 전수해 주길 꺼리던 기술이란 건 한 시간 정도면 모두 배울 수 있을 만큼 간단했다. 기술이란 말도 너무 거창하고 작업 순서나 요령에 가까웠다. 그가 내 옆에서 다정하게 일을 가르쳐주자 웅이 형이 물끄러미 나를 바라보았다. 나는 얼굴이 벌게져서 고개를 숙였다.

공장에서 노조라는 단어를 입 밖에 내는 사람은 탁현 아저씨뿐이었다. 그는 자신이 몸담았던 노조 이야기를 들려주며 상대방의 반응을 지켜봤다. 내가 노조를 왜 만들지 않느냐고 물으면 난색을 표했다.

"우리는 안 된다. 니 B.3 오기 전에 일하던 아 하나 있었거든. 갸가 일 잘했는데 글마랑 나랑 친했거든. 안 그래도 갸가 나한테 '행님 우리 여기서 노조 하나 만듭시다' 그라드라고. 하지만 우리는 어렵다. 니 YG 소속이제? 내는 SM이라. 갸도 SM이었는데, 하여간 우리 다 용역 아이가? 용역이 뭐꼬? 다른 데서 여로 파견 나온 남 아이가, 남. 우리는 법적으로 여기 직원이 아인 기라. 여 직원이 아인데 여서 노조 만드는 게 불법인 기라. 노조 만들면 당장 쇠고랑 찬다.

승태야 바라, 회사가 이람 안 되는 기라. 저번 일요일 날 일 끝났는데 회사서 통근 버스를 안 부른 기라. 일요일 날 통근하는 사람 얼마 안 된다꼬. 그래서 회사 봉고차로 태와주기로 했는데 황 주임이 자기 천안에 일 있다꼬 내보고 태와주라는 기라. 자기가 기름 한 번 넣어준다 카대. 니, 생각을 해봐라. 용역이 사원을 출퇴근시켜 주는 게 말이 되나? 내가 금액은 정확히 모르지만 이 통근 버스도 부르면 퇴근 한 번 시켜주는데 뭐 예를 들어서 3만 5000원 이런 식으로 주는 갑데. 그거 아낄라꼬 그걸 용역한테 시키는 게 말이나 되나?

내가 니 여 첨 왔을 때 이란 데는 회사도 아니라 캤제. 내가 괜히 그런 말 하는 게 아이고 다 그럴 만한 이유가 있어 그라는 기라. 회사가 사람들을 잘 이끌어서 델꼬 갈라 캐야지, 여처럼 닥달해 가 그날그날 생산량만 올리면 머하노? 한두 달 있다 다 나가삐는데. 여는 바라, 부모 등골 빼먹는 얼라맨키로 직원들한테 뽑아낼 만큼 뽑아내 묵고, 남는 게 있으면 직원들 복지를 해주겠다 카는데 그래서는 안 되는 기라. 여 공장장 이사라 카는 앵감들 바라, 우리 일하고 있으면 우리 뒤에 딱 서가 일하나 안하나 쳐다보고 있다 아이가? 그게 공장장이 할 짓이가? 진짜 밉상 아이가? 이런 식으로 하는 데는 절대 회사 크게 몬 키운다.

접때는 강 대리가 JT 기계 뒤에 숨어가 10분이 지나도 안 나오는 기라. 뭐하러 거서 안 나오나, 딸딸이라도 치나 싶어서 보니까, 거 앉아가 야들 사상하는 거 시간 재고 있는 기라. 그래서 나중에 생산량 계산할 때 시간 측정할라꼬. 와 그라는 줄 아나? 대놓고 목표 수량 측정하게 작업함 해보소, 하믄 사람들이 일부러 천천히 한다꼬, 거서 숨어가 시간 재고 있던 기라. 그래 가꼬 여 회사가 을마나 버는지는 몰라도 이런 회사는 크게 몬 큰다. 여 가공, 맨날 사람 모자라가 비상 때리고 그래도 다 몬 해서 납품일 못 지키고 안 그라드나? 관리직들은 항상 우리 탓만 하제? 그게 잘못 생각하는 기라. 회사가 사람들이 오랫동안 있게 맨드러줘야 작업도 제때 끝내고 납품 날짜도 맞춰서 보내제. 이리 맨날 해봐라, 달라지나?

그런 얘기 하는 사람 여서 내 뿌이라. 내 저번 5월달에는 근로자의 날인데, '근로자의 날이면 직원들한테는 이를테면 생일이나 마찬가진데 뭐 아무것도 없고 좀 섭섭합니다' 내 이리 얘기하니까 노 과장이 '아 그러네요, 내년부터는 회사에서도 조그만 거라도 준비해 볼게요' 카대. 뭐 그렇게 될지 안 될지는 모르지만 말이다.

여 관리자들 가만 보면 참 몬났다. 우리 저녁 30분 아이가? 그라믄 지들은 다 자가용 갖고 다니니까 밥 무러 갈 때 직원들 좀 태와가꼬 가면 조타 아이가? 니도 안 봤나? 뒷좌석 텅텅 빈 채로 밥 무러 갔다 또 고대로 돌아오지 않드나? 저번에 황 주임이 저녁밥 물 때 회사 봉고차에 저 조립 여직원 네 명만 달랑 태와가 쌩하고 가삐는 기라. 뒤에 사람들 걸어오는데. 그래서 내 식당 가서 사람들 있는 데서 싸왔다. '아이 황 주임, 내

퀴닝

좀 보소. 여 여직원들만 직원이고 우리는 사람도 아니요? 뒤에서 스톱 카는데 차 자리도 많이 남았든데 휙 가버리면 뒤에 오는 사람들 꼴이 머가 돼요?' 그러니까 실실 쪼개쌌데. '아니 이게 웃는다고 해결될 일이요?' 내가 엄청 머라 캤다. 그니까 다음부터 회사 차 안 몰데. 그냥 지 차 타고 왔다 갔다 카지.

그란데 여서 그란 말 하는 게 내뿌이라. 그라니 말할 때 머 조치를 취한다 캐도 그때 뿐이라. 그니까 여 사람들도 문제가 있다. 재길이 저런 아도 그렇다. 갸는 술 먹고 행패나 부리지 머가 잘못됐고 어떻게 해야 되고 이란 거를 말 안 한다. 지가 그래도 명색이 정직원인데 그래도 정직원 말은 그나마 좀 들을 듯싶은데도 맨날 시발 시발 하면서 정작 중요한 건 암말도 안 한다. 여 아지매들도 그렇다. 내가 조회 시간에 이런 거 저런 거 신경 좀 써주이소, 말하믄 나중에 다 끝나고 지들도 그리 생각했다고, 말해줘서 속 시원하다고 얘기하제? 하지만 지들끼리는 회사에 아무 말도 안 한다. 그니까 누가 앞장서서 회사에 요구를 해가 복지를 받아무면 좋지만 자기가 총대 메기는 실타 이거야. 그래 가꼬는 아무 일도 안 된다. 내가 이것 좀 해주이소, 저것 좀 해주이소, 카면 옆에서 거드는 게 있어야지. 그래야 회사도 알아묵지. 나 혼자만 그란 소리 하믄 신경도 안 쓴다. 계속 그람 우찌되는 줄 아나? 회사에서 나 하나 그냥 막말로 짤라쁨 그마이라. 내사 정직원도 아니고 용역인데 일 끝나고 성탁현 씨 그만 나오이소, 하믄 내는 그냥 끝인 기라. 그 편이 회사한테도 더 이익이거든. 직원들 복지 챙겨주느니 이것저것 해달라고 요구하는 사람만 짤라쁨 아끼는 돈이 얼마고? 회사도 문제지만 직원들도 어찌 보면 얌첸 기라."

재길 아저씨와의 관계가 오락거리였다면 탁현 아저씨와의 관계는 교육적이었다. 시간이 지나면서 중국인을 대하는 그의 태도가 조금씩 변해갔다.

"적성이 저 아, 사람이 참 됐다. 저 아 증말 사람 괜찮다. 일도 을마나 열심히 하는 줄 아나? 보면 진짜 대단하다. 하루에 일을 네 개씩, 다섯 개씩 한다. 니 함 해봐라, 을마나 기분 나쁘다꼬. JT 좀 하고 있으믄 사람 모자란다고 조립 가서 딴 기계 돌리라 카고, 그것 좀 하고 있으믄 또 쓰레기장 가서 쓰레기 태우라 카고, 나 같으믄 에이 더러버서 몬해묵겠다 카고 당장 나왔지 그라케는 몬 한다. 근데 저 아 바라, 불평 한마디 안 하고 다 안 하나? 내 솔직히 중국 아들 좀 안 좋아하지만 저 아한테는 좀 신경 써줄라 그런다. 사람 마음 씀씀이가 그리 되드라. 머라도 하나 더 챙가주고 싶고. 내 알거든, 중국 아들 주간에 한 거 한 열몇 개 적게 적은 다음 야간 아들 넘가주는 거. 그게 한 한 시간 분량이라. 그라믄 야간 아들이 새벽에 한 시간 자는 기라. 그래도 내 암말 안 한다. 갸들 힘들게 일하는 거 아니까.

내 솔직히 말해가 옹이 저런 아가 나보다 낫다. 내 인정할 건 인정한다. 옹이, 적성이 이런 아들이 내보다 일 잘한다. 갸들이 우리 공장서 아마 일 제일 열심히 할 끼다. 옹이 JT 밀링 잘한다. 내보고 하라 캐도 내는 옹이만치 몬 한다. 밀링 저게 을마나 애먹이는 줄 아나? 이 공장서 기술이라 부를 만한 거는 저 밀링 하나뿐이라. 저거 평면 맞추기 을마나 힘든지 니 모르제? 갸 여 온 지 내보다 적지만 지금은 여서 밀링 제일 잘한다. 그라니 노 과장도 옹이 키와줄라 안 하나? 내 생산이 많이 나오는 것도 다 내 앞에서 옹이가 많이 뽑아주니까 그만큼 되는 기라.

퀴닝

솔직히 처음엔 웅이도 내한테 서운한 거 많았을 끼라. 내가 머 하나 잘 못됐을 때마다 들고 가서 이거 고쳐라 저거 고쳐라 머라 캤거든. 그때는 내도 어쩔 수 엄따 아이가? 그리 안 하믄 내 몸이 너무 힘든데. 하지만 요 즘은 안 그런다. 어쩌다 잘못된 거 나와도 야들이 잠깐 실수한 거다 싶어서 내가 고쳐뿐다. 웅이 맞제? 니 처음에 욕 마이 무긋제?"

이때는 웅이 형도 같이 있었다.

"예…? 아… 그때는 할 술 몰라니까."

"지금은 웅이가 여서 밀링 제일 잘한다. 내 인정한다."

탁현 아저씨는 첫인상이 헛소문이나 다를 바 없음을 보여주는 좋은 예였다. 그의 선입견이 워낙 완고해 보였기 때문에 변화가 더 극적이었다.

어느 날 아침 그가 흥분해서 다가왔다.

"아, 참말로 황 주임 진짜 너무한다. 저라믄 내가 뭐가 대노?"

"왜요?"

"아니, 아까 일거리가 별로 없으니까 황 주임이 와가, 그럼 JT는 내보고 알아서 일시키라 그라데. 그래서 내가 적성이보고 조립 남은 거 마저 하고 쉬라 그랬거든. 그래서 적성이 그거 다하고 앉아 쉬는데 황 주임 보드만 적성이보고 일 안 하고 여서 뭐하냐고 막 뭐라 카는 기라. 내보고 알아서 하라 카드만 이라믄 내가 뭐가 되노? 내 적성이한테 윽수로 미안하다 아이가? 같은 동료끼리."

중국인을 동료라고 부른 사람은 탁현 아저씨가 유일했다.

어느 날 하금은 아저씨가 야간 작업 중에 사고를 당했다. 기계에 손등이 깎였는데 한 달이 넘도록 깁스를 한 채 기숙사에만 틀어박혀 지냈다. 탁현 아저씨는 수시로 기숙사를 드나들며 금은 아저씨와 이야기를 나눴

다. 그러다 그는 갑자기 숙소에 발길을 끊었다. 그 이후론 싱글벙글 웃는
일도 없어졌다. 내가 무슨 일인지 묻자 잠깐 앉아 쉬자며 나를 자신의 차
안으로 이끌었다. 그는 차 문을 닫고 음악을 틀었다. 젊은 남자 가수가
부르는 트로트였다. 그가 건네준 음반에는 '신유, 잠자는 공주'라고 적혀
있었다.

"승태야, 이거 봐라, 이게 요즘 내가 배우는 노래다."

그는 낮은 목소리로 노래를 따라 불렀다.

"세상길 걷다가 보면 뺑 돌아가는 길도 있어. 하루를 울었으면 하루는
웃어야 해요. 그래야만이 견딜 수 있어."

"우리 집이 여서 한 15키로 떨어졌거든. 한 10분 운전해야 되는데 이
노래 듣다가 이쯤에서 내리고 집에 가서 소주 한잔하면 진짜 짠해진다.
하루를 울었으면 하루는 웃어야 해요. 그래야만이 견딜 수 있어. 이 부
분이 딱 그냥 내 얘기거든. 거기서 딱 멈춰야 돼. 너무 깊이 빠지면 울컥
하고 눈물 나거든."

그는 노래가 멈추고 한참 후에야 다시 입을 열었다.

"봐라, 승태야, 내 얼마 전에 면담해따 아이가, 면담. 내, 공장장, 우리
SM 사장까지 불러가."

"왜요?"

"내가 하금은이 다치고 병문안하러 좀 갔다 아이가? 공장장이 내보고
뭐라 카는 줄 아나? 여서 누가 배가 째져가 내장이 쏟아져도 상관하지
말란다. 내, 하금은이 글마가 안돼가 다친 거 보상받는 거, 산재 같은 거
알아봐 줄라꼬 여기저기 물어보고 다녔거든. 공장장이 내보고 머라는
줄 아나? 성탁현 씨가 여서 노조를 만들려고 한다면서, 내가 주동자란

퀴닝

다. 이거 우짤 기냐는 기라. 씨발, 이게 말이나 되나? 그래도 내 참, 암말도 몬 해따. '예예 죄송합니다' 하고 나왔다. 이 회사 그만두는 거야 상관없지만 여서 머 노조 어쩌고저쩌고하다 쫓겨났다 카믄 어디서도 일 몬 구한다. 용역도 공장 한 열 군데에 사람 넣지만 노조 이런 걸로 짤리믄 암 데서도 쳐다도 안 본다. 내가 글타꼬 젊은 아들 맨치로 이리저리 옮겨 다닐 수도 엄따 아이가? 내 나이가 올해 마흔다섯인데 솔직히 내 나이면 아무 데서도 안 받아준다. 우짤 끼고? 울 막내가 올해 중학생인데, 갸 대학교 입학금은 벌어야 할 거 아이가? 내 암 소리 몬 해따. '예예 죄송합니다. 제가 월권 행위를 했나 봅니다.' 한 시간 내내 사과만 하다 왔다. 내 씨발, 살다 살다 이런 회사 처음 본다."

아저씨는 어깨를 축 늘어뜨리고 다시 공장으로 향했다. 나는 아저씨의 굽은 등을 바라보다가 언젠가 해외 토픽에서 본 사진이 떠올랐다. 등에 사람 귀가 자란 생쥐였다. 외국의 연구진이 실험용 쥐의 등에 인간의 신체 조직을 자라게 한 다음 그걸 다시 사람에게 이식하는 데 성공했다는 뉴스였다. 말하자면 하금은 아저씨나 탁현 아저씨는 그 실험용 쥐도 아니고 그 쥐의 등에 키운 인공 장기였다. 한국 경제라는 환자를 위해(하지만 그는 육체보다 정신에 더 큰 문제가 있는 것 같다) 마음껏 쓰고 버려지는 인공 장기. 생명이지만 생명 취급을 받지 못하는 것이 당연한.

웃기는 얘기지만 회사는 언제나 배려를 강조했다. 조회 시간이면 빠지지 않는 단어가 그 빌어먹을 배려였다.

"가공이 힘든 만큼 회사에서 배려하는 차원에서…."

"다치면 자기만 손햅니다. 물론 다치면 회사에서도 배려하는 차원에서 어느 정도 도와드리겠지만…."

배려심은 분명 미덕이고 그걸 강조하는 게 잘못된 건 아니지만 회사가 배려를 앞세우는 건 그것이 책임보다 싸게 먹히기 때문인 것 같았다. 작업 중 다친 직원에게, 그의 망가진 신체와 불투명한 미래에 대해 회사는 책임이 아니라 얌전한 수준의 배려심만을 가질 뿐이라는 건가?

회사의 배려심이 어떤 것인지 명확하게 보여준 사건이 있었다. 갑자기 B.3 주문이 밀려들었다. 지훈이는 강 대리의 부탁을 받아 이틀 연속으로 철야 근무를 했다. 지훈이는 9월 1일 아침 8시부터 저녁 5시까지 일하고 3시간 잔 후에 저녁 8시부터 9월 2일 새벽 5시까지 일했다. 같은 날 오후 1시부터 다시 일을 시작해 9월 3일 아침 7시까지 일했다. 저녁 8시부터 다시 정상 근무로 돌아와 일하다 9월 4일 새벽 3시쯤 소재를 옮기다 손목을 삐어서 작업을 멈췄다. 그는 조장과 동료들에게 상황을 설명하고 기숙사로 올라갔다. 문제는 아침 조회 시간이었다. 강 대리가 출석을 부르다 주위를 두리번거리며 물었다.

"어디 보자, 한 사람이 없네."

"…."

"한 사람이 없어. 한 사람 누구야? 지훈이네. 지훈이 어디 갔어?"

신 조장이 상황을 설명했다.

"그래서 숙소에 올라갔다고? 몇 시에? 3시? 걔 못쓰겠네. 아, 됐어. 불러올 필요 없어. 신 조장, 지훈이 보면 월요일부터 나올 필요 없다고 얘기해. 이제 회사 안 나와도 된다고."

아무도 말이 없었다. 웅이 형만이 나서서 입을 열었다.

"대리님, 지훈이 진짜 아파요. 소재 옮기다 손 다쳤어요. 지훈이 꾀부리는 거 아니에요."

"아니, 이번만이 아니야. 내가 걔를 쭉 봐왔는데 요즘 조퇴도 많고, 일 좀 하나 싶었는데 영 못쓰겠어. 다른 사람들도 잘 들어둬요. 근무시간에 자리 비우면 근무지 이탈이야, 근무지 이탈! 근무지 이탈은 적발되면 회사에서 당장 짐 싸라고 해도 암말 못 하는 거야. 여러분들도 잘 생각해요. 여기는 공동체라고. 한 사람이 자기 멋대로 행동하면 다른 사람들한테도 피해가 간다고. 서로서로를 배려할 줄 알아야지. 신 조장, 지훈이 만나서 이제 회사 안 나와도 된다고 똑바로 얘기해."

나는 우리의 처지가 리모컨 뒤에 끼워넣는 건전지와 크게 다를 바 없다는 사실을 깨달았다. 머지않은 미래에 누군가 피를 흘리고 비명을 지르는 건전지를 발명한다면 사람들은 그걸 두고 파견직이라고 부르게 될 거다. 그 건전지는 용도도 다양할 거다. 자동차 조립용 건전지, 영화 촬영용 건전지, 계단 청소용 건전지, 서빙용 건전지, 피자 배달용 건전지, 대형 마트 판촉 행사용 건전지, 기타 등등, 기타 등등.

사람들 사이에서 웅성거림이 높아졌다. 그러자 뒤에서 지켜보던 공장장이 나서서 예의 그 다정한 목소리로 직원들을 진정시켰다.

"남의 돈 벌기가 어디 쉬운 줄 알아! 나가고 싶으면 나가! 여기 들어올라는 중국 아들 천지야!"

가슴이 먹먹해지고 팔이 떨렸지만 결국엔 아무 말도 하지 못했다. 차라리 그편이 지훈이에게 잘된 일이라고 생각하기로 했다. 장기적으로 보자면 이런 곳에서 해고당하는 건 슬퍼할 일이 아니라 하늘에 감사할 일인지도 모른다. Thanks God, I'm Fired. Thanks God, I'm Fired. Thanks God, I'm….

#10

날이 추워지기 시작하면서 회사는 인원 부족으로 매일같이 비상이었다. 여름에는 부서당 하나씩 대형 선풍기가 지급됐지만 겨울에는 창문을 닫는 것이 유일한 난방 대책이었다. 간부들은 정직원 카드를 남발해 대기 시작했다. 마흔이 안 된 한국인 남자 거의가 정직원 제안을 받았고 필규 형만이 씁쓸해하며 받아들였다.

"나 정직원 하기로 했다. 오늘 용역에 얘기했다."

필규 형이 말했다.

"예? 저는 형님 곧 그만두실 줄 알았는데. 공부 다시 안 할 거예요?"

"나 포기한 거 아냐. 나중에 한 50 정도 되면 다시 시작할 거야."

"뭐, 그것도 좋겠지만 그래도 그때 하는 건 그냥 자기계발로 하는 거잖아요."

"나 자기계발 생각하고 하는 거 아냐. 능력만 있으면 그때 공부해도 경력으로 할 수 있어."

"그래도 그동안 공부한 게 아깝잖아요."

"그런데 공부도 경력도 다 흐름이 있는 거야. 일도 그렇잖아. 내가 그때 쭉 일본에 있었으면 모르지만 여기로 이미 와버렸고 뭐 어쩔 수 없잖아. 돈이 없는데."

"…"

"넌 잘 생각해. 너는 이런 데서 썩지 마. 여기도 좋 같지만, 있다 보면 편해지고 안주하게 된다고. 그때 정말 조심해야 돼. 넌 아직 젊잖아. 뭘 해도 될 때 아냐? 이런 데 있지 말고 서울로 가서 좋은 데 찾아가."

퀴닝

어찌된 영문인지 알 수 없었지만 난 조립팀으로 자리를 옮겼다. 노 과장과 임 대리가 나를 좋게 본 모양이었다. 노 과장이 나를 그렇게 생각하는 이유는 알 것 같았다. 내가 노 과장의 영어로 쓰인 전자시계 매뉴얼을 해석해 준 적이 있었다. 그 이후로 그는 가끔씩 기계 작동 매뉴얼을 가져와 해석을 부탁했다. 임 대리가 날 좋게 본 이유에 대해 말하자면… 그는 내가 일하는 모습을 제대로 본 적이 없는 게 분명했다.

나는 엔진 부속품을 조립했다. 크게 세 종류로 F 엔진, G 엔진, H 엔진이라고 불렸다. 가공이 끝난 소재에 파이프나 철심을 박고 나사를 조이기만 하면 됐다. 절삭유도 칩도 없었다. 조립 작업 중에 가장 애를 먹이는 건 (가공팀이 들으면 발끈할 일이지만) 마무리 확인 도장 찍기다. 'OK'라고 새겨진 조그만 나무 도장을 사용하는데, 글자가 골고루 찍히지 않았다. 나뿐 아니라 다들 도장 찍기에 신중을 기했다. 장인이 도자기를 깨듯, 만족할 만큼 선명한 문양이 나올 때까지 지우고 다시 찍기를 반복했다. 도장 찍기가 조립 작업의 화룡점정이라도 되는 것처럼.

도장 찍는 건 생각만큼 수월하지 않았다. 어떤 부분은 잉크가 잘 안 묻어 있는가 하면 어떤 부분은 잉크가 너무 많이 묻어 문양이 드러나질 않았다. 처음엔 그저 손에 잔뜩 힘을 주고 누르기만 하면 될 줄 알았는데 그러면 도장이 밀리면서 문양 전체가 뭉개졌다. 다른 일과 마찬가지로 도장 찍기도 힘으로만 밀어붙여서는 소용이 없었다. 문양이 선명하지 않을 때는 먼저 청소를 한다. 홈 사이사이에 긴 잉크 찌꺼기를 송곳으로 긁어내거나 신나를 적신 천으로 닦아냈다.

도장을 찍을 때 너무 세게 눌러서는 안 된다. 천천히 작은 원을 그리듯 눌러야 한다. 그래야 어느 부분 하나 빠진 곳 없이 또렷한 OK 사인 문양을 얻을 수 있다.

나는 구대식이라는 사람과 함께 일했다. 그는 서른여섯 살이고 전라도 출신이었다. 처음 만난 날 그는 내가 자신과 동갑인 줄 알았다고 말해 내 자존심에 큰 상처를 입힌(내가 그보다 일곱 살 어렸다) 것 말고는 더없이 부드러운 남자였다. 그를 괴롭힌 건 간부나 지루함이 아니라 영어였다. 그는 알파벳을 제대로 몰랐는데 매번 작업 일보를 쓸 때마다 F를 써야 하는지 G를 써야 하는지 시범을 보여줘야만 했다. 이 형은 야동을 어떻게 다운받는지 궁금해질 정도였다. 그의 무지는 조금 놀라웠다. 내가 도와주지 않으면 '앤진'을 '엔진'으로 바꾸지도 못했다.

작업장에서 사용하는 용어 대부분이 영어였다. 리크 테스터, 감마, 람다, BK, 임팩트, 서머스탯, 듀얼센스, 토크, 수분 드레인, 지그 등등. 그는 영어를 전혀 몰랐고, 그 때문에 어떤 의미에서 보자면 그는 작업장에서 중국인 이상으로 이방인이었던 셈이다.

"나 여기 딴 데로 바까달라 그러고 안 되면 때려칠라고. 영어 한 자도 모르는 사람한테 이런 데서 일하라고 그러면 어쩌라는 거여? 나 정말 집에 가도 잠이 안 와브러. 우리 누나도 묻는다니까, 너 왜 이렇게 잠을 못 자냐고. 여기가 엄청 중요한 자리람서? 그러면서 영어 천지인 데 날 갖다 놓으면 사람이 긴장이 와서 일하겄어? 못 하지."

내가 힘들었던 건 불량 소재 때문이었다. 결함이 있는 소재는 빨간 펜으로 불량 이유를 적어 공장 바깥에 쌓아뒀다. 공장장의 엄명에 따라 쓸만한 소재는 절대 버려선 안 된다는 규칙이 있었다. 자재팀은 눈에 보이는 결함이 없는 소재를 보면 빨간 글씨를 지운 뒤 '이상 없음'이라고 적은 다음 작업장으로 돌려보냈다. "이거 불량 아니에요, 그냥 쓰세요"라는 말과 함께. 세상만사가 자재팀 방식대로 간단하면 얼마나 좋겠는가? 하지만 불량 표시를 지웠다고 해서 결함이 없어지는 건 아니었다. 거대 정당들이 털갈이하듯 당명을 바꾸지만 하는 짓거리는 똑같은 것과 비슷한 경우라 하겠다. 그런 소재는 누수 검사기에 넣어보면 여지없이 물이 샜다. 흠이 눈에 안 보여도 어쩔 수 없는 일이었다. 보이지 않아도 그건 거기에 있으니까. 이 문제는 임 대리가 자재팀장과 여러 차례 실랑이를 벌인 뒤에야 사라졌다.

#11

조립으로 자리를 옮기고 얼마 지나지 않은 무렵이었다. 불을 끄고 자리에 눕자 노 과장이 나를 불렀다.

"승태야, 자나? 니 있다 아이가, 조만간에 사무실에서 함 부를 끼다."

"예? 왜요?"

"니 정직원으로 바까줄 끼라."

"저를요? 왜요?"

"내가 나중에 얘기할라 캤는데 사실은 회사에서 니 괜찮게 보고 있다. 니 조금만 있음 조장 달아줄 끼다."

"저기, 웅이 형이 진급하는 거 아니었어요?"

"웅이는… 일마야… 웅이는 중국 아 아이가? 갸들이 아무리 일을 잘해도 안 되는 게 있는 기라. 그래도 관리자는 한국 사람이 해야지."

문제는 내게 승진하고 싶은 마음이 조금도 없었다는 거다. 나는 공장장의 승진 연설을 기억하고 있었다. "저는 아무것도 한 게 없습니다." 이런 경우 대개는 겸손의 표현이지만 공장장의 경우엔 사실을 말한 것뿐이었다. 그가 약속했던 가공 수당은 끝내 지급되지 않았다. 발표 다음 달, 그다음 달도, 가공팀 전원이 받지 못했다.

"이 공장장 진짜 짐승보다 더한 놈이야. 앞뒤로 말이 다르잖아. 너도 가공 수당 못 받았지? 신 조장은 조장 수당도 못 받았어. 그거 다 주겠다고 조회 시간에 떠들어댔잖아?"

퇴근 시간도 없이 일하는 사람에게 7만 원 조장 수당도 형편없는 보상이라고 생각했지만 그는 그것도 못 받고 있었다. 나로서는 깊이 고민할 문제도 아니었다. 이틀 뒤 나는 임 대리에게 그만두겠다는 뜻을 밝혔다.

F사는 놀라움으로 가득 찬 곳이었다. 내가 공장을 떠나는 날까지도 놀라움은 멈추지 않았다. 떠나기 전, 인사라도 하려고 가공팀 조회가 끝나길 기다렸다. 사람들이 둥글게 모여 있었지만 한국인들은 보이지 않았다. 재길 아저씨와 중국인들뿐이었다. 재길 아저씨가 흥분한 채 소리를 질러댔다. 중국인들은 고개를 푹 숙인 채 아무런 반응도 보이지 않았다.

"가만히 있어, 넌! 난 반장이야!"

그는 갑자기 말을 멈추곤 사람들을 밀치고 자리를 떴다.

"재길 아저씨 반장 됐어요?"

내가 적성 아저씨에게 물었다.

"반장? 난 사장이라도 된 줄 알았다."

그는 더 이상 입을 열지 않았다.

"형, 형, 재길 아저씨 뭐 달았어요?"

이번엔 웅이 형에게 물었다.

퀴닝

"그 사람 반장 됨 우린 못 살아!"

그 역시 그 말만 내뱉곤 다른 사람들처럼 입을 다물어버렸다. 중국인들은 고개를 푹 숙이고 숙소로 올라갔다. 탁현 아저씨는 더 나은 사람이 되려 했기 때문에 해고의 문턱까지 갔지만 재길 아저씨는 자신의 광기를 굽히지 않은 덕분에 한자리 꿰찰 수 있었다. 공장장은 임 대리나 재길 아저씨 같은 나치 잔당들에게 완장을 채워주는 것이, 불만 세력으로부터 이 배려심 넘치는 작업장을 지키는 방법이라고 생각한 모양이었다. 나는 재길 아저씨를 찾아내 무슨 일이 있었는지 물었다.

"그거? 그때 너도 있었어야 하는 건데. 이 새끼들이 내가 모이라고 하니까 딴 조 새끼들은 다 남았는데 우리 조 새끼들은 다 토꼈어. 어떤 새끼가 내 작업 방식 갖고 사무실에 뭐라고 했더라고. 내가 그래서 그런 게 있으면 직접 얘기할 것이지 남자 새끼들이 가오 안 나오게 몰래 뒤통수나 치냐, 그따위로 살지 말라 그랬어. 그게 누군지 알아, 아는데 지금 가만히 지켜보고 있는 거야. 그래서 내가 그랬어. 그 새끼들 들으라고. 내가 여기서 짬 제일 오래됐고 생산량도 제일 많다고. 그때 어떤 새끼가 삐 죽삐죽 대길래 내가 그랬어. 할 말 있음 내 앞에서 당당하게 말하고, 그럴 배짱 없으면 조용히 시키는 거나 제대로 하라고."

"그럼 아저씨 반장 다신 거예요?"

"내가 예전에 달았어야 하는 건데, 노 과장 방해 때문에 못 달았던 거야. 노 과장 내가 진급해서 아주 죽을 맛일걸. 이제 조금만 기다려봐. 짜장면들 내가 다 제자리로 원위치시켜 놓을 거야."

퀴닝

Queening

갑판장이 떠난 건 세 번째 출항에서 돌아오고 나서였다. 배는 오후 5시쯤 항구로 돌아왔는데 경매장에 물건을 다 넘기고 나서도 5시 반이 되지 않았다. 꽃게는 한 가구 반 정도뿐이었다. 우리가 생선을 손질하고 있을 때 선주가 돌아왔다. 선주는 진도 시내에 가서 목욕도 하고 고기도 사 먹으라며 만 원짜리 한 묶음을 갑판장에게 건넸다.

우리는 콜택시를 불렀다. 갑판장이 앞자리에 타고 나머지 다섯은 기네스 기록에 도전이라도 하듯 뒷자리에 구겨 앉았다. 도로를 달리는 차는 우리가 탄 택시 한 대뿐이었다. 주변에는 논과 밭, 그리고 저 멀리 보이는 산뿐이었다. 간간이 도로에서 멀찍이 떨어져 집들이 서너 채씩 모여 있었다. 진도 시내까지는 30분 정도 걸렸다. 우리는 목욕탕을 나와 삼겹살집으로 갔다. 민규와 나는 줄기차게 고기만 먹은 반면 아저씨들은 소주만 들이켰다. 갑자기 갑판장이 소주잔을 '탕' 내리치며 소리쳤다.

그는 40대 중반의 건장한 남자였다.

"아, 이거 진짜 답이 안 나온다!"

"형님, 왜 그래요?"

"정말 답이 안 나와!"

"뭐가요?"

"돈, 인마, 돈! 우리 이번에 한 이삼십 마리 잡았냐?"

"아니에요. 한 50마리 정도는 될걸요."

"야 이 쌍, 30이나 50이나 그게 그거지. 스무 마리 값이 얼마나 차이 난다고!"

"…"

"봐봐, 키로당 아무리 잘 받아도 3만 원인데, 그걸 달랑 50마리 잡아갖고 뭐가 될 것 같냐? 50마리면 우리 배 돌아다닐 경비만 뽑은 거야. 기름값이 요즘 좀 비싸? 거기다 우리 밥값, 하루에 쓰는 잇감값만 해도 얼만데? 우리 배는 돈을 버는 배가 아니야."

"어째 우린 어장마다 다 꽝이에요? 어제는 꽃게 다섯 마린가 잡았잖아요?"

"그러고 보니 구정 지나고 쭉 꽝이네. 게가 씨가 말랐나, 왜 이렇게 안 잡히는 거예요?"

"에이 씨발, 나도 몰라. 아, 진짜 답 안 나온다."

한때 익숙했던 넋두리가 이어졌다. 서망은 그대로였다. 저조한 어획량도, 폐소공포증을 일으키는 선실도, 야반도주하는 막내들도, 2호선 구석 어딘가쯤이 집인 선원들도, 기본급 100만 원도, 젓갈배들도. 뜨내기들이 다른 뜨내기들로 바뀐 것 말고는 모든 것이 그대로였다.

에필로그

우리는 10시쯤 고깃집을 나섰다. 버스 터미널 근처의 택시 승강장으로 걷는데 갑판장이 우리를 불러 세웠다.

"야, 나 아무리 생각해 봐도 안 되겠다. 이거는 정말 답이 안 나와. 나는 이 배 더 이상 못 타겠다. 여기 택시비 2만 원 있으니까 니네는 택시 타고 돌아가. 난 집에 갈라니까."

그는 택시에 올라 "목포"를 외쳤다. 우리는 택시가 시야에서 사라질 때까지 멍하니 서 있기만 했다. 나는 그가 그렇게 간단히 떠나버렸다는 데 놀랐지만 아저씨들은 다른 사실에 놀랐다.

"아니, 거 남은 돈이 얼만데 달랑 2만 원 주고 가냐?"

불길한 침묵이 택시 안을 짓눌렀다. 항구로 들어서는데 남자 네 명이 우리 배 앞에 서성거리고 있었다. 50대 남자 둘과 덩치 좋은 30대 남자 둘이었다. 배에 오르려는데 50대 남자 하나가 우리에게 소리쳤다.

"야! 야! 니네 일루 와! 전부 일루 와봐! 아, 빨리 걸어!"

"저 사람들 누구예요?"

"영감들은 다른 배 선주고, 잘 모르겠는데, 젊은 애들은."

"근데 왜 그러는 거예요?"

"갑판장이 선주한테 전화했나 보네."

남자들은 잔뜩 화가 나 있었다.

"야! 선우 이 새끼 어떻게 된 거야?!"

누군가 자초지종을 설명했다.

"에이! 이 씨발! 이 개 같은 노무 새끼!"

선원들이 도망친 선원에게 비밀스러운 지지를 보내는 반면 선주들은 그에 대한 억누를 길 없는 분노를 공유했다.

퀴닝

"알았으니까, 빨랑 들어가서 자! 지금 니네 선주는 목포에 있어서 못 온대. 그리고 여기 선주 동생들이 지키고 있으니까 선우 새끼처럼 도망 갈 생각 하지 말고."

선주의 동생이라는 사람들은 짧은 스포츠머리를 한 두툼한 몸집의 사내들이었다. 둘은 '이런 야밤에 불러내 귀찮아 죽겠네' 하는 분위기를 풍기면서 우리를 훑어봤다. 갑판에서 부두 쪽을 바라보니 떡대들이 하얀색 엑센트 보닛에 기대서 '승질 건드리면 알지?' 하는 표정으로 우릴 바라보고 있었다. 나는 재빨리 고개를 숙였다. 무언가 심각하게 잘못되어 가고 있었다.

갑판장이 사라지니 선실이 조금 넓어졌다. 그래 봤자 고시원 방만 한 공간에 남자 여섯이 지내다가 다섯이 눕게 된 것뿐이었지만. 눈에 띄게 불안해하는 민규를 빼곤 모두 말이 없었다. 정수리 바로 위에 있는 천장을 향해 담배 연기만 뿜어댈 뿐이었다. 우리 머릿속을 가득 채운 생각이란 뻔한 것이었다. 어쩌다 내가 여기까지 왔을까?

어느 날 성필이 형에게서 전화가 왔다. 잘 지내죠? 뭐 그럭저럭. 요즘 뭐해요? 나 사실 배 타. 정말요? 할 만해요? 힘들지, 씨발 졸라 힘들어. 몇 마디가 더 오간 후 그의 입에서 서망이라는 단어가 튀어나왔다. 나는 그에게 내 꽃게잡이 배 시절 이야기를 한 적이 없었다. 순간 그 두 음절짜리 단어가 나를 사로잡았다. 정확하게 설명하긴 힘들지만, 서망이 얼마나 끔찍한 곳인지 기억하고 있음에도 나는 그곳에 가봐야겠다고 생각했다. 밤늦도록 이어지던 성필이 형 이야기도 듣고 싶었다. 큰형님과 한주 형님은 마침내 밀린 임금을 받았는지, 금봉호 갑판장님의 입술 페티시는 여전한지 확인하고 싶었다. 나는 2주 정도 더 밍기적거린 뒤에 서망에 도착했다. 항구엔 내가 기억하는 어떤 사람도 없었다. 성필이 형도 전화기를 끈 채 도망가 버린 뒤였다.

갑판장이 떠난 다음 날 아침, 누군가 선실 문을 발로 차는 소리에 잠이 깼다.

"쾅, 쾅, 쾅, 쾅, 쾅!"

선주였다.

"야! 야! 다 일어나! 일어나라고!"

우리는 자리에 앉아 서로를 바라봤다. 선주가 몸을 굽혀 선실 안에다 소리를 질렀다.

"야 이 새끼들아! 빨랑 안 튀어나와!"

머리 위에서 울리는 발자국의 진동이 선실까지 고스란히 전해졌다. 선주는 40대 후반의 털 많은 남자였다. 반팔 셔츠 밖으로 드러난 갈색 피부에 털이 수북했다. 통통한 팔다리에 배가 불룩 나온 모습이 TV 사극에 나오는 장수를 떠올리게 했다. 적군의 항복을 받아내는 지휘관이 아니라 "만세" "와와" 하며 함성만 지르다 운이 좋으면 연회 장면에서 안주라도 하나 집어 먹는 그런 장수 말이다. 그가 우리를 일렬로 세웠다. 그 순간에 어째서 줄 맞춰 서야 하는지는 알 수 없지만.

"야! 어제 어떻게 된 거야? 똑바로 말해!"

우리가 우물쭈물하자 선주가 다시 소리쳤다.

"야, 이 썅! 빨랑 말 안 해! 지금 그 새끼 편드는 거야?!"

한 아저씨가 나서서 상황을 설명했다. 그는 끝에 "너무 갑자기 가버리는 바람에 말릴 수가 없었다"고 덧붙였다. 이런 유의 부연 설명은 어딘가 불길했다.

퀴닝

"이 씨발놈들아! 그걸 가게 내버려둬? 못 가게 붙잡고 나한테 전화를 했어야 할 거 아냐!"

"돈은? 그날 내가 선우 이 새끼한테 돈을 얼마를 줬는데! 달랑 2만 원 받아 오냐? 이 병신 새끼들!"

"이 개새끼, 전화기도 꺼놓고…. 내가 이 새끼 어딨는지 알아. 이 새끼 분명히 지금 목포에 있어. 내가 이 새끼 잡아낸다! 잡아갖고 모가지를 확 부러뜨려 버리든가 아니면 일루 끌고 와서 저 어장 나가서 바다에 처넣어 버릴 거야! 일하다 줄에 감겨서 빨려 들어갔다고 하면 아무도 몰라!"

머리가 어지러워졌다.

"니네 선우 선금 받고 온 거 모르지? 내가 그 새끼한테 선금 200을 주고 데려왔는데 이 씨발놈이 달랑 며칠 일하고 돈 안 될 것 같다면서 가버려? 이 새끼가 나를 아주 호구로 봤어!"

선주는 우리에겐지 갑판장에겐지 알 수 없는 욕을 하며 걸어 다녔다. 어느덧 햇살이 뜨거워졌다. 배 주위로 사람들이 몰려들었다. 떡대들이 차에서 내려 사람들을 흩어버렸다.

"나도 일 그만둘래요!"

갑자기 민규가 말했다.

"뭐야, 이 새끼야?!"

"나… 저, 저는 여기 오면서 선금 받은 것도 하나도 없어요. 저도 지금 그만둘래요."

민규는 나이가 스물, 비틀스식의 더벅머리에 얼굴엔 울긋불긋한 여드름 자국이 남아 있었다. 민규는 작업과는 별도로 나를 가장 힘들게 한 친구였다. 민규는 내 행동 하나하나를 지적하지 않고 넘어가는 일이 없었다. "아, 통발을 빨리빨리 쌓아야 앞에 일하는 사람이 잇감을 넣을 거 아니에요?" "아, 여기 이렇게 통발 쌓으면 다 쓰러져요!" 그는 뭐든 지시한 다음에 "그런 건 원래 배에서 제일 막내가 다 하는 거예요" 하고 덧붙였다. 그는 "대학 갈 마음도 없고 그냥 차나 한 대 사고 싶어서" 배를 탔다고 했다. 집은 수원인데 영등포에 있는 소개소를 통해 진도로 왔다. 영등포의 소개소에선 6개월 정도 일하면 2000만 원까지 벌 수 있다고 말했다고 했다. 나처럼 금전 감각 없는 인간들이 계속 태어나는 모양이다.

나도 이대로 가만 있으면 안 되겠다 싶어 말했다.

"저두요. 저도 그만둘래요."

선주는 당황했지만 이내 평정을 되찾았다.

"이 새끼들이! 야, 이 씨발 니네 지금 장난쳐! 이 씨발놈의 새끼들이 날 아주 뭣같이 보는구만. 너, 너, 이 씨발 니네 여기 가만히 있어!"

선주가 차로 달려가더니 트렁크를 뒤지기 시작했다. 야구방망이를 찾는 것처럼 보였다. 선주는 방망이 대신 서류 뭉치를 들고 돌아왔다. 선주가 그것을 설명하기 전에 나는 그가 무슨 말을 할지 알아챘다. 그건 소개소에서 쓴 계약서였다.

내가 인적 사항을 모두 적자 소개소장이 말했다.

"자, 그럼 비고에다가 내가 불러주는 대로 적어요."

"예."

"이건 뭐 그냥 관례적으로 다 하는 건데, 일단 불러주는 대로 적어요. 음… 한 달이 되기 전에 그만둘 시에는 일하면서 쓴 경비는 본인이 부담

한다.”

“예? 아니, 그런 게 어디 있어요?”

“이건 그냥 관례적으로 그렇게 쓰는 거예요. 신경 쓸 거 없어요.”

“아, 아니, 전 그런 거 못 써요.”

“아, 별거 아니라니까.”

“아니, 못 써요.”

“아, 거 아무것도 아니라니까 그러네. 아니 그럼 한 달도 되기 전에 그만둘 거예요?”

“그거랑은 다른 문제죠. 하여간 전 그렇게는 일 못 해요.”

“그럼, 그러면 열흘이라고 해요, 열흘. 아, 거참⋯ 원래 한 달 하는 건데⋯.”

선주는 계약서를 얼굴 앞에 들이밀며 소리쳤다.

“이것 봐! 이 새끼들아. 니네가 여기다 쓴 거 안 보여? 여기! 한 달 되기 전에 그만두면 경비 본인이 부담한다고 썼잖아. 이거 니네가 직접 쓴 거 아냐? 이거 니네 글씨 아니냐고?”

선주는 그동안 잡은 꽃게가 얼마고, 잇감값, 밥값, 기타 잡비가 얼마인지 떠들어댔다. 그가 말한 액수는 정확히 기억나지 않는다. 내가 보기에는 선주도 얼마를 벌었고 얼마를 썼는지 잘 모르면서 횡설수설하는 것 같았다. 어쨌거나 격앙된 재정 보고의 요지는 쓴 돈이 번 것보다 많다는 것이었다. 누구도 이의를 제기하지 않았다.

“그만두고 싶은 놈들은 집에 전화해서 돈 부쳐달라고 해! 가고 싶은 놈들은 50만 원씩 내놓고 가! 돈 내놓기 전에는 꿈도 꾸지 마!”

일을 그만두는 데 돈이 필요하다니 이런 개 같은 경우가 있나 싶었지만 내 수준의 상식을 근거로 대들 수 있는 상황이 아니었다. 이리저리 머리를 굴려봐도 빠져나갈 방법이 떠오르지 않았다.

"저는 열흘이라고 썼는데, 첫날 일하고 오늘까지 4일쨌데 꼭 6일을 더 해야 됩니까?"

"당연하지, 이 새끼야. 하여간 계약서에 쓴 것보다 먼저 그만두는 새끼들은 전부 돈 내놓고 가. 너도 가고 싶으면 30만 원 내놓고 가. 그리고 너! 꼬맹이! 넌 가고 싶으면 50만 원 내놓고 가!"

내게는 물론이요 민규에게도 터무니없이 높게 잡힌 액수였지만 금액을 흥정할 수 있는 분위기가 아니었다. 내가 가진 돈이라곤 만 원짜리 서너 장이 전부였다. 그렇다고 돈을 보내달라고 부탁할 만한 사람이 있는 것도 아니었다. 사정은 민규도 마찬가지인 것 같았다.

"아저씨, 아저씨 저요, 진짜요, 진짜 돈이 없어서 그러는데 저 그냥 보내 주시면 안 돼요?"

민규가 말했다.

"지랄하지 마, 이 새끼야! 이게 어따 대고 수작이야! 돈 안 냄 집에 못 갈 줄 알아, 이 씨발놈아!"

민규는 무릎을 꿇고 울기 시작했다.

"아저씨, 어허, 아저씨 제가, 어헝헝, 제가 갚을게요, 예? 제가 집에 가서 돈 모아가지고 부쳐드릴게요."

"닥쳐 이 새끼야, 닥치라고!"

선주가 힘차게 민규의 뺨을 때렸다. 비틀대던 민규가 정신을 차리더니 일어나 달리기 시작했다. 모두가 멍하니 민규를 바라봤다. 민규는 곧

퀴닝

장 파출소로 들어갔다. 그제야 나는 그곳에 경찰이 있다는 사실을 기억해 냈다. 나는 한참 어린 동생 덕택에 위기를 벗어나게 된 것이 조금 부끄러웠다.

선주는 당황하는 기색 없이 파출소를 향해 걸어갔다. 영원처럼 느껴지는 시간이, 실제로는 10분 정도가 지난 후에 파출소 문이 열렸다. 민규가 더 심하게 울면서 40대 경찰관에게 끌려 나왔다. 그는 민규를 밖에 패대기치고 들어가 버렸다. 민규는 파출소 앞에 주저앉아 울기만 했다. 선주가 민규를 다시 배로 끌고 왔다. 그때부터 선주가 민규를 패기 시작했다. 그는 교묘하게 얼굴은 피하면서 다리, 팔, 뒤통수, 특히 뒤통수를 집요하게 때려댔다. 선주의 손이 닿을 때마다 민규의 몸이 앞으로 뒤로 옆으로 퉁, 퉁 튕겨져 나갔다. 민규의 우는 소리가 귓속을 가득 메우고 민규가 맞는 모습이 시야를 가득 채웠지만 나는 꼼짝도 할 수 없었다. 선주를 말리는 건 생각도 하지 못했다. 망치처럼 휘둘러 대는 선주의 털투성이 손이 나를 향해 날아오지 않기만을 바랐다. 태양은 점점 뜨거워졌다. 어디든 그늘로 들어가 눕고 싶은 마음뿐이었다.

선주가 때리는 걸 멈추고 떡대들에게 다가갔다. 뭐가 됐든 뭔가 해야만 했다. 나는 민규를 일으켜 세우고 말했다.

"야, 울지 마. 울지 말고, 야, 내 말 들어. 이래 갖고는 아무것도 안 돼. 정말 답 안 나와. 일단 선주한테 일하겠다고 말해. 그러고 나서 어두워지면 상황 봐서 나랑 같이 도망가자."

민규가 얼굴을 닦으며 고개를 끄덕였다. 선주가 배로 돌아왔다.

"선주님, 선주님, 저 민규가 일하겠답니다. 저도 일할게요."

"뭐? 진짜야?"

"예, 일…할게요."

민규가 훌쩍이며 대답했다.

"진작 그럴 것이지…. 씨발 새끼."

선주는 배 밖으로 나갔다. 잠시 후 검은 봉지를 들고 돌아왔다. 내가 봉지를 받았다. 안에는 빵하고 우유가 들어 있었다.

"밥 이걸로 때워. 다 먹으면 곧장 들어가 자. 내일부터 일 나갈 거니까. 그리고 내 동생들이 이 앞에서 지키고 있으니까 도망갈 생각 마."

우리는 선주의 차가 항구를 빠져나가는 걸 확인한 다음에야 자리에 앉았다.

"하아아아…."

모두가 내장이라도 빠져나올 듯이 한숨을 내뱉었다. 우리는 순식간에 빵을 먹어치우고 선실로 내려갔다. 아직 해는 지지 않았다. 아저씨들은 자리에 눕자마자 잠이 들었다. 아저씨들이 우리 계획을 선주에게 알릴 거라는 생각은 들지 않았지만 이야기마저도 어두워지고 나서 해야 할 것 같았다. 조금씩 긴장이 풀리면서 피로가 몰려왔다. 아직 3시도 되지 않았다. 껌뻑껌뻑 눈을 감았다 떴다를 반복하다가 어느 순간 잠이 들었다.

눈을 떴을 때 바깥은 어두웠다. 8시가 가까워져 있었다. 나는 허둥대며 밖으로 나갔다. 담배에 불을 붙이며 주위를 살폈다. 하얀색 엑센트는 배에서 삼사십 미터 정도 떨어진 채 공터에 세워져 있었다. 차 안에 사람이 있는지 없는지 도무지 확인할 수가 없었다. 혹시 차 안에 담뱃불이라도 보일까 계속 바라봤지만 아무런 변화도 없었다. 타이밍이 성공을 좌우한다고 생각하면서도 당장 떠나야겠다는 결심을 내릴 수 없었다. 내게는 시험해 볼 운이란 게 남아 있지 않을 것 같았다. 나는 선실로 내려갔다. 일단 준비부터 해놓기로 했다.

"저, 아저씨, 아저씨. 좀 일어나 보세요."

나는 사람들을 깨웠다.

"어… 어…? 왜 그래? 선주 왔어?"

"아니에요. 선주 없어요. 제가 할 얘기가 있어서 그래요."

"어? 왜? 뭔데 그래?"

"민규랑 저랑… 우리 오늘 밤에… 도망갈 거예요."

"…"

"…"

"그래, 가야지. 니네 둘 다 아직 어린데. 애시당초 니네 같은 애들이 이런 데 오는 게 아니야."

"…민규야, 아까는 미안했다. 나도 진짜 말리고 싶었는데 …미안하다. 그 인간이 워낙 개차반이라… 그게 참, 에휴… 나도 힘이 없으니… 그냥 우리가 참 미안하다. 내가 할 말이 없다."

민규는 아무런 대꾸도 하지 않았다.

"그래서 말인데요. 제발 부탁드리는데, 저희 도망갔다고 전화하지 마세요. 하더라도 내일 아침에 해주세요. 정말 부탁할게요."

"야, 야, 그런 걱정 하지 마. 말 안 해. 절대 말 안 해. 걱정 말고 가."

"고맙습니다."

"그럼 언제 가려고?"

"지키는 사람 없으면 당장 가려고요."

중요한 소지품만 챙기고 짐은 모두 두고 가기로 했다. 나는 다시 선실 밖으로 나갔다. 담배에 불을 붙일 생각도 하지 않고 주변부터 확인했다. 차 안은 여전히 어두웠다. 나는 과장된 몸짓을 하며 주위를 돌아다녔다. 조금 용기를 내서 배 밖으로 나가 근처를 걸어 다녔다. 여전히 차에선 아무런 반응도 없었다. 주변을 돌아다니는 사람도 없었다. 나는 선실로 돌아갔다.

"민규야, 가자."

"아저씨, 저희 지금 갈게요."

"그래, 조심히 가."

"아저씨들은 안 가실 거예요?"

"우린, 이 형이랑 나는 갈 데도 없어. 그래도 여기 있으면 밥은 먹으니까."

아저씨들과 악수를 하고 나서는데 누군가 내 손에 지폐를 쥐어줬다.

"이거, 지금 우리가 가진 게 이거밖에 없다."

만 원짜리 네 장이었다.

"고맙습니다. 정말 고마워요. 그럼 갈게요. 건강하세요."

민규도 그제야 마지못한 듯 고개를 끄덕였다.

"그래, 조심히 가. 민규야, 건강해라. 다신 배 탈 생각 하지 말고."

민규와 난 난간 밑에 쭈그리고 앉아 운동화 끈을 조였다. 내가 일어나 주위를 살폈다. 아무도 없었다. 민규에게 속삭였다.

"일단, 배에서 내리면 도로 나올 때까지 무조건 전속력으로 달려. 내가 엎어져도 신경 쓰지 마. 뒤에서 누가 소리 질러도 쌩까고 달려, 알았지?"

그때 정말 멍청한 생각을 했다. 발소리 때문에 누군가 눈치를 챌지도 모른다는 생각이 들었다. 나는 긴장 때문에 제정신이 아니었다. 발소리처럼 사소한 소리마저도 우리의 계획을 박살 낼 끔찍한 재앙 같았다. 나는 신발을 벗고 뛸 것을 제안했다. 그 와중에도 민규는 제정신이 돌아왔는지 내 제안을 단칼에 거절했다. 나는 "너 때문에 잘못돼도 난 몰라" 하고 투덜댔다. 하지만 더 이상 지체할 시간이 없었다.

내가 "달려!" 하고 말하는 것을 신호로 우리는 항구 입구를 향해 달리기 시작했다. 부두에 발을 올려놓는 순간 내 계획의 심각한 결함을 깨달았다. 부두는 작은 돌맹이들과 콘크리트 부스러기로 가득했다. 그리고 두말할 필요도 없이, 그것들은 내 인생을 비참하게 만드는 것이 목표인 악의적인 기운에 의해 흉기로 써도 될 만큼 날카롭게 날이 서 있었다. 발소리는 작았지만 땅을 디딜 때마다 꽉 다문 어금니 사이를 비집고 나오려는 비명 소리로 온 동네를 깨울 것 같았다.

심장이 이전에는 뛰어본 적 없는 강도로 뛰기 시작했다. 당장이라도 누군가 "야, 거기 안 서!" 하고 소리를 지르며 쫓아올 것 같았다. 항구를 벗어나는 길목에서 선주가 기다렸다는 듯이 길을 막고 서 있을 것 같았다. 그때 무척 이상한 경험을 했다. 나는 분명 가장 빠른 속도로 달리는데 주위 풍경은 너무나도 천천히 지나갔다. 마치 모든 것이 슬로모션으로 움직이는 것처럼. 내가 어둠 속의 항구의 모습을 가장 세밀하게 관찰한 것은 그 순간이었다. 부두에서 깎여 나온 화살촉 모양의 부스러기들, 공터에 버려진 그물과 밧줄의 터져버린 매듭, 바다에 떠다니던 주황색 라면 봉지, 구멍가게 지붕 위에 달처럼 떠 있던 빛바랜 위성 안테나. 그리고 수십 척의 배를 요람처럼 흔들던 거대하고 육중한 바다. 그 모든 것이 내 시야에 너무 오랫동안 남아 있어 나는 누군가 벌써 나를 붙잡았다고, 누군가 나를 뒤에서 붙잡고 있어 내가 계속 헛걸음친다고 생각했다.

다행히도 난 앞으로 나아가고 있었다. 누구도 우리의 탈주를 눈치채지 못했다. 아무도 우리를 불러 세우지 않았다. 나는 계속 달렸다. 그렇게 계속 달렸다.

우리는 항구에서 충분히 멀어졌다는 느낌이 들 때까지 계속 달렸다. 신발을 신고 걷기 시작하자 발바닥에 통증이 몰려왔다. 발바닥 가득 멍이 든 게 분명했다. 하지만 앞으로 나아가고 있다는 사실이 모든 후회와 두려움을 누그러뜨렸다. 냉소를 기호품처럼 여기는 내가 그 순간에 희망을 느꼈다는 것이 신기할 정도였다. 하지만 우리는 겨우 시작했을 뿐이다. 날이 밝기 전에 진도 시내까지 도착해야 했다. 문제는 길이었다. 목적지까지 가는 길은 우리가 걷는 2차선 도로 하나뿐이었는데 그것은 곧 우리를 잡으려는 사람들 역시 이 길로 올 것이라는 뜻이었다. 그렇다고 도로에서 벗어날 수는 없었다. 지리를 전혀 모르는 데다 날도 어두워 방향도 제대로 분간할 수 없었다.

"민규야, 우리 지금 이렇게 아무 생각 없이 걸으면 안 돼. 어차피 이 길 하나뿐이라, 그 새끼들이 우리 도망친 거 알면 우리 따라잡는 건 금방이야."

"그럼 어떡해요?"

민규가 울먹였다.

"내가 앞을 볼 테니까 니가 수시로 뒤를 돌아보면서 차가 오는지 확인해. 자동차 불빛이 보이는 즉시 상대한테 신호를 주고 무조건 길 아래로 뛰어내려. 내 말 알겠어? 무조건이야. 밑에 돌이든, 물이든, 논이든, 신경 쓰지 말고. 옷 버리는 거 걱정하지 말고 무조건 뛰어들어서 숨어. 불빛 완전 사라질 때까지."

퀴닝

"알았어요."

"옷 신경 쓰지 말고 바로 뛰어들어야 돼."

"어, 형! 저 앞에 차 와요."

우리는 둔덕 아래로 몸을 날렸다. 잡목 사이에 웅크리고 앉았다. 불빛과 차 소리가 횡하고 지나갔다. 차가 속력을 줄이는 낌새는 없었다. 우리는 차가 완전히 사라질 때까지 기다렸다. 그런 식으로 도로를 따라 걸었다. 차를 한 번 피하는 데 짧게는 30초, 길게는 5분이 걸렸다. 무슨 영문인지 그날은 밤늦도록 차들이 계속 지나다녔다. 차 여러 대가 간격을 두고 지나갈 때는 10분이 넘도록 둔덕 아래 숨어서 기다려야 했다. 마치 선주가 친구들 차까지 모두 동원해 그 길에서 순찰을 돌고 있는 것 같았다. 민규와 나를 불안의 구렁텅이에 집어넣고 못 나오게 막던 차들은 새벽 1시가 지나서야 뜸해졌다. 그때부턴 걷는 데 대부분의 시간을 할애할 수 있었다. 차가 한 대도 안 지나간 건 아니었지만 휴식이라고 여길 수 있을 만큼 여유가 생겼다. 나는 민규에게 경찰서에서 있던 일을 물었다.

"야, 근데 아까 경찰서에서 어떻게 된 거야?"

"아, 진짜 개새끼들. 거기 경찰도 다 한통속이에요. 내가 거기 가서 선주한테 맞았다고 도와달라고 하니까 제일 높아 보이던 새끼가 오더니, 그런 건 너네끼리 알아서 해야지 왜 여기 와서 지랄이냐면서 나가라는 거예요. 그래도 도와달라고 울고불고 매달리니까 붙잡고서 끌어내더라고요. 딴 놈들은 아무 말도 못 하고 보고만 있고. 하여튼 다 개새끼들이에요."

민규는 그때 기억이 다시 떠오르는지 울기 시작했다. 괜히 말을 꺼냈다 싶었다. 그렇게 울고도 여전히 눈물이 나오는 게 놀라웠다. 누구 말마

따나 인간의 머리통 안에 그렇게 많은 물이 들어 있을 거라고는 생각도
못 했다. 결국 그 모든 상황이 민규를 서럽게 만들었다. 우리가 걸어야
했듯이 민규도 울어야만 했다.

"계약서 쓸 때 불안하긴 했지만 그래도 뭐가 됐든 한 달 못 버티겠냐
싶었는데… 이 정도일 줄은 난 상상도 못 했어요."

민규가 울음을 멈추고 입을 열었다.

"사실 나 고등학교 때까지 축구 선수였어요. 불러주는 대학도 없고 집
에서 놀다가 그냥 차나 한 대 살까 하고 배 탄 거였는데."

"…."

"씨발, 이게 진짜 무슨…. 여친이 가지 말라고 졸라 말렸었는데. 정말
어른들 말이 딱 맞는 거 같아요. 남의 돈 버는 게 쉬운 일이 아닌가 봐
요."

갑자기 가슴이 턱 막히는 것 같았다. 나는 걸음을 멈췄다.

"어, 형 왜 그래요?"

"뭐라고?"

"뭐가요?"

"너 지금 뭐라고 했냐?"

"여친이 가지 말라고 말렸다고요. 그게 왜요?"

"그거 말고 이 새끼야!"

"그냥 차나 한 대 살라고 배 탔다고요. 아, 나도 잘 모르는데 그렇게 생
각할 수도 있잖아요?"

"아니, 아니! 그거 말고 마지막에 한 말!"

"갑자기 왜 그래요? 뭐요? 남의 돈 벌기 어렵다는 거요? 그냥 다들 그

런 얘기하잖아요? 그게 왜요?"

"왜 그러냐고? 니가 하도 덜 떨어진 새끼라 그런다, 이 병신아! 그게 왜 남의 돈이야? 그게 어떻게 남의 돈이냐고! 한 달 일해 겨우 100만 원 버는데도 그게 남의 돈이란 말이야? 100만 원 가지고 부동산 투기라도 하냐? 펀드라도 굴리냐? 씨발, 방세 내고 밥 먹고 교통카드 충전하고 나면 다 떨어질 돈 100만 원, 그게 남의 돈이란 말이야? 사람답게 살 권리는 전부 타고나는 거야. 그러면 사람답게 먹고사는 데 필요한 돈도 타고나야 맞는 거 아냐? 그런데도 내가 남의 돈을 번 거야? 그게 어떻게 남의 돈이란 말이야! 빌어먹을, 그건 내 꺼라고! 처음부터 그건 내 돈이었단 말이야! 난 여태껏 남의 돈 같은 거 벌어본 적 없어! 단 한 번도 없다고!"

"아, 씨발! 진짜 형! 아, 갑자기 왜 그래요?"

"너 바보냐? 씨발, 넌 아이큐가 몇이야? 넌 생각이란 게 없냐? 6개월에 2000만 원? 야 이 병신아, 은행 강도도 그렇게는 못 번다. 넌 뇌라는 게 있긴 있냐? 하여간 축구부 새끼들 머리에 든 거라고는 똥밖에 없어가지고…."

"아, 씨발, 이 인간 왜 이래?"

"너… 이… 넌, 도망은 왜 가냐? 니가 돌아갈 가족이 있어? 연락할 친구가 있어? 어차피 선실만 한 고시원으로 다시 기어 들어갈 거 아냐? 그러면서 도망은 뭐하러 가? 개나 소나 다 하는 일자리도 못 버티고 쫓겨나는 주제에, 통발이나 쌓지 뭐가 잘났다고 도망을 가?!"

"형, 도대체 무슨 소릴 하는 거예요? 아, 저기 차 오잖아요, 빨랑 피해요!"

민규는 내 등 뒤를 손가락질하며 발을 동동 굴렀다. 나는 그 자리에 털

썩 주저앉았다.

"씨발! 내가 왜 피해? 세상이 이따위인 게 내 잘못이야? 내가 뭘 잘못했다고 피하냐고!"

"아, 형 알았으니까, 알았으니까 피해요, 아, 빨리!"

민규는 나를 붙들고 흔들었다. 커다란 냉동 트럭이 라이트를 부라리며 다가왔다. 나는 도로 한가운데 대 자로 드러누웠다. '빠앙!' 트럭이 경적을 울려댔다.

"놔, 씨발! 놓으라고!"

"빠아아아아앙!"

주위가 점점 환해졌다.

"에이, 쌍!"

민규가 내 멱살을 잡고 힘껏 끌어당겼다. '찌직' 옷 찢어지는 소리와 함께 우리는 둔덕 아래로 굴렀다. 나는 경적을 고함으로 덮어버리려는 듯이 소리를 질러댔다. 차는 멈추는 기색 없이 우리 위를 지나갔다. 우리는 흙과 풀잎으로 뒤범벅이 된 채 바닥에 널브러졌다. 한참을 그렇게 논두렁에 처박혀 밤하늘만 쳐다봤던 것 같다. 별이 사우나 천장의 물방울처럼 가득 매달려 있었다. 울어야 마땅할 것 같았지만 눈물이 나오지 않았다. 내게는 운다는 행위가 마치 핑크색 발레복을 입고 춤추는 것처럼 느껴졌다. 머리 위로 한꺼번에 차 10여 대가 지나갔다. 기다리다 지쳐 고개를 들었을 때 마지막 자동차에서 흘러나오던 여가수의 노랫소리가 길게 꼬리를 늘어뜨리며 멀어졌다.

민규는 내가 몸을 일으키기 전까진 입을 열지 않았다.

"가요, 이제."

퀴닝

우리는 옷을 털고 일어나 다시 걷기 시작했다. 어느 순간부터 차를 피하는 것이 무의미할 정도로 차가 늘기 시작했다. 섬이 잠에서 깨어나고 있었다. 5시가 넘었다. 논, 밭, 산의 색깔과 형태가 선명해지기 시작했다. 저 멀리 5층 정도 높이의 주황색 아파트와 낡은 회색 건물이 보였다. 드디어 진도 시내에 다다랐다. 자동차로 30분이면 도착할 거리를 여덟 시간 가까이 걸렸다. 절반 이상은 숨느라 보낸 시간이었을 거다. 민규가 다시 울기 시작했다. 나는 그를 달래지 않았다. 우리는 눈물을 흘려도 될 만큼 먼 길을 걸어왔으니까. 그것은 단지 주변 풍경이 달라졌다는 뜻만이 아니었다. 우리는 다시 중산층의 상식이 통용되는 세상으로 돌아온 것이었다.

진도 시내라고 안심할 수 있는 건 아니었다. 선주에게 가장 잡히기 쉬운 곳이 진도 시내였다. 버스 터미널에서 얼쩡거리는 건 선주에게 우리를 갖다 바치는 꼴이었다. 우리는 택시 승차장으로 갔다. 목포까지 택시 요금이 6만 원이었다. 기차표를 사기 위해서라도 6만 원을 낼 순 없었다. 우리는 택시들을 돌아다니며 요금을 깎아줄 수 있는지 물었다. 다행히 3만 원으로 태워주겠다는 사람이 있었다.

우리는 목포역에서야 마음을 놓았다. 역 안은 사람들로 붐볐다. 여기선 선주와 마주친다고 해도 더 이상 그가 원하는 대로 끌려다니지 않을 자신이 있었다. 차표를 사고 남은 돈으로 김밥을 사서 좌석에 앉았다. 민규는 김밥을 먹어치우자마자 곯아떨어졌다. 기차가 출발하길 기다리는데 사람들이 우리를 힐끔거리며 쳐다보는 게 느껴졌다. 우리 맞은편에 앉아 있던 젊은 커플은 슬그머니 일어서더니 빈자리로 옮겨갔다. 우리가 너무 계걸스럽게 김밥을 먹어서 그런 건가 하고 생각했다.

나는 화장실 거울 앞에 서서야 진짜 이유를 알아차렸다. 나는 (물론 민규도) 거지꼴을 하고 있었다. 간밤에 둔덕 아래서 뒹구는 동안 추리닝에 초록색 풀물이 잔뜩 배었다. 머리카락과 옷에는 부러진 나무 조각과 풀, 흙먼지가 달라붙어 있었다. 나는 객관적인 의미에서 거지 같았다. 나는 얼굴이 새빨개져서 객실을 바라봤다. 여전히 몇몇 사람들은 민규를 가리키며 귓속말을 주고받고 있었다. 민규를 건드려보려는 꼬마를 어떤 아주머니가 붙잡아 자리에 앉혔다. 순간 힘이 쭉 빠져버렸다. 도무지 객실을 가로질러 자리에 앉을 용기가 나지 않았다. 나는 비틀대며 기차에서 내렸다. 내가 멍하니 민규를 바라보는 사이 문이 닫히고 기차가 출발했다.

정신을 차려보니 나는 이미 역을 빠져나와 있었다. 내 머리 위에는 서울 방향을 가리키는 표지판이 흔들렸다. 나는 그곳이 내가 가려 했던 곳임을 기억해 냈다. 나는 다시 걷기 시작했다. 세상의 완고함을 발걸음마다 되새기며. 몇 발짝 걷지 않아 시내를 벗어났다. 나는 구름과 바람의 혜택으로부터 멀찍이 떨어진 2차선 국도로 들어섰다. 후끈거리는 아스팔트의 열기가 벌레처럼 목덜미를 타고 올라왔다. 걸을 때마다 망치로 발바닥을 내리치는 것 같았다. 그렇게 나는 걸었다. 그다음 날도. 그다음 날도. 그다음 날도 계속해서.

날이 어두워지면 비닐하우스에 숨어들었다. 매번 해가 뜨기 전에 떠나겠다고 다짐했지만 내 피로는 내 의지를 따를 만큼 고분고분하지 않았다. 게다가 농부들은 내가 기억하는 것보다 조금 더 부지런했다. 그들은 농기구 사이에서 잠든 나를 발견하고 소리를 질러댔다. 다들 예순을

퀴닝

홀쩍 넘긴 것 같은 노인이었다. 몇몇 사람은 경찰을 부르겠다며 삽을 휘둘렀고 많은 사람들은 밥이라도 먹고 가라며 내 손을 잡아끌었다. 그들은 새참으로 싸온 음식을 내밀었다. 내가 허겁지겁 음식을 집어삼키는 사이 사람들은 밭으로 돌아갔다. 그릇을 비우고 나서 쭈뼛대며 서성거리다 짐을 옮기거나 할 때 부리나케 달려가 거들었다. 떠나기 전 그들은 깨끗하게 씻은 참외며 토마토가 가득 든 비닐봉지를 건넸다. 내가 한 일은 봉지를 받아든 것뿐이었다. 그때 내가 길 위에서 미치지 않은 비결이 있다면 그건 내게 (이유는 알 수 없지만) 호의를 품은 사람들이 나를 도울 수 있게 내버려뒀기 때문이었다.

따지고 보면 내가 작업장에서 버틸 수 있었던 것 역시 비슷한 이유 덕분이었다. 어디서나 나를 자신의 날개 아래 품고서 돌봐준 아저씨들이 있었다. 그 사람들은 내가 투덜대는 것 말고는 제대로 할 줄 아는 게 없는 빌어먹을 자식이란 걸 알 텐데도 항상 내가 조금이라도 쉴 수 있게, 조금이라도 다치지 않고 일할 수 있게 도와줬다. 그 이름 모를 할머니들에게 느낀 것 이상의 고마움을 큰형님, 진생 형님, 성민 형님, 재혁 아저씨, 탁현 아저씨 들에게 갖지 못한다면 정말 나란 인간은 (내 친구들 말대로) 가망 없는 놈일 것이다. 하지만 나는 그것이 일종의 특혜임을, '우리 사람'이라는 단어가 부린 마법 덕분임을 안다. 내 피붓빛이 더 어두웠다면, 내가 목적어 다음에 서술어가 온다는 사실을 이해하지 못하는 부류였다면 그들에 대한 내 기억은 분명 달랐을 거다.

내 말을 오해하지 않기를 바란다. 나는 어떤 의미에서든 그 아저씨들이 쉬운 삶을 살고 있다고 말하려는 것이 아니다. 사실 이들은 지구상에서 가장 과소평가된 사람들 중 하나다. 나는 자동차 공장 직원들이 확인

도장 찍던 모습을 기억한다. 이것이 강한 인상을 남긴 이유는 바로 그 마무리 도장 찍기가 이들의 성실함을 단적으로 보여주는 예이기 때문이다. 도장은 아무렇게나 찍어도 상관없다. 잉크 자국이 뭉쳐 있던 번져 있던 부품 성능과는 아무런 관계도 없다. 그런데도 이들은 마치 서예가가 낙관을 남기듯 OK 사인 하나하나에 신중을 기했다. 그리고 그에 들인 노력과 섬세함의 두 배, 세 배, 네 배를 실제 가공, 조립 작업에 쏟아부었다. 버는 말끔하게 제거했고, 작은 칩 찌꺼기나 물방울을 깨끗이 닦아내지 않고 다음 공정으로 넘어가는 법이 없었다.

어디서나 마찬가지였다. 내가 손님들이라면 질색을 하면서 영수증을 집어 던질 때도 주유소 형님들은 (똑같은 일을 겪었으면서도) 주문을 외우듯 "그래도 좋은 사람이 더 많아" 하고 중얼거리며 변함없는 태도로 손님들을 상대했다. 양돈장에서도 아저씨들은 단호했다. 내가 대우가 이따윈데 게으름 좀 부리면 어떠냐는 식으로 나오면 아저씨들은 "그건 그거고 일은 똑바로 해야지" 하며 똥을 퍼 날랐다. 돈사가 좀처럼 깨끗해지지 못하는 건 이들이 일을 가볍게 대해서가 아니라 그것이 똥꾼 한두 사람의 힘으로는 해결할 수 있는 문제가 아니기 때문이다. 대우야 어떻든 맡은 일은 정확하게 끝낸다는 것이 아저씨들의 일관된 태도였다.

나는 이 세상이 돌아가는 비밀을 엿본 기분이 들었다. 이 괴상망측한 사회가 비틀거리면서도 여전히 굴러갈 수 있는 이유는 수많은 사람들이 정당한 보상을 받지 못하고 있음에도 자신이 하는 일에 최선을 다하고 있기 때문이다. 나는 어떤 일터도 불법 파업 때문에 멈추는 일은 없을 거라고 생각한다. 세상은 다만 불법 정상화의 힘으로 움직이고 있었던 것뿐이다. 어떤 사람들은 백혈구가 병균을 공격하듯 노동조합을 비난하지

퀴닝

만 어느 쪽이 병들었는지는 조금 더 생각해 볼 문제 같다.

열흘쯤 걷고 나서 전라도를 벗어났다. 남도의 산들은 괴로움과 즐거움을 동시에 제공했다. 이틀에 하루 꼴로 산을 넘었는데 야트막해 보였던 야산을 넘는 데도 한나절이 걸렸다. 하지만 남도의 산들은 아름다웠다. 전라도의 산은 서울의 산에 비해 모든 면에서 '산'다웠다. 서울의 산이 빌딩과 도로 같은 것에 뭉텅뭉텅 잘려나간 채 도시의 변두리에 처박힌 반면, 남도의 산은 당당하게 그 지역의 주인으로 군림했다. 수도권의 산이 구속복으로 단단히 조여진 채 병실 구석에 웅크리고 있는 정신병자의 모습이라면 남도의 산은 팬티만 입은 채로 대청마루에 대 자로 누워서 낮잠을 즐기는 씨름 선수의 모습이다. 남부 지방의 산들은 선명하고 생기가 있다. 하지만 이런 모습도 얼마나 갈지는 알 수 없는 일이다. 곳곳에서 고속도로를 만든다며 산을 허물고 구멍을 뚫는다. 한국 국적을 가진 성실한 공무원들은 안타깝게도 죄다 도로공사에만 모여 있는 모양이다.

마을을 지날 때는 빠지지 않고 편의점에 들러 폐기 처리된 삼각김밥을 얻어냈다. 사람들은 떨떠름한 표정으로 김밥을 내밀었고 나는 그들의 친절에 보답하고자 서둘러 가게를 빠져나왔다. 나는 이런 음식 덕택에 간간이 배를 채울 수 있었는데 내게 유통기한 지난 편의점 김밥은 21세기식 만나manna나 다름없었다. 밤 기온은 점점 올라가 노숙에 이상적인 환경이 조성됐다. 모기를 제외하곤 말이다. 땅바닥에 신문지를 펼치며, 나는 점점 뚜렷해지는 한반도의 열대성 기후가 서망의 인력 공급에 어떤 영향을 미칠지 예상해 봤다. 어디서든 지붕 없이 한겨울을 보내는 것이 가능해지고 가로수마다 이국적인 열대 과일이 맺힌다면, 사람들이 부랑이라는 대안을 놔둔 채로 바다에서 일하려고 할까?

어선이 너무 멀리 있는 예라면 편의점이나 주유소는 어떤가? 선원과 주유원에게는 중요한 공통점이 있는데 그것은 둘 다 바다 위에서 일한다는 점이다. '친절히 모시겠습니다'라고 적힌 명찰을 달고 일하는 사람들은 감정의 바다에서 일하는 선원이다. 손님의 무례함은 파도와 같다. 거칠수록 일하기는 힘들어진다. 끔찍한 점은 바다의 파도처럼 주유소의 파도 역시 좀처럼 멈추는 순간이 없다는 것이다.

친절 문제가 불거지면 서비스업계의 전문가란 작자들이 TV에 나와 종업원 교육 문제라며 입을 모은다. 나는 가끔씩 이런 인간들에게도 입이 달린 이유는 뭘까 생각하곤 한다. 교육 부족 때문이라니? 말도 안 되는 소리다. 그러면 이삿짐센터 직원들은 박스 들어 올리는 교육을 못 받아서 짐을 떨어뜨린단 말인가? 상자를 들어 올리는 것이 하나의 육체적인 노력이듯 화를 억누르고 웃는 얼굴을 유지하는 것 역시 육체적인 에너지를 필요로 한다. 직원들이 기본적으로 해야 할 일(하루 종일 선 채로 주문을 받고, 접시를 나르고, 기름을 넣고, 계산을 하고, 매장을 청소하는 등등) 이외에 친절하기까지 바라는가? 그렇다면 그에 맞는 보상을 해라.

내가 즐거운 심정으로 읽는 연예 뉴스는 남성 스타의 입대 소식뿐이지만, 연예인이란 부류의 인내심은 대단하다고 생각한다. 영화배우며 아이돌 스타들은 터무니없는 루머, 흡혈귀처럼 달려드는 파파라치, 인격 장애가 의심되는 안티팬을 대하면서도 찡그리는 법이 없다. 그들은 연예계 특유의 난장판을 견뎌내고 (속으로 썩어들어 가는 마음이야 어떻든 간에) 끝끝내 웃는 얼굴을 잃지 않는데 결과적으론 그렇게 하는 게, 즉

대중 앞에서 밝은 이미지를 유지하는 게 이익이 되기 때문이다. 서비스업계도 마찬가지다. 직원들에게 거친 행동과 반말, 욕설을 잊게 만들 만큼 매력적인 무언가를 제시하지 않는 이상(아니면 그런 것들이 사라지든가) 손님과 종업원의 작은 전쟁은 멈추지 않을 것이다.

양돈장은 주유소와는 다른 방식으로 정신을 뒤트는 일터다. 숨이 붙어 있는 새끼 돼지를 '버릴' 때, 죽어가는 돼지의 머리를 쇠파이프로 내리칠 때 당신이 평정심을 유지할 수 있다면 그것은 당신이 이전과는 전혀 다른 사람이 됐다는 뜻이다. 나는 비육사에서 정신 나간 사람마냥 돼지들에게 삽을 휘두르던 장면을 기억한다. 그런 행동들은 아주 오랜 시간이 지나서야 사라질 수 있을 것 같다. 어차피 잡아먹을 동물이니 아무렇게나 대해도 된다는 말을 하려는 게 아니다. 다만 사람을 때리는 것조차 일상적인 사회에서 동물이 (그것도 털이 복슬복슬하고 귀엽게 우는 반려동물이 아니라 더럽고 냄새나는 식용동물이) 맞았다는 뉴스가 얼마나 큰 관심을 불러일으킬 수 있을지 의심스러울 뿐이다. 남자 셋 이상이 모인 술자리에서 오가는 이야기를 들어보라. 절반은 누군가에게 맞은 이야기다. 아빠한테 맞은 일, 학교 일진에게 맞은 일, 운동부 선배한테 맞은 일, 군대 고참에게 맞은 일, 거기에 드물지 않게 대학교수나 직장 상사에게 맞은 경우도 있다.

내 고참 하나는 마음에 안 드는 후임이 있으면 먼저 엎드려뻗쳐부터 시켰다. 얼굴이 빨개지고 땀방울이 바닥에 뚝뚝 떨어지기 시작하면 그는 후임의 장딴지를 군화로 걷어찼다. 그런 상태로 30분쯤 있다가 일어서면 맞은 다리에 힘이 들어가지 않아 계속 갸우뚱거리게 된다. 그러면 그때부턴 건방지게 고참 앞에서 짝다리 짚는다며 싸대기를 날렸다. 그게 2004년, 국방부에서 더 이상 선임병이 멋대로 후임병을 때리거나 하는 경우는 없다며 떠들던 시절 일이다. 하지만 국방부가 실제로 한 일은 군대 내 구타 행위 근절이 아니라, 후임병들 맞은 사실이 부대 밖으로 새어 나가지 않도록 하는 것이었다. 어쨌거나 군인들은 자기들의 치부를 숨기는 데 도가 튼 사람들이다. 내후년쯤이면 용산에서 군대 내 구타 근절 10주년을 기념하는 대규모 축하 행사가 벌어질지도 모를 일이다.

나는 양돈장에서 색깔에 따라 사람을 구분하는 법을 처음으로 배웠다. 그곳에선 밥의 색깔도 기준이 됐다. 몽골인들은 밥에다 마요네즈를 비벼 먹었고 아저씨들은 고추장을 비벼 먹었다. 몽골인들이 영양크림이라도 바른 것처럼 반짝거리는 밥알을 입으로 가져갈 때마다 우리는 킬킬대고 클클대고 히히덕거렸다. 나는 그 웃음소리를, 번들대는 하얀색을 빨간색 대하듯 대할 필요는 없다고 말하는 일종의 OK 사인이라고 받아들였다. 몽골인들은 누군가가 "이런 거 니네 나라에 없지? 많이 먹어" 하며 커피믹스를 건넬 때와 같은 표정을 지으며 묵묵히 밥을 먹었다. 나는 F사 식당에서 아저씨들이 중국인들에게 "니 씨팔러마" 하며 킬킬대는 걸 본 후에야 그때 양돈장 식당에서 흘렸던 웃음소리가 "린치를 가하는 폭도들의 웃음소리"*란 걸 알아차렸다.

하지만 나는 달라지지 않았다. 나는 당진 시내에서 매번 택시를 타고 기숙사로 돌아갔던 일을 기억한다. 당진 버스 옆면의 표지판에는 거쳐 가는 정류소는 없이 종점과 회기점의 이름만 적혀 있었다. 공장 방향으로 가는 버스를 타려면 기사에게 산업단지를 지나가는지 물어야 했다.

---

*   《트레인스포팅》, 어빈 웰시, 임지연 옮김, 문학수첩, 1997.

문제는 산업단지 정거장 근처에 민가가 없었다는 거다. 기사에게 산업단지를 가는지 묻는 사람은 십중팔구 중국인이거나 동남아인이었다. 입으로는 차별받는 이들을 이끌고 약속의 땅이라도 찾아갈 듯이 떠들었지만 마음속 깊은 곳에선 그런 사람들과 내가 동류라는 걸 들키고 싶지 않았던 것이다. 그러면 지금은 변했을까? 알 수 없다. 탕아가 아버지의 재산을 날려버리듯 나는 내 인간관계를 탕진해 버렸고 지금 내 주위에는 내가 어떤 인간인지 확인시켜 줄 친구 비스무리한 존재도 남아 있지 않았다.

한 달쯤 걸어 보은을 지나갈 무렵이었다. 노을을 등지고 논둑길을 따라 걷는데 뒤에서 누군가 부르는 소리가 들렸다. 삽을 둘러멘 50대 남자가 손을 흔들며 달려왔다. 처음 보는 사람이었다.

"저녁 안 먹었지?"

그가 마치 오랜 세월 알고 지낸 사람처럼 내게 물었다.

"예? 아, 아, 아직."

"그럼 가자고."

손님이 잠든 사이 이불 밖으로 삐져나온 다리를 잘라버리는 사이코패스면 어쩌나 하는 생각이 들었지만, 너무 배가 고파 그대로 남자를 따랐다. 남자의 집은 논에서 700미터 정도 떨어진 슬레이트 지붕 건물이었다. 방 두 개 사이에 조그만 대청마루가 있었고 부엌은 집과 분리된 재래식이었다. 남자가 잠시 동안 부엌에서 부스럭거린 후에 작은 상을 들고 나왔다. 소반에는 집된장을 넣고 끓인 국과 밥, 김치, 나물, 계란프라이가 놓여 있었다. 내가 밥을 세 그릇째 비우는 동안 남자는 막걸리만 마셨다. 밥을 다 먹자 그가 내게도 국그릇 가득 한 잔 부어줬다. 몇 년 만에 처음으로 술을 마셨다. 뭐랄까, 감전된 것 같은 느낌이 식도부터 배 아래까지 훑고 지나갔다. 남자는 불콰해진 얼굴로 자기 이야기를 들려줬다. 그는 10여 년 전만 해도 대형 크레인 업체 사장이었다. 본인의 표현을 빌리자면 "골프도 쳐보고 로터리클럽 회원도 해봤"을 정도로 누리며 살았다. 그러다가 갑자기 회사가 무너졌다. 집에는 노란 딱지가 붙고 부인과도 이혼했다. 그는 빚쟁이를 피해 전국을 떠돌다 몇 년 전 가까운 친척의 도움으로 근처에 땅을 얻어 농사를 짓기 시작했다. 자녀들과도 연락이 끊어진 지 오래됐는데 근처를 지나가는 여행객이 있으면 말동무도 삼을 겸 집에 데리고 와 묵고 가게 한다고 했다.

여자들에게 수다를 떨고 싶어 하는 충동이 있듯이 남자들에게도 '충고를 떨고' 싶게 하는 충동이 있는 것 같다. 둘 다 말로써 사람을 지치게 만든다는 점에선 동일하다고 하겠다. 나는 아주 오랜만에 다른 사람에게 내 이야기를 꺼냈는데 그도 다른 사람들처럼 충고를 쏟아놓고 싶은 욕구를 이기지 못했다. 그의 마지막 말이 기억난다.

"한국은 자본주의 국가가 아니야. 반反사회주의 국가지. 뭐든지 오너 편에 서라고. 그래야 살아남아."

살아오면서 숱한 충고를 들어왔지만 "더 강하게 죄지으라"* 이것 말고는 쓸 만한 충고를 들어보지 못했다. 젊은이가 인생이라는 바다에 배를 띄우면 이른바 선배라는 작자들이 나타나 언젠간 꼭 쓸 일이 있을 거라며 온갖 잡다한 충고를 잔뜩 배에 실으려 한다. 그들을 내버려뒀다간 돛

---

* 마르틴 루터가 한 말로 알려져 있다.

한가득 변화의 바람을 담아보기도 전에 그 귀중한 충고의 무게 때문에 배가 먼저 가라앉고 말 거다. "새로운 세대는 이전 세대가 벌인 사업을 마치 선원이 난파한 배를 버리듯 내팽개쳐야 하는 법이다."*

누군가는 내게 이렇게 말할지도 모르겠다.

"이것 보시오. 당신이 사람들의 충고를 듣지 않았기 때문에 돼지 똥이나 치우며 사는 거 아뇨?"

그러면 나는 이렇게 대답할 생각이다.

"그럴지도 모르죠. 하지만 내가 돼지 똥을 치우며 살았다고 당당히 밝힐 수 있는 것 역시 당신들의 충고를 듣지 않았던 덕분입니다."

무슨 병적인 심사였는지는 모르겠지만 나는 그에게 자동차 공장에서 이사를 두들겨 패고 쫓겨났다고 이야기했다.

"아이고, 아무리 화가 나도 그러면 쓰나. 어른한테 그러면 안 되지."

남자는 좋은 사람이었지만 나는 더 이상 그에게 아무런 관심도 생기지 않았다. 어른을 공경하라니? 웃기지도 않는 소리다. 55세 이상의 모든 성인 남자에게는 지하철 좌석을 양보할 게 아니라 벌금을 물려야 마땅하다. "어째서 세상을 이렇게밖에 만들지 못했소?"라는 질문과 함께 말이다. 아주 오랜 세월 동안 한국의 남자들은 어린 세대의 존경이라는 열차에 무임승차를 해왔는데 이제는 그들도 대가를 치를 때가 됐다. 당연한 권리 행사인 듯 식구를 때리고 후배에게 얼차려를 주고 후임병을 군홧발로 걷어찬 대가를. 피붓빛이 검다는 이유로 상대를 무시한 대가를. 직원들에게 줘야 할 돈으로 새 아파트를 사고 자식들을 유학 보낸 대가

** 《월든》, 헨리 데이빗 소로우, 강승영 옮김, 은행나무, 1993.

를. 한 달에 이틀 휴일을 '허락'해 주고 자신의 사회적 책임을 다했다고 믿은 대가를. 일 끝나고 돌아온 아내가 청소를 하고 저녁을 차리고 설거지를 하고 빨래를 개고 아이들 숙제를 도와주는 동안 소파에 드러누워 스포츠 채널이나 뒤적거린 대가를. 그리고 무엇보다도, 자기 아버지가 그렇게 행동했을 때 부끄러워하지 않은 대가를, 자기의 잘난 애새끼들이 아빠 흉내를 내기 시작했을 때 바로잡지 않은 대가를.

다음 날 나는 오후 2시쯤 잠에서 깼다. 남자는 이미 일을 가고 없었다. 마루에는 밥상이 신문지에 덮여 있었다. 나는 3시쯤 집을 나섰다. 어찌됐건 간에 남자는 좋은 사람이었고, 내가 땡볕을 받으며 걷는 걸 원치 않을 거라는 확신이 있었기 때문에 방에 걸린 밀짚모자를 가져가기로 했다.

그 후로도 나는 계속 걸었다. 검은 그림자를 꼬리처럼 질질 끌며. 언제부턴가 더 이상 다리가 내 것이 아니라는 느낌마저 들었다. 경기도로 들어서 용인을 지나갈 때였다. 유난히 햇볕이 뜨거운 오후였다. 가로수 하나 심어져 있지 않은 2차선 국도가 하염없이 이어졌다. 식수 이외의 용도로 물을 사용한 지 4일이 지났다. 아스팔트에서 올라오는 열기와 옷에서 나는 냄새 때문에 질식할 것만 같았다. 그때 반대편 산 중턱에 뚫린 터널이 보였다. 내가 걷던 방향은 아니었지만 애초에 구체적인 행선지가 있던 것도 아니기에 더위도 피할 겸 터널로 향했다.

2차선 차도 한편에 폭이 1미터 정도 되는 인도가 있었다. 터널은 무척 길어 보였다. 터널 끝에 손톱만 한 하얀빛이 희미하게 아른거렸다. 어두침침한 터널 안은 몸 안의 수분이 차오르는 느낌이 들 정도로 서늘했다. 하지만 인도의 폭이 좁았고 차도와 인도 사이에 난간도 없어 앉아서 쉬

기에는 마땅치 않아 보였다. 터널을 따라 계속 걸으니 내가 바라던 공간
이 나왔다. 터널 바깥쪽으로 U 자형으로 움푹 들어간 공간이 있었다. 염
화칼슘이나 방재용 모래를 보관하는 장소 같았다. 그런데 구석에 수상
쩍어 보이는 커다란 쓰레기 봉지 같은 것들이 놓여 있었다. 그게 뭔가 살
펴보려는데 갑자기 봉지들이 고개를 들었다. 나는 화들짝 놀라 뒷걸음
질 쳤다. 사람이었다. 새까만 넝마를 걸친 대여섯 명 정도의 남자들이 무
릎 사이에 얼굴을 파묻고 앉아 있었다. 마치 어둠이 내리길 기다리는 몰
록들처럼. 머리와 수염은 덥수룩했고 볼은 움푹 들어가 있었다. 하지만
나를 정말로 꼼짝 못 하게 만든 것은 나를 올려다보던 남자들의 앳된 얼
굴이었다. 가장 나이가 들어 보이는 사람이 기껏해야 서른 정도로밖에
보이지 않았다. 우리의 눈이 마주쳤다. 그들은 나를 순간적으로 이해했
고 나 역시 그들을 순간적으로 이해했다. 몇 사람이 꿈틀거리고 나자 내
가 앉을 자리가 생겼다. 나는 마지막 남은 퍼즐의 한 조각처럼 고린내 풍
기는 어깨 사이에 자리 잡았다. 그러곤 곧바로 잠이 들었다.

얼마나 잠이 들었을까? 나는 잠에서 깼지만 지금이 낮인지, 밤인지, 그
다음 날인지도 알 수 없었다. 마치 터널 안에선 시간이 흐르지 않는 것
같았다. 한 가지 변한 것은 차들이었다. 무슨 일이 있었는지 차들이 범퍼
를 맞댄 채 시속 10분의 1미터 정도의 속도로 전진했다. 조수석과 뒷좌
석에 앉은 사람들이 우리를 가리키며 무언가 떠들어댔다. 하지만 나는
시선을 피하지도 자리를 옮기지도 않았다. 피곤 때문이었는지 모르지만
나는 부끄럽다고도 쪽팔린다고도 생각하지 않았다.

세상이 이따위인 건 내 잘못이 아니다. 나는 누구도 우리를 쓸모없는
놈들이라며 손가락질하지는 못할 거라고 생각했다. 왜냐하면 다수의 사

람들을 무기력하게 만드는 것은 의지의 결핍이 아니라 희망의 결핍이기 때문이다. 노력한 만큼 삶이 나아질 수 있을 거라는 희망 말이다. 우리는 그런 희망을 체스 게임에서 감지할 수 있다. 체스의 졸은 한 번에 한 칸씩 전진하는 것밖에 못 하는 가장 약한 말이지만, 그런 졸이라 해도 상대편 진영 끝에 도달하면 여왕으로도 변신할 수 있다. 하지만 인간이 남의 돈을 벌어먹고 살아야 하는 이 세상에선, 졸이 아무리 노력한다 해도 평생 졸로 머무르는 게 아닐까 생각하면 나는 조금 두려워진다.

퀴닝